Las Leyendas de los Caballos Místicos

Mis Fábulas Personales
Libro: 2

Las Leyendas de los Caballos Místicos

Escrito y creado por
Sadie Chapman

Derechos de autor 2024 por Sadie Chapman

Todos los derechos reservados. Este libro o cualquier parte del mismo no puede ser reproducido o utilizado de ninguna manera sin el permiso expreso por escrito del editor, excepto para el uso de citas breves en una reseña de libro.

ISBN 978-1-965679-41-8 (Paperback)
ISBN 978-1-965679-42-5 (Ebook)

Aiste Chapman creó el logotipo de Sadie Chapman en 2021

Las consultas y pedidos de libros deben dirigirse
Leavitt Peak Press
17901 Pioneer Blvd Ste L #298, Artesia, California 90701
Teléfono #: 2092191548

Reseñado por K.C. Finn para Readers' Favorite

"My Personal Fables" es una obra de ficción en los subgéneros de animales, fantasía y aventura, y forma el segundo libro en la serie "Las Leyendas de los Caballos Místicos". Es adecuado para lectores de todas las edades, desde jóvenes hasta aquellos jóvenes de corazón, y fue escrito por la autora Sadie Chapman. En esta encantadora continuación, nos reunimos nuevamente con el Rey Unicornio, Seequest, mientras disfruta de su tiempo con su cercana amiga la princesa Helena. Pero los caballos místicos de la Tierra, el Día y la Noche pronto encontrarán un nuevo desafío en su camino, ya que más equinos legendarios del pasado comienzan a dejar su huella en el mundo.

La autora Sadie Chapman teje una historia verdaderamente encantadora que mantendrá a los lectores comprometidos durante mucho tiempo. Quedé muy impresionado por la calidad inmersiva de las descripciones, que detallan tantos reinos mágicos vibrantes y emocionantes, así como también dan vida cinematográfica a los muchos caballos de la trama. Esto crea escenas llenas de atmósfera y acción, impulsadas por un diálogo realmente excelente que es atractivo y fácil para que los lectores más jóvenes accedan, pero también adecuadamente disfrutable para que los lectores mayores lo exploren en mayor profundidad. Esta es una obra que puedo ver siendo leída por generaciones de la misma familia juntas, especialmente aquellos que ya tienen un lugar especial en sus corazones para los caballos. En general, no dudaría en recomendar "My Personal Fables" a los fanáticos de las novelas de fantasía épica y a los lectores que deseen un relato altamente inmersivo que puedan disfrutar todas las noches con maravillosas aventuras.

Se trata de cómo alguna vez existieron Sirenas, Hipocampos, Caballitos de mar y Kelpies.

Esta es mi historia sobre cómo podrían haberse convertido en las leyendas actuales del presente día.

Contents

Chapter 1: La vida de Seequest ahora en el mar 1
Chapter 2: El deseo de Helena se hace realidad 13
Chapter 3: Helena es consolada por el zorro negro. 27
Chapter 4: El Destino de Seequest o No 42
Chapter 5: De vuelta en el Reino de Neptuno de Vissen......................61
Chapter 6: ¿Seequest está atrapado? 75
Chapter 7: "¿Está condenado Seequest?" 91
Chapter 8: Los planes de la Hija Mayor para rescatar a Seequest 96
Chapter 9: Helena llega de nuevo a Vissen 127
Chapter 10: Seequest y Knightmare 134
Chapter 11: El secreto está fuera: los bebés de Tidal Wave y Sea Spray han nacido. 152
Chapter 12: El Amor de Seequest 166
Chapter 13: El plan de Helena para ayudar a Seequest 172
Chapter 14: Los Potros Están por Nacer 186
Chapter 15: Entrenamiento de Louis y Kessy 196
Chapter 16: Una nueva especie de unicornios alados ha nacido 208
Chapter 17: Pegaso Visita el Olimpo 215
Chapter 18: Helena y Louis Tienen un Secreto 221
Chapter 19: Los Potros 229
Chapter 20: Los Hipocampos son Magníficos 253
Chapter 21: ¿El Plan de Rescate de Seequest? 264
Chapter 22: Pegaso Regresa al Olimpo con Tristes Noticias desde lejanos lugares 275

Chapter 23:	Knight es entrenado por el propio Hades	309
Chapter 24:	Helena es Convocada de Nuevo a Casa	318
Chapter 25:	El plan de Helena para salvar a Seequest	337
Chapter 26:	El plan se pone en marcha desde los cielos	345
Chapter 27:	En el Olimpo, el Plan Se Estaba Concretando	349
Chapter 28:	Hermes planea despertar a Seequest en la Guarida de Hades	358
Chapter 29:	El Plan Ha Comenzado en Vissen	366
Chapter 30:	¿Alguna vez escaparán de las garras de Hades?	373
Chapter 31:	¿Tremor el Caballo Demonio y Knight ya no existen?	406
Chapter 32:	La Llegada de Tremor a la Guarida de Hades	418
Chapter 33:	La Reunión Es Cancelada	436
Chapter 34:	Tremor Ahora Destruirá la Tierra y Todo Lo Que Vive en Ella	440
Chapter 35:	Tremor Está Destruyendo las Tierras	445
Chapter 36:	¿Serán Seequest y su hija alguna vez libres de Hades?	451
Chapter 37:	La Aventura de Helena y Louis	469
Chapter 38:	La última batalla de Seequest con Cerberus	498
Chapter 39:	Helena y el Caballero Mer	522
Chapter 40:	Helena va a ver a Kessy	534
Chapter 41:	Luna Pide Ayuda para Salvar a Seequest de la Muerte	548
Chapter 42:	La Preparación para la Batalla con Hades	586
Chapter 43:	La Batalla Comienza	613

Chapter 44: ¿Encontrarán Ares y Revenge a Tremor? 627
Chapter 45: El Caballo Alado del Arcoíris Celestial 655
Chapter 46: Peace Warrior 678
Chapter 47: Peace Warrior Sanando en Escocia 686
Chapter 48: Captura de Hades 705
Chapter 49: ¿Qué pasó luego con Knight en Santorini, Grecia? 720
Chapter 50: Los Sueños de la Princesa Helena Se Hacen Realidad 733
Chapter 51: Reino Pisciano de Helena 768
Chapter 52: La Sorpresa de Taylor 805
Chapter 53: La Venganza de Hades 812
Chapter 54: El Comienzo de la Venganza de Hades 828
Chapter 55: Ahora el destino de la princesa Helena 844

Explicación 873
Epílogo 875
Información 885
Nota del Autor 893

En memoria amorosa de mi querido amiga Fran

Me gustaría dedicar mi segundo libro a Helena Frances Clohessy (Sheehy), quien fue una amiga excepcional y mi increíble jefa en el pasado.

Ella no solo creyó en mí, sino que también cambió mi vida para siempre y me convirtió en la persona que soy hoy.

Tristemente, la perdimos a causa del cáncer el 19 de agosto de 2017.

Que viva para siempre en mi libro como la leyenda que es para todos los que la conocieron por sus maravillosos talentos, increíble corazón y tremenda bondad.

Solo quiero decir gracias por todo y que siempre estarás en mi corazón. Con amor, Sa x

La Explicación del Libro anterior Uno.

Esta es la continuación de la historia de "La Leyenda del Caballo".

Esta vez, se trata de la vida de Seequest una vez que decidió renunciar a su cuerno y se lo dio a Neptuno para ayudarlo a crear criaturas misteriosas y caballos de agua en el futuro.

La energía de Seequest estaba dentro de su asombroso cuerno, donde había una gran magia increíble y, a cambio, se le permitió vivir el resto de su vida como un hipocampo.

Hasta que la hija mayor de Neptuno, Helena, quiso ir a tierra durante veinticuatro horas para su decimosexto cumpleaños.

Esta es su historia: sobre dos amigos cercanos y sus destinos que cambiaron para siempre la vida de ambos

Capítulo Uno

La vida de Seequest ahora en el mar

Seequest sintió que ya no pertenecía con las otras especies de caballos.

Recordaba lo divertido que era nadar con sus amigos los delfines, donde se sentía libre, así que habló con Neptuno sobre vivir en el mar permanentemente, y el dios del mar dijo sí, por supuesto, querido amigo.

"Puedes convertirte en el protector de mi hija mayor y lo demás es historia".

Una mañana hermosa, justo después del atardecer, el sol brillaba con tonos naranjas y rojos increíbles en el cielo y en el océano, donde el sol siempre parecía estar desapareciendo en el mar mismo (como magia). El hipocampo azul agua jugaba con sus amigos Mini y

La vida de Seequest ahora en el mar

Tuck, los delfines, cuando quiso regresar al palacio de Neptuno.

Se sumergieron profundamente en el fondo del océano, donde había hermosas algas verdes y coloridos corales con bonitas medusas y una escuela de peces de diferentes tipos nadando cerca de ellos. Cómo amaba Seequest su nueva vida de paz.

Nadaron a través de una gran cueva oscura que parecía durar horas.

Pero una vez que pasaron, fue la vista más asombrosa que podrías ver, ya que había magníficos edificios de oro y plata pura con un montón de estatuas increíbles de Neptuno y delfines junto a las puertas del palacio.

Seequest se despidió de los delfines y galopó hacia adelante usando sus patas delanteras y su impresionante cola y aletas de pez que se movían rápidamente con gran velocidad hacia las puertas principales, donde dos mer-caballeros estaban guardando las puertas del gran dios del mar.

Seequest cambió su color de azul agua a blanco y azul para que los caballeros pudieran reconocerlo, ya que él es todo azul solo en el océano para camuflarse de cualquier peligro.

Aunque todavía tenía algunos poderes, prometió no hacer daño a las criaturas de Neptuno a menos que tuviera permiso del rey del mar mismo.

Cuando Neptuno creó todas sus criaturas, siempre tenían un propósito de proteger el mar o mantenerlo seguro y limpio para que todos vivieran allí.

Sadie Chapman   Las Leyendas de los Caballos Místicos

Los mer-caballeros habían abierto las puertas.

Allí para recibirlos estaba Neptuno.

"Bien, querido amigo, bienvenido de vuelta de patrullar el mar con los delfines esta noche al atardecer".

Cuando Neptuno dice "como sabes, mi hogar ahora es tuyo también Seequest".

Aunque Seequest amaba su nueva vida, a veces se sentía solo y temía extrañar su vida anterior y a su madre Moonbeam de vez en cuando.

Se preguntaba cómo estaban sus amigos del bosque y su propia familia de caballos porque Seequest había estado lejos de la tierra durante cincuenta años.

"Gracias, mi querido rey".

Ambos nadaron con gracia hacia el palacio para ponerse al día con el resto de la familia antes de acostarse.

Había pasado un mes cuando ella se sintió sola y fue criada con Seequest a su lado como protector.

Quien le enseñó a montar un hipocampo y fue el más gentil y paciente de todos.

Sea Spray y Tidal Wave juntos eran los caballos de mar más poderosos del mar, que ahora crean olas altas y las controlan cuando es necesario que sean ásperas o suaves.

Los merfolks tenían un gran respeto por él.

La vida de Seequest ahora en el mar

Helena era la mayor de seis hermanos y hermanas, y todos tenían sus trabajos en el palacio.

Algunos se convirtieron en protectores de las criaturas marinas y los demás se convirtieron en protectores del palacio.

Neptuno sentía un gran afecto por Helena porque parecía ser la única que podía comunicarse y escuchar a los animales marinos y a los merfolk con su mente además de su voz.

Eso se consideraba un don especial que solo ella, su madre y su padre tenían, se llama telepatía.

Helena escuchó que su madre, la reina Sera (esposa de Neptuno y sumo sacerdotisa), había criado a Sea Spray con Tidal Wave para ver si producirían más como ellos mismos o algo completamente diferente.

Sabía que fueron creados por primera vez en el mar por el cuerno real de Moonbeam muchos años antes.

Según lo que escuchó de sus amigos y los guardias en los terrenos del palacio.

Fue un éxito completo y ahora ella quería un hipocampo propio.

Estaba a punto de cumplir dieciséis años.

Helena estaba tan interesada en la vida anterior del rey de los unicornios en tierra que se sentaba durante horas mientras él le contaba muchos cuentos, lo cual disfrutaba mucho.

Una mañana, durante su nadada en el océano, Helena mencionó a Seequest que quería visitar esta gran tierra y se preguntaba si sus padres le concederían este deseo.

Pero eso no era todo lo que quería.

Quería realmente caminar, respirar y dormir en la tierra durante veinticuatro horas también.

Vivir con una forma temporal pisceana, parte pez y parte humana.

Aún siendo una gran nadadora y pudiendo respirar en el mar y aún así estar cerca de un tipo humano en tierra también.

Seequest no le gustó esta idea ya que hay muchos peligros en tierra.

Pero estuvo de acuerdo porque pensó que podría ver a sus amigos una vez más y a su propia familia de caballos.

Pero aún sentía que era demasiado peligroso.

Si los padres de la princesa Helena estaban de acuerdo, entonces él sería el mejor para llevarla y protegerla del peligro allí.

El sol brillaba en el océano, ya que el dios del sol también sentía un gran afecto por la princesa.

Luego, los tritones estaban todos hermosamente vestidos de oro, soplando sus trompetas y celebrando el decimosexto cumpleaños de la princesa en la ciudad cercana al palacio.

De repente, dejaron de tocar y anunciaron diciendo: "Feliz decimosexto cumpleaños, princesa Helena" y las volvieron a tocar después.

Esta vez diciendo: "Todos, por favor deseen a la hija mayor de Neptuno un feliz cumpleaños y que siempre sea feliz y esté en paz".

Esta vez, todos estaban deseando a la princesa un gran día desde todos los reinos de Vissen.

La princesa sirena tenía hermosos cabellos oscuros y ojos azules, con una hermosa cola de golondrina verde que combinaba perfectamente con sus aletas.

Llevaba algunas grandes y elegantes conchas de perlas plateadas a lo largo de su línea superior y una delicada corona de plata reposando en su cabeza.

Ella había abierto de par en par la puerta de sus aposentos y nadó tan rápido como pudo hasta el palacio de su padre, que estaba a una milla de su hogar real para protegerlos de los peligros.

Vio a Seequest, quien relinchó deseándole un buen día.

Él se inclinó ante ella mientras ella saltaba sobre su espalda hacia el palacio.

"¡Rápido, querido amigo, vamos a ver a padre!" actuando emocionada.

Seequest galopó y nadó lo más rápido que pudo usando su cola de un lado a otro hasta las puertas del palacio, donde los guardias los dejaron pasar directamente.

"Vuestra alteza", dijeron y se inclinaron ante ella.

Helena dijo a Seequest: "Me pregunto si mis padres concederán mi deseo real".

Seequest respondió: "Vuestra alteza, todo lo que puedes hacer es esperar".

"Seequest, tienes razón, como siempre".

"Eso es todo lo que haré".

Ambos llegaron a las grandes puertas de la sala del trono de Neptuno cuando Helena irrumpió directamente sin esperar a que le dijeran que entrara debido a su emoción por ser su cumpleaños hoy, olvidó todas las reglas.

"Lo siento, padre, pero es mi cumpleaños". El rey del mar se rió.

"Está bien, querida hija".

"Lo permitiré solo por hoy", nadó hacia ella y le dio un gran abrazo.

"Oh, te quiero mucho"!

"Ahora date prisa que tu madre y yo tenemos una sorpresa especial para ti".

"Ahora ve a los establos?"

La vida de Seequest ahora en el mar

"Pero padre, ¡sé que dije que quería un hipocampo propio!"

"Pero quiero algo más precioso que eso ahora",

el rey parecía confundido. "Pensé que estarías

contenta". "Oh, estoy muy contenta".

"Pero mi deseo es ir a la tierra y ver y sentir cómo es vivir en ella durante veinticuatro horas, por favor?"

"Oh", Neptuno respondió, "bueno, ese es un regalo completamente diferente de lo que esperaba que pidieras, Helena".

"¿Eso significa que no me dejarás?"

"hija, no comprendes los peligros allí".

"Está bien", y comenzó a llorar mientras se alejaba rápidamente en casa, agitando su cola infeliz.

"Seequest, ¿qué debo hacer?"

"Ella es mi hija y sé que su madre dirá que no".

"Pero también sé que esto la ayudará a convertirse en una gran reina en el futuro".

"Porque creo que es bueno que todos conozcamos lo mágica que es la tierra, así como mis mares".

Seequest estuvo de acuerdo con el rey y se dio la vuelta para alcanzar a la princesa cuando el rey le llamó y dijo "espera"!

Nadó hacia él agarrándose al cuello de Seequest y dijo: "Déjamelo a mí y volveré a hablarte después de hablar con Sera".

Más tarde ese día, Seequest fue llamado de nuevo para recibir la noticia que no esperaba escuchar mientras se acercaba al trono del rey del mar.

Neptuno sonrió al hipocampo en sus ojos y dijo: "Sí, ella puede ir a Escocia, siempre y cuando tú, Seequest, vayas con ella y la protejas con tu vida".

"¡O no vuelvas aquí!"

Seequest quedó sorprendido de que Neptuno concediera el deseo de la princesa.

"Lo prometo, mi rey, entiendo".

"Ahora, ve y dile la buena noticia".

"La reina Sera está esperando para sorprenderla en los establos, así que llévala allí ahora".

Seequest respondió: "Sí, por supuesto, su alteza, enseguida".

El hipocampo se apresuró alcanzando a Helena mientras ella atendía a los delfines y le dijo: "princesa, tengo buenas noticias para ti".

"Puedes ir a Escocia conmigo".

"Pero tendrás que escuchar mis reglas y obedecerlas".

La vida de Seequest ahora en el mar

"De lo contrario, te devolveré directamente al mar en un instante."

La princesa sirena se dio la vuelta, moviendo sus brazos y manos en el mar para mantenerse estable cuando le sonrió como un gato de Cheshire.

Estaba feliz de haber dado una voltereta hacia atrás en el agua.

Respondió: "Seequest, te lo prometo con todo mi corazón."

Estaba sonriendo con lágrimas de felicidad en los ojos y abrazó su cuello.

Lo cual él amaba, ya que ahora sentía que su vida volvía a valer la pena.

"Genial, ahora súbete a mi espalda porque necesito llevarte con tu madre, la reina."

"Sí, querido amigo, ¡vamos!"

Seequest nadó tres millas hacia el este del océano hasta los establos donde la reina Sera los esperaba para llegar.

La princesa sirena llegó a los establos y vio a su madre hablando con Tidal Wave.

Ella dijo: "Bien hecho, chico."

Mientras tanto, Seequest se acerca al hipocampo y a su madre con sus potrillos de mar, ya que el padre los da a luz como Seequest hizo con sus hijas, aunque de manera ligeramente diferente.

Entonces la madre se hace cargo y los alimenta con su leche y ambos los crían juntos como uno solo.

Como los caballitos de mar se emparejan de por vida y son leales de por vida tratándose mutuamente como iguales.

La reina dijo, hola mi querida, feliz decimosexto cumpleaños, mientras Helena mira a estas hermosas criaturas donde salta de Seequest y nada rápidamente hacia su madre y la abraza con pura alegría.

"Puedes tener uno cuando sean mayores". "Helena, también te permitiré elegirlo tú misma".

Ella miró a su madre y dijo "gracias, madre" con gran alegría en su tono de voz expresando completa felicidad en su corazón.

Helena no podía creer lo que su madre acababa de decir, ya que este era su deseo.

Helena decidió que se quedaría con todos los hipocampos durante el resto del día, donde tuvo un gran cumpleaños después de todo, ya que pasó el resto del día siendo enseñada por su madre cómo cuidar adecuadamente a un hipocampo mientras esperaba pacientemente a que fueran lo suficientemente mayores como para elegir uno para ella misma.

La reina Sera habló sobre su otro regalo de cumpleaños también.

Mirando nerviosa en ese momento y aún así dijo: "Helena, ¡prométeme que serás cuidadosa allá arriba y harás lo que Seequest te diga!"

"Recuerda que alguna vez fue el Rey Unicornio de las tierras, por favor, prométeme?"

"No me gusta, pero sé que debemos confiar en ti."

"Como sé que algún día tendrás un reino propio para gobernar, yo creo."

La sirena respondió: "Entiendo, madre."

"Lo prometo," mirándola directamente a los ojos con felicidad y, sin embargo, Sera también sintió miedo al mismo tiempo por su hija

Capítulo Dos

El deseo de Helena se hace realidad

Al día siguiente, Neptuno y Helena montaban a Seequest hacia la superficie del mar.

Cuando llegaron a la cima y asomaron la cabeza para ver si era seguro continuar hacia la playa.

Era el amanecer, así que la mayoría de los animales y aves descansaban en sus acogedoras camas.

Hades había escuchado de sus criaturas cambiaformas, que se transforman en tiburones para espiar el reino por él, que Helena y Seequest pronto llegarían a tierra. A veces, él mismo se transformaba en tiburón para causar problemas en las aguas a su querido hermano también.

El deseo de Helena se hace realidad

Pondría un hechizo en los guardianes de Neptuno para ver lo que estaba sucediendo allá abajo, sintiéndose celoso y solo.

Los tiburones le habían mencionado que la hija mayor quería ver cómo era vivir en tierra por veinticuatro horas y que era su momento especial para demostrar su independencia en su decimosexto cumpleaños, alejándose de sus padres.

Sonrió y pensó que esta noticia había hecho su día, y ahora decidió que se transformaría en un zorro grande y hermoso, ya que nunca imaginarían que en realidad era él.

Seequest conocía a algunos zorros en el bosque, pero no a todos.

Los tigres dientes de sable de Hades habían sido todos asesinados por Zeus con su rayo, ya que intentaron matar demasiados ciervos en el pasado.

Pero tuvo suerte de salvar a su favorito y lo mantuvo escondido hasta que fuera necesario.

Hades pensó que le gustaría ver y conocer a la princesa cara a cara.

Cuando recitó un verso en griego, su cuerpo comenzó a transformarse en un impresionante zorro oscuro con una hermosa cola esponjosa.

"Ahora, ¿cuál puede ser mi nombre?", pensó,

"¡Oh, sí, Jinx!"

Le gustó tanto que empezó a reír mientras corría por su cueva hasta que llegó al Bosque Misterioso.

Allí encontró una madriguera y una compañera para jugar junto con su juego y plan.

De vuelta en el mar, Neptuno le dijo a su hija que solo tenía veinticuatro horas en tierra y luego necesitaba regresar con Seequest sin falta.

Ella estuvo de acuerdo con una gran emoción en su rostro y solo quería ir y explorar esta nueva tierra de misterio y belleza.

La princesa sirena le lanzó un beso a su padre mientras agarraba la escamosa melena de Seequest y le decía que se fuera, a lo cual él relinchó con emoción hacia la cala de la playa.

Allí, ambos nadaban contra las olas y eventualmente se acercaron a la orilla donde ambos podían ver la playa a la vista.

Neptuno pudo ver que llegaron a salvo y que su hija estaba muy feliz.

Dijo un verso mágico y agitó su tridente en el mar.

Apareció una luz brillante que resplandecía intensamente cuando comenzó a viajar por el mar hasta donde estaba la hija mayor.

La luz tocó su hermosa cola de golondrina.

Primero, Helena vio a Seequest transformarse en su forma original de un caballo real, con un hermoso

El deseo de Helena se hace realidad

pelaje blanco brillante con un toque de azul suave en su melena y cola, y ojos oscuros azules.

En cuestión de segundos, su cola se transformó en dos patas traseras sólidas.

Esto le permitió galopar aún más rápido que nunca.

Relinchó con felicidad pero también con nerviosismo, pensando que había estado alejado de la tierra durante cincuenta años. ¿Todo seguiría igual?

Mientras se acercaban, vieron a algunos caballos corriendo en la playa, divirtiéndose.

Escucharon fuertes chapoteos en el mar.

Se detuvieron y miraron hacia donde, en la distancia, podían ver una extraña figura acercándose a la orilla.

Relincharon fuertemente, y el semental los escuchó y transmitió el mensaje a la líder de la manada, una hermosa yegua grande.

La yegua fue informada de que una criatura inusual se acercaba rápidamente a la playa.

Seequest galopaba y saltaba las olas como solía hacerlo cuando era el Rey Unicornio, saltando dentro y fuera del agua tan rápido que Helena estaba tan fascinada con su transformación que ni siquiera se dio cuenta de que ahora tenía unas bonitas piernas y pies largos.

Hasta que perdió el equilibrio y cayó al mirar hacia abajo en lugar de sostenerse, ya que Seequest iba más rápido de lo normal.

Tenían que alcanzar la orilla antes de que la marea volviera a bajar.

De lo contrario, serían arrastrados de vuelta y el hipocampo se cansaría, con el riesgo de que Helena pudiera ahogarse al no ser una sirena en ese momento.

Nunca antes había tenido piernas y pies, así que tendría que adaptarse a ellos, lo que probablemente tomaría al menos una hora para acostumbrarse.

La yegua fue informada nuevamente de que se acercaban rápidamente a la costa y planeaba ir a verlos por sí misma.

Le dijo a su semental que la siguiera mientras galopaba cuesta abajo para encontrarse con las increíbles criaturas.

Pero ella esperaba que fuera su bisabuelo, ya que la yegua era Honor, la hija de Spirit.

Los dos caballos se acercan.

Apareció un caballo de agua con una jinete mujer en su lomo en una forma que los caballos nunca habían visto antes.

La yegua se acercó cuidadosamente y los estudió de cerca.

Entonces Seequest habló y dijo: "Venimos en paz".

Honour reconoció su voz y de alguna manera supo que era Seequest.

El deseo de Helena se hace realidad

Relinchó en respuesta mientras veía a su familia correr hacia ellos.

Aunque estaba muy feliz, también instruyó a Helena que se mantuviera cerca hasta que explicara quién era ella.

"Helena, quédate cerca de mí", dijo él, y ella se arrastró hacia él, aún ajustándose a sus piernas, que en ese momento se sentían como gelatina.

Seequest encontró más fácil ajustarse, habiéndolo hecho tantas veces en el pasado.

Poco a poco, Helena empezó a encontrar su equilibrio, apoyándose en él hasta que se sintió segura y pudo estar de pie por sí misma sin tropezarse.

Seequest miró a su alrededor y vio a una hermosa yegua pía con ojos azules acercándose con gran energía, preguntándose si esta yegua estaba relacionada con él o conectada a través de su linaje.

Había muchos tipos y colores diferentes de caballos en la manada, una vista realmente asombrosa.

La princesa Helena le preguntó a su querido amigo: "¿Son estos los caballos de los que me hablaste?"

Él respondió: "Sí, creo que esta es mi línea de sangre y mi familia, descendientes de mi hija Spirit, quien nació un unicornio como yo alguna vez."

"Pero más tarde en su vida, le quité su cuerno y sus poderes para que pudiera vivir con su familia para siempre sin sentirse diferente a ellos."

"Fue entonces cuando dejé la tierra y decidí convertirme en un hipocampo para siempre. En los años venideros, me convertí en tu maestro y protector personal también."

Entonces Honor se acercó y dijo: "Seequest, si realmente eres tú, entonces venimos como amigos."

"Pero si no lo eres, ten cuidado."

El querido viejo caballo marino respondió: "Sí, soy yo, y creo que eres mi bisnieta a través de Spirit, a quien perdimos hace algunos años, ¿estoy en lo correcto?"

"Sí, eso es correcto."

"Me dijeron que la Reina Celestial apareció en el hermoso cielo nocturno y bajó para recogerla, llevándola al Cielo para descansar y reunirse con su antigua familia nuevamente."

"Pues dejó su cuerpo atrás, que fue arrastrado por el mar, ahora solo quedaba su caparazón, ya que su espíritu y alma regresaron al lugar del que vinieron".

"¿Cómo supiste esto?" preguntó con una expresión de interrogación en su rostro, sabiendo que él había estado lejos de la tierra durante mucho tiempo.

"Oh, la Reina Sera me lo dijo", respondió, refiriéndose a la sumo sacerdotisa de los mares y madre de Helena, la hija mayor, que está conmigo ahora.

La princesa no podía creer que después de todos estos años aún lo recordaran a él y todas las grandes cosas que había hecho por ellos y por la tierra.

El deseo de Helena se hace realidad

Bueno, sin él, ellos no existirían ahora.

Honour estaba encantada de conocer a su bisabuelo, quien solía ser el Rey Unicornio.

Con grandes poderes de magia, sacrificó su vida para vivir el resto de su vida en el mar.

Murió en tierra cuando se convirtió en un hipocampo completo al renunciar a su cuerno y el resto de sus poderes para ayudar a Neptuno a crear sus asombrosas criaturas marinas y proteger los océanos de Hades.

Además, Neptuno se convirtió en el dios de los caballos en lugar de Seequest.

Relinchó y le dijo a Helena que se deslizara gradualmente por su cuerpo hasta llegar al suelo de manera segura, mientras él se alejaba gradualmente de ella y comenzaba a correr hacia Honour.

Como dictaban las reglas de los caballos, estaban destinados a encontrarse a mitad de camino.

Ambos caballos decidieron saludarse mientras la princesa estaba sentada en la playa bastante feliz ahora, jugando con la arena en su mano y sintiendo su textura inusual en su piel.

Mientras los caballos continuaban galopando hacia el otro,

Seequest era solo un poco más grande y más alto que ella, mientras que en el pasado era el doble de su tamaño, lo que era bastante intimidante para todos.

Al menos ahora se sentía más como ellos.

En este momento se sentía feliz y como en casa nuevamente en tierra, gracias a que Neptuno lo convirtió en un caballo, ya que no había más magia en la tierra en ese momento.

Excepto en la tierra, gracias a las cenizas de los unicornios terrestres que están dispersas por todas las tierras a través de sus muertes en el pasado.

Mientras seguía corriendo hacia ella, podía ver una yegua bastante elegante con gran potencial para un liderazgo completo, y podía ver por qué su línea de sangre real fue elegida para ser una líder nuevamente, al igual que su hija Spirit en el pasado.

Se detuvieron frente a frente y se levantaron sobre sus patas traseras, mostrando su fuerza, liderazgo y protección de sus amigos.

La yegua se calmó y caminó lentamente hacia Seequest, ambos se observaban detenidamente.

Se olfatearon suavemente, soplando por las narices con cautela el uno al otro por el momento.

Finalmente, se sintieron felices y se frotaron los cuellos y juntaron sus narices como lo haría una familia, lo que hizo que los otros caballos se relajaran al ser reconocidos como una aceptación en la manada.

Honour estaba contenta de verlo y conocerlo finalmente, ya que había escuchado tantas historias grandiosas sobre él de su abuela.

El deseo de Helena se hace realidad

La princesa luego lo llamó, sintiéndose bien con sus piernas, y dijo: "Mira, puedo caminar", sin darse cuenta de que en realidad estaba caminando con gran equilibrio y rectitud por primera vez.

Los dos grandes caballos se volvieron al mismo tiempo y miraron a Helena, que estaba caminando hacia uno de los potros bayos que le había llamado la atención.

Honour se sintió insegura, pero Seequest la tranquilizó, asegurándole que probablemente no le haría ningún daño, posiblemente sería algo bueno, ya que Helena tenía el toque mágico con todos los animales, tanto en el mar como, con suerte, ahora en tierra.

Mientras tocaba al joven potro, Helena volvió a caerse, ya que seguía teniendo hormigueo en las piernas, lo que le hacía perder el equilibrio y la sensación en sus piernas adecuadamente porque sus pies se habían entumecido.

Pero el potro bayo pudo ver que ella necesitaba ayuda y comenzó a inclinarse mientras ella se apoyaba contra su musculoso cuerpo para levantarse de nuevo, creando un fuerte vínculo con él, al que ella llamó Fortunate.

Significando que era afortunada y bendecida de que él estuviera ahí para ayudarla, el potro parecía amar su nombre y relinchaba de alegría, empujando a Helena y demostrándole que también le agradaba.

Unas horas más tarde, empezó a recuperar la sensación en sus pies y caminó lentamente, un pie tras otro, para readaptarse a tener piernas y pies en lugar de su hermosa cola de golondrina.

Una vez que le cogió el tranquillo, empezó a bailar como si fuera una verdadera natural, como si hubiera vivido en la tierra durante mucho tiempo.

"¡Bravo!", todos dijeron, y luego ella les hizo una reverencia.

Todos los caballos relincharon con alegría, ya que ella tenía el don de comunicarse con los animales y los caballos la querían por ello también.

Todos los caballos podían sentir todas sus emociones y así es como reaccionaban hacia ella, mostrando coraje y amor por ella también.

Seequest se sintió muy complacido por esto. Helena saltaba de emoción, y más tarde todos descansaron en la playa después de comer algo.

Se recostaron juntos observando cómo el sol se ponía, lo que fue una vista impresionante de ver.

Seequest aceptó llevarla al bosque para conocer al resto de sus amigos.

Se reunieron con los caballos, ya que tenían que moverse, ya no era seguro para ellos estar en la playa, ya que la sal del mar era buena para nadar y curar, pero solo en dosis pequeñas, de lo contrario los enfermaría.

Como no pueden beberla como Seequest y la princesa Helena pueden, ya que viven siempre en el mar.

Estos caballos no pueden beber el agua salada como Seequest y su madre Moonbeam o los caballos de mar

El deseo de Helena se hace realidad

podían, gracias a Neptuno que les dio ese poder en el pasado.

Decidieron mostrarle a Helena cómo la tierra puede cambiar tan rápido y de manera diferente con respecto al mar y los ríos por igual.

La princesa sirena estaba más emocionada que antes, ya que nunca había visto bosques y le encantaba todo lo relacionado con el misterio de lo desconocido.

Los caballos galoparon delante de ellos con Honour liderándolos, mientras Seequest doblaba su pata derecha y su izquierda bajo él para que Helena pudiera subirse fácilmente a su espalda para el viaje de su vida en tierra.

Viajaron a gran velocidad, donde ella vio tantas aves diferentes y escuchó todas estas hermosas canciones desde arriba en los árboles y ardillas rojas y grises saltando de árbol en árbol buscando avellanas para comer mientras avanzaban.

Los pájaros tenían colores y tamaños hermosos que ella se sentía como si estuviera en un nuevo cielo, ya que amaba el mar.

Pero la tierra se estaba volviendo más interesante, ya que tenía un montón de texturas para ver y tocar también.

Llegaron al Bosque Misterioso por la noche. La princesa quería quedarse despierta y mirar las estrellas, pero Seequest sabía que necesitaba dormir para mantener su belleza.

Finalmente, vieron una cueva hermosa en la cresta de Moonbeam, donde Seequest solía vivir con su madre cuando era más joven. Después de que ella murió y se convirtió en un ser de caballo místico y lo dejó solo en la tierra, él la nombró así, expresando todos los grandes recuerdos que compartieron juntos allí, como mirar desde la distancia los delfines saltando dentro y fuera del mar por la noche también.

Él le dijo a Helena que bajara de su espalda y fuera a descansar y quedarse allí hasta que él volviera para dormir a su lado más tarde, ya que sabía que era abrumador incluso para ella lo que había visto y experimentado en un día.

Ella estaba realmente cansada por la emoción de venir a quedarse en tierra por un tiempo.

Así que estuvo de acuerdo en acostarse en el suave césped verde que habían llevado entre ellos hasta la cueva para dormir.

Se sintió como si fuera una niña nuevamente y, sin embargo, necesitaba su descanso y se quedó profundamente dormida en el fondo de la cueva.

En este momento, Seequest estaba disfrutando el tiempo con su familia, ya que pensaba que lo habrían olvidado una vez que se fue en el pasado.

Moonbeam había sido el primer unicornio nocturno y la madre de Seequest, ahora conocida como la Celestial, Reina de los Cielos, quien cuida de los caballos en su vida después de la muerte.

El deseo de Helena se hace realidad

Ella viene y recoge a los caballos y animales cuando mueren y lleva sus espíritus antes de que partan.

Pero sus almas regresan al hogar de Pegaso, ya que originalmente eran de las líneas de sangre del caballo alado.

Antes de que esto suceda, se paran y mencionan al gran Seequest, ya que fue su superior en el momento de sus vidas. No habrá nunca nadie como él en la Tierra de nuevo.

Cuando Seequest escucha esto, se siente muy emocionado y las lágrimas comienzan a caer por su rostro debido a la felicidad y la tristeza, pues estaba orgulloso pero extrañaba a su madre.

Porque vivir en el mar era el único lugar donde ella nunca estuvo con él.

Él sintió que podía aceptar esto más fácilmente, sabiendo que era una nueva vida y un nuevo comienzo para él sin ella.

Capítulo Tres

Helena es consolada por el zorro negro.

Mientras disfruta despertar en estos entornos diferentes, piensa en explorar con Seequest o tal vez sin él pronto, ya que él todavía está profundamente dormido a su lado.

Porque estaba pensando en romper todas las reglas que él y sus padres le habían dicho, posiblemente debido a la curiosidad.

Pero ella estaba pensando que ahora tenía dieciséis años y era lo suficientemente mayor y sabia como para aventurarse sola.

Allí, en la cueva, Helena se ha despertado adecuadamente, acostada al lado del cuerpo de Seequest para obtener calor y protección.

Helena es consolada por el zorro negro.

Se levantó gradualmente, ya que todavía se estaba acostumbrando a sus piernas, donde estaban entumecidas.

Se estiró para aliviar la rigidez que sentía mientras estaba de pie afuera de la cueva y escuchaba hermosos cantos de pájaros desde arriba.

Entre unos grandes árboles, había una gran cantidad de lindos pájaros herrerillos cantando al inicio del día.

Ella les dijo, "buenos días, mis pequeñitos", y ellos le respondieron con sus cantos antes de volar lejos.

"Oh, vuelvan, queridos dulces".

Decidió seguirlos y lentamente regresó a la cueva para vestirse adecuadamente. Cuando su cola había cambiado antes ese día, Neptuno le había puesto un hermoso vestido verde brillante y medias para ponerse en lugar de estar en la playa.

Pasó silenciosamente junto a Seequest, tratando de no molestarlo ya que lucía tan pacífico aún durmiendo después de una larga noche con su familia y amigos.

Con cuidado, salió de la cueva y se adentró más en el bosque, siguiendo a los pájaros adondequiera que fueran.

"No voy a hacerles daño", decidió mientras los seguía más adentro del bosque para explorar más.

Caminó a través de hierba alta y oscura que sentía como seda bajo sus pies, y la acarició con las manos mientras olía las bonitas flores en su camino, disfrutando especialmente el aroma de las rosas y girasoles.

Porque en casa no había olores como estos en el mar, así que ella quería disfrutarlo tanto como pudiera.

Ahora se sentía bastante segura, así que comenzó a bailar y girar en círculos.

La princesa pensaba que pertenecía más a la tierra que al agua porque siempre supo que era diferente de sus hermanos en casa y aún no sabía por qué.

En su camino, se cruzó valientemente con una joven cierva con manchas rojas y blancas en su espalda cuando dijo, "Hola".

"¿Qué eres tú?" poniendo sus manos para tocarla.

La joven cierva no respondió y huyó sintiéndose realmente asustada, ya que nunca había visto una criatura tan bonita como ella antes.

La princesa era impresionante, con un cutis claro, ojos azules brillantes y ahora con un hermoso cabello rubio, ya que su cabello había cambiado cuando desarrolló sus piernas.

Normalmente, su cabello es de color oscuro.

Cambió para proteger su identidad de Hades, con la esperanza de que esto fuera así.

Al correr por los arbustos, se había rasgado su hermoso vestido de seda verde, por lo que ahora encontró algunas hojas y hizo otro atuendo para usar en su lugar.

Helena es consolada por el zorro negro.

Ella llevaba puesto un top verde brillante y una falda amplia y suelta que había hecho con todas las hojas caídas en el suelo, mostrando su creatividad. Con una estatura de aproximadamente cinco pies y seis pulgadas, tenía un cuerpo esbelto con curvas perfectas.

Creo que esto se debe a que toda su vida en el mar desarrolló la fuerza y la forma de su cuerpo debido al movimiento en el agua con su cola.

La princesa sirena cantaba con un sonido inusual que encantaba a los animales del bosque, quienes lo encontraban reconfortante y los animaba a acercarse a ella, incluso algunos caballos del rebaño también se unieron.

Repentinamente, después de que el gran zorro negro había estado observando desde las sombras a cierta distancia, decidió salir y presentarse a la princesa. Había estado observándola divirtiéndose con los animales durante mucho tiempo.

El zorro, ahora transformado en la imagen de un gran zorro negro, salió lentamente de la madriguera actuando nervioso y asustado, lo que llamó la atención de la princesa y la alejó de los demás.

El zorro miró a los otros animales y gruñó, sus ojos rojos brillaban intensamente.

Fue entonces cuando ellos supieron que no era un verdadero amigo, y todos huyeron.

"Por favor, no te vayas", dijo Helena, quien parecía un poco triste, pero el zorro se acercó a ella y ella se olvidó de los demás debido a que también estaba fascinada por esta criatura inusual.

Se quedó quieta en el suelo donde estaba sentada antes, acariciando todo tipo de animales del bosque.

Parecía asustada pero ansiosa por ver si el zorro se alejaría o se acercaría a ella.

Se quedó helada al ver al gran zorro negro acercándose cada vez más.

Sintiéndose aventurera, lo miró directamente y vio esos asombrosos ojos naranja-amarillo-ámbar brillando con expresiones inquisitivas en el fondo iluminado por el sol.

Los ojos del zorro parecían hipnotizarla, haciéndola sentir enamorada de esta criatura que nunca había visto antes y sin embargo sentía como si la hubiera amado desde hace mucho tiempo de alguna manera.

Estar en trance la hizo sentir diferente que nunca antes, la hizo sentir bien al saber que él quería ser su amigo y así se olvidó por completo de Seequest y no regresó a donde él todavía dormía.

Finalmente en la cueva él estaba despertando y se preguntaba dónde había ido Helena ya que ella ya no estaba allí.

Entonces pensó que ella volvería pronto y esperó a que regresara, sabiendo cómo era ella, desobedeciendo las reglas y siendo tan aventurera todo el tiempo.

Pero el tiempo pasaba y Seequest estaba cada vez más preocupado conforme cada segundo transcurría.

Helena es consolada por el zorro negro.

¿Esperando que estuviera soñando con ella rompiendo las reglas y aún así ella no estaba a la vista?

Decide ir a ver a sus amigos del bosque para ver si la habían visto esa mañana temprano.

De vuelta en el bosque, cerca de las partes más oscuras, Helena seguía fascinada por este zorro al que ahora estaba escuchando lo que le estaba diciendo, lo cual era lo incorrecto que hacer en este momento.

Porque en realidad era un mal dios disfrazado que quería a Helena, para poder reclamar el cuerno de Seequest para sí mismo de su padre Neptuno, dios del mar, que ahora lo poseía en su reino.

En cambio, ella empezó a escuchar y obedecer la voz del zorro como si estuviera hipnotizada y desapareció con el zorro fuera de la vista.

En su corazón y mente, ha estado tratando de llamar a Seequest para pedir ayuda desde hace mucho tiempo.

Entonces pensó que tal vez ella lo había llamado de alguna manera mientras él dormía.

Así que se puso de pie y sacudió su cuerpo para relajar sus músculos de nuevo antes de trotar fuera de la cueva y comenzar a galopar tan rápido como pudo hacia el bosque donde ahora vivían sus amigos.

Llegó cuando los animales aparecieron, pensando que no lo reconocen porque no es tan grande como solía ser.

Todos esos años atrás y parecía un caballo blanco ordinario.

Así que parecen no estar seguros de él hasta que les dice quién es realmente, momento en el que se revelan y se alegran de verlo, diciéndole que lo extrañaron y están contentos de que esté bien y feliz.

Les pregunta a sus amigos ardillas, osos y conejos la misma pregunta una y otra vez sobre la princesa Helena de los grandes mares y aún así nadie le dice la verdad.

Pero un conejo adulto comienza a golpear su pie y aparece un conejito que salta y se acerca a él, donde le cuenta al caballo blanco que un zorro negro grande, que nunca habían visto antes, la había llevado a su guarida más lejos, al otro lado del bosque.

Seequest comenzó a entrar en pánico interiormente porque sabía que debía llevarla de vuelta a casa y al mar antes de la próxima puesta de sol o moriría. Porque vivir en el mar todo el tiempo. Neptuno les había dado oxígeno para respirar el aire fresco allí por este corto período de tiempo solo veinticuatro horas.

Corre de vuelta al misterioso bosque donde Honour y su manada todavía estaban descansando y les dice que fue encantador conocerlos finalmente, pero que tiene que ir a buscarla porque ha desaparecido con una criatura que nadie había visto antes.

Pero él sabía que debía ir y encontrar a su amiga antes del atardecer.

Ellos entendieron y él galopa más lejos hacia donde recuerda como potro, donde a su madre le encantaba

Helena es consolada por el zorro negro.

ir. Era la parte principal del Bosque Misterioso. Sabía que posiblemente encontraría algo de ayuda, ya que tenía la idea de que podría ser Hades disfrazado, ya que nunca había habido zorros negros antes, solo unos preciosos de color naranja quemado.

De vuelta en el bosque, Helena había caído en la trampa de la fascinación por esta criatura.

Hades aún estaba disfrazado como el zorro, estudiando su belleza y pensando en que quería que fuera su reina del inframundo.

El zorro era muy astuto y hábil, le dio agua para beber y dentro había una poción para permitirle respirar más tiempo en tierra, ya que ahora quería que se quedara con él para siempre.

El zorro dijo: "Ven, mi encantadora, súbete a mi espalda y te mostraré mi hogar".

Ella aceptó y el zorro se inclinó para que ella subiera a su espalda. Ella agarró su grueso y suave pelaje negro y corrió tan rápidamente como pudo más adentro en el Bosque de los Sueños. Ella parecía tan relajada y feliz en ese momento.

Hades la tenía exactamente donde quería y pensó que sería más fácil llevarla de vuelta a su guarida de lo que pensaba.

Empezó a hacer aullidos de emoción mientras la tenía.

Finalmente, llegaron a una cueva masiva donde el zorro recogió cosas en su boca y abrió una puerta.

Empezó a correr aún más rápido hacia la cueva que parecía no tener fin.

Finalmente llegaron a su guarida y dejó caer a la princesa sobre una hermosa manta suave hecha de gusanos de seda, donde ella se quedó dormida.

"Descansa", dijo el zorro y comenzó a transformarse una vez más en la forma de Hades, Rey del Inframundo.

Él dice "Duerme, mi reina, duerme" con una sonrisa en su rostro.

La princesa no sabía que este era el enemigo de su padre y el hermano del infierno.

Finalmente, se despertó sin escuchar a los hermosos pájaros en los árboles o sin poder ver el sol brillando sobre ella, solo un viejo y oscuro antro lleno de completa oscuridad aparte de algunas velas aquí y allá.

Comienza a entrar en pánico y cae al suelo, impactada, pensando ahora que tal vez sus padres tenían razón y que debería haberse quedado en el agua después de todo.

Ella deseaba haber prestado atención a lo que ellos y Seequest le dijeron sobre por qué había reglas que debía obedecer; ahora se daba cuenta de que estaban allí para su seguridad.

Ahora todo en lo que podía pensar era que ojalá Seequest la encontrara a tiempo y escuchara su llamada anterior en el bosque en su mente.

Helena es consolada por el zorro negro.

Helena entonces se dio cuenta de que había sido engañada por el rey de los engaños mismo, su tío Hades.

"No te preocupes, mi amor, estás segura aquí conmigo y aquí es donde te quedarás a partir de ahora", dijo el rey.

La princesa sirena respondió: "¡No, me voy a casa y no puedes detenerme!"

"Oh, princesa, eso no es cierto, porque lo que has olvidado es que todo lo que has visto a tu alrededor recientemente puede desaparecer con un soplo de mi aliento hacia la tierra".

"Ahora, si quieres que todos tus amigos perezcan y mueran, entonces por favor sigue adelante y déjame".

"De lo contrario, te sugiero que te quedes aquí conmigo y gobiernes mi reino como mi reina".

La pobre Helena estaba aterrada de que ahora estuviera atrapada para siempre con Hades.

Ahora se preguntaba si Seequest había escuchado su llanto y la encontraría aquí en este reino del inframundo.

Seequest estaba preocupado, ¿qué pasaría si no conseguía ayuda en el Bosque Misterioso y no encontraba a los viejos amigos de su madre para que lo ayudaran?

Porque si no, tendría que regresar al mar con las manos vacías y decirle al Rey Neptuno que su hija había sido secuestrada mientras él disfrutaba de estar con su familia equina y sus viejos amigos del bosque nuevamente, mientras ella dormía en una cueva sin vigilancia, ya que él también estaba durmiendo en lugar de vigilar cada uno de sus movimientos.

También sabía que esto no sería bien recibido y que posiblemente sería abandonado o incluso podría ser condenado a muerte por ello.

No le gustaba pensar en eso, así que galopó más rápido hacia el bosque tan rápido como sus patas pudieron llevarlo.

Finalmente, llegó al famoso árbol de abedul plateado de su querido tío Truth, el Viejo Unicornio de la Tierra.

Arriba, en un árbol castaño, estaba la gran sabia lechuza que lo miraba desde arriba y dijo: "¿Eres tú el gran Rey Unicornio?"

Él respondió: "Sí, una vez lo fui, pero ya no, ya que la magia ya no existe."

"Oh", dijo la lechuza, "solo en tus ojos", y luego preguntó: "¿Estás buscando a Max el lobo?"

Seequest respondió: "Sí, lo estoy, ¿dónde está él?"

La lechuza dijo: "Ve hacia el arroyo donde se conecta con el campo donde una vez tocó Pegaso."

"Allí encontrarás la cueva de los grandes lobos ellos mismos."

"Gracias", dijo él.

Helena es consolada por el zorro negro.

La lechuza dijo: "De nada, viejo amigo", mientras extendía sus alas y volaba en la dirección hacia donde Seequest tenía que ir.

Una vez que encontró el camino, la lechuza voló en otra dirección y dijo: "Hasta que vuelvas a reinar, gran rey."

El caballo blanco no entendió lo que la lechuza quería decir, pero lo interpretó de otra manera y respondió: "¡Gracias!"

Galopó más cerca del arroyo hasta llegar al campo dorado donde Pegaso había dejado algunos suministros especiales todos esos años atrás.

Porque en este lado del bosque crecía todo lo que necesitabas.

El arroyo era de un azul claro bellamente claro, que cuando se acercaba para beber, podía ver algunos patos cucharas con elegantes cabezas verdes y cuerpos marrones, junto con sus hembras marrones, nadando felices en el arroyo, simplemente relajándose al sol.

"Oh, perdón", dijo él.

Pero los patos no se dieron cuenta de que era él y se sintieron amenazados, así que graznaron y volaron hacia el cielo.

El pobre Seequest se desanimó al sentir que nadie quería conocerlo más.

En su corazón sintió que algunos animales tenían la sensación de que él los había abandonado cuando en realidad los estaba protegiendo a todos de Hades.

Salió del arroyo y se acostó porque sabía que los lobos no cazan hasta la tarde.

Aunque no quería descansar y perder tiempo, también sabía que necesitaba mantener su fuerza para recuperar a la princesa a tiempo antes del atardecer esta noche, con suerte.

El pobre Seequest en ese momento se sintió derrotado y soñó con los tiempos junto a su madre cuando era un joven potro hasta que llegaron los lobos.

Allí, en la ladera de la colina, estaba el alfa, un hermoso lobo gris el doble del tamaño de un lobo regular.

El lobo vio a este extraño caballo blanco acostado cerca de las aguas y corrió hacia él para ver por qué estaba allí.

Se acercó a Seequest sin molestarlo y lo agarró por el cuello y dijo: "No eres bienvenido aquí", gruñendo mientras hablaba.

Seequest se despertó y tiró al lobo al suelo mientras se ponía de pie y dijo: "Puedo parecer un caballo ¡pero no lo soy!"

"Yo fui una vez el Rey Unicornio de las tierras", dijo, "Conocí a Max y a Ash, retrocede antes de que te mate, lobo."

Helena es consolada por el zorro negro.

"Eran amigos cercanos de mis padres que eran los unicornios nocturnos."

"Eran los líderes de la manada conocidos como Rayo de Luna y el gran Jecco mismo."

"Max fue un gran amigo de mi madre, él ayudó a salvarla a ella y a mí cuando ella me esperaba, ¿dónde está ahora?"

"Mis disculpas, gran uno, ¡no sabía que eras tú!" "Está bien, querido amigo."

"Nadie debía saberlo."

"¿Cómo puedo ayudarte?", dijo el joven lobo. "Necesito ver a Max, ¿dónde lo encontraré?"

El lobo mantenía la cabeza baja y dijo: "Lo siento."

"Mi padre murió hace un año."

"Su compañera Ash está descansando más adentro en el bosque con las hembras, ya que le afectó mucho cuando él falleció y ella se retiró de su posición de Omega."

"Oh, lamento mucho escuchar eso."

Entonces Seequest supo que no tenía otra opción más que regresar solo al mar y enfrentarse a Neptuno y a la reina Sera.

Se sentía seguro y, al mismo tiempo, asustado porque había perdido su orgullo y alegría.

Comenzó a preguntarse de nuevo si ellos escucharían lo que necesitaba contarles y si lo perdonarían o lo matarían.

Cuando se dio cuenta de que no tenía opción y que debía arriesgarse.

Dijo gracias al lobo gris y miró al cielo diciendo "descansa en paz, viejo amigo" mientras relinchaba fuertemente en señal de respeto por la pérdida de un miembro de la familia de otra especie.

Bajó gentilmente la cabeza de nuevo.

Pensó en su mente: debo enfrentar mi destino y galopó todo el camino de regreso a la playa.

Al llegar a la playa y comenzar a galopar hacia ella, se transformó nuevamente en un hipocampo.

Allí en el mar estaban sus queridos viejos amigos, los delfines Mini y Tuck, esperando que regresaran a casa nuevamente.

Pero lo que no sabían era que él venía solo.

Capítulo Cuatro

El Destino de Seequest o No

A medida que se acercaba al agua, su cuerpo comenzaba a transformarse una vez más en el hermoso hipocampo azul claro, con una melena escamosa color aguamarina y branquias para respirar bajo el agua, además de hermosas escamas en su cuerpo, profundamente azules como un escudo para protegerlo de ser herido o mordido, formando una especie de capa con pequeños escudos juntos.

Sus ojos cambiaron a color aguamarina, brillando intensamente si tenías la oportunidad de verlos.

Nadó hacia sus amigos los delfines, quienes comenzaron a saltar y hacer volteretas en el mar, salpicando con sus colas el agua que lanzaban desde sus bocas, emocionados al saber que Seequest y la princesa estaban llegando a casa para quedarse.

También comenzaron a hacer ruidos chirriantes de felicidad al saber que sus amigos estaban a salvo una vez más en el mar.

Pero a medida que se acercaba, ellos se detuvieron y parecían enojados al darse cuenta de que la princesa Helena no estaba con él.

Estaban listos para golpearlo con sus narices para hacer que regresara y la trajera de vuelta.

Mientras lo reprendían, mencionaron que él la había dejado en peligro, ya que ellos también son guardianes de la alteza real.

"Seequest, ¿dónde está la princesa?", le preguntaron los delfines enojados.

Él respondió: "Lamentablemente, el gran zorro negro que la tomó, llamado Jinx, quien es nuevo en el bosque, se la llevó de vuelta a su guarida en algún lugar del bosque."

"Sucedió mientras yo dormía. Ella debe haberse despertado y se sintió segura en el bosque con mis amigos, así que quiso explorar más y dejarme descansar, bendita sea."

"Me lo dijeron uno de los conejos y una cierva joven, que no les gustaba el zorro."

"Helena estaba cantando y bailando con los otros animales del bosque, feliz y segura, cuando él se acercó a ella y asustó a todos con su mirada aterradora y sus ojos rojos."

"El conejo dijo que la voz del zorro parecía haber puesto a Helena bajo un hechizo de amor o algo así, así que ella fue pacíficamente con él a su guarida, ¡que aún no puedo encontrar!"

La cara de Seequest parecía afligida y sintió que había fallado a todos, con lágrimas en los ojos y manteniendo la cabeza baja hacia el agua, sin atreverse a mirar a los ojos a sus amigos y sintiéndose avergonzado.

"Lo peor de todo es que me pregunto si Hades está tramando sus viejos trucos de nuevo."

Las caras de los delfines parecían cambiar y sintieron lástima por Seequest, diciendo: "Entonces no perdamos tiempo y volvamos al palacio inmediatamente para contarle a Neptuno lo que ha pasado y llevarla de vuelta a casa lo más rápido y segura posible."

Ellos frotaron a su amigo y relinchó mientras el agua salía de sus branquias al mismo tiempo que nadaba, respondiendo: "Sí, tienes razón."

Los delfines y el hipocampo voltearon y dirigieron sus caras hacia las olas, empujando con todas sus fuerzas y sumergiéndose profundamente en el océano, donde vieron los tonos más oscuros del agua que marcaban el portal al reino oculto de Neptuno, Vissen.

Continuaron nadando profundamente hasta que alcanzaron una luz dorada que los llevó a través de las grandes puertas doradas del propio Neptuno.

Los guardias reconocieron a Seequest y lo dejaron entrar, con los delfines siguiéndolo hasta

Seequest se acercó a la segunda puerta donde sus amigos dijeron "buena suerte" y nadaron lejos del palacio.

Seequest se dijo a sí mismo en sus pensamientos: "Gracias, voy a necesitarla", y se acercó a la impresionante puerta dorada que tenía el emblema de delfines.

El hipocampo tragó saliva y se acercó a las puertas abiertas, donde los guardias dijeron: "Seequest, ¿dónde está la princesa?" Él simplemente los ignoró y nadó más hacia las puertas del palacio.

Seequest sabía que Neptuno estaría muy molesto, enojado y también decepcionado con él, así que se sentía asustado.

Pero sabía que tenía que hacer esto y enfrentar sus errores diciendo la verdad sobre lo que había sucedido, ya que quería a su querida amiga de vuelta a salvo, donde pertenecía, cuando comenzó a nadar con la cabeza bien alta.

El guardia abrió la puerta y allí, sentado en su trono, estaba Neptuno luciendo bastante contento hasta que vio que su querido amigo no traía a su hija sobre su espalda.

El rey del mar entró en pánico y agitó su gran cola de golondrina de un lado a otro mientras se ponía de pie y decía con voz enojada pero también preocupada:

"Seequest, ¿qué le ha pasado a mi hija? ¿Por qué no está contigo?"

El gran rey del mar ahora estaba preocupado y comenzó a llorar, diciendo: "Debo informar a la reina ahora".

"Espera, puedo explicarlo."

"Ella está a salvo y bien, te lo puedo prometer. Pero debo pedirte una cosa."

"Debes devolverme mi cuerno para que pueda recuperarla del zorro negro en el bosque, por favor."

"¿Por qué tiene un zorro a mi hija? Seequest, ¿qué pasó allí?"

"¡Su Majestad, lamento haberlos decepcionado!"

"Prometo que nunca volveré aquí a menos que tenga a Helena conmigo."

Neptuno dijo: "¿Por qué dices eso, querido amigo?"

"Porque les he fallado a ambos y a Helena, que es mi querida amiga y debo protegerla."

El rey podía ver que él estaba muy molesto y moderó su tono hacia el estresado hipocampo en este momento.

Neptuno pidió al hipocampo blanco y azul que le contara qué había sucedido con su hija y luego decidiría el destino de Seequest, si vivir o morir.

Pasó una hora y aunque aún parecía estar enojado,

entendió que su hija también era aventurera y podría ir a explorar por su cuenta si sentía que era seguro hacerlo.

"Espera", dijo el rey, "¿crees que mi hija está en peligro?"

El hipocampo respondió, "Si estoy en lo correcto, sí y no."

Neptuno no le gustó la respuesta de Seequest y dijo: "¡explícate!"

Seequest mencionó a Neptuno los tiempos en que Hades jugaba trucos en el pasado y le dijo que posiblemente cree que lo está haciendo de nuevo para obtener su cuerno y usar su poderosa magia para gobernar la tierra, como lo intentó antes cuando Seequest era el Rey Unicornio de todas las tierras.

El rey del mar se recostó en su trono con una expresión pensativa y la mano en la barbilla, pensando si es posible que su hermano esté tramando sus trucos de nuevo.

Neptuno luego dijo: "Seequest, ¡creo que él quiere tu cuerno!"

"Pero si logra que mi hija se case con él, entonces se volverá más poderoso que yo. Eso significa que podría derrotarme y convertirse en el rey del inframundo, del mar y también de la tierra."

"No podemos permitir que esto suceda bajo ninguna circunstancia."

"De acuerdo", dijo Seequest, y ambos nadaron hacia el templo donde la reina estaba trabajando, y allí dentro estaba el hermoso cuerno plateado de Seequest energizando los cuatro cráneos de cristal de su reino.

Eran cuatro cráneos reales en este templo de cristal donde la reina los cargaba para la protección de su gente, del mar y de sus tierras.

Primero estaba el cráneo de aguamarina, que representa el poder de la creatividad y el espiritualismo, que son la conexión con los otros planetas del firmamento.

Luego está el cráneo de esmeralda, que representa la sanación y la paz.

El cuarzo rosa representa el amor, la esperanza y la familia, y el último es el cráneo de zafiro, que simboliza la protección y el coraje para su pueblo que cree en ellos.

Pero había un mito sobre uno más: el cráneo de cristal púrpura, del que se decía que era más poderoso que todos los demás juntos.

Neptuno llamó entonces a su reina, quien tiene gran sabiduría y conocimiento de todo. La reina se volteó y los miró a ambos.

Lucía hermosa con un deslumbrante vestido plateado y blanco con una capa alrededor, con el emblema de la luna.

Su cola de golondrina era de tonos aquamarina y azul claro.

Tenía una tez clara y hermosa, con largos cabellos rubios ondulados y labios rosados con ojos perlados azulados que podían hacerte derretir solo con mirarlos.

"Vuestra Majestad", la llamaste, siempre respetando el rol de su esposo como el dios del mar. "¿En qué puedo servirte hoy?"

Neptuno respondió, "Mi querida reina de gran sabiduría, por favor comparte con nosotros tu conocimiento."

Ella contestó, "Sí, por supuesto, ¿en qué puedo ayudarte?"

Neptuno dijo, "Seequest siente que nuestra hija Helena ha sido capturada por mi cruel hermano Hades. Él sabe que cedería ante él y también sabe que le entregaré el cuerno de Seequest para tener de vuelta a nuestra amada hija en casa, a salvo con nosotros, en un abrir y cerrar de ojos."

La reina Sera parecía desconcertada y enojada al mismo tiempo, pero mantuvo la calma para poder usar sus poderes y verificar si esto era cierto.

"Permíteme mirar en mi bola de cristal clara llamada 'el ojo de la sabiduría'."

La reina sacó uno de sus hermosos clips de plata y, con magia, aplaudió sus manos y comenzó a brillar y transformarse en una impresionante bola de cristal.

Finalmente, dejó de brillar y flotó frente a ella.

Entonces, puso sus manos sobre la bola y dijo: "Escúchame ahora, mi ojo de la sabiduría. Muéstrame el destino de Seequest y mi hija."

"¿Ambos volverán a casa sanos y juntos?", preguntó ella. "Sí, Vuestra Majestad, pero no sin un precio que pagar en el futuro", le respondió.

La bola de cristal empezó a perder brillo cuando ella aplaudió nuevamente y luego volvió a su estado original al colocar de nuevo el clip de plata en su cabello.

La reina también vio algo más que involucraba a Seequest. Sin embargo, sabía que debía guardar esto para sí misma por ahora, ya que representaba tanto lo bueno como lo malo, un equilibrio con Gaia (Madre Naturaleza). Debía mantener el secreto de todos por ahora.

Neptuno quedó satisfecho con la respuesta recibida y dijo: "Eso será todo".

"Sera era buena en lo que predicaba, y por ahora mantuvo sus sentimientos bajo control para evitar más preocupaciones por Seequest o el rey en este momento".

Nuevamente su esposo repitió: "Eso será todo, mi alta sacerdotisa. Sí, mi rey", y ella inclinó suavemente la cabeza mirándolo mientras lo hacía. "Gracias", y luego nadó con gracia hacia las grandes puertas del templo, que se abrieron en su presencia cerca de ellas y nadó más hacia los establos llorando mientras se iba.

Neptuno todavía se preguntaba cuál sería la decisión correcta para el bien de todos.

Principalmente por la seguridad de recuperar a su hija entera, sin que Hades le haga daño con su corona.

Pensó mucho y luego decidió y respondió: "Mi querido viejo amigo Seequest, ¿realmente crees que puedes derrotar a mi hermano Hades con tu poderoso cuerno mágico?"

"Por favor, Neptuno, déjame al menos intentarlo, Helena es familia para mí."

"Permíteme volver a la superficie, hablar con mis amigos y traerte de vuelta a tu hija."

El rey del mar dijo: "Está bien, acepto devolverte tu cuerno por ahora, temporalmente."

"Pero una vez que lo hayamos derrotado, tendrás que devolverlo amablemente al templo de los cráneos de cristal, donde ayuda a mi gente y a tus amigos marinos."

"Sí, Neptuno, estoy de acuerdo con esto y respeto completamente tus razones, así como me has acogido como uno de los tuyos durante muchos años."

"Así es como te devuelvo tu amor y comprensión."

"Bueno, eso está resuelto", y nadaron hacia las puertas del templo de cristal, donde él alcanzó el gran cuerno plateado que brillaba sus rayos sobre todos los cráneos de cristal cada día.

Neptuno pidió a Seequest que se inclinara un poco para poder colocar su cuerno de nuevo en el centro de su frente sin causarle dolor.

También colocó una protección adicional para evitar que se rompiera o le fuera quitado, ya que según el acuerdo, si esto sucedía, los poderes de Seequest se desvanecerían y él moriría para siempre.

Pobre Seequest no le gustaba la idea, pero sabía que era la única manera posible de derrotar a Hades en su propio juego.

Entonces Neptuno apuntó su tridente hacia la cabeza de Seequest y recitó un verso en griego, haciendo que el tridente comenzara a brillar, restaurando la magia una vez más.

Se podía ver cómo su cuerno crecía bellamente de nuevo en su frente, donde Seequest sintió una ligera sensación hormigueante mientras crecía hasta alcanzar su tamaño completo nuevamente.

Neptuno miró a Seequest y dijo: "Levántate, mi uni-cornio hippocampus y Rey Unicornio."

Seequest también había crecido más grande y brillaba como un ángel caballeresco desde los cielos una vez más.

Seequest era magnífico; fuerte y valiente, sintiendo que podía derrotar cualquier cosa.

"Antes de que te vayas, también te he dado todos los poderes que tenías antes, así que si es necesario, puedes absorber la energía de alguien más, como hiciste en el pasado con el unicornio terrestre."

Él se inclinó ante Neptuno y dijo: "Espero que regreses la próxima vez con mi hija, muchacho. De lo contrario, nuestra amistad terminará y morirás solo en la Tierra."

"Sí, mi rey, te lo prometo así, estoy de acuerdo en dar mi vida para salvar la suya".

"Gracias, Seequest, mi verdadero héroe y amigo", y luego nadó de regreso hacia el Rey Unicornio y lo abrazó alrededor del cuello con sus brazos mientras el Uni-hipocampo cerraba los ojos y colocaba su morro en las manos del rey del mar, mostrando afecto.

Seequest respondió: "Ella estará pronto en casa, a salvo, mi rey, te lo prometo".

Neptuno sabía que esto era verdad, pero se sintió triste por lo que Seequest había dicho, como si sintiera que el gran Uni-hipocampo sabía que nunca volvería a vivir con ellos.

Neptuno sintió que él estaba diciendo adiós de una manera diferente para no alarmarlo, y el rey lo respetó enormemente por eso.

Neptuno dijo: "Espera, recuerda esto si necesitas mi ayuda o avanzar".

"Todo lo que tienes que hacer es poner tu cuerno en el mar y estaré allí para ti. ¡Ahora ve!"

El poderoso Uni-hipocampo se dio la vuelta y nadó lejos con lágrimas en los ojos, sabiendo lo que tenía que hacer.

Seequest sabía que el rey del mar solo se estaba protegiendo a sí mismo y a su reino, así que respetó los deseos de Neptuno.

El Destino de Seequest o No

Mientras el Uni-hipocampo ya había nadado lejos, el rey golpeó fuertemente su tridente en el suelo y dijo: "Que toda la fuerza y sabiduría de los mares estén contigo ahora, mi querido amigo."

El gran Uni-hipocampo nadó de regreso a las puertas doradas, donde esta vez estaban los Caballeros-mar de tez pálida, cabello oscuro y ojos azules.

Los guardias lo esperaban usando su armadura dorada y sosteniendo poderosas lanzas doradas.

Seequest entonces supo que estos eran los Caballeros-mar más leales y fuertes del reino de Neptuno.

Nadie se atrevería a entrar en el palacio mientras ellos estuvieran de guardia, sabiendo que Neptuno posiblemente se estaba preparando para la guerra contra su propio hermano Hades una vez más.

En la segunda puerta vio a sus amigos delfines, quienes eran los guardianes de Helena antes de que llegara Seequest.

Ya estaban al tanto del plan, ya que Neptuno los había informado previamente hablando con ellos a través de sus mentes antes de reunirse por última vez con su leal amigo, ¿quizás?

Miraron a su amigo y vieron no a un hipocampo, sino a un valiente y fuerte Uni-hipocampo, y se veía impresionante con sus hermosas aletas largas y ondulantes que parecían pequeñas alas de ángel.

Primero se inclinaron ante él cuando se acercó a ellos, y él inclinó la cabeza en respuesta.

Él dijo con voz más audaz: "Vamos, mis amigos y guardianes de la princesa, subamos a la superficie y recuperémosla".

Los delfines asintieron con la cabeza y sonrieron.

Todos nadaron muy rápido hacia la entrada donde tendrían que ascender a la superficie, nadando a través de hermosos colores verdes y rojos, viendo cangrejos caminando de lado en el fondo del océano y estrellas de mar doradas pegadas a las rocas para alimentarse.

Seequest recordó por qué amaba vivir en el océano mientras pasaban por peces payaso, caballas arcoíris, bacalaos y lenguados.

Además, vieron enormes mantarrayas, de las cuales tenían que tener cuidado para no ser aplastados por ellas, ya que estas hermosas criaturas se enterraban en la arena para atrapar a sus presas y alimentarse regularmente.

Nadaron cerca unos de otros, ya que las mantarrayas podían fácilmente lanzar a los delfines o incluso a Seequest volando, debido a su enorme tamaño.

Estas criaturas les parecían enormes, así que tuvieron que esperar hasta que estuvieran listos para seguir adelante.

Finalmente, las mantarrayas se fueron y siguieron nadando felices hacia la parte poco profunda del mar donde estaba el pasaje para ascender a la superficie.

Los guardianes eventualmente se detuvieron y miraron hacia la parte superior del océano, que era mucho más fría en las aguas de las Islas Británicas de donde originalmente provenían de Grecia.

Era bonito y claro, a pesar de ser de un azul turquesa que podían ver.

Las ballenas y los peces pasaban junto a ellos mientras nadaban hacia este largo pasaje hacia la superficie.

Cuando alcanzaron la superficie, era ahora amanecer, ya que era el único momento en que aparecía en el océano y también era la forma de Neptuno de mantener a su gente y a las criaturas marinas a salvo de los ojos acechantes de Hades y sus criaturas cambiantes de forma.

Seequest tuvo que decir un verso y dijo "Piscis". Las puertas dobles aparecieron como por arte de magia, como si siempre hubieran estado allí, pero no las podían ver hasta ahora.

Las puertas aparecieron como metal pesado de bronce, por su fuerza y seguridad, con elegantes marcas azules de la gente del mar.

Las puertas se abrieron y nadaron rápidamente a través de ellas. A medida que lo hacían, el mar cambió a un tono de azul más oscuro y la entrada desapareció.

Mientras seguían nadando hacia la playa, pudieron ver que el color del mar cambiaba entre zonas claras y oscuras, lo que significaba que el mar seguía siendo profundo debido a la sombra, y era una advertencia para que fueran cuidadosos.

Nadaron a través de las aguas más profundas y se acercaron a tiburones de todo tipo que los respetaban, ya que también eran guardianes del océano para Neptuno y nunca los tocarían a menos que fuera ordenado por el rey del mar.

Los tiburones asintieron con la cabeza mientras nadaban lejos; parecían más asustados de Seequest de lo habitual.

Justo antes de llegar a una parte más clara, se encontraron con ballenas nadando felizmente entre ellos y los tiburones, ya que tenía que haber buenos y malos en las aguas para mantener un verdadero equilibrio en las cosas. Parecían felices en ese momento.

Pero Seequest también estaba triste, ya que sabía que tan pronto como llegara a la playa, nunca más podría volver al mar, a su hogar de verdad.

Era solo un instinto visceral que sentía y esperaba estar equivocado.

Decidió que disfrutaría cada minuto con sus amigos y se tomó su tiempo para jugar una última vez antes de emprender solo su próxima aventura.

Más tarde, Seequest sintió que su instinto le decía que era hora de ir a la playa.

Cuando escuchó un débil sonido o algo que podría haber sido un grito de ayuda de Helena, tal vez?

Así que dejó de jugar de inmediato y se preparó para continuar nadando solo de regreso a la hermosa costa de las Tierras Altas de Escocia.

Antes de hacerlo, nadó hacia los delfines y los tocó individualmente con su cuerno, que brillaba con una luz blanca que iluminaba el mar y centelleaba como la Luna misma, como si estuviera brillando sobre ellos en ese momento.

Los delfines chillaron de vuelta al sentir el calor del amor y la despedida de Seequest a través de su mente mientras él nadaba solo hacia la playa.

Los delfines eran hermosos tonos de azul y gris, saltando tristemente fuera del agua, sabiendo también que estaban diciendo adiós a su querido amigo, el Uni-hipocampo.

Seequest nadó tan rápido como pudo, lo que hizo que el mar se volviera muy agitado y agresivo, comenzando a producir olas grandes que él empezó a cabalgar.

Finalmente, él saltaba con ellas mientras se acercaba a la playa, donde las branquias de Seequest se abrían rápidamente, aunque también podía tragar agua de mar.

Esto simplemente le facilitó tener la energía para saltar y galopar sobre las olas al mismo tiempo.

Con la hermosa luz blanca de la Luna iluminando el mar más que antes, ya que en el cielo nocturno Luna observaba desde lejos.

Finalmente, él llegó a la playa. Cuando tocó la arena dorada debajo de él, su cola comenzó a transformarse en dos poderosas patas traseras y sus branquias se cerraron alrededor de su cabeza, mientras todo su cuerpo se volvía sólido, ya no un efecto de agua como antes.

Ahora trotaba fuera del mar en su verdadera forma de un gran Rey Unicornio puro blanco, como una vez fue antes, con la diferencia de que ahora tenía un cuerno de platino en lugar del plateado, además de poseer el poder de los cráneos de cristal también.

Galopó más y más hacia la playa, lo cual le causó dolor en los pies ya que no había estado en tierra firme por un tiempo.

El sol iluminaba las tierras escocesas mientras comenzaba a asomarse de nuevo para dar inicio a otro día.

Cuando caminó más adentro, sus pezuñas tocaron la arena, que se volvía más sólida, luego sacudió toda el agua salada de su cuerpo.

Con un hermoso pelaje de tonos blancos con largas y suaves vetas onduladas de negro en su melena y cola, y partes de su pelaje aquí y allá, sintió la fuerza de su ser original y la presencia de su padre con él también (el poder del unicornio nocturno).

Ahora su apariencia tenía un efecto de gris moteado, que era impresionante como una mezcla de toda su verdadera forma y la de su padre también. Parecía que había alcanzado plena sabiduría ahora.

Se aseguró de estar seco antes de descansar un rato, sintiéndose exhausto por la preocupación por su querida amiga, la princesa.

Miró hacia su izquierda y recordó la roca donde nació, fue hacia allí y se acostó, quedándose dormido rápidamente pensando en Helena y también en su madre.

Allí estaba Seequest, todo acurrucado como lo estaba cuando era más joven.

Se sintió genial estar de vuelta en tierra por un tiempo, pero su instinto le hizo sentir que no sería por mucho tiempo.

Seequest, el Rey Unicornio, una vez más soñó con todos los buenos tiempos, como si estuvieran llegando a su fin.

Capítulo cinco

De vuelta en el Reino de Neptuno de Vissen

De vuelta en el reino de Neptuno de Vissen, la mejor amiga de Helena notó que la princesa no la recibió como de costumbre y fue a hablar con su madre para preguntarle por qué.

La amiga de Helena se llama Esmeralda, ya que tenía hermosos tonos brillantes de verde por todas partes en sus aletas y cola.

También llevaba un bonito top vasco con su cabello verde, que también coincidía con sus brillantes ojos verdes esmeralda, de donde sacó su nombre.

Sus padres eran amigos cercanos del rey y la reina del mar.

De vuelta en el Reino de Neptuno de Vissen

Esmeralda nadó más adentro en el reino de Neptuno hasta que llegó a estos edificios redondos hechos del arena más fuerte que había.

Se acercó al segundo edificio, que tenía la inicial S grabada en él, que significaba ser amigos de la reina.

Todos los otros edificios tenían la letra N en las puertas, ya que era donde vivían los guardias y caballeros.

Pero más adelante había más casas con la inicial S que pertenecían a los ayudantes y cuidadores de la reina.

Sucede que los padres de Esmeralda eran muy importantes para ambos reales marinos y para el hogar de Vissen, por eso es el único conectado también a las casas de los caballeros.

Ella abrió la puerta, y adentro estaba su madre cocinando algo de pescado, luciendo bastante glamorosa para alguien que está cocinando.

La madre de Esmeralda se parece a ella, con cabello anaranjado brillante, ojos naranja brillante y una cola a juego. Su nombre es Cítrica.

Se acercó a su madre en silencio para no molestarla y lloró: "Madre, la princesa no está por aquí en ninguna parte. Creo que le ha ocurrido algo terrible".

Su madre respondió: "Cállate, hija, estoy segura de que está bien y en los terrenos del palacio".

"Apuesto a que no lo está", interrumpiendo la conversación de su madre.

Citrus sabía que su hija a veces tenía poderes especiales para saber cosas, así que decidió escucharla esta vez.

Ella dijo, "Está bien, mi querida, si así es como te sientes entonces te creo.

Debemos ir a ver a la reina y contarle lo que sientes y sabes ahora".

Se quitó el delantal, que flotó sobre la mesa.

La madre de Esmeralda la agarró delicadamente y fue hacia la puerta principal y dijo, "Ven, mi hija, vamos a traer a los delfines y preparar el carruaje".

Nadaron en la piscina, ambos soplando a través de estas grandes conchas.

Donde aparecieron dos apuestos delfines machos más grandes que los amigos de Seequest.

Los delfines vinieron nadando hacia ellas, chirriando emocionados al verlas a ambas.

Se acercaron a las sirenas suavemente, y Citrus dijo, "Hola, mis bellezas".

"Necesitamos tu ayuda", mientras nadaban de vuelta al carruaje, donde Esmeralda y su madre colocaron los suaves frenos dorados brillantes en sus rostros y los gruesos arneses dorados suaves en los cuerpos, los cuales conectaron al carruaje para que pudieran tirar libremente de él."

De vuelta en el Reino de Neptuno de Vissen

"El carruaje era impresionante, grande pero elegante, con tonos de naranja y verde y una S en el centro también.

Ambas nadaron hacia él, donde Citrus llamó a los delfines y dijo, 'adelante, mis chicos, llévenos con la Reina Sera de inmediato.'

En un instante, los delfines sumergieron sus narices hacia abajo y empezaron a agitar sus colas arriba y abajo rápidamente para sentir a los grandes mamíferos tirando del carruaje con todas sus fuerzas y, a la vez, rápido y muy tranquilos.

Los delfines llegaron al sur del mar, donde yacía el reino secreto de Neptuno.

Nadaron y nadaron hasta que una hora después vieron la verdadera casa de Neptuno, que era el edificio de arena más bonito que habías visto, también cubierto de plata, ya que esa era la línea y el poder de la reina, ya que recibía su poder de Luna, la luna.

Luna es la diosa de la luna y es la madre de la Reina Sera.

Neptuno y Sera se conocieron hace siglos en los cielos antes de que se creara la Tierra.

Allí se enamoraron profundamente el uno del otro.

Neptuno también es el nombre del hermoso planeta azul brillante donde vivía originalmente, como fue renombrado por Zeus entonces.

Después de derrotar a los Titanes en los cielos, él quería bajar a la Tierra, ya que en ese momento Zeus decidió que quería vivir más cerca de sus creaciones y también amaba la Tierra.

En una fecha posterior, Zeus estuvo de acuerdo con su hermano en que le daría un regalo por todo su arduo trabajo en ayudar a Zeus a matar a su padre, el horrible Titán de todos ellos.

Zeus lo nombró dios del mar, ya que el planeta Neptuno estaba lleno de agua, así que Zeus sabía que su hermano sería perfecto para esta tarea.

Así que cuando Sera y Neptuno se acercaron y quisieron estar juntos para siempre, a él se le dio el mar y los océanos para proteger.

La princesa Sera aceptó ser su reina y luego fue nombrada Reina Sera, la sumo sacerdotisa de Vissen y del Templo de Cristal.

Como regalo de su madre, se le dio el poder de respirar bajo el agua y en tierra firme, así como el conocimiento y la sabiduría del universo, que ella sabía que algún día serían útiles gracias a amigos celestiales de lejos, con cada uno de los cráneos de cristal que le habían dado en el pasado.

Una vez que Citrus y Esmeralda llegaron al edificio plateado, dos guardias tritones llevaban armaduras plateadas y sostenían lanzas plateadas con el logo de la luna en sus escudos.

De vuelta en el Reino de Neptuno de Vissen

Citrus le dijo a los delfines que redujeran la velocidad, así que comenzaron a mover sus colas y cuerpos a un ritmo más lento.

Cuando el carruaje se detuvo, nadaron fuera de él y Citrus dijo, 'váyanse,' y los delfines nadaron kilómetros lejos para no ser vistos.

Esmeralda y su madre se acercaron a las grandes puertas plateadas con el logo de la luna, donde los fuertes caballeros del mar cruzaron sus lanzas delante de ellas, que era su trabajo para proteger a la reina, lo que sorprendió a la hija.

El amigo de la reina dijo, 'venimos en paz y no causaremos ningún daño a nuestra reina,' y luego dijo, 'debemos verla urgentemente acerca de la seguridad de su hija.'

Los caballeros rieron y luego se lo negaron, así que ella dijo, 'Cáncer.'

Como es el código de la reina para sus amigos y trabajadores en su reino, como el nombre de su guardián, el Cangrejo.

Ya que estos seres del mar solo conocían esto o lo veían, por cierto, a menos que hubiera algún peligro o una guerra llegando!

Era su verdadero guardián de la estrella Cáncer que Luna amablemente le dio a su hija para protegerla y a los mares.

El gran cangrejo rojo aún tenía el mismo nombre que su signo estelar y era un amigo cercano de la reina, ya que nunca estaba lejos de ella cuando la necesitaba, ya que la protegía en todo momento ahora que ella ya no vivía en los cielos.

El cangrejo también era un símbolo de amor, paz y creatividad para los seres del mar también."

"Dentro de eso, los caballeros guardaron silencio y retractaron sus lanzas, sonriendo mientras abrían las puertas para que entraran libremente.

Dentro estaba el palacio más hermoso que jamás hayas visto.

Había estatuas de plata de los delfines favoritos de la reina y de ella misma y su esposo, el Rey Neptuno.

Los pisos de arena incluso brillaban con plata y oro también, ya que este era el hogar real de Neptuno y la reina, donde no solo aman mucho a su gente sino que también necesitan su privacidad de todos.

El palacio es donde él pasa el día para ver a su gente y tener reuniones con otros de todas partes del océano, asegurándose de que el mar y las criaturas estén a salvo.

También es donde viven felices juntos los establos del gran legendario Sea Spray y Tidal Wave, como uno solo.

Porque fueron los primeros hipocampos creados, lo que los hizo muy especiales, así que la reina los escondía en establos secretos que nadie sabía que estaban allí, ya que la reina hizo un hechizo que los ocultaba de los demás.

De vuelta en el Reino de Neptuno de Vissen

Dado que fueron los primeros caballitos de mar de su tipo, muy poderosos y peligrosos si caían en malas manos, nacieron gracias a que la madre de Seequest dio su cuerno para salvarse a sí misma y a su hijo por nacer cincuenta años antes.

Los caballeros de la reina la llamaron a través de una concha.

Ella escuchó el llamado en los establos de inmediato y terminó rápidamente lo que estaba haciendo, dijo un verso y hizo que el hipocampo fuera invisible a los ojos de la mente.

El hipocampo es una criatura preciosa y sagrada para Neptuno y ella misma, ya que Tidal Wave también es el campeón supremo acuático del mar, que nunca ha sido derrotado.

Luego nadó desde los establos de regreso a los aposentos donde sus invitados esperaban verla.

Se apresuró lo más rápido que pudo hacia la sala del trono de rosados, azules y plateados con diamantes mezclados en el suelo, y encima del techo había una copia de las estrellas y la luna representando a su madre y su hogar para evitar que alguna vez se sintiera nostálgica viviendo ahora en el mar.

Respiró profundamente y se sentó en su trono llevando su hermoso vestido blanco y su manto plateado y azul.

Sobre su cabeza llevaba una elegante corona de hipocampo con la luna y las estrellas a su alrededor con aquamarina y topacio también.

Era impresionante.

Los caballeros escoltaron a las sirenas hasta la sala del trono y abrieron las puertas. Allí frente a ellas estaba la Reina Sera, que era hermosa y radiante con su largo cabello rubio ondulado.

Ella dijo, '¿Cómo puedo ayudarte, mi querida amiga?'

Citrus respondió, 'Mi graciosa reina,' haciendo una reverencia, 'lamento molestarte pero mi hija tiene noticias importantes que debes escuchar. Se trata de tu hija mayor, la princesa Helena.'

En ese momento Sera estaba preocupada, preguntándose qué había visto o sabía esta niña, ya que también podía sentir sus poderes.

La reina pensó que ya lo sabía y jugó a lo largo para no molestar a la hija de su amiga.

'Adelante, querida niña. ¿Qué sabes sobre Helena?'

Esmeralda se acercó a la reina con miedo y lágrimas rodando por su rostro mientras hablaba. Se inclinó y luego dijo, 'Mi dulce reina, soy la mejor amiga de tu hija y siento en mi interior que está en gran peligro.'

La reina la tranquilizó y expresó que ya lo sabía y sin embargo estaba preparada para escuchar a esta joven niña dotada para ver si sus poderes eran verdaderos.

'Está bien, querida. Por favor, no olvides que sé que cuidas mucho de mi hija mayor y que ambas crecieron juntas.'

De vuelta en el Reino de Neptuno de Vissen

'Mi hija está a salvo, ya que Seequest, nuestro querido viejo amigo de la tierra que una vez fue el rey de los unicornios y ahora conocido como Seequest, el gran Hipocampo, ha regresado para llevársela de quien la ha llevado

a su cuidado,' con gran confianza en su voz en ese momento.

"Por favor, déjame ayudarte, oh Reina, mientras ella está ausente", dijo la madre de Esmeralda de inmediato.

La reina respondió: "Sí, puedes cuidando a mis delfines mientras Helena está fuera."

Esmeralda sonrió y aceptó, aunque ella pensaba en ayudar en la tierra sobre el agua.

Pero sabiendo que Citrus se negaba, la sumo sacerdotisa pensó que era una forma de complacer a ambas.

"Ahora debo volver a los establos. Gracias por venir hoy y manténganse a salvo. Amor y luz para ustedes, mis queridos."

Justo después de que se fueron, la Reina Sera planeaba ir a ver a Neptuno en persona y contarle lo que había visto antes, ¡ya era hora!

"Gracias, Su Alteza, por su tiempo hoy." "¡No, por favor, el placer fue todo mío!"

Citrus, no seas demasiado dura con tu hija, pues algún día en el futuro salvará muchas vidas.

"Vendré a visitarte pronto y veré qué grandes delfines tienes para los carros de nuestros caballeros y el mío, pero por ahora, buen día."

Esmeralda y su madre se inclinaron ante la reina y luego fueron escoltadas de regreso a las puertas, donde llamaron a su carro de delfines y apareció en un destello.

Nadaron hacia él y regresaron a casa felizmente.

Mientras tanto, la Reina Sera, o la Reina del Mar, nadó de regreso a los establos y dijo: "Cáncer", y allí apareció ante sus ojos, ya que este establo estaba protegido.

Dijo: "Mis piernas", y dentro de un resplandor de luz, estaban allí.

Caminaba por las grandes arenas del fondo del mar, respirando perfectamente bien mientras avanzaba.

La Reina Sera rápidamente se cambió a su impresionante vestido de sirena azul y blanco con armadura plateada con delfines y lunas, con su casco de la cola de su amigo delfín favorito, Spirit.

Se apresuró hacia los establos y entró en la caballeriza de Tidal Wave, donde él flotaba con gracia.

Le puso su freno dorado y su silla de concha y saltó sobre él diciendo: "Tidal Wave, llévame a ver a tu maestro y luego a la superficie."

En eso, relinchó y dijo: "Mi reina, agárrate fuerte," y nadó tan rápido como pudo a través del mar como una nube de humo.

De vuelta en el Reino de Neptuno de Vissen

Llegaron al palacio de Neptuno en cuestión de segundos, que estaba más al este que su hogar.

Ella sabía que debía decírselo antes que su amiga, para que él hiciera un anuncio sobre la desaparición de Helena antes de que esto sucediera.

"Llegó a las puertas del palacio y dijo: 'Ábranse, lo digo yo.'"

Las grandes puertas de su sala del trono se abrieron de par en par, y ella nadó adentro diciendo: "Oh querido esposo, debemos hacer saber hoy que Helena ha sido secuestrada y que Seequest irá a rescatarla."

Él estuvo de acuerdo, y luego ella dijo que tenía que ir a ver a su madre, la luna, para pedirle consejo sobre qué hacer a continuación, ya que ella es los ojos y oídos en el cielo.

Neptuno abrazó a su esposa, estuvo de acuerdo y le dio su bendición para ir a visitar a Luna, la luna, esa noche.

Tidal Wave y la reina llegaron a la superficie, donde él galopó sobre las olas, haciendo más olas mientras salía del mar.

Él era más que un hipocampo. Era un hermoso caballito de mar blanco con ojos de aguamarina, crin y cola, con pezuñas azules que brillaban como cristal.

Era magnífico de ver.

Llegaron a la playa, donde él se inclinó para que la reina pudiera saltar de su espalda graciosamente.

"Automáticamente su cola se convirtió en piernas, mientras que Tidal Wave cambió a la forma adecuada de un caballo.

'Gracias', dijo ella, y él se levantó y se dio la vuelta, corriendo de regreso hacia las aguas una vez más mientras rápidamente cambiaba a su verdadera forma de nuevo en un destello.

En ese momento, ya era tarde y oscuro.

La reina estaba mirando a la luna. Llamó, 'diosa Luna, busco tu orientación. Muéstrate a mí, por favor.'

Unas horas más tarde, ella apareció en una imagen de gran belleza, como una fina diosa con cabello gris plateado y una vestimenta blanca y plateada con un creciente lunar en su vestido.

Ella estaba elegantemente de pie, brillando allí con la gran luna justo delante de ella.

'¿Me llamaste, hija mía? ¿Cómo puedo ayudarte?'

'Madre, necesito tu ayuda.'

'Nuestra hija mayor, Helena, ha sido secuestrada por Hades.'

'¿Hay alguna manera de encontrarla?'

'Sí, hija mía.'

'Sé que él la tiene en su inframundo.'

'¿Qué quiere él con ella?'

'En este momento, tal vez nada, pero sabe que ella es muy poderosa en el futuro y sabe que, aunque es hija de su hermano, haría cualquier cosa para recuperarla.'

'Oh, ¿ahora qué debo hacer?'

'Bueno, voy a contactar a Jecco y Celestial, los guardianes de la Sexta dimensión del Cielo, ya que ellos fueron padres de Seequest antes y sabrían cómo derrotar a Hades como lo hicieron una vez antes.'

'Oh, Madre, sí, por favor, ¿puedes hacer eso?'

'Voy a regresar al templo de Cristal y ver si puedo usar los cráneos de cristal para obtener consejo también.'

Ambas estuvieron de acuerdo con el plan y desaparecieron antes de que el hermoso amanecer fuera guiado por Apolo (el dios del sol) y sus increíbles caballos solares, uno de los cuales fue una vez un unicornio diurno que amablemente se sacrificó para salvar a Moonbeam y su potro en el pasado.

¿Cómo traerán el gran sol para hacer brillar su luz y compartir su calor con la Tierra por otro día?"

Capítulo Seis

¿Seequest está atrapado?

Cuando el sol había salido, Seequest decidió que era hora de irse después de beber agua fresca de manantial y comer algunas manzanas.

Investigaría a este zorro negro extraño pero misterioso.

Galopó más adentro del hermoso bosque y el bosque donde se encontró con lobos y zorros.

Les preguntó si habían visto u oído hablar de este zorro antes y todos dijeron que no.

Seequest estaba empezando a estar realmente asustado y preocupado por la princesa, ya que ahora creía que era Hades disfrazado quien la había tomado para sí mismo o posiblemente la estaba usando para llegar a él por su cuerno una vez más para poder gobernar la Tierra, lo cual es el sueño de Hades y la pesadilla de Seequest y de los dioses.

¿Seequest está atrapado?

Ha pasado un día cuando fue abordado por un gran lobo gris.

Le recordó a algunos amigos que conocía en el pasado. "No temas, el grande. Soy Storm, hijo de Max y pacificador, quien es la segunda generación de la manada original de Max y Ashes, tus amigos difuntos del clan de la paz."

"¿Escuché que conociste a mi hermano recientemente?"

El lobo aseguró que era un amigo que podía ayudarlo a encontrar a la princesa y dónde está escondida la guarida de Hades.

Hablaron durante unas horas y luego galoparon y corrieron hacia el bosque llamado el Desconocido donde acecha la oscuridad.

En el fondo, cerca de un abedul plateado, estaba la entrada secreta a la guarida donde Hades había llevado a la princesa sirena.

Mucho había cambiado desde el reinado de Seequest. Había más enfermedades y decadencia en las plantas y árboles, gracias a la magia de Hades que estaba en acuerdo con Gaia (Madre Naturaleza) misma, ya que ella también necesita obedecerlo, así como las reglas de la Tierra.

Así que cada seis meses del año todo debe morir tristemente y los siguientes meses está destinado a crecer aún más fuerte que antes.

Pero esta vez, Seequest puso su cuerno en el suelo donde comenzó a brillar y en media hora el bosque volvió a estar vivo y bien.

Storm dijo: "Esto es algo permanente ahora y así es como Gaia nombró sus estaciones: primavera, verano, otoño e invierno, según las fuerzas del sol y la luna."

Por supuesto, el favorito de Hades era el más oscuro y opaco de todos, el invierno.

Storm sonrió tranquilizadoramente, sabiendo que aún había una oportunidad para la salud y la paz en la Tierra, gracias al Rey Unicornio que apareció en el momento justo.

Llegaron al bosque del Desconocido. Todo lo que aún crecía allí ya no tenía color, solo un color de verde y tierra donde viven los tejones y las serpientes.

Seequest no le gustaba estar aquí. Podía sentir la tristeza y el dolor del bosque.

Intentó hacer lo mismo que hizo antes, pero todo seguía igual.

Entonces supo que tenía que encontrar el hogar de Hades, ya que no había color en ninguna parte debido a la muerte que lo rodeaba.

El lobo gris dijo que Hades había maldecido la tierra y que no habría nada ni nadie que pudiera sanarla, así que dijo amablemente: "Seequest, por favor, guarda tu magia."

¿Seequest está atrapado?

Cuando se rindió y caminó más adentro de las partes más oscuras del bosque, Storm olfateaba y se encontró con un olor extraño a conchas marinas, lo cual le pareció extraño.

Entonces el Rey Unicornio dijo: "Helena, ella debe estar aquí", mientras comenzaba a trotar por la cueva de la oscuridad hacia el hogar de Hades.

Helena no sabía dónde estaba ni en quién confiar más, ya que Hades parecía ser amable con ella.

No reaccionaba como ella pensaba que lo haría y se preguntaba si su padre Neptuno alguna vez le había dicho la verdad sobre él; parecía que no lo había hecho en ese momento.

Porque actuaba como si quisiera protegerla y, sin embargo, parecía no querer decirle que en realidad era un dios verdaderamente poderoso relacionado con Zeus.

Por eso la trataba bien con color y gemas a su alrededor como en casa y era amable y considerado.

Helena no era consciente de que había sido engañada una vez más por este gran dios de la muerte.

Pasaron días. Hades parecía hacer que Helena sintiera que la cuidaba y la amaba, pensando si podría seguir así y hacerla su verdadera reina.

"Le pidió que se pusiera este hermoso vestido de terciopelo rojo y negro para mantenerla abrigada en su guarida."

Ella estuvo de acuerdo porque solo sentía que hacía frío allí abajo.

Una vez que se puso el vestido, se sintió más cálida y, sin embargo, Hades sintió que ahora también era suya, ya que lo llevaba para complacerlo.

Hades tenía un plan.

De vuelta en la cueva, el Rey Unicornio recordó que su cuerno era un faro y lo encendió mientras avanzaban por un camino fangoso y resbaladizo.

Escucharon gruñidos a lo lejos.

Seequest tocó su cuerno en el costado de Storm, quien saltó cuando Seequest dijo "perdón, tuve que hacerlo".

En cuestión de segundos, Storm comenzó a crecer cuatro veces su tamaño normal.

"Oh, ya veo", dijo, "gracias. Es solo temporal hasta que estemos lejos de aquí".

El unicornio sabía que los gruñidos eran solo de Cerbero, el fiel perro guardián que parecía un gran danés negro de tres cabezas con ojos rojos y la fuerza de un dragón, que a veces podía cambiar su imagen a partes de un dragón también.

Ese día, eso fue exactamente en lo que se encontraron.

Cerbero estaba custodiando el lugar con sus grandes cabezas de danés y una cabeza de dragón también para

¿Seequest está atrapado?

protección adicional, y sus pies y cola eran también como los de un dragón.

Era muy peligroso ya que en ese momento también podía escupir fuego desde su boca,

Además, estaba cubierto de escamas de dragón para evitar que lo hirieran o mordieran.

Con ojos verdes poderosos, podía ver fácilmente en las cuevas oscuras y en los cielos nocturnos y más claros con ellos.

Seequest mencionó a Storm sobre el mal perro guardián antes de acercarse a ellos para ser extra cuidadoso ya que también podría matarlo con un solo golpe si quisiera.

Seequest también dice que su nombre en ese momento ya no era Cerbero, sino Soul Taker ya que te sorprenderá y te quitará el alma de tu cuerpo.

"Cuando es su verdadero yo el guardián del alma actúa de manera desagradable y morderá y se arrastrará sobre sus víctimas".

"Entonces, por favor ten cuidado, ya que es muy peligroso y se está acercando rápidamente".

A pesar de que ambos eran valientes guerreros, también tenían miedo de esta criatura, ya que nunca había perdido una pelea antes, pero esperaban que esta vez lo hiciera.

Escucharon sus gritos mientras caminaban más despacio.

La cueva se convirtió en un túnel oscuro profundo hacia la nada, esperando que los llevara al menos a Helena.

Se acercaron al final del túnel y allí, parado frente a ellos, estaba su peor pesadilla.

Era Soul Taker en carne y hueso.

El cuerpo del monstruo brillaba con fuego y en ese momento, Seequest iluminaba la cueva como un faro con su asombroso cuerno.

Le dijo a Storm que corriera rápidamente hacia otro camino pequeño a la izquierda de ellos.

Él se quedó allí en completo silencio lejos del peligro en silencio.

Seequest se acercó a la criatura con gran precaución.

Aunque sus poderes estaban en su máximo nivel y estaba brillando por todo su cuerpo, sus ojos se iluminaron con un hermoso azul como el mar.

Caminaba con la cabeza gacha para que su cuerno lo protegiera.

Soul Taker vio a Seequest y dijo: "eso no te protegerá".

"Soy más fuerte que ustedes dos juntos", respondió el unicornio.

Se lanzó hacia la criatura y la apuñaló en el pecho con su cuerno, justo evitando su corazón, y dijo "fallé".

¿Seequest está atrapado?

El monstruo dijo "sí, fallaste y ahora es mi turno" y abrió la boca.

Su cabeza de dragón escupió fuego y quemó a Seequest, quien se encabritó de dolor.

Pero aún no estaba derrotado y continuó la batalla hasta que ambos estuvieron exhaustos y cayeron al suelo.

Mientras la criatura dormía, Seequest se despertó y saltó sobre ella pensando que esta vez había salido victorioso, galopando a través del oscuro túnel.

Soul Taker reconoció que Seequest era su igual y volvió a transformarse en Cerbero, retirándose cobarde y encontrando a Storm al mismo tiempo.

Lo llevó entonces con Hades, convirtiéndolo en otro problema para Seequest.

Mientras tanto, el Rey Unicornio se sintió afortunado de haber escapado con vida y de que Storm también estuviera a salvo.

Llegó a otro camino que llevaba a una cueva colorida, llena de colores asombrosos y naturaleza.

Sabía que algo no estaba bien, pues era muy extraño ver algo así en el antro de Hades, sabiendo que él es el rey de la oscuridad.

Avanzó con cautela cuando Helena se le acercó y dijo: "me encontraste".

"Ahora quiero ir a casa, por favor".

En ese momento, apareció de nuevo un gran zorro negro y dijo: "eso no es posible, querida".

"Te quedarás conmigo ahora".

El plan había cambiado un poco y él se rió. Helena dijo: "¿por qué?"

Entonces el zorro comenzó a transformarse en la imagen de un hombre grande vestido con ropas de guerrero negro azabache y apareció como Hades mismo.

La pobre princesa parecía asustada y confundida, como si debiera conocerlo, pero no lo hiciera.

"Hija mía, soy tu tío Hades y eres la hija de mi hermano, el dios del mar Neptuno".

Helena dijo "¿y qué?"

"Bueno, querida mía, quiero algo a cambio". Ella respondió "dímelo y lo tendrás".

Seequest dijo "No, no digas nada, pero ya era demasiado tarde, el acuerdo ya estaba hecho".

Pobre Helena no conocía las reglas de los dioses.

Porque si piden algo que no pueden tener, tomarán cualquier cosa que quieran, aunque normalmente no sea posible.

Eso es exactamente lo que hizo.

Helena ahora había caído en una trampa completa por accidente al no conocer esta regla.

¿Seequest está atrapado?

Hades era muy astuto y hábil y dijo: "Muy bien, haré exactamente eso.

Quiero el cuerno de Seequest para poder crear mis propios caballos de oscuridad y tener el poder de gobernar la Tierra con la Madre Naturaleza como mi guía y ser co-gobernante de los humanos en el futuro".

Helena se dio cuenta ahora de lo que había dicho e intentó cambiar el acuerdo.

Respondió en shock "No, no, no, esto no puedes tenerlo, no es mío para dártelo".

Se sentía muy molesta y se preguntaba qué podía hacer para cambiarlo.

Hades respondió "¡si lo pido, lo obtengo!

"Pero, mi querida, si no puedo tener su magnífico cuerno, entonces diré a Neptuno mismo que Seequest te encontró y te mató con él!" en un tono contundente.

"No, no," dijeron tanto Seequest como Helena. "¡Nunca sucederá!"

"Oh, queridos amigos, olvidan".

"Puedo hacer que hagan cualquier cosa si quiero, ya que están en mi hogar de muerte y destrucción ahora".

Seequest sabía lo que tenía que hacer.

Cuando respondió "prométeme que dejarás ir a la princesa ilesa y me quedaré y podrás hacer lo que quieras conmigo a cambio de su seguridad".

"¡No!" gritó y estaba muy molesta. "morirás, querido amigo".

"Sí, pero tú estarás viva y bien", y sonrió a la princesa.

Hades estuvo de acuerdo con una gran sonrisa en su rostro y dijo: "Cerberus, lleva al lobo y a la princesa fuera de esta cueva antes de que cambie de opinión".

Ella lloró y abrazó a Seequest lanzando ambos brazos alrededor de su cuello mientras él bajaba la cabeza cómodamente hacia sus manos, mostrando su amor mutuo como grandes amigos que eran.

Helena luego suplicó de nuevo a Seequest diciendo "por favor, mi rey unicornio, no puedes hacer esto, ¡él te matará!"

"Seequest, por favor, no lo hagas, debe haber otra manera", dijo ella.

"Está bien, Helena. Este es mi destino y le prometí a tu padre que estarías en casa pronto, a salvo, sin importar el costo.

Ahora regresa con él y vive una buena vida al máximo en el mar y no vuelvas por mí".

"Te amo" y él frotó su brazo cuando ella se alejaba de él.

Sus ojos se llenaron de lágrimas, pero sabía que no tenía otra opción que irse y dejarlo aquí para posiblemente morir.

¿Seequest está atrapado?

"Suficiente de eso" y Hades la apartó, cuando Seequest estaba ahora bajo su control mientras se inclinaba ante su princesa por última vez para despedirse.

La princesa sirena dijo: "¡oh Dios mío, qué he hecho!"

Empezó a pensar mucho en cómo iba a arreglarlo.

En su mente, habló con Seequest y dijo: "Haré todo lo posible para liberarte, querido amigo".

Seequest dijo: "No, por favor, Helena, no es tu culpa, ¡Hades ha estado esperando este momento durante muchos años!"

"Por favor, no te culpes a ti misma, como dije antes, ¡este es mi destino!"

Los poderes de Hades sintieron que algo estaba pasando debido a su lenguaje corporal.

Mientras él ordenaba a Cerberus que llevara a Helena de vuelta a la playa, sujetó el brazo de la princesa con su mandíbula suavemente y la miró como si la estuviera advirtiendo que hiciera lo que se le dijera por su seguridad y la de los lobos también.

Ella estuvo de acuerdo asintiendo con la cabeza, luciendo muy triste.

Luego montó en su espalda para que la llevara a la playa donde podría nadar de regreso a casa de manera segura.

Antes de partir, Cerberus dijo: "Seequest, te vencí dos veces en un día".

El pobre unicornio bajó la cabeza al suelo avergonzado por la derrota.

Cerberus se prepara para comenzar a correr de nuevo por el oscuro túnel.

Helena miró hacia atrás viendo que el Rey Unicornio estaba ahora atrapado impotentemente con miedo en sus ojos, no porque tuviera miedo de Hades.

Pero por lo que hará y usará su cuerno, ya que dará al malvado dios el poder de usarlo en su mejor amigo y en todos los demás en el mundo.

Gracias a ella por confiar en un completo extraño que fingió ser amable con ella para conseguir lo que quería.

¿Dónde estaba realmente un dios malvado encubierto para ganar el poder de su mejor amigo y de todos los demás en el mundo al final?

Seequest quería mostrar su fuerza frente a la princesa una última vez cuando ella se dio la vuelta rápidamente y dijo: "Helena, por favor, ve con Cerberus y mantente a salvo".

Todo estará bien, o al menos eso esperaba.

Rápidamente saltó de Cerberus y corrió de vuelta para escuchar a su viejo amigo por última vez.

Luego, asintió al Unicornio por última vez mientras subía de nuevo al perro dragón, mientras él corría fuera de la cueva con el lobo siguiéndolo.

¿Seequest está atrapado?

Storm aulló también, pues no le gustaba dejar a Seequest allí tampoco, y su aullido fue un llamado para decir que intentaría conseguir ayuda para salvarlo de alguna manera, y rápidamente siguió al perro dragón, ya que él era más rápido que él.

El perro infernal sacudía a la princesa de arriba abajo por la cueva llena de baches, sin importarle su comodidad, así que ella agarró cuidadosamente su pelaje y se aferró con todas sus fuerzas.

Llegaron al final del túnel, donde había un resplandor puro de sol en el bonito bosque.

A mitad del camino hacia la playa, Cerberus asustó a Storm en otra dirección y le advirtió que no lo siguiera o sería asesinado.

El lobo asintió y miró a Helena mientras cerraba los ojos en señal de respeto por lo que ella realmente es, y corrió con gran tristeza con la cola entre las piernas. ¿Con la esperanza de encontrar ayuda en el camino o al menos intentarlo?

Cerberus corrió tan rápido como pudo a través de las tierras hasta que oscureció y llegó a la costa alrededor de la medianoche con una hermosa luz de luna brillando sobre ellos.

La pobre princesa sirena no podía esperar para bajarse de esta bestia masiva y se quedó dormida en el viaje.

Cuando llegaron a la playa y él se arrodilló para bajarse.

Cuando dijo, "será mejor que te des prisa, ya que la magia de Hades se va a desvanecer en un minuto a menos que quieras que te arrastre como un pez, lo cual serás". "De lo contrario, morirás aquí."

"No gracias, puedo manejarlo", mientras caía en la arena donde ya comenzaba a cambiar.

Sintió la arena por última vez en sus dedos de los pies y en un instante sus dedos se convirtieron en su hermosa aleta de golondrina y aletas una vez más.

Se deslizó en el mar con sus manos retorciéndose mientras avanzaba hasta poder nadar más adentro en el océano.

Afortunadamente, había saltado en la parte más profunda del mar antes de cambiar completamente a su verdadera forma de sirena.

Donde escuchó y vio a Seequest y a sus amigos los delfines esperándola para que regresara.

Pero aún no estaba bien, ya que estaban felices de tener de vuelta a la princesa pero ahora habían perdido a Seequest.

Todos anhelaban a su querido amigo mientras decía que él no iba a regresar y esperaban que eso no fuera verdad.

Les dijo que Seequest estaba en gran peligro y que debía regresar urgentemente a ver a sus padres para ver si podían salvarlo de alguna manera.

Los delfines chillaron y estuvieron de acuerdo, y se sumergieron de nuevo en lo profundo una vez más con

Helena agarrada de sus aletas dorsales, ya que son nadadores más rápidos que ella.

Asegurándose de llegar a casa una vez más con total garantía.

Capítulo Siete

"¿Está condenado Seequest?"

De vuelta en la cueva de Hades, Seequest seguía allí de pie, indefenso.

"¿Qué puedo hacer contigo?"

"No puedo tomar tu cuerno, de lo contrario te matará y quizás te necesite para algo más, y necesitas estar vivo."

"Um, ¿cómo puedo obtener tus poderes sin matarte?", se preguntó.

Luego recordó a su hermosa y misteriosa yegua demoníaca de tipo Frisón negro llamada Pesadilla.

Pensó que ella tenía la edad adecuada para parir un potro.

"¡Sí, sé qué voy a hacer contigo, vieja amiga!"

"¿Está condenado Seequest?"

Pesadilla no era como cualquier otro caballo.

Tenía ojos rojos, crin y cola rojas fluyentes, y alas de murciélago.

Ella era un pegaso de fuego del inframundo.

Fue nombrada Pesadilla por él debido a su mal genio, y eso era lo que a Hades le gustaba de ella, que tenía un espíritu desagradable debido a lo que le había sucedido en el pasado.

La aceptó como suya y la entrenó para que le obedeciera.

Ella aceptó esta oferta porque al fin no estaba sola y tenía a un amigo en quien confiar de ahora en adelante, o eso creía ella.

Seequest respondió: "Hades, no me apearé con tu yegua".

"Elegiré mis propias parejas y no puedes obligarme". "¡Oh, querido muchacho, ahí es donde te equivocas!

"Bueno, si no te apearás con ella, entonces tendré que matarte".

"Espera, tengo otra manera de darle un potro sin apearme con ella".

"Sí, estoy escuchando".

Seequest respondió: "tráeme a tu yegua y te mostraré".

"Bien", respondió Hades con gran alegría.

Hades la llamó haciendo un silbido donde se escuchó el ruido de relinchos pesados y el aliento proveniente de la distancia, y parecía acercarse mientras esta increíble criatura negra de alas extendidas volaba hasta aterrizar bellamente en la entrada y caminaba hacia el Rey Unicornio.

Él la miró, lo abrumó por su muerte, pero reconoció el cuerpo del alma de uno de sus antiguos familiares equinos que habían fallecido muchos años antes.

¿Su manada la llamaba "Terciopelo"?

Aunque ella estuviera muerta, respondió: "Entonces, ¿vas a aparearte conmigo, gran Rey?"

Seequest respondió: "No, eres uno de los potros de mi nieta, así que no puedo y no lo haré".

"Pero te concederé esto".

"Te causará dolor, así que ten cuidado".

"No es lo que quiero hacer, pero tu maestro lo quiere".

"Bien, entonces sigue adelante, ya que donde vivo el dolor es normal".

Cuando ella dijo eso, él sintió tristeza por ella y aún así tenía el deber de intentar salvar su vida y escapar de alguna manera.

"Está bien, lo haré, Hades, pero recuerda que aunque seas el dios del inframundo, también tienes sentimientos."

"¿Está condenado Seequest?"

"¡Si le hago daño, será tu culpa!"

"Seequest, te ordeno que te aparees o la impregnes de otra manera, no me importa cómo."

"O te mataré cortándote el cuerno mientras estás profundamente dormido."

El semental asintió tristemente, aceptando. Pidió a la yegua que se recostara y él se acostó a su lado.

"Cierra los ojos", y él también lo hizo mientras su cuerno comenzaba a brillar con una impresionante luz rosada.

En su mente, pensaba en sus hijos, buscando su mayor bienestar.

Mientras tanto, Pesadilla se preguntaba qué estaba sucediendo mientras seguía cómodamente acostada.

Entonces colocó su brillante cuerno rosado sobre su vientre. Ella comenzó a gritar y dijo: "Pica". Pero él le dijo que debía quedarse quieta para que funcionara.

Movió su cuerno más cerca de donde estaba su útero y perforó su estómago suavemente, mediante su magia y mencionó que nunca lo haría de nuevo.

Mientras cerraba los ojos, imaginó mentalmente un potro sano apareciendo en su vientre y creciendo rápidamente para poder escapar posiblemente más temprano que tarde.

Una hora había pasado cuando estaba exhausto, se sentía débil y mareado y cayó de lado con un ruido enorme al suelo, como si hubiera truenos.

La yegua aún no se había despertado de su profundo sueño inducido por la magia.

No sintió mucho del dolor ardiente que implicaba lograr este milagro una vez más.

Mientras Seequest dormía, Hades creó un hechizo de una jaula invisible alrededor del unicornio cansado.

Más tarde, la yegua se despertó y se puso de pie de inmediato.

Otra hora había pasado cuando su vientre comenzó a crecer y volverse más pesado con el potro.

"Excelente", dijo Hades, "estás embarazada, querida amiga, del potro de Seequest."

Entonces, Pesadilla relinchó y se alzó con alegría y luego dijo: "Voy a ser madre de un potro del gran Rey Unicornio" y galopó hacia sus establos más adentro en los terrenos de la cueva para descansar.

Capítulo Ocho

Los planes de la Hija Mayor para rescatar a Seequest

Helena nadaba de regreso con los delfines en el hermoso océano, viendo coloridas escuelas de peces pasar junto a ellos mientras alcanzaban las puertas doradas.

La princesa sirena decidió que podría salvarlo y escapar de los terrenos del palacio durante la noche.

Se quedó en su escondite diciendo que iba a volver al palacio.

Pero decidió ir a la biblioteca en su lugar para ver si podía ayudar a Seequest.

Encontró lo que buscaba y durmió allí esa noche, esperando no ser vista.

Al amanecer del día siguiente regresó a la playa después de encontrar un hechizo del libro de su madre en el templo la noche anterior.

¿Dónde le enseñaba cómo transformarse en un pez una vez más, o eso era parte de su plan?

Pero cuando llegó a la orilla, recordó lo que Seequest había hecho por ella todo porque no lo había escuchado la primera vez.

Lo pensó y agradecidamente recapacitó que esta vez haría lo que Seequest le dijo que hiciera.

¡Sentía que le debía eso!

Entonces supo que necesitaba hablar primero con sus padres, sabiendo que era lo más sensato en este caso.

Había aprendido la lección a través de su experiencia al ser atrapada por Hades, quien se disfrazó de un lindo zorro que fue amable con ella.

Así que, sabiendo esto, decide no continuar, da la vuelta, corre hacia el mar y salta directamente, cambiando rápidamente a su forma de sirena y nada directamente hacia casa.

Estando de vuelta en Vissen, se sintió segura y feliz de nuevo, donde pertenecía.

Aun así, se sentía terrible por lo que le había sucedido a Seequest, poniéndolo ahora en un gran peligro así.

lo que también podría causar una gran guerra entre su gente y la Tierra.

Los planes de la Hija Mayor para rescatar a Seequest

¿Y si Hades descubriera cómo reclamar los poderes de Seequest sin matarlo? ¿O qué pasaría si simplemente lo matara?, pensó.

Antes de llegar a las puertas, los delfines sabían que aún no había llegado a casa y querían asegurarse de que esta vez lo hiciera.

Los delfines se detuvieron en las puertas y ella nadó hacia sus rostros, besó sus narices suavemente y ellos nadaron hacia la distancia.

Helena estaba emocionada y asustada de contarles a sus padres lo que había hecho a su querido viejo amigo, lo que posiblemente podría poner en peligro sus vidas por completo por accidente.

Finalmente, nadó hasta los mer-guardias mientras inclinaban sus cabezas de inmediato y abrían las grandes puertas donde nadó hacia la ciudad, viendo a los merfolk haciendo felizmente sus trabajos y estando con sus familias.

Llegó al palacio dorado de Neptuno donde se encontró con su madre y se detuvo, mirándola con amor puro y tristeza al mismo tiempo.

La reina Sera no podía creer lo que veían sus ojos. Pensó que era solo su imaginación jugándole trucos y dijo: "Helena, estás en casa, ¿realmente eres tú?"

Helena respondió: "Sí, madre, estoy en casa."

La reina nadó rápidamente hacia ella y la abrazó con fuerza, diciendo: "Mi querida hija, estábamos preocupados por ti y Seequest cumplió su palabra, bendito sea."

Helena se apartó y dijo: "¿Qué?"

Con un tono sorprendido y angustiado en su voz, "¿Sabías que Seequest entregó su vida para salvar la mía?"

Mirando tan confundida y, sin embargo, en los ojos de su madre, ella respondió: "Sí, querida, era la única manera de salvarte, mi querida hija."

"Lo siento," dijo con gran tristeza en su voz y corazón mientras hablaba en voz alta a Helena mientras todavía la abrazaba con fuerza.

"No, esto no puede ser verdad."

"¿Dejaste que él regresara para salvarme sabiendo que se sacrificaría o moriría por mí?"

"Sí, Helena, Seequest, tu padre y yo sabemos que este es su destino y tenía que hacerse de esta manera para salvarte."

La princesa sirena estaba horrorizada al escuchar lo que su madre acababa de decir y se alejó nadando de ella, corrió a través de las puertas del trono y cayó frente a la cola de su padre, diciendo: "Padre, ¿cómo pudiste dejar que mi mejor amigo y protector diera su vida para salvar la mía?" con lágrimas en los ojos y el corazón roto.

Los planes de la Hija Mayor para rescatar a Seequest

Neptuno dijo: "Hija mía, todavía eres demasiado joven para entender lo que significa ser un protector y un amigo al mismo tiempo."

"Pero un día entenderás completamente por qué tuvo que hacer esto por todos nosotros."

"Ahora escucha esto," dijo con un tono estricto en su voz, "te prohíbo intentar salvar a Seequest de la ira de Hades."

Helena miró hacia otro lado mientras su padre le decía esto en la cara.

"Mi querida, no soy el dios del mar por nada. Ten fe en mí y en el gran Zeus."

"No puedo prometerte nada, querida, pero haremos todo lo posible para salvarlo de alguna manera."

"Pero puede que tengamos que matarlo nosotros mismos." Odiando lo que estaba diciendo y temiendo que ese fuera el caso.

"Si sus poderes caen en las manos equivocadas, toda la vida que conocemos y disfrutamos desaparecerá para siempre. De lo contrario, si no lo hacemos..."

Helena gritó en tono suplicante: "Por favor, padre, salva a Seequest, te lo ruego."

En ese momento, Neptuno se sintió impotente y supo que posiblemente había una forma en que podría funcionar, pero tomaría tiempo, ya que tendría que ir al Olimpo y ver al propio Zeus.

Insistió en que la princesa no debía salir de su vista y no podía ir a ningún lugar fuera del reino.

La enviaron a sus aposentos, donde los mer-guardias custodiaban sus puertas.

Hasta que una noche se dio cuenta de que los mer-guardias cambiaban para la noche y, en ese segundo, se escabulló por su ventana redonda de arena y nadó hacia los delfines que tiraban de los grandes carros para sus padres.

Pensando que debería escuchar las reglas de sus padres más a menudo, ya que eran por su bien.

Y, sin embargo, no podía sacarse de la cabeza que Seequest ahora estaba bajo el control de Hades accidentalmente por culpa de ellos.

Queriendo traer a Seequest de vuelta a casa con ella, aunque él dijo que no era su destino al final.

Abrió la cerca de coral y toda la manada de delfines nadó a su alrededor hasta que llegó a la pareja que siempre permanecía junta llamada Coral y Arrecife.

Todos salieron de sus hogares en silencio e intentaron devolverlos a su corral antes de que el rey se enterara mientras hacían esto.

Helena se aferraba a las aletas dorsales de estos dos delfines mientras querían jugar con los otros delfines libres a su alrededor, ya que nunca salían del reino a menos que fuera en una carrera de carros para sus padres.

Los planes de la Hija Mayor para rescatar a Seequest

Los delfines se sentían completamente libres ahora y solo querían escapar hacia el gran océano, ya que las puertas se dejaron abiertas accidentalmente para que ellos y la princesa pudieran escapar por allí.

Pero primero, tuvo que conseguir el equipo del carro, nadando lo más rápido que pudo, y los ató al otro lado de la cerca con cuerda de algas marinas.

Nadó de vuelta cuando los delfines llamaban a sus amigos, los agarró y les puso los bridas doradas y los arneses más rápido de lo que jamás había hecho para su madre, y luego los llevó al carro donde los conectó, saltó y los llamó suavemente por sus nombres, y se dirigieron hacia las puertas abiertas de la ciudad.

Desaparecieron rápidamente como polvo.

Una vez fuera de las puertas, Coral y Arrecife necesitaron subir a tomar aire, así que ascendieron a la superficie, donde Helena les agradeció y los liberó. Comenzaron a nadar lejos de ella y a saltar dentro y fuera del océano, disfrutando de su libertad una vez más.

La princesa sirena debía recordar un verso que vio en el Libro de Sabiduría de su madre y rezó con esperanza de tener el poder de decirlo y hacer que funcionara para ella nuevamente.

Hizo justo eso cuando tuvo piernas una vez más y nadó hasta la playa, donde descansó un rato pensando en cómo iba a salvar a Seequest de este gran peligro ella sola.

A la mañana siguiente, Helena se despertó sintiéndose exhausta por haber nadado usando sus piernas.

Una vez que se había transformado completamente, el poder de la magia esta vez también formó un hermoso vestido azul y plateado, y su cabello dorado se recogió en un moño fuera del camino.

Era una mañana soleada. Allí estaba, acostada en la arena dorada seca, sintiéndose tan cálida como en Escocia. Los pájaros cantaban en el cielo azul sobre ella. Notó que la arena se estaba calentando demasiado para estar de pie, así que rápidamente se levantó y corrió hacia el mar, donde bebió agua para energizarse, y recordó que tenía un poco de alga en el cabello, lo cual también la fortalecería rápidamente.

Parecía tener un plan y rápidamente comenzó a curar sus pies con agua salada.

Helena se sintió mejor y comenzó a correr hacia el bosque donde Cerbero la había llevado recientemente.

Mientras corría, comenzó a recordar la ruta de regreso al bosque de los sueños. Allí notó la madriguera por la que la llevó el zorro negro y quiso correr tan rápido como podía e introducirse en ella para salvar a su amigo del malvado dios Hades.

Helena olvidó que sus piernas solo podían hacer tanto en tan poco tiempo, diferente de su cola ahora.

Cuando comenzó a sentir algo de rigidez en ellas, recordó lo que su padre le dijo: que las piernas no son tan fuertes como su cola y que fallarían más rápido,

Los planes de la Hija Mayor para rescatar a Seequest

mientras que con su cola podría nadar durante horas en el mar.

La diferencia era que las piernas están hechas de hueso y su cola estaba hecha de cartílago, más poderosa por la supervivencia, como el tiburón, lo que también le daba gran velocidad.

No le gustaba este dolor o incomodidad que nunca había sentido antes, así que decidió descansar y sanar antes de entrar posiblemente en otra trampa.

Afortunadamente, antes de colapsar, había llegado a una parte más pequeña del bosque donde hermosos arcoíris vagaban libremente como magia.

Porque Seequest lo había cubierto con un poderoso hechizo para protegerlos mientras disfrutaban de sí mismos en el pasado.

Ella creía que estaba allí para que pudieran descansar del peligro de lo desconocido que acechaba de noche o de día mientras permanecían allí por un tiempo en tierra.

Helena estaba asombrada por esto y decidió caminar más allá, donde vio un lago donde Seequest y sus amigos y su familia de caballos deben haber estado recientemente mientras ella dormía a salvo en la cueva.

Al mirar en el lago buscando peces, vio la imagen de su padre recordándole no exagerar la primera vez y comenzó a entender por qué.

Mientras descansaba bajo el sauce, en los huecos de las ramas se filtraba una luz brillante del sol que brillaba con gracia.

Helena seguía con mucho dolor y se desmayó sobre la hierba verde, afortunadamente en un lugar seguro donde nadie la encontraría jamás, gracias a Seequest.

Dos horas habían pasado cuando una manada de lobos comenzó a olfatear su cuerpo y su aroma, curiosos, ya que no habían visto una criatura como ella antes en tierra.

Para asegurarse de que no estaba muerta, la olfatearon suavemente sin despertarla ni asustarla.

Mientras el macho la olfateaba, el lobo reconoció otro olor que había olido antes y le recordó al gran unicornio que vivió en este bosque en el pasado.

Pero eso fue hace bastante tiempo y se preguntaron cómo su olor estaba en su vestido, y entonces supieron que debía ser amiga suya.

Por esto, el macho se animó a acercarse a la princesa y le lamió la cara para despertarla.

Ella comenzó a sentir un tipo de humedad en su mejilla, lo que sobresaltó a la joven pisceana.

Abrió los ojos y vio a este gran lobo negro mirándola directamente con sus increíbles ojos ámbar, mirándola al alma.

Estaba asustada, pero sabía que debía mantenerse quieta.

Los planes de la Hija Mayor para rescatar a Seequest

llí, su madre le había enseñado en la biblioteca sobre otras criaturas en la tierra a través del Libro de la Sabiduría, acerca de cómo protegerse de ciertos animales que podría encontrar y cómo defenderse si se acercaban.

En casa, le enseñaron que si un tiburón estaba cerca, tendría que quedarse quieta hasta que pasara, ya que podría devorarla entera. Así que la técnica que estaba usando era similar. El lobo no se sentía asustado de la princesa. Parecía fascinado por la belleza y la amabilidad en sus ojos.

La princesa tampoco sentía miedo; eran completos opuestos y, sin embargo, sentían que formaban parte del espíritu del otro al mismo tiempo.

Mientras miraba al lobo directamente a los ojos, podía ver que estaban comunicándose juntos.

La cabeza del lobo se inclinaba hacia adelante y hacia atrás como si entendiera lo que ella le decía y finalmente retrocedió como un amigo.

Helena esbozó una dulce sonrisa y el lobo se sentó y levantó su pata en señal de paz.

También abrió la boca, lo que hizo que la sirena se asustara pensando que lo había molestado al levantarse rápidamente, así que se volvió a sentar mientras el lobo se acercaba a ella y rozaba su lengua suavemente contra su cara una vez más.

Ella rió porque le hacía cosquillas y ahora se sentía confiada a su alrededor. Entonces se levantó y se sacudió la tierra del vestido.

Decidió ser valiente y caminar hacia el lobo, donde él y su compañera comenzaron a jugar con ella y luego se adentraron en el bosque.

Helena se sintió confundida y aliviada de que se hubieran ido. Recuperó el aliento mientras sus piernas estaban cansadas.

Así que se arrastró hasta el estanque para beber y evitar secarse, ya que de lo contrario moriría.

Estaba recostada en el césped cuando vio un reflejo en el agua y pensó en su hogar con su familia en el mar una vez más. Oh, cuánto deseaba saltar al agua. Pero sabía que no era posible debido a que había vivido en agua salada toda su vida, y el lago era completamente diferente debido a su origen y los peces que vivían en él.

Pero gracias a Seequest, sabía que necesitarían un lugar donde recuperar fuerzas una vez más.

Él lo bendijo y purificó para que pudieran usarlo para ese propósito.

"Gracias, Seequest"

Pensó en él mientras sumergía sus pies en el fresco estanque azul para relajar sus piernas por un rato.

Cuando estaba relajándose en el agua, se dio cuenta de que el unicornio debía haberse mezclado con su mente de alguna manera, ya que podía ver a través de sus ojos y por eso encontró este escondite, pensó.

Los planes de la Hija Mayor para rescatar a Seequest

Debe haber sido un regalo que él le dio anteriormente cuando le rozó el brazo con el hocico.

"Vaya", dijo y se dio cuenta de lo que le había sucedido a él y pensó que debía regresar a casa y contárselo a su padre de inmediato.

Se sintió triste por él pero contenta de que aún estuviera vivo.

Pensó en intentar algo que nunca había hecho antes y se sumergió profundamente en el fondo del estanque, donde pudo ver a su familia en el verdadero mar en Vissen.

Lloró y luego un pez saltó frente a ella y arruinó la conexión.

Se sintió molesta y enojada consigo misma por haber querido venir a la tierra, ya que Hades no habría tenido la oportunidad de capturar a Seequest después de todos estos años de esconderse en el mar lejos de él.

Y por su tranquilidad, él no habría sabido de su existencia tampoco, o eso pensó ella.

La princesa sirena pensaba en cómo podría arreglar esto y salvar a su querido amigo del dios del inframundo.

Disfrutó el resto en el sol, sentada en el estanque.

Cuando empezó a sentirse mejor, salió del estanque con cuidado y secó sus piernas con su vestido, mientras se limpiaba las manos sobre las mejillas, sintiéndose agradable y fresca de nuevo. Luego decidió recostarse cerca del sauce llorón para secarse lentamente.

Mirando la hermosa vista, podía ver a los pájaros trinando y volando felizmente sobre ella.

Se quedó dormida por todo el tiempo que pasó pensando en cómo podría ayudar a Seequest de alguna manera.

Los lobos habían estado observándola desde lejos y acordaron protegerla a partir de ahora, viendo que estaba en gran dolor con su corazón roto y sus piernas cansadas y doloridas, ya que no había tenido suficiente tiempo para sanar adecuadamente debido a los peces de agua dulce que nadaban en el estanque.

Ambos lobos se acercaron sigilosamente mientras ella dormía y pensaron que podrían ayudar de alguna manera, ya que si era amiga de su difunto y poderoso rey de las tierras, entonces estarían felices de protegerla ahora.

Ambos lobos comenzaron a lamer sus piernas suavemente, ya que sus lenguas producen una saliva que las cura.

Esto es lo que les ayuda a sobrevivir cuando se hieren luchando y cazando comida.

Una vez que terminaron de lamer sus piernas, Helena

sintió una sensación húmeda de energía curativa en ellas, lo que la hizo sonreír y darse la vuelta cómodamente una vez más.

Durmió durante muchas horas, soñando con su hogar.

Los planes de la Hija Mayor para rescatar a Seequest

El lobo macho parecía gustar de la princesa y se acostó justo al lado de su cuerpo, mientras que la hembra no estaba muy segura de ella aún y mantenía su distancia un poco más.

Llegó la tarde y Helena se despertó estirando los brazos; podía sentir un gran cuerpo cálido de pelaje a su lado, manteniéndola abrigada.

Se asustó internamente, pero se mantuvo calmada al darse cuenta de que sus piernas estaban mágicamente curadas, por lo que estaba acostada cómodamente junto al lobo disfrutando de la compañía también.

Más tarde, sintió que debía levantarse porque su espalda comenzaba a dolerle.

Así que pasó sigilosamente por el lobo macho, tratando de no molestarlo en su sueño.

Pero fue demasiado tarde.

Su pie tropezó con la cola del lobo, quien levantó la cabeza y la miró, preguntándose qué había pasado.

Ella miró al lobo a los ojos y dijo en voz alta, "Lo siento. No quería despertarte, intenté trepar por encima de ti y cometí el error. ¿Está bien tu cola?"

El gran lobo macho miró su cola y la movió rápidamente como si dijera que sí.

Helena se quedó sorprendida cuando él dijo, "Sí, princesa, está bien y entiendo cada parte de tu lenguaje corporal y tu voz, ya que debes tener el don de que tu voz se convierte en el idioma del animal con el que estás hablando."

"Bueno, eso es una novedad," le respondió ella.

Helena pensó, ya que normalmente solo leía mentes (telepatía) y no sabía que podía hacer esto también.

La princesa se emocionó por su don, lo que la hizo sentir más poderosa que nunca.

"Mi nombre es Troy y mi compañera es Crystal." "Está bien."

"Solo está insegura con cosas nuevas a su alrededor a veces, eso es todo."

"Se acostumbrará a ti con el tiempo, pero por ahora dale espacio para respirar."

Helena se dio cuenta de que podía comunicarse con todos los animales, al igual que lo hacía con los delfines y los hipocampos en casa. "Vaya," dijo, "eso es genial."

Debido a que ahora había confianza y amistad, extendió sus brazos hacia Troy y él se acercó a ella.

Ella lo abrazó fuertemente, mostrando que ya no tenía miedo.

Ambos disfrutaron del abrazo mientras Troy empujaba su cuerpo más cerca de la cara de Helena.

Pero, debido a que era mucho más grande que ella, tuvo que levantarse y alejarse, ya que estaba empezando

Los planes de la Hija Mayor para rescatar a Seequest

a asfixiarla accidentalmente con su grueso y suave pelaje.

"¿Estás bien? ¿Dónde está el Rey Unicornio?"

La princesa comenzó a llorar de nuevo al mencionar lo que le había sucedido a Seequest y que todo era culpa suya y de sus padres.

La chica pisciana le cuenta al lobo que en realidad es una princesa sirena y que debe regresar al mar nuevamente, ya que sabe que su amigo está vivo y será utilizado para producir los poderosos caballos de oscuridad de Hades, ¡y que puede ser demasiado tarde para él ahora que Knightmare está embarazada del potro de Seequest!

Como le dijo su madre, si alguna vez se encontraban de nuevo, habría una muerte al intentar salvarlo.

Es por eso que la princesa sirena estaba decidida a ayudar a su amigo antes de que fuera demasiado tarde.

Después de pensar largo y tendido, estaba preparada para poner su vida en peligro por un cambio, esperando que no llegara a eso.

Pensaba para sí misma que debía ir a casa para averiguar cómo su padre iba a recuperar a Seequest sin ser dañado él mismo ni su reino y su gente.

El lobo parecía preocupado, así que le preguntó, "¿qué puedo hacer para ayudarte a volver a casa?"

La princesa respondió, "bueno, si pudieras amablemente darme un paseo en tu espalda hasta la playa, ya que puedes correr más rápido que yo porque solo tengo unas pocas horas más antes de que el hechizo se desvanezca y me convierta en sirena de nuevo."

"Necesito entrar al mar antes de que salga la luna, de lo contrario, moriré."

Troy aceptó ayudarla.

Luego se alejó con orgullo, se arrodilló y dobló su cuello para que ella pudiera subirse a su espalda trepando por su hombro izquierdo y poniendo su pie izquierdo sobre él hasta que estuviera sentada cómodamente.

Ahora, él le dice que se agarre del pelaje de su cuello y que se sostenga fuerte, ya que va a ser un viaje rápido y agitado hasta la playa si quieren llegar a tiempo.

La playa estaba a cinco millas del bosque y los matorrales.

Estaban a punto de partir cuando Crystal se acercó y gruñó pensando que Helena estaba tratando de dominar a su compañero.

"Está bien, mi amor, estoy ayudando a la princesa."

"Espera aquí y volveré pronto."

La hembra retrocedió, agachó la cabeza mirando al suelo obedeciendo su orden.

Retrocedió mientras aullaba y desaparecía, la princesa se sintió tensa y el lobo lo sintió.

"No te preocupes, princesa, estará bien."

Los planes de la Hija Mayor para rescatar a Seequest

"Me encontraré con ella en casa después de dejarte en la playa."

Después de decirle eso, ella se relajó y partieron hacia los matorrales en dirección a la playa.

"¡Rápido!", dijo.

"No tengo mucho tiempo."

El gran lobo negro corrió tan rápido como sus patas se lo permitieron.

A mitad del viaje, Crystal vino corriendo desde otro ángulo del bosque y aulló a Troy, siguiéndolos por detrás.

Troy solo la llevó a la playa mientras el sol se había puesto y la luna estaba por salir muy pronto.

Helena comenzó a entrar en pánico pensando que no llegaría a casa a tiempo y podría morir.

Estaba asustada y, sin embargo, creía que su nuevo amigo no la dejaría caer.

El lobo corrió tan rápido que la pobre Helena comenzó a sentirse mareada, ya que no estaba acostumbrada a la velocidad en terrenos irregulares y sentada tan baja como estaba ahora.

Sin embargo, se aferró con fuerza mientras se desvanecía en un sueño profundo.

Aunque había perdido el conocimiento, Helena se aferró con fuerza, afortunada de no caer.

Pasó una hora cuando finalmente llegaron a la playa, con el mar rompiendo sus olas violentamente contra la orilla.

Troy avanzó con cuidado sobre la arena húmeda y dorada, adentrándose en el mar.

Respiró profundamente y cerró la boca para evitar tragar agua mientras avanzaba más.

El mar estaba tan agitado que podía arrastrarlo y ahogarlo fácilmente. Con fuerza, hundió sus patas profundamente en la arena para obtener un mejor agarre y comenzó a nadar lentamente, sintiendo que era el momento de devolver a la princesa al agua.

Troy gritó: "¡Helena, es hora de despertar!"

pero ella no respondió. Pensó que si nadaba hacia el océano, ella se despertaría y se llenaría de energía nuevamente.

El mar estaba demasiado agitado para que él se mantuviera en pie y se sintió fuera de su alcance.

Se giró de lado, haciendo que Helena cayera de su espalda. Le lamió la cara y ella se despertó justo a tiempo antes de que la corriente lo arrastrara.

Luna, la diosa de la luna, vio al lobo luchando por mantenerse a flote en las olas pesadas y brilló sobre él para darle fuerza adicional y ayudarlo a sobrevivir. Troy comenzó a saborear el agua salada del mar en su boca.

Los planes de la Hija Mayor para rescatar a Seequest

Helena se dio cuenta de que Troy estaba luchando, nadó hacia él y le dijo:

"Troy, aguanta, te tengo" y lo agarró, pareciendo ahora más fuerte que él, y lo arrastró de vuelta a la orilla.

Su compañera, Crystal, corrió hacia ellos y arrastró a Troy por el cuello hasta la arena, donde colapsó de agotamiento.

Helena logró acercarlo más a la orilla, donde Troy lentamente se sacó del mar a tiempo.

Helena lo llamó y le besó la nariz, agradeciéndole, esperando que él sintiera y escuchara su voz para que despertara pronto.

Vio a Troy tumbado en la playa, empapado, y esperaba que estuviera bien.

Llamó a Crystal y le dijo: "Dale algo de alga marina. Será seguro para él comerlo por ahora, solo para que se recupere".

Crystal buscó algas cerca de las rocas y lo animó a comer.

Finalmente, aulló cuando Troy comenzó a despertar, débil y cansado, y comenzó a comer un poco de las algas.

La princesa sirena observó desde lejos, esperando que Troy se recuperara a tiempo.

No se daba cuenta de que Troy estaba en mal estado,

pensando que solo estaba descansando y que estaría bien ahora que estaba de nuevo en tierra.

Luego, la luna se alzó y Luna, sabiendo que el lobo no estaba bien, decidió ayudar al valiente lobo.

Helena sintió que sus amigos estaban bien y seguros, por lo que regresó al mar, transformándose de nuevo en su forma original.

La hermosa sirena, ahora con su cabello negro y su cola verde brillante, saltó de emoción al darse cuenta de que había regresado a tiempo gracias a sus nuevos amigos.

Pasó otra hora antes de que Troy se diera cuenta de que la princesa estaba a salvo y de nuevo en su forma, gracias a él.

Ella seguía observándolo desde lejos, con la esperanza de que él estuviera bien con el tiempo. Escuchó una voz en su cabeza que le decía que sí estaría bien, lo que la reconfortó.

La princesa sirena también escuchó una voz que le decía: "Es hora de ir a casa, princesa, y hablar con tu padre sobre lo que le ha sucedido a Seequest."

Prestó atención a la voz como si fuera su intuición diciéndole que realmente necesitaba la ayuda de sus padres.

Antes de partir, gritó a través de las olas: "¡Gracias por todo! No los olvidaré."

Los planes de la Hija Mayor para rescatar a Seequest

Storm levantó suavemente la cabeza de la arena mojada y repitió en un tono bajo, mientras su corazón se desaceleraba: "Ni yo a ti." Pero la pobre Helena no pudo verlo ni escucharlo, ya que ahora estaba a gran distancia.

Así que ella nadó más profundamente con una sonrisa en su rostro y se dirigió hacia la parte más profunda del océano, nadando hacia las partes más oscuras donde ellos no podían ir.

A lo lejos, Crystal la vio y aulló de alegría al ver que estaba bien, aunque triste porque su compañero no lo estaba.

Regresando hacia un lugar especial que la llevaría a profundidades y finalmente la llevaría a casa, al reino de Vissen, el reino de Neptuno.

La sirena comenzó a repetirse a sí misma muchas veces

antes de sumergirse profundamente: "Estoy volviendo a casa", y se sumergió donde desapareció entre las olas rocosas.

Mientras todo esto sucedía, la luna brillaba más que de costumbre sobre el océano, como una perla en el cielo nocturno.

Helena no sabía que su abuela verdadera la estaba vigilando todo el tiempo que podía, por supuesto.

De vuelta en la arena, el lobo jadeaba fuertemente y aún luchaba por respirar, posiblemente muriendo debido a la lucha contra las olas y protegiendo a Helena, asegurándose de que ella entrara al mar antes de que volviera a su forma original, ya que de lo contrario se habría ahogado, y al hacer esto él se estaba ahogando, agotando completamente su cuerpo.

Crystal, su compañera, sabía que él estaba demasiado débil para caminar y no podía quedarse allí por mucho más tiempo, ya que la marea subía y los llevaría de regreso al mar.

Aulló para darse fuerzas y luego volvió a agarrarlo con la boca, mordiendo suavemente su cuello de grueso pelaje, y comenzó a arrastrarlo lo más lejos posible de la playa.

Continuó arrastrándolo más lejos de la playa con todas las fuerzas que le quedaban.

La loba no iba a rendirse con él, sin importar qué, ya que era su verdadero compañero de por vida.

Crystal había encontrado un espacio abierto entre la playa y el bosque donde se sentía segura para ellos ahora, aunque también se sentía exhausta.

Se acostó junto a su compañero hasta que ambos se recuperaron, reconstruyendo sus fuerzas una vez más y manteniéndolo abrigado también.

Crystal lamía su rostro como un gesto de puro consuelo, mostrándole que lo amaba, lo que le haría sentirse mejor y saber que ahora estaban a salvo.

Se acurrucó junto a él para mantenerlos calientes durante la noche, ya que las noches en Escocia son más frías.

Los planes de la Hija Mayor para rescatar a Seequest

Luna, la luna, pudo ver que el pobre lobo aún estaba sufriendo mucho, así que bajó para verlo en persona.

Los lobos estaban cautelosos, pero Troy no tenía fuerzas para proteger a su compañera Crystal, quien sentía que era su turno para cambiar. Sus grilletes se levantaron en su espalda, mostrando su lenguaje corporal a Luna, pidiendo que tenga cuidado, que ella estaba cuidando y protegiéndolos de cualquier daño. Así que cuando Crystal la vio, se sintió nerviosa por lo que quería de ambos.

Comenzó a gruñir, advirtiendo a Luna que la mordería si se acercaba más a ellos.

Luna dijo: "Está bien, chica. Te prometo que no les haré daño ni a él ni a ti. Todo lo que quiero es ayudarlo. ¿Me permites intentarlo, por favor?"

Ella miró fijamente a los ojos de la loba hembra, ganándose su confianza mientras lo hacía.

Mientras se acercaba lentamente a ellos, donde ahora Crystal se sentía tranquila, segura y confiaba en ella.

Luna se acercó y acarició suavemente su cabeza, y Crystal le lamió la mano mientras la aceptaba.

Luego continuó y se acercó a Troy con cuidado, sabiendo que también era seguro, y comenzó a acariciar a ambos alrededor de las orejas, lo cual disfrutaron mucho, ya que era reconfortante.

Crystal se levantó y dejó espacio para que Luna se acercara aún más a su pareja, y mientras lo hacía, Troy intentaba abrir los ojos para ver esta hermosa figura mágica que se inclinaba junto a él, tocando suavemente su cuerpo con amor y cuidado, sin lastimarlo más de lo que ya se sentía.

Luna tenía un toque curativo increíble, que él necesitaba para mejorar.

Vio brevemente a una impresionante joven vestida de blanco y plata, brillando como una estrella frente a él.

"Por favor, no te alarmes."

"Soy Luna, diosa de la luna. Estoy aquí para ayudarte, como acabas de hacer tú por mi nieta Helena de Vissen."

"¿Me permites intentarlo?"

Troy estaba débil en este punto y posiblemente moribundo, así que parpadeó con sus dulces ojos ámbar y estuvo de acuerdo mientras caía en otro sueño profundo, sintiéndose helado.

Su pareja lo percibió y regresó para acostarse más cerca de él una vez más, intentando mantenerlo caliente.

Pobre Crystal parecía muy preocupada.

"No te preocupes, chica, él va a estar bien, ya verás", dijo Luna, poniendo sus manos sobre su cuerpo y haciendo que comenzara a brillar.

Empezó a secarse y su pelaje empezó a sentir más calor y saludable de nuevo.

Los planes de la Hija Mayor para rescatar a Seequest

Su pareja comenzó a notar que estaba cambiando de un lobo negro a uno blanco puro y hermoso.

La loba se asustó tanto que se levantó y corrió hacia los árboles, más cerca del bosque, para protegerse.

Troy comenzaba a sentirse mejor y más él mismo cuando Luna dijo "despierta".

"Es hora de volver a casa, a donde perteneces."

Él escuchó su voz y la miró ahora con una visión especial, ya que sus ojos ahora eran de un azul zafiro sólido impresionante y ahora podía ver a kilómetros de distancia por la noche.

Vio a su pareja en el bosque escondida detrás de los árboles, saliendo con una expresión inquisitiva y mirándolo de manera diferente.

Primero, ella reaccionó hacia él con un gruñido feroz como si ya no fuera su pareja. Esto entristeció a Troy, ya que no quería eso.

"Relájate, querida, dale tiempo", dijo Luna.

"Ella se acostumbrará a tu nuevo aspecto y se dará cuenta de que sigues siendo tú interiormente, solo que no por fuera", continuó Luna.

Troy no entendía lo que Luna quería decir con que él era diferente ahora, ya que no se había visto en el espejo para darse cuenta de que ahora era este poderoso y majestuoso lobo blanco.

Ya era casi la mitad de la noche cuando Crystal decidió acercarse para ver la nueva versión de su pareja.

Se acercó sigilosamente y comenzó a olfatearlo para asegurarse de que todavía oliera igual, aunque ya no se viera así.

Hizo ruidos lastimeros por la confusión, pero aún quería estar con Troy, así que comenzó a frotar su rostro contra el suyo, a rozar su cuerpo y a menear la cola, mostrando un estado sumiso.

Troy respondió a sus acciones y pronto estaban jugando juntos de nuevo.

Luna parecía contenta de ver que estaba bien, seguro y con su pareja nuevamente.

La loba preguntó: "¿Qué has hecho para que mi pareja actúe así hacia mí?"

La diosa de la luna dijo: "Querido, te he ayudado a recuperarte de la muerte con mis poderes curativos poderosos y compasivos, proceso."

"Solo puedo usar mi magia blanca y plateada porque mis poderes han sido alimentados por la luna misma, de donde he venido esta noche."

"Oh", respondió Troy, "gracias por salvar mi vida."
"Gracias por salvar también a Helena", respondió Luna.

Ambos lobos se sentían lo suficientemente fuertes como para regresar a casa, así que se levantaron y corrieron juntos tan rápido como pudieron de regreso al bosque, hacia su manada.

Los planes de la Hija Mayor para rescatar a Seequest

Luna sonrió, aplaudió con las manos y voló de regreso a la luna en una bola de luz plateada.

"Adiós", dijo, y los lobos aullaron mientras ella pasaba junto a ellos.

Meses después, Troy comenzó a darse cuenta de que podía ver mejor durante la noche tanto como durante el día, ya que era más poderoso que cualquier otro alfa en las tierras circundantes. Así que cambió su nombre a Nube Lunar.

Esa hermosa noche, la luna estaba llena en todo su esplendor. Decidió aullar hacia ella mientras estaba de pie en lo alto del acantilado, lo más cerca posible, admirando el hermoso paisaje mientras lo hacía.

Esperando ver a la princesa nadando en el mar, con suerte.

Pero esta vez no tuvo suerte, y se preguntó si alguna vez la volvería a ver.

No le importaba estar allí de pie, ya que su pelaje blanco brillaba intensamente a la luz de la luna, ahora más grueso y cálido, ya que ahora estaba completamente crecido y era el verdadero alfa de su especie, como lo fueron sus antepasados antes que él.

Miró una vez más a la luna antes de irse, agradeciendo a Luna por salvar su vida cuando ella apareció en ella.

Mientras esto sucedía, la luna brillaba sobre este gran lobo.

"Hola, querido amigo".

"Veo que la estás buscando de nuevo, y ella y yo te estamos muy agradecidos por traerla de regreso a casa sana y salva, arriesgando tu propia vida para hacerlo."

"Lo haría de nuevo, ya que ella es una diosa muy especial."

Nube Lunar dijo: "No creo que nadie se dé cuenta de que ella puede cambiar el mundo tal como lo conocemos hoy".

"No, creo que tienes razón, pero por ahora tú, Seequest y yo somos conscientes de esto y debe ser nuestro secreto por un poco más de tiempo para protegerla de cualquier daño".

"Estoy de acuerdo, mi gran amigo",

y miró a Luna en la luna y aulló profundamente con sinceridad desde su corazón, mostrando su amor y respeto por ella y Helena.

"Debo irme ahora, de vuelta a mi manada, ya que Crystal ha tenido cachorros".

"Felicidades, querido, sí, ve a casa con ellos de inmediato".

El lobo guerrero se volvió y corrió por el acantilado hacia su hogar.

Mientras lo hacía, la luna desapareció y el sol se elevó en los tonos más hermosos de oro y naranja.

Cuando el sol hizo esto, parecía estar saliendo del mar, una vista tan sorprendente, pensó Nube Lunar.

Los planes de la Hija Mayor para rescatar a Seequest

Por lo tanto, esta es la razón por la que todos los lobos en nuestra época aúllan a la luna llena, en señal de respeto a la leyenda de la diosa Luna, cuando ella viene y les dice hola.

También es el momento en que ven a su ancestro, el gran lobo blanco guerrero, que fue nombrado Nube Lunar por su grandeza y sabiduría que ha transmitido a los lobos actuales de hoy.

Capítulo Nueve

Helena llega de nuevo a Vissen

Helena había buceado hasta la parte más oscura del mar, donde se encuentra un portal hacia su hogar.

Se acercaba a las puertas principales, viendo todo tipo de peces de todos colores y tamaños nadando a su lado, debajo y encima de ella.

Qué vista tan interesante, pensó.

Qué contenta estaba de estar de vuelta en el mar con todos sus amigos criaturas acuáticas.

Ahora sabía que tenía que nadar más cerca de la superficie del suelo.

Helena vio muchos cangrejos caminando de lado en el lecho marino debajo de ella y estrellas de mar pegadas a las rocas.

Helena llega de nuevo a Vissen

Se rió al ver también a un pez astuto escondido en la arena para atrapar a su presa.

Ella respondió "eres un pez astuto" y siguió nadando.

Luego, Helena sonrió al ver a un viejo amigo suyo, la gran ballena azul, donde agarró su gran aleta dorsal mientras pasaba a su lado y se subió a él porque llegaría más rápido a casa.

Como Helena estaba cansada, tenía que acostumbrarse a usar su cola nuevamente.

La ballena era grande pero el mamífero marino más rápido y también un guardián del propio Neptuno.

Él solicitó que fueran protectores y sanadores del mar también.

Helena notó que ya casi estaban allí, así que dijo "gracias" y soltó la aleta de la ballena.

Allí, frente a ella, estaban las puertas doradas una vez más hacia el reino de Neptuno.

Batió su cola hacia arriba y hacia abajo lo más rápido que pudo.

Alcanzó las puertas y llamó a uno de los mer-guardias, quien se acercó para mirar más de cerca y allí, flotando frente a él, estaba Helena.

Él la reconoció y dijo: "princesa, ¿qué haces aquí sola ahora?"

Ella se negó a responder y dijo "solo déjame entrar, ¿por favor?"

"Sí, Su Alteza, de inmediato."

Helena ordenó al otro mer-guardia que abriera las puertas para que ella pudiera entrar.

Nadó a través de las enormes puertas doradas y preguntó "¿dónde está mi padre?"

El mer-guardia respondió: "está fuera por negocios al otro lado del océano."

"Oh, no", suspiró ella.

"Bien, ¿dónde está mi madre?"

"Ella está en el Templo del Conocimiento."

"Bien, entonces iré a verla primero", les dijo a ellos.

Helena nadó hasta el palacio y giró a la derecha hacia el templo.

Llegó a este impresionante templo de cristal dorado y plateado y golpeó la puerta con fuerza con su cola.

"Madre, madre", gritó actuando nerviosa a través de sus movimientos.

La reina reconoció esa voz y dijo: "No puede ser, ya que se le ordenó quedarse en su habitación por orden del dios del mar mismo.

Esperando que su hija le escuchara a su rey?

Helena llega de nuevo a Vissen

Or would she be like her disobeying an order because Hubo algo más importante con lo que lidiar?

Lo cual aún preocupaba a la reina, así que comenzó a cuestionarse a sí misma "¿qué podría ser tan importante ahora?" ya que la sumo sacerdotisa aún no había recuperado esta información de los cráneos de cristal.

Porque todavía los estaba cargando con los poderes del sol y la luna.

Ella dijo un verso griego y las enormes puertas comenzaron a abrirse y allí, en una postura, estaba su hija, sin aliento.

Ella dijo, "Helena, cariño, eres tú" y nadó hacia ella y la abrazó fuertemente pensando que debería estar en casa descansando por lo que le había sucedido recientemente.

"Madre, eso es suficiente".

"Debo ver al padre ahora, ¡porque Seequest está atrapado y es nuestra culpa!"

"Cálmate, hija, y recupera el aliento."

Helena explica lo que hizo y su madre no está impresionada y aún así orgullosa de ella al mismo tiempo, ya que eso es también lo que ella habría hecho cuando era más joven.

La reina sonríe amorosamente sabiendo que Helena está alcanzando la edad de la grandeza y está muy feliz, aunque se lo guarda para sí misma por ahora.

¡Porque hay cosas más importantes de las que hablar y resolver primero!

La reina Sera habló y dijo "primero debes volver al palacio para ver al resto de nuestra familia y que sepan que estás bien".

"Ya que has estado en sus habitaciones y descansando bastante bien ahora".

"Luego regresa a tus aposentos y arréglate porque hueles a animales y ballenas".

"Veré si tu padre ha regresado de sus negocios y luego vendré a buscarte para que puedas contarle tú misma lo que ha pasado".

Ella dijo "sí, madre".

"por favor, vete ahora, ya que Seequest se está quedando sin tiempo". "Voy contigo, sin embargo".

"No, hija mía, esta vez no lo harás".

"No quiero perderte de nuevo, sabiendo que tu padre estará molesto de que arriesgaste volver por tu cuenta y por suerte no te atraparon ni te mataron esta vez tampoco".

Ella asintió y se volvió con la cabeza gacha sintiéndose decepcionada.

agitó su cola con fuerza y salió por la puerta de regreso al palacio y a su habitación para arreglarse antes de, con suerte, ir más tarde a ver a su padre cuando esté de vuelta en casa.

Helena llega de nuevo a Vissen

Olvidando que su madre ve lo que sucede no importa si se hace a sus espaldas, después de todo ella es la sumo sacerdotisa.

Y sin embargo, esta vez Helena se sorprendió de que no lo supiera y se alegró de haber ido y hablado con ella de inmediato en lugar de esperar.

De vuelta en el templo, Sera se preguntaba si simplemente debería ayudar o ir a ver a su esposo primero.

Al contarle la verdad completa de que Helena les desobedeció o si solo debería mencionar que ya lo había visto en el cuenco de cristal, sabiendo que pensó que Helena había hecho mal pero entendió por qué lo hizo y la perdonó rápidamente sabiendo que actuó por sus verdaderos instintos y su corazón bondadoso.

Sera decidió ir a ver a Neptuno y nadar más rápido de lo que su hija podría, ya que tiene una gran aleta.

La sumo sacerdotisa nadó elegantemente con su vestido especial hacia la sala del trono con la esperanza de que el rey del mar estuviera allí para hablar.

Mientras la princesa esperaba pacientemente a que su madre viniera a buscarla de sus aposentos, pensó que podía escuchar la voz de Seequest en su mente.

Diciendo "querida Helena, espero que estés en casa a salvo y bien, que hayas hablado con tu padre sobre rescatarme ya que debes darte prisa porque Hades está preparándose para deshacerse de mí para siempre".

Ella respondió telepáticamente: "No te preocupes, querido amigo. Estoy esperando hablar con padre.

Sé que él me ayudará y que estará en camino hacia ti pronto".

De vuelta en el escondite de Hades, Seequest escuchó la respuesta de Helena y sintió alivio de que no lo hubieran olvidado.

Capítulo Diez

Seequest y Knightmare

Seequest sintió que la única manera en que podría sobrevivir y escapar era seguir jugando junto al plan de Hades por un poco más de tiempo.

Sabía que lo habían dejado en una jaula invisible que también había estado drenando todos sus poderes mientras él dormía por la noche.

Decidió que le agradaba la yegua demoníaca de Hades, Knightmare, y se ofreció a ser su compañero para siempre.

Cuando Hades regresó, el Rey Unicornio mencionó esta oferta a Hades y él estuvo de acuerdo con deleite.

"Espléndido, ya que siempre quiso un semental y además tengo toda tu magia". "Así que no podrás escapar de mí".

"Estás atrapado aquí", comenzó a reír horriblemente. Poor Seequest al menos estaba feliz de saber que Helena se escapó y estaba a salvo en casa nuevamente, como había prometido a Neptuno muchos meses antes.

¡Porque Seequest le dijo a Hades que se quedaría con Knightmare ahora!

Ya que ahora lo deja fuera del campo de fuerza por un tiempo y cuando lo hizo, advirtió al semental Unicornio que si intentaba alguna tontería de escapar, ¡volverá a encerrarlo!

Seequest estuvo de acuerdo, ya que comenzaba a agradarle la yegua, ya que parecía ser una compañía bastante agradable en lugar de estar solo todo el tiempo.

Empezó a sentir algo por ella y aún no podía explicárselo a sí mismo.

Pero sabía que era completamente diferente a lo que había sentido por cualquier otra yegua en su manada antes.

Una semana después, la yegua estaba acurrucada con el unicornio cuando sintió dos patadas fuertes desde su estómago y también relinchó de dolor.

Se levantó y caminó hacia la paja suave y la manta que Hades puso para que ella se recostara cómodamente.

Seequest dijo "¿está por llegar pronto?" Ella relinchó de vuelta con incomodidad en sus tristes ojos rojos.

Seequest y Knightmare

Comenzó a sentir lástima por ella y sabía que una vez había sido una de sus crías.

Se levantó y la reconfortó mientras ambos esperaban la llegada del potro.

Los días pasaron igual mientras Knightmare seguía allí acostada sintiendo dolor, mientras el semental empezaba a sentir su dolor y se sentía mal por ella, así que dijo: "Déjame ayudarte".

Ella lo miró como si por primera vez sintiera algún tipo de amor y consuelo, y parecía gustarle.

Asintió con la cabeza graciosamente y dijo "vale".

Entonces, Seequest puso su cuerno en su costado y comenzó a brillar de color verde.

Le dijo que cerrara los ojos ya que la luz se volvería demasiado brillante para que ella la soportara.

Ella se quedó allí confiando en él.

Mientras hacía esto, ella parecía pensar en su potro y en el parto próximo.

Una vez que ella se calmó, él le aplicó un toque de magia en la mente que curó el dolor pero no la incomodidad, ya que la yegua tenía que sentir algo para saber cuándo empujar.

Estaba tocando su frente suavemente cuando vio que había dos potros (gemelos) y lo mantuvo en secreto hasta que nacieran.

Knightmare se despertó sintiéndose mejor y dijo "gracias" con una suave mirada en sus ojos rojos rubí.

"De nada", pensó él,

"la yegua no es de mal carácter, solo actúa así por culpa de su amo".

Con el tiempo, Seequest se hizo más cercano a la yegua como amigo y eventualmente disfrutó de su compañía al tener a alguien más con quien hablar.

Extrañaba a los suyos: a su especie, a su madre, a la querida Helena y también a su vida en el mar.

Seequest pensó que le quedaban otros veinte años por vivir.

Pero sabía que no la vería durante mucho tiempo más, ya que se acercaba el otoño.

Una tarde de otoño en septiembre, la yegua no podía quedarse quieta en su lecho.

Seequest preguntó "¿qué pasa?"

"¡El bebé!" exclamó ella y se puso de pie y se movió un poco debido a la incomodidad, ya que el potro estaba creciendo más ahora.

Pero estaba demasiado débil y cayó de nuevo al suelo instantáneamente.

La yegua intentó levantarse de nuevo, esta vez sintiéndose muy rígida en las patas, pero logró ponerse de pie eventualmente.

Una vez más, el semental unicornio tocó su cuerno en sus patas y alivió el dolor.

Entonces la yegua cayó y se derrumbó segura en el suelo con un golpe.

"Knightmare", dijo Seequest muchas veces pero ella no le respondió.

Él parecía preocupado, aunque debería haberse preocupado por sí mismo, ya que Hades casi lo había drenado de toda su magia.

Pero se acercó y descansó junto a la yegua para protegerla mientras ella dormía.

Llegó el 27 de septiembre y era un día bastante cálido.

El consuelo de su amor la despertó cuando le explicó lo que había sucedido y mencionó que necesitaba aire fresco lejos de esta cueva oscura y seca.

Hades apareció y los vio juntos.

"Arr, mi chica encontró un compañero",

dijo de manera pícara, sabiendo que Seequest estaba atrapado y que tenía que cumplir su palabra para evitar la destrucción de la tierra y todo lo que había en ella.

Seequest realmente se preocupaba por esta yegua de manera extraña y estaba dispuesto a quedarse con ella para siempre si de alguna manera pudiera hacerlo.

Pero Hades no estaba al tanto de esto. Aunque los poderes de Seequest se estaban agotando, aún parecía preocuparse por Knightmare y mostraba su amor por ella, lo cual podría ayudarlo a reiniciar su magia, ya que el amor es una energía positiva que puede fortalecernos a todos.

La yegua notó que estaba ayudándolo a recuperar sus poderes.

Pero porque él le mostró amabilidad, ella no le dijo a su maestro.

Seequest le pidió a Hades si podía llevar a Knightmare afuera para que tomara un poco de aire fresco y viera el sol una vez más.

Él dijo que el sol y el aire fresco la ayudarían a ella y al potro a crecer aún más fuertes.

"Si te importa de alguna manera, harás esto por ella."

Hades estuvo de acuerdo y dijo "siempre y cuando no intentes escapar de mí".

El viejo unicornio dijo: "No lo haré".

"Está bien, viejo rey, llévala a ver el bosque y la luz del sol."

El semental unicornio se acercó lentamente a la yegua y dijo "levántate y sígueme".

Así que ella hizo eso con esfuerzo y lentamente comenzó a seguir a Seequest a través de la oscura cueva hasta que pudieron ver algo de luz brillante real.

Seequest y Knightmare

Knightmare cerró los ojos ya que no estaba acostumbrada a la luz brillante, ya que era la primera vez que salía debido a estar bajo tierra.

Ella cerró los ojos cuando él le dijo que mordiera su cola y dijo "te llevaré al hermoso lugar seguro mío".

"¿Confías en mí?"

Ella dijo "sí", sin saber que comenzaba a tener un afecto y sentimientos que nunca había tenido antes por él también.

Llegaron al bosque y Seequest rápidamente le lanzó un hechizo sobre los ojos, ya que ya no estaban acostumbrados a la luz brillante.

Así que continuó con la segunda parte del hechizo sin que ella notara ninguna diferencia y sus ojos volvieron al color original que tenían cuando estaba viva, un bonito azul claro.

Knightmare era una yegua inusual, por eso el semental de la manada la quería en ese momento.

Luego le guiñó un ojo y mordió su cola, él la dirigió hacia la entrada del bosque.

Ella trotó hacia afuera, sintiendo puro calor en su cuerpo que no había sentido desde hacía mucho tiempo.

De repente, la yegua embarazada sintió que la hierba

verde suave tocaba sus cascos, lo que la hizo recordar su vida anterior.

Knightmare comenzaba a sentirse viva y bien, y ya no se sentía sola gracias a la magia de Seequest que también le había devuelto estos sentimientos tristes.

Seequest le dijo que se relajara y se acostara mirando la vista para distraerse.

Ella lo hizo con sus alas de murciélago pegadas cerca de su cuerpo, sintiéndose afortunada y comenzando a sentir un poderoso calor en su corazón.

Abrió los ojos para ver a este hermoso semental unicornio orgulloso mirándola mientras se acercaba al gran abedul plateado donde solían sentarse él y su madre.

Mientras estaba allí de pie, le dijo que se callara y mirara detrás de él.

Se apartó gradualmente a medida que ambos veían el bonito lago azul con el elegante cisne macho blanco puro y una hembra cisne negro nadando juntos como pareja de por vida.

Él pensó que podría ser un buen presagio para ellos.

Knightmare miró hacia arriba mientras escuchaba a los pájaros de muchos colores piando y volando a su alrededor también.

Primero se sintió feliz y luego se puso triste de nuevo al recordar cómo murió sola, diferente de los de su especie.

Se inclinó hacia ella y la acarició suavemente, diciendo: "Está bien, estás a salvo".

"Esa fue tu vida pasada y ahora esta es tu vida presente, ya que estoy aquí contigo ahora".

Seequest pudo ver que había una lágrima en su ojo y preguntó por qué.

Llorando de una manera relinchante, explicó cómo era diferente y sensible, ya que nadie quería estar con ella en el pasado, así que eventualmente murió tristemente sola.

Él entonces explicó que siendo un rey también se sentía triste a veces, donde estuvo solo la mayor parte de su vida hasta que tuvo la oportunidad de Neptuno de cambiarlo al convertirse en un caballo marino a tiempo completo o un hipocampo para siempre.

"No te preocupes, mi amor, nunca más estarás sola porque nos tenemos el uno al otro en el presente y eso es lo que cuenta".

Después de acostarse con ella con cuidado debido a sus ásperas alas de murciélago, él puso su cabeza sobre su cuello sintiendo los huesos en sus alas.

Ella parecía sonreír y disfrutar de estar afuera y ver la belleza del lugar una vez más.

Él se levantó audazmente y dijo: "Espérame aquí mientras voy a buscar comida fresca y agua para ti".

La yegua embarazada aceptó quedarse, sintiéndose feliz de que sus sueños finalmente se hicieran realidad.

Él la acarició una vez más y galopó hacia la parte más profunda del bosque donde vio a las ardillas, los tejones y los pájaros que vinieron a saludarlo.

Se detuvo y les pidió permiso si podía llevar de vuelta a su amiga sus jugosas bayas frescas y flores.

Ellos estuvieron de acuerdo mientras él recolectaba algunas bayas y flores.

Los animales amablemente le hicieron una cesta de hojas para asegurar la comida y él les agradeció y se dirigió de vuelta lo más rápido que pudo.

Estaba contento de que los animales del bosque no lo hubieran olvidado como le explicó por qué los dejó en el pasado.

Se despidió mientras galopaba de regreso hacia Knightmare, pensando que era tan agradable ver a sus amigos y sus familias nuevamente y sabía que esto nunca volvería a suceder más, ya que por el momento estaba atrapado por Hades.

Además, su hogar real está en el mar con los delfines y Neptuno ahora desde hace mucho tiempo.

Pero se sintió triste al preguntarse cómo se sentiría Knightmare sabiendo que no podía quedarse con ella ni con sus hijos.

Pero entonces pensó en una manera de hacerlo posible.

Pensó que cuando finalmente llegara a casa, tal vez podría hablar con Zeus y pedirle que lo ayudara.

Seequest y Knightmare

Pero sacudió la cabeza, relinchó y galopó hacia el gran árbol de abedul donde dejó a su amor por un corto tiempo y esperó que ella estuviera bien con ser dejada sola durante tanto tiempo en un mundo del que ya no sabe nada.

Tenía el plan de salvarla y tal vez llevarlos con él cuando los potros fueran mayores.

Seequest galopaba por el bosque teniendo flashbacks del tiempo con su madre y amigos aquí cuando de repente se detuvo tan rápido.

Tuvo que clavar sus dos patas traseras en el suelo para detenerse instantáneamente ya que había un gran lobo blanco frente a su camino.

Inmediatamente entró en modo de protección y comenzó a raspar el suelo con su pata delantera izquierda, mostrando que estaba listo para luchar si era necesario.

Inclinó la cabeza mostrando que estaba listo para cargar su cuerno en el lobo, sintiéndose amenazado porque el lobo estaba parado en su camino.

"Espera, ¿eres Seequest?".

Las orejas del semental unicornio se pusieron en alerta al escuchar que llamaban su nombre.

Levantó la cabeza para mirar al lobo cara a cara.

Respondió: "Sí, soy Seequest."

"¿Quién eres y cómo sabes mi nombre?", preguntó Seequest con curiosidad.

El lobo respondió: "Gracias a los cielos que te encontré.

Ahora soy Moon Cloud, el alfa del clan Pacificador.

Antes era Troy, y conocí a tu tatarabuelo Max hace muchos años, además de conocer a Storm, mi hermano.

También soy amigo de la princesa Helena."

Seequest comenzó a entrar en pánico, pensando si esto era alguna artimaña de Hades, así que interrogó al lobo para saber si sabía la verdad sobre dónde estaba ella ahora.

"Espera, ¿qué has hecho con ella?", preguntó con voz nerviosa.

"Tranquilo, viejo", respondió el lobo.

"Como dije, soy su amigo. Ella está a salvo, la llevé de vuelta a la playa y arriesgué mi vida por hacerlo. Por eso estoy así ahora, como un regalo de Luna por salvar la vida de Helena."

Seequest aún no estaba seguro, así que le hizo al lobo una pregunta que solo Neptune, Queen Sera y la diosa Luna conocían.

"Dime, ¿está relacionada la diosa de la luna con la princesa sirena?"

"Sí, lo está", dijo Moon Cloud.

Seequest y Knightmare

"Luna misma me dijo que es su abuela, siendo Queen Sera su hija real."

El unicornio sintió un gran alivio al saber que el lobo decía la verdad, y explicó por qué había sido tan cauteloso antes con él.

El lobo alfa entendió y finalmente se calmaron y empezaron a caminar juntos.

"Como mencioné antes, estoy relacionado con Max", continuó el lobo blanco.

El lobo blanco le contó a Seequest muchas historias increíbles que su familia había vivido en el pasado y cómo el Rey Unicornio los había ayudado a salvarse de tigres dientes de sable y de la manada también.

"Gracias", dijo Seequest.

Seequest respondió: "Sí, eso es historia ahora."

"Mencioné: "Debo regresar, ya que tengo a la yegua embarazada de Hades esperándome cerca del lago y se preocupará si no regreso pronto".

El lenguaje corporal del lobo blanco cambió en segundos con sus esposas mostrando en su espalda gruñendo mostrando ahora sus dientes a él.

"¿Cómo puedes estar con ella después de que mató a tu especie y a la mía?"

"Mira, no tuvo elección".

"Fue bajo las órdenes de Hades y la pusieron bajo los hechizos desagradables del dios de la muerte, lo que la hizo hacerlo".

Seequest luego mencionó que ella fue una vez descendiente de su linaje.

"Así que por favor, no le haré daño", dijo el lobo.

No estaba contento.

"Como dije antes, estoy volviendo a la cueva de Hades en lo profundo del bosque."

"Mientras vuelvo, marcaré los árboles cuidadosamente rozando mis pezuñas contra ellos, ya que mis poderes están volviendo gradualmente de vez en cuando."

"Podré comunicarme contigo mentalmente como precaución en caso de que alguna de las criaturas de Hades me esté espiando cuando esté bajo tierra."

"Luego, ¿puedes avisarle a Luna cuando estemos listos?"

"Ahora debo irme, de lo contrario, la yegua sospechará por qué estoy lejos de ella durante tanto tiempo, ya que está empezando a confiar en mí."

"Gracias, por cierto, por llevar a la princesa de vuelta a casa y por confiar en mí."

"Nos veremos", dijo Seequest.

El lobo asintió y se inclinó ante el unicornio. Seequest también inclinó la cabeza y luego galopó de regreso al

Seequest y Knightmare

lago lo más rápido que pudo, pensando en su plan para escapar en el futuro con su nueva familia.

Moon Cloud estaba desconcertado por qué Seequest estaba con Knightmare y cómo él era el padre de su potro. Pero de inmediato se dio cuenta de que en la conversación, Seequest le dio la respuesta a su pregunta sin decirlo directamente, por si acaso Hades lo espiaba de alguna manera.

El lobo blanco corrió de vuelta a casa y recordó que debía llamar a Luna, especialmente en un mes para explicar que Seequest tenía un plan para escapar.

De vuelta en el lago, Knightmare esperaba que su compañero regresara pronto, ya que tenía hambre y empezaba a sentir que Seequest la estaba dejando allí como parte de su plan para escapar de ella y de Hades.

Pero afortunadamente escuchó un sonido de trueno que se acercaba a través del bosque y frente a ella estaba Seequest, llevando en su boca hojas llenas de jugosas bayas rojas y dulces flores especialmente para que ella comiera.

No podía mirar mucho ya que sus ojos aún no estaban acostumbrados a la luz del sol, así que Seequest dijo: "Cierra los ojos por un minuto y, con eso, 'mantente quieta y te ayudaré a ver mejor'".

Su cuerno brilló con un color verde en el árbol cuando comenzó a sombrearla más.

Knightmare no podía creer que pudiera verlo más claro y nítido, ya que el Rey Unicornio había hecho que sus ojos vieran aún más claro y nítido que antes para que pudiera ver todo correctamente.

"Oh, wow", exclamó.

Seequest luego le mencionó a Knightmare que en su vida anterior como Velvet la llevó hasta este bosque para mostrarle cómo estaba su manada y cómo estaba siendo protegida de las criaturas de Hades.

"¿Recuerdas?", preguntó.

La yegua empezó a tener flashbacks de su pasado hasta que se puso triste al recordar que fue abandonada por su manada y que nadie quería aparearse con ella de nuevo después de que su compañero muriera de una muerte desconocida y ella fue culpada por ello.

Entonces, ella dejó la manada y vivió sola hasta que murió de un corazón roto y fue abandonada por los suyos, aunque mientras ella pensaba en ello seguía diciendo "No fue mi culpa. Por favor, no me dejes aquí".

Se asustó y saltó, pateando y agitando sus alas mientras se enojaba y se ponía triste.

Seequest pudo ver que esos recuerdos eran crueles y difíciles de soportar, así que rápidamente tocó su cuerno a las bayas y les puso un hechizo de curación y le dijo a Knightmare que se calmara, ya que eso era pasado y ahora tenía un futuro mejor.

Ella se calmó escuchando su voz y se inclinó para

comer las bayas. Al comerlas, sus recuerdos perturbadores desaparecieron como si nunca hubieran existido.

Seequest y Knightmare

Al menos Seequest pudo hacerle la vida un poco más fácil, aunque ahora viviera con Hades bajo tierra.

El Rey Unicornio dijo: "La noche está llegando y es mejor que regresemos a la cueva pronto antes de que Hades se enoje y nunca nos permita hacer esto de nuevo".

Ambos comieron las dulces flores, bebieron del lago, se abrazaron rápidamente y decidieron que era hora de regresar.

Mientras lo hacían, Knightmare comenzó a sentir los golpes del potro en su estómago y dijo: "Está listo. Está por llegar".

Seequest asintió, lamió su rostro y dijo: "Está bien, al anochecer volveremos a casa. Por ahora descansa mientras puedas y explicaré a Hades cuando regresemos".

La yegua asintió con la cabeza y se acercó más a su cuerpo.

"Gracias por todo y por darme esta oportunidad de vivir una vez más como siempre soñé, aunque sea temporal", dijo ella.

Él respondió: "No hay necesidad, mi amor, ya que estás llevando a mi bebé dentro de ti y no querría que fuera de otra manera".

Se acariciaron las caras como si se estuvieran besando

y el corazón de Knightmare se iluminó por dentro y creyó que él nunca la dejaría sola de nuevo.

La yegua embarazada sabía que nunca volvería a vivir aquí porque la casa de Hades está en la oscuridad y la muerte, y a veces pensaba que era muy caliente para soportar.

Seequest puso su grueso y elegante cuello sobre sus hombros y miró hacia el hermoso bosque y cómo lo extrañaba.

Sabía que esa era su vida pasada, ya que ahora vivía en el mar como un hipocampo con Neptuno y Helena durante al menos los últimos cincuenta y cinco años.

Aún estaban allí charlando durante horas cuando comenzó a oscurecerse.

Se levantaron y comenzaron a caminar de regreso a la cueva, al antro de Hades.

Mientras lo hacían, Seequest rápidamente cambió sus ojos nuevamente a rojo para adaptarse a la oscuridad una vez más.

Capítulo Once

El secreto está fuera: los bebés de Tidal Wave y Sea Spray han nacido.

De vuelta en el mar, la Reina Sera había enviado a casa a Helena antes y rápidamente vio al Rey del Mar y le contó lo que sabía sobre el destino de Seequest.

Como no se lo había dicho antes y ahora necesitaba hacerlo porque estaba sucediendo de la manera en que lo vio en su cristal en el pasado.

Más tarde, la Reina Sera montaba a Sea Spray de vuelta a los establos, donde fue a revisar a Tidal Wave ya que estaba embarazado de los bebés de él y Sea Spray.

Cuando llegó, había dos pequeños caballitos de mar que acababan de nacer.

Pero a medida que pasaba el día, nacieron en total siete, que parecían los caballitos de mar de hoy, pero mucho más grandes.

Sera estaba complacida con todos cuando notó que uno era completamente diferente y único respecto al resto en cuanto a su forma corporal y aletas, y sin embargo era bonito con la cabeza en forma de su madre.

Pasaron los meses y crecieron muy rápidamente para parecerse a sus padres. El hipocampo es parte caballo, parte pez.

Aparte de este, todos eran coloridos y diferentes al siguiente.

Uno era azul y otro rosa, otro blanco puro y verde y también uno negro como el azabache.

Pero los dos principales en los que la reina Sera tenía puestos sus ojos eran aquel con cuatro aletas y el negro, que tenía una estrella blanca suave, como la de Moonbeam.

Sintió que este chico grande era especial de alguna manera.

Mientras su hermana era mucho más grande que todos juntos y tenía cuatro aletas en lugar de patas de caballo y una cola de pez masiva con un cuello largo y hermoso posiblemente como un dragón de agua?

Pensó para sí misma que estos dos serán su regalo para su esposo, el dios del mar.

El secreto está fuera: los bebés de Tidal Wave y Sea Spray han nacido.

La reina Sera estaba preocupada por Seequest y cómo estaba.

Pero estaba aliviada de saber que su hija estaba de nuevo en casa, sana y salva, gracias a que él se entregó a Hades.

Recordó lo que su madre le había dicho sobre su magia y cómo usarla una vez más sin que Neptuno lo supiera.

Una noche, cabalgó a través del mar en su yegua marina, galopando rápido y agitando su cola también para más velocidad a través del agujero en el océano y hacia la playa donde Helena había estado recientemente.

El caballito de mar galopaba tan rápido que ni siquiera podía ver que su cola ahora se había convertido en piernas, y saltaba y galopaba muy rápido a través de las olas turbulentas tan rápido como podía, ya que la reina quería llegar a la cima del acantilado donde Seequest y Celestial se habían despedido como madre e hijo por última vez.

Ahora Sea Spray es un hermoso caballo de agua azul aguamarina con un cuerpo sólido transparente como nunca antes habías visto, así que podía caminar en tierra firme.

"Vamos, chica, no nos queda mucho tiempo." Así que galopó más rápido de lo que había hecho antes.

Incluso la pobre yegua hipocampo estaba cansada, que corrió hasta que ya no pudo correr más cuesta arriba.

La reina dijo que podría descansar más tarde, así que continuaron subiendo la colina como un rayo hasta que alcanzaron la cima donde la luna estaba en su punto más brillante.

La reina Sera saltó y la acarició, diciendo: "Buena chica, gracias. Ahora puedes ir a descansar en algún lugar hasta que te llame para nuestro regreso."

Sea Spray se inclinó y luego trotó cuesta abajo con cuidado para no resbalar ni caer.

Llegó abajo y caminó cerca de las rocas para comer algas marinas y descansar un rato.

La reina Sera estaba arreglando su hermoso vestido azul y plateado cuando se quitó su capa y luego su impresionante corona de plata, aguamarina y diamantes, y se sacudió la mano.

Al hacerlo, apareció ante ella un hermoso bastón de plata y piedra lunar.

"Mi bastón lunar de magia, te pido tu ayuda."

"Por favor, envía un mensaje a Celestial, Legend, Pegaso y Zeus que necesitamos urgentemente su ayuda para salvar a nuestro amigo Seequest de peligro y salvar su vida y la de otros."

Hades mismo le había quitado su magia para usarla y crear sus propios caballos de oscuridad y gobernar la Tierra!

Ella golpeó su bastón y llamó: "Invoco la antigua magia de los unicornios y Luna, la diosa de la luna. Ayúdame ahora."

El secreto está fuera: los bebés de Tidal Wave y Sea Spray han nacido.

Su bastón comenzó a brillar intensamente y lo apuntó hacia la estrella de Legend, que parpadeó mientras ella miraba hacia otro lado.

La luz era demasiado brillante incluso para sus ojos.

El poder de la reina fluía a través de su cuerpo y sus ojos brillaban como piedras lunares.

Entonces pudo ver lejos, hacia las estrellas y el universo desde donde estaba parada.

También pudo ver a Celestial y a Legend en la sexta dimensión protegiendo el mundo llamado el cielo, donde van los caballos y los animales cuando mueren en la Tierra.

Luego vio a Legend galopando a través del universo brillando más de lo normal mientras aparecía su verdadera imagen. Su voz le dijo que debía ir a ver a la sumo sacerdotisa de la luna y averiguar qué había pasado.

Apareció como un verdadero pegaso negro con azul zafiro corriendo por su pelaje y polvo de estrellas brillando también.

Abrió sus alas y luego batió magníficamente hacia la Tierra.

Legend volaba hacia abajo hacia el planeta como si estuviera en otra dimensión.

No le tomó mucho tiempo llegar, ya que Sera le había abierto un portal para que viniera más rápido en ese momento.

Finalmente, llegó a la tercera dimensión y aterrizó en su estrella una vez más.

Ahora puede ver claramente su imagen en el cielo. Esto es lo más cerca que puede llegar de donde ella estaba porque ya no tiene motivo para regresar allí más, 'mi querida reina de los grandes mares y vieja amiga, ¿por qué me llamas aquí hoy?'

Ella respondió: "porque se trata de tu hijo Seequest. Él está en gran peligro y también la Tierra tal como la conocemos".

"Está bien, ¿dónde está mi hijo?" dijo él.

Ella respondió: "está encerrado en el lair subterráneo de Hades".

"Entonces debo contactar a Zeus y hacerle saber, ya que no puedo bajar allí sin su constancia".

"Sí, soy consciente de esto. Por eso te lo he dicho primero para que puedas darle un mensaje de que su hermano está metido en sus viejas trampas de nuevo".

"Por supuesto, gracias Sera. Estoy seguro de que te veré pronto".

"Gracias, viejo amigo, es encantador verte de nuevo en persona también".

A Legend le gustó lo que Sera le dijo y en su respuesta, se puso de pie en sus patas traseras y relinchó fuertemente agitando sus alas hermosamente mientras volaba, lo que también causó una ligera brisa en el rostro de ella abajo.

El secreto está fuera: los bebés de Tidal Wave y Sea Spray han nacido.

En un instante, desapareció y la estrella se apagó. Legend saltó de la estrella y comenzó a volar hacia la novena dimensión donde Zeus y Pegaso viven.

La reina Sera llamó a su madre a continuación, y allí se podía ver una luz tenue volando hacia arriba en el cielo nocturno una vez más. La reina se llama Luna.

Mientras lo hacía, su rostro apareció en la luna esta vez.

"Sí, mi querido hijo, estaba escuchando, y sé que me has llamado. La única forma en que puedo ayudarte es con este último regalo especial.

Pero úsalo sabiamente. Este cristal puede cambiar las cosas por completo de lo que ya tienes o quieres. Lo llamo el Cristal de Nuevos Comienzos".

La reina Sera extendió la mano, y luego apareció este increíble cristal lemuriano claro con forma de cuerno de unicornio.

"Gracias madre, lo haré".

La luna comenzó a desvanecerse ya que la mañana está en camino.

La reina aplaudió sus manos una vez más y su bastón desapareció en el aire.

Ella se quedó allí mirando simplemente la hermosa vista del mar desde lejos y llamó a Sea Spray, en un destello ella apareció cerca de ella.

Ella subió a esta hermosa y ahora blanca seahorse con una melena y cola azul claro con cascos azules, ha estado en tierra durante bastante tiempo, por lo que cambia su color para sobrevivir al sol y al calor durante más tiempo porque donde la yegua del mar había estado por un largo tiempo en tierra, su forma completa se cambió similar a un caballo original.

Mientras se monta en ella, puede ver que la yegua ahora estaba completamente energizada de nuevo, ya que sus ojos brillaban intensamente azul como el propio mar.

¿De dónde sacó su nombre?

Ella está brillando en este momento poderosamente.

Sera decidió volver al mar mientras esperaba, ya que el Hipocampo no puede quedarse fuera del agua por mucho más tiempo, el caballo de agua relinchó fuertemente.

"Vamos, vamos a casa", ella llegó a la brida de plata y se agarró fuertemente.

El caballito de mar trotó hasta el final del verde donde comenzaban los árboles para llevarlos de nuevo al bosque.

Luego se dio la vuelta y galopó rápidamente hacia la cima del acantilado y saltó perfectamente, enfrentando todo su cuerpo hacia abajo hacia el mar nuevamente.

La yegua estaba orientando su cabeza en posición de zambullida recta con las patas delanteras extendidas hacia adelante.

El secreto está fuera: los bebés de Tidal Wave y Sea Spray han nacido.

Mientras lo hacía, la reina metió su propia cabeza hacia adentro, hacia su cuello, y tomó una respiración profunda mientras la yegua se zambullía de cabeza directamente de vuelta al mar.

La reina aún sostenía firmemente las riendas para no caerse mientras ambas volvían a cambiar a sus formas naturales.

Cuando tocaron el agua del mar, crearon un enorme chapoteo que generó una gran ola en el mar también.

Ambas habían aterrizado seguras y recuperaron el aliento mientras las branquias reales de Sera aparecían en el costado de su cabeza.

¡Porque ella no era una verdadera persona-marina desde el principio!

Sea Spray comenzó a nadar tan rápido como pudo de regreso a Vissen para ver a sus familias de nuevo.

Una vez que regresaron a través del portal en la parte azul oscuro del mar, llegaron a ambas puertas que los guardias abrieron y rápidamente nadaron con calma de vuelta a los establos.

Ella devolvió a Sea Spray a su cuadra y dijo: "gracias, chica, por tu servicio hoy, lo hiciste bien".

"Ahora descansa con tu familia", mientras acariciaba su cuello y besaba su morro antes de asegurarse de que todos estuvieran alimentados y regados y de que los bebés estuvieran bien antes de regresar a casa.

Llamó a su par de delfines Coral y Arrecife a través de una concha mientras comenzaban a nadar hacia ella.

Cuando estuvieron lo suficientemente cerca de ella, los enganchó a su carroza y luego se dirigió de vuelta al palacio para pasar la noche.

Mientras regresaba, pensaba cuánto odia que nadie más sepa que ella es la princesa de la luna y se preguntaba si tal vez en el futuro podría contarles a su pueblo de dónde realmente proviene.

Porque su gente a veces se pregunta de dónde saca sus poderes, ya que los suyos son completamente diferentes a los de ellos.

Nadie más tiene algo así en su reino, a veces se detienen y preguntan a Neptuno, dicen que por eso es especial.

Todos la ven como la Reina del mar o la Suma Sacerdotisa, ya que sus principales deberes son asegurarse de que todos los niños sean educados adecuadamente y entrenados para la batalla.

Además, ella y las princesas sirenas se encargarían de los delfines y ahora también de los caballitos de mar.

Mientras Neptuno hace que sus hijos cuiden del mar, la tierra y las criaturas marinas más grandes como tiburones y ballenas, protegiéndolos de la contaminación y la muerte.

También había caballeros del mar que eran hombrespez pero más grandes y más anchos.

Vivir en el océano era mágico, pensó.

El secreto está fuera: los bebés de Tidal Wave y Sea Spray han nacido.

Vería todo tipo de peces nadando, todos con diferentes colores, que protegían el mar de gérmenes al comerlo todo y desecharlo donde estos gérmenes ya no podían dañar a nadie ni a nada más.

El océano también era mágico porque tenía diferentes tonos de azules y verdes cada día, el color reflejaba el cielo arriba de ella.

Pero más profundo bajo el mar había colores intensos de púrpuras y rojos de algas marinas y corales y anémonas de mar, ellos también tenían su propio propósito.

Finalmente, la reina llegó a casa, quitó los arneses a sus delfines y los colocó en un lugar tranquilo para la noche, y les dio de comer su pescado favorito, el salmón rosado.

Los alimentó y les agradeció besando sus narices de botella una a una, lo cual los delfines adoraban, y ellos chillaron y nadaron alejándose haciendo acrobacias en el agua, lo que también hizo sonreír a la reina.

"Buenas noches, mis queridos, los veré mañana".

Se dio la vuelta y abrió una puerta dorada redonda y llegó a la habitación de su hija.

Se acercó a Helena cuidadosamente mientras ella aún lucía bastante triste y dijo: "¿qué te pasa, hija mía?"

"¿Sabes cuál es el problema, madre?" Helena se sentía muy afligida con ellos y consigo misma.

"Hemos dejado a Seequest, mi mejor amigo y protector, en manos de Hades", dijo con el corazón roto.

Ella continúa diciendo: "¿cómo pude estar tan ansiosa por querer ir a tierra tan mal y no obedecer las reglas y salir con ese dulce zorro, sabiendo lo que Seequest me dijo sobre tener cuidado con los animales, a los que no conocía en absoluto?"

Continúa hablando y luego dice también: "¡madre tenías razón!"

"No debería haber ido".

"Al menos Seequest estaría con nosotros ahora, seguro, feliz y nadando con sus amigos afuera cerca de nosotros en lugar de estar aquí sollozando desconsoladamente".

Su madre la abrazó y dijo: "ahí, ahí, hija mía".

"Él estará bien, Seequest no es solo un hipocampo".

"Es un poderoso unicornio, ya que una vez fue el rey de esa tierra antes de venir aquí a vivir en el mar con nosotros".

"No te preocupes, estará bien porque tiene su cuerno de vuelta que tu padre le dio antes de que volvieras a nosotros".

"¿sabes que se entregó a Hades recientemente? Su cuerno lo protegerá de cualquier daño que le pueda venir" respondió su madre.

"¿cómo?" preguntó la princesa.

El secreto está fuera: los bebés de Tidal Wave y Sea Spray han nacido.

"Hades lo ha capturado ahora y lo está drenando de su magia, ya que está atrapado bajo tierra y su magia se está debilitando al preñar a la yegua de Hades".

"Knightmare va a tener un potro que será aún más poderoso que él, ya que tendrá los poderes de Hades y Zeus".

"De eso es lo que tengo miedo, ya que luego podría desechar a Seequest y tener a su potro en su lugar, que puede entrenar y controlar".

"Mi querida Helena, escucha".

"Lo que no sabes es que Zeus es el hermano superior y es más fuerte y más poderoso que Hades, por lo que los poderes de Seequest también lo serán".

"¿de verdad crees eso, madre?"

La reina Sera enjugó las lágrimas de su hija y dijo: "lo sé", pensando para sí misma, ¿espero?

Porque Hades ha producido magia que nadie ha visto hasta ahora, así que está preocupada por su amigo y su gente.

Después de su pequeña charla, la princesa Helena se sintió mucho más tranquila de que su madre no le mentiría y se dirigieron a la biblioteca.

La reina Sera no era solo una reina, era psíquica.

Podía ver lo que había sucedido hasta ahora con Seequest y lo que sucedería si no lo salvaba pronto.

Así que sabe que cuando Neptuno regrese de este asunto tendrán que hablar seriamente y decidir qué harán a continuación.

Por ahora, disfrutó de un tiempo con su hija y le enseñó sobre su magia, ya que Helena estaba llegando a la edad en que se estaba convirtiendo en mujer marina, y su madre sentía que algún día ella sería más poderosa que ella misma.

Miraron en sus archivos de magia y hechizos de cristal de los cráneos de cristal.

Pasaron bastante tiempo allí cuando Sera dijo: "es hora de que vayas a la cama, mi querida".

Entonces Helena bostezó y dijo "está bien, entonces".

Helena nadó hacia su habitación lentamente, ya que se sentía cansada y abrumada por lo que había sucedido recientemente.

La reina luego regresó apresuradamente al palacio del rey pensando que al menos practicar la magia con Helena y leer sobre el conocimiento de los cráneos de cristal la ayudaría a distraer su conciencia culpable y esto la ayudaría a usar la magia también con el tiempo.

Un día lo usaría para proteger su tierra si fuera necesario.

Pero sobre todo Helena parecía tener más paz mental para que pueda descansar bien, ya que mañana será un día que nunca olvidará jamás.

Capítulo Doce

El Amor de Seequest

Seequest caminó de regreso a la oscura cueva y sacudió su cabeza, haciendo que su cuerno iluminara la cueva.

"No se lo digas a Hades", y guiñó un ojo a Knightmare.

Ella comenzaba a sentir ese cálido sentimiento en su corazón y más temprano esa tarde, Seequest le había dicho que esa cálida sensación de seguridad y felicidad se llama Amor.

La yegua embarazada sintió esto y sabía que era porque el semental unicornio, el verdadero heredero de la Tierra, era su compañero y padre de su potro.

Knightmare no podía creer que hubiera sido elegida para tener hijos con él de la manera normal y parecía asustada.

Knightmare se estaba enamorando de Seequest y él comenzaba a sentir lo mismo por ella, aunque aún no se lo había dicho.

Él pensaba que no era la yegua más bonita que jamás había visto, pero era hermosa a su manera con su estructura femenina de Frisón, sus grandes alas de murciélago con garras en ellas y rasgos rojos que recorrían sus patas emplumadas, melena y cola, además, por supuesto, de sus ojos rojo rubí en los que podía quedarse mirando durante horas, ya que podía hipnotizar a cualquiera con ellos.

Seequest pensaba que se había enamorado de su dulce y terca personalidad, la cual parecía gustarle mucho ya que le recordaba a sí mismo, de cómo se convirtió en un verdadero líder y a veces tenía que hacer cosas que no le gustaban hacer algunas veces también.

Él pensó que ella era única, ya que notó que incluso su hija Truth en el pasado también tenía esto.

Estaba pensando que tal vez estos potros serían lo mejor que le podría pasar a la Tierra cuando eventualmente él muera y se la deje a ellos un día, o ¿serán lo peor y destruirán todo lo que sus líneas de sangre de unicornio han recreado nuevamente?

Pobre Seequest, su mente estaba dividida en dos por lo desconocido.

Sequest se preguntaba mientras trotaba de regreso hacia la cueva si había alguna posibilidad de que ella pudiera volver a ser buena.

Podría llevarla a casa con él en el mar con la ayuda de Neptuno, su gran amigo.

El Amor de Seequest

Estaban trotando de regreso cuando escuchó un relincho masivo que sacudió la cueva. Era Knightmare, se había desmayado. Sequest se dio la vuelta y galopó tan rápido como pudo.

Cuando se dio cuenta de que ella estaba muy atrás.

Cuando finalmente llegó a ella, parecía indefensa e inconsciente.

Ahora temía lo peor, que iba a perderla a ella y a sus crías. "Knightmare, por favor despierta." Sequest bajó la cabeza y la animó a despertar. Pero ella no se movía ni respondía a su voz. Sequest empezó a sentir que no podía hacer nada, ya que él mismo estaba débil para ayudarse, así que supo entonces que tenía que encontrar a Hades y pedirle que los ayudara a llegar a casa.

Aunque odiaba la idea, en este momento no tenía otra opción más que salvarla a ella y a las crías.

Antes de dejarla, bajó la cabeza de nuevo, le lamió la cara y dijo: "No te preocupes, mi amor, conseguiré ayuda". Entonces Sequest galopó en busca de Hades. Corrió tan rápido como le permitían sus patas y llegó a la guarida llamando a Hades para que viniera rápidamente.

Mientras llamaba, toda la cueva reaccionaba como si hubiera un volcán estallando.

El dios del inframundo sintió y escuchó la voz de Sequest y se preguntó qué había pasado.

Hades apareció como una nube de humo y dijo: "¿Qué pasa?"

"¿Dónde está mi yegua? ¿Qué has hecho con ella?"

"Sabía que no debería haber permitido que la sacaras".

En este momento, Sequest intentaba decirle que Knightmare se había desplomado casi en la entrada de la cueva y que necesitaba ayuda.

El semental unicornio pudo ver por un segundo que Hades estaba preocupado por esta yegua y que realmente le importaba después de todo.

Parecía que si algo le sucediera a ella, en este momento le rompería el corazón.

Recordó que Neptuno le había contado en el pasado que hubo una batalla entre Zeus y Hades para gobernar el Olimpo y que Zeus ganó.

Por su desafío en primer lugar, fue elegido para gobernar la segunda mejor cosa, que era el inframundo.

Como Zeus creó todas las cosas, Hades se ocupará de las almas malas y la muerte, un equilibrio completo de la vida en la tierra.

Cuando hay nacimiento, debe haber muerte, de lo contrario la tierra estaría superpoblada por todas las criaturas y se destruiría en el futuro si esto no sucediera.

Sequest pensó que estaba equivocado acerca de él y volvieron a la cueva para ver a Knightmare.

Ahora parecía más agotada que antes. La yegua demoníaca se despertó y relinchó con gran dolor.

Sequest pensaba en su mente que Hades nunca debería haberle hecho usar su magia y nunca debería usarla en su propio caballo.

Creía que esto iba en contra de las reglas de los dioses. Pero ya era demasiado tarde, el trabajo estaba hecho y él olvidó por completo ese sentimiento.

Sequest dijo: "Vamos a llevarla de vuelta a casa y podemos discutir qué no debo hacer cuando esté bien otra vez".

Hades dijo: "De acuerdo" y trazó un círculo a su alrededor.

En un destello de humo, aparecieron en los establos con un chasquido de dedos, ambos en su respectivo establo.

Allí estaba Knightmare, aún luciendo desamparada.

Sequest solicitó a Hades que le devolviera su magia completa para poder ayudarla adecuadamente y salvarla.

Hades amaba tanto a su caballo que en realidad estuvo de acuerdo.

Hades puso sus manos en la frente de Sequest, donde comenzaron a volar chispas azules y su cuerno se había vuelto brillantemente dorado, ya que ahora tenía todo su poder de vuelta y luego podría haber escapado.

Pero sabía que era lo incorrecto, ya que los potros eran demasiado jóvenes y podrían morir debido al cambio, ya que sería demasiado para ellos a una edad tan temprana estando dentro de ella en este momento.

Se prometió a sí mismo que la ayudaría.

Entonces, el Rey Unicornio se arrodilló y puso su cuerno, tocando el estómago de la yegua una vez más.

Se iluminó de verde esta vez para sanar.

Minutos después, ella despertó luciendo más fuerte y se puso de pie como si nada le hubiera sucedido.

Luego, Hades recuperó su magia completa de inmediato de Seequest.

Knightmare preguntó qué le había pasado y Seequest explicó que los potros se estaban volviendo poderosos y más fuertes y que a veces le quitaban energía para ayudarlos a crecer fuertes también.

Todo por el amor hacia esta yegua y sus hijos, ahora sabía que estaba atrapado para siempre y un día, ya que ni siquiera sus potros mágicos crecían tan rápido.

Solo esperaba que recordaran y nunca lo olvidaran en el futuro cuando planeaba escapar, con suerte con todos ellos.

Pero también pensó que tal vez tendría que suceder sin ellos si Hades los atrapaba.

Pensó mucho en esto y le rompió el corazón recordar que primero era el Rey Unicornio y que sus poderes eran más importantes que sus sentimientos reales y su vida misma.

Capítulo Trece

El plan de Helena para ayudar a Seequest

De vuelta en Vissen, Helena comenzaba a entrar en pánico y a preocuparse profundamente por su querido y dulce amigo Seequest y cómo podrían liberarlo del agarre de Hades.

Más tarde ese día, se reunió con sus amigos del mar y les contó lo sucedido. Le preguntaron dónde estaba él, ya que siempre estaba a su lado o ella lo montaba a veces.

Uno de sus amigos se equivocó y mencionó que también había informado a su padre sobre lo ocurrido.

Él le dijo que Neptuno tiene un plan para llevarlo a casa.

La princesa sirena se alegró al escuchar esto.

Pero su amiga no le dijo todo porque su padre le hizo prometer que no preocupara más a la princesa, ya que lo que ocultó fue el plan real que podría poner en peligro a todos en el proceso.

Helena estaba emocionada pero también molesta porque ella misma estaba destinada a hablar con su padre al respecto, ahora que sabía que su madre lo había hecho sin ella.

Estaba enojada, así que dijo: "Chicos, debo volver y ayudar a la reina en los establos ahora, que tengan un buen día".

Cuando nadó hacia atrás del palacio para ver a su madre.

Mientras iba, los seres del mar le saludaban y se inclinaban mientras pasaba nadando, y ella sonreía y les devolvía el saludo siendo educada.

Llegó a los establos donde alcanzó a su madre, quien estaba atendiendo a los potrillos de mar que habían crecido grandes y magníficos, parecidos a su padre Tidal Wave, quien también está relacionado con Seequest.

La Suma Sacerdotisa estaba encantada de ver que su increíble idea había funcionado maravillosamente, sabiendo que los caballitos de mar o hipocampos fueron creados por magia en primer lugar por el cuerno de Moonbeam.

Incluso si Neptuno le dijo a Sera que no intentara criarlos por si había problemas o deformidades involucradas.

El plan de Helena para ayudar a Seequest

La reina usó su propia magia para evitar que esto sucediera y siguió adelante con ello de todos modos, confiando en que sus poderes nunca le fallarían, ya que creía en ellos profundamente.

Quizás esa sea la razón por la cual hay uno que es completamente diferente de los demás pero aún así tiene un temperamento dulce al igual que los otros.

Porque después de todo, hay una gran magia que se está usando que fue otorgada por Pegasus mismo y recuerda que él es el dios de todos los caballos alados y otros de su tipo en el futuro también.

La reina estaba alimentando a los potrillos y potrancas marinas cuando Helena se acercó para verlos y se acercó a su madre con una sonrisa y dijo: "Hola, madre", pensando que su madre le explicaría por qué fue a ver a su padre por su cuenta.

La reina supo de inmediato que Helena estaba enojada por la expresión en su rostro.

La reina dijo: "Helena, mira, solo tienes dieciséis años y aún eres una joven princesa sirena".

"Este tipo de cosas no deberían preocuparte aún, cariño mío, lo siento, pero pensé que era lo mejor para ti".

"Hay algunas cosas que tienen que suceder de las que no quiero que te preocupes, ¡aún eres muy joven!"

"Madre, deberías haberme dicho la verdad, ahora soy una joven mujer sirena".

"Lo sé y lo veo ahora".

"¿Puedes perdonarme?"

La reina miró profundamente a los ojos de Helena y pareció ponerla en trance para que perdonara y olvidara la pregunta ¡y funcionó!

"Sí, madre".

"Bien, ahora ayúdame con estos pequeños".

Los establos eran una parte impresionante del profundo océano azul, que era pacífico y colorido.

Los delfines y los tiburones nadaban juntos protegiendo y custodiando el área, además de un montón de peces diferentes nadando en bancos, Helena pensó que era una vista bonita de ver.

También se olvidó de la pregunta que hizo y se acercó a los jóvenes hipocampos, donde los observó con mucho cuidado.

Había dos que captaron su atención.

Había un hermoso potrillo marino negro con tonos azul oscuro en sus escamas, y cuando nada, los tonos azules más claros se mostraban en la parte delantera de su cuerpo, mientras el sol brillaba en las profundidades del océano durante el día, lo que lo hacía destacar entre sus hermanos.

También tenía una cabeza asombrosa en forma árabe con una suave estrella blanca en su frente, una melena puntiaguda con un elegante cuello arqueado; su cola donde sus aletas parecían alas y, sin embargo, suaves bajando por su espalda a ambos lados.

Sus ojos eran como zafiros azulados.

Sera podía ver que Helena tenía buen ojo para los caballitos de mar y se alegró al ver que tenía un don como ella.

"Oh, has elegido bien, hija mía".

"Creo que se convertirá en un magnífico semental de hipocampo en el futuro y será fuerte y rápido como sus padres".

"Oh, madre, es precioso". "Sí, lo sé".

El potrillo parecía gustarle a Helena, y su madre notó que al potrillo negro le gustaba ella también, y dijo: "Creo que ha elegido a su dueña".

"Perdona, ¿qué quieres decir?"

"Bueno, yo lo había escogido para regalárselo a tu padre como regalo de aniversario y para sus carreras que tanto le gustan hacer una vez al año a través del océano con los otros reinos".

"Pero creo que este potrillo te ha elegido a ti en su lugar".

La princesa se quedó impactada por lo que su madre acababa de decir y olvidó las preocupaciones por el momento acerca de Seequest.

"¿Te gustaría si te lo diera como regalo de tu decimosexto cumpleaños?"

"Y si lo hago, ya no tendrías que preocuparte por nada, ya que él necesitará tu amor, tiempo y paciencia siempre".

"No puedes olvidarlo ningún día".

"Será un verdadero compromiso, ya que tendrás que entrenarlo conmigo".

"Así que podemos estar pendientes de él por su crecimiento, ya que su cartílago (esqueleto) no es uno real como el de Seequest, porque esta vez es más pez que caballito de mar".

"Pero sigue siendo muy fuerte".

"Puedo ver que será un gran hipocampo con el tiempo".

"Madre, en serio, sí, sí".

"Sabes que siempre he dicho cuando era pequeña, que me encantaría tener un hipocampo en el futuro y si tan solo papá tuviera el poder de crearlos él mismo".

"Sí, mi querida niña dulce, recuerdo bien eso".

Helena nadó más cerca de la puerta del establo y el potrillo escuchó lo que habían estado diciendo.

Y ella también habló telepáticamente con las criaturas marinas y los animales.

El plan de Helena para ayudar a Seequest

Porque ellos la entendían al ser la hija de la diosa lunar Luna, que también tiene estos poderes, por eso Helena también tiene el don.

El potrillo se dio la vuelta y relinchó a Helena mientras ambos se miraban profundamente a los ojos y sintieron una conexión telepática juntos.

Se encaramó en su establo y ella sonrió cuando hizo un salto mortal también.

Ambos se quedaron mirándose como si ella fuera un sueño hecho realidad.

La princesa Helena supo entonces que tenía el don de hablar con los hipocampos y las criaturas marinas, además de los animales terrestres también ahora.

Desde ese momento, pensó que estaba muy bendecida con este asombroso don.

Se preguntó si eso significaba que podría vivir en ambos mundos en su futuro.

Ideando una idea que planea posiblemente tener y hacer cuando sea mucho mayor si sus padres lo permiten?

Por ahora, estaba feliz de tener finalmente su propio hipocampo.

"Madre, me habló"

"Lo hizo, hijo mío, eso es genial".

"Bueno, eso significa que eres telepático y comprendes todo tipo de seres vivos como yo y tu padre". Explicó la reina. "Significa que eres uno con todos ellos".

"Oh, wow, eso es increíble."

"Yo también lo tengo, ya que mi madre Luna es la hermana de Gaia (Madre Naturaleza) misma".

"Ahora, mi querida, tú también tienes este don increíble. Estoy tan feliz por ti".

"Oh, wow, gracias, madre."

"Por favor, no me agradezcas, querida mía, has ganado este don al ser amorosa, cariñosa y amable con todo tipo de criaturas grandes y pequeñas, tanto aquí como en tierra".

"Este es su regalo de vuelta para ti, mi maravillosa Helena. Se clasifica como abundancia".

Helena nadaba en círculos de emoción y luego nadaba lentamente de regreso al establo donde el potrillo la esperaba para que ella regresara y lo viera nuevamente.

Finalmente, regresó con un hermoso regalo para ver si él lo aceptaría de ella, ya que esto también significaba que el hipocampo la había elegido para toda la vida.

Ella se acercó silenciosamente al joven potro marino.

Primero extendió su mano hacia él y le dio una flor marina para comer, y dijo:

"Está bien, chico".

El plan de Helena para ayudar a Seequest

"Soy Helena, tu nueva amiga y dueña".

"Prometo amarte y cuidarte para siempre".

El potrillo tomó la flor marina de su mano suavemente para no morderla.

Luego acarició suavemente su frente.

Él sintió su calidez y ella pensó en lo amable y suave que era.

También parecía gustarle que ella tocara sus orejas, lo que hacía que sus ojos parecieran brillar más cuando ocasionalmente los cerraba al sentir su amor por él y ella sentía el suyo también.

Dentro de eso, se unieron y se convirtieron en uno.

Todo su cuerpo parecía brillar desde adentro hacia afuera.

Ella preguntó si eso era normal y su madre dijo: "Sí".

"Eso se llama vinculación, hija mía, eso significa que él te ha aceptado como su jinete y amigo de por vida".

La reina estaba un poco molesta porque tuvo que distraer a su hija de esta manera, pero sabía que era lo mejor para ella.

Helena siempre había sido buena con sus padres y los otros hipocampos.

Sera vio una verdadera y fuerte amistad entre ellos mientras se unían como si se hubieran convertido en uno instantáneamente.

Su madre está pensando y hablando en su propia mente diciéndose a sí misma

Tal vez fue lo que Seequest había querido desde el principio ya que no sabía que él estaría con ellos por un tiempo determinado en el mar tampoco.

Su madre dice "ahora aliméntalo y mientras lo haces, míralo atentamente".

"Asegúrate de elegir un gran nombre para él, ya que lo he llamado Ónix por ahora".

"Tengo otra sorpresa especial que sé que realmente te gustaría".

Después de que él comió, se acercó a Helena nuevamente y la acarició con la cabeza desde su establo.

Ella pensó en un nombre que significa "gran amigo para siempre y protector".

Ella dijo "madre, voy a llamarlo Louis".

La reina sonrió y respondió "sí, ese es un gran nombre".

Louis relinchó también que le gustó, lo que hizo reír y sonreír a la princesa sirena y a su madre.

La princesa hizo exactamente lo que su madre le dijo que hiciera y besó a Louis en el hocico, lo que hizo que relinchase fuerte, haciendo burbujas por todas partes.

Ella le dijo que se calmara y que volvería a verlo más tarde, pero por ahora tenía que irse con su mamá.

Louis entendió y nadó lejos de ella, luego entró en el establo para comer el resto de su alga marina que estaba en el suelo debajo de él. La reina ya se había ido.

"Espera por mí, madre, ya voy", dijo Helena.

Sera se volteó y vio a su hija nadando tan rápido como pudo hacia ella, con sus branquias haciendo burbujas mientras se apresuraba y se hinchaba.

"Ahora, cálmate y recupera el aliento", le dijo Sera.

Esperaron unos minutos para que Helena se recuperara y luego nadaron juntas hacia otra parte de los establos, un poco más adentro.

Sera estaba emocionada por mostrarle a alguien más su hermosa y poco común creación, y se preguntaba cómo reaccionaría su hija a esta criatura especial que estaba preparando para mostrarle.

A ella le encantaban sus otros hijos, pero no tenían el toque extra especial que tenía alrededor de estas criaturas. Como sus caballos que se alimentan de emociones.

Estaban casi llegando a los establos más grandes cuando Helena escuchó un sonido ligeramente diferente al que había escuchado antes. Estaba emocionada y asustada por lo que y quién podría estar haciendo ese ruido.

Se acercaron a las enormes puertas del establo y nadaron a través de ellas. Todo en lo que Helena podía pensar era en ese sentimiento cálido y acogedor en su corazón, como si esta criatura fuera realmente especial para el futuro.

Su madre llamó a la bestia y allí, flotando junto a ellas, estaba la criatura más grande que Helena jamás había visto, con ojos gentiles.

"Madre, ¿qué es esto?"

"Bueno, querida mía, esta también es una cría de Ola de Marea y Rocío del Mar".

"¿Cómo es posible?"

"Supongo que es magia y fue diseñada por los dioses".

"Oh, es hermosa a su manera, supongo", dijo Helena.

La criatura miró a Helena y lamió su rostro, como lo haría un lobo en tierra.

"Hey", dijo Helena.

La reina empezó a reír. "Ja, ja, parece que le caes bien, hija. Aún no la he nombrado".

"¿Podemos llamarla Kessy?"

"Después de todo, ella es un lío de una manera bonita".

"Después de todo, ¿no significa que es pura como una mariposa delicada que vuela en nuestros cielos durante el día y amable con una naturaleza suave también?"

Su madre respondió: "Sí, ese es un nombre perfecto para ella, Helena".

"Wow, Kessy, eres realmente una criatura hermosa".

Kessy es cinco veces más grande que una ballena azul, con cuatro aletas elegantes como pies y una hermosa cola larga. Su cuello es muy largo, con una hermosa cabeza de caballo marino. De alguna manera, parecía tener rasgos similares a los otros hipocampos pero también era diferente.

La reina Sera le mencionó a su hija que no debía dejar que nadie más supiera de ella, ya que sentía que podría haber cruzado las líneas de una nueva creación que sería llamada el dragón marino.

"Me lo han dicho a través de los cráneos de cristal que debo estar preparada, ya que ni siquiera los dioses han oído hablar o creado uno antes, así que ella es otro milagro. Es similar al reinado de los unicornios en el pasado".

"Sí, madre, lo prometo".

"Bueno, entonces puedes venir y traer a Louis aquí abajo, ya que se llevan muy bien juntos".

"Al menos podrás ayudarme a cuidarla cuando deba atender mi día en el Templo de Cristal, y yo te ayudaré a entrenar a Louis también".

"Si te preguntas, ella es de la familia del Hipocampo".

"Su madre continuó diciendo esto, Helena, es una hermana cuadrúpeda de los demás, pero parece ser realmente especial".

Pasaron unas horas alimentándola y dándole agua.

Su madre dijo: "Durante los próximos meses estarás ocupada ayudándome a entrenarla a ella y a tu chico también".

En ese momento, Helena se había olvidado completamente de cómo iba a ayudar a Seequest a escapar del escondite de Hades.

Capítulo Catorce

Los Potros Están por Nacer

De vuelta en la cueva de Hades, Knightmare tuvo que descansar ya que el potro la estaba agotando mucho y últimamente se desmayaba con frecuencia.

Seequest tuvo que ser honesto y mencionarle que era por su magia.

Ya que ella llevaba dos potros, no uno, sino dos, ya que la estaban drenando todos los días al crecer rápidamente y prepararse para nacer pronto.

En la tarde del 11 de junio, cuando el sol estaba en su punto más caliente y el cielo estaba despejado, los animales del bosque estaban enseñando a sus crías las cuerdas de la vida y los pájaros cantaban alegremente sobre los árboles.

Seequest vigilaba de cerca a Knightmare cuando también pensaba en lo mucho que extrañaba a su familia, aunque amaba estar con esta yegua, lo cual sabía que no era normal pero era correcto para él.

Se preguntaba si tendría la oportunidad de estar de nuevo arriba y visitar a su tío/amigo Truth, la presencia de los unicornios terrestres que yace dentro del abedul plateado más adentro del bosque.

Pensó que le gustaría rendirle homenaje mientras vivía temporalmente en tierra.

¿Reconocería el árbol si tuviera la oportunidad de encontrarlo nuevamente?

¿Considera que si su plan funciona podría liberarse pronto para encontrarlo?

Se dijo a sí mismo que por supuesto lo encontraría debido al olor y la imagen de la cabeza de Truth todavía sobresale de él, ya que vivió en él durante tanto tiempo que creó un contorno en la madera a medida que el árbol creció a su alrededor durante años.

Fue una idea amable de Zeus dejar su imagen allí como recuerdo de su grandeza en ayudar a los animales y a la Tierra misma para que nunca fuera olvidado.

Más tarde, Seequest soñó con poder volar de nuevo como solía hacerlo con su madre cuando era más joven.

Debido a que la madre de Moonbeam era una línea de sangre original de los caballos alados de Pegaso, su magia se transformó de sus alas a su tercer ojo.

Los Potros Están por Nacer

Donde creció un hermoso y poderoso cuerno en lugar de su frente cuando fueron elegidos para quedarse en la Tierra y sanarla.

Los unicornios del día y de la noche eran los únicos que aún tenían el poder de volar mediante la producción de un polvo especial y hermoso desde sus cuernos para crear esta magia que les permitía volar con seguridad, ya que sus deberes eran proteger los cielos diurno y nocturno.

También ayudaban a acercar el sol y la luna a la Tierra.

Knightmare se despertó de su sueño inquieto y se puso de pie lentamente, luciendo muy pesada como si estuviera a punto de explotar, sintiéndose incómoda a veces debido a que los potrillos tenían cascos y la pateaban fuerte, dejándola muy magullada por dentro.

Le contó a Seequest sobre sus dolores y molestias, que él intentaba mantener en secreto para ella.

Mientras estiraba su cuerpo, comía carne tanto como podía para mantener su fuerza, recordando que, después de todo, ahora era un caballo del inframundo.

Esto a veces incomodaba a Seequest y esperaba que algún día pudiera detener esto.

Pero sabía que ella no sobreviviría sin ello.

Así que no dijo nada y respetó que no tenía elección en el asunto, aunque realmente no le gustaba verla así.

Esperaba que algún día pudiera cambiar nuevamente sus hábitos alimenticios.

Pero esto lo preocupaba porque ella tenía que hacer esto, así que se preguntaba si sus hijos harían lo mismo.

¿Los haría más parecidos a ella de una manera mala?

Esto lo asustaba un poco y esperaba que su poder fuera más fuerte que el de Hades para mantenerlo a raya, pensó.

Finalmente, ella regresó después de que Hades la hubiera visitado y descansado nuevamente junto a Seequest.

Hades desapareció en este momento.

No es que él no sintiera estas emociones, simplemente le recordaba sus buenos recuerdos en casa.

Cuando era un joven en el Olimpo con sus hermanos cuando decidieron matar a su padre, el último de los Titanes, y luego Zeus fue elegido para convertirse en el rey de los cielos del nacimiento y la creación, a él se le eligió para ser el rey de la muerte y las almas perdidas y la destrucción.

Knightmare relinchó y al instante asomó la cabeza el primero en nacer.

Los ojos de Seequest se iluminaron y su cuerno comenzó a brillar cuando apareció un dulce potro rosa con un pequeño cuerno en la cabeza y bonitas alas de plumas que estaban mojadas y pegadas a su cuerpo, haciéndola lucir rosa cereza en ese momento.

Knightmare fue lo suficientemente fuerte como para ayudar a abrir la bolsa para que el potro pudiera respirar correctamente y el potro quedó libre descansando allí, todo oscuro y mojado.

En ese momento Seequest se preguntó si ella permanecería de ese color.

Una hora más tarde, Knightmare iba a descansar nuevamente cuando relinchó fuertemente de dolor y dijo "el otro está llegando".

Ella empujó y empujó, pero parecía que tomaba más tiempo porque era más grande y dijo "este realmente duele".

Seequest dijo, "déjame ayudarte" y puso su cuerno en su estómago.

En ese momento, Hades llegó y dijo: "Sabía que todavía tenías tus poderes" con enojo en su voz.

Seequest estaba molesto ahora que sabía que su secreto había sido descubierto.

Pero en ese momento, su pareja era más importante.

El potro macho nació de su verdadero ser.

La razón por la que causó tanto dolor a Knightmare fue que era como ella, con pequeñas alas de murciélago con garras en ellas.

Le estaban arañando mientras nacía, pobre Knightmare estaba exhausta y un poco adolorida por dentro.

Pero todo había terminado ahora y allí estaban descansando junto a su madre (¡mágico, pensó!).

Seequest estaba asombrado de haber creado estas pequeñas criaturas de dos especies diferentes y luego se preguntó si había más bondad que maldad en ambos.

Pero esperaba y rezaba para que su magia y guía aseguraran que el bien prevaleciera en ellos con el tiempo, a través del amor y la paciencia.

Simplemente amándolos por lo que realmente son, sus hijos.

Allí estaba el macho recostado en la paja junto a su hermana entre ellos.

Ambos los lamiaron y los limpiaron por completo. Más tarde fueron alimentados con la leche de su madre.

Seequest se sorprendió por lo que acababa de ver, ya que nunca antes había estado presente para presenciar los nacimientos de ninguna de las otras yeguas en su pasado, ni había estado involucrado en ello.

Para él, fue algo magnífico y mágico.

En ese momento, Moonbeam era la líder de la manada de unicornios nocturnos en el pasado, ¡la madre de Seequest!

La pobre Knightmare estaba agotada por exceso debido a los partos.

Le llevó unos días recuperarse antes de volver a ser ella misma.

Los Potros Están por Nacer

Pasaron dos días cuando Knightmare se puso de pie y vio a sus potrillos correctamente por primera vez desde que habían nacido recientemente.

Allí estaban, tratando de ponerse de pie apoyándose en el cuerpo de Seequest para obtener soporte, donde

ella pudo ver que ambos de sus hijos tenían un cuerno como su padre.

Tomó algo de beber y luego caminó hacia Seequest y se puso cerca de él mientras observaba a sus potrillos practicar ponerse de pie por sí mismos.

Los potrillos finalmente se pusieron de pie y se miraron el uno al otro.

Seequest se puso de pie con valentía y los acarició diciendo "bien hecho, hijos".

Los dos potrillos lo entendieron claramente y caminaron hacia su padre y se acariciaron mutuamente.

El Rey Unicornio dijo a los potrillos: "Esa hermosa yegua allí es su madre.

Ahora déjenla descansar, pueden saludarla cuando esté más fuerte, pero vengan y acuéstense conmigo hasta que esté lista para alimentarlos más tarde".

Los potrillos asintieron con la cabeza y fueron a acostarse con su padre nuevamente hasta que llegara el amanecer para alimentarse.

Hades observaba desde lejos a través de la bola de cristal que había obtenido de una de las brujas.

Estaba complacido de que Knightmare hubiera dado a luz a un verdadero potro macho negro, ya que posiblemente tendría el poder que él quería, como su abuelo antes que él (Jecco), el padre de Seequest, quien era conocido en todos los reinos por ser el

unicornio más fuerte y grande que había vivido por su fuerza y valentía en todos los territorios.

Así que ahora Hades pensó que tal vez ya no necesitaría a Seequest.

Aunque Hades esperaba que su hijo fuera más poderoso que él mismo, debido a tener los poderes de Seequest y el poder de la sangre de su madre, que también era el poder de Hades.

El dios del inframundo estaba tan complacido con el potro que mantuvo en secreto su verdadero interés en él hasta que llegara el momento adecuado para que todos supieran de él.

Pasaron meses y los potrillos comenzaron a mostrar sus verdaderos colores.

Seequest los observaba y pensaba en llevarlos eventualmente al bosque para entrenarlos y enseñarles las reglas de la vida, y explicarles quiénes son realmente y cuál es su propósito en esta vida, para el bien mayor de todos los seres vivos.

También planeaba mostrarles una forma de escapar para siempre, con suerte, mientras hacía esto.

Cuando Knightmare se despertó, todo en lo que podía pensar era que ahora tenía la familia de sus sueños y no podía creer que fuera real.

Los potrillos estaban despiertos, así que ella se acercó a ellos y los alimentó.

Ella habló con Seequest.

"Bueno, ¿qué piensas de nuestros hijos, mi amor?"

La respuesta de Seequest fue vaga, ya que notó que su hijo se parecía a ella y estaba preocupado de que se convirtiera en uno de los caballos malvados de Hades con el tiempo, si este último lo capturaba solo.

Entonces, él intentó no pensar de esa manera. Donde las apariencias engañan, ya que sabía que su hijo era bueno por dentro.

Esto lo hizo cambiar su mente a una positiva: que él era su hijo real y nada más importaba.

Solo porque pueda parecer un caballo demoníaco no significa que actuaría como uno, a menos que fuera provocado, creía Seequest.

El rey unicornio quería alejarse de Hades lo más rápido posible para poder entrenar a sus hijos antes de que él mismo pudiera apoderarse de ellos.

Knightmare se alejó de Seequest mientras llamaba a sus potrillos, que caminaron libremente hacia ella con gracia. Seequest los observaba felizmente desde la distancia. Ella los acarició con amor y estaba orgullosa de sus logros y de cómo el Rey Unicornio la amaba también.

Cuando Hades no estaba presente, se preguntaban si podrían escapar juntos como familia.

Seequest sabía mejor que quizás no fuera posible, pero acordó que por ahora todos mantuvieran a Knightmare sin preocupaciones.

Después de todo, ella tenía suficiente con cuidar a los

dos potrillos.

Seequest realmente quería escapar rápidamente.

Pero los potrillos aún no eran lo suficientemente fuertes como para correr tan lejos, y sus alas tampoco estaban listas para volar.

El Rey Unicornio tuvo que ser paciente, así que decidió disfrutar del tiempo que tenía con su familia mientras pudieran...

Capítulo Quince

Entrenamiento de Louis y Kessy

De vuelta en el océano, Helena realmente estaba aprendiendo a cuidar a su potro marino, y la Reina Sera estaba asombrada de lo mucho que había crecido Kessy, el doble del tamaño de sus hermanos y hermanas.

"Oh, cielos, Kessy," dijo. "¿Qué voy a hacer contigo?"

Entonces tuvo una idea: había un lugar hermoso y lejano que necesitaba protección para el futuro y era lo suficientemente grande para que ella viviera sola ahora.

Kessy era completamente diferente porque tenía cuatro aletas en lugar de dos patas y aletas, lo que también significaba que podía caminar en tierra en cualquier momento, posiblemente en el futuro.

Kessy tenía un cuello largo que podía ver tanto bajo el agua como sobre ella sin ser vista.

Ella también era una criatura hermosa.

Su color era verde brillante con tonos azules que corrían por su cuerpo y ojos verdes esmeralda.

Desde el punto de vista de ser miembro de las líneas de sangre de los hipocampos, parecía más cercana a un tipo de criatura dragón.

Sera la llamó no un hipocampo con cuatro patas, sino una nueva especie que llamó dragón marino.

La reina sabía que de alguna manera en el futuro Kessy podría vivir en tierra firme y que existía la posibilidad de que su piel se volviera más resistente y la protegiera del sol y otros elementos con el tiempo.

Ella pensaba para sí misma que era muy especial y que sería importante con el tiempo.

Pero la reina descubrió mientras la observaba que a Kessy le encantaba estar en el agua tanto que la hacía brillar.

Esa noche, después de visitar a Kessy durante el día, la reina se preguntaba mientras todos estaban en la cama si debería llevarla a otro lugar, ya que estaba creciendo demasiado incluso para sus establos marinos.

Como el agua salada ya no le sentaba bien, ya que estaba cambiando rápidamente en algo que nadie había visto antes en esta vida.

Personalmente, pensaba que se sentiría más cómoda en

agua dulce, ya que parecía tener dificultades durante largos períodos de tiempo con su respiración.

Prefirió mantener la cabeza fuera del agua y respirar el aire fresco del cielo.

La reina pensó en usar sus calaveras mágicas de cristal al día siguiente para crear un escudo invisible sobre su rostro hasta que pudiera llevarla al agua dulce, posiblemente en un lugar que ella consideraba sagrado.

Sera estaba en su cama de concha y aún pensaba en ello, se dio cuenta de que no podía dormir y que tal vez era el mejor momento para actuar mientras miraba a los peces coloridos nadando felizmente frente a su ventana.

Se levantó de la cama y nadó suavemente para tomar su vestido con su manto y ponerse los pasadores en el cabello y luego abrió las puertas reales de sus cámaras y nadó silenciosamente fuera de allí.

Cerrando la puerta cuidadosamente para no despertar a su esposo que necesitaba dormir después de un largo viaje el día anterior sobre el reino en peligro ahora.

Luego llamó a uno de los delfines telepáticamente que vino y la llevó a los establos reales donde vivían Kessy, sus padres y hermanos.

Esa noche, bajo la hermosa luz de la luna, Sera brillaba sobre los establos donde descansaba con Moonstone, su hermana hipocampo, y le habló.

Mientras le contaba lo que iba a hacer para ayudar a Kessy.

Kessy, tan joven, se sintió encantada y dejó que la gran sacerdotisa le pusiera el arnés y también recogió Sea Spray.

"Vamos, mi hermosa. Tengo un trabajo para ti que hacer para mí", dijo.

Pero Kessy no salió de los establos y tiró de la reina de su hipocampo donde aterrizó en su rostro.

La reina luego se dio cuenta de que Kessy tenía sentimientos y sabía que no iba a regresar aquí, así que quería ir a ver a sus hermanos y hermanas por última vez primero.

Mientras estaba en los establos, la reina dejó que todos sus hermanos salieran de sus puestos en el mar para que pudieran jugar.

Y luego se empujaron las cabezas entre sí y se despidieron.

Luego nadó rápidamente hasta el puesto de su padre, donde su cabeza estaba inclinada hacia fuera ya que estaba muy cerca de Tidal Wave porque en realidad le dio a luz en el pasado, no su madre como los caballos normales hacen.

Una vez que hubo hecho todas sus despedidas, sus hermanos mantuvieron sus cabezas bajas sintiéndose tristes pero respetando que ella necesitaba irse para que pudiera disfrutar la vida completamente por sí misma.

Entrenamiento de Louis y Kessy

La reina una vez más estaba montando a su madre y escoltando a Kessy a través del reino y hacia la parte principal del mar donde se iluminaba donde había un ojo de buey para llegar a otros lugares y tierras en la tierra si fuera necesario.

Finalmente, nadaron a través del ojo de buey.

Cuando ambas llegaron a un hermoso lago de tonos verdes y azules con mucha agua dulce y espacio, que estaba en Escocia.

Este lugar maravilloso era conocido como el Loch porque es la parte más grande de agua dulce en las Islas Británicas.

Kessy asomó primero la cabeza, mientras su madre la seguía con la reina.

Sera la llamó un dragón marino, posiblemente una especie propia.

Kessy parecía emocionada pero también asustada, con emociones mezcladas de felicidad y tristeza.

La reina notó su expresión y se preocupó de haber hecho lo correcto, y preguntó: "¿Qué piensas, cariño? Es hermoso aquí, ¿verdad?"

Kessy pudo ver que había muchos árboles verdes y hierba en la tierra, con muchas aguas abiertas para que ella explorara cuando se sintiera cómoda.

Decidió nadar, saltar y salpicar de nuevo en el agua dulce, feliz porque la reina le había quitado el arnés y la máscara con un verso mágico.

Por primera vez sintió que podía respirar por sí misma y ser verdaderamente libre para ser ella misma.

La reina Sera le dijo que este sería su nuevo hogar, solo eso.

Ella dijo, "Nos vemos pronto".

Pero Kessy no estaba lista para quedarse sola, y siguió a Sea Spray de regreso a través del portal.

La reina sirena se dio cuenta de que tomaría tiempo para que Kessy estuviera lista para vivir sola.

Entonces, dijo, "Puedes quedarte con nosotros hasta que ya no quepas en los establos".

¿Estás de acuerdo?

"No significa que te hayamos abandonado, ya que siempre serás parte de mí y de todos nosotros".

"Es solo que eres diferente de tus hermanos y siento que tienes otro destino, cariño".

"¿Entiendes, pequeña?"

Kessy asintió y entendió perfectamente lo que la reina había dicho, y estuvo de acuerdo con ella.

Todos nadaron juntos de regreso a los establos para descansar una vez más.

La reina Sera decidió dejarla sola hasta que estuviera lista para irse por su cuenta, pensó Sera.

Entrenamiento de Louis y Kessy

Luego se dio cuenta de que Kessy se adaptaría más fácilmente a su nuevo entorno y hogar de esta manera.

Así que pasó otro año cuando Kessy caminaba hacia el paddock de conchas y veía a sus hermanas practicar sus habilidades de equitación y tirar de los carros de mar también.

Se detuvieron después de su sesión al verla observándolos en silencio mientras relinchaban hacia ella y nadaban hacia ella, siendo del tamaño de una ballena azul, pero ella aún los sobrepasaba muchas veces en altura.

No lo pretendían, pero a pesar de ser grande, también sentía que sus hermanos la sofocaban cuando muchos nadaban a su alrededor a la vez, haciéndola sentir abrumada de nuevo, después de todo, también ella es su hermana mayor. Ahora estaba en su mejor momento. Nadó suavemente alejándose de ellos como lo haría un dragón, y ellos supieron entonces que era hora de despedirse correctamente y para siempre esta vez.

Todos nadaron hacia ella individualmente mostrando que la extrañarían mucho cuando se fuera.

Cuando se acercaron a ella, tuvo que tener cuidado de no lastimarlos debido a su tamaño ahora.

Emitió relinchos en respuesta y bailaron sincronizados.

La reina y Helena pensaron que era increíble ver cómo todos sus hermosos colores se movían juntos formando hermosas figuras.

Sera pudo ver que era hora de que Kessy se mudara a su nuevo hogar y creyó que también era hora después de entrenar ese día en el Mar Mediterráneo.

Sera y Helena se dispusieron a preparar las cosas para su hermosa amiga para que las llevara consigo y para ayudarla a readaptarse a su verdadero hogar también.

A partir de lo que acababa de presenciar, pensó que los caballitos de mar también podrían ser un poco de entretenimiento, y pensó en hacer una secuencia de baile con todos ellos.

Pero Kessy parecía tener miedo en los ojos por saber que no vería a su familia por un tiempo al menos, y levantó su aleta y abrazó a sus hermanas, luego la entrenadora de sirenas las llamó a todas y relincharon y se fueron de nuevo.

Más atrás, en los otros establos, estaban sus hermanos, los sementales, que eran bestias hermosas.

Parecían estar listos para llevar a los Caballeros del océano ahora que estaban completamente entrenados y listos para los nuevos trabajos en el palacio real.

Emitió un ruido de dragón que resonó a través del mar y sacudió un poco a los habitantes del mar.

La reina dijo "Kessy, cálmate por favor".

"Con ella haciendo este ruido, los sementales nadaban a su alrededor y vinieron directamente hacia ella mostrando el lado dominante hacia ella y a la vez amigable y cariñoso".

Tuvieron que mirar de nuevo, ya que reconocían su voz pero no la reconocían, así que aunque nadaron hacia ella amablemente, estaban preparados para atacarla si fuera necesario.

Finalmente, los Hipocampos machos se calmaron, sin agitar sus patas delanteras y cascos mientras notaban que su olor era similar al suyo, y luego se calmaron por completo.

Nadaron hermosamente con ella durante una hora, luego se dieron cuenta de que era hora de despedirse de ella también.

Los sementales vieron que la reina se acercaba a ellos, así que comenzaron a nadar lejos.

La reina pensaba que eran sus bebés que habían crecido y se habían convertido en Hipocampos muy fuertes y hermosos que también nadaban con mucha gracia ahora.

Entonces se preguntaba cómo había pasado el tiempo para todos ellos.

La madre de Helena estaba contenta de que siguiera adelante con el apareamiento después de todo.

Ahora que los bebés estaban listos para tomar caminos separados, pensó que el tiempo había pasado demasiado rápido.

Sera sabía que era hora de que todos los Hipocampos cumplieran con sus deberes, y también Kessy.

La reina Sera sabía que era hora de llevarla de regreso al Lago donde viviría el resto de su vida.

La diferencia con los Hipocampos es que deben estar listos para encontrarse telepáticamente con su jinete y convertirse en uno con cuerpo y mente.

Con Kessy, ella sabía que eso no era posible en absoluto, ya que era demasiado grande para que alguien más que ella la manejara.

"Kessy, es hora".

La dragona marina parecía triste mientras asentía y nadaba hacia la reina, donde la abrazó poniendo su cabeza en su espalda.

"Está bien, chica. Creo que es hora de que tú y yo regresemos al Lago mañana por la mañana para tu nuevo comienzo como adolescente."

Kessy sentía que aún no estaba completamente lista para dejar ir a sus hermanos, pero sabía en su corazón que sería lo mejor para ella hacerlo.

Así que pensó mucho esa noche de vuelta en los establos más adentro, ya que ahora era demasiado grande para estar con sus hermanos.

Pensó si debería dejar que su corazón la guiara y luchar con la dificultad para respirar todo el tiempo, o si debería seguir con la cabeza en alto y enfrentar el miedo, sabiendo que al final era lo correcto, aunque le daba miedo salir de su zona de confort.

Sabía que tenía que hacer esto por sí misma al fin, aunque se sentía terriblemente triste.

Pero al pensarlo detenidamente, se dio cuenta de que no había nadie más como ella en el mundo y se sintió sola.

La sacerdotisa mayor pudo percibir y sentir su tristeza y dijo: "Está bien tener miedo, yo también lo tuve cuando me mudé de vivir en la luna a estar aquí en el mar. Pero fue lo mejor que he hecho. No sabes cómo reaccionarás hasta que lo intentes."

La reina le dijo que ella era una nueva creación y que su especie volvería gracias a tener genes tanto masculinos como femeninos en su cuerpo, como un gusano.

Esto significaba que podría tener crías, ya que tenía ambas hormonas en su cuerpo para producirlas por sí misma cuando estuviera lista.

Kessy recibió esta información con agrado, nadó hasta la superficie del mar, saltó en el aire y luego regresó profundamente, molestando accidentalmente a los seres del mar una vez más.

Entonces Kessy lloró con una sonrisa y una mueca al mismo tiempo.

Regresaron allí ese día y Kessy entonces se dio cuenta de dónde pertenecía ahora mientras nadaban de vuelta a Vissen juntas una última vez.

Miró a Sera y dijo: "Es hora, mi amiga."

Pero Kessy quería ver a Helena antes de dejar el mar para la vida en agua dulce, así que al día siguiente comenzaría una nueva aventura por su cuenta.

Capítulo Dieciséis

Una nueva especie de unicornios alados ha nacido

En el mar, el tiempo es ligeramente diferente al de vivir en tierra.

En el océano, las criaturas marinas maduran más rápido debido a la supervivencia de vivir en el mar, donde los depredadores siempre están nadando a su alrededor y no pueden alejarse de ellos como en tierra, por lo que necesitan crecer fuertes para defenderse a una edad temprana también.

De vuelta en Hades Liar, Knightmare despertó después de recibir un amoroso beso de Seequest.

Los potrillos habían crecido hasta convertirse en dos elegantes criaturas nunca antes vistas ni oídas como Kessy y una nueva especie para la Tierra.

Knightmare despertó a sus hermosos hijos de su profundo sueño y les pidió que se levantaran y vinieran a tomar su leche, lo cual hicieron bastante felizmente, y ella sonrió al Rey Unicornio mientras lo hacían.

Ella sabía que estos potrillos eran muy especiales y estaba orgullosa de ser parte de ellos.

Se alimentaban de ella todos los días, lo que creaba un gran vínculo con ella.

Y a través de eso, ella creía que incluso sus sueños se habían hecho realidad finalmente, incluso en la muerte, ahora vive una nueva vida con Hades y por eso tenía que agradecerle.

Hades llegó con Cerberus a su lado para su protección, ya que incluso una yegua que ama a su dueño puede cambiar cuando está con sus crías, así que hizo esto como precaución para todos.

Mientras Hades estaba allí, Seequest pudo ver que él tenía un lado amoroso y sonrió al ver que su yegua estaba feliz y con dos potrillos de gran brillantez.

Seequest pensó si era posible que Hades cambiara sus formas y los dejara ser libres como familia.

Pero lo que el semental unicornio no sabía era que Hades estaba fingiendo para engañarlo incluso a él, para acercarse a los potrillos y acariciarlos.

Al hacer esto, con su mano en sus frentes donde crecían rápidamente sus pequeños cuernos, les puso un hechizo para que cuando los necesite, vengan a su lado.

Una nueva especie de unicornios alados ha nacido

"Qué hermosos hijos han creado ustedes dos, y estos dos serán una pareja magnífica con el tiempo."

Él sonrió y se alejó hacia su guarida con su fiel amigo.

"Madre, ¿quién era ese?" ella respondió "Él es tu dueño, mis queridas."

"No te preocupes, no hay nada que temer." "Él no te hará daño."

Tanto Knightmare como Seequest fueron engañados por su amabilidad, la cual nunca habían visto hasta que estuvieron juntos y nacieron los potros.

Pero entonces Seequest pensó mucho para sí mismo, preguntándose, ¿es esta su manera de acercarse a sus potros y usarlos para algo terrible en el futuro?

¿Hades no podría tener el cuerno de gran poder de Seequest?

Pero ahora tiene más que eso, ya que los hijos del Rey Unicornio tienen los poderes de la grandeza y la oscuridad también, ¡de su madre!

Seequest rápidamente le dijo a Knightmare que debían escapar cuando los potros fueran mayores, ya que tenía un horrible presentimiento de que nunca volverían a estar juntos.

Ambos odiaban este sentimiento, pero hacían lo mejor que podían ahora.

Fue hace un año cuando los potros comenzaban a tener su propio carácter y a ser unicornios alados.

La potranca (Firefly) era hermosa.

Tenía la constitución de su padre, muy elegante y a la vez fuerte.

Su pelaje era de terciopelo rosa, representando los colores de sus padres combinados, una melena y cola rosa y blanca, con un elegante cuerno en su frente de color rosa y plata, con un hermoso ojo de color cuarzo rosa de puro amor y bondad.

Tenía un par impresionante de pequeñas alas angelicales del mismo color que su melena, que ahora medían un pie de largo cuando se abrían en todo su esplendor.

Seequest la llamó Firefly, ya que tenía el lado combativo de la fuerza de su madre y algún día también volará.

Porque él creía que sería tan destacada como el gran pegaso mismo y los caballos alados con el tiempo también, que por el momento seguía los genes de su bisabuelo, lo cual deleitaba a Seequest ya que representaba el mayor bien de todos juntos.

¡Pero su hijo era todo lo contrario!

Era un apuesto potro con una constitución fuerte, con patas emplumadas como su madre y su melena y cola fluían como las de su padre, con el elegante cuello arqueado de cisne de Seequest.

Su pelaje era negro azabache, como el de su abuelo Legends, por supuesto, y también como el de su madre.

También tenía un fuego rojo intenso corriendo a través de su pelaje, ojos de piedra de sangre roja como los

Una nueva especie de unicornios alados ha nacido

de su madre, con un pequeño cuerno rojo profundo, donde tenía un pequeño par de alas de murciélago con garras en las puntas, que también tenían venas rojas palpitando a través de ellas.

Su madre lo llamó Knight por ella, porque él era su caballero de brillante armadura, que vino a su rescate finalmente, cambiando su vida para siempre.

Seequest estaba preocupado porque él también tenía la fuerza y el encanto de Jecco y Legend, y le preocupaba que pudiera causar daño o grandes problemas si Hades lo entrenaba.

Seequest estaba muy preocupado por el aspecto de su hijo y, sin embargo, recordaba no juzgarlo por su apariencia, sino por su verdadera personalidad amorosa, ya que Knight tenía una disposición dulce también.

¿Y eso es lo que Seequest esperaba que siempre se mantuviera en él?

Seequest estaba orgulloso de su familia y, sin embargo, tenía miedo de lo que Hades había planeado para ellos cuando fueran mayores.

Con ambos, él podría posiblemente obtener lo que quiere, ya que siempre había querido gobernar la Tierra y de alguna manera Seequest siempre parecía asegurarse de que eso nunca sucediera.

Una cosa buena era que Firefly parecía tener habilidades telepáticas como él, lo cual le dijo que mantuviera en secreto de su madre y su hermano hasta que un día fueran todos libres una vez más.

El gran semental le dijo a sus hijos por qué nacieron y que estuvieran preparados para luchar contra este hombre Hades si alguna vez lo necesitaban, ya que la vida de todos dependía de ello.

Cuando Hades iba y hacía sus recados de recoger las almas de los muertos.

Seequest les enseñó a sus hijos y a su compañera algunas verdades sobre su dueño y su plan de posiblemente usarlos para destruir la tierra o al mismo Zeus.

Todos prometieron evitar que esto sucediera, que lucharían hasta el final para evitarlo.

Por ahora, todos yacían juntos disfrutando de la compañía mutua hasta que llegara ese día.

Mientras tanto, Seequest estaba planeando una manera de escapar y ver a Helena y sus amigos nuevamente, a quienes extrañaba tanto.

Sin embargo, se preguntaba si sus potros ahora serían capaces de transformarse en hipocampos (caballos de agua) como él con el tiempo y si Neptuno aceptaría amablemente a Knightmare como amiga en lugar de enemiga.

Seequest esperaba que él le diera la bendición de vivir con él en el mar, así como le dio el don que le dio a él en el pasado.

El pobre unicornio blanco ahora estaba tan confundido y triste, pero no mostraba esto a su familia, ya que estaba feliz de estar con ellos también.

Una nueva especie de unicornios alados ha nacido

El pobre viejo rey unicornio estaba dividido entre dos mundos una vez más, lo cual pensaba que ya había terminado.

Pensó en nuevos comienzos para todos nosotros y se quedó dormido junto a Knightmare esperando que esto fuera cierto en el tiempo?

Capítulo Diecisiete

Pegaso Visita el Olimpo

Desde que recibió el mensaje de la Reina del Mar hace un año,

Pegaso había estado observando desde arriba en las nubes, vigilando de cerca a Seequest, sabiendo que él era el último de la gran magia viva en la Tierra, y había notado que era cierto que había sido capturado por el mismo Hades y sabía que debía informarlo a Zeus de inmediato.

Al anochecer, saltó de su nube plateada, se lanzó al cielo y batió sus increíbles y enormes alas de ángel con todas sus fuerzas hacia Grecia, donde el Olimpo estaba alto en las montañas, disfrazado de cualquiera.

Pensó que volaría en la noche, ya que los espías de Hades no lo verían.

Pegaso Visita el Olimpo

Llegó al Olimpo antes de que el sol estuviera a punto de salir.

Aterrizó elegantemente en el camino del cielo y caminó hacia el reino dorado de Zeus.

Se inclinó frente a Zeus y Hera mientras ellos estaban sentados en sus poderosos tronos con el sol brillando sobre ellos, arrojando gran luz en la sala del reino de la paz.

Pegaso le contó a Zeus lo que había sucedido, y Zeus se molestó de inmediato.

Estaba cerca de su hermano cuando eran niños, y no eligió a su hermano para gobernar el inframundo.

Pero su padre, el Titán antes de ellos, lo hizo, ya que el Titán podía ver la debilidad en su hijo menor.

Sentía que no tenía la fuerza para gobernar ningún otro reino aparte del inframundo, ya que este trabajo era fácil, ya que todo lo que tenía que hacer era mantener a raya a los muertos y castigar a los malos si era necesario en el futuro.

El rey Titán podía ver que Hades era amoroso y cariñoso y no mataría nada.

Pero Zeus sí lo haría, para demostrar que podría gobernar si quisiera ser un líder en el tiempo y, sin embargo, también era muy amoroso y amable.

Sin embargo, no lo demostraba como lo hacía Hades.

Entonces, el Rey Titán le dio una prueba y le dijo a Zeus que matara a su hermano y se deshiciera de él para siempre.

Zeus amaba mucho a su hermano, pero también quería gobernar el Olimpo con el tiempo, así que un día salieron y pasaron un gran rato juntos.

Zeus lo envenenó en secreto con una naranja que contenía algo de veneno de serpiente.

Zeus no tuvo el valor de decirle a Hades que su padre quería que muriera y dijo que debió haber sido un accidente en la fruta mientras Hades moría y le dijo a su padre que se había ido.

El rey Titán parecía feliz por esto mientras que Zeus estaba complacido de que fuera una mentira.

Zeus dijo, "Hermano, te amo mucho."

"No puedo devolverte la vida de la manera en que eras antes."

Pero puedo devolverte en la muerte, pero nunca supo que eso cambiaría para siempre las formas de su hermano.

Esta fue la única manera en que su padre aceptó que Hades se había ido para siempre.

Hades tuvo que vivir en el inframundo, que Zeus personalmente creó para él para que fuera libre y feliz.

Pegaso Visita el Olimpo

La única diferencia es que no podía salir al sol ni asistir al Olimpo a menudo, solo dos veces al año sin que su padre estuviera allí.

Pasaron muchos años y los hermanos aún tenían una relación cercana hasta que Zeus llegó a la edad para gobernar la Tierra y todos sus hermanos se unieron para destruir a su padre

de una vez por todas debido a su mal espíritu y deseo de destruir las tierras.

Hicieron esto antes de que muriera, uniendo todos sus poderes como uno solo.

Mientras su horrible padre Titán moría, vio que Hades seguía vivo de alguna manera y gritó con despecho, "¡Hades, Zeus te mató por el Olimpo!"

Desde ese día, el corazón de Hades se rompió, se volvió amargo y cambió al Hades que ahora conocemos y odiamos, ya que decidió que cuál era el punto de amar y cuidar si te apuñalaban por la espalda tu propia familia.

Pero no fue culpa de Zeus, sino de su padre. Aun así, Hades nunca escucharía la verdad.

Zeus intentó pedir perdón y ayudar a Hades tanto como pudo.

Pero ya era demasiado tarde.

Hades había enloquecido y ahora quería venganza, pero en lugar de solo querer gobernar el Olimpo, también quería la Tierra para destruirla, ya que sentía que por qué Zeus debería ver la belleza de la vida en todo cuando él solo veía la muerte.

Así que, de nuevo, cuando Zeus escuchó esta noticia horrible por parte de Pegaso de que Hades tenía a Seequest, pensó que era su forma de vengarse de él por todos los años de tortura que había pasado.

Zeus llamó a todos sus hermanos y hermanas a través de las tierras y reinos donde sus hijos se unirían para destruir el plan de Hades y rescatar al Rey Unicornio.

El gran dios se sintió amenazado porque Hades ahora tenía la ventaja ya que Seequest es incluso más poderoso que el mismo Zeus, pues tiene los poderes de Pegaso, el dios caballo, y también sus propios poderes.

En los pensamientos de Zeus no le gustaba lo que estaba escuchando y planeó detenerlo de inmediato.

Más tarde, Zeus le pidió a Afrodita que enviara a uno de sus hermosos búhos para espiar la guarida de Hades.

Pasaron días cuando el búho regresó y le contó que lo que había visto eran dos potros con alas diferentes y que ambos eran hijos del poderoso Seequest y de la yegua de Hades.

Zeus estaba muy preocupado porque ahora Hades tenía todos los poderes del bien y del mal en sus manos y ¿cuál era su plan para hacer con ellos?

Ese era el verdadero misterio.

Pegaso Visita el Olimpo

Por la tarde, algunos grandes guerreros del Olimpo llegaron: Ares, Diana, Hermes, Atenea y algunos otros también vinieron a discutir cómo iban a conquistar a Hades nuevamente.

El único dios que faltaba era el hermano mediano de Zeus, Neptuno, ya que aún estaba en camino.

Zeus tuvo su última conversación con Pegaso antes de que se reunieran para su gran reunión, aún esperando que llegara Neptuno, sabiendo que Seequest ahora es su amigo y su protector oceánico también.

Le dijo a Pegaso, "Gracias, amigo."

"Debes ir a la sexta dimensión de los cielos en lo divino y ver a Celestial y Legend, ya que una vez fueron los padres de Seequest".

"Creo que necesitaremos toda la ayuda que podamos obtener, ¡ya que esta batalla será la más grande hasta ahora!"

Pegaso estuvo de acuerdo e hizo una reverencia a Zeus mientras galopaba rápidamente hacia el cielo hacia el portal de la sexta dimensión y volaba hacia la luz y desaparecía.

Capítulo Dieciocho

Helena y Louis Tienen un Secreto

Helena y Louis se estaban volviendo grandes amigos y parecía que Helena se había olvidado completamente de su viejo querido amigo Seequest.

Su madre dijo que se estaba volviendo tan buena montando que quería inscribirla a ella y a Louis en un evento especial en el que Neptuno, su padre, también compite con Maremoto durante diez años consecutivos y no han perdido hasta ahora.

La reina estaba interesada en ver si Helena podría vencer a su padre en su propio juego.

Dentro de eso, los ojos de Helena brillaron y sonrió como un gato de Cheshire mientras se sentaba en Louis y le susurraba al oído una palabra que Seequest le había enseñado en el pasado.

Helena y Louis Tienen un Secreto

En un instante, Louis había cambiado de un impresionante hipocampo negro a una extraña criatura delgada y de cara estrecha que parecía un caballo.

Nadó como el viento, mostrando a su madre que Louis podía deslizarse a través de pequeños agujeros en las rocas y los arrecifes que ningún otro hipocampo hasta ahora podía hacer.

"Vaya, querida, nunca supe que él podía hacer eso."

"Ni yo hasta hace poco, cuando escuché a Seequest decirlo cuando se transforma en un verdadero caballo/unicornio en tierra."

"Me preguntaba qué pasaría si se lo decía a Louis, y para mi sorpresa, este fue el resultado, ya que, después de todo, los hipocampos están todos relacionados con Seequest por el cuerno de su madre, ¿verdad?"

"Sí, tienes razón, pero nunca supe que podían hacer esto."

"Es asombroso y fuera de este mundo", dijo su madre.

Helena dijo: "Por favor, madre, no le digas nada a Padre, ya que es nuestro secreto."

"Quiero que sea una sorpresa cuando compita con él en el futuro, ¿de acuerdo?"

"Sí, Helena, de acuerdo", y la reina rió, ya que le gustaba un poco de apuesta y picardía a veces también.

Sera preguntó: "Helena, muéstrame de nuevo esta increíble magia que tiene Louis."

Helena estuvo de acuerdo y en segundos la reina vio el cuerpo completo de Louis comenzar a iluminarse con un tono azul y cambiar en un instante a esta criatura muy inusual de brillantez, ya que parecía rápido.

Tenía un cuerpo delgado y su cola se enrollaba debajo de él con una gran aleta en su espalda, lejos de donde se sentaba Helena.

Su cuello también había crecido más largo y más rizado.

Su cabeza estaba metida debajo y su cabeza era estrecha con un hocico corto y hermosos ojos de color azul aqua.

Su pelaje había cambiado y ahora parecía más escamoso y tenía un pelaje más grueso para resistir en el mar y lo protegía de lastimarse, ya que su piel era como una armadura corporal.

La reina se dio cuenta entonces de por qué Kessy era como es.

Y ahora se preguntaba si ella también cambiaría algún día y en qué se convertiría.

¡Pero esta será otra historia que contar en su momento!

La madre de Helena pensó mucho, sabiendo que podía ver el futuro y, sin embargo, no podía decir nada al respecto en caso de que empeorara las cosas.

Después de terminar su práctica para el evento acuático del mar, Louis estaba exhausto, ya que este cambio le agotaba mucho.

Helena le dijo a su madre que lo llevaría a casa para descansar, ya que Louis había vuelto a su forma original de hipocampo negro y azul una vez más. Ella lo escoltó de regreso a los establos para que lo refrescaran, lo alimentaran y le dieran agua.

La reina dijo que se encontraría con ella en los establos más tarde.

La Reina Sera pensó, mientras Helena hacía esto, que estaba muy orgullosa de ambos y que amaba a Maremoto.

Pero sabiendo que su hijo Louis tenía una cabeza más hermosa y parecía más poderoso que su padre.

Porque tenía una hermosa piel de terciopelo y, sin embargo, escamas suaves con una impresionante cola de golondrina, elegantes aletas y orejas puntiagudas, pequeñas aletas en su cabeza con dos patas delanteras delgadas que le daban velocidad extra.

Lo que captó su atención fue cómo su crin fluía como algas en el océano, con gracia.

Esperaba que un día, tal vez Helena le permitiera criar a Louis con otra.

También tenía el presentimiento de que estaba destinado a un propósito especial, aunque aún no sabía cuál era.

Era verano cuando se acercaba el momento en que Helena confiara en que él se comportaría fuera.

Practicaba todo el tiempo y luego decidió que Louis estaba listo para salir de los terrenos y explorar el océano adecuadamente y ver la vida que ella conocía y amaba tanto.

Una mañana, hizo todas sus tareas y luego fue a los establos de conchas y vio que Louis estaba inquieto.

Le puso suavemente su silla de montar y arnés de colores brillantes azul y plata que su madre había hecho especialmente para él.

También tenía otra más pequeña para cuando se transformaba en un tipo más delgado que Helena llamaba caballo de mar o dragón de mar.

Le dio su desayuno y atendió a sus hermanos y hermanas, y luego nadó hacia él y dijo: "mi querido Louis, ¿te gustaría ver el mundo hoy?"

Como Helena podía hablar con los animales marinos, él relinchó suavemente y dijo: "mi princesa, me encantaría eso." "Sí, por favor, pero tengo miedo." Ella se acercó a él y él asomó su cabeza sobre su establo. Ella abrazó su cuello y su cara y dijo: "No te pasará nada, querido, te lo prometo." "Entonces, ¿a qué esperas, Alteza? Vamos." Abrió la puerta de su establo de conchas, le puso su equipo y saltó sobre él con gracia. Con sus aletas delanteras, nadaron hacia las puertas de Vissen con gran velocidad.

Llegaron a la última gran puerta dorada cuando Helena dijo: "¿Estás listo, Louis, para explorar mi mundo?" Él respondió: "Sí, lo estoy."

"Entonces vámonos" y nadaron lo más rápido que pudieron fuera de las puertas junto a un enorme grupo de orcas que eran negras y blancas y muy elegantes de ver.

Aunque Louis era grande ahora, estos mamíferos marinos eran enormes para ambos y disfrutaron nadando junto a ellos hacia partes más profundas del mar.

Las orcas estaban cuidando a las otras criaturas marinas y protegiendo a Vissen también de cualquier daño.

Claramente, decidió decir la palabra de nuevo e hizo que Louis se transformara una vez más en un verdadero caballo de mar.

Podía nadar más rápido a través de cualquier agujero delgado y evitar ser atrapado o comido muchas veces, afortunadamente.

Helena se divertía tanto que no podía esperar para contarle a su madre sus aventuras de ese día mientras nadaban a través de los arrecifes de coral y las praderas marinas, donde también vieron lenguados descansando en el fondo del mar.

Louis parecía sentirse más seguro ahora que nadaba con más libertad.

Debido a esto, volvió a su forma original una vez más.

La princesa tocó a su amigo en el cuello y dijo, "Bien hecho, chico." "Eso es impresionante."

"Vamos, será mejor que volvamos a casa y le contemos a mamá lo que ahora puedes hacer." Se preguntaba si los demás también podrían hacer esto. También le mencionó, "Podría verte siendo un campeón en el futuro y un gran espécimen de tu clase."

A Louis le gustó esa idea mientras nadaban de regreso al reino, a través de las puertas y de vuelta a los establos una vez más.

Llegaron a los establos bastante tarde y se perdieron a su madre, ya que ella ya se había ido por el día.

Helena estaba decepcionada, pero no sorprendida, ya que su madre era la reina y tenía otras cosas que hacer también.

La princesa sirena se deslizó de su espalda y lo escoltó de regreso a su establo, donde le quitó la silla de montar y la brida de concha y lo frotó con algas para quitar el sudor de su piel y cepilló su melena con una vieja garra de cangrejo para su comodidad y descanso.

Más tarde, nadó fuera y cerró con llave su establo. Él se dio la vuelta para decirle buenas noches y ella lo besó en la nariz antes de irse a la biblioteca para investigar sobre su especie.

Si había algo, estaría en los Archivos de la Sabiduría, pensó.

La princesa nadó feliz y emocionada por su nueva vida.

Entonces recordó que antes de él, montaba al gran Seequest, su querido viejo amigo.

Entonces comenzó a sentirse terrible, ya que lo había olvidado durante mucho tiempo y se preguntaba si estaba bien, atrapado en el inframundo con Hades bajo sus órdenes para salvarla a ella y la vida en la Tierra tal como la conocían.

Sabía entonces que debía intentar hacer algo para ayudarlo de alguna manera, pero ¿qué?

Eso aún no lo sabía

Capítulo Diecinueve

Los Potros

De vuelta en los establos de Hades, los potros habían llegado a la edad de ver lo que podían hacer.

Knightmare le pidió amablemente a Hades si podía sacarlos y ver el mundo exterior por un tiempo, ya que se sentía fuerte y se preguntaba qué poderes tendrían ambos por sí mismos.

Seequest sentía lo mismo.

Debido a lo que sucedió antes, les prohibieron salir de nuevo.

Pero Hades cambió de opinión y pensó que esto podría ser una ventaja para él, ya que entonces podría dejar que Seequest enseñara a los potros las cuerdas y las obligaciones.

Los Potros

Todo lo que tenía que hacer era cambiar su forma de pensar en el futuro cuando estuviera listo.

"Sí, Knightmare, puedes, pero no salgas demasiado tiempo, por favor, no queremos agotarlos ya que tienen mucho que aprender, mi chica."

Ella estuvo de acuerdo.

Los dos potros siguieron a su madre a través de las oscuras cuevas.

Seequest caminaba justo detrás de ellos y encendió su cuerno una vez más.

Vieron la luz del sol y se adaptaron a su luz rápidamente, mientras que Seequest tuvo que cambiar los ojos de Knightmare nuevamente para que la disfrutara.

Knightmare dijo: "Bienvenidos, mis queridos, al mundo superior, ya que viven en el inframundo donde nada crece."

Pero esta vez tenían que quedarse cerca del bosque de los sueños.

"Pero aquí todo crece con magia conectada a ello gracias a su padre, el rey unicornio, y su familia de unicornios y los caballos también."

"Pero hasta ahora la magia solo residía en la tierra, los árboles y el cuerno de su padre."

A los potros les encantó la apariencia del césped, donde comenzaron a galopar y saltar sobre él, ya que se sentía suave y olía bien para comer después de haber sido destetados completamente de su madre durante bastante tiempo.

Seequest dijo: "Voy a presentar a nuestros hijos a mis viejos amigos del bosque."

"¿Está bien contigo?" "Sí, por supuesto."

Él dijo: "Genial," mientras trotaban lejos del abedul donde su madre descansaba y disfrutaba del cambio de escenario.

Seequest pidió a los potros que lo siguieran al Bosque Misterioso para presentarlos a sus amigos los animales del bosque.

Para que sus amigos animales vean a sus hijos y también para mostrarles a todos que él todavía está vivo y bien por el momento.

¿Hades no lo ha usado a él ni a sus poderes hasta ahora para crear esta nueva especie de unicornio que en el futuro podría intentar usar a su favor para conquistarlos al fin y también el mundo?

También les dijo a los animales dónde estaban por si no podía escapar.

Con suerte, vendrán a rescatarlo y tal vez a su familia también, esperaba y pensaba que no lo habían olvidado todavía.

Conocieron a muchos animales diferentes, como zorros, osos, tejones y, por supuesto, la manada de lobos, sus mejores amigos.

Los Potros

Seequest tenía un plan: si todos conocían a los potros, todos podrían ayudar o hacer una llamada de cualquier manera.

Knightmare amaba el bosque, se sentía cálida y segura, y era tan colorido que realmente no quería regresar, aunque no tenía opción en el asunto.

Sabía que su padre sentía lo mismo y dijo que haría todo lo posible para lograrlo.

De regreso en el Bosque Misterioso, Seequest les dijo a sus hijos: "Debemos regresar a tu madre antes de que comience a preocuparse."

Se despidieron y galoparon de regreso al gran abedul.

Llegaron de vuelta donde su madre estaba pastando felizmente.

Más tarde ese día, todos caminaron hacia la montaña donde Seequest había sido entrenado cuando era más joven, donde practicaba caminar hacia el cielo con su madre muchos años antes.

Ahora era su turno de enseñar a los suyos y, aunque era un poco diferente porque no tenían que producir polvo, solo tenían que usar sus hermosas alas en su lugar.

El primero en intentarlo fue Firefly, mientras el cuerno de Seequest brillaba en un plateado brillante en el cielo.

Mientras descendía de la montaña, caminando en el aire (¡magia!), dijo: "Firefly, es tu turno."

La potrilla parecía bastante dispuesta a complacer a sus padres y creía que sería una gran voladora debido a sus bonitas alas poderosas.

Entonces, se dio la vuelta y volvió galopando lo más rápido que pudo, aleteando sus increíbles alas de ángel rosas y blancas, que aún parecían un poco esponjosas ya que todavía era joven.

Saltó desde la montaña con gran temor en su mente de que podría caer, ya que aún no estaba completamente consciente de cómo funcionaban sus alas.

Pero confió en el juicio de su padre y estaba lista para intentarlo.

Mientras movía sus alas arriba y abajo lo más rápido que podía, también tenía que acostumbrarse al peso de ellas al mismo tiempo, lo cual era divertido y agotador a la vez.

Finalmente aceptó que eran parte de ella y sus alas ahora eran una con ella, pues ahora podía controlarlas con su mente, lo que le ayudaba a aletearlas libremente mientras la sostenían en el aire y el viento la ayudaba a deslizarse por el cielo con bastante libertad.

"¡Wow, hermano, ven!"

"¡Te toca a ti!", mientras aleteaba sus alas junto a su padre.

"Vamos, Knight, es tu turno, hijo", dijo su madre, y él también estaba decidido a lograrlo y lo hizo igual.

Los Potros

Pero debido a que él no tiene plumas, sino piel para las alas, cuando las aleteaba, creaba una ráfaga de viento, mientras que las alas de su hermana, que son de plumas, se deslizaban a través de ella.

Debido a que sus alas están hechas de pura piel, también son más pesadas en vuelo.

Ahora su madre también subió al cielo. Todos estaban divirtiéndose juntos en el aire, alejados del peligro, cuando Seequest les enseñó cómo aterrizar sin lastimarse.

Él iría primero y saltaría de vuelta a la montaña elegantemente, seguido por Firefly. Ella parecía muy asustada de hacer esto.

Seequest les dijo a ambos: "Cálmense, disfruten y crean en ustedes mismos. Ambos fueron bendecidos con estos hermosos dones."

Seequest estaba asombrado, ya que el gen de su bisabuelo o dios de los caballos, Pegaso, había pasado a través de cinco generaciones de caballos y ahora a estos dos también.

Luego pensó que esto había ocurrido porque Knightmare debía haber nacido originalmente de una de las primeras yeguas de sus hermosas hijas hacía mucho tiempo, como había supuesto en el pasado cuando se conocieron por primera vez.

Cuando los dejó para vivir sus vidas como caballos comunes.

Pensaba que de alguna manera, debían haber conservado un poco de magia que permaneció en ellos.

Él los había cambiado para que todos pudieran ser aceptados en sus manadas como líderes antes de decidir irse a vivir el resto de su vida en el mar.

Seequest se preguntaba qué otros grandes dones tendrían sus hijos y tuvo que esperar hasta que fueran mucho mayores para descubrirlo.

Así que ese día fue uno para recordar mientras crecían rápidamente en el inframundo, todos juntos como familia.

Pero Seequest sentía que eso iba a cambiar pronto, ya que los potros estaban llegando a la edad de madurar.

Pasaron más años hasta que cumplieron dos años y llevaban un tiempo en el bosque.

El potro era el más fuerte de los dos, ya que tenía más de los rasgos de su madre, los poderes de Hades, que los suyos, lo que preocupaba a Seequest.

Sabía que si Hades descubría esto, perderían a su hijo para siempre.

Entonces, cuando Hades preguntó cómo estaban, trató de cambiar de tema, y Hades se molestó, ya que no confiaba en Seequest y lo espiaba desde arriba.

Un gran buitre negro se posó en un roble cercano.

Los Potros

Hades permitió que los padres de Knightmare continuaran con el entrenamiento hasta que sintió que era el momento de tomar el control.

Afortunadamente, Pegaso ahora sabía lo que estaba pasando y estaba sincronizado con la mente de Seequest, y también podía ver a través de sus ojos lo que sucedía sin que nadie más lo supiera.

Hizo esto en el pasado para mantener un ojo en los rebaños cuando Seequest era el rey de los unicornios y caballos en la Tierra.

Era su trabajo asegurarse de que cumplieran sus deberes correctamente para recrear la belleza y proteger la Tierra, sin dañar su reputación para su propósito.

Ahora que los hijos de Seequest eran mucho mayores y más sabios, sentía que podría dejarlos en el cuidado de su madre por un corto período y decidió encontrar nuevamente a su difunto tío, el Árbol de la Verdad.

Un día, después de que terminaron su entrenamiento, les dijo que descansaran con su madre y que él regresaría pronto, diciendo que buscaba unas bayas especiales como premio por su arduo trabajo.

Galopó solo y encontró el árbol de abeto bastante fácilmente, ya que pensó que la próxima vez que estuvieran en el bosque le gustaría llevarlos a ver dónde estaba y contarles su historia, ya que era importante para ellos que él explicara de dónde venían originalmente y quiénes eran hoy.

Eventualmente regresó con las bayas negras que les encantaban, y más tarde fue a la cueva de Hades para descansar adecuadamente durante el día.

Seequest estaba esperando que se volvieran más fuertes en todas las formas antes de llevarlos al Árbol de la Verdad, ya que también tenían que entender lo que él les decía y tomarlo en serio.

Unas semanas después, una tarde en los Bosques de los Sueños, después de la sesión de entrenamiento de los niños, descansaban al lado de su madre como de costumbre.

Mientras tanto, Seequest pensaba para sí mismo: ¡Este es el día!

Les había dicho a su familia que iban a emprender una aventura antes de regresar a la guarida de Hades esta vez.

Todos discutieron que encontrarían el árbol nuevamente y él los llevaría allí para una lección de historia sobre su tipo.

Seequest primero los guió hasta que estuvieron cerca y sintió que los estaban observando. Entonces dejó que Knightmare los guiara en su lugar.

Seequest estaba galopando hacia el viejo árbol de abeto, el cual no se sentía bien y comenzó a desacelerar mientras caminaba detrás de sus hijos con alegría.

Aún sentía que había algo mal, pero lo mantuvo para sí mismo por un tiempo.

Los Potros

Se acercaron a los bosques de los grandes árboles de abeto y Knightmare llevó a sus hijos cuando se encontraron con la imagen de una cabeza de unicornio incrustada en el árbol.

Se detuvo, miró y le dijo a Seequest: "¿Es ese, por casualidad?"

Seequest respondió con tristeza: "Sí, él fue uno de los grandes y conocía muy bien a mi madre porque pueden ver una imagen en la corteza de su gran tío Truth, el líder de los unicornios de la Tierra del pasado."

Los potros notaron la gran coloración y belleza a su alrededor también. Era una vista asombrosa, ya que todos sentían una presencia mágica a su alrededor y debajo de ellos.

A medida que se acercaban, vieron que no había un cuerno sobresaliendo del árbol. Seequest les explicó que el cuerno se había caído, y que algunas de sus cenizas habían regresado al árbol en el pasado después del reinado de su generación.

"Como el cuerno se convirtió en polvo en el suelo y ahora lleva magia a los bosques por dondequiera que pises," dijo.

La yegua oscura preguntó: "¿Entonces era un unicornio de la Tierra que cuidaba la tierra, los árboles y las aguas que la hacían tan hermosa como es hoy?"

El semental unicornio respondió: "Sí, mi amor, él era el gobernante de los unicornios de la Tierra y tío mío. Su nombre siempre será recordado aquí como Truth. Fue uno de los grandes que tuvo que luchar muchas batallas contra Hades y sus tigres dientes de sable. También me ayudó para que pudiera crear los caballos de hoy."

"Hace cincuenta y tres años, me ayudó a producir el primer caballo y a mis hijas unicornios al unir nuestra magia."

Seequest les indicó que tocaran la imagen de madera de Truth. Al hacerlo, vieron en sus mentes, en un destello, lo que había sucedido en el pasado.

Después, sus hijos supieron que habían nacido para un propósito especial y estaban orgullosos de ser quienes eran, una nueva especie de caballos místicos ahora.

"¡Guau!" dijeron los niños. "¿Seremos tan poderosos como ustedes?"

"No, mis queridos, ya que yo soy el verdadero rey de los unicornios y caballos y también soy hippocampo, lo que significa que ahora puedo vivir en el profundo azul marino y beber todo tipo de aguas que los caballos y unicornios no podían. Puede que ustedes tampoco puedan, pero lo veremos."

Pero para su sorpresa, sus hijos lo sorprendieron más tarde con esto.

Seequest les dijo que, cuando fueran mayores, les contaría más. Al menos ahora conocen el pasado de su familia. Pueden entender lo que los unicornios anteriores hicieron, que fue ayudar al planeta a recuperar su belleza y protegerlo del poder de Hades.

Ahora que su yegua había descansado y había recibido un poco de su magia, él podía ver que tenía un alma amable y que también era una gran madre mientras esperaba a que estuvieran listos para regresar a casa

Pero antes de eso, Seequest quería llevarlos a otro lugar.

Llegaron a un hermoso prado verde donde Seequest solía jugar con su madre Moonbeam, lo que le trajo recuerdos tanto felices como tristes.

En memoria de ella, pensó que sería bonito visitar la montaña que solían escalar juntos y compartir este recuerdo con su nueva familia.

Unas horas más tarde, habían alcanzado la cima, donde decidieron separarse y dejar que sus hijos vagaran por un rato.

Seequest pensó que era el momento de que supieran por qué nacieron y cuál sería su propósito.

Knight se molestó y se enojó con su padre cuando le contó sobre el horrible Hades, pero Knight pensaba que este tipo era amable y bondadoso con él, e ignoró las advertencias que Seequest intentaba transmitirles a ambos.

Knight decidió no escuchar más las mentiras de su padre.

Pobre Knight no ve que todo lo que Hades quiere es su poder y control sobre él.

Knightmare no dijo nada en ese momento y cambió rápidamente de tema.

El día se estaba convirtiendo en noche, así que todos galoparon lo más rápido que pudieron de regreso al refugio.

Desde ese día, Seequest sintió que estaba perdiendo a su hijo, ya que los poderes de Hades se estaban volviendo más fuertes en él y temía que Hades lo viera y lo llevara lejos debido a su influencia.

Pasó otro mes y Seequest sintió que Knight no le escuchaba como antes, desde que mencionó cosas malas sobre su dueño.

Pero Seequest esperaba que un día viera la verdad antes de que fuera demasiado tarde y rezaba para que fuera muy pronto.

Debido a esto, Seequest parecía estar más involucrado con su hija y les dijo a todos: "Vengan, galopemos al aire fresco mientras podamos."

Todos estuvieron de acuerdo y lo siguieron mientras él observaba a su hija, que era la potranca más hermosa. Ella también era de tipo Frisón/Árabe, con la fuerza y resistencia para una verdadera velocidad.

Tenía un impresionante pelaje rosa claro cuando estaba feliz, con rosa pálido corriendo a través de él, mostrando que estaba feliz la mayor parte del tiempo. Su melena y cola fluían pesadamente en tonos rosa y blanco, y se mantenían bastante altas cuando estaba orgullosa. Sus ojos eran de cuarzo rosa y brillaban como rubíes cuando estaba enojada, al igual que su madre.

Los Potros

Las alas de Firefly eran ahora poderosas, con tonos rosados que se entrelazaban con las plumas blancas de ángel, combinando a la perfección con su cuerpo.

Ahora que los potrillos confiaban mucho en sus alas, sus padres decidieron llevarlos a la Montaña Moonbeam, donde Seequest había sido entrenado en el pasado. Este era el lugar donde él creía que sus hijos mostrarían sus verdaderos poderes y fuerzas.

—¿Por qué se llama Montaña Moonbeam, padre? —preguntó Firefly.

—La nombré así en honor a mi madre, tu abuela, quien murió aquí y la llamé así en su amorosa memoria —respondió Seequest—. Si no fuera por su valentía y fuerza, los espíritus de su tipo no existirían en todos nosotros hoy.

Firefly ascendió por la montaña y se sintió un poco insegura, ya que esta era mucho más alta de lo que habían volado antes.

Se estaba preparando para acercarse al acantilado. Su padre le dijo:

—Tu abuela siempre estará contigo en tu corazón y mente, y te dará el coraje y la fuerza para volar a los cielos más altos de esta Tierra. Recuerda, querida, quién eres y entonces podrás volar por los cielos con el tiempo. Solo cree que puedes hacerlo, ya que yo creo en ti.

—Sí, padre, entiendo —respondió Firefly, inclinando la cabeza para mostrar que estaba escuchando atentamente, sabiendo que él no solo era su padre, sino el gran Rey Unicornio que alguna vez existió.

No quería decepcionar a sus padres. Así que se dio la vuelta y trotó hacia los árboles, respirando profundamente y imaginando a su padre cuando era joven. Luego galopó tan rápido como pudo, batiendo sus alas arriba y abajo hasta que causaron una ráfaga de viento, como en el pasado.

Mientras se acercaba al borde de la Montaña Moonbeam, comenzó a tener una suave imagen de su abuela en sus ojos: primero una hermosa unicornio negra con un cuerno plateado y luego una yegua negra con una estrella blanca donde solía estar su cuerno.

Esto le mostró a Firefly que su abuela podía hacer estas cosas sin magia, demostrando verdadero coraje y esperanza, lo que le probó que cualquier cosa era posible para su mayor bien.

Se lanzó galopando a través del cielo, moviendo sus alas arriba y abajo tan rápido como podía.

Seequest no podía creer lo que veía: no era solo una criatura hermosa en el cielo, sino una que él mismo había creado con gran amor. Allí estaba ella, danzando en el cielo como una natural, con su hermoso pelaje rosa brillando a la luz del sol y sus alas de ángel profundo rosado y blancas moviéndose al ritmo del viento desde más arriba.

Knight miró hacia arriba y se sintió muy orgulloso de su hermana mayor, volando tan alto y disfrutando, como si ese fuera el lugar donde estaba destinada a estar.

Los Potros

Knight luego miró a su padre, y ambos compartieron una sonrisa orgullosa. Seequest, el gran Rey Unicornio, dijo: "Es tu turno, hijo mío."

Knight se inclinó respetuosamente, aunque estaba muy asustado. Sus alas de murciélago, hechas de hueso y piel, eran más pesadas y difíciles de manejar en comparación con las alas emplumadas de Firefly, lo que hacía que el equilibrio en el cielo fuera más desafiante.

Knight no quería decepcionar a su padre, así que puso una cara valiente y dijo: "Sí, padre, estoy listo."

"Muy bien, hijo mío. Estoy orgulloso de ti," dijo Seequest, acariciándolo con ternura.

El joven potro extendió sus alas de murciélago, preparándose para saltar de la montaña y unirse a su hermana. Mientras Firefly comenzaba a descender lentamente hacia el mar, agotada por volar a una gran altitud, Seequest se levantó sobre sus patas traseras y relinchó con fuerza, su grito resonando a lo largo de la tierra.

"¡Firefly, despierta y agita tus alas ahora!" gritó.

Firefly, abrumada y desorientada por la altitud y el aire fino, se había desmayado. Estaba tan emocionada que olvidó controlar su respiración y ahora estaba cayendo rápidamente hacia el mar.

Knight, al ver a su hermana en peligro, dejó de lado sus miedos. Instintivamente, estaba más preocupado por salvarla que por sus propias ansiedades.

"¡Voy a ir, hermana!" gritó, agitando sus poderosas alas de murciélago con todas sus fuerzas. Saltó del acantilado y se lanzó hacia Firefly con determinación. Sus alas crearon una ráfaga de viento tormentoso mientras se acercaba a ella.

Llegó a tiempo, llamándola urgentemente. Cuando ella no despertó, tomó una acción decidida y la mordió en la oreja para despertarla. Firefly relinchó de dolor, pero se movió, sus ojos de cuarzo rosa parpadeando y brillando intensamente.

Tomando una respiración profunda, Firefly exhaló y miró a su hermano con gratitud. "Gracias, querido hermano," dijo, sonriendo a través de su alivio. "¿Qué haría sin ti a mi lado?"

En ese momento, se dio cuenta de lo diferente que era su hermano de ella, pero de lo parecido que eran en su vínculo y amor compartido. Su corazón se llenó de afecto por él, sabiendo que a pesar de sus diferencias, eran inseparables.

Desde una distancia, su padre relinchaba y saltaba de alivio, sintiendo un gran orgullo por sus hijos y por Knightmare.

Ambos notaron que comenzaban a batir sus alas al ritmo de sus cuerpos, y sus patas se movían hermosamente con la suave brisa del viento bajo sus alas.

Firefly estaba volando con su hermano a través de los cielos de Grecia. Relinchaba de risa y orgullo mientras ascendían cada vez más hacia los cielos.

Los Potros

Seequest llamó y dijo: "No vuelen demasiado lejos aún, mis hijos, ya que aún son principiantes."

Pero, después de todo, eran sus hijos y no escucharon estas palabras, haciendo todo lo contrario y volando aún más alto.

Ambos aceptaron este desafío para ver quién podía volar más alto en el menor tiempo posible.

Esta era una de las características de su madre, tratando de demostrar quién era el mejor de los dos, en lugar de aceptar que ya eran los mejores voladores, solo de diferentes maneras. Comenzaron a ascender hacia las nubes, volando más y más alto mientras se divertían.

Alcanzaron unos treinta mil pies de altura cuando miraron hacia abajo y pensaron: "Wow, estamos tan altos ahora."

Luego, a través de sus alas, produjeron una gran tormenta que trajo vientos fuertes del oeste y los desvió de su concentración.

Ambos comenzaron a ser lanzados en todas direcciones hasta que acordaron que debían comenzar a descender rápidamente y bajar de nuevo al girar sus alas y galopar tan rápido como pudieran.

Pero al hacerlo, el viento los desestabilizó y comenzaron a caer demasiado rápido, perdiendo el control una vez más.

Knight pareció recuperar el equilibrio de inmediato mientras manejaba el flujo del viento racheado con sus alas de murciélago.

Pero su hermana fue arrastrada fuera del cielo, ya que sus plumas la hacían más ligera y fácil de desplazar.

La pobre Firefly batía sus alas tanto como podía, sintiendo que aún no era lo suficientemente fuerte para superar la tormenta. Llamó a Knight para que la ayudara.

Pero él todavía estaba descendiendo para alcanzarla, ya que él estaba más alto que ella.

La vio caer rápidamente y dijo: "¡No te preocupes, hermana, estoy viniendo, te salvaré!"

En ese momento, Knightmare se despertó de su descanso y galopó hasta el borde, relinchando para sus hijos, sintiéndose asustada, ya que ninguno de los dos padres sabía si podían nadar o tener alguna conexión con el mar como lo hacía Seequest.

Así que los padres esperaban para ver qué sucedería a continuación antes de que Knightmare tuviera que ayudarlos ella misma, ya que Seequest seguía débil debido a que Hades había drenado su magia nuevamente sin que él lo supiera

Firefly se acercaba al mar, con sus alas ahora pegadas a su cuerpo desde arriba. Seequest vio a su fiel hijo barrer el cielo y batir sus magníficas alas negras de murciélago hacia su hermana, esperando atraparla a tiempo antes de que llegara al mar.

Los Potros

Pero notó nuevamente que ella había perdido el conocimiento, y no importaba lo que hiciera, incluso al morderla suavemente, no lograba despertarla, y estaba cayendo hacia su muerte. La tuvo en su poder por unos minutos, sujetándola por la melena. Sin embargo, aún dormida, ella era demasiado pesada para que él la sostuviera, por lo que tuvo que soltarla en el mar.

Ella estaba cayendo del cielo demasiado rápido para que él la sostuviera y controlara su vuelo al mismo tiempo.

Allí estaba, hermosa de ver una vez, y ahora silenciosa, con sus alas pegadas a su cuerpo mientras caía directamente al mar como un tornado. Hizo bastante olas al hacerlo. El pobre Knight dijo "no" y se lanzó directamente para salvarla, sin saber si él mismo sobreviviría.

Ambos padres entraron en pánico cuando Knightmare le dio una patada fuerte a Seequest, diciendo: "¿Por qué nos haces esto?"

"Ahora ve y sálvala antes de que sea demasiado tarde." Seequest explicó que ya no tenía los poderes necesarios.

Debido a su edad y a que su magia había sido suprimida de alguna manera, creía que este era el plan de Hades desde el principio, para que ella no confiara en él.

Así, ella se enamoraría menos de él, lo que significa que el gran dios de la muerte los tenía exactamente donde quería. Haciendo que esta familia perfecta se convirtiera en enemigos entre sí, y, tristemente, se estuvieran separando por su propia culpa.

Seequest no podía culpar a Hades por esto, ya que a sus ojos era su culpa.

Incliné la cabeza avergonzado ante Knightmare, sintiendo que la había decepcionado completamente, y dijo que lo sentía mucho.

Ella no aceptó sus disculpas y continuó caminando frente a él, donde normalmente caminarían juntos como uno solo.

Ambos giraron hacia el camino y galoparon hacia el mar para ver si podían alcanzarlos a tiempo.

Como ambos no eran lo suficientemente fuertes para saltar desde el acantilado aún y no podían arriesgarse.

Entonces, galoparon tan rápido como sus patas podían llevarlos hasta la playa, donde se quedaron relinchando a sus hijos. "¡Firefly, Knight! Por favor, vuelvan a nosotros".

Seequest deseaba con todas sus fuerzas entrar al mar y encontrarlos.

El rey unicornio estaba tan angustiado que deseaba tener la oportunidad de encontrarse con Neptuno para que también le devolviera su poder para vivir en el mar como él mismo de nuevo, y así poder salvar a sus hijos una vez más.

Pero este no era el caso, y sentía que había decepcionado a su familia y que había sido una tontería haberlos llevado allí en primer lugar.

Pobre Seequest, en ese momento sentía que iba a perderlo todo de nuevo.

Lo que no veía era que Hades los había estado observando durante meses y sentía que se estaban acercando demasiado.

Donde encontró la debilidad de Seequest fue en perder a su yegua y a sus hijos de una vez, lo cual sería desgarrador para el rey unicornio y lo haría rendirse y entregar su cuerno para estar con su familia, o al menos eso era lo que Hades esperaba.

Hades planeó los fuertes vientos con su poderoso grifo, que produjo el viento al lanzar sus alas hacia adentro frente a él y al batirlas juntas para hacer que apareciera este viento espantoso, que hizo que pareciera que los potrillos lo habían creado ellos mismos, ya que él en ese momento era invisible.

Después, desde arriba, le dijo al grifo que esperara y viera si Firefly y Knight aparecían sanos y salvos y podían nadar en el mar antes de planear que el grifo los rescatara en nombre de su querida yegua.

Knight y su hermana emergieron en la superficie, despiertos y alerta.

Seequest les dijo que se mantuvieran tranquilos y gradualmente plegaron sus alas hacia sus cuerpos y comenzaron a mover sus patas como si nadaran, dirigiéndose hacia el movimiento del océano y hacia la orilla.

Escucharon a su padre hasta que una gran ola los arrastró bajo el agua, haciendo que los padres llamaran nuevamente con pánico aterrador.

En ese momento, Hades vio que estaban luchando en las olas y supo que era el momento de sacarlos y rescatarlos.

Ordenó a su grifo que los recogiera, y la gran bestia descendió directamente al mar y los sacó con sus garras.

Los tenía a ambos en cada garra, ya que esta bestia era muy fuerte y grande, con un cuerpo tipo león en la parte trasera y una cabeza de águila con garras en el frente, y con enormes alas de águila para llevarlos a ambos.

Knightmare se levantó sobre sus patas traseras con deleite y dijo: "¡Hemos terminado, Seequest!"

"Mantente alejado de mí y de nuestros hijos, ya que casi los mataste a ambos hoy."

"Pero gracias a mi maestro, él salvó a nuestros hijos de la muerte, así que no es tan malo como tú has dicho, ya que ha mostrado su amor por nosotros hoy."

Hablaba con ira en sus ojos, que estaban iluminados con un rojo ardiente en ese momento, y su pelaje negro brillaba con venas rojas pulsantes a través de su piel una vez más.

Seequest pudo ver ahora que Knightmare, el caballo demonio que había visto y odiado por un tiempo, había regresado, y su verdadero amor estaba desapareciendo ante sus propios ojos.

Knightmare galopó de regreso a la cueva mientras Seequest se sentía derrotado y lo seguía lentamente, sabiendo que ahora merecía cualquier castigo que Hades hubiera preparado para él.

El viejo y misterioso unicornio blanco en ese momento no podía ver un futuro más allá de su propia Muerte.

Capítulo Veinte

Los Hipocampos son Magníficos

La reina estaba ocupada con su carroza de delfines realizando sus tareas diarias cuando se encontró con Neptuna, la hija mamífera del delfín de Neptuno.

Ella era hermosa, con cabello en tonos lila fresa y una piel escamosa en tonos lilas y púrpuras. Estos colores también se mezclaban en su bodice, que llevaba para cubrir su belleza femenina, y lucía una corona de perlas suavemente sobre su cabeza.

Sus ojos eran como el océano mismo, de un verde mar suave.

Había sido elegida muchos años antes por Neptuno para ser la guardiana de las criaturas marinas como delfines, cangrejos, tiburones y ballenas.

Los Hipocampos son Magníficos

El único poder que no tenía era el de transformarse en una pisces (tipo humano) fuera del agua.

Pero sí podía convertirse en un delfín con poderes especiales del mar.

Zeus se había unido con su poderosa madre, una delfina increíble, para fortalecer su inteligencia en el mar, y ella era el resultado de esa unión, mientras que sus hermanos eran delfines.

A Neptuna no le importaba no poder transformarse como su tío o sus primos, ya que amaba su trabajo de todas formas.

Mientras nadaba, vio a la reina y se acercó a ella, diciendo: "Su Majestad, no he visto a Seequest desde hace un tiempo."

"Él normalmente nada con mis grandes amigos y han dicho que no ha nadado con ellos ni con las manadas desde hace tiempo."

"Como él es tan útil para mí en enseñar a los jóvenes las formas y reglas del mar, lo extraño mucho."

La reina pudo ver que estaba preocupada y triste, y le contó a Neptuna lo que había sucedido con su hija y cómo Seequest había sacrificado su vida para salvar a su mejor amigo.

El corazón de Neptuna se rompió y, enojada, dijo: "No te preocupes."

"Con la fuerza y el ejército de padre, estoy segura de que podremos traer de vuelta a Seequest, ¿verdad?" La reina Sera respondió:

"Ese es nuestro plan, querida, pero no es tan simple como parece," con vacilación en su voz.

"Estamos luchando contra el segundo dios más poderoso en esta tierra, Hades mismo."

"Lo amaba como a un hermano y amigo alguna vez, y sé que tú también lo hacías."

"Pero a veces tenemos que proteger a nuestra propia sangre primero y sacrificar a los que amamos también."

La reina respondió: "No me gusta tampoco, pero está fuera de mis manos ya que Neptuno está de viaje en el gran Olimpo con Zeus y no sabe de esta actualización aún."

"Estoy tratando de seguir adelante normalmente y revisar cómo están los seres marinos manteniendo las aguas limpias y en paz."

Neptuna ignoró la pregunta y gritó: "¡No me importa con quién esté!"

"No lo dejaremos pudrirse en la compañía de Hades."

La reina estaba muy molesta con la forma en que Neptuna había hablado y luego dijo: "Neptuna, te lo preguntaré de nuevo, y esta vez mejor responde educadamente o te alimentaré a los tiburones."

Los Hipocampos son Magníficos

Ella se estremeció y luego dijo: "Sí, lo siento, su majestad, todo está bien."

Ella luego se dio la vuelta y nadó más lejos en el océano, moviendo su cola de lado a lado mientras pensaba que había terminado.

La reina estaba molesta y agitó las riendas a los delfines, quienes nadaron de regreso al palacio tan rápido como pudieron. Pero en el camino, alcanzaron a Neptuna. Ella se volvió y vio a los delfines empujándola para llamar su atención, y la reina dijo: "Ven conmigo, tengo algo que mostrarte."

También sintiendo que Neptuna tenía razón y que, si tuviera la oportunidad, liberaría a Seequest ella misma, pero pensaba: "¿Cómo podría ser posible?"

Llegaron a las puertas del palacio, donde ahora Neptuna montaba con la reina, y ella le dijo a los guardias: "Ella está conmigo, está bien, déjenos pasar."

Los guardias se inclinaron ante su reina y abrieron las grandes puertas doradas de Vissen, inclinando sus cabezas mientras ella pasaba.

Neptuna estaba confundida y dijo: "¿Por qué estamos viniendo aquí?"

"Espera, querida amiga, ten paciencia y te mostraré, ven a los establos conmigo."

Ambas nadaron fuera del carruaje y dejaron a los delfines libres para nadar de regreso a su zona, donde tienen protección adicional y comida esperándolos en lugar de tener que cazarla.

Llegaron a los establos, tan grandes y verdaderos, y pasaron rápidamente a los caballos marinos, mientras la Reina Sera se acercaba a Sea Spray y decía: "Vamos, chica, vas a ver a tu cría."

El hipocampo se emocionó y se movió arriba y abajo en su establo.

La reina puso el freno de algodón marino cubierto de plata y la bonita silla de conchas y montó a través de los terrenos donde vio a Neptuna esperándola. Ella dijo: "Súbete."

Neptuna lo hizo y se sostuvo firmemente mientras nadaban más hacia un tono de agua azul oscuro.

La reina dijo: "Pon esta máscara en tu cara, ya que donde te llevo tiene estas aguas que probablemente nunca hayas respirado directamente sin la ayuda del propio Neptuno."

"Está bien," dijo ella y se colocó la máscara.

La reina respondió: "Te voy a llevar en un viaje a un lugar bonito llamado Escocia, y lo más importante es que vamos al Loch, donde vive una de las crías de Sea-Spray y Tidal Wave, ya que ella es diferente a las demás."

"Ahora, antes de que lleguemos allí, debes prometerme que no le contarás a ningún otro ser o pez sobre ella."

"De lo contrario, la pondrás en peligro a ella y a nosotros también, ya que es una bestia increíble de su propia especie.".

"Pero puedo garantizar que ella es familia del hipocampo original antes que ella."

Neptuna se olvidó de la pobre Seequest y quería conocer a esta nueva e increíble criatura que había nacido en secreto hasta ahora. "Lo prometo con todo mi corazón, su alteza." "Bien, entonces así será."

"Sea Spray, llévanos al Loch y vamos a ver a tu cría Kessy."

Dentro de eso, Sea Spray también estaba emocionada y relinchaba haciendo burbujas mientras se apresuraban a través de las hermosas aguas tan rápido como ella podía llevarlas.

Llegaron al pórtico oscuro, al cual nadaron y que los llevó al otro lado del mundo, a Escocia.

Kessy escuchó el relincho de su madre y comenzó a nadar hacia ellas.

La cría delfín nadó hacia la superficie y miró hacia el Loch cuando la reina mencionó: "Es hermoso, ¿no es así?"

Neptuna solo había conocido y visto el océano, nunca un lago tan grande como para ser llamado loch antes, que contenía no agua de mar que conocía y amaba, sino agua dulce, donde vivían los salmones.

"Guau," dijo ella, aún usando su delicada máscara refinada para ayudarla a respirar en esas aguas.

Pero la reina tuvo suerte, ya que su esposo le dio el regalo de nadar y respirar en todas las aguas de la tierra para su trabajo y por darle su corazón.

A medida que nadaban más cerca de la tierra, Sea Spray relinchó más fuerte y de repente apareció su increíble cría de caballo de agua, Kessy.

Ella era un tipo diferente de caballo de agua que podrías imaginar, ya que se parecía más a un dragón marino que a un caballo de agua o hipocampo como se conoce en el mar.

Pero en aguas dulces, se conocen como caballos de agua en su lugar, ya que eso es lo que la reina decidió llamar a su especie hasta ahora. Pero sigue siendo un hipocampo/caballo de mar por sangre.

La reina y Neptuna sabían que Kessy era otra nueva generación de caballos de mar una vez más, pero se la llamaba caballo de agua, ya que vivía en agua dulce en lugar de en el mar.

"¿Por qué está ella aquí, su alteza?" "Ella está aquí para proteger la tierra y el Loch, y porque es demasiado grande para vivir en nuestros mares, ya que es diez veces más grande que nuestra mayor criatura, la ballena azul."

Originalmente, también es aquí donde Seequest y los otros unicornios de su tiempo fueron creados y nacidos.

"Vaya, ha habido más misterios resueltos en un solo día," pensó para sí misma.

Los Hipocampos son Magníficos

"¿Cuál es su nombre?"

"Mi hija la llamó Kessy, ya que es hermosa y, sin embargo, extraña en comparación con sus hermanos y hermanas. Aun así, la amamos igual."

"¿Pero por qué Helena la nombró Kessy? Por su corazón amable y su dulce temperamento, ya que es una mezcla de hipocampo, ¿sabes?"

Neptuna miró directamente a esta gran bestia y estuvo completamente de acuerdo con lo que su reina acababa de decir sobre ella y respondió.

"Es tan bonita y, aunque Kessy es diferente a los otros caballos de agua, es perfecta a su manera."

"Kessy era un nombre perfecto para ella, como pensamos en ese momento, ya que mi querida Helena la había conocido recientemente."

Primero apareció con solo su largo cuello sobresaliendo del agua para saludar.

La primera vista de esta increíble criatura era un rostro delgado como un hipocampo con un cuerpo enorme, cuatro patas tipo aletas y una larga cola.

También tenía una larga aleta que iba desde la parte posterior de su cabeza hasta el fondo de su cola, lo que le permitía nadar en las fuertes olas.

Si fuera necesario, también puede nadar como un relámpago y puede volverse invisible.

Su coloración cambia según el lugar en el que se encuentra o donde quiera estar, ya que puede camuflarse, cosa que sus hermanos y hermanas no pueden hacer.

Pasaron un gran tiempo con ella y le dieron espacio para que pasara un tiempo con su madre también.

Todos disfrutaron de la compañía de todos bajo el sol, saltando dentro y fuera del agua.

Pero la reina pudo ver que la máscara de Neptuna estaba empezando a desvanecerse y dijo, "Vamos, es hora de regresar a casa," donde se despidieron de Kessy.

Ella besó a la reina y a su madre, Sea Spray, y luego se zambulló nuevamente en lo profundo del Loch.

"Adiós, dulce chica, hasta la próxima." "Cuídate, ¿entendido?"

Kessy sacó la cabeza del agua a kilómetros de donde estaban, giró la cabeza, asintió y relinchó fuertemente como lo hacen los hipocampos y luego nadó más lejos en la distancia.

Neptuna dijo, "Vaya, ella es increíble."

"Sí," dijo la reina, "lo es, y es una de las crías de Sea Spray y Tidal Wave."

"Guau, ¿hay más?"

"Sí."

Ella dijo, "pero debes prometerme que no lo dirás, ya que son una sorpresa para tu padre y también para el dios del mar."

"Pero Kessy es única, como has visto hoy."

La reina no sabía que Neptuna era telepática hasta que dijo, "aww, Kessy está hablándome," y sintió amor y amabilidad en su suave y cálida voz.

Los ojos de Neptuna brillaron en ese momento.

Se sintió como si ahora tuviera una amiga dragón marino para toda la vida. Estaba tan feliz que saltaba fuera del agua una y otra vez.

Más a lo lejos, podía ver que Kessy estaba haciendo lo mismo, pero olvidó su tamaño y causó que el Loch se viera afectado, con agua por todas partes.

Tuvieron que detenerse rápidamente.

Ahora, la reina dijo, "Es hora de regresar a casa," y saltaron de nuevo sobre Sea Spray, que se zambulló profundamente en el portal por el que nadaron hasta llegar a Grecia una vez más y al océano.

Aunque a Neptuna le encantaba estar con Kessy, estaba contenta de estar en casa donde podía ser su verdadero yo de nuevo y se quitó la máscara mientras se convertía en un hermoso delfín azul lila y nadaba más adentro en las partes más profundas del océano.

Mientras la reina se acercaba de nuevo a los establos, pensaba en Kessy y en cómo había crecido y cambiado tan rápidamente.

Ahora tenía increíbles tonos diferentes de verde, con sus ojos azul aqua, aleta azul clara con un toque de este color en sus pies y su piel escamosa cuando está fuera del agua por largos períodos de tiempo también.

Por un tiempo, cuando el sol está en su cara y cuello, sus escamas comienzan a endurecerse, como si fuera posible que pudiera vivir en tierra también con el tiempo.

Entonces, ¿se está convirtiendo en un dragón marino después de todo? pensó la reina con cuidado.

La reina amaba sus caballos y caballos de mar/hipocampos místicos y también disfrutaba de la investigación involucrada.

No podía esperar a regresar a la biblioteca para anotar esta información y luego registrarla en el Templo de los Cráneos de Cristal en su Libro de Sabiduría y Conocimiento, ya que esta información podría ser su historia y tal vez también su evolución. Pensó.

Mientras la reina descansaba más tarde esa noche en sus aposentos, se preguntaba qué otras habilidades tenía Kessy y qué otras cosas podrían hacer los caballos de mar también.

Capítulo Veintiuno

¿El Plan de Rescate de Seequest?

De regreso en la cueva de Hades, Seequest estaba ahora atrapado en un vórtice invisible, y Knightmare ya no quería tener nada que ver con él, ya que creía que él había intentado matarla a ella y a sus crías, lo cual no era cierto.

Pero a través de los ojos de Seequest, parecía que ella creía más en su maestro ahora, ya que él había salvado a sus hijos de la muerte, o eso era lo que Hades quería que ella viera.

El pobre Seequest no solo estaba con el corazón roto, débil y derrotado.

Lo que empeoraba la situación era que sentía que había perdido la confianza y la fe de su hijo también.

Le habían dicho que su padre estaba allí y los vio ahogándose, cerca de morir, y no hizo nada para intentar salvarlos.

Así que Knight ya no creía en el gran Rey Unicornio.

Pero Firefly todavía sentía una fuerte conexión con su padre, ya que podía comunicarse telepáticamente con él a veces cuando todos los demás estaban dormidos, lo cual les agotaba a ambos.

"Mi hija, ¿cómo estás tú y los demás?"

"Estoy bien, padre, pero los demás creen que estabas tratando de matarnos, por eso nos llevaste a la montaña."

"No, no, eso no es verdad, te amo a ti, a tu madre y a tu hermano mucho."

"Solo intentaba enseñaros el camino como lo hizo mi madre, pero supongo que me equivoqué, ya que olvidé que tal vez no teníais las cualidades del mar como yo, ¡lo siento!"

"Supongo que tomé el riesgo de ver si las teníais o no, lo cual fue muy malo de mi parte."

"Por lo que vi ese día, supongo que ya no queréis saber nada de mí, ni verme ni confiar en mí, así que lo siento."

"Debí haber sabido mejor que arriesgar vuestras vidas así," hablaba desde su corazón, verdaderamente molesto.

¿El Plan de Rescate de Seequest?

"Ahora sé que Hades me ha manipulado todo este tiempo, ya que caí profundamente enamorado de tu madre.""

"Nunca antes había hecho esto con ninguna yegua y, sin embargo, lo disfruté tanto que nubló mi juicio sobre todo."

"Jamás volveré a dejar que eso ocurra, porque bajé la guardia, lo cual nunca debí haber hecho."

"Ahora he perdido todo ante este cruel dios", dijo Seequest, con la cabeza agachada en vergüenza y desánimo.

"Padre, por favor, no te castigues tanto."

"Entiendo por qué lo hiciste, pero no entiendo, si Hades es tan amable con nosotros, ¿por qué es tan cruel contigo ahora?"

Seequest le contó todo a su hija y ella comenzó a entender lo que estaba ocurriendo, cuando le respondió:

"No temas, Padre, sé que Knight y Madre te aman mucho." O al menos, lo esperaba.

"Pero tal vez están bajo un hechizo, no puedo estar segura."

"Sin embargo, observaré, escucharé y aprenderé cuando esté con ellos y te informaré sobre lo que está pasando en el futuro, si eso ayuda."

"Hasta entonces, por favor, mantente firme. Te amo mucho, Padre." "Yo también te amo, hija."

"Duerme ahora y gracias."

Firefly respondió, "Buenas noches, Padre, espero verte muy pronto."

Seequest se tumbó con el hocico tocando el suelo y sintió que sus poderes se desvanecían más rápido que antes, ya que cuando duerme, Hades le quita su poder, y al despertar se siente agotado, lo que lo debilita enormemente.

Porque Seequest está cayendo en una profunda depresión y su hermoso cuerno ya no brilla más. Dormía sintiéndose más débil de lo que había estado jamás.

Pero supongo que sentirse con el corazón roto, no amado y derrotado explicaría la razón de esto, pensó para sí mismo.

El invierno había llegado mientras Seequest estaba atrapado en este vórtice invisible que Hades había creado para él.

Haciéndole sentir que aún estaba acostado junto a su familia, ya que podía verlos, pero no podía sentir su amor y calidez de sus energías amorosas.

Ya que no podían verlo ni tocarlo.

Este era el peor acto que Hades había cometido hasta ahora contra él, y le causaba un profundo dolor.

¿El Plan de Rescate de Seequest?

Cada día, Seequest se debilitaba más y más, ya que la fuerza se drenaba de su cuerpo y también por el gran dolor que experimentaba recientemente. La magia fluía hacia Knight en su lugar, pero él aún no lo sabía ni lo sentía.

El vórtice se había creado porque Hades no podía quitarle el cuerno a Seequest; de lo contrario, él moriría y su magia también se iría con él.

Así que Hades necesitaba que él se mantuviera con vida y pensó en su manera de obtener los poderes de Seequest. ¡Hades estaba bastante satisfecho con su gran idea!

Con el ingenioso plan de Hades para mantener a Seequest vivo y, al mismo tiempo, recuperar sus poderes, sabía que por fin casi tenía en sus manos el poder del gran Rey Unicornio y de la Tierra.

Ese día, Hades fue a visitar a su yegua y sus hijos, y le dijo a ella: "Mira, querida, si él realmente te amara, nunca se habría ido."

Hades le había dicho a Knightmare que había dejado libre a Seequest de regreso al mar y había acordado dejarlos atrás para salvarse a sí mismo, envenenando su mente con odio. ¡Así que Hades obtuvo lo que necesitaba de él después de todo! Pero esto no era cierto.

Pobre Seequest estaba justo al lado de ella y, sin embargo, ella nunca supo ni vio nada de esto.

Hades sonreía directamente a Seequest cuando le decía esto a ella, lo que hacía que Seequest se sintiera como la criatura más pequeña y triste del mundo.

Hades observó y supo que estaba ganando al empezar a reír mientras se alejaba con su fiel compañero Cerberus a su lado.

Seequest escuchó las tristes palabras de su yegua debido a la ira y el dolor de la pérdida que ella sentía en ese momento.

Knightmare le decía a Knight: "Él solo se amaba a sí mismo y te usó para llegar a ellos."

Esto lo hundió aún más, ya que su hijo también hablaba mal de él.

Knight respondió: "Ves, te dije Madre que Hades tenía razón, que Padre quería todo el poder para sí mismo y que no le importaba nada de nosotros."

Esto hizo que la sangre de Knight hirviera y su brillante pelaje negro comenzara a mostrar venas rojas a través de su piel debido a su ira y dolor por la decepción hacia el gran Rey Unicornio, su padre.

Knight había sido envenenado y transformado por este dios del inframundo.

Firefly intentaría cambiar sus mentes, pero tenía que ser cuidadosa, ya que el odio comenzaba a volverse desagradable a veces y ella también tenía que protegerse de ellos. Así que decidió jugar a su juego por un tiempo.

¿El Plan de Rescate de Seequest?

Firefly también podía sentir la presencia de su padre cerca de ella, aunque no podía verlo claramente en su forma normal. Pero debido a su conexión de energía y magia, podía percibir su aura de gran luz colorida cercana.

En ese momento, Firefly se sintió afortunada de haber heredado más los genes de su padre que los de su madre, ya que aún tenía sus poderes telepáticos para hablar con él, lo cual también lo ayudaba a superar este tiempo de tristeza.

Ella seguía hablando con él en su mente mientras descansaba, enviándole una energía verde y rosa para sanar y consolarlo, y también ayudarlo a creer que su familia aún lo amaba mucho, a pesar de que Hades parecía tener a Knight y a su madre bajo el hechizo de su magia oscura.

El gran y poderoso rey de los unicornios sabía que su tiempo estaba llegando a su fin pronto. Pero confiaba en que su hija continuaría con sus formas de paz a lo largo de la tierra, de alguna manera, esperaba.

Comenzó a recordar sus recuerdos de juventud y el tiempo que pasó con su madre, quien le enseñó a nunca rendirse hasta que supiera que no había otra manera, lo que le permitió recuperar un poco su sentido.

Recordó todas las batallas y aventuras que ella había enfrentado y ganado en su vida, y cómo se había convertido en un ícono en su tiempo. Esto le hizo sentir que aún había esperanza y fe en su corazón, antes de cerrar los ojos y pensar en usar el último pedazo de energía que le quedaba para intentar contactar a Neptuno telepáticamente.

Enviando un mensaje pidiendo su ayuda y quizás también la de otros desde los cielos, incluidos sus padres Legend y Celestial desde lejos. Celestial, que había sido su madre antes de morir y convertirse en algo aún más poderoso, había sido agradecida por Zeus por cuidar del mundo y de los animales con gran amor en su corazón por cada ser viviente, en todas sus formas, y protegerlos también cuando fuera necesario de los tigres dientes de sable de Hades en el pasado.

Ella también era conocida como la reina de los cielos para los animales y los humanos, un día, en el futuro cercano.

Seequest intentó y intentó con todas sus fuerzas, pero el campo de fuerza era demasiado fuerte para que las ondas telepáticas atravesaran a larga distancia. Pero el viejo unicornio sabía que no debía rendirse, hasta que se quedó señalando su cuerno hacia arriba y luego colapsó en el suelo con un golpe de agotamiento. A través de esto, cayó en un sueño profundo durante mucho tiempo.

Mientras tanto, en Vissen, Neptuno estaba pensando en cómo podría rescatar a su querido amigo de su hermano enemigo. Sabía todo lo que había pasado desde que se había ausentado y se sentía terriblemente culpable.

En el fondo, Neptuno sabe que debió haber detenido a él y a su hija, Helena, de regresar a la tierra, sabiendo que Hades siempre había querido el cuerno de Seequest durante muchos años.

Neptuno sabía que su hermano nunca se rendiría tan fácilmente con algo que realmente deseaba para

¿El Plan de Rescate de Seequest?

sí mismo, especialmente si involucraba un gran poder para gobernar el mundo a su manera.

Neptuno estaba sentado en su trono pensando seriamente que necesitaba la ayuda de su hermano Zeus.

Quizás incluso la ayuda de otros para vencer a Hades de una vez por todas y enviarlo de regreso al inframundo para siempre, donde pertenece.

Hades se sentía más poderoso que nunca, mientras recoge las olas de energía de Seequest a través de su bastón al colocarlo en el cuerno del viejo rey mientras él está dormido.

El rey del inframundo podía ver que Seequest estaba comenzando a agotar tanta energía que temía que iba a morir.

En lugar de que eso suceda de nuevo, jugaría otro truco con él y le haría sentir que se estaba levantando y pasando tiempo con su familia y que todo estaba perdonado, creando una ilusión de esto, mientras Seequest en realidad seguía en un sueño profundo.

Así, en la mente del unicornio sentía que sus sueños ahora eran reales y que podía ver y hacer cualquier cosa como antes. Pero en realidad, era su imaginación jugando trucos con él mientras aún yacía allí, indefenso en el vórtice.

Hades le dijo a Cerbero, "esto le ayudará a sentir que es amado y lo mantendrá vivo en mi poder para siempre."

Riendo en voz alta como si al fin hubiera ganado la batalla.

El viejo unicornio, mientras yacía allí, también tenía un poder especial adicional que bloqueaba la magia de Hades.

Como su energía telepática y recuerdos alejados del peligro.

Esto era molesto, ya que a Hades le desagradaba mucho porque ahí es donde yacían los secretos más poderosos. Seequest estaba haciendo todo lo posible para mantenerlos guardados.

Debido a que eran recuerdos/poderes especiales que solo debían usarse para el bien mayor.

Hizo todo lo posible para mantenerlos protegidos en todo momento.

Lo hizo usando luz blanca pura que estaba protegiendo esta burbuja especial en su mente.

Pasaron los días y Seequest podía sentir que su tiempo se estaba acabando.

Sentía que, aunque estaba terriblemente exhausto, no sería vencido.

Sin embargo, sentía que no podía resistir mucho más tiempo y sentía, por primera vez en su vida mágica, que al fin podría ser vencido de una vez por todas.

Hades podía ver el dolor que Seequest estaba sintiendo y que en su mente, estaba librando su propia batalla.

¿El Plan de Rescate de Seequest?

Esto hizo que Hades sonriera y le hiciera un saludo con victoria en sus ojos.

Seequest, después de todo, era el Rey Unicornio y conocía los trucos de Hades y le estaba jugando a su propio juego, ya que nunca se rendiría en la lucha, bueno, no aún!

Capítulo Veintidós

Pegaso Regresa al Olimpo con Tristes Noticias desde lejanos lugares

Después de ser contactado por Luna, la diosa de la luna, ella miró el cristal de piedra lunar y habló a través de él a Pegaso mientras él estaba de vuelta en su reino de Andrómeda en la octava dimensión.

Ella le contó todo sobre lo que había sucedido recientemente y que ahora debía ir a informar a Zeus y también contactar a Celestial y Legend.

Necesitarán la ayuda de todos para derrotar a Hades esta vez.

Pegaso comprendió y agradeció a la diosa por las tristes y preocupantes noticias, y no estaba deseando transmitir esto a Zeus.

Pegaso Regresa al Olimpo con Tristes Noticias desde lejanos lugares

Pero supuso que, después de todo, él es el dios de los caballos alados y los unicornios también, así que esto le concierne profundamente, ya que es su deber como el gran padrino de ellos.

Pegaso entonces entendió por qué ella vino directamente a él y no a Zeus, ya que tenía un gran respeto por Luna.

Les dijo a los otros caballos alados que tenía que irse y volar al Olimpo para ver a Zeus una vez más sobre un asunto importante, que puede afectar a todos ellos.

Caminó hacia el sendero de piedras cristalinas que lo llevaba a otras dimensiones y le dijo al guardián, que era un gran tigre de pelaje blanco y rayas doradas con ojos de cristal a quien él había salvado.

Él era único en comparación con los tigres dientes de sable de Hades.

Como Hades planeaba matar al cachorro, en lugar de eso, Pegaso lo tomó y lo crió como suyo.

Ahora él es el gran guardián de grandes poderes para la octava dimensión de los caballos alados de la estrella de Andrómeda.

Pegaso lo nombró Sabre por el lugar de donde provenía y lo consideró su hijo.

"Mi hijo, debo volar a la quinta dimensión de la Tierra e ir a Grecia para visitar a nuestro poderoso dios Zeus."

"Guarda con tu vida mi rebaño y asegúrate de que nadie se vaya hasta que regrese."

"He hablado con los sementales y las yeguas, así que espera que respeten mis deseos. Regresaré en una semana."

"Sí, Padre, oh, poderoso, haré lo que me mandas."

"Por favor, cuídate," dijo Sabre y se inclinó ante Pegaso mientras galopaba hacia el sendero.

Pegaso se despidió y comenzó a agitar sus enormes alas doradas y blancas tan rápido como pudo, hasta que crearon una tormenta de viento.

Mientras galopaba a través del sendero de diamantes, este comenzó a transformarse en un camino de guijarros de cuarzo rosa que brillaban en las tonalidades más asombrosas de amor y sabiduría.

Sabía que, al galopar y mover sus alas hacia arriba y hacia abajo, eventualmente el camino desaparecería ante él.

Tenía que volar muy rápido para asegurarse de tener suficiente fuerza y equilibrio para volar al espacio.

A medida que se acercaba a la dimensión de la Tierra, vio el sol y supo, por su conocimiento, que estaba cerca de la Tierra.

Parecía una estrella brillante desde la distancia. A Pegaso le tomó tres días llegar allí.

Así que, cuando llegó, aterrizó en el mismo lugar donde todo comenzó antes en Escocia, hace todos esos años, porque nadie esperaría que estuviera allí en la Tierra alguna vez.

Pegaso Regresa al Olimpo con Tristes Noticias desde lejanos lugares

Pegaso aterrizó con gracia en la oscuridad de la noche, silenciosamente en este campo dorado de maíz donde se usó el corazón de cristal en el pasado.

En ese momento, sus hermosos ojos cristalinos iluminaban el cielo nocturno en el área del campo donde primero necesitaba descansar de su largo y cansado vuelo desde su hogar arriba hasta Grecia.

Más tarde comió el maíz dorado que para él sabía como el arroz de ambrosía que tenía en casa gracias a la magia que Zeus le dio como regalo por todo su arduo trabajo en el pasado.

Decidió después beber del arroyo.

Arrancó una de sus pequeñas plumas y la dejó caer en el agua, la cual cambió de color a néctar rosa dulce y la bebió hasta sentirse lleno.

Afortunadamente, esta pluma mágica solo funciona durante treinta minutos, por lo que no dañaría ni heriría a ninguna criatura viviente de ningún tipo.

Una vez que se tumbó, comenzó a recordar los recuerdos de cómo se creó a los unicornios y relinchó en respeto ahora a los muertos.

Porque sus almas también fueron asesinadas por los tigres dientes de sable de Hades tratando de encontrar al semental y su yegua de esta misma manada.

Ellos tenían todo el poder de todos los unicornios juntos cuando Hades lo supo y quiso todo para sí mismo.

Al no importarle el modo en que lo obtendría.

Así, muchos hermosos unicornios murieron para mantener este secreto hasta que él encontrara al último de su especie, el unicornio nocturno Jecco y Moonbeam, los padres de Seequest.

¡Haría cualquier cosa para recuperar esta magia!

Afortunadamente, todos los cuernos de unicornio desaparecieron mágicamente después de que murieron y ahora viven en la atmósfera de la Tierra, donde Hades no podía recuperarlos, ya que ahora están en el Aire, Agua y Tierras.

Por eso, algunos de nosotros podemos sentir su magia y energía hoy en día, ya que todavía está a nuestro alrededor cada día de nuestras vidas mostrándonos la belleza de la naturaleza, la amabilidad y el amor por todas las criaturas y la Tierra misma.

Hades quería a la yegua unicornio nocturna ya que llevaba este especial potro, siendo ella la última de su tipo.

Muchos años antes, Pegaso les dijo a los unicornios que nacería uno poderoso de su especie que llevaría todos sus poderes juntos.

Ni siquiera sabía qué tipo de yegua unicornio llevaría ese poder.

Hades planeó matarlos a todos y tener el poder para sí mismo, para gobernar la Tierra de la manera que él pensaba, en dolor y angustia.

Pegaso Regresa al Olimpo con Tristes Noticias desde lejanos lugares

Así que instruyó a sus tigres dientes de sable para matar a todos ellos, ya que este potente potro era una amenaza para su vida y dominio del terror.

Hades quería su venganza esta vez, ya que antes Zeus le había dicho que los dejara en paz.

El sol se levantó sobre el Mar de las Islas Británicas y fue entonces cuando Pegaso supo que era el momento de continuar su vuelo hacia Grecia.

Caminó y visitó a los animales del bosque y la imagen de Truth en el árbol de abedul plateado, rindiendo sus respetos antes de dejar Inglaterra por un tiempo.

Esa noche hubo otra luna llena donde la diosa Luna observaba desde lejos.

Ella comenzó a hablar con él antes de que dijera sus despedidas y galopara hacia la Montaña de Moonbeam, donde continuaría su viaje.

A medida que ascendía la montaña más alta, donde Seequest había estado recientemente con su familia, saltó al vuelo hacia el Olimpo en la oscuridad, donde no sería visto por los guardianes de Hades, posiblemente.

Le tomó casi otros dos días llegar a Grecia, ya que volaba solo de noche.

Finalmente, vio la gran montaña adelante y giró hacia la derecha, aterrizando en lo que parecía un enorme volcán, que era una ilusión de protección para todos ellos.

Comenzó a aterrizar con gran elegancia en las áreas de vuelo mientras se acercaba al camino dorado.

Pegaso todavía estaba agitando sus alas mientras entraba en el sendero para aterrizar, donde trataba de desacelerar y detenerse por completo, poniendo sus pies nuevamente en el suelo.

Una vez que sus alas se detuvieron y fue seguro, Hermes estaba esperando para recibirlo con un gran abrazo y darle la bienvenida a casa.

A cambio, Pegaso empujó su cabeza hacia los hombros de Hermes, como si fueran hermanos. Luego le dijo a Hermes que debía ver a Zeus con urgencia.

Hermes asintió y movió la cabeza arriba y abajo, con su hermosa y larga melena blanca ondeando mientras lo hacía.

Sus ojos se habían vuelto marrones para poder ver adecuadamente con la luz diaria, ya que solo el día brillaba allí debido a que Apolo controlaba el sol.

Pegaso había plegado sus alas contra su cuerpo y caminó hacia el palacio de Zeus.

Las grandes puertas doradas se abrieron y allí, sentado al fondo de la sala con el sol brillando intensamente sobre él, estaba su viejo amigo Zeus, el rey de los dioses griegos.

Zeus vio a Pegaso y se levantó con gran emoción y dijo, "Querido amigo, bienvenido a casa. Pero, ¿puedo preguntar por qué tengo el privilegio de tu presencia hoy?"

Pegaso inclinó su cabeza y metió su pata delantera derecha debajo de su pecho, mientras sacaba la pata izquierda hacia adelante, luego inclinó su cabeza hacia el pecho, inclinándose ante Zeus.

"Mi rey y viejo amigo, desearía haber venido con buenas noticias, pero esta vez es urgente que hable contigo a solas y ahora, por favor."

Zeus se levantó y pudo ver que Pegaso parecía preocupado, pidiendo a todos, incluso a sus guardias, que salieran de la sala para que pudieran hablar durante horas. Pegaso dijo, "Me siento culpable y siento que soy parcialmente responsable de lo que le ha pasado a Seequest."

"Mientras enviaba una bendición a la hija de Neptuno por su cumpleaños,"

"además, una bendición de tu gran hermano Neptuno en persona para que ella pudiera tomar forma de piscis y experimentar lo que es vivir en tierra en lugar de en el mar todo el tiempo," dijo. Piscis estaba cerca de ser una forma humana y parte sirena, ya que quería sentir lo que era vivir en tierra durante veinticuatro horas y aún así ser una sirena.

"¡Está bien, continúa!" con gran interés en sus expresiones faciales mientras escuchaba.

"Bueno, las cosas se salieron de control, ya que Hades también se dio cuenta de esto."

"Tenía espías en todas partes y estaba observando de cerca.

"Que decide transformarse en un gran zorro negro y secuestra a la princesa, por lo que Seequest tiene que regresar y rescatarla."

"El rey unicornio entonces acordó con Hades que si libera a Helena, él se quedará e impregnará a su yegua a través de magia."

"Ya que Seequest decidió que necesitaba protegerla a ella y a la Tierra primero, de lo contrario, estaba poniendo su vida y la Tierra tal como la conocemos, llena de gran amor, en gran peligro."

"Porque se sentía culpable debido a cómo fue secuestrada en primer lugar, ya que él estaba dormido en lugar de protegerla."

"Pero también confiaba en ella para que no se apartara de él ni del área."

"Donde ella tampoco tiene la culpa por su interés en cosas nuevas como todos nosotros; ella habría estado bien si Hades no la hubiera visto y descubierto que ella estaba allí."

"Primero, su idea era capturarla como cebo temporal, y aún así, ella era tan hermosa que decidió que quería mantenerla como su reina también."

"Así que Seequest conocía su destino y dio su vida para salvar la suya y la Tierra también."

"Por eso Hades lo hizo, ya que siempre había querido los poderes de Seequest para gobernar la Tierra, que es su poderoso cuerno del destino."

"Ya que estos poderes no solo tienen los tuyos y los míos, sino que también ahora contienen los poderes del mar."

"Lo que significa que también tiene el poder de Hades, que es la energía del fuego."

"Hades tendrá la magia de los cuatro elementos de la vida."

"Hades sabía que si obtenía este poder, podría gobernar el mundo e incluso posiblemente derrotarte a ti."

"¡Tonterías!" respondió Zeus, hablando con gran enojo en su voz y le dijo a Pegaso que continuara.

"Bueno, Hades tiene una yegua demonio llamada Knightmare donde pensó que sería genial que, en lugar de matar a Seequest, lo hiciera impregnarla mediante magia, para que ella tuviera una cría que tendría todos los poderes como él y podría controlarla algún día."

"Donde entonces, Seequest no estaría más," con un tono preocupado en su voz.

"Lo peor de todo es que Seequest se enamoró de ella, lo que fue su error y ahora está atrapado para siempre, ya que tienen dos crías que, nuevamente, son criaturas únicas en este mundo y muy especiales y poderosas."

Pegaso inclinó su rostro hacia el suelo con vergüenza, sabiendo que era parcialmente responsable de lo que les había sucedido a todos.

Él esperaba que Zeus pudiera perdonarlo con el tiempo. Zeus se levantó con valentía y dijo: "¿Qué quieres decir exactamente?"

Ahora el gran dios tenía su cetro de rayos y lo golpeó fuerte contra el suelo de oro, donde comenzó a chispear.

Zeus tenía este poder de fuego y, sin embargo, toda la magia que su hermano Hades necesitaba para controlar el inframundo.

Los poderes de Zeus se centraban principalmente en la energía del aire, que él otorgaba a las criaturas para que pudieran respirar.

Pegaso estaba preocupado ahora de que esta fuera su castigo y trató de hablar con la mayor valentía y claridad posible para que Zeus lo escuchara.

Porque Pegaso pensaba que, debido a la ira de Zeus, él usaría su cetro de rayos contra él como castigo.

Pegaso continuó rogando al gran dios por perdón mientras hablaba.

Pegaso respondió: "Bueno, la joven potrilla tiene alas de ángel como yo y también tiene un cuerno de su padre, así que ella es un unicornio alado."

"Pero, mi rey de gran poder, su hermano es aún peor. ¡Porque tiene alas de murciélago y garras como su madre y también un cuerno!"

Pegaso Regresa al Olimpo con Tristes Noticias desde lejanos lugares

"Y sabes tan bien como yo que si caen en las manos equivocadas podrían destruir la Tierra y posiblemente nuestras dimensiones también."

Zeus parecía preocupado y comenzó a pensar con fuerza en cómo podría evitar que Hades tuviera esta oportunidad.

Pegaso luego concluyó su discurso antes de que Zeus respondiera, haciéndole saber sus sentimientos hacia este desastre ahora.

"Porque no sabemos en este momento qué otros poderes poseen, oh poderoso."

Zeus estaba tan enojado y decepcionado con Pegaso y dijo: "¿Cómo es posible que esto haya pasado?"

El gran dios místico del caballo miró a Zeus a los ojos y dijo: "No lo sé."

"Pero ahora sé que debemos rescatar a Seequest y ver si también podemos capturar a sus hijos antes de que sea demasiado tarde."

Zeus aceptó, pero sorprendió a Pegaso con su respuesta: "No, esto no es posible."

"Lo siento, mi rey, pero es la verdad."

"Oh, por el amor de Dios, ¿entonces como dijiste antes, es obra de mi hermano Hades?"

"Sí, lo es, Zeus.

"Lamento mucho tener malas noticias para ti."

"Estos potrillos empezaron siendo normales y ahora tienen un año, lo que en años mágicos para nosotros equivale a dos.

Entonces, ¿sus otros poderes están empezando a manifestarse? El poderoso dios dijo: "¿Y quién te dijo todo esto?"

El caballo alado respondió con suavidad posible en su respuesta.

Pegaso dijo: "La gran diosa Luna misma, hermana de Gaia, Madre Tierra.

Quien fue informada por su hija, la Reina Sera del mar, la madre de Helena, su alteza."

Zeus respondió con firmeza: "Está bien, entonces debe ser verdad, ya que la hija de Luna, la Reina Sera, vive en los océanos profundos donde Seequest se convirtió en su guardián como un hipocampo."

"Mi rey, lo que temo es que si la potrilla y el potro también tienen el poder del mar?"

"Serán más poderosos que Seequest porque eso significaría que no solo tendrían los tres poderes del bien, sino también el cuarto, que es el poder de las tinieblas que posee Hades."

"Como sabes tan bien como yo, la energía del fuego se usa para el bien y es de gran ayuda para todos nosotros."

"Pero si se usa para el mal, eso significaría que tendrían los cuatro poderes del corazón de cristal, ¡lo que podría destruirnos a todos!"

Pegaso Regresa al Olimpo con Tristes Noticias desde lejanos lugares

Zeus entonces dice: "Sí, entiendo lo que estás diciendo, entonces debemos detenerlo rápidamente.

Debes regresar al lugar donde se vio a Seequest por última vez y disfrazarte de caballo para averiguar de sus amigos del bosque si han visto o escuchado algo más sobre ellos.

Cuando hayas recibido esta información, regresa y cuéntame lo que sabes y, mientras tanto, empezaré a hacer un plan sobre cómo podemos derrotar a mi hermano para siempre."

"Sí, mi señor, por supuesto," dijo mientras inclinaba la cabeza y trotaba de regreso a los cuarteles voladores y se paraba en el camino, que se elevaba hasta la cima y el volcán.

Saltó con gracia y voló de regreso hacia el bosque hasta el árbol de abedul plateado donde la imagen de Truth, el unicornio de la tierra, ahora descansaba en su forma.

Eventualmente, aterrizó una vez más en silencio durante la noche y habló con la imagen de Truth en el árbol.

Una vez más buscando orientación espiritual, eventualmente recibió una señal que sintió desde el suelo que entró en su cuerpo y que podría ayudar a todos ellos.

Dijo: "Gracias, querido, espero que estés en paz con la Tierra ahora."

Dentro de eso, aparecieron manzanas rojas maduras en el árbol y cayeron frente a él.

Sintió que eran un regalo del propio Truth, lo que le hizo sentir bien que estaba bien y no solo como pensaba.

También serían de gran ayuda para re-energizar su fuerza y poder rápidamente debido al verdadero azúcar puro en ellos y los jugos para saciar su sed.

El dios caballo puso su hocico en la imagen de madera de Truth y sintió un cálido y amoroso toque por dentro.

Entonces supo que la esencia de Truth (la presencia de la magia original) vivía en el árbol y en el suelo a su alrededor.

Miró a su alrededor con cuidado antes de transformarse en un semental andaluz.

Dijo este verso y sus alas se volvieron invisibles, lo que ahora lo hacía parecer un caballo normal, y luego se encogió también a un tamaño más pequeño.

Como si Pegaso fuera enorme para nuestros elefantes hoy en día.

"Bien," dijo. "Ahora a encontrar primero a los caballos y luego a los animales del bosque para averiguar si ellos saben algo."

Se preguntó mientras caminaba hacia el paraíso donde vivían las manadas ahora.

Este poderoso y elegante dios caballo blanco puro galopó y vio a Honour, la nieta de Seequest, quien se sorprendió al verlo.

Cuando le preguntó si había visto al rey unicornio en absoluto,

Honor no pudo evitar sentir un cariño hacia él mientras hablaba.

Tenía una esencia graciosa y poderosa.

Pero luego le dijo que él era el gran Pegaso disfrazado, y cuando escuchó esto, ella bajó la cabeza al suelo sintiéndose avergonzada por sus sentimientos hacia él anteriormente.

Luego le dice a Pegaso que lo vio antes de que todo sucediera y que eso es todo lo que sabía sobre él.

Que Helena se había ido a dar un paseo con los animales del bosque cuando un zorro la tomó, y que Seequest tuvo que rescatarla y al hacerlo se entregó a Hades en su lugar.

Ella también le aconseja que hable con sus amigos del bosque, ya que ellos lo vieron por última vez.

Honor solo repitió lo que ya sabía.

Dijo que sabía que Seequest iba a ver a los lobos y a sus amigos del bosque con quienes creció cuando su madre murió.

"Gracias, querida, por tu ayuda," y el impresionante semental blanco galopó hacia el bosque prohibido donde Seequest y Helena fueron vistos juntos por última vez.

Llegó al bosque en poco tiempo, donde los lobos fueron los primeros en acercarse a él.

Notaron un olor inusual y poderoso que parecía ser más que solo un caballo, lo que hizo que los lobos se mostraran cautelosos debido a los espías de Hades.

Saltaron sobre Pegaso y él se defendía, lanzándolos y pateándolos con sus patas traseras, relinchando con gran coraje mientras lo hacía.

Esto comenzaba a hacerlo enojar, cuando sus alas se hicieron visibles y crecieron al doble de su tamaño, y dijo: "Aléjense a menos que quieran que los mate".

"¿Dónde está su líder de manada?"

Los lobos gruñían y se sentían asustados, pero aún así se protegían.

"¿Quién eres primero? Luego te lo diremos."

"Soy el gran caballo alado Pegaso, ahora, ¿dónde está su alfa?"

"Debo hablar con él urgentemente."

"Es importante ya que involucra al Rey Unicornio, Seequest."

Después de eso, los lobos se quedaron en silencio y dijeron "oh" cuando el gran lobo alfa blanco se acercó.

Pegaso Regresa al Olimpo con Tristes Noticias desde lejanos lugares

"Estoy aquí."

"¿Qué sabes sobre nuestro amigo, oh, gran ser?"

"Bueno, ¿qué puedes decirme? Ya que estamos planeando rescatarlo de Hades pronto."

"Está bien, mejor ven conmigo."

Siguieron a Pegaso y al lobo blanco, y él recibió las noticias actualizadas que Pegaso necesitaba saber.

Pegaso dijo: "Gracias, volveré, pero por ahora, debo regresar a Olimpo con estas noticias actualizadas" y agradeció nuevamente a los lobos.

Empezó a batir sus grandes alas blancas como de ángel y saltó al aire, a mil millas de distancia de la tierra, para ver a Zeus una vez más.

Pegaso sabía ahora que sería una gran batalla.

Esperaba que nunca ocurriera y aún así ahora se daba cuenta de que era real.

Pegaso llegó nuevamente a Olimpo en una hora y fue a hablar con Zeus una vez más.

Esta vez, Pegaso volaba directamente hacia los jardines mientras se acercaba al suelo.

Colocó sus dos patas delanteras hacia adelante para apoyar su velocidad y puso las traseras en el suelo profundamente, actuando como frenos para detenerse.

A medida que lo hacía, redujo rápidamente la velocidad de sus alas hasta que eventualmente se detuvieron y las plegó junto a su cuerpo.

Se acercó a donde estaba Zeus en el jardín del Edén.

Allí estaba Pegaso con su impresionante pelaje blanco puro brillando como diamantes a la luz y sus asombrosas grandes alas plumosas como de ángel.

Camina hacia el jardín del Edén y pliega sus alas en su cuerpo masculino y poderoso pero elegante mientras se acerca al gran Zeus, quien está alimentando a sus hermosos pájaros.

Se aproxima a donde Zeus está en el jardín del Edén creando más animales vivos y probando sus debilidades y fortalezas antes de aceptar que estén listos para vivir correctamente en la Tierra.

Ahora llega a Zeus, quien está sentado pacíficamente escuchando a sus pájaros.

"Oh, has vuelto, querido amigo, por favor, cuéntame las noticias de lo que has descubierto."

"He venido con buenas noticias: Seequest todavía está vivo, pero está atrapado en un vórtice invisible cerca de su familia.

"El no puede ver ni tocar a su familia ahora."

"Esto le está rompiendo el corazón y, a través de este vórtice, Hades está compartiendo su poder desde su cuerno con su hijo Knight y con él mismo mientras

"Seequest está en un sueño profundo, creyendo ahora que todo está bien con su familia una vez más."

"Pero todo es una ilusión para mantener a Seequest de morir de un corazón roto, ya que se enamoró por primera vez de la yegua de Hades."

"Hades planea destruirlo de otra manera."

"Parece que ha planeado esto haciéndolo parecer como si Seequest estuviera tratando de matar a sus hijos."

"Cuando en realidad lo que estaba haciendo originalmente era enseñarles a volar y a usar sus poderes correctamente."

"Ahora parece que Hades está en camino de volverse invencible."

Zeus estaba emocionado de saber que Seequest estaba vivo, pero también molesto por lo que había sucedido, y se enojó tanto que al principio planeaba matarlos a todos.

Pero luego decidió cambiar de opinión después de que Pegaso le suplicara que no lo hiciera.

Durante horas hablaron nuevamente sobre un plan que Zeus ideó y que podría funcionar.

"Está bien, sabes lo que necesitamos hacer."

Zeus dijo con su voz celestial y firme de bondad.

Pegaso respondió una vez más y luego voló hacia la sexta dimensión del cielo.

Donde Celestial y Legend son los guardianes de los espíritus de los animales y eventualmente, con el tiempo, de nosotros los humanos.

Voló miles de millas y se preguntó cómo él y sus padres podrían rescatar a su ahijado y si era demasiado tarde para salvarlo.

Mientras el dios alado volaba hacia los cielos para encontrarse con Celestial y Legend,

voló a través de tantos universos para llegar a la sexta dimensión y pasó junto al hermoso planeta Venus,

quien brilla en toda su gloria iluminando el cielo durante el día.

Luego vio el impresionante planeta plateado y sus puertas plateadas con los enormes y dorados perros de gran tamaño custodiándolas, que eran la entrada al cielo mismo.

"¡Guau, guau, quién va allí!" ladraron con un tono pesado.

"Soy Pegaso, el dios de los caballos alados."

Los perros inclinaron la cabeza y respondieron, "Lo siento, su gracia," y abrieron las puertas a un sendero plateado brillante con suaves nubes de misterio.

Pegaso Regresa al Olimpo con Tristes Noticias desde lejanos lugares

Entró y, al principio, no pudo ver nada hasta que llegó a otra puerta, esta vez una impresionante puerta dorada.

La puerta se abrió y vio una hermosa tierra de diferentes tonos de verde y pájaros coloridos que volaban pacíficamente a su alrededor, cantando mientras lo hacían.

Había caballos del pasado galopando juntos, divirtiéndose por completo.

A medida que avanzaba por la tierra, llegó a otra puerta, esta vez de diamantes, que brillaba tan intensamente y donde se encontraba el hogar de Celestial y Legend.

Cuando la puerta se abrió, sus imágenes aparecieron en cada lado.

Las puertas se cerraron mientras él entraba graciosamente, viendo a estos caballos celestiales de pie juntos como una perfecta compañía, tal como solían estar en la Tierra.

La única diferencia era que ambos eran caballos alados sin cuernos que tenían deberes especiales que siempre debían cumplirse, ya que la muerte es un ciclo interminable y, sin embargo, también crea vidas de buenas almas que podrían regresar en una fecha posterior.

Deciden si el alma regresa con la misma imagen o con una diferente de su vida anterior.

Cuando la imagen del alma regresa, aprende de sus errores y los conquista, o incluso ayuda si es necesario para enseñar a otros también.

Porque envían el espíritu de una estrella que luego emergerá en el cuerpo del ser que fue elegido para venir a la Tierra.

Y su madre le enseñará todo lo que necesita saber sobre cómo sobrevivir y sus futuros deberes, así como las reglas de la vida.

Así es como nace la personalidad y el carácter de la criatura cuando Zeus elige su alma de los planetas superiores como Sirius, Venus, Júpiter o Marte.

Por eso, nosotros, los humanos de hoy, también tenemos planetas con los que estamos conectados en nuestros signos estelares y cumpleaños.

Envían la estrella al cuerpo de la criatura en la Tierra para su madre, y así es como nace la personalidad y el carácter de la criatura.

Pegaso relinchó y saltó un poco con sus patas delanteras, y abrió sus alas, que comenzaron a aletear suavemente, mostrando que estaba complacido de verlos.

¿Ha entrado en el reino místico de los caballos y las estatuas alrededor de ellos?

Ellos hicieron lo mismo en señal de respeto y, aunque era encantador verlo, ambos se preguntaban por qué estaba allí.

Pegaso Regresa al Olimpo con Tristes Noticias desde lejanos lugares

Pero rápidamente sintieron que algo había sucedido en la Tierra o con Seequest.

Solo esperaban que fuera la Tierra la que necesitara su ayuda.

Legend fue el primero en hablar.

"Oh, abuelo, ¿qué te trae aquí al cielo?"

"Mis hijos, es grandioso verlos."

"Pero no es una visita social."

"Es de gran importancia y se refiere a su hijo del pasado, Seequest."

"Lamento decir que es un asunto serio, ya que necesito mucho su ayuda."

Celestial dijo, "Sí, ¿qué podemos hacer?"

Todos se acercaron y se acariciaron con respeto en sus cuellos.

Luego, la yegua de la estrella negra respondió, "¿Tiene algo que ver con nuestro hijo Seequest?"

"¿Está en problemas otra vez? ¿Cómo sabes esto, Celestial?" preguntó Pegaso.

"Bueno, alguna vez fui su madre y todavía lo observo a veces desde la piscina del destino. Siento que está tratando de comunicarse conmigo de alguna manera."

El gran Pegaso respondió, "Sí, tienes razón, querida reina."

"Siento mucho no haber podido ayudarlo esta vez, creo que tú también lo sabes."

"Será su fin en la Tierra si no lo rescatamos pronto."

Legend entonces intervino y dijo, "Es imposible."

"¿Cómo está en peligro?"

"Pensé que había decidido mantenerse alejado de la tierra y convertirse en un hipocampo y vivir allí en el mar."

"Donde luego amablemente dio la magia que quedaba en el mundo a la Madre Naturaleza."

"Que es la hija de Zeus y la señora Gaia, y también tiene el espíritu de Truth en ella, debido a sus cenizas."

Una vez más, Pegaso dijo, "Bueno, después de que ustedes se fueron, la magia comenzó a morir lentamente, como sabemos."

"Seequest sintió que ya no pertenecía a ningún lugar porque era diferente de su nueva progenie de caballos..

Seequest era más grande que ellos y tenía un cuerno creciendo en su frente, lo que hacía que los otros caballos temieran que accidentalmente los lastimara o se apareara con ellos, aunque él sabía que no debía hacerlo.

Las reglas de su tipo aún tendrán magia en ellos de otras maneras con el tiempo. Celestial respondió a Pegaso y Legend, "¡Tienes razón!"

"Él habló con Neptuno para ver si aceptaría una apuesta en la que él permaneciera en el mar para siempre y ayudara con los deberes del príncipe y las princesas del mar, siendo su guardián."

"Y a cambio, Neptuno recibiría su cuerno como un regalo para ayudar a proteger los océanos y crear otras grandes cosas en el futuro, convirtiéndose luego en el dios de los caballos."

"Que Neptuno asumirá el título de Creador de los futuros caballos, ya que su cuerno ayudó a crear la nueva especie de hipocampos (caballos marinos)."

"¡Que todavía es un secreto incluso para Neptuno mientras hablamos!"

Antes de que los caballos celestiales pudieran hacer algo más, Pegaso gritó: "La verdadera razón por la que estoy aquí es que tenemos otro gran problema."

"¡Seequest ha sido capturado por Hades al hacerlo enamorarse de su yegua demonio Knightmare!"

No se habría pensado que este era el gran dios alado de los caballos hablando, ya que estaba muy molesto y mostraba profundamente sus emociones en ese momento.

Después de todo, todavía tenían sentimientos, especialmente Amor y Bondad para todos.

Hades lo alentó a usar su magia sobre ella y, al hacerlo, crearon a sus nietos Knight y Firefly.

¡Pero el problema es que ahora todos viven con Hades!"

"Oh, mi querido hijo," dijo Legend.

Celestial respondió, "¿Qué hemos hecho?" dijo, sus ojos llorosos.

Pegaso respondió, "No, vuestra alteza, ustedes no podrían haber hecho nada por él ni haber hecho nada diferente en ese momento."

"Ya que este debe ser su destino ahora, aunque odiaba decir estas palabras, él lo creía verdadero."

"Debemos reunir a mis caballos guerreros alados, a los dioses y diosas, incluso a Zeus mismo, para ver si podemos destruir a Hades de una vez por todas."

"¡Porque ahora tiene el poder del corazón cristalino del destino a plena potencia, ya que posee la magia de las llamas, la tierra, el cielo y ahora el mar también!"

Pegaso continúa hablando y dice a continuación: "¡Hades se está volviendo invencible y podría gobernar la Tierra al final si no tenemos cuidado!"

"Respecto a lo que se había hecho en el pasado con nuestros unicornios, lo cual había mejorado recientemente al recrear una belleza y calidad mejor para todas las especies vivas en este planeta."

"Después de que los dinosaurios fueran destruidos una vez más y el deseo de Zeus de crear criaturas humanas en el futuro no se llevaría a cabo."

"No es solo Seequest de quien estamos preocupados, sino que la Tierra tal como la conocemos podría desaparecer también."

Los caballos celestiales nunca habían visto a su abuelo tan preocupado antes.

Entonces supieron que este era un asunto serio que debían resolver lo más rápido posible para el bien de todos.

"Abuelo, ¿de dónde vino originalmente Knightmare?"

"¿Es ella uno de nuestros caballos creados por nuestra línea?"

"¿Por eso murió de un corazón roto?"

"Si este es el caso, entonces ella podría renacer a través de las manos de Hades una vez más bajo su control y aprender más sobre nuestras formas también."

Ella expresó una gran preocupación por su propia familia.

Pegaso luego explicó y dijo, "Afortunadamente, Celestial, Knightmare una vez fue Velvet y es una de ustedes."

"Ella es de su árbol genealógico, ya que era de una de las hijas fallecidas de Truth."

Pegaso continuó con la historia de Velvet antes de convertirse en Knightmare para Hades.

Necesitaban saber todo sobre ella para conocer qué poderes podrían tener los potros en el futuro.

"Se enamoraron ya que ella fue abandonada como una de las suyas en el pasado."

"Pero lo que ella no sabe es que Hades se sintió atraído por ella y pensó que ella era demasiado buena para ser solo un caballo."

"Y a través de eso, decidió crear una bestia diabólica en respuesta, pensando que ella nunca fue deseada, ¡pobre cosa!"

"En silencio, mató al semental de su manada que también era su pareja."

"Debido a esto, ella fue abandonada por los suyos, ya que culparon a la pobre yegua por su muerte porque él la estaba protegiendo de los tigres dientes de sable de Hades, que ahora han desaparecido por un tiempo."

"La pobre Velvet se sintió no querida ni amada por nadie más y eventualmente aceptó que era su culpa que su pareja muriera y, al final, murió de un corazón solitario."

"Fue entonces cuando Hades un día la vio allí, tendida inmóvil, y supo que ella era una verdadera yegua negra de odio y tristeza en su corazón. Ya sabía que sería fácil convertirla."

"Who possibly was created by the ancestors of yourselves when you were Seequest's parents?"

"Hades llevó su cuerpo a su guarida antes de que pudieras alcanzarla y llevar su alma de regreso aquí para descansar pacíficamente con su familia nuevamente."

"Hades sabía que ella tendría una conexión espiritual contigo y con Legend."

"Luego se dio cuenta de que ella sería una yegua poderosa sabiendo que ustedes eran los unicornios nocturnos en el pasado."

"Hades creyó que ella también tendría un toque de la magia dentro de ella, como todos los otros caballos en alguna forma."

"Ya que una vez estuvieron conectados con sus antiguos yo y otros de su tipo."

"Hades ha estado planeando esto durante muchos años."

"Ahora, como mencioné antes, Seequest tiene dos hermosos potros de un año que ama mucho."

"Pero recientemente, Hades engañó incluso al gran rey unicornio y los hizo rechazarlo como si estuviera tratando de matarlos en lugar de enseñarles a volar."

Ambos caballos estelares quedaron atónitos y muy tristes por lo que oyeron.

"Hades, en silencio, ha estado drenando los poderes de Seequest durante dieciocho meses."

"Ahora está en un vórtice invisible frente a ellos todos los días con el corazón roto y parece estar rindiéndose en la vida."

"Pero recientemente, Hades decidió que iba a jugar una broma con él, ya que lo necesita vivo para recibir sus poderes."

"Así que creó esta ilusión de que todo está bien nuevamente cuando no lo está, y Seequest está allí, tendido en coma."

El gran dios alado concluye su historia mencionando esto:

"Los potros parecen ser una nueva especie de nuevo que he llamado unicornios alados ya que son de su tipo, el unicornio, y ahora el mío también, ya que tienen alas también."

"Son dos tipos completamente diferentes, ya que Firefly parece ser como Seequest y Knight parece ser similar también."

El tono de voz de Pegaso se vuelve muy preocupado mientras continúa con su última oración.

"¡Pero Knight tiene más de la personalidad y apariencia de su madre!"

"¡Y eso es lo que todos tememos!"

"¡Ya que Hades va a darle los poderes para destruir la tierra, lo usará como un arma de destrucción que nunca antes hemos enfrentado!"

Pegaso Regresa al Olimpo con Tristes Noticias desde lejanos lugares

Pegaso se siente aliviado de haber contado la historia correctamente y en una sola vez, mientras se acerca a la pareja para discutir los planes sobre cómo pueden ayudar a destruir a Hades y salvar a Seequest y su familia también.

Legend, luego, miró a Pegaso con enojo y dijo: "¡Eso no puede suceder! ¿Qué podemos hacer aquí arriba?"

"Bueno, Zeus y yo hemos hablado recientemente antes de que vinieras a vernos."

"Tenemos un plan."

"Eso podría funcionar, pero necesitamos tu ayuda también para garantizarlo."

"La peor posibilidad para nuestro plan, sin embargo, es que podríamos tener que matar a Knight y posiblemente a Seequest."

"Porque entonces todos los poderes ya no funcionarán y la tierra será salvada."

"Como saben, nuestros poderes no funcionarán en la tierra a menos que estén vivos."

Legend se acercó valientemente a Pegaso, sabiendo que su abuelo estaba molesto, y levantó su cabeza y agitó sus hermosas alas negras arriba y abajo.

Legend, con gran coraje y fuerza en su voz, dijo: "No nos rendiremos y salvaremos a nuestro hijo y a nuestros nietos también."

"Vamos, abuelo, tomemos un poco de arroz con ambrosía y bebamos néctar dulce de nuestra hermosa agua de manantial donde podamos discutir los planes con más detalle."

Todos pensaron intensamente hasta que llegaron al plan perfecto que podría funcionar, incluso mejor que antes.

Los caballos místicos llenaron sus estómagos, lo que ahora les ayudó a pensar duro sobre cómo podrían lograr este milagro en lo que exactamente necesitaban hacer para que funcionara a su favor.

Decidieron galopar por los Campos del Pensamiento y la paz para ver si podían salvar a Knight de convertirse en este monstruo y usarlo de otra manera en el futuro.

Porque estas dos criaturas no podrían vivir en la tierra, ya que sus poderes en el futuro serían demasiado fuertes y peligrosos en caso de que cayeran en las manos equivocadas, lo que podría destruir el planeta por completo.

Ambos tendrían que ser monitoreados siempre. Debido a sus poderes, tendrían que aprender a usarlos para el bien mayor de todas las criaturas y tal vez incluso de la humanidad en siglos posteriores.

Pero, por el momento, había cosas más importantes de las que preocuparse.

Pegaso se quedó con ellos esa noche discutiendo estos grandes planes de cómo iban a salvar a Seequest, el gran Rey Unicornio en sí mismo.

Pegaso Regresa al Olimpo con Tristes Noticias desde lejanos lugares

Quizás podrían usar a Knight para otro rol importante si no tienen que matarlo al intentar detener las crueles maneras de Hades..

Capítulo Veintitrés

Knight es entrenado por el propio Hades

Hades había observado cómo Knight crecía de manera hermosa y podía ver que tenía más la personalidad de su madre que la de su padre, por lo que decidió entrenarlo él mismo.

Sabiendo que el joven potro había comenzado a confiar en él, ya que su padre ya no estaba presente, Hades se interesó cada vez más en Knight. Salían juntos montando a Knightmare, su madre, lo que fortalecía la confianza entre ellos.

Mientras tanto, el pobre Seequest seguía en un sueño profundo, sin saber lo que sucedía con su familia. En su ilusión, creía que todo estaba bien, como antes.

Pero la realidad era muy diferente. Una cosa que Hades había olvidado era que Firefly tenía poderes

Knight es entrenado por el propio Hades

que él aún no había visto, ¡afortunadamente para su padre!

Celestial estaba al tanto de lo que ocurría y conocía los poderes de Firefly, sabiendo que podía usar sus habilidades telepáticas para comunicarse con la potra y posiblemente ayudar a su padre.

Celestial decidió ir al Templo de los Cristales, donde miró a través del gran diamante. Este brilló como una esfera de blanco puro, y lo colocó en la Piscina del Destino para ver cómo sería su nieta y si podía confiar en ella, dadas las artimañas de Hades.

Utilizó el cristal diamantino que le fue dado como regalo para observar a su hijo sin que él lo supiera, como agradecimiento de Zeus por tener que dejarlo antes de lo previsto en su vida.

Aunque se le había informado que no podía involucrarse más en la vida de su hijo, este cristal le permitía observarlo a él y a su familia desde la distancia. Para ella, eso era suficiente para continuar.

Volviendo a Seequest, él también había usado un poder similar al de ella, que era el Corazón de Cristal en el pasado con Truth para ayudar a crear a sus hijas, lo que ahora era historia.

El Corazón del Cristal obtiene su verdadero poder principal del diamante.

Esta vez, Celestial lo prepara para intentar conectarse telepáticamente con Firefly usando nuevamente el cristal de poder, con el permiso de Pegasus.

Celestial intenta llamar a Firefly para ver si podría recibir un mensaje mientras aún dormía en su establo en el escondite de Hades.

Eventualmente, ella la ve y dice: "Mi hija, escúchame. Soy Celestial, reina de los cielos. También soy tu difunta abuela por parte de tu padre, Seequest."

En ese momento, Firefly empezaba a escuchar cuando abrió los ojos rápidamente y comenzó a entrar en pánico.

"Estate tranquila, mi hija, y escucha, ya que has sido observada por los espías de Hades desde que crecías y te han contado muchas mentiras."

"Así que solo cálmate y relájate, cierra los ojos y escucha lo que voy a decirte."

"No respondas ni hagas movimientos extraños, de lo contrario, los espías detectarán que también puedes telepatear."

Firefly se calmó como si hubiera despertado de una mala pesadilla y luego se relajó nuevamente y cerró los ojos.

Celestial le dijo a Firefly que necesitaba ayudar a su padre si podía. Y esa ayuda estaba en camino desde lejos.

Firefly abrió los ojos de nuevo y se levantó renovada y aún sorprendida y preocupada por su familia.

Knight es entrenado por el propio Hades

Cuando todos estaban dormidos, ella sentía que su padre estaba cerca aunque no podía verlo, pero sentía su presencia cercana.

Comenzó a moverse suavemente, poniendo su pequeño cuerno en el aire.

Al hacerlo, supo que si había alguna luz tenue brillando en él, esto significaba que la presencia de su padre estaba más cerca de lo que pensaba.

Esto tomó días de esfuerzo. Luego, una noche, encontró una chispa que brilló durante un buen rato.

Tuvo que planear cómo romper el vórtice o de alguna manera atravesarlo. Pero no tuvo suerte.

Entonces, recordó que cuando era pequeña, Seequest solía jugar un juego con sus mentes, sabiendo que le enseñaba a usar sus poderes correctamente.

Recordó lo que él hacía y ahora esperaba poder hacer lo mismo con él.

Comenzó a llamarlo desde su mente: "Padre, sé que estás cerca pero no puedo verte."

Pero puedo sentir tu presencia a mi alrededor, sé que estás cerca y, sin embargo, no puedo sentir tu piel cerca de la mía.

"También sé que lo que estás viendo y viviendo es una ilusión y que necesitas despertar de ella ahora."

"Padre, te necesitamos y Knight puede estar en gran peligro más que tú mismo."

"Por favor, Padre, ¿me escuchas?"

Días y noches pasaron cuando eventualmente Seequest pudo sentir una extraña presencia alrededor de una luz brillante, lo que le ayudó a tener suficiente fuerza para responderle a su hija, aunque aún no era posible completamente.

Ahí Firefly estaba toda crecida, hermosa y convirtiéndose en una poderosa yegua Unisos con un corazón de ángel y una mente de guerrera de su tiempo.

Su hija era una unicornio alado y, con la ayuda de su brillante luz resplandeciente en su frente, ahora podía conectarse con él a través de sus pensamientos.

Con suerte, en el tiempo debería despertar y liberarse de este infierno en el que había estado viviendo durante tanto tiempo.

Un mes después, Firefly sintió que finalmente logró una conexión con su padre. Lo sintió responderle una noche. Pero sabía que pasaría un tiempo antes de que él despertara completamente.

Al menos ahora podía darle a su abuela algunas buenas noticias: que él estaba vivo y lo suficientemente fuerte para sobrevivir y luchar en una batalla que se acercaba pronto.

Mientras tanto, durante este tiempo, Hades había estado llevando a Knight y a Knightmare a sesiones de entrenamiento, mientras le hablaba y envenenaba la mente de Knight de bueno a malo.

Knight es entrenado por el propio Hades

El pobre Knight no sabía en qué creer al final y comenzó a confiar solo en la voz de su madre después de eso.

Una mañana, Hades montó a Knightmare y llevó a Knight a la gran cueva en la costa, donde el terreno era áspero y rocoso, y le dijo a ella, apretando las manos mientras lo hacía.

"Knightmare, mi querida, has producido un hijo notable y él hará maravillas para mí."

Ella relinchó en respuesta feliz.

"Ahora debo llevarlo solo para hacer algo de entrenamiento en solitario."

Knightmare sabía que Hades la amaba a ella y a sus hijos, o al menos eso es lo que pensaba.

Knight se acurrucó a su madre y parecía asustado, ya que nunca había entrenado sin ella antes, pero su madre le dijo 'es un buen hombre, así que confía en él como en mí', y así lo hizo.

Hades entonces montó sobre el lomo de Knight, teniendo cuidado de no rasgarse con las alas de murciélago de Knight..

Como los caballos eran mucho más pesados y grandes que su madre, volaron durante millas, lejos de ella y de la guarida para entrenar.

Este lugar nunca había sido visto ni encontrado, y sin embargo, era una de las vistas más bonitas del gran océano.

Donde había una imagen real hecha de roca, aproximadamente, de la cabeza de un unicornio terrestre sumergida en el agua, con la mitad de su cuerpo aún en tierra.

Knight parecía sentirse muy inseguro al sentir una extraña sensación de incertidumbre dentro de él.

Sabiendo lo que su padre le había dicho a él y a su hermana en el pasado sobre su dios de la muerte.

Pero lo ignoró, creyendo en su madre ya que sabía que ella lo amaba y no permitiría que Hades le hiciera daño de ninguna manera, o al menos eso era lo que esperaba.

Hades no era el hombre que había conocido antes porque su voz había cambiado.

"Ahora, mi querido hijo, déjame mostrarte lo que es mi entrenamiento."

Lo ató fuertemente a un árbol robusto en las rocas y le puso una correa de cuero alrededor de su cuerpo para mantener sus alas inmóviles.

El pobre Knight se estaba volviendo cada vez más asustado e inseguro sobre lo que le iba a suceder cuando su peor pesadilla se hizo realidad.

Hades comenzó a golpearlo con un gran látigo de cuero y dijo mientras lo hacía: "Mi hijo, ahora solo me obedeces a mí, ya no a tu madre."

"Te pertenezco y, con el tiempo, harás todo lo que te mande y te pida."

Knight es entrenado por el propio Hades

Knight pensó en su mente, de ninguna manera.

Pero durante días, Hades continuó de la misma manera hasta que rompiera el espíritu de Knight para convertirlo en una fuerza maligna con la que lidiar.

Knight lucharía como su padre y a Hades no le gustaba esto.

Knightmare podía escuchar los gritos de su hijo y sabía que así es como ella se había convertido en sí misma antes.

No le gustaba el entrenamiento, pero sentía que no tenía otra opción ya que, de lo contrario, su amada hija Firefly sería asesinada en su lugar.

Ahora sabía que el plan era todo el tiempo crear una bestia para que Hades la controlara y destruyera la Tierra con ella.

Se sentía terrible por haber culpado y rechazado el amor y la devoción de Seequest hacia todos ellos.

Ahora, sintiéndose rota por haber dejado que Hades destruyera su único sueño de vivir felices para siempre con su gran Rey Unicornio.

Se preguntaba si era posible que Seequest pudiera perdonarla con el tiempo.

Si Hades no lo mata primero, pensó, y empezó a preguntarse de nuevo qué había pasado con él y dónde podría estar.

Allí estaba, mirando al suelo y vio un hermoso arroyo del que comenzó a beber, ya que se sentía mal, y vio a la yegua original que había sido antes y se desplomó sobre la hierba.

Knightmare vio a Velvet y sintió que todo estaba comenzando a repetirse, como en su vida anterior, y entró en pánico.

Capítulo Veinticuatro

Helena es Convocada de Nuevo a Casa

De vuelta en el hermoso océano azul, la princesa Helena le decía a Louis que fuera lo más rápido que pudiera, ya que necesitaban ver a su padre rápidamente porque él la había llamado con urgencia y el mensajero no le había dicho por qué.

Inmediatamente, ella esperaba que fuera alguna buena noticia sobre su viejo amigo Seequest o sobre la carrera para la que había estado entrenando contra su padre pronto.

La princesa sirena se sentía emocionada y a la vez asustada por lo que él iba a decirle. Pero de cualquier manera, sabía que tenía que irse ahora.

La princesa recitó un verso en voz alta, y Louis comenzó a transformarse en una forma diferente que parecía una versión más grande de los caballitos de mar actuales.

¡Guau!, pensó ella, mientras él se volvía más esbelto y rápido que antes.

Louis había cambiado a esta increíble forma de caballito de mar más a menudo y parecía volverse más rápido cada día.

Empezaron a atravesar todos los agujeros de los corales y las rocas a su alrededor y fueron esquivados por los grandes tiburones blancos.

Debido a que no podían ver a Louis por su nueva forma, que lo hacía parecer más delgado y pequeño en forma, podía nadar mucho más rápido que nunca antes y evitar sus poderosas mandíbulas.

Helena estaba tan orgullosa y feliz de que Louis no solo era un apuesto hipocampo como su padre.

No, Helena sabía que él era más que eso, ya que también tenía una velocidad asombrosa.

Esta criatura nunca antes había existido en este mundo.

A Helena le encantaba la forma en que él cambiaba tan rápidamente de una forma a otra.

Cuando se mencionaba el verso y se cambiaba, él se veía aún más apuesto y fuerte gracias a esos cambios.

Ellos estaban de regreso a Vissen para ver al gran dios del mar; ella practicaba el verso que lo transformaría

Helena es Convocada de Nuevo a Casa

en cualquiera de sus formas en un abrir y cerrar de ojos.

Porque él le daría todo al mostrar el amor y el vínculo que tenía con ella.

En su mente, agradeció a Seequest por este maravilloso regalo de creación, nadando de regreso al palacio.

Como hipocampo, él tenía la constitución de un tipo de tierra de guerra, que era una combinación posiblemente de Frisón y Árabe, junto con su impresionante pelaje de escamas negras y azuladas que brillaba a la luz cuando el sol se reflejaba en el mar.

Su melena era larga y fluía con los movimientos del agua.

Sus ojos eran color aguamarina y sus aletas eran elegantemente bellas con una forma de cola de golondrina.

Su melena y aletas eran de tonos azules que variaban entre claros y oscuros.

Cuando él era un caballito de mar, su rostro se estrechaba hasta tener la forma de un pez pilar, pero conservaba la apariencia de caballo.

Mientras que el resto de su cuerpo se volvía muy delgado y curvado en la parte inferior, con solo una aleta.

El cabello en su cuello desaparecía y su cola perdía su forma de cola de golondrina y se convertía en la cola de un dragón con una punta en el extremo.

Su color también cambiaba a negro azabache para camuflarse entre las rocas y corales de las aguas profundas y el fondo del océano.

Louis era un gran nadador y buceador también y podía nadar a lugares donde los delfines no podían.

Helena sentía que era la sirena más afortunada del mundo.

Todavía estaban nadando hacia las puertas del palacio, mientras estaban realizando sus deberes esa mañana.

Pasaron por coloridos arrecifes rosas y cangrejos rojos caminando de lado en el fondo del lecho marino, felices realizando sus trabajos de limpieza de los desechos de otras criaturas.

Pero a medida que se acercaban, ella sintió una sensación que no había experimentado en un tiempo: la necesidad de Seequest de su ayuda.

Ahora se preguntaba cómo iba a hacer eso sin que su padre se enterara.

Pobre Louis aún no había desayunado y comenzó a sentirse un poco agotado, pero sabía que haría cualquier cosa por su amigo.

La princesa le pidió que le hiciera un favor, aunque él sabía que sería peligroso.

Pero él le daría todo por el amor y el vínculo que tenía con ella.

Helena es Convocada de Nuevo a Casa

Helena dijo, "Sé que estás cansado y prometo que este será el último favor que te pida hoy, querido."

"Pero cuando finalmente volvamos a los establos y a tu box, te daré tu alga marina y las cápsulas favoritas como premio por tu esfuerzo extra esta mañana."

"Por favor, apúrate para que pueda ver a mi padre."

Con eso, el hipocampo negro relinchó y creó burbujas en el agua.

Se apresuró en su forma de caballito de mar tan rápido como pudo llevarla, alzando su cuello y cabeza hacia arriba y luego empujando su cabeza hacia adelante para alcanzar una gran velocidad.

En un abrir y cerrar de ojos, llegaron a las dobles puertas adornadas con estatuas de Neptuno y su madre, junto con sus famosos Hipocampius: Olas de Marea y Rocío del Mar, además de algunos de sus delfines famosos también.

De regreso en el palacio, su padre había sido visitado por su hermano Zeus, quien se había disfrazado de una enorme ballena azul para atravesar las puertas.

Cuando volvió a su forma humana, llegó cara a cara con Neptuno.

Acababan de llegar a la sala del trono cuando Neptuno y Zeus no podían creer lo que acababan de ver pasar nadando justo frente a ellos.

Helena saltó rápidamente de su espalda y dijo, "Te llamaré cuando termine aquí, querido."

El gran hipocampo relinchó.

Su padre y Zeus pensaron que nunca habían visto nada parecido antes, ya que era más poderoso que el gran Olas de Marea.

El padre de Louis nadó galopando con su aleta delantera hacia el abismo.

Zeus estaba hablando con Neptuno a solas cuando ella interrumpió la reunión.

Dejaron de hablar, ya que no podían permitir que ella supiera nada.

Temían que pudiera hacer algo y causar más problemas de los que ya había, dado que, después de todo, ella es la hija de Neptuno (dios del mar y gran guerrero de la tierra).

Neptuno no quería ponerla en más peligro contra Hades.

Zeus seguía asombrado por la criatura que acababa de nadar frente a él.

Zeus dijo que vería a su hermano en dos días en el Olimpo para discutir las cosas con más detalle.

Luego sonrió a Helena y se transformó rápidamente en una ballena azul frente a ellos, nadando justo junto a ella, dejando una gran ola que la empujó hacia un lado mientras se iba.

Como estaba un poco molesto porque ella interrumpió la reunión del gran Zeus.

Helena es Convocada de Nuevo a Casa

Se recuperó rápidamente y comenzó a nadar con su padre.

"¿Padre, me llamaste?"

"Sí, lo hice. Fue una falsa alarma, lo siento," y desvió la mirada.

"¿Padre, entonces no se trata de Seequest?"

Neptuno parecía luchar con lo que debía decirle y luego cambió de tema, diciendo, "¿Era ese un hipocampo?"

"¿Uno de las nuevas creaciones del cuerno mágico de Seequest y de mi poderoso Olas de Marea y la yegua de tu madre, Rocío del Mar?"

Tratando con todas sus fuerzas de cambiar el tema de conversación mientras hablaba cara a cara con ella.

"Sé que tu madre es una increíble reina-mer y alta sacerdotisa, pero no pensé que haría esto a mis espaldas."

Helena quedó desconcertada por lo que su padre acababa de decir y se olvidó de Seequest una vez más.

Neptuno se sintió aliviado al ver que parecía funcionar, ya que ella comenzó a hablar sobre lo que había hecho su madre y le contó que eran una prueba y experimento de cría de este hipocampo único, mencionando que si funcionaba, serían aún más grandes que sus padres anteriores.

Hicieron una larga conversación sobre ellos y sobre lo que la reina había estado haciendo durante tanto tiempo en los establos reales, durante días y a veces noches también.

Neptuno se detuvo y dijo, "¿Cómo conseguiste a este magnífico potrillo de hipocampo?"

Ella respondió, "Madre me lo dio como regalo, te acuerdas que me dijiste que fuera a los establos en mi cumpleaños, ¿verdad?"

"Creo que olvidé a Seequest y así podría hacer mis tareas sin usar uno de los carros de delfines, ya que no puedo nadar lejos para hacer mis tareas sin uno."

"No, es cierto, hija mía," se rió y luego dijo, "¿Qué tal si te pongo en la gran carrera del Atlántico contra mí?"

Luego le sorprendió diciendo, "si ganas, podrás quedarte con Louis y si yo gano, me lo quedo para mí."

Helena quedó en shock por lo que su padre le había dicho, sabiendo por lo que estaba pasando.

Pero en verdad, Neptuno pensaba que, siendo el dios del mar, debería poseer un hipocampo tan único.

Él había molestado mucho a Helena, y ella respondió, "¡No, padre, no puedes quedártelo!" cruzando los brazos con una actitud molesta.

Ella respondió, "¡Es mío y no vas a quitármelo como hiciste con Seequest!"

Neptuno se sorprendió nuevamente de que su hija tuviera el valor de discutir con el gran dios del mar, y aún así escuchaba, ya que amaba a su hija profundamente.

Helena es Convocada de Nuevo a Casa

Cuando respondió, "Entonces, si crees esto, hija mía, ¿te unirás a mí en la carrera el quince de octubre?"

Aunque la princesa siempre había querido que esto sucediera entre ellos, parecía cambiar de opinión ahora que podría perder otro amigo querido.

"¡Padre, no!"

"Absurdos, ya está decidido," dijo mientras ignoraba por completo sus emociones.

"Ahora, hija mía, aléjate, ya que necesito ver a nuestro pueblo y decirles esta noticia que debo irme a Olimpo y ver a Zeus en su hogar para continuar con la reunión que accidentalmente interrumpiste recientemente, además de otros asuntos importantes."

Pobre Helena no entendía lo que acababa de suceder y sabía que este no era el padre que amaba y adoraba.

Podía sentir que él estaba asustado y molesto en su corazón, ya que olvidó que ella también era telepática.

Así que se calmó y preguntó, "Oh, padre, ¿se trata de Seequest?"

Neptuno comenzaba a sentirse incómodo debido a los sentimientos de su hija y trató de no mentirle directamente.

Así que ignoró sus sentimientos y cuestionó, "Hija, no puedo hablar contigo al respecto y tampoco puedes venir conmigo."

"Lo siento, solo los dioses pueden ir a Olimpo, hija mía."

"Sí, padre, sé que soy tu hija y no, no soy una diosa," dijo con un tono enojado en su voz una vez más.

"Pero aún parece injusto que no me digas nada si se trata de nuestro querido Seequest."

Neptuno respondió con mal temperamento y dijo, "No, tienes razón, hija mía, ¡no eres! Estás destinada a ser la nueva reina de Vissen en su momento, no una diosa, y eso es definitivo."

Helena se sintió traicionada y molesta ahora que su padre quería quitarle a su compañero.

Sintió que él era cruel y que, debido a que era un dios, podía hacer lo que quisiera.

Ahora podía ver en ese momento la similitud con Hades, su hermano.

Y, sin embargo, ella tenía un secreto que no le había contado, después de la forma en que le habló antes.

Entonces, había una posibilidad de perder a su único amigo al que apreciaba como a Seequest, porque su padre y Olas de Marea nunca habían perdido una carrera antes!

Ahora se sentía realmente molesta y preocupada, sabiendo que recién había comenzado a disfrutar de la vida nuevamente sin su antiguo amigo a su lado.

Helena es Convocada de Nuevo a Casa

Pensó cuidadosamente en la oferta de su padre y luego recordó que Louis tenía una ventaja mayor que cualquier otra criatura que viviera en el mar.

Decidió no decírselo y pensó que tal vez eso no era todo lo que él tenía.

Todo lo que Helena quería hacer ahora era ganar la carrera más que nunca y se preguntaba si había un premio que fuera mayor que cualquier cosa que el gran dios del mar hubiera creado o hecho antes, si alguien más lo vencía. Se dijo a sí misma, llevando una mano a sus labios.

¿Quizás su sueño, que había tenido una visión durante tanto tiempo, podría hacerse realidad después de todo?

Sacudió la sensación de estar molesta y comenzó a pensar en cómo podría vencer al ser marino más rápido y poderoso con Louis.

Pensó en esto durante horas y decidió que le diría a su padre a su debido tiempo. Pero luego cambió de opinión.

Porque sabía que tenía una gran ventaja para ganar la carrera más que nunca y se preguntaba si habría un premio que superara todo lo que el gran dios del mar hubiera creado o hecho antes, si alguien más lo ganaba en su lugar por una vez.

Helena se alegró de no haberle contado a su padre sobre el secreto de Louis.

De lo contrario, podría perderlo para siempre, pero con esta habilidad y magia extra que él tenía, creía que ganaría a su padre.

Y con el tiempo sería una reina y una mejor gobernante que él.

Neptuno podía ver que Helena estaba realmente molesta por su apuesta y, sin embargo, sabía que prefería que su hija no lo quisiera.

Hacer esto le daba la fuerza para tener éxito y para querer lograr ganar la carrera, ya que amaba los desafíos, especialmente los que involucraban a su padre.

Además, esto la haría sentir que quería ganar para demostrar un punto.

Porque sabía que esto la haría entrenar más duro y la haría querer ganar la carrera al estar dispuesta a entrenar más con su corcel para convertirse en una mejor jinete en el futuro.

Neptuno pensó que al menos esto la mantendría fuera de peligro.

Helena se apartó de su padre y rápidamente giró su cuerpo y dijo, "¡Estás en, padre!"

"Louis y yo te ganaremos a ti y a Olas de Marea, ya lo veremos."

"Ahora, hija mía, ve a ver a tu madre, ya que tiene mucho que enseñarte sabiendo que pronto competirás contra mí y contra Tidal Wave."

Helena es Convocada de Nuevo a Casa

El tiempo había pasado volando mientras Seequest había estado lejos de casa, y aún así, la paciencia y la esperanza eran lo que mantenía a todos en el mar en marcha.

Neptuno se sintió mal por lo que había dicho, así que se apresuró a Helena y le dio un beso en la mejilla, diciendo: "Ahora ve, hija mía, te veré muy pronto."

Al dios del mar le desagradaba tener que mentirle a su hija favorita y sabia, pero sabía que, por ahora, era lo mejor para ambos.

Una vez que ella se fue y las puertas se cerraron, su padre llamó a sus guardianes y les dijo que debían ir a la ciudad en medio del océano para decirle a su gente que se preparara para una carrera y una gran guerra.

Pero luego les dijo en voz baja, con un poder en su tono, "no dejen que mi hija mayor Helena se entere de nada hasta que sea el momento."

Los guardianes del mar miraron a su rey y se inclinaron ante él diciendo "sí, señor" y se alejaron hacia la puerta de su sala del trono dorada.

A la mañana siguiente, Neptuno habló con su esposa Sera y le contó sobre los planes respecto a la carrera contra su hija, además de la guerra contra Hades para tratar de recuperar a Seequest y a sus hijos de manera segura.

Llegó la tarde y Neptuno visitó a la alta sacerdotisa que sabía lo que él había tenido que decirle a Helena anteriormente.

Era el plan de ambos mantenerla fuera de peligro, lo esperaban, aunque se odiaban a sí mismos por tener que hacerlo para su propio bien.

Cuando la gran reina vio que él estaba angustiado, lo abrazó diciendo en un tono reconfortante: "Está bien, Helena entenderá algún día, mi amor."

"Dale un poco de tiempo para ver el problema real y entonces este dolor para ti ya no existirá."

Neptuno se apartó suavemente y miró a su reina con devoción completa en sus ojos y dijo: "Gracias, mi amor."

Ella también sonrió mientras él nadaba con determinación fuera de su templo y de regreso a su palacio.

Esa noche, la princesa sirena Helena y sus hermanos fueron llevados de visita para ver a Kessy en Escocia, lo que Neptuno ahora sabía.

Él estaba bastante impresionado con lo que su astuta reina había hecho al trasladarla a Escocia, donde estaría a salvo de Hades.

De otro modo, probablemente intentaría capturarla para hacer su trabajo sucio también.

Ahora, todos los habitantes del mar sabían la verdad sobre lo que había pasado con Seequest y que iban a ir a la guerra con Hades.

Se estaban preparando para la batalla más grande de sus vidas. Pero los hijos reales aún no sabían del plan. Todos se estaban alistando para ir a tierra cuando

Helena es Convocada de Nuevo a Casa

Neptuno montó en su hermoso corcel blanco y azul y nadó hasta el borde del océano, hacia la playa.

Allí, Tidal Wave salió galopando sobre el agua con sus cuatro patas y trotó hasta la superficie.

Neptuno se transformó en un pisces (forma humana) cuando saltó de su caballo acuático y le dijo que fuera a comer y descansar, que volvería pronto para regresar a casa juntos.

Tidal Wave estaba en su forma acuosa hasta que llegó a tierra, y al quedarse allí más tiempo, se convirtió en un sólido caballo de carne. Pero aún mantenía los hermosos colores del mar. Al cambiar de forma nuevamente, se inclinó y luego se alzó sobre sus patas traseras, mostrando respeto y fuerza al dios del mar, y aterrizó de nuevo sobre sus patas.

Elevó y bajó la cabeza mientras entendía lo que Neptuno acababa de decirle.

Cuando el corcel de Neptuno se calmó, él caminó de regreso a él y dijo: "Ve, mi querido campeón, y mantente a salvo."

Colocó su cabeza sobre el hocico de Tidal Wave con ternura y se apartó, mientras el caballo de agua relinchaba ruidosamente y giraba para galopar hacia la distancia, alejándose del calor.

Neptuno esperó hasta la noche y se relajó en la playa, viéndose apuesto mientras observaba su reflejo en el agua del mar que llegaba a la orilla.

Pocos minutos después, apareció una figura rubia, con un rostro esculpido de hombre, con un torso ancho y piernas delgadas, ahora en una túnica blanca con una cuerda dorada alrededor, llevando su impresionante corona de cristal marino turquesa con delfines nadando sobre ella.

Wow, se veía realmente apuesto. Finalmente, llegó la noche y se escuchó un ruido a lo lejos.

En el cielo nocturno, vio, como una estrella blanca acercándose a él, un gran caballo alado blanco volando hacia él.

Era su fiel corcel Sea Breeze, que solía montar cuando era más joven y cuando aún era solo un príncipe, no el rey del mar.

El impresionante corcel de diamantes blancos aterrizó cuidadosamente frente a él y se detuvo justo en sus pies.

"Mi querido amigo, cuánto te he extrañado."

El corcel alado se alzó y relinchó con deleite al ver a su viejo amigo nuevamente.

El impresionante corcel de diamantes blancos aterrizó cuidadosamente frente a él y se detuvo justo en sus pies.

Una vez que Sea Breeze se calmó, Neptuno se sujetó de su crin y dijo un verso, y apareció un hermoso freno y una silla de montar de turquesa, que amablemente colocó en su amigo.

Helena es Convocada de Nuevo a Casa

Ambos estaban listos para galopar hacia el Olimpo para ver a Zeus, el dios de todos los seres vivos.

Mientras se sentía más cómodo, dijo otro verso y su atuendo cambió a algo más adecuado para esta reunión.

Tan rápido como un destello, apareció en su cuerpo su asombroso armadura dorada y azul con un casco para protección, con un diseño de delfines en él.

Ahora estaban listos para encontrarse con Zeus. Saltaron y se lanzaron hacia los cielos, volando tan alto como pudieran sin ser vistos por nadie, disfrutando de su vuelo juntos hacia el Olimpo una vez más, como en los viejos tiempos.

"Vamos, querido amigo, volemos," y Sea Breeze realizó algunos de sus viejos trucos como solían hacer en el pasado.

Eventualmente, llegó el momento de dejar de divertirse y continuar con esta importante misión al Olimpo. Finalmente vieron la gran montaña a lo lejos.

Neptuno también pudo ver numerosos edificios de la Acrópolis, todos hechos de blanco y oro.

Sea Breeze relinchó a su antiguo amo con entusiasmo de estar juntos de nuevo y Neptuno dijo:

"Gracias, querido amigo, por un vuelo maravilloso. Te llamaré una vez que termine aquí."

"Así que, ¿podrías llevarme amablemente de regreso a Santorini, por favor?"

Sea Breeze aterrizó bellamente en el camino de guijarros, aún aleteando sus alas.

Neptuno rápidamente se quitó el freno y saltó de su espalda.

Sea Breeze estaba ahora listo para volar de regreso a los otros caballos alados cercanos por ahora.

Neptuno luego se apartó para que el poderoso corcel pudiera volar directamente con los demás en el cielo.

Mientras Neptuno se alejaba del camino de guijarros, Hermes se acercó a él sonriendo y mucho más pequeño que él, y dijo:

"Bienvenido de nuevo, gran Rey del Mar."

Neptuno respondió: "Hola, Hermes," con su voz firme.

Luego comenzó a quitarse la armadura cuidadosamente y se la entregó a Hermes para que la cuidara, junto con el casco y la capa.

Ambos se miraron el uno al otro, Hermes dijo: "Ha pasado un tiempo desde tu última visita."

Neptuno respondió: "Sí, es cierto y desearía que solo fuera una visita."

"Pero es de gran importancia.

Hermes respondió: "Zeus te está esperando."

Helena es Convocada de Nuevo a Casa

Caminaron hacia la sala del trono de Zeus para hablar más sobre el plan, que posiblemente implicara tener que matar a todos o salvarlos.

Pero, siendo dioses, a veces tenían que tomar las peores decisiones para el bien de los demás.

Neptuno esperaba que pudieran rescatar a Seequest y llevarlo a casa de manera segura.

Pero Zeus no parecía preocuparse por sus hijos y creía que el rescate de Seequest dependería de su destino

Capítulo Veinticinco

El plan de Helena para salvar a Seequest

La princesa estaba atendiendo sus deberes con los delfines y los grupos familiares.

No podía olvidar a su viejo amigo y quería encontrar a su padre para discutir un plan para rescatarlo por sí misma.

Ella era inteligente y amable, y ahora podía leer los pensamientos de su padre a veces cuando él estaba cerca de ella durante largos períodos.

Parecía haber olvidado ese don que ella tenía, ya que tenía muchas cosas en mente últimamente.

Sentía que algo estaba muy mal o estaba afectando su concentración recientemente, pero no podía llegar al fondo de ello.

El plan de Helena para salvar a Seequest

¿Había notado la diosa Atenea el don de Helena? Entonces, bloqueó a la princesa de sirena rápidamente porque había demasiada información privada que ella no debía conocer aún, ya que podría poner en gran peligro a ella misma y a todos los involucrados.

La única parte que Atenea había dejado abierta era que podía contactarla solo en caso de emergencias, ya que Atenea y los demás querían asegurarse de que siempre estuviera segura y alejada del peligro.

Helena se frustraba porque, por mucho que intentara entrar en su mente y profundizar, ya no podía leer nada.

Esto la llevó a empezar a preocuparse y sentía que algo estaba seriamente mal.

Pero había notado que su padre estaba yendo a Olimpo más a menudo por asuntos importantes, lo que comenzó a inquietarla.

Olimpo en un caballo alado era muy rápido, pero en la Tierra está a meses de distancia.

Helena recordó que Zeus tenía el poder de hacer que el tiempo se detuviera sin que ella lo supiera.

Mientras que todo y todos los demás seguían en movimiento como un reloj, gracias a la ayuda del dios del sol Apolo y la diosa de la luna Luna, que mantenían el tiempo perfecto en la Tierra.

La princesa sirena llamó a su padre muchas veces con el cuerno mágico del arrecife, que significa ayuda de manera silenciosa.

Con suerte, él lo escuchará pronto y volverá a casa para discutir el plan de rescatar a su amigo de Hades.

Neptuno escuchó el cuerno en sus oídos como una suave brisa del mar y la voz de su hija diciendo: "Padre, por favor, vuelve a casa, te necesito urgentemente."

Al escuchar este ruido, se acercó a su viejo amigo Sea-Breeze y empezó a ponerse nervioso. Una vez que vio a su increíble amigo, agarró su armadura de las manos de Hermes y saltó rápidamente sobre él, diciendo: "Sea-Breeze, viejo amigo, llévame a casa, mi hija me necesita.

Llévame de vuelta a la playa tan rápido como puedas."

El impresionante caballo alado de puro blanco y gran estatura, al ser tocado por el dios del mar, comenzó a cambiar su color, volviéndose de un hermoso azul aqua en sus alas, crin y cola, incluso en sus cascos, y su brida también era dorada con azul aqua recorriéndola.

Ahora lucía celestial, ya que Neptuno volvía a casa con su hija y su gente.

Sea-Breeze, el caballo alado, fue reconocido como un amigo en la playa. Porque Neptuno, desde la distancia, tenía a sus caballeros del mar vigilando y esperando en el mar en caso de que Hades o sus criaturas estuvieran cerca.

Neptuno habló más fuerte debido al viento en sus oídos y dijo: "Ahora, querido amigo, mi hija me necesita."

En segundos, el hermoso semental movió su cabeza arriba y abajo y relinchó.

El plan de Helena para salvar a Seequest

Pero como el dios del mar es telepático, también podía escuchar la respuesta de Sea-Breeze en su mente.

La majestuosa bestia le respondió a través de su mente: "Su Alteza, lo llevaré a donde quiera que vaya. Aguante."

El magnífico caballo alado del mar ahora comenzó a batir sus alas con fuerza, haciendo un gran sonido de viento, y galopó y saltó al aire una vez más.

De vuelta en la casa de Zeus, este se horrorizó al ver que había sido ignorado e interrumpido por la hija de Neptuno una vez más en una reunión, y decidió que ella debía ser más poderosa de lo que todos esperaban.

Zeus admiró que ella no se rindiera y que fuera valiente al hacer esto, porque si hubiera sido otra persona, seguramente habría sido castigada por ello.

Pero entendió su dolor y angustia y que estaba madurando para ser una gran reina algún día, y aceptó la disculpa de Neptuno en su nombre.

Afortunadamente, comprendió sus acciones y lo dejó ir antes. Era de día, por lo que el caballo alado de Neptuno lucía luminoso y deslumbrante con el sol brillando sobre él.

Qué grandes recuerdos le trajeron de cuando vivía en el hogar en el Olimpo con su familia muchos años atrás, después de la muerte de su padre.

Zeus decidió traer a su hermano de vuelta desde el planeta azul para reajustarse a este nuevo planeta antes de que Zeus decidiera darle el título de rey del mar aquí en la Tierra.

De vuelta en Santorini,

Neptuno comenzó a sonreír y pudo ver la playa y el mar mientras se acercaban para aterrizar allí.

Sea Breeze comenzó a descender hacia la arena dorada y mojada y aterrizó silenciosamente en el suelo, haciendo un gran agujero al marcarlo.

Rápidamente, se despidieron con Neptuno acariciando su cuello y, a cambio, el semental alado empujó su cara y cerró los ojos, mostrando su amor mutuo como viejos amigos.

Sea-Breeze rápidamente volvió a su forma pura blanca y dejó a Neptuno de pie en la playa, viendo cómo su viejo amigo volaba de nuevo solo sobre el cielo.

Luego, Neptuno volvió a transformar su espada en su tridente y la golpeó en la arena, y apareció su hipocampo.

El gran Tidal Wave nadó hacia la orilla hacia él, ya que estaba al otro lado de la isla descansando a la sombra.

Las olas en el mar comenzaron a volverse agitadas mientras Tidal Wave galopaba muy rápido a través del océano.

Podía ver su cola de golondrina entrando y saliendo del agua mientras saltaba las olas que él mismo creaba a su paso.

El plan de Helena para salvar a Seequest

Apareció un hipocampo en forma de agua, y como el sol brillaba intensamente, resplandecía sobre él en un hermoso día soleado.

Tidal Wave se volvió más sólido al tacto cuando Neptuno dijo: "Hola, amigo. Llévame a casa" y saltó sobre su espalda.

El caballo de mar azul aqua se dirigió rápidamente hacia las partes más profundas del mar, y ambos comenzaron a transformarse de un caballo de agua a un hipocampo cuando Neptuno también se transformó de pisceano a un gran rey del mar una vez más.

Tidal Wave saltó de cabeza con sus patas delanteras al agua, sumergiéndose profundamente de vuelta al océano, de regreso a Vissen, donde esperaba ver a Helena, preguntándose qué podría haber sucedido.

Mientras nadaban de regreso, el dios del mar vio a Neptuna ayudando a una ballena azul que tenía una herida en su aleta, donde ella estaba sanándola.

Mientras nadaban juntos, qué hermoso espectáculo era ver a una linda sirena comandando amablemente a esta enorme criatura, mostrándole su bondad.

A cambio, la ballena escuchó cada palabra que decía, sabiendo entonces que ella estaba tratando de ayudarla, no de dañarla.

Porque así es en los grandes mares de Neptuno: bondad y cuidado.

Neptuno le preguntó a Neptuna si había visto a Helena y ella respondió:

"Recientemente ha estado practicando sus habilidades con Louis y ahora ha regresado a los establos reales."

Ambos nadaron juntos, ella todavía aferrada a la aleta de la ballena azul, hacia Vissen, donde Neptuna soltó y continuó nadando en la dirección opuesta al cuerpo de pez de Tidal Wave.

Se detuvo, se despidió y se dirigió a los establos reales, donde Tidal Wave dejó al rey en las puertas de su palacio.

Neptuno dio la orden a su gran hipocampo de regresar a los establos, lo cual hizo sin dudar.

Neptuno nadó rápidamente a casa con su gran cola gruesa como la de una orca y no vio a nadie, pensando que debían estar entrenando o aún en los establos.

Pero pensó que podrían estar en casa, posiblemente en la biblioteca, así que nadó allí primero.

Llegó a la Biblioteca del Conocimiento y llamó a su esposa, la Reina Sera, y a Helena, pero no había nadie a la vista.

Se sintió preocupado y, sin embargo, se relajó hasta que llegaran, ya que su reunión lo había cansado recientemente.

Se dijo a sí mismo: "Esperaré a que lleguen a casa" y se dio un buen baño en su ostra y comió el mejor caviar (huevos de pescado) que jamás se haya probado y bebió el agua más fresca de los mares.

Mientras se sentaba y miraba a través de la ventana redonda de su palacio, pensó para sí mismo que esperaba que su hija Helena estuviera segura y bien.

El plan de Helena para salvar a Seequest

Pero siendo un dios, podía sentir cierta preocupación y, sin embargo, no podía precisarla en la mente de su hija, ya que había demasiadas cosas en las que estaba pensando al mismo tiempo, lo que confundía los pensamientos.

Así que abandonó el intento y creyó que todo debía estar bien. Se quedó allí relajado, observando a los delfines nadar y hacer sus deberes, controlados por su gente mientras pasaban por su ventana.

Todos le sonrieron mientras lo hacían.

Finalmente, pareció relajarse más y descansó en su trono, bastante feliz y, sin embargo, un poco preocupado por la razón por la cual lo habían llamado a casa tan rápidamente.

Más tarde, la reina y Helena llegaron a casa y lo despertaron para discutir los planes para la Carrera. Helena renunció a intentar leer la mente de su padre, y él hizo lo mismo con ella.

Tuvieron una conversación sobre por qué fue llamado urgentemente a casa. Helena se disculpó y decidieron confiar más el uno en el otro.

Sin embargo, Helena cambió de opinión sobre contarle a su padre el plan para salvar a Seequest por sí misma, ya que ahora pensaba que era lo suficientemente mayor y sabia como para hacerlo sola.

Ahora tenía dieciocho años!

Capítulo Veintiséis

El plan se pone en marcha desde los cielos

Pegaso había dejado el cielo y planeaba pedir permiso a Zeus para que Celestial y Legend regresaran a la Tierra y ayudaran a destruir y detener a Hades de una vez por todas.

Mientras tanto, Celestial estaba informando a todos que podría estar ausente por un tiempo y que su rey y reina eran necesarios en la Tierra una última vez.

Mientras les contaba esto a todos los caballos, sus recuerdos de su hijo, cuando era un unicornio nocturno, regresaron.

Más tarde, cuando estaba sola, comenzó a llorar al pensar que vería a su hijo una vez más, tan poderoso como se había convertido y un guerrero como un hipocampo de los mares.

El plan se pone en marcha desde los cielos

No podía esperar para verlo, pero primero tendrían que rescatarlo.

Se preparó para la pelea más grande de su vida.

Legend pudo ver que estaba emocionada y a la vez asustada por primera vez en la historia.

Puso su cabeza sobre sus hombros y dijo, "Nuestro hijo es más fuerte que cualquier cosa. Él saldrá adelante de esto."

Pero ambos sabían que no era el caso.

Legend dijo que volvería pronto ya que tenía que volar de regreso a su estrella desde donde normalmente observa todo desde lejos, se acariciaron suavemente y él se dirigió al camino de guijarros plateados y dorados, que les permite volar a otras dimensiones.

Galopó por el cielo con sus impresionantes y poderosas alas negras de ángel con toques de azul zafiro en ellas y su melena y cola con tonos suaves de azul a través de su pelaje también.

Ambos eran hermosos en vuelo, ya que también tenían destellos de diamantes que se reflejaban en ellos dejando un rastro de polvo brillante en el cielo nocturno.

Era incluso más rápido de lo que era antes porque esta vez se transformó de una estrella a su Espíritu.

Voló y voló hasta que sintió que se estaba cansando y aterrizó pacíficamente en una nube.

De nuevo, se hizo de noche y dijo un verso cuando toda su imagen cambió una vez más a una estrella brillante vista desde lejos.

Allí tuvo la oportunidad de acercarse más, ya que estaba en el plano terrestre, para ver con mayor detalle.

Observaba a Hades por la noche, ya que era el mejor momento para entrenar a Knight ahora.

Legend estaba desolado al ver que su nieto había sido seriamente maltratado para volverlo loco.

Pero desde la distancia, podía ver que este Unisos negro tenía un corazón bondadoso de ángel.

Podía ver y sentir que Knight estaba perdiendo la batalla al estar atado y sentirse inútil para defenderse del dolor que Hades le infligía para convertirlo en un caballo demonio lleno de odio.

Legend pensó que podría ayudarlo de alguna manera y comenzó a brillar muy intensamente en el cielo nocturno, como un faro.

Legend brilló tan intensamente como pudo en la visión de Hades y llamó la atención de Knight, lo que pareció calmarlo.

Sabiendo que Knight sintió como si alguien estuviera cuidándolo, como su padre le había dicho en el pasado cuando era un potro.

Cuando miró hacia arriba, vio la estrella brillante y, al observarla y mirar más de cerca, como si creyera en ella, sintió que podía ser un guardián.

El plan se pone en marcha desde los cielos

Vio una imagen alada negra y azul oscura similar a él en el cielo y recordó la historia sobre su abuelo que Seequest le contó cuando era más joven.

Knight comenzó a sentirse culpable, pensando que tal vez estaba viendo las cosas de la manera equivocada y se encabritó frente a Hades.

Por hacer esto, el dios del inframundo lo castigó severamente, decidiendo no sacarlo más por la noche.

En su lugar, lo sacaría durante el día, cuando hacía calor, para asegurarse de que nadie pudiera perturbarlo nuevamente.

Knight sintió que había traicionado a su padre y deseaba haberlo escuchado todos esos años atrás.

Pero tenía miedo de lo que más podría hacerle Hades para romper su espíritu aún más.

Pero lo que Knight no sabía era que Hades no había terminado con él todavía; Hades ni siquiera había comenzado su entrenamiento completo!

Capítulo Veintisiete

En el Olimpo, el Plan Se Estaba Concretando

La batalla y el rescate llevaron tiempo para planificarse correctamente, ya que solo había una oportunidad para hacerlo bien. Pegaso tenía todos los detalles de todos los que podían ayudar y le contó a Zeus todas las novedades sobre lo que Hades estaba intentando hacerle a Knight y Seequest.

Pegaso dijo bastante contento y aliviado: "Creo que él sigue vivo, ahora siguiendo el plan que pusieron en marcha anteriormente".

"Hermes lo ha estado visitando en secreto donde se encuentra ahora."

"¡Mientras tanto, Firefly estaba de su lado filtrando tanta información como podía a Celestial antes de que la atraparan!"

En el Olimpo, el Plan Se Estaba Concretando

Mientras tanto, Zeus había convocado a toda su familia para que asistieran a las reuniones individualmente y juntos de vez en cuando, con la esperanza de tener la ventaja sobre Hades.

Ahora era el turno de Neptuno y dijo: "Hola, Zeus".

"¿Cuál es el gran plan por el que me estoy molestando en seguir mintiéndole a mi hija así?"

"Ahora, hermano, lamento que debas hacerlo"

"Pero sabes que es por su propio bien, ¿verdad? Porque aún no sabemos si uno, Seequest será rescatado y volverá al mar."

"¿O dos, tendremos que matar a su hijo para salvar nuestra tierra de la idea malvada de Hades también?"

"Neptuno parecía enojado y asintió. Sabía que su hermano tenía razón.

"Está bien, entonces, hermano."

"¿Cuál es el plan?" preguntó con gran interés.

"¿Vas a rescatar a Seequest o simplemente vas a matarlos a todos y acabar con esto?"

Neptuno preguntó con gran tristeza en su corazón mientras lo hacía.

"Neptuno, desearía que fuera tan fácil, hermano"

"Pero sabes que esto no es así." "

"No mataré a Seequest," dijo Zeus con un tono suave y cariñoso en su voz.

Zeus dijo con el corazón: "Debo intentar salvarlo sabiendo que es el ahijado de nuestro amigo Pegaso."

"Seequest es la descendencia de la línea sanguínea original de unicornios y caballos alados místicos de Pegaso."

"Que son guerreros y amigos de la batalla que amablemente nos salvaron de los Titanes miles de años antes."

"Vamos a llamar a mi hija Afrodita y ver qué puede hacer para ayudar."

Llamó a Afrodita, quien entró caminando elegantemente con amor por la vida escrito en su rostro y belleza.

Se acercó al trono de su padre, luciendo hermosa con un cutis claro y cabello dorado ondulado. Sus túnicas eran de blanco y rosa cereza, con rosas rosas en el cabello.

Sonrió, iluminando la habitación, e hizo una reverencia frente a los pies de su padre.

"Su Alteza, oh, poderoso, ¿por qué me convocas hoy?"

"Mi maravillosa ángel, necesito que prepares una poción de amor y paz para intentar devolverle a Seequest su naturaleza inocente antes de que sea demasiado tarde."

En el Olimpo, el Plan Se Estaba Concretando

"Si eso no funciona, entonces tendremos que decidir lo peor si llega el caso."

Afrodita dijo: "Padre, me pondré a ello de inmediato."

Él respondió: "Gracias, hija. Sabía que podía contar contigo para ayudarnos en este tiempo de gran dolor y tristeza para todos nosotros."

Ella sonrió, hizo una reverencia y se alejó caminando.

Zeus y Neptuno acordaron el plan y se sentaron durante horas hasta que fue el momento de que Neptuno se fuera de nuevo.

Zeus llamó a Artemisa y le pidió que enviara una de sus palomas blancas con un mensaje al Celestial para que se preparara para la llegada de Hermes después.

Ella aceptó y fue a diseñar la paloma blanca más grande, fuerte y pura que jamás habían visto.

La hermosa paloma blanca llevó el mensaje al Celestial a través del universo, pasando por las dimensiones, y luego lo transmitiría telepáticamente a Firefly sobre su llegada inminente.

Días después, Zeus llamó de nuevo a su hija Afrodita, diosa del amor, cuando ella le mostró la poción que las Musas habían amablemente preparado en su nombre.

Zeus dijo: "Prepárate para que la familia se reúna de nuevo." Sonrieron.

Luego dijo: "Ve, hija mía, y trae amor y paz de regreso a la Tierra.

Artemisa fue informada por Luna de que el lobo blanco podría ayudarlos, así que se acercó a él una noche en el estanque donde bebía y le contó el plan también.

Luego, él transmitió la información a los animales del bosque.

Pero se le había dicho que mantuviera el secreto hasta el día señalado. Sin embargo, debido a su experiencia como alfa durante años, pensó que los animales del bosque deberían saberlo para que pudieran moverse de sus hogares antes de que comenzara la batalla.

Pasaron los días y el gran dios de la guerra llegó y vio a su padre.

"Padre, ¿me llamaste? ¿En qué puedo servirte?"

"Mi gran guerrero, necesito que vayas con Pegaso y te reúnas con tu tío Neptuno, el dios del mar, y su ejército, por favor."

"Sí, Padre, por supuesto."

Se dirigió al camino dorado donde Pegaso lo estaba esperando junto con su caballo alado Challenger. ¿Quién era Challenger, el famoso luchador en las batallas de los rebaños de Pegaso y de los dioses?

Saltó sobre Challenger, cuyo pelaje pasó de un puro color perla a un rojizo en sus alas; su crin y su cola eran mágicas, y su brida y silla de montar doradas y rojas aparecieron.

En el Olimpo, el Plan Se Estaba Concretando

Ares dijo: "Challenger, vamos" y él relinchó con gran poder en su voz, frotando su pata delantera en el suelo, listo para cualquier cosa.

Siguieron a Pegaso hacia el deslumbrante cielo azul mientras volaban durante horas hasta llegar a la playa de Santorini.

Mientras volaban, Pegaso estaba contactando telepáticamente a Celestial y Legend para que tuvieran permiso para venir a la Tierra y ayudarles una vez más, como en los viejos tiempos.

Celestial y Legend son más poderosos de lo que nunca habían sido antes y poseen poderes imponentes que nadie ha conocido. Pueden ayudar de alguna manera debido a estos poderes que tienen y saben usar bien en la batalla.

Aunque ahora son seres diferentes, el coraje de los unicornios nocturnos todavía vive en ambos.

Zeus apareció en el cielo como un rayo y le dijo a Ares: "Ve, hijo mío, protégenos a todos."

Hermes había regresado para actualizar a Zeus con las noticias sobre Seequest y sus hijos.

Hermes fue el último en ser informado sobre el plan para salvar a Seequest y su familia.

Hermes es un dios mucho más pequeño que su familia por una razón, y aún puede hacerse más pequeño si lo desea.

"Padre, ¿qué puedo hacer para ayudar?"

"Mi querido Hermes, ya lo estás haciendo."

"Regresa y trata de ayudar a Seequest a despertar de esta terrible pesadilla y ayúdales a todos a escapar en silencio."

"También dile a Hades que quiero encontrarme con él en Escocia, en Lochmond, y no aceptaré un no por respuesta," dijo Zeus.

Hermes respondió: "Haré lo mejor que pueda para sacarlo de su guarida, donde está en su punto más fuerte."

"Con la ayuda de nuestra familia y los caballos alados, podremos destruir a sus criaturas en el proceso y, con suerte, rescatar a Seequest."

Con las manos en forma de oración mientras decía esto, continuó:

"Entonces él podrá ayudarme a rescatar a su propia familia y escapar de allí para siempre."

Hermes se inclinó ante Zeus, y el gran dios se inclinó hacia él y le entregó una botella redonda de cristal con un líquido rosa dentro. "Oh, aquí, toma esto."

"Es una poción de amor y paz que Afrodita ha preparado para Seequest y Knight para ayudarles a recuperar su poder."

"Esto devolverá su magia temporalmente por un corto tiempo solo para sacarlos de allí en una pieza."

En el Olimpo, el Plan Se Estaba Concretando

"Luego lucharemos por la Tierra por última vez, con suerte todos juntos nuevamente como uno que somos," dijo Zeus con gran pasión.

Hermes respondió: "Sí, mi señor, haré todo lo posible para cumplir tus deseos."

"Bien, entonces ve ahora y no me falles."

Hermes se inclinó nuevamente y voló para recoger sus botas doradas mágicas del otro lado del Olimpo, y luego se dirigió hacia las islas griegas.

Llegó allí durante el día. Hacía mucho calor, así que descansó hasta que llegó la noche y caminó lentamente hacia la guarida de Hades.

Voló por la cueva durante mucho tiempo y pudo sentir que Seequest estaba cerca, planeando darle el mensaje. Pero aún no estaba allí.

Hermes sintió que se acercaba más, así que voló más profundo en las partes más recónditas de las cuevas hasta que encontró a Seequest.

De vuelta en el Olimpo, Zeus vio rápidamente a Atenea, la diosa de la Sabiduría, y dijo: "Hija mía, por favor envíanos todo tu gran poder de bondad e inteligencia. Gracias, mi querida niña."

"Además, necesitamos tu sabia sabiduría para ayudar a salvar el día y evitar que alguien resulte gravemente herido. Por favor."

Ella respondió: "Padre, no puedo prometerlo, pero haré todo lo posible para prevenirlo, ya que recuerden que puedo transmitir mi sabiduría a todos ustedes."

"Pero todos la usan de manera diferente a nosotros, incluso nuestra propia sangre."

"Sí, eso es cierto, hija."

"Vamos a luchar una vez más en la historia de los dioses."

Artemisa regresó para verlo con su arco y flechas envueltos a su lado. Lucía hermosa, como protectora de su planeta y de todo lo que vive en él.

"Artemisa, por favor, ve y elige veinte de nuestros mejores caballos místicos alados para esta batalla."

"Sí, padre, iré y comenzaré las pruebas ahora."

Ella respondió: "Los tendré listos en dos días, como se solicitó."

"Por favor, ve ahora y prepáralos para otra batalla con nosotros, esta vez no protegiendo nuestro hogar, sino la Tierra misma."

"También necesito que pidas a las Musas que fabriquen las espadas, arcos y flechas más fuertes que hayan hecho nunca, por favor."

"De acuerdo, se lo diré ahora," dijo mientras se inclinaba y se alejaba con gran valentía en sus pasos.

Capítulo Veintiocho

Hermes planea despertar a Seequest en la Guarida de Hades

Hermes llegó a la playa conectada con la guarida de Hades y vio huellas de los cascos de la familia de Seequest.

Afortunadamente, había llovido recientemente, lo que mantenía las huellas aún frescas, y sabía qué buscar.

Hermes siguió las huellas hacia otra gran cueva oscura donde vio a Cerbero e intentó escapar sin ser visto.

Pero ya era demasiado tarde, ya que Cerbero saltó y trató de atraparlo con su boca, aunque seguía fallando debido a que Hermes se había convertido en el tamaño de una mariposa.

Minutos después, Hades caminó por el sendero de la cueva y vio a su perro demoníaco jugando.

Entonces Hades dijo: "¡Basta de jugar con Hermes, déjalo hablar!"

Hermes estaba jadeando después de haber sido perseguido. Recuperó el aliento y dijo: "Tengo un mensaje del todopoderoso dios Zeus."

Esto molestó mucho a Hades, ya que le recordaba que, aunque él era fuerte, su hermano era más poderoso de lo que él jamás sería.

Pero pensó que esta vez podría tener finalmente la ventaja y aceptó reunirse con su hermano al otro lado del mundo. Dijo: "Debe ser en unos días."

Hades agregó: "De acuerdo, ahora regresa a tu líder y pásale ese mensaje de mi parte, pequeño ayudante de papá", se rió y luego le dijo a Cerbero. "Es todo tuyo, saca a este escurridizo de mi casa ahora."

Hermes se hizo pequeño rápidamente de nuevo al tamaño de una mariposa y voló tan rápido como pudo, con Cerbero corriendo detrás de él.

Eventualmente, las cabezas de la bestia estaban exhaustas y dejaron de perseguir a Hermes, quien afortunadamente salió esta vez, ya que recordaba que Cerbero solo tiene un cuerpo.

Hermes pensó que necesitaba volver a entrar y encontrar a Seequest sin ser visto ni oído, y decidió esperar hasta que Cerbero estuviera durmiendo.

Hermes planea despertar a Seequest en la Guarida de Hades

Más tarde, Hermes estaba descansando en la pared de una esquina de la cueva.

Tuvo suerte de haberse escapado antes y sabía que ahora tenía que encontrar a Seequest y darle esta poción que Atenea había hecho para curarlo.

Esperaba que funcionara por el bien de todos, ya que sabía que necesitaba a Seequest más que nunca para escapar de la gran bestia nuevamente.

Pero primero, tendría que encontrar dónde estaba Seequest, lo cual podría tardar días dado lo grande que era la guarida.

De vuelta en la playa, Zeus había contactado a Apolo con una imagen de él en el mar. Dijo: "Espérame antes de comenzar esta guerra."

"Sí, Padre, seré paciente hasta tu llegada."

Zeus dijo: "Bien, los veré a todos en dos días." Luego, su imagen desapareció.

Después de esto, Apolo se preparó para la batalla. Recordó que Zeus le había dado una botella con una poción hecha para debilitar al ejército de almas muertas de Hades, lo cual, con suerte, los debilitaría a un ritmo más rápido.

Mientras la agita, empieza a frotarla suavemente sobre su espada y se prepara para la batalla.

Se aseguró de cubrir también su escudo dorado con la poción, así como sus muñequeras.

Afortunadamente, no tiene olor ni se quita a menos que uses otra poción que la limpie.

Pero debe asegurarse de no tocar a nadie ni nada más hasta que sea necesario.

Aunque Zeus es poderoso, Hades aún tiene la gran espada de la muerte, con la que mató a su padre, el gran Titán de todos antes, por lo que saben que su espada es extremadamente peligrosa y puede matar cualquier cosa que se cruce en su camino. Hades la llama la Espada de la Perdición.

Cerbero, su perro de tres cabezas, también podría matar a un dios con una sola mordida.

Pero recientemente, Hades había creado otra criatura, un león rojo con cabeza de cabra y una serpiente también, con poderosas alas como ventaja.

Esta criatura había entrado recientemente en el hogar de Pegaso en la quinta dimensión y había matado a algunos de los potros de caballos alados, noticia que el dios caballo aún no había oído.

Apolo debe primero buscar a esta criatura masiva y destruirla, ya que Hades la había creado con los poderes de Seequest mientras estaba dormido.

Apolo también era aficionado a la música, gracias a las Musas que siempre tocaban sus arpas alrededor de él.

Que se dio cuenta recientemente de que la música también es poderosa a su manera debido a que también puede ser un ruido fuerte y a la vez calma.

Hermes planea despertar a Seequest en la Guarida de Hades

Decidió componer una melodía para tranquilizar a la quimera, para que luego pudiera matarla más fácilmente, ya que estaría en trance, lo cual también le favorecería.

Pensó que era un gran plan, así que montó a Melody, su caballo alado, y galopó hacia el Bosque Misterioso.

Donde escuchó a los pájaros trinar y al mar susurrar, compuso una dulce canción de cuna que pondría a la bestia a dormir temporalmente.

Ya había pasado un día cuando Neptuno llegó inesperadamente y se abrió paso a través de las puertas del palacio en el Olimpo.

Neptuno parecía cansado debido a la preocupación por su querido amigo Seequest y por proteger a su gente y mares de Hades.

Gritó a su hermano, sin importarle que fuera el gran dios de todos:

"No he tenido noticias tuyas en unos días y empezaba a preocuparme por la siguiente parte de nuestro plan."

"Hermano querido, por favor no dudes de mí, ya que soy tu amado hermano primero."

"¡Pero también soy el rey de los dioses!" con enojo en su voz que hizo temblar el edificio.

"Lo siento, querido hermano, pero necesito saber cómo vamos a vencer a Hades y rescatar a Seequest."

Zeus respondió con un tono más tranquilo: "Todo a su debido tiempo, querido hermano, todo está bajo control ahora."

"Neptuno, por favor no te preocupes, ya que todos estamos ayudándote a derrotarlo, con mis hijos Atenea, Ares, Afrodita, Diana, Pegaso, Celestial, Legend, e incluso Apolo y Luna, quienes están aquí para ayudarnos a ganar esta batalla también."

"Ven y relájate y descansa conmigo en los jardines con un poco de dulce néctar."

Neptuno sintió que tenía su respuesta y hablaron en detalle sobre el plan para destruir a Hades de una vez por todas.

Pero sabían que aún necesitaban que él siguiera vivo para cumplir con sus deberes en la Tierra, ya que aún era necesario para mantener el equilibrio de todas las cosas.

Zeus dijo: "Regresa y reúne a tus mejores mer-guardias y caballeros para defenderte a ti y a tu reino."

"Por favor asegúrate también de utilizar las grandes criaturas del mar, ya que sabes que Hades tiene la protección del agua salada mientras tenga a Seequest en su poder."

"Una vez que Seequest sea rescatado, ya no tendrá ese poder."

"Ahora ve a casa y ve a tu familia y dile a Sera el plan también."

Hermes planea despertar a Seequest en la Guarida de Hades

"Recuerda que Hades puede matarnos, así que asegúrate de pasar el mayor tiempo posible con ellos."

"¡Porque podría ser la última vez juntos si esto sale mal!"

"Además, recuerda no decirle a tus hijos, especialmente a Helena, en caso de que estropee el plan antes de que siquiera comience, aunque ella lo haría solo para ayudarnos."

"¡No podemos permitirnos errores!"

Neptuno asintió, se inclinó y dijo: "Gracias, hermano. Nos veremos pronto" y se dirigió hacia el camino dorado para recoger su transporte a casa nuevamente.

Neptuno esperaba a que Sea Breeze lo recogiera del sendero de piedras doradas. Aceptó cuando Sea Breeze llegó e hizo una reverencia.

Saltó sobre él y le dijo a Zeus: "Espero no tener que usar al defensor esta vez, porque no solo destruyó a los dinosaurios, sino que también dañó la Tierra la última vez que lo dejamos suelto."

"Sería una gran pena matar algo que la nueva progenie de Pegaso (los unicornios) ha recreado más hermoso y pacífico que nunca."

"Estoy de acuerdo, hermano mío", dijo Zeus. "El defensor solo se usará si todos somos derrotados y la Tierra tendrá que ser destruida una vez más, y nosotros con ella esta vez."

Zeus respondió con gran empatía al hablar sobre este asunto.

De vuelta en la guarida de Hades, Hermes aún era una imagen de mariposa volando en busca de Seequest o Firefly.

Capítulo Veintinueve

El Plan Ha Comenzado en Vissen

De vuelta en el Templo de Cristal, la Reina Sera estaba preparando los cráneos de cristal.

Se estaba preparando para la batalla de su vida y la de su familia también.

Mientras hacía esto, contactó a su madre, Luna, la diosa de la luna, quien le dijo que necesitaban su ayuda. Luego, se reunió con la diosa de la sabiduría.

La alta sacerdotisa de la Gran Luz Blanca Divina estaba contenta debido a que Afrodita le había dado un poco de la poción durante su encuentro de amor y paz para mantener a su gente tranquila ante esta gran amenaza a sus vidas.

También llamó a Atenea en persona para que le brindara una gran sabiduría en estos difíciles días.

Una vez que los cráneos de cristal estuvieron completamente cargados con el poder del mar, el sol y la luna, cerró las puertas y recitó un verso griego, donde los cráneos crecieron y parecieron cobrar vida propia.

Mientras nadaba fuera del templo, los cráneos de cristal comenzaron a brillar más que nunca y empezaron a fusionarse mientras las puertas se cerraban.

Dijo: "Regresaré pronto para ayudarles."

La reina del mar dijo esto y otra voz respondió: "Lo sé, mi reina. Te estaré esperando."

Sonrió y montó su carro de delfines de regreso a casa para revisar a sus hijos menores y a Helena.

Mientras tanto, sus hijos mayores eran Caballeros y se estaban preparando para la lucha con el ejército de su padre, el gran ejército del mar.

Las criaturas iban desde los hipocampos hasta los grandes tiburones blancos y los delfines, preparándose para la batalla de sus vidas juntos como uno solo en el mar.

De vuelta en la guarida de Hades, Knight estaba volviéndose muy extraño, más de lo normal, y parecía empeorar y volverse un poco loco cada día.

Pobre Knight estaba perdiendo la cabeza más y más a causa de Hades, ya que su padre no podía ayudarlo debido a que seguía en un sueño profundo.

Sin embargo, Knight estaba ganando un poco más de poder cada día, gracias a que su hija había logrado llegar a él telepáticamente recientemente.

Lo que Seequest no sabía era que Hades había estado entrenando a su hijo de nuevo durante la noche.

Hades lo había estado entrenando de una manera cruel, fomentando el odio, ya que sabía que una vez que el odio se instalara en la mente de Knight, podría controlarlo por completo, convirtiéndolo en el mayor destructor que imaginaba.

El malvado dios del inframundo sentía que tenía a todos en la palma de su mano.

Sabía que todos, por su fuerza de voluntad, intentarían detener a Knight y no destruirlo aún, porque si se daban cuenta de que la Tierra estaba amenazada, estarían preparados para posiblemente matarlo para salvarla.

Hades empezó a privar a Knight de sus habituales avenas y pasto por un tiempo, obligándolo a comer más carne cruda en sus comidas para llevarlo hacia la oscuridad.

Finalmente, Knight cedió, ya que estaba hambriento y necesitaba comer algo antes de volverse inútil, donde Hades lo mataría, a pesar de que esa era su peor pesadilla.

Seis meses habían pasado y el pobre Knight estaba pasando por este terrible entrenamiento con Hades, cuando su cruel maestro comenzó a notar que Knight ya no podía luchar contra él internamente y comenzó a escuchar sus órdenes.

Knight se estaba convirtiendo en un unicornio de alas de murciélago muy diferente al que era antes.

Ahora podría ser el fin de Knight y el comienzo de algo más mortal que él.

Knight estaba por cumplir tres años y actuaba como si tuviera cuatro, recordando que él es mágico.

Knight notó que cuando volaba con su madre para practicar, él era más rápido que ella.

Recientemente, haría cualquier cosa para superarla, e incluso comenzó a morderla para hacer trampa.

Ambos aleteaban sus alas de murciélago con fuerza y aterrizaron cuando Knightmare gritó a su hijo.

"¿Qué estás haciendo mordiéndome? ¡Soy tu madre!"

"Lo siento", al ver que le había sacado sangre en la espalda, dijo: "Madre, lo siento, pero hay algo que no puedo explicar y me está consumiendo por dentro."

Se sentía asustado por lo desconocido dentro de sí mismo debido a lo que estaba en proceso de convertirse?

Su madre le dijo: "Está bien, llegaremos al fondo de esto cuando regresemos y hablemos con nuestro maestro para ver si él puede explicarlo."

Trottaron de regreso a la cueva. Knightmare preguntó qué estaba pasando con su potrillo cuando Hades dijo:

"Querida, lo has tenido durante un tiempo y ahora es mi momento de tenerlo para lo que planeé desde el principio," riendo con una malvada risa en su voz mientras la miraba.

"Pero como has sido buena conmigo, sentí que estabas feliz."

"Así que aproveché la oportunidad de acercarme a ti y a Seequest para poder drenar sus poderes cuando él estaba aquí."

Knightmare miró a Hades y vio al verdadero dios maligno que él era ahora, y supo que Seequest le estaba diciendo la verdad después de todo.

A partir de ese momento, se sintió terriblemente mal por ser la que estaba dañando a sus hijos. Ahora Hades los tenía bajo su control.

Pobre Knightmare estaba destrozada y sentía vergüenza por lo que había hecho a sus hijos, algo que había deseado tanto.

Pero también, tenía una familia que podría haber sido destruida por confiar en su maestro todo este tiempo. Tenía una gran tristeza en los ojos.

Hades vio esto y le dijo mientras miraba profundamente en sus ojos.

"Ahora, mi dulce niña, Knight pronto desaparecerá y mi Tremor, el destructor de la tierra, nacerá," y se alejó como si no le importara ninguno de ellos.

Pobre Knightmare se sintió mal por no haber escuchado a Seequest desde el principio y darse cuenta de que era una trampa desde el comienzo.

Knightmare se enojó con su maestro, aleteó sus alas en su cara y lo arañó con las garras de sus alas.

"Eres una niña tonta, te di todo y ahora te lo quitaré todo de una vez por todas."

Movió su bastón frente a Knightmare y le quitó las alas para que no pudiera volar más, y la puso en la parte más oscura de la cueva para morir.

Mientras tanto, Firefly estaba sintiendo una sensación de cosquilleo y escuchó un caballo en gran dolor, pero era demasiado tenue para saber quién era o qué había pasado.

El dolor en su espalda se sentía como si le hubieran quitado las alas; eventualmente, la sensación desapareció.

Sentía que algo estaba mal, ya que no había visto a su madre ni a su hermano durante un tiempo.

La voz se detuvo y todo quedó en silencio; Cerberus estaba durmiendo.

Ella intentó contactar a Seequest. "Padre, espero que puedas escucharme. La ayuda está en camino y parece que se necesita más que nunca. Siento que mamá y Knight están en gran peligro. ¡Por favor, escucha, padre, despierta!"

Horas pasaron mientras se sentía exhausta de transmitir este mensaje en su mente, y se quedó dormida.

Seequest movió los ojos como si comenzara a sentir de nuevo y escuchó el llanto de su hija. Respondió, "Mi querida Firefly, estoy bien. He escuchado tu mensaje. ¿Quién viene a rescatarnos?"

Pero la pobre Firefly estaba tan cansada que ni siquiera pudo oír el mensaje de su padre y se lo perdió.

Capítulo Treinta

¿Alguna vez escaparán de las garras de Hades?

Knight se sentía terrible por lo que le había hecho a su madre más temprano y empezaba a tener miedo.

Sentía como si hubiera otra fuerza creciendo dentro de él.

Cuando llegó al establo, notó que incluso su hermana estaba inconsciente en un sueño profundo y no podía esperar a que despertara para poder hablar sobre lo que le estaba sucediendo.

Hades, observándolo de cerca, decidió venir a buscarlo y separarlos. Llamó a Knight desde su establo.

"Knight, ven conmigo, tenemos trabajo que hacer y siento que tu hermana ahora es una distracción para tus necesidades."

¿Alguna vez escaparán de las garras de Hades?

"Ahora, sé un buen chico y ven conmigo o haré que Cerberus mate a tu hermana."

El pobre Knight sabía que no tenía otra opción y trotó rápidamente con las alas pegadas a su costado mientras se acercaba a Hades.

Primero se acercó a su hermana, le dio un nuzzle de despedida y, sin embargo, ella no se movió.

Salió del establo con la cabeza agachada, mirando hacia el suelo mientras se dirigía hacia su maestro para que le pusiera las riendas rojas brillantes que ahora controlarían su mente.

El pobre Knight estaba desapareciendo y Tremor estaba despertando rápidamente en su lugar.

Más tarde ese día, Firefly sintió una sensación fría en su corazón, como si su hermano estuviera muriendo en su interior, perdiendo el control de su mente y cuerpo cada día.

Firefly se levantó y extendió sus alas. Al mirar a su alrededor, vio que estaba en otra parte de la cueva sola, preguntándose qué había pasado mientras dormía.

Sentía que algo terrible iba a suceder pronto.

Esa noche, Knight vio a su madre y no la reconoció sin sus alas.

Ella lo llamó, pero él no le prestó atención. Knightmare seguía llamando a su hijo, pero él nunca la miraba, ya que ya no la reconocía.

Tampoco podía acercarse lo suficiente para oler su aroma, así que pensó que era otra criatura que Hades había capturado para atormentar también.

Knightmare sentía que había perdido contra los poderes malignos de Hades y estaba aterrorizada por lo que le iba a pasar a su pobre hijo.

La yegua estaba destrozada una vez más, ya que ahora había perdido a su hijo debido a los métodos de Hades.

Su malvado maestro lo estaba alimentando con más carne y lo hizo beber un líquido rojo de las almas muertas en su agua.

Sus ojos comenzaron a tornarse de un rojo más profundo, y el rojo en sus venas, que había aparecido recientemente, brillaba mientras sus dientes también empezaban a volverse puntiagudos.

El Knight que su familia amaba ya no existía. El nacimiento de Tremor acababa de comenzar.

Hades vio esto y se deleitó con su creación. Lo último que el dios de la muerte tenía que hacer era matar a Knight de una vez por todas, para que Tremor pudiera despertar por completo.

Un día, Knight confiaba completamente en Hades, aunque por dentro se sentía asustado y sabía que había otra fuerza dentro de él tomando el control de su mente y cuerpo.

Continuó obedeciendo los deseos de su maestro, incluso si le dolía, ya que Hades amenazaba con matar a su familia si no hacía lo que él pedía.

¿Alguna vez escaparán de las garras de Hades?

Hades ató a Knight al árbol más fuerte que pudo encontrar y creó una gran bola de fuego en sus manos. El pobre Knight relinchaba de miedo mientras estaba allí, sabiendo que era él o su familia.

Como amaba tanto a su familia, eligió hacer cualquier cosa por ellos, incluso si eso significaba su vida por la suya.

Hades rió de manera cruel y dijo: "Tremor, te llamo para que despiertes en este cuerpo que te he dado. Te llamo para que despiertes ahora y hagas mi voluntad."

Luego lanzó la gran bola de fuego directamente hacia Knight. El pobre potro estaba ardiendo y sentía que el dolor era demasiado; se volvió loco y enfadado.

Así que aceptó morir por dentro y permitir que

Tremor naciera para aliviar el dolor que sentía.

Tremor entonces había despertado.

La criatura creció al doble del tamaño del cuerpo de Knight.

Sus alas de murciélago se convirtieron en alas de dragón, ahora más afiladas y peligrosas que antes.

Su poder estaba fuera de este mundo, ya que Tremor poseía los cuatro poderes del universo.

Él había sido despedido por su maestro y el resto de Seequest.

Ahí estaba el poder de la tierra otorgado a él por Truth cuando se unieron en el pasado para crear el futuro caballo.

El aire a través del poder de su abuelo Pegasus y luego el agua le fue concedida por Neptuno, el dios del mar, para salvar a su padre y abuela en el pasado.

Tremor era más poderoso que el gran Rey Unicornio que jamás haya existido.

Knight rápidamente sentía que estaba perdiendo gravemente contra esta gran fuerza oscura dentro de él.

Cuando vio a su madre observando desde la ventana de la cueva a la distancia, ahora podía verla de cerca y aún lejos.

Knightmare estaba mirando desde la distancia, relinchando en angustia hacia su hijo.

Luego escuchó su llanto y comenzó a luchar contra Tremor en su mente, logrando vencerlo por un tiempo y usar los poderes de Tremor para liberarse.

Decidió saltar al mar, alejándose del alcance de Hades, haciendo una gran salpicadura que provocó un terremoto y comenzó a perder la conciencia.

Aún así, estaba dispuesto a morir y luego vivir la vida como un destructor gobernado por Hades, pensó.

Knight estaba muriendo por dentro ya que no tenía el poder del mar para respirar como su padre y hermana.

¿Alguna vez escaparán de las garras de Hades?

Tremor había despertado de nuevo para salvarlos a ambos y en ese momento se dio cuenta de que tampoco podía respirar el agua salada y se preguntó si podría sobrevivir.

Knight se preguntaba si era un hipocampo como su padre o de otro tipo que nunca aparecería ya que Tremor se había transformado en algo peor que eso.

En la tierra, Knightmare estaba relinchando y llorando para que su hijo regresara.

Hades dijo mientras miraba a través de la puerta: "No te preocupes, querida, él volverá pronto como mi Tremor."

"Tu hijo Knight se habrá ido y Tremor que ves ahora me pertenecerá," dijo mientras reía, observando a la débil yegua negra.

Knightmare bajó la cabeza al suelo mientras ahora odiaba a Hades por sus crueles maneras.

Lloraba en silencio al suelo, donde nadie podía oírla excepto ella misma, sabiendo que confió en su maestro para cuidar mejor de sus hijos.

Deseaba haber escuchado a su amado desde el principio.

Mientras estaba escondida en esta oscura cueva más adentro de la guarida.

Cuando ella pensaba en Seequest, se preguntaba qué le había pasado.

Apareció un pensamiento en su mente: debía averiguar si Hades había mentido sobre la mayoría de las cosas.

Entonces comenzó a preguntarse si Seequest aún estaba en la guarida o si realmente la había dejado a ella y a sus hijos atrás, sabiendo que ella lo había desertado en el pasado.

Hades fue a buscar a Knightmare de su sueño y la agarró por la crin mientras ella intentaba ignorarlo.

La golpeó con su látigo, lo que la hizo ceder ya que la necesitaba en ese momento.

Entonces, se montó sobre ella mientras agitaba su espada por su cuerpo, y sus hermosas alas de murciélago reaparecieron por última vez antes de que él las volviera a quitar y la encerrara de nuevo en una mazmorra oscura y fría debajo de la guarida, donde antes estaba cálida y cómoda y podía ver el mar.

Hades sintió que ella estaba del lado de Seequest y que ya no podía confiar en ella como su propia montura.

Así que la castigó aún más por su desconfianza hacia él y dijo: "Te enseñaré, Knightmare, no me traicionarás, solo mírame."

Cuando regresaron, la encerró en un lugar más oscuro y frío que el anterior, sin alas ni poderes.

Ella hizo lo que se le dijo y cumplió con sus órdenes una última vez.

¿Alguna vez escaparán de las garras de Hades?

Hasta que él estuviera listo para recogerla de nuevo, pero por ahora la mantuvo oculta de cualquiera y de todo.

La pobre Knightmare sintió que bien podría morir ya que había perdido todo ante su maestro y se hundió en su propia mente para sobrevivir al dolor.

De vuelta en el mar, la criatura negra se había vuelto enorme y maligna, más grande que una ballena azul.

Neptuno sabía que la batalla estaba comenzando temprano y llamó a sus caballeros y tiburones para ir a verificar el daño en los fondos marinos.

Así podrían sedar a este monstruo hasta que Apolo y Ares pudieran introducir el hechizo en su boca o cuerpo.

Primero, los grandes tiburones blancos se acercaron y fueron lanzados por el aire como juguetes.

Luego, los poderosos caballeros de Vissen en sus delfines lanzaron lanzas doradas contra él, y solo parecían rasgar la superficie de su cuerpo.

Parecía más rápido que cualquier otra criatura conocida antes. Tremor estaba enojado y comenzó a matar a cualquiera que se interpusiera en su camino.

Neptuno llegó y dijo: "Déjalo ir."

Tremor habló y dijo: "Knight ya no está aquí."

"Voy a matar a todos ustedes cuando regrese a la superficie y destruir esta tierra de una vez por todas, ya que esa es la voluntad de mi amo."

Neptuno podía ver que Knight no estaba allí como Tremor había mencionado, y Hades estaba ganando esta pelea hasta ahora.

No le gustaba la idea de dejarlo ir, pero tenía órdenes de Zeus para hacerlo desde lejos.

Neptuno y sus caballeros de Vissen retrocedieron y dejaron escapar a la bestia esta vez, esperando que hubiera una próxima oportunidad para derrotarla.

Seequest sentía un dolor terrible en su mente y corazón, sabiendo que tenía que superar este hechizo encantado que Hades le había puesto.

Pero aún no era lo suficientemente fuerte para despertar correctamente.

Seequest intentó contactar a Knightmare ya que empezaba a sentir su dolor, como si estuvieran conectados en el pasado a través de su mente.

Si aún lo amaba, tal vez podría contactarla de esta manera también para encontrarla de nuevo.

Afortunadamente lo hizo, y cuando la alcanzó, sintió que ella se había rendido al mundo y estaba completamente perdida.

"Knightmare," dijo, "mi amor, ¿qué está pasando? Déjame ver en tus ojos si me amas y confías en mí."

¿Alguna vez escaparán de las garras de Hades?

Primero, Knightmare se sintió asustada e insegura y decidió que el amor por su familia significaba más para ella ahora que nunca.

Quería venganza y destruir a Hades, o al menos herirlo gravemente.

Comenzó a regresar y prestó atención a lo que su amor, Seequest, le decía que hiciera finalmente.

"Cierra los ojos y piensa en todos los buenos momentos que hemos tenido juntos y visualízame allí."

"Ahora, mientras haces eso, lleva tu mente a un lugar que amas temporalmente."

"Así, yo podré entrar en la tuya y usar tus ojos para ver qué está sucediendo mientras yo estoy atrapado en esta guarida."

Hizo lo que se le dijo y pensó en los momentos en que se enamoraron.

Knightmare prestó atención y permaneció en ese momento para que Seequest pudiera entrar en su mente y observar por unos minutos para ver lo que había a su alrededor y posiblemente dónde podría estar.

Seequest esperaba que ella todavía estuviera con sus hijos hasta que Firefly le dijo lo contrario recientemente. Abrió sus ojos y vio destrucción y caos a su alrededor y dolor en su corazón.

También leyó sus recuerdos y vio lo que Hades había hecho a Knight y a su familia, y supo entonces que haría lo que fuera necesario para arreglar las cosas de alguna manera.

Le pidió que regresara a su cuerpo y mente, y dijo: "Lo siento mucho, Knightmare, hemos perdido a Knight tal como era."

"Pero tal vez pueda devolverlo a ti de otra manera, aunque no puedo prometerte nada. Haré todo lo posible con mi vida en juego."

Una respuesta débil llegó cuando Knightmare extendió la mano y respondió: "Por favor, Seequest, haz todo lo que puedas para recuperar a nuestro hijo."

"Está bien, escucha lo que necesitas hacer," y le explicó el plan para que él pudiera escapar a tiempo, prometiendo que también haría lo mejor para salvarla a ella.

Pero ella dijo: "No te preocupes por mí, mi amor, preocúpate más por nuestro hijo. Él te necesita más de lo que yo jamás lo haré."

Aunque lo dijo, Seequest sintió en su corazón que estaba mintiendo por la seguridad de ellos y de los niños, ya que eso era lo único que le importaba ahora.

Luego mencionó: "Gracias por todo lo que has hecho. Me ayudaste a cumplir mis sueños de ser madre y tener una familia propia."

"Pero si tú estás vivo, entonces yo seré feliz una vez más."

Seequest respondió: "Por favor, no pienses así, puedo salvarlos a todos."

¿Alguna vez escaparán de las garras de Hades?

"No, gran rey, no puedes, ya que dejé que Hades hiciera esto con nuestros hijos y ahora tengo que vivir con ello toda mi vida."

"No es tu carga, es mía, mi amor." Seequest la llamaba para que lo escuchara.

Pero Knightmare no lo hizo. Él sabía entonces que había perdido a su amor para siempre. Cuando recuperara su gran fuerza, Hades pagaría caro y no sabría lo que le había golpeado cuando lo encontrara de nuevo, pensó.

Seequest se sintió devastado al saber que el amor de su vida se había ido.

Sabía que tenía que salvar a sus hijos más que nunca.

Son todo lo que le queda en la vida ahora y, sin embargo, pensaba que no se daría por vencido con ella aún.

Seequest estaba haciéndose más fuerte cada hora, demostrando que era un luchador, no un rendido.

Sabiendo que no importa el desafío que tuviera delante, de alguna manera, siempre lo superaría.

Estaba en la oscuridad al principio y ahora veía la luz brillante para alcanzar la libertad de nuevo.

Sentía que Hades tenía un control mayor sobre él y que también estaba siendo dominado.

Porque sentía que su fuerza de voluntad estaba desapareciendo de su mente.

La primera vez que Seequest sintió que estaba vencido y necesitaba la ayuda de su hija Firefly.

Eso, si podía alcanzarla a tiempo antes de desaparecer completamente también, pensó.

Contactó a su hija para averiguar qué había pasado con ella, ya que no podía hacer nada por Knight hasta que él fuera liberado una vez más.

Cerró los ojos con fuerza y pensó intensamente en la apariencia de su hija para que la conexión en sus mentes fuera mucho más fuerte que antes.

Dijo: "Firefly, soy yo, tu padre. Escúchame atentamente."

"Mis poderes están fortaleciéndose gradualmente y, sin embargo, no están del todo bien."

"También siento que Hades los está drenando al mismo tiempo, así que mi magia está debilitándose nuevamente."

"Necesito tu ayuda, por favor, hija, escúchame, te lo ruego."

Eventualmente, Firefly comenzó a acercarse a él y se levantó sintiéndose mareada al despertar de este sueño profundo que había intentado combatir recientemente.

Había estado inconsciente por mucho tiempo y tomó su primer sorbo de agua cuando empezó a sentirse mejor y entonces pudo escuchar la llamada de su padre.

Le respondió y él continuó su mensaje para ella.

¿Alguna vez escaparán de las garras de Hades?

De lo que quería que ella hiciera por él, ya que él estaba demasiado débil y lejos de su hijo e hija para ayudarles, o eso pensaba.

"Quiero que hables con tu hermano por mí."

Ella escuchó su voz y respondió: "Me encantaría, pero ya no estoy con él."

"Parece que nos hemos separado mientras yo dormía y ahora estoy tumbada con las alas atadas en una cueva oscura que huele a ratones y avena."

"Padre, estoy atrapada y asustada, ¿qué nos está pasando?" Pobre Seequest comenzó a temer por todos ellos, ya que recordó lo que su madre le había dicho sobre el miedo en el pasado.

Que es lo que nosotros hacemos que sea, lo que significa que se alimentará de nuestra negatividad debido al dolor y el sufrimiento, y luego puede destruirnos.

Pero luego sacudió la cabeza y dijo: "Nunca es real a menos que dejes que entre en tu mente y permita que crezca más grande a través del dolor que estás sintiendo en este momento."

"De lo contrario, intenta ignorarlo y poner pensamientos positivos felices en su lugar, donde el miedo se hará más pequeño y eventualmente desaparecerá para siempre"

Y positivamente vivirá para siempre hasta que sea necesario para tu protección únicamente.

Dijo esto para calmarla. Después de escuchar su voz sabia, ella comenzó a tranquilizarse y a pensar en una forma de escapar.

A partir de ahí, él despertó y se sintió más fuerte, sabiendo que necesitaba hacer algo y salvar a su familia si podía.

Respondió, tratando de mantenerla lo más tranquila posible al decir: "Mira, no te preocupes, querida."

"Te diré a su debido tiempo, me dijiste en el pasado que Hermes está en camino hacia nosotros, ¿verdad?"

"Sí, creo que sí, eso es lo que me dijo Celestial la última vez."

"¿Qué? ¿Has hablado con la reina de los cielos?"

"Sí, padre, varias veces ya y ella sabía todo sobre ti."

"Vaya, hija mía, ni siquiera tengo el poder para eso, qué suerte la tuya."

Entonces pensó en lo encantador que sería hablar con su figura materna una vez más, pero sabía que era imposible.

Continuó hablando con Firefly hasta que le transmitió todo de manera correcta y clara, asegurándose de que no se rindiera como su madre había hecho recientemente, dejándose llevar por el dolor, pobre cosa.

Repitió: "Bien, ¿hay alguien más contigo?"

¿Alguna vez escaparán de las garras de Hades?

"Sí, Cerberus está aquí durmiendo a mi lado y Hades le ha ordenado que me mate si intento escapar."

"Está bien, solo mantén la calma y ten paciencia hasta que llegue Hermes, para distraerlo y liberarte."

Ella respondió: "Está bien."

Seequest entonces dijo: "Tengo fe, hija mía." "Vendrán por nosotros, lo sé."

Lo último que Seequest pudo leer rápidamente de los recuerdos de su hija mientras hablaba fue que Hades iba a comenzar una guerra.

Primero, Neptuno destruirá a sus criaturas marinas y las drenará a todas de alguna manera utilizando a sus bestias quiméricas aladas y haciéndolo también con Tremor.

Mientras Seequest se volvía más enojado e impaciente, escuchó un zumbido y una voz de ángel a la distancia.

"Soy yo, Hermes," el semidiós."

"Sueno y parezco una abeja."

"Así que no me aplastes cuando me veas, ¿de acuerdo?"

"Estoy viniendo a liberarte de tu miseria y dolor."

El gran Rey Unicornio relinchó en silencio con alivio en su mente, sabiendo que no había sido olvidado y que sus seres queridos regresaron por él desde el mar.

Hermes dijo: "Estamos planeando rescatarte y llevarte de vuelta a casa", o al menos eso era lo que esperaban.

Esa noche, el zumbido se hizo más fuerte en sus oídos cuando sintió que una abeja aterrizaba en su espalda y lo picaba con fuerza.

Saltó y luego se sintió como su antiguo yo al cien por ciento por primera vez en meses.

Se sacudió bien para que su circulación y músculos pudieran funcionar de nuevo, lo que le permitió caminar correctamente una vez más.

Su cuerno brillaba con tanta intensidad que parecía incluso demasiado brillante para él.

Entonces pensó que quizás necesitaba ser un poco menos brillante, así que lo atenuó para que fuera más soportable.

Su cuerno, en ese momento, estaba rojo brillante por la ira en su corazón y comenzó a crecer más y a romper el vórtice.

Esto causó un gran ruido que sacudió la cueva.

Seequest estaba libre y dijo: "Debemos ir a encontrar a Firefly y liberarla también."

Hermes estuvo de acuerdo y se subió a la espalda de Seequest para adentrarse más en las cuevas.

Seequest galopaba más rápido de lo que jamás había podido antes.

¿Alguna vez escaparán de las garras de Hades?

Sentía que sus patas ya no tocaban el suelo.

Hermes creía que Seequest estaba galopando en el aire, ya que ahora era más poderoso, como si esta magia dormida en su cuerpo nunca hubiera sido puesta en una posición de odio antes.

Seequest iba a usar el odio y convertirlo en un poder positivo para derrotar a Hades de una vez por todas.

"¡Wow!", dijo. "Aguanta, Hermes", y siguió galopando para encontrar la cueva de Firefly.

Llegaron a la cueva y Hermes voló rápidamente hacia su prisión y la picó también.

Esto hizo que ella saltara, relinchara y pateara fuerte la puerta, lo que hizo que Cerberus retrocediera.

El gran danés negro-rojo de tres cabezas dijo: "¿Por qué hiciste eso, estúpida cosa? ¡Ahora tendré que matarte por eso!"

Segundos después, Seequest apareció y dijo: "¿Qué ibas a hacer, Cerberus, con mi hija?"

Cerberus vio que Seequest era más grande que antes y su cuerno brillaba en rojo, lo que le daba miedo, ya que ese era el momento de no meterse con él.

Porque es en ese momento cuando el gran Rey Unicornio te herirá, sin importarle el daño que pueda causarte.

Entonces, en lugar de eso, arañó a Firefly mientras ella se acercaba lentamente a la puerta y desplegaba sus alas.

Ella relinchó de dolor y Hermes picó a la criatura repetidamente hasta que ésta gimió y huyó hacia la guarida de su amo para informarle lo que acababa de suceder y que estaban escapando.

Mientras huía por su vida, gritó: "Volveré con mi amo, tu despreciable unicornio", y lloró mientras aullaba a través de las cuevas mientras se alejaba más y más.

"¡Rápido!" dijo Seequest. "No tenemos mucho tiempo antes de que regresen del entrenamiento de Knight/Tremor."

Hermes se aferraba a la crin de Firefly mientras galopaban directamente fuera de la cueva hacia la luz del sol que les deslumbraba.

Tuvieron que mantenerse ocultos un tiempo para adaptarse, ya que hacía mucho tiempo que ambos no veían el sol.

Descansaron al sol un rato y bebieron del manantial que Seequest purificó primero.

Después, Hermes le dijo a Seequest dónde estaban su hijo y su pareja también.

El Rey Unicornio prometió a su hija que intentaría encontrar a su madre y rescatarla de su infierno, si fuera posible.

Si ella lo acompañaría, pensó y esperó.

¿Alguna vez escaparán de las garras de Hades?

Seequest tenía el plan de intentar rescatar a Knight antes de que fuera demasiado tarde para todos ellos.

Les dijo a su hija y a Hermes que se mantuvieran ocultos hasta que él regresara, con suerte, con Knight y con su madre también.

Rezó para poder salvarlos a ambos mientras seguía repitiéndose a sí mismo en su mente: "¡Soy el gran Rey Unicornio y soy más poderoso que cualquier otra criatura en esta Tierra! ¡No seré derrotado por nada ni por nadie nunca más!"

Eventualmente, notó que había llegado al otro lado de la cueva.

Seequest estaba de un rojo rosado brillante, expresando amor y ira al mismo tiempo, lo cual era una buena combinación ya que prevenía que el odio surgiera con gran intensidad y descontrolado.

Como había protegido y salvado muchas veces antes, su cuerno brillaba intensamente en su hermoso frente cincelado.

Eventualmente, Tremor reapareció del mar y continuó con su entrenamiento, mientras el Caballero seguía durmiendo dentro de su mente.

Hades llegó para recogerlo mientras sentía su presencia y dijo: "¡Sabía que volverías, querido hijo!"

Dejando a su hija y a Hermes para descansar, Seequest galopó de regreso a la cueva donde Hades estaba entrenando a su hijo.

Cerca de la superficie rocosa, cerca del mar, donde Knight no podía escapar de que Tremor volviera a apoderarse de él.

Pero aún así, Seequest podía ver en sus ojos que Knight aún estaba luchando por su propio cuerpo, y entonces sintió que había esperanza de que todos pudieran salvar a su hijo al final.

Seequest permaneció allí en shock, observando la terrible tortura a la que Hades sometía a su hijo.

Sin embargo, sentía que Knight podría resistir un poco más, ya que Seequest parecía estar más preocupado por Knightmare, su compañera, que por su hijo en ese momento.

Aunque estaba terriblemente angustiado por tener que tomar una decisión en primer lugar.

Sabía que Knight tendría una mejor oportunidad de sobrevivir, ya que él era parte de él, así como su madre. Knight era más de él de lo que Hades se daba cuenta.

Rápidamente trató de contactar a su hijo y logró hacerlo antes de que Tremor apareciera, sabiendo que él estaba libre y venía por él.

Knight estaba aferrándose con todas sus fuerzas, pensando en los buenos recuerdos que habían compartido en el bosque como la familia que una vez fueron.

Por un tiempo, Knight parecía detener a Tremor de apoderarse de él.

¿Alguna vez escaparán de las garras de Hades?

Mientras tanto, Seequest sabía que su hijo era más parecido a él de lo que pensaba.

Oró para que no se rindiera en la lucha contra Tremor aún.

Hades estaba cada vez más enfadado ahora, empujando incluso un poder más profundo sobre Knight.

Afortunadamente, Knight sabía que su padre lo amaba y estaba viniendo a rescatarlo nuevamente.

Usó toda su fuerza de voluntad para luchar contra la fuerza maligna que Hades intentaba despertar dentro de él y trató de ignorar el dolor.

Después de todo, era el hijo del Rey de los Unicornio y podían sentir el dolor, lo que luego usarían de manera positiva para crear gran fuerza a partir de él.

Esto fortalecía sus propios poderes a plena gloria porque eventualmente los impulsaba a liberar todo su potencial de fuerza para sobrevivir a la lucha.

Seequest le pidió a su hijo en ese momento si podía aguantar un poco más mientras él encontraba a su madre y la rescataba primero.

Seequest le prometió a su hijo en su mente que volvería por él, y por primera vez Knight volvió a creer en su padre.

Seequest, en ese momento, podía ver al valiente y apuesto semental negro de bien que era su hijo y estaba decidido a intentar con todo su corazón salvarlo de alguna manera.

Knight continuó pensando que originalmente no era la terrible bestia que Hades intentaba despertar dentro de él todo el tiempo. Estaba complacido con lo que su padre dijo y levantó su poderosa cabeza, relinchando mientras seguía luchando la batalla.

Hasta que, finalmente, se agotó y no pudo hacer más para prevenir lo que sucedió a continuación.

Seequest estaba preocupado por la seguridad de su hijo y esperaba que pudiera cuidarse solo, o eso es lo que esperaba al menos.

Galopó por un camino oscuro y rugoso al otro lado del lair, cerca de las rocas, para rescatar a Knightmare.

Luego, Cerberus apareció frente a él, una imagen imponente de un gran danés de tres cabezas con dientes afilados como cuchillas y garras capaces de desgarrar de un solo golpe, además de un cuerpo muscular imponente.

Seequest sugirió regresar y buscar a su hija, ya que se dio cuenta de que no podía hacer esto solo. Sabía que Firefly tenía poderes diferentes a los suyos, con algo de la magia oscura de Hades por el lado de su madre.

Comenzó a regresar y galopó hacia la entrada del bosque, donde sabía que Firefly podría ayudarlo esta vez.

Cerberus gritó para que Knightmare lo escuchara: "¡Eso es, Seequest, huye como el pequeño unicornio que eres mientras tu amada se desvanece aquí!"

¿Alguna vez escaparán de las garras de Hades?

Esperaba que Knightmare creyera las mentiras del perro infernal y confiaba en que Seequest regresaría al menos para decir adiós.

Seequest regresó al bosque sin nada en las manos. Por supuesto, Firefly pensó lo peor, pero afortunadamente, Seequest le dijo antes de llegar: "No te preocupes, no están muertos."

"Acabo de darme cuenta de que posiblemente eres más fuerte que yo y necesito tu ayuda. Vamos y reunámonos en la cueva donde volveremos todos juntos como uno."

Seequest se encontró con su hija cuando ella voló allí más rápido hacia la cueva una vez más.

Hermes siguió de regreso a las cuevas donde había estado antes.

Cuando todos se reunieron de nuevo, Seequest le dijo a Firefly: "Ve a buscar a tu madre y yo te alcanzaré pronto."

"Padre, no, puedo ayudarte", y en ese momento, Cerberus apareció de las sombras, saltó sobre Firefly y le arañó y dañó una parte de su ala.

Ella gritó y relinchó de dolor, pero ahora su cuerno había crecido más largo.

Su padre dijo: "Cierra los ojos y cree en ti misma, y la varita funcionará contigo."

La potrilla Unisos hizo exactamente lo que su padre le dijo y cerró los ojos.

Luego, dijo: "Oh, gran varita de mi magia, déjame usarte para el bien, ¡te necesito más que nunca!"

En pocos segundos, su cuerno comenzó a brillar de un hermoso rosa y luego rojo, como el de su padre, y cargó contra Cerberus, matando una de sus cabezas.

"¡¿Qué te parece eso, perro estúpido?!", él gimió y corrió asustado.

"¡Date prisa, volverá, así que debemos irnos ahora y encontrar a tu mamá antes de que sea demasiado tarde! Vuela, hija, vuela tan lejos como puedas con Hermes."

Firefly intentó agitar sus alas para despegar, pero notó que estaba herida y temporalmente inmovilizada por un tiempo.

"Está bien, ven conmigo."

Se acercaron al inicio del mar desde la guarida de Hades.

El rey unicornio entró en el mar, donde bastó una sola vez para que Seequest se transformara en un hipocampo y le dijo a su hija que no temiera al agua.

En ese momento, pensó que podría nadar y olvidarlo todo.

Pero el amor y la devoción por su yegua y ahora sus hijos cambiaron su mente y decidió quedarse para intentar liberarlos de las garras de Hades. ¡O eso es lo que esperaba poder hacer!

¿Alguna vez escaparán de las garras de Hades?

Le dijo que creyera que era parte de ella esta vez, debido a que ella era una joven unicornio alada que tiene el poder de su cuerno.

Finalmente, ella pudo transformarse en un hermoso hipocampo. Mientras tanto, Hermes zumbaba sobre ellos en el aire.

El rey unicornio entró en el mar, donde se transformó en un hipocampo y le dijo a su hija que no temiera al agua.

Seequest parecía complacido de que Firefly era similar a él y que al menos ella podría querer regresar a casa con él en un futuro cercano, o eso era lo que él esperaba que quisiera hacer.

Una vez que Firefly se acostumbró a equilibrarse nadando con su cola de golondrina, como la de su padre, se zambulleron en el mar profundo hacia el otro lado de las oscuras cavernas, hasta la guarida de Hades.

Llegaron a la piscina de Almas y rápidamente saltaron fuera de ella, ya que podrían ser arrastrados por muchas almas que vivían allí ahora.

Estas almas eran de dioses y diosas que habían fallado en el pasado y nunca aprendieron de sus errores.

Este era su castigo, según las órdenes de Zeus, para vivir en la piscina de Almas de los Olvidados y no ser escuchados nuevamente.

Primero, Firefly cayó de espaldas cuando algunas almas la agarraron.

Pero Hermes ayudó y zumbó alrededor de ellas hasta que ella pudo llegar nuevamente a la superficie, respirar y salir de las aguas oscuras.

Ambos se sacudieron y volvieron a sus formas originales, y escucharon gritos a lo lejos.

Sabían que era Knightmare en dolor, así que intentaron ir a rescatarla.

Cuando rompieron la jaula y vieron a una vieja yegua en dolor emocional allí, ambos tristemente no la reconocieron.

Porque lo que Hades había hecho era devolverla a su forma original como una yegua normal antes de que muriera tantos años atrás.

Luego, él insufló sus poderes de vida/muerte en ella nuevamente para convertirla en una hermosa y fuerte yegua demoníaca y ahora ella era solo una yegua muerta viviendo con gran tristeza en su mente.

La cabeza de Knightmare estaba caída y hundida.

Intentaron devolverle la vida poniendo sus cuernos en su frente, pero no sirvió de nada.

La Knightmare que tanto amaban, lamentablemente ya no estaba allí.

Su voz habló y dijo: "La Knightmare que conocían y amaban se ha ido y todo lo que queda soy yo."

La yegua muerta dijo: "Déjenme perecer, ya que les hice esto a todos ustedes."

¿Alguna vez escaparán de las garras de Hades?

"Lamento todo este dolor y sufrimiento que les he causado y ahora me toca soportarlo por la eternidad."

"Los amo a todos, pero confié más en mi amo para hacer algo bueno por una vez. Estaba seriamente equivocada al confiar en un dios maligno."

"Fui engañada por los juegos diabólicos que él juega."

"Pero nunca pensé que él me jugaría a mí, su única y fiel yegua hasta ahora."

"No me arrepiento de nada hasta ahora, ya que los he lastimado, especialmente a Knight."

"Él nunca me perdonará," dijo, "ya que, bendito sea, trató de decirme y advertirme que Hades le estaba haciendo daño,

"Pero claro, confié en que mi amo no haría tal cosa, y no lo escuché por mi ignorancia. Mi hijo ahora se está convirtiendo en una abominación para el mundo."

"Así que, por favor, déjenme aquí en la cueva y que Hades haga lo que quiera conmigo."

Firefly se acercó a la vieja yegua y la acarició con el hocico, pues creía y sabía que era su madre.

Ella dijo: "Madre, esto no es tu culpa, es Hades, no tuya. Por favor".

"No, querida hija, aquí es donde pertenezco ahora".

"Pero sé que tienes un propósito mayor que descubrirás a su debido tiempo con tu padre, estoy segura".

"Vete ahora, hija mía, y no mires atrás en tu vida. Solo mira hacia adelante y disfruta cada día que tengas con tu familia y amigos en tu futuro".

"Eso es lo que tu padre me enseñó una vez, ya que nunca sabes cuándo terminará, querida hija".

"Te amo mucho, ahora vete y déjame atrás como tu pasado".

Se acariciaron mutuamente y luego ella se alejó tristemente.

"Ve con tu padre y trata de salvar a tu hermano, y concéntrate solo en el presente, que con el tiempo creará tu futuro también".

Aunque la vieja yegua oscura estaba débil, tenía una disposición sabia sobre ella.

Así es como había sobrevivido todos estos años sola y probablemente por eso fue elegida para ser la yegua de su semental en primer lugar.

La yegua débil entonces dijo: "Vete, los amo a todos para siempre, no hay nada aquí para ustedes, ya no más. Estoy cansada de esta vida y no tengo nada más que darles".

Luego siguió hablando con su hija, diciendo: "Vete ahora, hija mía, y no mires atrás en esta vida. Déjame aquí, te lo pido, por favor". Pero Seequest y Firefly dijeron: "Nunca".

Entonces Seequest dijo: "Te llevaremos a casa de alguna manera".

¿Alguna vez escaparán de las garras de Hades?

"Pero por ahora, quédate aquí y volveremos". Pero todos sabían que no lo harían, ya que la Knightmare que amaban y adoraban se había ido completamente.

Seequest relinchaba y gritaba de rabia.

"Él dijo en un tono enojado: suficiente de tu autocompasión, querida mía".

"Eres valiente y valiosa, y si no vienes con nosotros ahora, así es como nuestros hijos te recordarán, mi amor".

"Te lo pediré una última vez".

"Por favor, ven con nosotros, ya que mis amigos, los dioses, también tienen poderes y pueden vencer los poderes de Hades."

"No, Seequest, debes dejarme, ya que siempre estaré conectada a Hades, porque estoy muerta y soy un espíritu maligno creado por él."

"Recuerda, lo que viste antes fue una imagen que él quería que todos ustedes vieran de mí".

"No puedo irme, ya que si dejo la cueva esta vez, no me verás."

"Como no tengo cuerpo para vivir, soy solo el alma de fuego de un caballo viejo."

No aceptaron un no por respuesta y esperaron mientras ella dormía, y Seequest la sacó de la cueva.

En cuestión de segundos, la luz del sol tocó su delicado cuerpo, y Knightmare desapareció, y todo lo que pudieron ver fue una imagen invisible del caballo que una vez fue.

El caballo fantasma se despertó y dijo: "Ves, te dije que no puedo irme, aunque quisiera".

"¿Siempre he sido solo un espíritu de fuego y el alma de un caballo muerto?"

Habló con una voz triste y decepcionada.

"Lo siento por haberte hecho pasar por esto, Seequest".

"Pero era la única manera en que podía experimentar tener hijos y una familia".

"Porque es todo lo que siempre quise cuando estaba viva. Por favor, perdóname y envía mi amor a nuestro hijo."

En cuestión de segundos, el caballo fantasma corrió de regreso a la cueva y se transformó de nuevo en su forma de caballo negro mientras relinchaba con un grito profundo al irse.

"Sentí amor por ustedes, así que debo seguir sintiéndolo," y volvió a galopar hasta que no pudieron escuchar más el sonido de sus cascos tocando el suelo.

Seequest y Firefly tenían lágrimas en los ojos, ya que no podían creer que lo que acababan de ver y escuchar fuera verdad. Dijeron en sus mentes: "Nosotros también te amamos".

¿Alguna vez escaparán de las garras de Hades?

"Y siempre vivirás en nuestras vidas como lo hiciste cuando estábamos juntos."

Seequest le dijo a través de sus mentes: "Descansa ahora, mi hermosa reina de terciopelo negro. Te amaré por siempre".

"Prometo que salvaré a nuestros hijos por ti, mi amor, si es lo último que hago."

Afortunadamente, la yegua negra sintió el amor de ellos cuando ambos iluminaron sus cuernos hacia ella. Los cuernos de ambos emitieron una luz rosa brillante en su mente.

Así que pudo sentirlo en su corazón por última vez como los conocía antes.

ero también sabía que haría todo lo posible por mantener esa chispa viva en medio de su corazón muerto.

Entonces creyó que había sido perdonada y que podía descansar en paz una vez más como un buen caballo de corazón, aunque no en su mente.

El Rey Unicornio dijo: "Vamos, tenemos cosas que hacer y amigos que ver", aunque estaba con el corazón roto y sabía entonces que no había esperanza de salvar a su verdadero amor.

Galoparon de regreso hacia la entrada de la cueva para alcanzar la libertad una vez más, o eso era lo que pensaban en esta ocasión.

Una vez más, se dirigieron de regreso a través de las cuevas superiores y hacia la puerta del bosque.

Todos salieron juntos y aterrizaron en el suelo del Bosque Prohibido, esta vez más cerca de la playa. Por fin, Seequest se sintió libre, ¿o no?

Capítulo Treinta y Uno

¿Tremor el Caballo Demonio y Knight ya no existen?

En este momento, Knight no podía nadar y se fue a las profundidades del mar, muriendo en el fondo del océano después de que Neptuno lo dejara ir.

Mientras luchaba contra la criatura en su mente, al final sintió que había sido derrotado por ella por ahora.

Finalmente, la verdadera bestia despertó, completamente libre de nuevo, y nadó libremente para causar más daño en el mar, donde planea hacer cosas peores esta vez.

Hades le envía el poder para que ahora pueda respirar en el mar también.

Ha encontrado otro secreto de Knight y usará esto para ir más profundo en el océano y destruir a una distancia más cercana.

La bestia maligna se estaba enojando.

Comenzó a iluminarse con llamas rojas que atravesaban su cuerpo y se convirtió en una criatura de fuego.

Que movía su ardiente cuerpo caliente por el mar, calentándolo y matando a los peces y criaturas marinas a medida que avanzaba.

En ese momento, Neptuno deseaba haber retenido a la bestia.

Pero también se culpaba a sí mismo, ya que era amigo del padre de la criatura y también tenía curiosidad sobre lo que realmente era esta otra criatura.

El dios del mar pudo ver esto sucediendo rápidamente y decidió llamar a las ballenas azules con su mente en secreto.

El dios del mar luego las guió a todas las partes del océano.

Donde les dijo que movieran sus colas arriba y abajo tan rápido como pudieran, lo que eventualmente enfrió el agua y eliminó las llamas.

Neptuno dijo: "Eso estuvo cerca".

Le dijo a sus caballeros sirenos: "Debemos llevar esta criatura de vuelta a tierra lo antes posible, donde todos podamos derrotarla".

¿Tremor el Caballo Demonio y Knight ya no existen?

Mientras Neptuno se preguntaba cómo podrían sacar a esta criatura del agua, su gente marina también estaba tratando de eliminar las llamas de las tierras usando sus delfines para rociar agua juntos sobre ellas.

Eventualmente, como son un ejército, vencieron las llamas esta vez.

Aparecieron para ayudar a la Reina Sera, quien vino montando a Sea Spray en su equipo de batalla de gran belleza plateada y azul aqua, llevando su bastón con la calavera de cristal más poderosa dentro de él.

¿Era el cristal lemuriano el que alimentaba su bastón? A través de los cuatro cráneos de cristal unidos en uno.

En este momento, Knight no podía nadar y se fue a las profundidades del mar, muriendo en el fondo del océano después de que Neptuno lo dejara ir.

Mientras luchaba contra la criatura en su mente, al final sintió que había sido derrotado por ella por ahora.

Finalmente, la verdadera bestia despertó, completamente libre de nuevo, y nadó libremente para causar más daño en el mar, donde planea hacer cosas peores esta vez.

Hades le envía el poder para que ahora pueda respirar en el mar también.

Ha encontrado otro secreto de Knight y usará esto para ir más profundo en el océano y destruir a una distancia más cercana. La bestia maligna se estaba enojando. Comenzó a iluminarse con llamas rojas que atravesaban su cuerpo y se convirtió en una criatura de fuego.

Que movía su ardiente cuerpo caliente por el mar, calentándolo y matando a los peces y criaturas marinas a medida que avanzaba.

En ese momento, Neptuno deseaba haber retenido a la bestia.

Pero también se culpaba a sí mismo, ya que era amigo del padre de la criatura y también tenía curiosidad sobre lo que realmente era esta otra criatura.

El dios del mar pudo ver esto sucediendo rápidamente y decidió llamar a las ballenas azules con su mente en secreto.

El dios del mar luego las guió a todas las partes del océano.

Donde les dijo que movieran sus colas arriba y abajo tan rápido como pudieran, lo que eventualmente enfrió el agua y eliminó las llamas. Neptuno dijo: "Eso estuvo cerca". Le dijo a sus caballeros sirenos: "Debemos llevar esta criatura de vuelta a tierra lo antes posible, donde todos podamos derrotarla".

Mientras Neptuno se preguntaba cómo podrían sacar a esta criatura del agua, su gente marina también estaba tratando de eliminar las llamas de las tierras usando sus delfines para rociar agua juntos sobre ellas.

Eventualmente, como son un ejército, vencieron las llamas esta vez.

¿Tremor el Caballo Demonio y Knight ya no existen?

Aparecieron para ayudar a la Reina Sera, quien vino montando a Sea Spray en su equipo de batalla de gran belleza plateada y azul aqua, llevando su bastón con la calavera de cristal más poderosa dentro de él. ¿Era el cristal lemuriano el que alimentaba su bastón? A través de los cuatro cráneos de cristal unidos en uno Ella sabía de otro, pero nadie lo encontró en su tiempo aún.

Ella dijo: "Mira, gran bestia, no nos has vencido todavía.

"Te pido educadamente que dejes este lugar o te mataré yo misma", esperando en su mente no tener que hacerlo realmente.

Pero tenía que mostrar autoridad frente a su gente y su rey.

Afortunadamente, lanzó el poder del bastón hacia la bestia y la golpeó suavemente para que nadara de regreso a la tierra.

Mientras todos la perseguían, pudieron ver que era una criatura muy inusual que nunca habían visto antes.

El rey y la reina del mar dijeron que perseguirían a la bestia fuera de las aguas ellos mismos mientras montaban sus hermosos caballos marinos hasta la orilla.

Ambos se preguntaban qué tipo de criatura era esta bestia, ya que nuevamente era algo completamente diferente de todas las otras criaturas marinas.

También estaban confundidos sobre si era, primero, Knight, el verdadero hijo de Seequest.

Aunque era su enemigo, también temían por su vida y la suya propia al mismo tiempo, ya que estaba siendo comandada para matar por el mismo Hades.

Persiguieron a Tremor ahora herido hasta la superficie donde sus alas de dragón aparecieron una vez más, lo que los derribó a ambos en el mar.

Ella galopó hacia la bola de llamas frente a ellos, lo que los llevó a un portal a la tierra de arriba.

Nadaron de regreso rápidamente para ver a una criatura atormentada tratando de escapar de ellos.

La criatura negra del agua se giró rápidamente y mordió la espalda de Sea Spray con sus afilados dientes, lo que hizo que la reina cayera de ella.

Sea Spray era resistente y se recuperó rápidamente, nadando hacia su reina, quien volvió a montarla y continuó la persecución.

Finalmente, el rey y la reina golpearon a Tremor con su tridente y bastón y el mar tembló, ya que las olas crecieron tanto que llevaron a la criatura al fondo del océano donde casi se ahogó.

Esto asustó a la criatura y quería liberarse.

Hicieron todo lo posible para evitar que la criatura se quemara a su verdadero potencial nuevamente.

Decidieron que querían salir y comenzaron a recuperar sus alas de su cuerpo.

¿Tremor el Caballo Demonio y Knight ya no existen?

Así que la ayudaron a volver a la superficie de la tierra y trataron de alejarla de ellos para siempre.

Las patas delanteras de Tremor eran ligeramente diferentes de las del hipocampo, ya que sus pezuñas se habían transformado en aletas, lo que lo convertía en un nadador más eficiente en aguas tranquilas.

La bestia negra sintió que tenía tiempo para recuperarse del dolor y reaccionó nuevamente para atacar una vez más.

Cuando asomó la cabeza fuera del agua y expulsó la sal, en el fondo estaban Neptuno y la Reina Sera listos para atacar de nuevo.

Pero esta vez, observaron como si la personalidad de Tremor cambiara por un segundo y sus ojos se volvieran naranjas en lugar de rojos.

Hades tenía un plan y usó su propia magia para fingir ser Knight, mientras en realidad el hijo de Seequest seguía dormido mientras Tremor estaba al mando de su cuerpo.

Tremor entonces dijo, "Déjenme en paz. Soy el hijo de Seequest y no quiero hacerle daño a nadie." Así que se acercaron más.

Segundos después, la criatura saltó y salpicó justo frente a ellos, haciendo que cayeran de sus hipocampos, lo que los hizo hundirse hasta el fondo del océano con sus jinetes nadando desesperadamente con ellos en el mar.

"Ja-ja, los engañé, tontos Vissens," aunque era la voz de Knight.

El rey y la reina del mar se dieron cuenta de que Hades estaba en control debido a su sarcasmo.

Reapareció y saltó fuera del mar hacia la tierra cerca de la cueva, donde inhaló y exhaló una gran ráfaga de viento.

Eso empujó a Neptuno y Sera más atrás en el océano.

Luego se encabritó una vez más como el unicornio alado y malvado que era.

Llamas rojas y ardientes crecieron por todo su cuerpo, con sus ojos que parecían rocas encendidas.

Mientras volaba y aterrizaba en la tierra, accidentalmente quemaba todo a su paso.

Pero esta era la razón por la que Hades lo creó en primer lugar: para destruir la tierra y gobernarla como le pareciera.

Tremor estaba en tanto dolor y odio que la criatura sentía que su mente explotaría desde dentro de él.

Estaba en gran dolor debido al agua salada en su piel y en su cuerpo, pensando que era inmune a ella y, aun con su poder, ¡no lo era!

Esto lo enfureció enormemente.

¿Tremor el Caballo Demonio y Knight ya no existen?

Porque en este punto a Hades no le importaba si la bestia sentía dolor mientras dañaba las tierras y los mares.

Knight había despertado y tenía una gran ventaja al poder estar en control ocasionalmente en algunos momentos.

Tremor apenas tenía la fuerza para escapar, así que saltó directamente al cielo hasta encontrar un buen trozo de tierra.

Mientras quemaba los campos y los bosques, todo se cubría de llamas.

Su cuerpo entero estaba iluminado como una bola de lava roja, y todo lo que tocaba o pasaba se quemaba en el proceso.

Tremor estaba exhausto y se quedó dormido en los bosques quemados, donde pronto Knight pudo despertar y ser él mismo nuevamente.

Cuando Tremor estaba descansando, Knight miraba a su alrededor sintiéndose horrorizado y apenado por el daño que Tremor había hecho y seguía haciendo a las tierras con las que había crecido y amaba.

El hijo de Seequest estaba triste al ver que los bosques a los que su padre solía llevarlos cuando eran potros estaban en llamas.

Le rompía el corazón verlo y entonces dijo: "Tal vez tenga que morir después de todo para salvar a mi familia y amigos", aunque no le gustaba la idea.

Sabía que podía llegar a ser necesario.

Afortunadamente, Tremor había enseñado a Knight a usar su propio cuerno sin saberlo; este brillaba en un azul brillante que parpadeaba mientras ayudaba a apagar los incendios a su alrededor.

Parecía producir agua y soplaba desde su boca para alcanzar todas las áreas, lo que parecía drenar el fuego en todas partes que podía ver.

Se dio cuenta de que debía encontrar a su padre y pedir ayuda antes de que Hades recuperara su cuerpo y mente, donde lo convertiría nuevamente en un destructor de la tierra para siempre.

Knight estaba aterrorizado de lo que se había convertido, así que se escondió por un tiempo en una de las cuevas en la cima del Monte Moonbeam.

Donde sentía que era el último lugar en el que era querido y amado por lo que originalmente era.

Ahora quería vivir este día para siempre y hacer todo lo posible para mantener a Tremor a raya por un tiempo.

Knight yacía allí mirando su nuevo cuerpo, cubierto de quemaduras y venas rojas. Su melena también era más larga.

Caminó hacia el abeto para beber del agua del manantial, cuando miró en el estanque y no se reconoció más.

Tremor lo miró de vuelta, diciendo: "¿Me extrañaste? Ahora soy parte de ti, te guste o no. Así que acostúm-

¿Tremor el Caballo Demonio y Knight ya no existen?

brate, ya que sabes que tu cuerpo y mente me pertenecen ahora y siempre te controlaré."

Metió el cuerno rojo en el estanque, lo que mató a todos los peces en él por accidente mientras intentaba beber para enfriarse.

Inmediatamente, Knight se sintió angustiado por lo que esta fuerza maligna había hecho a esos peces inofensivos y comenzó a intentar luchar contra Tremor desde adentro.

Pero una vez más, el unicornio alado maligno tenía el control del cuerno de Knight y lo puso en su pecho, quemándolo.

Hacer esto devolvió la fuerza a Tremor, haciéndolo despertar nuevamente y causándole un dolor terrible que lo enfureció aún más.

"Ve, Knight," dijo Tremor, "ganaré" y se rió.

Knight estaba muy molesto y rápidamente saltó y trotó alejándose mientras pensaba en lo que se había convertido ahora.

El pobre Knight sentía que estaba cansado de soportar todo este dolor que le había sido infligido y cayó en un trance nuevamente.

Tremor dijo: "Eso es, duerme tranquilo, viejo amigo", y abrió sus alas para empezar a batirlas violentamente, haciendo que la corteza de los árboles cayera mientras hundía sus cascos en el suelo.

Se sentía aburrido, así que saltó al aire de vuelta a la guarida de Hades donde fue convocado.

"Oigo a nuestro maestro llamando, Knight, y ahora debemos ir a él."

El pobre Knight, ahora se sentía inútil y atrapado en su propio cuerpo nuevamente.

Se preguntaba si alguna vez sería libre de esta fuerza maligna.

Sentía que estaba convirtiéndose en parte de él y comenzó a preguntarse si alguna vez podría volver a ser el querido, cariñoso y amoroso Knight que era antes, y si podía, si lo salvarían de su malvado yo.

¿Tendría que ser asesinado al final para detener esta fuerza maligna que estaba tratando de destruir a la Madre Tierra que tanto amaba en el pasado?

Se sentía terrible por no tener control y simplemente yacía inactivo en su propio cuerpo por ahora.

Mientras Tremor tenía el control total de la mente de Knight una vez más.

Capítulo Treinta y Dos

La Llegada de Tremor a la Guarida de Hades

Hades pudo sentir la presencia de Tremor regresando a casa, así que se lo mencionó a Knightmare.

Le dijo que su hijo es un caballo demoníaco y que ese es el verdadero destino de su hijo, no simplemente otro caballo negro con alas de murciélago como ella.

Se acercó a ella y le colocó las riendas rojas y la silla de montar en su espalda.

Mientras hacía esto, ella volvió a transformarse en su yegua demoníaca con sus alas una vez más.

Hades dijo: "Mientras no me traiciones, chica, siempre serás esta yegua de poder, no la que fuiste antes."

"¿Estás de acuerdo con mis condiciones?"

La pobre yegua anciana aceptó con un relincho de deleite, pensando que al menos tendría la fuerza y el poderoso cuerpo con una mente inteligente nuevamente, lo cual parecía gustarle.

Todavía sentía que era útil de nuevo en la muerte como este caballo demoníaco.

Seequest y Firefly eran ahora los enemigos de Knightmare, ya que cuando Hades le puso las riendas, borró su memoria de ellos, aparte de su hijo Tremor, y eso es todo lo que recuerda.

A Hades le gustó su respuesta y dijo: "Bien, entonces vamos a encontrarnos con él."

Sus ojos comenzaron a brillar con un rojo ardiente y las venas rojas empezaron a aparecer nuevamente con venganza en su mente.

Se subió a su espalda mientras ella se alzaba con humo saliendo de sus fosas nasales y sus ojos ahora eran como fuego con llamas corriendo por su cuerpo nuevamente.

Esta vez, ella creció al doble de su tamaño anterior mientras se preparaban para la batalla contra los dioses.

Se lanzó a la esfera de llamas frente a ellos, que los llevó a un portal hacia la tierra arriba.

Llegaron a los Bosques Prohibidos, donde volaba sobre ellos Tremor mismo.

La Llegada de Tremor a la Guarida de Hades

Hades lo llamó y dijo: "Ven aquí, mi campeón del infierno."

En ese momento, el dios de la muerte no sabía que era Knight quien estaba al mando, ya que no estaba dispuesto a rendirse en su intento de recuperar su cuerpo de esta fuerza maligna que ahora vivía dentro de él.

Hades podía ver que Tremor no prestaba atención y parecía que estaba librando una batalla en el cielo consigo mismo.

Entonces, Hades sacó su Espada de la Perdición y la apuntó hacia Tremor/Knight. La espada se encendió con una llama roja ardiente y la lanzó al unicornio con alas de dragón, que atrapó la llama en su cuello, quemándolo y haciéndolo enfurecer nuevamente.

Solo Tremor podía soportar ese tipo de dolor siendo una fuerza de oscuridad y fuego.

Knight tuvo que volverse inactivo una vez más y dejar que Tremor controlara su cuerpo esta vez.

El hijo de Seequest luchó con todas sus fuerzas e intentó soportar el dolor lo mejor que pudo.

Pero aún no podía ganar la batalla entre él mismo y Tremor en el cielo.

Hades recitó un verso con su espada y dijo: "Te ordeno, Tremor, que hagas lo que te digo, hijo mío."

Cuando apuntó la espada nuevamente hacia el unicornio con alas negras, esta vez, la bola de fuego impactó en su frente y se adentró directamente en su mente.

Allí, Knight quedó inconsciente y sumido en un coma dentro de su propio cuerpo.

Tremor ahora vivía y lo controlaba completamente. El caballo maligno relinchó, lo que hizo que los cielos se volvieran terribles y oscuros, mientras empezaba a respirar fuego y sus alas, melena y cola se encendían en llamas naranjas y rojas por todo su cuerpo.

Hades dijo: "Excelente, ese es mi chico. Ahora eres mío."

Hades llamó a Tremor para que viniera a verlo a él y a su madre nuevamente en el suelo.

Knight estaba fuera de combate porque el dios del inframundo lo atormentaba con todos sus grandes recuerdos de una sola vez.

Esto lo hacía sentir abrumado, ya que había demasiada felicidad y dolor al mismo tiempo para él de manejar.

Hasta que, con suerte, algún día pudiera despertar nuevamente, o eso era lo que esperaba con el tiempo.

Antes de que la criatura negra con alas de dragón aterrizara, Knight decidió ver si su madre seguía siendo la dulce yegua que conoció y amó al principio.

Quizás ella aún pudiera ayudarlo a vencer a Tremor desde dentro.

La Llegada de Tremor a la Guarida de Hades

Debido a sus pensamientos, pensó que podría matar a Hades con todos los grandes poderes que poseía ahora,

Knightmare aterrizó justo frente a él, y Knight esperaba poder desarmar a Hades de su espada.

Cuando Knightmare vio lo que iba a hacer, se levantó sobre sus patas traseras para proteger a su amo y mordió a su hijo. Knight estaba en shock, pero respetó sus deseos. Para seguir el juego, le frotó el cuello y dijo en su mente en un susurro:

"Madre, soy yo, tu hijo, Knight."

"Estoy tratando de vencer a Tremor, pero debes ayudarme, por favor, y rescatar a nuestra familia del daño." "Podemos hacerlo juntos."

Knightmare se levantó con ira y dijo: "No tengo ninguna familia aparte de Tremor."

El pobre Knight estaba devastado y miró en sus ojos, solo viendo maldad y odio. Luego se dio cuenta de que su madre se había ido para siempre, lo cual le rompió el corazón.

Ella lo mordió nuevamente y le quemó el cuello con sus afilados dientes, rascándolo con sus garras de sus alas negras, moviéndolas arriba y abajo y golpeándolo contra el suelo. Se desplomó, sintiéndose desconsolado y yaciendo inmóvil. Knightmare lo sacudió para ver si la bestia seguía viva y miró en sus ojos.

Allí vio a su hijo atrapado en su propio cuerpo para siempre. Mientras yacía allí, pudo ver lágrimas cayendo de sus ojos. Pero Knight entonces se dio cuenta de que su madre ya no estaba. Cerró los ojos por última vez, enfurecido. Entonces, Tremor volvió y Knight desapareció completamente. ¿Sintió Knight desde dentro que su vida había terminado?

Se apagó del mundo, esperando que algún día su familia pudiera despertarlo nuevamente a la vida que una vez conoció y amó tanto.

Antes de hacerlo, primero cerró los ojos frente a su madre.

En su mente, por última vez, pensó en llamar a su hermana, diciendo: "Firefly, soy yo, Knight."

"Tristemente, ya no estoy más." "Por favor, mata a esta bestia que ahora vive en mi cuerpo si debes salvar al mundo. Te perdono y entiendo por qué se hizo esto."

"Y si lo haces, todavía los amaré a todos para siempre."

Allí yacía el cuerpo de Knight en el suelo, lo que hizo que la tierra temblara terriblemente.

Las grandes alas negras del caballo yermo yacían inertes a su lado cuando Hades dijo: "Basta de tonterías."

"He intentado el camino fácil y no ha funcionado, sabiendo que eres el hijo de Knightmare."

"Pero para controlarte completamente, querido niño, tendré que hacer esto."

Entonces, saltó de la yegua y se acercó al potro indefenso. Comenzó a cortar la mitad del cuerno de Knight

La Llegada de Tremor a la Guarida de Hades

y en su lugar colocó su espada, para tener un control total a partir de ahora.

Afortunadamente, ninguna de las bestias sintió lo que estaba sucediendo, ya que estaban fuera de combate.

La espada de Hades luego emergió con el resto del cuerno y se convirtió en una forma dentada, que se parecía más a la espada de Hades y significaba que Hades tenía control total a partir de ahora.

El caballo infernal negro se levantó y se puso en pie con valentía y sabiduría, respondiendo instantáneamente a las órdenes de Hades. "Mi señor, ¿qué deseas de mí?"

"Soy Tremor el destructor." "Excelente," dijo Hades con una sonrisa.

Allí, en el fondo, Knightmare se levantó con tristeza y emoción también. Knightmare, que todos conocían, ahora estaba perdido porque Hades la tenía bajo su hechizo también.

"Despierta, Tremor. Te ordeno ahora y harás lo que yo diga." Pero por dentro, aunque Knight ya no estaba, aún sentía el dolor de sus poderes siendo tomado por Hades. ¿Se había desvanecido en sus pensamientos como si hubiera muerto?

Tremor se erguía más alto, más poderoso que nunca, y obedecía todo lo que Hades le ordenaba.

Tremor ahora se inclinó frente a Hades y dijo: "Sí, mi señor, lo haré." "Bien," dijo el dios maligno. "Entonces, practiquemos más tus habilidades, ya que mañana traerás caos a este mundo nuevamente.

Te convertiré en un monstruo y me ayudarás a convertirme en el nuevo gobernante de la Tierra," mientras se reía con una risa maligna en su voz.

Algo más sucedió con Tremor: el cuerno dentado volvió a crecer, convirtiéndose en un cuerno más afilado y grande que antes.

Parecía no tener miedo de nada, ya que Knight había muerto por dentro, lo que significaba que Tremor podía hacer lo que quisiera con su cuerpo.

Hades dijo: "Excelente, ahora tengo los verdaderos poderes del Rey Unicornio y más, ya que trabajas a mi lado."

"No puedo fallar, ya que ahora tengo todos los poderes de la Tierra trabajando a mi lado y no en contra de mí al fin," y rugió una voz de victoria.

Hades tenía razón, ya que poseía todos los poderes completos y también contaba con la maldad para ayudarle. "Levántate, Tremor, mi caballo de fuego del infierno." Knightmare vio algo que reconoció. Era el árbol de abedul plateado en el que solía acostarse con Seequest y recordó lo que él le había dicho sobre la fuerza de voluntad y el control mental.

En ese momento, sintió que una pequeña parte de su memoria volvía y pensó, ¿es posible que aún pueda salvar a su hijo de Hades algún día?

Sabiendo que posiblemente Knight la perdonaría por todo lo que le había hecho recientemente, pensó: "¿Aún me querrá como antes?"

La Llegada de Tremor a la Guarida de Hades

Jugueteó con los planes de Hades para ver qué deparaba el futuro. Pero luego sintió que Hades le tocaba el costado con su espada en la frente y nuevamente el recuerdo de ese momento se desvaneció.

En otro instante, estaba luchando contra su comando mientras miraba de nuevo al árbol.

Pero esta vez solo podía pensar en el presente, ya que Hades la tenía bajo su control mental.

Antes de que esto sucediera, derribó algunas flores del árbol que no se habrían caído solas debido a la época del año.

Era su forma de mostrarle a Seequest o a cualquiera el camino de regreso al escondite de Hades con la esperanza de rescatarlos a ambos antes de que fuera demasiado tarde.

La yegua demonio negra estaba orando para que alguien rescatara a Seequest y que él pudiera verlas, sabiendo que aún lo amaba.

Al recoger estas flores del árbol para ella, que eran sus favoritas, pensó que ella era la Knightmare que él amaba y conocía aún por dentro.

Así que, con suerte, Seequest podría tal vez salvarla también, o eso era lo que estaba esperando.

Knightmare comenzó a ver al verdadero y horrible maestro por lo que Hades realmente era y que todos querían matarlo, incluso ella.

Pero, ¿cómo puedes matar a un dios que vive bajo la tierra y que ya está muerto? pensó.

Todos llegaron de vuelta al escondite cuando vieron que Seequest había escapado de su vórtice.

Seequest estaba alcanzando a Firefly y Hermes anteriormente.

Tremor y Knightmare sintieron que todavía estaba en la guarida y lo encontraron inesperadamente.

Seequest los miró a ambos y se negó con gracia a luchar hasta la muerte.

Pero eran las órdenes de Hades y tenían que hacer lo que se les decía.

Seequest estaba horrorizado de tener que luchar contra su compañero y también contra su hijo al mismo tiempo.

Entonces, ellos lo patearon con sus pezuñas hasta el suelo mientras él todavía estaba débil y se estaba ajustando a moverse de nuevo.

Lo rasgaron y ambos lo mordieron, por lo que tuvo que defenderse. Al final, él hizo lo mismo con ellos.

Miró en sus ojos y se rompió el corazón al ver que la familia que amaba se había ido.

Pero pensó que debía haber una manera de recuperarlos y siempre creyó que había esperanza.

La Llegada de Tremor a la Guarida de Hades

Finalmente, Seequest se rindió y dijo: "Hades, ganas, ya que no lucharé contra mi familia."

"Haz lo que quieras conmigo o dime qué quieres que haga y lo haré por ti."

Hades estaba sorprendido y dijo: "Bueno, bueno, bueno, Seequest, todavía puedes sorprenderme."

Hades permitió que todos permanecieran juntos por un tiempo.

Mientras Seequest yacía allí siendo custodiado por su ex-familia, aún fue y les dio un cariñoso toque y apoyó su cabeza en sus hombros.

Esperaba intentar aplicar la poción de su cuerno que Hermes había puesto allí anteriormente para tratar de recuperar a sus seres queridos, frotándola en la parte superior de sus cabezas mientras descansaba felizmente.

Lamentablemente, no funcionó, así que no sirvió de nada. Estaban demasiado bajo los hechizos de Hades.

Entonces, Tremor dijo: "Buen intento" y luchó con él de nuevo y esta vez, Seequest defendió su cuerpo y atravesó el pecho de Tremor con su cuerno.

Él relinchó y luego se levantó sobre sus patas traseras y su herida comenzó a sanar de inmediato.

Tremor dijo: "Sí, Seequest, olvidas que también tengo tus poderes."

El Rey Unicornio entonces se dio cuenta de que estos poderes eran incluso demasiado para que él venciera a esta bestia por sí solo.

El Rey Unicornio intentó con todas sus fuerzas alejarlo de Knightmare.

Seequest encendió su cuerno con ira, que se volvió de un rojo brillante y quemó a esta bestia en la cabeza.

Ahora, Tremor huyó y se quedó solo, escapando al saltar a través del fuego y quemándose en el proceso para escapar de Seequest.

Seequest creó una esfera de luz blanca para protegerlos mientras dormían. Tremor se quemó gravemente debido al fuego. Esta vez, Seequest usó su verdadero poder, el cual Tremor recibió con gran fuerza.

Eventualmente, el Rey Unicornio fue lo suficientemente fuerte como para galopar y llegar nuevamente a su hija.

Se detuvo justo frente a ella, sintiéndose destrozado y exhausto, sin miedo a mostrarle sus sentimientos.

Firefly vio a su padre maltratado y herido gravemente cuando él dijo: "Firefly, lo siento, he fallado."

Cayó al suelo con un gran estruendo, que sacudió los árboles, y su cuerno comenzó a apagarse.

Ella se apresuró a ayudarlo y dijo: "Padre, no te mueras, te necesito.

Te necesitamos." Y cerró los ojos, se recostó junto a él y dijo un verso mientras su cuerno comenzaba a iluminarse con un hermoso color jade, de tonos verdes oscuros y claros.

Cerró los ojos y pensó en sanarlo mientras colocaba su cuerno brillante sobre las heridas de su padre, que empezaron a sanar lentamente.

Mientras hacía esto, su cuerpo también cambió a diferentes tonos de jade y, cuando terminó, también dijo otro verso sobre amor y armonía.

El cuerno de Firefly nuevamente comenzó a cambiar a cuarzo rosa pálido mientras lo colocaba sobre la frente de Seequest.

A medida que esto sucedía, los tonos rosa pálido fluían por todo su cuerpo de manera hermosa, expresando la energía del amor a medida que brillaba y creaba una bonita aura a su alrededor.

Tomó horas sanar completamente al rey. Firefly estaba complacida con sus resultados y descansó junto a su padre, con una de sus alas de plumas de ángel extendida sobre él para mantenerlo cálido.

Más tarde ese día, Seequest despertó para ver que su hermosa hija se había transformado una vez más en este impresionante unicornio con alas emplumadas, con una gran diferencia.

Al despertarse y levantarse de su sueño, Firefly empezó a sentir algo diferente. Se sintió más viva y en control de sus poderes, y sintió que los grandes poderes que llevaba en su interior estaban ahora más fuertes que nunca, finalmente despertados.

Ahora entendía el papel de su padre de proteger todo a su paso.

Además, también podía ser agotador y desgarrador lo que a veces necesitaba hacer, e incluso sacrificando su felicidad para salvar su mundo.

Ella brillaba con una luz de cuarzo rosa sobre ella y sus alas, que eran aún más grandes y tenían más capas de plumas de ángel. También tenía patas emplumadas como las de su padre.

En ese momento, Firefly se sintió aliviada de alguna manera al ser como él, el protector que tomaba sus propias decisiones, a diferencia de su pobre madre, controlada por su malvado maestro.

Seequest pensó que ella era increíble y le preguntó qué era, ya que él podía volar, pero antes no tenía alas.

Firefly lo miró con gran gracia y orgullo y dijo con su nueva voz angelical: "Soy, Padre, creación tuya y de madre."

"Soy una Unisos, ya que tengo todos los poderes de la tierra y también los divinos."

"Vaya, ¿cómo has llegado a conocer tus poderes tan rápidamente sin entrenamiento o práctica?" le dijo, sorprendido por su belleza.

"Oh, mi abuela me enseñó mientras estaba en coma y atrapada en la cueva, ella me envió su poder divino a través de nuestras mentes mientras dormía."

Seequest preguntó de nuevo, "¿Qué? ¿Has tenido contacto real con Celestial, quien alguna vez fue mi madre?"

"Sí, Padre, así fue."

Seequest se levantó, se sacudió y luego se alejó de su hija, pensando si podría ver a Neptune de nuevo.

Quizás entre ellos podrían salvar a su familia después de todo, ya que ningún unicornio ni su tipo había tenido contacto con los cielos y lo divino de la novena dimensión antes.

Porque lo divino era la Madre Naturaleza misma, y ella nació después de que Seequest decidiera vivir en el mar para siempre.

Pensó para sí mismo, mi hija podría ser incluso más poderosa que yo.

Pero ella podría ser la que salve la vida en la tierra, ya que también podría destruirla de otra manera.

Cuanto más Seequest miraba a su hija, más se sentía orgulloso de ella.

Aún así, también sentía y sabía que Firefly no podía quedarse con él, lo cual también le rompía el corazón.

Pero por ahora, mantuvo esto para sí mismo hasta que la batalla terminara.

Él estaba simplemente contento de saber que ella estaba de su lado mientras yacían allí juntos, bajo la luna que era un cuarto esa noche y brillaba alrededor de ellos.

Seequest miró hacia arriba y dijo: "Querida amiga, por favor, ayúdanos."

Luego, miró hacia atrás y se durmió para recuperarse emocionalmente esta vez.

En su sueño, Firefly pensaba en los momentos que pasó con su familia en la playa, cuando su madre dijo: "Vamos, mi ángel, vamos a la playa y podrás nadar con tu padre como es debido."

A la mañana siguiente, el sol brillaba intensamente sobre ellos, por lo que tuvieron que despertarse y moverse a un lugar más fresco.

Firefly recibió el mensaje de Knight y comenzó a llorar.

"¿Qué pasa, mi querida?" preguntó Seequest. Ella respondió: "Es Knight."

"Parecía que estaba muriendo y me contó lo que Hades le ha hecho", con la cabeza baja en tristeza, sintiendo el dolor y gran pesar de su hermano también.

"Sí, lo sé, mi dulce niña."

Firefly se levantó en dos patas, mostrando gran fortaleza al estar enojada con él por no haber salvado a su hermano, como le prometió al principio.

La Llegada de Tremor a la Guarida de Hades

Seequest también se levantó en dos patas y dijo: "Ahora, cálmate."

"No soy tu enemigo", mientras Firefly parecía estar preparada para desafiarlo también.

Hermes voló entre ellos y dijo: "Por favor, deténganse."

Seequest habló y dijo: "No había nada que pudiera hacer por él en ese momento."

"Lo siento, Firefly."

"Pero la única manera en que podemos traer de vuelta a Knight es con la ayuda de los dioses ahora."

"Si aún confías en mí en tu corazón, entonces deja de desperdiciar tu energía en mí y luchemos por la causa justa, que es recuperar a nuestra familia entera."

"Si me crees, basta de tonterías y monta conmigo a la playa para contactar a mis amigos en busca de ayuda."

"Está bien, entiendo, pero si nos traicionas, te mataré, padre, ya que ellos todavía son nuestra carne y sangre."

"Sí, lo sé, mi ángel."

"Haré todo lo que esté en mis manos para traerlos de vuelta a ti, como si fuera lo último que hiciera."

Ambos estuvieron de acuerdo y Hermes dijo: "Apúrense."

"Necesitamos llegar a la playa antes de que los grifos de Hades nos encuentren."

Pensaron que habían escapado nuevamente. Pero lo que no sabían era que Hades había planeado dejarlos ir esta vez para llevarlos a todos los demás de una sola vez, de modo que pudiera matarlos a todos de una vez por todas.

Capítulo Treinta y Tres

La Reunión Es Cancelada

Pegaso se había encontrado con Celestial y Legend, y estaban en camino hacia la Tierra.

Legend y Celestial estaban ansiosos por ver a su hijo una última vez antes de recogerlo definitivamente, pero era una visita especial que Zeus les había concedido debido a su ayuda en el intento de salvar a la Madre Tierra y a Seequest, además de sus hijos, de Hades, si es que podían.

Mientras volaban más cerca del planeta, vieron en el horizonte la hermosa y brillante luz dorada de una estrella original, ahora llamada nuestro sol.

Era la estrella más caliente y peligrosa de la galaxia para cualquier cosa que la tocara.

La Tierra, desde la distancia, parecía un hermoso planeta redondo de azules y verdes, con patrones de mapas sobre ella.

También vieron a la Madre Naturaleza sonriendo a medida que se acercaban, ya que ella vive en el núcleo de la Tierra.

De esa manera, ella sabe todo, ya que siente, ve, oye y respira el aire de la Tierra todos los días.

Descendieron a través de la capa de ozono y aparecieron en Grecia.

Se estaban acercando a Santorini, donde Seequest vivía en ese momento.

Horas después, de repente Firefly cambió orgullosamente otra vez y su cuerno brilló en dorado.

Esto sucedió cuando sintió la presencia de Celestial acercándose a ellos y decidió ver si tenía razón, así que galopó mientras comenzaba a agitar sus alas rápidamente y tomó vuelo en el cielo en silencio.

Seequest estaba descansando abajo con Hermes a su lado.

Firefly parecía increíble, un verdadero unicornio con alas de ángel volando graciosamente por su hermoso cielo azul, alto entre las nubes.

Ahora sentía que sus alas eran más pesadas y le daban un mejor equilibrio en la atmósfera.

La Reunión Es Cancelada

Porque también le hacía sentir que sus pulmones respiraban el aire con más facilidad.

Contactó a Celestial mientras volaba.

"Abuela, el Rey Unicornio está vivo y bien, y estamos en camino a la playa para encontrarnos con todos ustedes.

No le he dicho a Padre que estarás allí; él espera ver solo a Neptuno."

Celestial respondió: "Has hecho bien, mi niña, y gracias por no decírselo." "Estaremos con todos ustedes pronto." "Nos encontraremos en la playa principal, como planeamos."

"De acuerdo," dijo Firefly. "Nos veremos allí pronto."

El Unisos alado volvió a su color rosa cuarzo mientras volaba de regreso. Cerró los ojos por un instante, sintiendo el aire del mar en su hocico y en su vientre.

Reabrió los ojos para ver su reflejo en el mar debajo de ella mientras volaba sobre él, y notó que había cambiado de nuevo, ya que la energía de amor y armonía vivía dentro de esta preciosa criatura y ahora estaba exudando amor por todas partes.

El gran Pegaso, Celestial y Legend acababan de aterrizar en el campo y galoparon hacia la playa para ver a Seequest y Firefly y proteger a su especie por última vez.

Mientras tanto, Zeus se preparaba en el Olimpo, Neptuno también estaba organizando a su gente y su reino para estar listos para la batalla contra su cruel hermano, quien quiere dañar y destruir todo lo que los unicornios habían embellecido hace setenta años en su camino.

Hades estaba celoso porque no podía vivir en ello más y lo quería todo para él.

En su mente, si no puede tenerlo, entonces nadie más lo tendrá tampoco, y está preparado para destruirlo nuevamente.

Hades ha convertido a Tremor en la criatura más poderosa que haya sido creada en la Tierra.

Dado que el padre de Knight es el rey de los unicornios y caballos, y su madre es la reina de la muerte y el mal a través de la voluntad de su amo.

Esta criatura mortal ahora puede destruir todo lo que toca, ve o siente, y es la más letal incluso para los dioses si se le da la oportunidad de usar sus poderes en su máximo potencial.

Capítulo Treinta y Cuatro

Tremor Ahora Destruirá la Tierra y Todo Lo Que Vive en Ella

Ha pasado el tiempo y esta batalla ha estado en curso durante mucho tiempo ya.

El verano parece estar acercándose y, naturalmente, se está volviendo más cálido por la noche.

El Rey Unicornio y su hija estaban de pie en las olas del mar para mantenerse frescos mientras esperaban la llegada de Neptuno.

Seequest lo llamó con su mente y dijo, "Neptuno, espero que puedas oírme", mientras sumerge su cuerno en el agua salada y refrescante como se le había indicado en el pasado.

Eso causó un sonido invisible en el mar que solo Neptuno o su hija mayor podrían oír, debido a sus poderes sobre los seres vivos.

"Espero que todos estén bien," dijo con un tono cariñoso en su voz.

"Soy yo, Seequest, estoy libre y estoy con mi hija en la playa esperando tu llegada. Por favor, necesito tu ayuda una vez más, viejo amigo."

En ese momento, Neptuno estaba sentado en su trono dando órdenes cuando se llevó la cabeza y entró en trance, mirando hacia adelante. Sus guardias se acercaron a él y lo llamaron, pero él no los oyó en absoluto. Era como si no estuviera allí en absoluto.

Pero parecía que estaba en un lugar completamente diferente de su entorno.

Nunca antes se había visto al rey del mar hacer esto y empezaron a entrar en pánico pensando que podría ser obra de Hades.

Helena sintió que algo estaba mal, salió del entrenamiento con Louis, saltó rápidamente del hipocampo y nadó hacia su padre, diciendo a los guardias,

"Retrocedan. Él está bien, déjenlo."

"Mi señora, no podemos hacer eso, ya que somos sus guardias."

"Sí, lo sé, y gracias. Pero me haré cargo de aquí."

"Nuestra señora, usted es una princesa."

Tremor Ahora Destruirá la Tierra y Todo Lo Que Vive en Ella

"Usted no tiene la autoridad para dar esta orden."

"Entonces quédate y sal de mi camino," respondió con tono apresurado mientras se preocupaba por su padre. "¿Puedes oírme?"

El rey tampoco respondió su llamada, ya que se concentraba en escuchar a Seequest y, al mismo tiempo, estaba sorprendido y feliz al saber que estaba vivo y bien.

Seequest repitió, "Mi rey del mar, debes poner a salvo a toda tu gente y enviarla a Escocia, que Hades aún no conoce."

"Él no irá allí ya que es demasiado frío para él soportarlo."

"Una vez que hayas hecho esto, ven a la playa para ayudar a detener a Hades."

"Por favor, soy yo, el Rey Unicornio."

Minutos después, Neptuno respondió, "Seequest, ¿cómo sé que eres tú y no una trampa para atraer a mi gente y a mí?"

"¿Recuerdas lo que hiciste por mi madre y por mí al salvar nuestras vidas?"

"Además, durante muchos años me has dejado quedarme y vivir contigo y tu familia en paz."

Neptuno salió del trance y vio que Helena estaba allí y ella dijo, "Padre, ¿estás bien?"

"Por supuesto, hija mía," dijo y cambió su forma de pensar ya que Helena estaba allí y no quería que ella se preocupase por ello.

"Guardias, estoy bien, pueden irse, gracias."

Los guardias hicieron una reverencia ante su rey mientras giraban y reducían el tamaño de sus lanzas antes de abrir las grandes puertas doradas y cerrarlas al salir.

Neptuno tenía una expresión de confusión en su rostro.

Helena, al abrazarlo para consolarlo, sintió una sensación cálida en su cuerpo, como si percibiera la energía amorosa de Seequest.

"¿Padre, era un mensaje telepático de Seequest?"

Neptuno trató de ocultar la verdad a Helena y dijo, "Oh, no es nada que te concierna, hija mía."

"Todo está bien ahora."

"¿Era Seequest? Sentí que nos contactó de alguna manera, pero un poco diferente de antes."

El rey del mar trató de mantener el secreto, ya que era confidencial debido a lo que había sucedido antes, y dijo, "Estoy bien, hija."

"Debo ir a ver a tu madre en el templo ahora."

"Padre, déjame ir contigo."

Tremor Ahora Destruirá la Tierra y Todo Lo Que Vive en Ella

"No, Helena, por favor déjalo y ve a hacer tus tareas como antes, gracias."

La princesa sirena estaba molesta y sabía que algo estaba sucediendo, y que de una manera u otra lo averiguaría, o eso pensaba.

La princesa sirena sabía que eventualmente descubriría la verdad y nadó hacia los establos para atender al hipocampo, ya que su madre parecía estar asistiendo al Templo de Cristal con más frecuencia estos días, debido al ataque reciente de Tremor a Vissen.

Capítulo Treinta y Cinco

Tremor Está Destruyendo las Tierras

Hades obligó a Tremor a salir por la noche y matar a todos los animales para luego devorar sus almas, ya que Hades no lo alimentaba más.

Tremor necesitaba comer algo y eso fue lo que hizo, pareciendo disfrutarlo también.

Hades podía ver que Tremor estaba vivo todo el tiempo ahora, mientras que Knight estaba muerto por dentro.

Zeus observaba desde arriba las crueles acciones de su hermano y sabía que él y sus hijos debían detener a Hades para siempre sin matar a Knight, lo cual sería un gran desafío.

Zeus estaba seriamente enojado con su hermano menor y dijo, "Es hora de poner fin a esto", con un tono rugiente mientras hablaba con el resto de los dioses y diosas.

"Hades, ¡voy por ti!" gritó mientras observaba a Tremor destruirlo todo.

Se volvió extremadamente enfadado. Para detenerlo en seco, juntó ambas manos y creó una gran esfera de luz plateada que lanzó hacia Tremor, como una advertencia de que él estaba observando desde arriba.

Hades miró al cielo y respondió, "Mi criatura te vencerá y matará, querido hermano, lo verás."

"O al menos destruirá tu preciosa tierra tal como la conoces y amas," y comenzó a reírse fuertemente otra vez.

Zeus llamó a sus guardias y a su familia y dijo, "Es hora, mis amados y amigos, de mostrarle a Hades qué es el poder, la libertad y la paz."

Todos fueron a recoger sus lanzas, espadas y escudos mientras comenzaban a colocarse su armadura antes de montar sus hermosos caballos blancos alados para ir a la tierra para la batalla de su ingenio.

Hades le dijo a sus criaturas que debía hacer un viaje antes de esta guerra con la Tierra y Zeus, lo cual cambiaría su vida tal como la conoce.

Porque eventualmente lo cambiaría a su manera de pensar, al igual que su inframundo ya está

Esta vez, no llevó a Tremor ni a Knightmare, ya que los dejó descansar un tiempo, pues serían muy necesarios más adelante.

Montó uno de sus tigres dientes de sable, que también había estado descansando hasta ser necesario nuevamente.

Antes de que mataran a todos los últimos unicornios, a excepción de dos, que eran los padres de Seequest, quienes en ese momento eran el rey y la reina de los unicornios nocturnos, y cuyos nombres se habían convertido en leyendas en todas las tierras como Jecco y Moonbeam.

Hubo un tigre dientes de sable que escapó, y su nombre es Dolor.

Hades decidió que era demasiado importante para mantenerlo cerca, así que lo guardó en otra parte de la tierra, alejado de todos, donde Hades creó una hembra para él llamada Maleficio, debido a sus ojos rojos y las rayas en todo su cuerpo.

Ahora han estado juntos y han producido diez crías solo para este día especial.

Llamó al enorme y fuerte Dolor y le dijo, "Tu venganza será dulce, hijo mío, tu momento está por llegar."

Montó hacia otro lugar para ver a la poderosa hechicera llamada Luna Oscura, quien estaba relacionada con Luna.

Pero ella se había mantenido oculta hasta hoy, ya que también quería participar en la batalla de los dioses.

Tremor Está Destruyendo las Tierras

Mientras Hades estaba ausente, la quimera y Cerberus, ahora con dos cabezas, estaban custodiando al caballo murciélago alado del infierno y al Unisos infernal mientras él estaba fuera.

Tremor estaba débil por haber estado todo el día causando problemas en todas partes.

Knightmare hizo todo lo posible por consolar a la bestia que tenía a su hijo atrapado dentro de su cuerpo.

Pero ahora creía que Tremor era su hijo y que Knight nunca había existido debido a los hechizos de Hades.

Ella también lo mantenía calmado, ya que aún sentía amor por él, pues eso era lo que Hades quería que sintiera por obedecer sus órdenes recientemente.

Knightmare recordó un truco que Seequest le enseñó en el pasado y pensó que podría ser útil ahora, ya que también estaba luchando en su mente.

Pensó que este ya no era su hijo, pero el demonio en ella decía que Knight estaba muerto y Tremor era nuestro hijo en su lugar.

La pobre Knightmare estaba rota y enloqueciendo al ver que su hijo se había convertido en este monstruo y esperaba que algún día volviera a ser como antes.

Knightmare hizo todo lo posible por tratar de conectar con alguien, pero no sirvió de nada.

La señal era demasiado débil en las cavernas, ya que estaban más lejos de lo que estaban antes.

Ella pensó que debió haber visto desde el principio que era una trampa para Seequest.

Pero aún siente el amor por este extraordinario semental unicornio, de la misma manera en que él también se había enamorado de ella.

Se preguntaba cómo era posible si ambos estaban luchando en bandos opuestos.

Es porque los opuestos se atraen.

Aunque ella era mala y él era bueno, juntos estaban de alguna manera completamente equilibrados. El fuego calienta el agua y el agua apaga el fuego.

De vuelta en el mar, Seequest seguía esperando la llegada de Neptuno y sus caballeros marinos.

Mientras esperaba pacientemente, comenzó a tener recuerdos de todos los grandes momentos que había vivido con Knightmare y cómo su amor creció de algo insignificante a algo asombroso.

Nunca se había planeado en las estrellas que sucediera de forma normal.

Pero a veces el universo toma el control y crea criaturas que cree tendrán un gran propósito en el futuro.

Eso es exactamente lo que había sucedido con su relación con el tiempo, y debido a la forma en que ella está ahora, él no podía salvarla a través de su magia.

Solo el universo lleva todas las respuestas a la vida misma.

Seequest seguía pensando en Knightmare y esperaba que Neptuno pudiera ayudarla.

Pero tal vez con la ayuda de Zeus podría hacerlo, ya que rezaba para que así fuera.

Pero lo que Seequest y Firefly no sabían era que Hades quería que experimentaran lo que era la libertad por un tiempo y que elevaran sus esperanzas de que todo estaría bien, para luego derrotarlos.

Hades, siendo un dios verdaderamente maligno, pensó que eso los haría sentirse seguros y bajar la guardia para engañarlos una vez más.

El plan de Hades estaba funcionando justo como él sabía que lo haría.

Seequest y todos se sentían relajados y emocionados de ver a sus amigos nuevamente.

Mientras que era otra cruel trampa de Hades jugando con sus emociones, corazones y, nuevamente, sus mentes.

Firefly se estaba poniendo un poco inquieta, así que saltó al cielo una vez más y voló alrededor para ver si podía ver a alguien más viniendo hacia ellos.

Capítulo Treinta y Seis

¿Serán Seequest y su hija alguna vez libres de Hades?

Seequest y Firefly estaban esperando ser liberados en la playa, descansando en el mar, mientras Hermes permanecía en tierra vigilando en otra parte, mientras esperaban a que Neptuno apareciera.

Lo que no veían era la barrera invisible entre ellos y la parte más profunda del océano, donde Seequest necesitaba estar para transformarse en un hipocampo y alejarse para respirar adecuadamente y recuperar toda su fuerza.

Hades conocía esto, así que lo atrapó en sus mares. Pero para Seequest, él aún pensaba que él y su hija estaban ahora seguros y libres. Hades había puesto otra barrera alrededor de ellos.

¿Serán Seequest y su hija alguna vez libres de Hades?

Comenzaron a tener sed, así que bebieron algo del agua de mar en la que Hades había hecho que su quimera arrojara una poción, la cual los debilitaría y cansaría en el agua en la que se encontraban.

Incluso Hermes, al final, no pudo resistir beberla, ya que parecía refrescante, ya que el agua salada le es buena a veces y le da un rápido impulso. Pero no deben beberla a menudo, solo ocasionalmente.

Todos se sintieron cansados de esperar, por lo que se durmieron profundamente.

Pasó un día.

Sin darse cuenta de que habían dormido, despertaron con una luz brillante que apareció sobre ellos, pensando que era Pegaso.

Así que no se escondieron de ella, solo para descubrir que era una de las criaturas de Hades que se había transformado en la imagen y el poder de Pegaso para ganarse su confianza.

Luego agitó con sus alas una esfera de luz hacia ellos y todo lo que vieron fue una luz brillante y masiva.

Cuando la luz desapareció, se encontraron de nuevo en el inframundo.

Seequest comenzó a sentirse más como él mismo cuando se dio cuenta de que todos habían sido engañados y regresaron a donde empezaron una vez más, ya que Hades estaba jugando trucos con ellos desde el principio.

Al hacerles sentir que realmente habían escapado de él, Hades creó la imagen del bosque para que Seequest supiera que ahora tenía control sobre él y su hija para siempre.

Firefly se dio cuenta de que había sido engañada y pensaba que estaba de vuelta en los establos, donde su madre también estaba allí, solo para ver que al alcanzarla, ella era una ilusión y uno de los desagradables hechizos de Hades, lo que la hizo sentirse desanimada.

Hades había visto anteriormente que los sentimientos de Knightmare estaban volviendo debido a que Seequest le enseñó algunos trucos mientras vivían juntos recientemente.

Así que decidió encerrarla en la mazmorra con Cerbero, quien había sido su guardia con solo dos cabezas y los guardianes de las almas de los muertos, esta vez en su imagen de dragón nuevamente para evitar ser asesinado por alguien.

Hermes, afortunadamente, parecía haber escapado al estar en forma de mariposa anteriormente y se mantuvo escondido en la pared una vez más, descansando un rato cuando escuchó a Seequest hablándole a través de su mente.

Hermes sonrió y se transformó en un carbonero azul, luego voló alrededor tratando de encontrarlos a todos de nuevo.

Cuando llegó allí, Cerbero lo vio, quien saltó al aire y lo atrapó suavemente con su boca.

¿Serán Seequest y su hija alguna vez libres de Hades?

Esta vez, Hermes pensó que el juego había terminado y rápidamente volvió a su tamaño real, que por suerte era más grande que la lengua de Cerbero, y salió cubierto de barro volando rápidamente lejos de él, sin preocuparse de estar pegajoso y mojado.

"¡Maldito Hermes, te atraparé!"

"¡Marca mis palabras!" rugió y aulló con rabia, moviendo su cola de dragón, rompiendo la pared a medida que pasaba, sin darse cuenta de que estaba debilitando la estructura para que el plan de Hermes pudiera funcionar.

Hermes cambió a su tamaño más grande de lo normal, usando sus botas voladoras que ya no podían soportar su peso, así que tuvo que correr lo más rápido que pudo por los oscuros caminos del infierno, pasando por el lago de los muertos.

Escaló una parte de la montaña conectada a ella para llegar a la tierra natal de Hades.

Afortunadamente, escapó justo cuando un alma saltó del agua oscura y agarró sus pies; afortunadamente, perdió su agarre y lo soltó mientras él se sacudía, intentando aferrarse a las rocas por su vida.

Finalmente llegó a la cima y pensó que lo había logrado y que debía encontrar a Seequest y Firefly rápidamente.

Corrió tan rápido como su cuerpo pudo llevarlo y vio una luz que reconoció como el cuerno de Seequest centelleando a lo lejos.

Hermes, ahora recuperado, se transformó en una avispa esta vez y esperaba poder romper el hechizo que Hades había puesto sobre Seequest una vez más.

"Bueno, aquí vamos" dijo mientras volaba hacia Seequest, quien parecía estar luchando ligeramente contra el hechizo pero aún no tenía toda su fuerza de nuevo.

Hermes ahora picó a Seequest varias veces para hacerle sentir el dolor, ya que antes, como abeja, solo podía picar una vez y salvarse a sí mismo siendo un dios.

Pero como avispa, podía picar tantas veces como fuera necesario para despertarlo.

Hermes no intentaba lastimarlo, sino hacerlo darse cuenta de que el dolor era real y que ya no estaba bajo los hechizos de Hades.

Pobre Seequest fue picado alrededor de veinte veces hasta que saltó y se levantó sobre sus patas, derribando a la avispa inconsciente.

"¿Qué eres tú?" preguntó Seequest.

Además, Hades había borrado sus recuerdos de haber escapado anteriormente, así que para ellos, nunca había sucedido.

Hermes volvió a su forma normal.

Dijo, "Soy Hermes, el mensajero de los dioses, ¿recuerdas?"

¿Serán Seequest y su hija alguna vez libres de Hades?

Seequest respondió, "No, no recuerdo nada." "¿Qué me ha pasado?"

Hermes explicó que Hades había tenido a Seequest bajo algunos grandes hechizos y, mientras tanto, había estado utilizando su poder para fortalecer el suyo propio.

Lo cual era su hijo, que ahora era una criatura llamada Tremor que había ganado todos los poderes de la tierra y podría destruirla para siempre y a todos los que estaban en ella sin su ayuda.

El Rey Unicornio estaba escuchando, pero algunas de las palabras que no parecía asimilar sobre su hijo Knight.

Pero el gran guerrero se mantuvo firme y sintió que había recuperado algo de su poder al sentir el dolor de las picaduras de avispa.

Primero pensó en sanarse a sí mismo; su cuerno se volvió verde y recordó afortunadamente cómo sanar sus heridas.

En ese momento, Hermes dijo, "Lo siento, tuve que hacer eso."

"Pero tenía que hacer algo para que supieras qué era real nuevamente."

Seequest entendió y dijo, "Está bien."

"Todos tenemos que hacer cosas que no queremos hacer a veces, si es para nuestro bien superior," y relinchó hacia Hermes, quien luego sonrió y asintió con la cabeza.

Seequest estaba volviendo a ser él mismo gracias a Hermes y dijo, "Vamos, amigo, debemos escapar adecuadamente esta vez y rescatar a mi hija y luego a mi hijo."

Pensando que ¿Knightmare ya no lo recordaba?

Porque, aunque no recordaba antes, su corazón por ella no había cambiado de alguna manera.

Encendió su cuerno a plena potencia y, pensando en su ira, derribó la puerta con una patada de sus patas traseras.

La puerta se rompió en pedazos y luego galopó hacia el aroma de su hija.

"Espera, Seequest, espérame", mientras Hermes volvía a su forma pequeña y flotaba detrás del gran unicornio.

"Seequest, por favor, espérame, ya que soy mucho más pequeño que tú."

El Rey Unicornio se detuvo en seco y comenzó a recordar algunas cosas en ese momento.

Hades había intentado borrar toda su memoria de todo lo que conocía y amaba para quitarle a Knightmare antes.

Pero gradualmente comenzó a recordar esa dulce voz que pensaba que había intentado ayudarle antes pero falló.

¿Serán Seequest y su hija alguna vez libres de Hades?

Seequest miró hacia atrás para ver a Hermes, volando hacia él con su imagen de dios, con sus botas doradas aladas y su sombrero, y un cuerpo musculoso del tamaño de un pájaro.

Seequest sintió que su mente le estaba jugando trucos y ya no creía en lo que estaba escuchando y viendo, y se volvía tan confundido sobre qué hacer para lo mejor.

Pensó que se estaba volviendo loco, pero en el centro de sus pensamientos estaba una familia que tal vez había imaginado una vez, sabiendo que siempre había sido un sueño antes de que su reinado en la tierra terminara.

Pero sabía que era imposible ya que ahora aceptaba ser un hipocampo en el mar para siempre.

Hermes intentó muchas veces decirle que no era una ilusión.

Que era un recuerdo real de su familia desde que vivía y estaba atrapado en la guarida de Hades durante años.

Finalmente, Hermes le dijo a Seequest: "¿Tengo que picarte un par de veces para que empieces a escuchar lo que te estoy diciendo que es verdad?"

Seequest sacudió rápidamente la cabeza de un lado a otro como si dijera que no, en shock de que Hermes incluso lo mencionara.

Seequest dijo, "No, no, no, te creo" y comenzó a ver que Hermes estaba allí y era real frente a él.

Hermes dijo, "Afortunadamente soy un dios y un mensajero y puedo ayudarte a recordar algunas cosas nuevamente."

Solo siente y cree que fueron reales una vez en tu vida y entonces tu memoria se restaurará una vez más.

Recuerda quién eras antes, la criatura más poderosa de este planeta.

Seequest, debes recordar, eres el gran guerrero de esta época.

"Eres Seequest, el rey de los unicornios y caballos de esta Tierra, por favor, recuerda eso."

El Rey Unicornio prestó gran atención a la voz y los mensajes de Hermes mientras trataba de mostrarle imágenes desde la mente de Seequest, gracias a la sabiduría que Atenea le había transmitido cuando se vieron por última vez.

Seequest cayó al suelo mientras comenzaba a recordar cuando él mismo era un potro joven y lo que Moonbeam le enseñó sobre la naturaleza y las reglas para mantenerla grande y a salvo del daño.

Cómo ella le enseñó sobre el realismo y su imaginación también.

Lo único que tenía que hacer era creer en su verdadero yo nuevamente y todo se aclararía una vez más.

Entonces empezó a sentir y ver la diferencia nuevamente. Sacudió la cabeza, se levantó y dijo, "¿Puedo

¿Serán Seequest y su hija alguna vez libres de Hades?

escuchar la voz de mi madre como si fuera real?" mientras se daba la vuelta y corría hacia ella.

En ese momento, sintió que la presencia real de su madre estaba en la Tierra, ya que su corazón sentía que podía sentir su amor como antes de que lo dejara hace cincuenta y cuatro años.

Le mencionó al mensajero, "Ella está hablando conmigo en mi mente."

Habla, tratando de hacer un mensaje telepático entre ellos, pensando que no recibiría una respuesta y aun así intentando de todos modos.

"Madre, ¿eres tú?"

Y ella respondió, lo que lo sorprendió, "Sí, querido hijo, soy yo, pero no lo soy,

"Porque si recuerdas, tu madre murió de muerte natural."

Ella renació para mí, Reina Celestial de los cielos, ya que Zeus no pudo recuperar todos los animales en el Olimpo, así que creó el Cielo para ellos, que también será para la futura raza humana, si eran buenos en la Tierra a su debido tiempo.

Se reunirían nuevamente con sus familias y mascotas como recompensa, pensaba Zeus.

Debido al coraje y la fuerza de voluntad de Moonbeam, su espíritu sería la gobernante perfecta de ello y, sí, su alma está en mí.

Una vez más, pensaba que su mente le estaba jugando serios trucos, ya que sabía que era imposible.

Pero para él, escucharla o verla nuevamente, o incluso la nueva creación en la que se convirtió, era un milagro, pensaba y esperaba que fuera cierto.

Recordaba haberla visto escoltada por Tidal Wave y See Spray de vuelta al mar para estar con Neptuno en el pasado y morir.

Luego reapareció como un renacido pegasus negro de forma frisona y dijo que su madre siempre estaría con él debido a sus recuerdos, pero que ahora se llamaba Celestial, la reina de los cielos.

Como no podía quedarse en la Tierra, ya que su tiempo había terminado, tuvo que irse para siempre, y nunca se volverían a encontrar en esta vida, o eso fue lo que le dijeron.

Celestial llamó su nombre, "¡Seequest, hijo mío, ¿dónde estás?"

El mensaje se repitió unas cuantas veces cuando ella dijo, "gran rey de los unicornios, muéstrate a mí."

Y luego la magia de Hades comenzó a desvanecerse en el cuerpo de Seequest.

Sabiendo que podía oír a Celestial, supo entonces que sus poderes estaban regresando más fuertes que nunca.

¿Serán Seequest y su hija alguna vez libres de Hades?

Así que el humo negro comenzó a escapar de su boca hacia la nada, ya que el hechizo se había roto por completo.

Seequest podía sentir que su corazón y mente estaban más vivos que nunca antes, y que había regresado para siempre.

Seequest luego dijo, "Hermes, ¿qué ha estado pasando mientras yo estaba escondido en mi mente?"

"¿Y están todos bien?" con voz preocupada por su familia.

"No, Seequest, no lo están, ya que necesitas llegar a la superficie y salvarnos a todos, ya que Hades ha creado unas criaturas terribles con los poderes de ti y de tu hijo Knight y planea destruir todo lo que amamos en este mundo."

Seequest se sorprendió al ver cómo había sido tratado su hijo y planeó liberarlo del control de Hades de alguna manera.

Pero, primero, dijo que debía rescatar a su familia y sacarlos de allí para siempre, así que luego corrió de regreso a los establos donde todo comenzó una vez en el lair de Hades, arriba de las cuevas.

"Vamos, no tenemos tiempo que perder."

Llegó al lair de Hades y vio que no estaban allí y comenzó a preocuparse por dónde podían estar y en qué estado se encontraban ahora.

Siguió galopando alrededor del lair y no parecía encontrarles en ningún lugar.

Se estaba frustrando y mareando.

Seequest se detuvo por un minuto mientras trataba de recuperar su equilibrio y luego continuó pensando dónde podrían estar sus hijos y Knightmare ahora.

Cuando Hermes dijo, "¿Estás buscando a una yegua negra con alas de murciélago?"

"Sí, esa es Knightmare" y se acercó a la cara de Hermes y parecía estar aplastándolo

Hermes dijo: "Si dejas de aplastarme, te lo diré" y se apartó para que Hermes pudiera frotar su cara en busca de consuelo.

Luego dijo: "Ella está en la mazmora debajo de las cuevas, custodiada por Cerberus, pero él está en su forma de perro y dragón."

"Por favor, asegúrate de estar lo suficientemente fuerte antes de enfrentarte a él, ya que está en su mayor fuerza, ya que Hades no pudo traer de vuelta su tercer cabeza de la pelea anterior contigo."

"¡Así que se preparó para matarte a la vista! Cerberus está extremadamente enojado y matará sin mencionar su plan, como lo hizo antes."

"Si quieres liberarla, entonces tendrás que luchar con él hasta la muerte."

¿Serán Seequest y su hija alguna vez libres de Hades?

Seequest escuchó atentamente lo que Hermes le decía y comenzó a recordar las debilidades de Cerberus de la pelea anterior, sin darse cuenta de que lo había hecho.

Pero, afortunadamente, Seequest es muy astuto e inteligente y aprendió tanto de sus errores como de sus victorias.

Pensó durante unos minutos y ahora sabía cómo derrotar a Cerberus de una vez por todas.

Continuaron hablando durante otra hora mientras Hermes podía ver que finalmente Seequest prestaba mucha atención.

Hermes ahora estaba preparado para decirle a Seequest exactamente lo que había visto.

Sabiendo dónde estaba Knightmare y cómo podía rescatarla sin lastimarse en el proceso.

Aunque ya no estaba seguro de si Knightmare todavía lo amaba y quería ser rescatada.

Hermes dijo: "Tú ve por ese camino y yo iré a buscar a tu hija."

Mientras tanto, Seequest se calmó.

Ambos acordaron y el Rey Unicornio respondió: "Gracias" mientras se separaban para encontrar a la familia de Seequest.

Seequest regresó hacia el mar de almas donde estaban cerca las mazmorras, y Hermes voló de regreso hacia las cuevas para ver si Firefly estaba allí.

Seequest llegó al lugar donde se suponía que ella estaba. Pero el lugar estaba vacío, y Hermes esperaba que de alguna manera ella hubiera escapado.

Hades había oído de sus criaturas que él también la estaba buscando.

Parecía estar harto de todos estos juegos y planeaba matarla en su lugar.

Hades apareció como humo ante sus criaturas y les dijo que la buscaran, mientras él regresaba a ver a Tremor.

"Cuando la encuentres, avísame rápidamente, ya que entonces te daré el privilegio de matarla tú mismo como recompensa por atraparla para mí de nuevo."

Con eso, Hades desapareció una vez más en una nube de humo.

Seequest llegó a la piscina de almas y se preguntó si podría atravesarla nuevamente sin lastimarse, ya que tuvo suerte la última vez.

El poderoso unicornio ya no se preocupaba por sí mismo, sino por su familia, y se lanzó directamente al mar de almas donde planeaba nadar hasta el otro lado.

Pero las almas muertas tenían otros planes y se lanzaron sobre él, tratando de ahogarlo y ganar sus poderes para sí mismas.

¿Serán Seequest y su hija alguna vez libres de Hades?

Dijo: "No quiero lastimar a ninguno de ustedes. Pero lo haré si es necesario."

Recuerda, aunque el agua es de los muertos, sigue siendo agua y Seequest es un hipocampo.

Así que, para escapar de ellas, se transformó en esta forma para respirar mientras pensaba en la fuerza una vez más, y su cuerno convirtió el agua en un azul zafiro.

Las almas muertas, ahora controladas por Hades, no recordaban haber sido criaturas de bien, así que tocó su cuerno a las almas muertas, lo que las vaporiza.

Eventualmente, todo el mar de almas se iluminó con estas hermosas llamas azules.

Porque se habían convertido en dioses nuevamente, ya que podía ver los espíritus flotando hacia el cielo arriba, donde pertenecían ahora libres.

Sacó su cabeza del agua y volvió a su forma de unicornio, nadando rápidamente hacia el otro lado.

Al salir lentamente, miró hacia atrás y vio que el agua ahora era solo una piscina azul y calma.

Cerberus en ese momento se acercaba a él con dos cabezas, una de gran danés y otra de dragón, ya que recordó que anteriormente había matado una de ellas y ahora Hades no podía devolverla a la vida. En su lugar, la había llevado, pensando que sería más fácil para su perro demonio superar eso.

Pero para Cerberus, era como perder a un hermano que compartía el mismo cuerpo, a quien ahora echaba mucho de menos.

El perro demonio era una imagen masiva de un gran danés musculoso con dos cabezas ahora en lugar de tres, con su pelaje negro azabache y rojo, sus orejas erguidas, grandes dientes afilados y podía respirar fuego también.

Aunque Seequest estaba en una ilusión, afortunadamente sus poderes aún podían destruir una criatura o una bestia.

Como Hades no estaba al tanto de cómo a veces había ganado sus batallas en el pasado usando solo eso.

Hermes observó que Cerberus parecía más enojado y vengativo que antes, ya que el guardián de la muerte quería vengarse por lo que le había ocurrido.

El guardián de los muertos, con un fluido rojo salpicando de su boca debido a que había comido recientemente, y mostrando sus dientes de ambas cabezas, dijo: "Bueno, bueno, mira quién ha llegado. ¿Cómo lograste escapar de tu destino?"

Hades creía que los oscuros hechizos de la Luna podrían engañarte y mantenerte a todos atrapados en su trampa mágica de Hades para siempre.

Cerberus rugió como un dragón mientras estiraba sus garras, listo para saltar y luchar.

Seequest respondió, "Escapé y te vencí en el pasado con el poder y la magia que llevo dentro de mí, algo

¿Serán Seequest y su hija alguna vez libres de Hades?

que tú o tu maestro nunca podrán tomar a menos que me maten primero."

Seequest continuó hablando rápidamente, "Cerberus, ¿dónde está Knightmare, tu estúpido perro dragón?"

"Ella no está aquí, Seequest. Ella está en mi estómago ahora, y tu yegua sabía tan dulce contra mis labios."

Primero, Seequest tomó sus palabras en serio mientras lo observaba lamerse las patas con su primera cabeza, mientras la segunda aún observaba cada movimiento de Seequest.

Mientras hacía esto, Seequest se enojó y posiblemente actuó imprudentemente, ya que ese era uno de los poderes de Cerberus: hacerte creer en sus mentiras y sentir el dolor de que fueran verdad.

Seequest respondió, "Ella no está muerta. No puedes engañarme más con tu voz de mentiras. ¡Quítate de mi camino, bestia, y déjame pasar!"

Cerberus, listo para luchar a muerte, mencionó, "No, no lo haré. Tendrás que luchar conmigo, tu raro caballo con cuerno."

Ahí estaban, mirándose fijamente hasta que llegó el momento de luchar hasta la muerte.

Capítulo Treinta y Siete

La Aventura de Helena y Louis

El momento de competir con su padre se acercaba. Helena y Louis, su impresionante hipocampo negro, estaban casi listos para la gran carrera en Vissen contra su propio padre.

La princesa sirena se sentía segura de que su corcel podría ganar la carrera debido a sus habilidades únicas, que ninguna otra criatura, salvo sus propios hermanos, poseía. Estaban emocionados por la nueva aventura para la cual entrenaban cada día.

Neptuno y su madre, la Reina Sera, parecían ocupados en otros asuntos que ella no tenía permitido conocer.

Sabía que su padre estaba ocupado en asuntos importantes con Zeus y que su madre estaba en el Templo de Cristal, sin que nadie pudiera molestarla.

Los mer-caballeros también protegían los terrenos y el templo, lo cual Helena consideraba inusual.

Pero ella quería ir a ver a su madre para pedirle consejo.

Entonces montó a Louis hacia los terrenos donde se encontraba el Templo de Cristal, que resplandecía con una hermosa luz blanca cristalina que nunca antes había visto.

El caballero dijo: "Mi señora, no puede acercarse allí, de lo contrario, será quemada." "¡Absurdos! Mi madre está allí, así que puedo." Entonces escuchó la voz de su madre en su mente. "Querida, no puedes entrar aquí por tu protección. Por favor, mantente alejada, estoy bien, solo necesito que hagas algo por nuestro pueblo."

"Dime, madre, por favor, ¿qué está pasando? ¿Por qué todo este secretismo?"

"Querida hija, estoy segura de que lo sabrás a su debido tiempo, pero por ahora, por favor, haz lo que se te ha pedido."

"Está bien, me iré ahora y encontraré respuestas en otro lugar," dijo Helena con frustración en su voz.

Decidió ir a la biblioteca después de ver a su madre y fue a buscar el libro de conocimiento, donde descubrió algo que nadie había visto ni escuchado durante siglos.

Helena estaba tan intrigada que rasgó la página del libro y la guardó en su bolsa, complacida consigo misma.

Rápidamente nadó a casa para prepararse para dormir, pensando: "Si encuentro este cráneo, tal vez pueda salvar a mi querido viejo amigo Seequest después de todo."

Mientras se quedaba dormida tranquilamente, sabía que su plan sería peligroso.

Al día siguiente, hizo todas sus tareas y entrenó con Louis, cuando decidió que debía volver a tierra para ver qué estaba pasando, ya que los habitantes del mar iban allí más a menudo y no le decían nada.

Pensó que iría allí hoy y, dando la vuelta a su hipocampo, le dijo: "Vamos, Louis, ya no somos bienvenidos aquí."

Decidió que iría a tierra para ver por sí misma qué estaba sucediendo.

Llegó a la superficie y vio a los habitantes del mar jugando en el océano y divirtiéndose mientras podían, antes de otro ataque.

Más tarde ese día, pensó que escuchó algunos rumores sobre Hades a través de la cadena de los habitantes del mar.

Comenzó a cuestionar a sus padres sobre lo que le habían dicho y, sin embargo, las respuestas seguían siendo las mismas.

Se estaba enojando, pero volvió a casa pensando que visitaría la playa a la mañana siguiente para ver por sí misma qué estaba pasando. Sin ser vista esta vez, esperaba.

Llegó la mañana siguiente y estaba desayunando con sus hermanas, ya que los príncipes estaban en una misión con su padre, pues ya eran lo suficientemente mayores.

Sus hermanas sirenas estaban allí, cepillándose el cabello y haciendo conversaciones ordinarias sobre chicos sirenas.

Tuvo una excelente mañana con ellas, desayunando alga marina y camarones.

Luego fue a ver a los delfines y nadó hasta los establos para ver a su amigo cercano Louis, en quien sentía que podía confiar.

Atendió a los demás hipocampos y los liberó por la mañana.

Ya no quedaban muchos, ya que todos habían crecido y se habían convertido en caballos de los caballeros del mar para luchar y proteger los terrenos de Vissen de los depredadores.

Ahora solo quedaban Sea Spray, su madre, Louis y su hermana Moon Stone, que era de color blanco puro como la piedra misma.

Ella se convirtió en la yegua de la Reina Sera para la batalla, mientras que Sea Spray se encargaba de controlar las olas.

Moonstone parecía tener los mismos poderes que su hermano Louis, y Sera pensaba que sería excelente tenerla para viajar por todo el mundo rápidamente en el futuro.

Sera siempre se preguntaba si, con el tiempo, ella también podría cambiar como Louis.

Una vez que Helena les dio sus camarones y atún favoritos, les ofreció algas marinas que les daban un impulso extra de fuerza para el día.

Helena estaba esperando a que Louis digiriera su comida antes de sacarlo para su paseo.

Sin embargo, se impacientó un poco y sintió que no podía esperar más para leer más sobre esta nueva información que había encontrado, por lo que comenzó a nadar hacia la parte tranquila del océano para pensar.

Llegó a la superficie y nadó hacia su roca favorita, donde le gustaba sentarse mientras miraba a los delfines jugar al atardecer.

Mientras observaba las tierras a lo lejos, soñaba despierta sobre su vida y la realización de sus sueños.

Helena disfrutaba a veces de tener su propio espacio para pensar.

Colocó su hermosa cola verde de tragón alrededor de la roca y sacó su bolsa de agua, donde había guardado los papeles que había arrancado del Libro de Conocimiento.

Sabía que estaba segura para mirarlos adecuadamente sin ser vista aquí.

La princesa sirena tenía que hacer esto a pesar de que estaba prohibido, porque el libro real era demasiado grande para llevarlo desde la biblioteca.

Mientras miraba el libro en detalle en la biblioteca, vio que mencionaba los cráneos de cristal y de dónde venían antes de ellos.

Decía que muchos años antes, seres celestiales de otros planetas les habían dado en agradecimiento por tener el privilegio de sentir lo que era ser un ser del mar, ya que antes de esto solo eran una bola de luz llamada los seres del alma.

En el libro se mencionaba que los cráneos de cristal debían ser entregados a Neptuno y a la princesa de la luna para ser usados siempre para el bien mayor y, ahora que estaba casada con la alta sacerdotisa Sera, ella podría controlarlos todos.

Eran un agradecimiento por permitir a los seres celestiales experimentar temporalmente estos sentimientos que los dioses recibieron a cambio de tener estos cráneos de cristal de gran poder incluso antes de su tiempo.

Pero la promesa era que solo se usarían para el bien; de lo contrario, los cráneos de cristal serían destruidos.

Esto estaba escrito varias veces para asegurarse de que tomaran estas reglas en serio.

Decía que originalmente había cinco cráneos de cristal.

Porque Hades, en el pasado, intentó apoderarse de ellos, tuvieron que esconder el más importante de todos y nunca se ha visto desde entonces.

Las páginas que arrancó del libro mencionaban que solo una línea de sangre real podría controlarlo.

Decía que un príncipe o princesa tenía que ser telepático, amable y cariñoso para que el cráneo de cristal pudiera comunicarse con él o ella.

"Wow", dijo Helena, "¿me pregunto si podría encontrar este cráneo de cristal?"

Entonces podría rescatar a Seequest yo misma, pensó.

Comenzó a leer más, cuando dijo que tenía el poder de convertir a los seres del mar en personas piscis permanentemente, a menos que se decidiera lo contrario.

Podía darles el poder de vivir en tierra y en agua al mismo tiempo.

Esta piedra de cristal era la de Amatista y controlaba la creatividad e inspiración.

También posee el mayor poder y magia de todos para la protección y sabiduría espiritual.

Podía hacer que cualquiera se sintiera fuerte y lleno de valor, ya que eliminaba cualquier negatividad que Hades pudiera intentar envenenar en sus mentes.

Aunque ha pasado el tiempo y la princesa pronto cumplirá dieciocho años.

Sentía que si pudiera controlar este cristal, tendría los poderes para ser una gran reina en el futuro y también ayudar a sus padres ahora.

Leía más sobre dónde podría estar escondido y, como era inteligente y tenía un gran interés en la historia y la investigación, y le encantaba ir a aventuras últimamente con Louis, pensó que podrían encontrarlo.

Estaba escrito que estaba escondido en una tierra de grandes cuevas de tiburones blancos.

Además, decía que era una misión peligrosa que jamás había hecho, ya que nadie hasta ahora había sobrevivido o escapado de intentarlo.

Incluso decía en las páginas que Neptuno, su padre, no se arriesgaría a hacerlo.

Que era mejor no usarlo ni encontrarlo jamás y lo clasificó en las páginas como destruido en la última batalla de los mares antes de que ella naciera.

Helena amaba un desafío y quería demostrar a sus padres que ella debería estar allí para ayudar a su viejo amigo.

Sabiendo que todos se culpaban por su dolor y sufrimiento todos estos años, a pesar de que fue un accidente.

Estaba observando el movimiento del sol y supo que era el momento de volver y preparar a Louis.

Se sintió tan emocionada que rápidamente enrolló los papeles de nuevo en su bolsa y se lanzó al mar desde la roca.

Nadando tan rápido como pudo para contarle a Louis su plan de encontrar el cráneo de cristal de amatista, pensó que valdría la pena intentarlo, ya que no tenía nada que perder.

La princesa sirena sabía que tenía una ventaja, ya que su hipocampo puede convertirse en un caballito de mar.

Pensando que si alguna criatura podía atravesar la guarida de los tiburones sin ser atrapada o tocada, sería Louis.

Nadó tan rápido como pudo de regreso a los establos mientras escuchaba en su mente: "Estoy listo".

Le sonrió y nadó hacia su establo, lo cepilló antes de sacar su brida y silla de un gancho con forma de estrella de mar.

Le contó a Louis su plan, confiando en él lo suficiente para saber que estarían bien.

Él le permitió que le pusiera la brida y la silla de mar que su madre había hecho para ellos.

Pero recordó que su madre había dicho que solo si ella sentía que Louis estaba completamente entrenado y que escucharía cada comando que le diera.

Sentía que él estaba listo para hacer lo que ella le pedía y dijo: "Louis, mi dulce amigo, vamos a ir a una aventura al otro lado del Océano Atlántico."

"¿Serás bueno para mí y escucharás lo que te digo y lo que te ordene?"

El hipocampo la miró a los ojos y dijo en su mente: "Mi señora, soy tu corcel y tu amigo."

"Obedeceré todo lo que me digas y te protegeré con mi vida."

"Estoy listo para convertirme en el mejor hipocampo/caballito de mar de todos los tiempos."

"Me gustaría hacerte a ti y a mis padres sentir orgullosos de mí, hagámoslo."

Ella asintió y le sonrió.

Tomó las hermosas riendas de plata con topacios azules a los lados de la brida y la silla, con citrino también.

Antes de ponérselas, notó que estaba profundamente incrustado en la silla un paño de silla de montar.

Desató el paño y allí encontró una bonita piedra de ónix negro con un mensaje en ella.

El mensaje era de su madre.

Decía: "Hija, he hecho estos artículos especiales para ti para tu decimoctavo cumpleaños, cuando ambos estén listos para usarlos con orgullo, ya que te mantendrán a ti y a él a salvo."

"También les dará felicidad y abundancia."

"Te protegerán en todo momento con creatividad también."

Esto te ayudará en el futuro a construir tu reino algún día.

Espero que al ganar esta carrera junto a tu padre pronto también.

He colocado en la parte trasera del establo también una armadura que necesitarás para la carrera, ya que es un recorrido muy difícil.

Espero que te guste, ya que también he puesto las piedras que representan quién eres como persona, pues son tus piedras de nacimiento verdaderas.

Como naciste, Helena, el 20 de noviembre, son el Topacio y el Citrino. Espero que te gusten.

Wow, pensó, es el momento perfecto ya que su madre las había guardado en el establo de Louis y las había escondido antes de ir al Templo de Cristal días antes.

Mientras dormía pacíficamente, soñaba con tener su propio palacio en tierra.

Pero luego recordó que su madre, después de todo, era la alta sacerdotisa y, por supuesto, lo sabría, y se encogió de hombros pensando: "Oh, sí, ella lo sabe todo."

Pero esta vez incluso la Reina Sera estaba en la oscuridad sobre el futuro.

La reina sabía que podría no poder celebrar el cumpleaños especial de su hija, gracias al plan de Hades ahora.

Así que planeó esto sabiendo lo importante que era Helena para ella y para su padre, a pesar de que estaban en guerra con Hades.

En cuanto a la armadura y las armas para carreras o recados, las llevaban con sus detalles.

La mayoría de los merfolk, especialmente los royales, llevaban sus piedras de nacimiento en sus monturas, carruajes, armaduras y ropa, ya que también representan su personalidad para ayudarlos en sus vidas.

Helena estaba muy complacida.

Dejó caer la piedra en el suelo del establo de Louis, donde él luego se levantó ante el ruido.

Entonces fue a consolarlo, diciéndole que era su piedra preciosa de su madre para su cumpleaños, mientras Helena sostenía su elegante cuello árabe y su pelaje negro y sedoso.

"Mira, Louis, también hay un regalo para ti y para mí", el hipocampo relinchó con alegría.

Helena nadó para descubrirlo bajo la bolsa de algas marinas.

El corpiño de armadura era suave, pero cuando se necesitaba en batalla, ella diría un verso que su madre había escrito en la piedra para que lo recordara de memoria, y momentos después, se convertía en acero sólido.

Su placa de pecho tenía un logo de dos delfines nadando en direcciones separadas.

También decía en la nota que tenía manillas para sus muñecas y un hermoso casco que en la parte superior tenía la figura de su propio hipocampo, Louis.

Lo adoraba porque tenía sus piedras de nacimiento en él. Luego, al mover las algas marinas, un precioso casco femenino brillaba en la pila.

Primero, Helena observó el hermoso detalle que tenía. Luego lo tomó y se lo puso en la cabeza después de admirarlo durante mucho tiempo. Le quedaba perfectamente.

Dijo un verso y se convirtió en una delicada corona de joyas, mostrándole que era la querida hija mayor de Neptuno y Sera.

"Oh, mi diosa", dijo, "¡qué hermoso es esto!"

La princesa sirena estaba encantada con todos los regalos que se había puesto a sí misma y a Louis también.

Deslizó la rienda suelta sobre su cara y lo sacó del establo cuando él comenzó a crecer al doble de su tamaño normal.

Ahora era del tamaño de un gran tiburón blanco y ella sabía que tenía una gran oportunidad de sobrevivir a esta tarea que les ponía en peligro.

Gracias a este poder extra de magia lunar que su madre les había dado amablemente.

Estaban listos y nadaron hacia la entrada de las primeras puertas plateadas donde podían ir y posiblemente encontrar este cristal perdido.

Al acercarse a las segundas puertas doradas para salir de Vissen, aparecieron dos caballeros extremadamente poderosos.

Ellos estaban custodiando las puertas en lugar de los mer-guardias.

Le dijeron a Helena: "¡Detente en nombre del rey!" con voces firmes mientras le hablaban.

"No puedes abandonar la tierra, ¡ya que el rey y la reina lo han prohibido!"

Los caballeros del mar no reconocieron al hipocampo, ya que era más grande y hermoso que antes.

Helena llevaba su equipo de batalla y los mer-caballeros sabían que solo los príncipes usaban este tipo de armadura y creían que podría ser uno de los trucos de Hades para entrar y salir del palacio cuando quisiera sin ser notado.

Los mer-caballeros llevaban ropa diferente, representando a Neptuno esta vez y no a la Reina Sera también.

La hija mayor solo llevaba un bonito top de concha cubierta y una pequeña corona de concha de plata en la cabeza con su bolsa azul.

Pero seguía diciendo que era ella, pero no le creían.

Llevaba una magnífica prenda de vestir que nunca antes habían visto y comenzó a quitarse el casco.

Ellos empezaron a apuntarle con sus lanzas a ella y a Louis, lo que hizo que él levantara sus patas delanteras en señal de protección, y ella tomó las riendas para calmarlo.

Al quitarse el casco lentamente, su hermoso cabello negro apareció ondulado en el agua, y vieron su hermoso rostro con los ojos azules brillando al mirar de cerca a uno de los caballeros.

Se sorprendieron al darse cuenta de que era la princesa, que ahora se había transformado en una joven sirena bonita, ya no en una sirena, ya que parecía mucho más madura.

La princesa conocía a uno de los mer-caballeros, ya que recordaba su constitución trabajando junto a su padre en ocasiones.

Le dijo mirándolo a los ojos: "Soy yo, Taylor, la princesa."

Sintió una extraña sensación al mirarlo a sus impresionantes ojos azules y dijo: "Mi hipocampo, Louis."

"Voy a salir del reino para hacer un entrenamiento especial para la carrera. ¿Recuerdas que es pronto?"

Todo lo que Taylor podía ver era ella y no prestó atención a lo que decía, así que ella lo repitió.

"¿Mi caballero, me oyes?"

Él respondió después de volver de su rápido sueño diurno de ella: "Sí, mi señora, lo oigo, enseguida," tratando de no mostrar que estaba mirándola.

Porque podría meterse en problemas con el rey del mar, ya que Helena estaba prometida a otro.

"Lo siento, Alteza, no sabía que eras tú."

"Sí, supongo que ha pasado un tiempo desde que nos vimos, viejo amigo, y muchas cosas han cambiado ahora."

"Sí, mi señora, efectivamente."

"Entonces, déjame pasar bajando tus lanzas de inmediato antes de que lo haga yo por ti."

Helena tomó su casco y se lo volvió a poner mientras se preparaba para montar a través de las puertas poco después.

Allí estaba, aferrándose con firmeza a las riendas del hipocampo, emocionada por esta nueva aventura que podría cambiar su vida para siempre de ahora en adelante.

Los pobres caballeros se sintieron mal, así que la dejaron pasar esta vez.

Pero al pasar junto a Taylor, él pareció sonreírle mientras sentía una conexión, y ella hizo lo mismo con él.

Se preguntó si él acababa de mostrarle que se sentía atraído por ella; la princesa continuó pensando si el rey y la reina aprobarían que se encontraran tal vez en el futuro porque también sentía algo hacia él.

Preguntándose si él pasaría algún tiempo con ella por su cuenta, ya que ahora está en la edad de cortejo, suspiró suavemente.

La princesa también tenía mucho en mente y esto era lo último en lo que podía pensar por un tiempo.

Así que despejó su mente mientras pensaba en la ubicación de esta misteriosa cueva en el Océano Atlántico.

Ambos estaban emocionados por encontrar este cráneo de cristal amatista.

Nadaron durante horas y horas hasta que llegaron a la parte más clara del Océano Atlántico y vieron que había bastantes tiburones blancos alrededor.

Tuvo que seguirlos cuidadosamente hasta su guarida sin ser devorados.

Afortunadamente, Louis se volvió más pequeño y delgado, por lo que no fueron vistos tan fácilmente al nadar rápidamente entre ellos, y afortunadamente, evitaron sus enormes mandíbulas esta vez mientras pasaban rápidamente.

Eventualmente, llegaron a la guarida donde vivía el rey de los tiburones y se preguntaron si él estaba protegiendo el cráneo para sus padres. Nadaron más allá de los tiburones guardianes.

Sintiendo que una presencia la atraía hacia la parte trasera de la guarida del rey, que estaba fría y oscura, cubierta de huesos por todas partes.

Se sintieron un poco inseguros sobre si seguir adelante, pero eran valientes guerreros; Louis, ahora como un pequeño caballito de mar, nadó más profundo en la guarida de la oscuridad, llevando también su armadura para protección.

Helena también tenía una lanza especial que en ese momento tenía el tamaño de un pequeño cuchillo de pesca.

Habló con ella mientras comenzaba a crecer hasta su tamaño completo, iluminando la cueva a medida que avanzaban. Helena sintió una atracción hacia unas rocas especiales.

El Rey del Terror estaba fuera cazando por sí mismo, así que pensó que tendrían tiempo para encontrar el cráneo de cristal antes de que él regresara.

Saltó de Louis rápidamente al ver que había un pequeño agujero a través de la roca con una pequeña luz morada brillante brillando dentro.

Entonces, comenzó a usar a su hipocampo para ayudar a retirar las piedras más grandes.

A medida que Louis empujaba la roca, esta se rompió en pedazos, haciendo un gran ruido. Se preocupó de que tuvieran que apresurarse.

Pero no tenían más remedio que continuar esperando que Terror no regresara aún.

Porque los tiburones no pueden ver muy bien ni oír grandes ruidos, pero sí sienten las vibraciones de ellos.

La princesa seguía diciéndole a Louis que se apurara en mover las rocas para ella, mientras su armadura se transformaba en algo más ligero para que pudiera pasar por el agujero cuando estuviera lista.

Ahora había suficiente espacio para que ella nadara rápidamente a través del agujero.

Allí vio una gran roca que parecía tener una puerta, y la rompió con su lanza, lo que causó una gran vibración. Sabía que tenía que ser más rápida, ya que Terror volvería pronto.

Él acababa de terminar de comer su almuerzo de atún y comenzó a nadar de regreso a su guarida.

El Rey del Terror sabía que el cráneo había sido encontrado y empezó a mover su gran y poderoso cuerpo de un lado a otro para ganar velocidad.

¿Acaso había sentido una intrusión allí porque Neptuno había colocado un sensor en su cabeza para avisarle si el cristal era tomado?

Se acercaba, abriendo sus mandíbulas mientras regresaba para descubrir quién estaba en su guarida.

Helena podía oír en su mente que él estaba enojado y listo para luchar hasta la muerte.

Rápidamente llamó a Louis para que lo distrajera mientras ella intentaba escapar, diciéndole que se encontrarían en otro lugar pronto.

Louis ahora era del mismo tamaño que el tiburón que se le venía encima.

Vio a la criatura feroz cargando hacia él y rápidamente le dijo a Helena, "rápido, di el verso para mí" y ella lo hizo.

Funcionó, ya que pudo cambiar su forma a la de un pequeño caballito de mar y esquivó las mandíbulas del gran blanco, sentándose en su espalda por un momento, recuperando el aliento y escapando de la muerte.

El tiburón quedó desconcertado y asustado porque pensó que era magia y salió disparado de la guarida.

Louis nadó en silencio lejos de él y volvió a su forma natural.

Mientras hacía que el tiburón lo siguiera lejos de la guarida, dejando a la princesa con la esperanza de escapar ilesa.

Mientras tanto, Helena nadó a la sala donde había un gran cráneo de cristal morado brillante sobre una gran roca.

Trató de levantarlo, pero era demasiado pesado para ella.

Entonces recordó lo que le había dicho su madre, lo que le daría la fuerza y la resistencia que necesitaba.

Así que recitó un verso griego y su atuendo y corona volvieron a convertirse en armadura de batalla, donde estaba protegida y tenía la fuerza para levantarlo.

No podía creer que ahora estaba sosteniendo el cráneo de cristal más poderoso conocido por su pueblo durante siglos.

Helena estaba sonriendo y emocionada cuando envió un mensaje telepático a Louis para decirle que lo había encontrado y que era hora de regresar a casa.

Golpeó su lanza en el suelo y, al mismo tiempo que tocaba el cráneo de cristal, se abrió el otro lado de la pared.

Apuntó su lanza al cráneo de amatista y lo hizo encogerse al tamaño de sus manos mientras nadaba lo más rápido que sus aletas y cola podían llevarla, alejándose de la guarida de los tiburones y de los tiburones por completo.

Vio un tipo diferente de delfín y lo llamó mentalmente. El delfín vino y la protegió mientras buscaba a Louis en algún lugar profundo en las olas del océano.

Los delfines coloridos le dijeron que él estaba herido y se había estado escondiendo en su grupo en ese momento.

Eran delfines atlánticos blancos, que ella pensó que eran muy bonitos mientras nadaba de regreso para ver a su hipocampo.

Los delfines la llevaron hasta él, donde ella dijo, "Louis, lo siento."

Pudo ver que él había sido rasguñado por los dientes del tiburón antes de hacerse más pequeño.

Entonces sacó el cráneo de cristal de su corpiño y lo sostuvo con ambas manos, y le dijo, esperando que funcionara, "Yo, Helena de Neptuno el dios del mar.

Te pido ahora que por favor sanes a mi amigo para que podamos regresar a casa. Gracias, poderoso cráneo."

En cuestión de segundos, el cráneo comenzó a brillar intensamente, sus hermosos ojos morados brillando hacia el hipocampo, que relinchó debido a la brillantez.

Todos pensaron que lo estaba matando, aunque en realidad lo estaba haciendo más fuerte que nunca.

Cuando el cráneo dejó de brillar, Louis se levantó de su lado y dijo, "Ahora me llamo Fuente."

Helena agradeció a los delfines y guardó el cráneo de cristal, saltando sobre el magnífico y más poderoso caballito de mar, ya que su armadura también había cambiado de nuevo.

Los ojos de los delfines también brillaban en morado y dijeron, "Somos tus guerreros del mar, nuestra reina," mientras la energía rebotaba a través de ellos también.

Esto asustó un poco a la princesa, ya que no sabía qué estaba pasando. ¿Sabían los delfines sobre el cráneo y sus poderes?

Ellos respondieron a su pregunta asintiendo con la cabeza y luego nadaron tan rápido como Fuente podía viajar.

También notó que Fuente/Louis llevaba un escudo corporal de plata y amatista, y en su cabeza tenía un escudo para cubrir su cara con un cuerno morado para protección adicional en su frente.

Ella dijo, "Solo un regalo de los seres celestiales de lejanas tierras.

La princesa sirena estaba complacida y, a la vez, sentía miedo de lo que ella y su amigo ahora llevaban dentro de ellos.

Así que, por ahora, decidieron mantenerlo en secreto hasta que sintieran que ya no podría ser un secreto.

Más tarde ese día, de regreso en el Océano Atlántico antes de volver a casa, pensó que podría intentar ver si podía usar y controlar el cráneo de amatista como su madre lo hizo con los otros.

Llegó a su pequeño escondite y se bajó de Fuente, quitándole toda su armadura, sus riendas y su silla, y dejó que él volviera a ser su hermoso hipocampo negro, Louis, a quien amaba y adoraba mucho.

Lo dejó nadar libremente en el mar para descansar mientras ella revisaba el cráneo en el nivel más profundo.

Pensó para sí misma, ¿dónde había puesto las otras partes de los papeles sobre el cráneo?

Pensó que los había puesto en su bolsa marina anteriormente, o ¿los había dejado en su establo de vuelta en los establos? Ahora estaban de regreso en su océano nuevamente, a salvo y sonando.

Helena regresó a su roca y vio que había dejado algunos papeles sobre ella.

Entonces se dio cuenta de que no los había puesto en una bolsa después de todo. Oh, qué aliviada estaba y los miró de cerca.

Pero no eran las páginas importantes que estaba buscando, comenzando a preocuparse en caso de que cayeran en las manos equivocadas.

Afortunadamente para ella, su bolsa azul se había quedado atrapada en la superficie de la roca a su lado derecho.

La tomó rápidamente, abriéndola para encontrar que tenía un pequeño bolsillo del que se había olvidado, y allí, en ese bolsillo secreto, encontró las dos últimas páginas y las leyó cuidadosamente, donde mencionaba una línea de sangre especial, ¡la suya!

Decía que un guerrero siempre debe creer en sí mismo ayudando a los demás; de esta manera, el cráneo púrpura estará dispuesto a ayudarles si son dignos de su verdadero poder.

También mencionaba que debes sostener el cráneo firmemente con ambas manos y decir un verso que represente el cráneo de su planeta, que era Neptuno.

Aunque es azul, están conectados como el cráneo de aguamarina, que también pertenece a su padre.

Porque los cráneos de cristal representaban las emociones como el agua en el planeta Neptuno.

Cronos lo había creado para su padre para que viviera y lo cuidara antes de que Zeus le pidiera que viviera en la Tierra.

Zeus extrañaba a sus hermanos y necesitaba un dios del mar y de las criaturas marinas para su planeta también, porque las emociones pueden ser poderosas cuando se usan perfectamente.

Sobre todo, el tipo positivo ayudará a conquistar grandes batallas contra el mal, se preguntó si debería intentarlo.

Pero, ¿sería digna suficiente para sobrevivir a su tremendo poder?

También pensó si Louis estaba bien, empezando a pensar con más cuidado.

Se preguntaba si él formaba parte de esta magia, y por eso se había convertido en esta magnífica criatura.

Ahora, cuando es Fuente, es un verdadero guerrero de los mares.

Ella se sentó durante horas mirando el cráneo de amatista, pensando que durante siglos, los tritones y otros han estado tratando de encontrarlo.

Aquí está ella sosteniéndolo en sus manos como si fuera solo otro de sus tesoros encontrados en el gran mar.

Respiró hondo y pensó, bueno, no tengo nada que perder, pero sí mucho que ganar si lo logro.

Cerró los ojos y sostuvo el cráneo de amatista firmemente con ambas manos, colocándolo sobre su corazón mientras comenzaba a sentir calor en su pecho.

Le habló: "Soy Helena del reino de Neptuno, te ordeno que me obedezcas ahora."

"Porque haré lo correcto para mí, para mi gente y para mis amigos y usaré este poder solo para el bien, lo prometo."

El calor cálido entró en su cuerpo y ella creció un poco más grande, su cabello se volvió púrpura y sus ojos brillaron con intensidad. Cuando miró su reflejo, iluminó el océano.

Todos sus amigos estaban observando a distancia y se asustaron de ella y nadaron lejos.

Pero cuando ella volvió a tocar el cráneo, sus ojos dejaron de brillar y sonrió a las criaturas marinas.

Ellos solo podían ver lo bueno en ella y se sintieron seguros a su alrededor nuevamente.

Su cuerpo también brillaba con esta luz púrpura y ella también se sentía más fuerte, más sabia y con más coraje que antes.

Luego escuchó del propio cráneo, que dijo: "La princesa, escuché tu llamada y por ahora, obedeceré tus deseos."

Ella respondió de inmediato: "¿Sabes quién soy?"

El cráneo respondió: "Sí, sé todo sobre ti y tu padre Neptuno, ¡sabemos todo!"

Debido a esto, ella comenzó a responder preguntas sobre Seequest y el cráneo dijo que él necesita ayuda.

Luego dijo: "Estas son las reglas que debes seguir siempre para mis servicios hacia ti."

"Si me usas de una manera incorrecta, entonces serás castigada por mis poderes y me destruiré para siempre."

La princesa dijo: "Estoy de acuerdo."

El cráneo púrpura respondió: "Nunca sucederá."

"Pero si lo hiciera, entonces te daría amablemente mi vida a cambio."

El cráneo púrpura respondió: "Como aún eres joven y no eres una reina adecuada, solo podrás usar este poder mío tres veces."

La princesa aceptó.

En un destello de púrpura, el cráneo de amatista desapareció y reapareció en forma de capa y dijo nuevamente: "Ahora soy tu capa, así que úsame sabiamente."

Ella dijo: "¡Guau!" mientras tocaba la capa de suave terciopelo y dijo: "Entiendo y solo te usaré cuando sea realmente necesario y no antes, oh poderoso."

Antes de regresar a casa, nadó hasta un nido de medusas y se preparó para quitarse la hermosa capa y sacar los papeles de su bolsa.

Helena decidió esconder todo lo que le había sido dado por el cráneo de cristal en el nido de medusas para guardarlo.

Porque sabía que nadie iría allí, ya que serían picados hasta la muerte por su madre, su amiga.

Como ella había salvado a ella y a sus crías varias veces en el pasado, ahora es amiga de ellas y la ayudarán cuando sea necesario.

Louis lleva el poder dentro de él siempre ahora, como dijo la voz de la capa anteriormente sobre él.

Dijo que Louis es el nieto del Rey Unicornio, con grandes poderes mágicos, a través de sus linajes de sangre de algunos de los poderes del planeta Andrómeda, donde vive el Pegaso ahora.

Que ella estaba hablando con las almas del planeta Venus, que está conectado también con el planeta Neptuno, de donde tu padre vino originalmente hace siglos, y por eso representamos el mar y los cielos en tu Tierra ahora.

Dios mío, pensó ella y dijo: "Te quitaré ahora y te esconderé aquí por tu seguridad."

Desabrochó el clip plateado del seahorse de la capa y dijo un verso para convertirla nuevamente en un pequeño cráneo de cristal que pudiera guardar en su bolsa para mantenerla segura con los papeles importantes.

Cuando dijo: "Volveré por ti pronto."

Llegó al nido de medusas, donde se inclinó ante el guardián y luego nadó a través de él mientras sacaba el cráneo púrpura de su bolsa.

El cráneo estuvo de acuerdo con su decisión y le permitió guardarlo cuidadosamente en el lugar donde están los huevos de medusa para protección completa, ya que nadie sería lo suficientemente tonto como para intentar robarlos, ya que de lo contrario serían asesinados por intentarlo.

Estaba emocionada y, al mismo tiempo, cansada, ya que le había tomado mucho esfuerzo, mientras se ponía a recordar.

Continuó hablándose a sí misma diciendo: "Hoy realmente nadé en la guarida de un tiburón y pudimos haber sido asesinados, gracias a los dioses y al cráneo de cristal por su ayuda, fuimos elegidos para algo más grande y tenemos la suerte de estar vivos."

Rápidamente nadó de regreso a sus aposentos para comer, beber y estar con sus hermanos antes de irse a la cama a descansar, pensando en el apuesto mer-knight Taylor mientras decidía dormir.

Helena estaba durmiendo y pensando mucho en Taylor. También sabía que ella y Louis estaban listos para la batalla y para salvar a Seequest. Mientras dormía, se decía a sí misma mientras bostezaba: "Mañana voy a encontrar a Papá y decirle que estoy lista para luchar contra Hades."

Capítulo Treinta y Ocho

La última batalla de Seequest con Cerberus

De regreso en la cueva, Seequest escuchó el desafío de Cerberus y pensó mucho en qué hacer a continuación, cuando tuvo una idea que Hermes le había mencionado anteriormente cuando hablaron.

Esperaba que funcionara, pero decidió que antes de poder rescatar a Knightmare, tendría que matar a Cerberus primero, ya que pensaba que no podría entrar en la mazmorra de otra manera.

Entonces, hablaría con su amor desde el exterior en caso de que perdiera esta batalla con Cerberus pronto al intentar rescatarla, ya que Seequest era fuerte pero aún no había alcanzado su máximo potencial, pues necesitaba energizarse en el mar, ya que la sal marina lo fortalecería, a pesar de saber que sus padres lo habían creado.

Una vez que Neptuno ayudó a su madre en el pasado, él también recibió los poderes del mar.

Seequest se despidió de una manera que solo él conocía de Knightmare: "Adiós, mi amor. Gracias por todo y por enseñarme qué es el amor."

Y luego vio frente a sus ojos una imagen de Knightmare, que era el amor de su vida, desaparecer.

Sabía ahora que, aunque estaba herido por dentro, él era el Rey Unicornio, quien debía continuar sin ella en su vida y seguir la batalla contra Hades hasta la muerte.

Cerberus estaba allí pensando que había vencido a Seequest, cuando el perro dragón dijo: "Eres tonto, ¿no?"

Con todos tus poderes, Hades aún te ha engañado una vez más, ya que aquí estás exponiendo tu corazón por una yegua demoníaca que nunca fue tuya en primer lugar, como estaba planeado desde el principio.

"Hades es mucho más fuerte de lo que pensabas, ya que tu Knightmare no está aquí de todos modos y ella te ha olvidado, ya que Hades amablemente le ha borrado la memoria de que tú y tu hija alguna vez existieron en su vida."

"Ella solo conoce a Knight, tu hijo, y él se ha convertido en la bestia más viciosa de la Tierra llamada Tremor."

"Y aquí estás, de pie, escuchándome, dándote cuenta de que has sido engañado y utilizado por Hades y su yegua desde el principio."

La última batalla de Seequest con Cerberus

Cerberus continuó y dijo: "Sí, te diré esto por primera vez, Knightmare parecía estar feliz de alguna manera y también te amaba a ti y a ella mucho."

Seequest estaba tan molesto y furioso que ya no le importaba a quién hiriera, y pensó que, sin importar lo que dijera este perro demoníaco, había visto sus últimos días.

Así que, con gran fuerza, inclinó su cabeza directamente hacia la bestia y embistió al perro dragón de dos cabezas en el pecho con su cuerno, que se iluminó de rojo y mató a Cerberus de un solo golpe.

La criatura demoníaca tomó una respiración profunda, y su cabeza se desplomó sobre su cuerpo cuando colapsó en el suelo.

Exhalando fuego desde su cabeza de dragón una última vez y con la otra cabeza sacando su lengua antes de cerrar los ojos, Seequest dijo: "¿Quién es el tonto ahora, maldita bestia?"

"Dije que si te volvía a ver, no dudaría en matarte y esta vez me has empujado no solo a hacerlo, sino también a asegurarme de que nunca puedas renacer de nuevo."

Mientras Seequest introducía su cuerno profundamente en el corazón de Cerberus, se iluminó de rojo y mostró su completa ira, lo que hizo que el cuerpo de Cerberus se convirtiera en una esfera de luz roja y llamas y estallara en polvo.

Hades estaba planeando recoger a su perro infernal para su próxima batalla en las tierras superiores.

Hades, con Tremor a su lado, caminó en silencio de regreso a la cueva para recuperar a Cerberus, quien estaba guardando a Knightmare.

Llegó hasta él y no podía creer lo que veía; allí había una sombra donde antes estaba, ahora solo era un montón de cenizas.

También se dio cuenta de que Seequest y Hermes estaban ahora libres nuevamente frente a él, sin miedo en absoluto, y estaban preparados para luchar contra él hasta la muerte.

Hades estaba seriamente enojado, ya que su querido mascota Cerberus había sido gravemente derrotado y perdido por el Rey Unicornio al matarlo.

Tremor estaba allí esperando una orden de Hades, mientras en ese momento solo miraba al unicornio sin saber que era el verdadero padre de Knight.

Seequest pensaba que estaba mirando a Knight. Pero lo que el Rey Unicornio no sabía era que su verdadero hijo estaba muerto y Tremor ahora controlaba su cuerpo completamente.

Hades miró lo que acababa de suceder con su mejor amigo y dijo con sorpresa y horror: "No, no, mi niño, no, no Cerberus."

"Ahora pagarás con tu vida, Seequest. Mátalo, Tremor."

Hades dijo mientras se apartaba para que ellos pelearan.

La última batalla de Seequest con Cerberus

Hermes estaba molesto al ser mandado a irse por el unicornio y luego desapareció mientras volaba tan rápido como pudo en forma de mosca.

Esperaba que Seequest no resultara herido, pero estaba más preocupado de que Knight pudiera estar herido internamente.

Tremor galopaba hacia Seequest e intentaba hacer todo lo posible para morderlo y desgarrarlo.

Mientras luchaban, Seequest miró a los ojos malvados de Unisos y aún vio a su hijo allí en algún lugar, y se negó a seguir luchando.

Seequest entonces gritó en voz alta, "hijo mío, por favor despierta, soy tu padre, despierta, te lo pido."

Pero el pobre Knight se había ido y Tremor, ahora bajo el control de Hades, estaba haciendo todo lo posible para matar a Seequest en ese momento.

Seequest tuvo una idea y esperaba que funcionara.

Pensó en el amor que sentía en su corazón por su hijo y en los recuerdos que tenían como familia y tocó el pecho de Tremor suavemente con su cuerno, que se iluminó con un resplandor rosa y luego pareció tocar el verdadero corazón de Knight.

Mientras Seequest intentaba transmitir la magia para detener el odio y, con suerte, recuperar a su hijo nuevamente.

Pero no sucedió de inmediato, así que continuaron peleando.

Seequest estaba tratando seriamente de no dañar el cuerpo de su hijo por si más tarde no pudieran curarlo debido a la magia que Hades ya tenía sobre él.

Pero ni siquiera tocó el corazón negro.

El Rey Unicornio pudo ver que el cuerno de Knight no estaba como solía ser.

Parecía como si Hades hubiera atado su espada al cuerno, lo que significaba que toda la bondad que tenía en él estaría congelada en el tiempo.

Pero durante un segundo, el poder de Seequest funcionó y Knight despertó y dijo, "Padre, por favor, no quiero hacerte daño, pero tampoco puedo luchar contra Tremor."

"Así que, por favor, aléjate de mí, de lo contrario Tremor te matará," dijo tristemente.

Seequest se entristeció al escuchar esto de su hijo, que ahora estaba muy débil porque Tremor lo estaba lastimando mientras él se defendía lo mejor que podía sin intentar dañar el cuerpo de Knight.

Pero debido a que el amor de su hijo aún estaba atrapado dentro, dejó que Tremor lo lastimara hasta que Tremor se cansó y huyó.

Ahora sabía que debía encontrar una manera de salvar a su hijo y, al mismo tiempo, destruir a Tremor.

Seequest estaba gravemente herido y aún así se mantenía de pie valientemente como el rey que era.

La última batalla de Seequest con Cerberus

Tremor se sintió cansado y, sin embargo, realmente quería matar a Seequest, así que volvió corriendo hacia él a toda velocidad y lo derribó.

Hermes escuchó el gemido de Seequest y voló de vuelta tan rápido como pudo, transformándose nuevamente en una avispa en el proceso.

Hermes, en ese momento, zumbaba alrededor del caballo demoníaco y lo picó unas cuantas veces para llamar su atención mientras el rey unicornio se ponía de pie.

Knight, en ese momento, pudo ver que su padre estaba golpeado y rápidamente permitió que Seequest escapara de Tremor.

Seequest entonces galopó en la dirección opuesta a través de las oscuras cámaras para encontrar a su hija, esperando que ella aún lo recordara y estuviera de su lado.

Tremor sacudió la cabeza y le dijo "Silencio" a Knight mientras usaba su cuerno en su cabeza para romper la pared de la cueva, causándole dolor, ya que eso lastimaría a Knight, lo que hizo que Knight volviera a dormir debido a la ira, despertando completamente la fuerza oscura.

Tremor tenía una mejor oportunidad de alcanzar a Seequest ya que tenía alas de murciélago que le permitían cubrir distancias mayores. Las cuevas de Hades eran más grandes de lo normal para que sus criaturas pudieran volar cuando fuera necesario.

Hermes voló antes, ya que cuando Seequest estaba luchando contra Tremor, le pidió a Hermes que encontrara a su hija en caso de que él muriera.

Hizo esto a través de sus poderes telepáticos, un regalo de los propios dioses, afortunadamente.

Seequest seguía el zumbido que escuchaba delante de Hermes y se mantenía girando dentro y fuera de las esquinas de las oscuras cuevas, lo que hizo que el Rey Unicornio disminuyera la velocidad.

Hermes había encontrado a Firefly con las alas atadas a su cuerpo, luciendo cansada y más confundida que nunca.

Le susurró al oído y, al hacerlo, sus ojos brillaron y su pelaje volvió a resplandecer con un hermoso rosa brillante donde sus ojos también brillaron una vez más.

"¿Dónde está mi padre?"

Él le respondió, "Creo, mi joven potranca, que él todavía te está buscando."

"Vamos entonces. Es hora de que lo encontremos juntas."

"No. Es mejor que lo dejes encontrarnos."

"No", dijo ella, "Está bien si quieres quedarte aquí, pero yo me voy" e intentó irse cuando Hermes dijo que Hades aún la tenía bajo su hechizo y que no podía salir de las cuevas, como hizo con su madre.

La última batalla de Seequest con Cerberus

Pero ella mencionó que, a pesar de estar confundida durante tanto tiempo, sentía a su abuela con ella, ayudándola a mantenerse fuerte durante todo lo que estaba sucediendo.

Pero Hades había estado observándola de cerca y la llevó más profundo en las oscuras mazmorras, ya que era más difícil que los mensajes fueran escuchados.

Firefly luego se molestó y le dijo a Hermes: "He estado encerrada, así que no he podido enviar mensajes telepáticos a Celestial ni a mi padre."

Pero Firefly era como su padre, terco y a veces escuchaba sus consejos.

Mientras esperaban para moverla, recordó que su abuela podía hablar con ella, así que se mantuvo en silencio.

Hermes voló hacia el Unisos emplumado y la consoló diciendo: "Mira, conozco a tu padre y él estará aquí pronto. Lo siento por tu dolor y tristeza, pero pronto te sanarás y podrán estar todos juntos de nuevo." O eso era lo que él pensaba que podría suceder.

Mientras el Unisos emplumado esperaba pacientemente a que su padre viniera a recogerla y a Hermes, ellos caminaron un poco más hacia la entrada de la mazmorra por donde tendría que pasar Seequest.

Ella hizo su mejor esfuerzo para contactar a Celestial, quien podría arrojar algo de luz sobre el problema en el que estaban.

"Celestial, ¿puedes oírme?"

"Estoy atrapada con Hermes mientras Seequest está gravemente herido debido a una pelea importante con Tremor, ya que él no quiere dañar al caballo demoníaco sabiendo que su hijo está atrapado dentro de él aún."

"Eso es lo que Hermes vio a distancia y me ha contado. Por favor, gran ser, necesito tu ayuda."

De vuelta en la playa donde Legend y el pegaso habían aterrizado anteriormente, acababan de comer cuando ella decidió dar un agradable paseo, impaciente por lo que estaba ocurriendo con su hijo y sus nietos.

Celestial se acercó a Legend y le explicó lo que estaba sucediendo en la distancia del inframundo debajo de ellos.

Sintió en su mente como si alguien intentara conectarse con ella, pero el mensaje era demasiado tenue para captar por sí sola y dijo: "Legend, necesito tu ayuda y apoyo ahora para ayudarme a recibir este mensaje, ya que siento que es de ellos en el inframundo."

Se detuvieron en su camino, se dieron la vuelta y juntaron sus cabezas para ver si sus poderes juntos podrían romper la barrera que impedía comunicarse con quien intentaba llegar a ella.

Primero, sintió una presencia de un unicornio muy poderoso y creyó que era Seequest y dijeron juntos: "Llamamos al gran Rey Unicornio Seequest."

"¿Puedes oírnos?"

"Somos Celestial y Legend, quienes también solían ser tus padres hace muchos años."

La última batalla de Seequest con Cerberus

Seequest pensó que estaba escuchando voces extrañas cuando escuchó la llamada y respondió mientras seguía buscando a su hija.

"No puede ser, ya que estás muy lejos en el universo en los cielos arriba."

"No, no estamos, hijo nuestro."

"Estamos aquí en la Tierra en este momento, ya que hemos venido a ayudar con esta batalla en la Tierra y Zeus nos ha dado esta oportunidad para ver también a ti una vez más antes de que, algún día, tú también te conviertas en un espíritu y seas mucho más de lo que eres ahora."

"Ahora, escucha, ¿dónde estás?"

"Estoy en las cámaras oscuras."

Luego recibieron otro mensaje que decía que ella es Firefly.

Pero para asegurarse, le hicieron una pregunta que solo ella debería saber sobre el corazón de su padre.

Afortunadamente, pasó la prueba y luego continuaron la conversación en sus mentes.

Cuando Celestial y Legend preguntaron dónde estaba Firefly, ya que sabían que Seequest también estaba tratando de encontrarla.

Pensaron que podrían ayudar a ambos al mismo tiempo. Firefly mencionó dónde estaban ella y Hermes, y los guardianes de Seequest le dijeron adónde necesitaba ir para encontrarlos.

"Seequest, Firefly dijo que debes pasar por dos pasajes más, girar a la derecha y allí encontrarás a tu hija."

"Firefly y Hermes te están esperando."

"Ve ahora, apresúrate," y su voz desapareció de su mente.

A medida que se acercaba a ellos, se emocionaba pensando que vería a sus padres una vez más en carne y hueso.

Pero lo más importante era encontrar a su hija y salir del infierno de una vez por todas juntos en una sola pieza.

Mientras galopaba por el último pasaje, comenzó a sentir que su frío corazón se volvía cálido nuevamente debido al amor de su familia, lo que lo hizo fuerte en su momento de necesidad.

Seequest llamó y relinchó con profunda frustración y dijo, "Firefly, mi hija, ¿dónde estás?"

Y luego ella respondió, "Estamos aquí, Padre, en esta cueva frente a ti."

Se dio la vuelta y puso su cuerno en la barrera, cerró los ojos y la rompió.

Luego trotó con valentía y aún débil a su lado, donde rompió las correas y liberó sus alas para que pudiera respirar nuevamente.

La última batalla de Seequest con Cerberus

Se acercó a ella y dijo: "Necesitamos tocar nuestros cuernos para fortalecer los poderes del otro, ya que posees una magia que incluso yo no tengo."

Pone su cuerno junto al de ella y dice: "Cierra los ojos." Cuando ella lo hace, menciona a Seequest que diga esto para sí mismo.

Seequest comenzó el cántico:

"Recuperaré mi fuerza al tomar parte de la tuya y a cambio te daré parte de la mía, y nos convertiremos en uno."

Ahora tenía suficiente energía para sacarlos de allí, pero sabía que esto lo haría aún más débil que antes. Pero ya no le importaba.

Solo quería liberar a su hija y a él mismo de esta horrible experiencia.

Ahora eran lo suficientemente fuertes como para llegar a la entrada del Bosque Prohibido.

Esperaba que alguien tuviera el poder de romper el hechizo y sacarlos de allí a salvo a tiempo, ya que había otra barrera invisible más fuerte que la última que Hades había puesto a la entrada de la cueva como respaldo.

Seequest sintió en ese momento que nunca podría escapar del dominio de Hades y pensó que si podía salvar a su hija y a su hijo, entonces ya no le importaba él mismo, ya que sentía que estaba envejeciendo demasiado para seguir luchando.

Sabiendo que la paz en la Tierra era más importante que él mismo.

Ya que Hades no le permitiría asentarse aquí en la Tierra hasta que probablemente muera.

Aunque estaban alejados de la cueva y de las criaturas de Hades al fin,

Todavía estaban atrapados en la oscuridad, esperando que alguien los liberara pronto, ya que ambos habían usado el último de sus poderes para comunicarse con Celestial, siendo ellos criaturas magníficas y quemando mucha energía al conectarse con ella.

Estas son las razones por las cuales nadie está permitido comunicarse con ella, ya que podría agotarlos completamente por accidente y matarlos.

Y aún así, Seequest sabía que no tenían otra opción más que intentarlo sin importar lo que le sucediera.

¿Acaso se preocupaba más por la seguridad de su hija que por la suya propia, como de costumbre?

Este regalo permaneció de su madre, Moonbeam.

"Mi hija, lo siento por no haber podido salvar a tu madre y a tu hermano, pero hice todo lo posible."

"Aún así, no fue suficiente incluso para mí, siendo el Rey Unicornio, para salvarlos," dijo con tristeza en su voz.

Estaban acostados cerca de la entrada tratando de respirar el aire fresco.

La última batalla de Seequest con Cerberus

Cómo echaban de menos este oxígeno en sus pulmones, que les quitó el aliento al principio, ya que había pasado mucho tiempo desde que tuvieron que usarlo.

Hades hizo que solo pudieran respirar su aire en el subsuelo.

Y tomaría un tiempo recuperarse de esto y readaptarse a la normalidad antes de que pudieran levantarse y caminar de nuevo.

A Seequest no le gustaba la idea de estar atrapado. Pero pensó que al menos tenían tiempo para recuperarse y aprender a respirar el aire natural de nuevo antes de estar oficialmente libres de las cuevas al fin.

Y luego continuar buscando a Tremor y derrotarlo de una vez por todas, ya que ambos pensaban mientras dormían que iban a darlo todo para salvar a Knight si realmente podían.

Mientras todos dormían, Hermes pensaba en estar de regreso en el Olimpo sentado en los jardines comiendo sus cerezas, sonriendo en sus sueños.

Finalmente, todos se despertaron y todavía se sentían cansados y renovados al mismo tiempo.

Seequest le dijo a Firefly: "Todo porque me enamoré de tu madre, bajé mi barrera y permití que Hades entrara en mi corazón y mente para que pudiera controlarme a mí y a mi magia.

"Espero que puedas perdonarme algún día, hija," mientras miraba a su hija con vergüenza en los ojos.

Ella respondió con amor en los suyos y lo acarició mientras lo perdonaba y respondía: "Entiendo por qué y te perdono, Padre."

"Ahora, vamos a luchar. Debe haber una manera de detener todo esto," dijo ella.

"Sí, la hay," respondió Seequest, "pero no puede suceder ya que significaría que tendría que entregar mi cuerno a Hades, para que él pueda controlar la Tierra para sí mismo, lo cual sería una gran pesadilla en la Tierra."

"Tendría que morir y nunca volvería a existir en la memoria de nadie."

"Mi propósito en la vida es mantener la Tierra segura y, con la ayuda de la Madre Naturaleza ahora o Gaia para mí, significa ser el protector de todo mal también."

"Lo siento, pero esto no puede suceder."

"Nuevamente, perdóname, hija, pero mis deberes son demasiado grandes para romper esta promesa por tu agrado o mis sentimientos también. ¡Hay más en juego que nuestras vidas ahora!"

"Está bien, Padre."

"Entiendo por qué," dijo ella con lágrimas corriendo por sus ojos mientras se abrazaban mutuamente para consolarse.

"Vamos a salir de aquí rápidamente antes de que Hades regrese con otra de sus criaturas desagradables."

La última batalla de Seequest con Cerberus

¿Le dijo Firefly a Hermes que se convirtiera de nuevo en un dios pequeño y tratara de volar fuera de la cueva por las grietas de las paredes para conseguir ayuda?

Hermes fue a buscar a Celestial y Legend en la playa para ayudarlos a todos a escapar.

Mientras Seequest y Firefly estaban atrapados en la entrada de la cueva, podían ver a lo lejos, sobre sus espaldas, el gran árbol de abedul plateado bajo el que solían recostarse juntos cuando eran una familia antes.

Les trajo tantos recuerdos a ambos, pero tenían que dejarlos atrás, ya que necesitaban escapar de este lugar y conservar su energía solo para eso.

Seequest cerró los ojos y de repente sintió que sus difuntos padres le enviaban un poco de calor mágico y luego puso toda su voluntad en sus pensamientos para romper la barrera, y lo logró, lo que incluso lo sorprendió, ya que sentía que no tenía la fuerza para hacerlo.

Les agradeció profundamente, ahora que eran libres y esperaban estar con ellos pronto.

Se apresuraron hacia la playa.

Seequest sabía que debía volver al agua para recuperar su fuerza total y curar sus dolorosas heridas.

Llegaron a las rocas donde él y su madre solían descansar mirando al mar, lo que le hizo sentir seguro, y trató de caminar hacia la playa cuando sintió una descarga eléctrica de otro campo de fuerza.

Hades había puesto un hechizo en este lugar sabiendo que Seequest aún podría ganar la batalla.

Seequest intentó de nuevo como antes, pero esta vez estaba demasiado débil ya que le había costado mucho la última vez, y dijo: "Está bien, estamos atrapados de nuevo."

El Rey Unicornio estaba ahora seriamente molesto y enojado, se sintió derrotado y, como el hipocampo unicornio, sintió que el mar lo llamaba y sumergió su cuerno en él como le había dicho Neptuno antes de la llamada de ayuda, esperando que el dios del mar lo escuchara.

Aunque aún no estaba completamente libre de Hades, se sentía mejor al estar fuera del escondite por completo y tendría la oportunidad de nadar en los mares pronto.

Como ahora era un hipocampo que vivía en el mar, sin el agua en sus pulmones moriría por esto.

Y aunque no le gustaba lo que tenía que hacer ahora, sabía que tenía que devolver parte de su poder para poder respirar en tierra nuevamente, ya que aún lo necesitaba vivo.

Seequest ahora era lo suficientemente fuerte para llegar al agua.

Pero Hades sentía que tenía la ventaja, ya que ahora Seequest tendría que permanecer en el agua para sobrevivir durante un tiempo bajo el sol caliente.

La última batalla de Seequest con Cerberus

Aun así, no pudo avanzar más ya que el dios demonio había puesto un campo eléctrico en el mar y, aunque no mataría a Seequest, dañaría a sus amigos, las criaturas marinas, algo que Seequest nunca se perdonaría.

Una vez más parecía que Hades tenía la ventaja sobre él.

Incluso Seequest, en ese momento, estaba perdiendo la esperanza, pero su hija nunca lo hizo y le dijo a su padre que simplemente aguantara.

¿Había sido su forma de unicornio solo temporal por parte de Neptuno hasta que él y Helena regresaran a casa juntos?

Pensaba que Hades aún ganaría la batalla después de todo, ya que el dios del inframundo no podía esperar a que Seequest se secara naturalmente para recoger su cuerno una vez que se fuera.

Pero tendría que ser rápido porque se evaporaría en polvo y se convertiría en parte de la tierra, produciendo magia en todas partes.

Firefly podía ver que su padre estaba muriendo de agotamiento y falta de agua marina a su alrededor.

Hizo su mejor esfuerzo para contactar nuevamente a Celestial y Legend para decirles que su padre estaba en gran peligro de morir, ya que necesitaba entrar en las partes más profundas del agua para recuperarse de sus dolores y sanar sus heridas pronto.

Ahora su tiempo se estaba acabando como Rey Unicornio porque había entregado parte de sus poderes terrenales a Gaia y necesitaba el mar para sobrevivir más, ya que de allí provienen ahora sus poderes.

La pobre Firefly quería volar y encontrar ayuda, pero no quería dejar su lado por si él entraba en coma o moría.

Esperaba que esto no fuera así, pero temía que pudiera ser verdad.

Cerró los ojos con fuerza y comenzó a orar a los cielos y a Zeus para que alguien los encontrara pronto, ya que se sentía inútil incluso para su padre.

Sus poderes no podían curarlo cuando era un hipocampo.

Aunque ella también podía transformarse en uno, aún tenía los poderes de la tierra y el mar.

Pero su padre estaba demasiado débil para que ella usara sus poderes en él, ya que en lo profundo de su corazón estaba impidiendo que ella lo curara porque parecía no importarle lo que le pasara y solo quería salvar la Tierra nuevamente.

Seequest había sido un hipocampo durante tanto tiempo que solo se había ajustado a esta vida.

Firefly dijo, "Padre, te creo."

"Por favor, no te rindas ahora que hemos llegado tan lejos desde donde hemos estado."

La última batalla de Seequest con Cerberus

Seequest estaba allí tumbado en las aguas poco profundas, intentando respirar mientras la marea regresaba y la arena quedaba expuesta.

Miraba hacia el mar sabiendo que necesitaba aguas más profundas para sanar y también sentirse completamente libre como uno con el mar, como debería ser cuando es un hipocampo.

Se dio la vuelta y dijo, "Allí, allí, mi preciosa hija."

"Estoy tan orgulloso de ti, de tu hermano y de tu difunta madre por darme este sueño que siempre he querido."

"¡Pero parece que ya no puede ser!"

"Te amo con todo mi corazón, vivirás y te convertirás en un importante Unisos con el tiempo, lo sé, y estaré observando desde lejos."

Creyendo ahora que esa era la verdadera razón por la que Celestial y Legend habían venido a la Tierra debido a sus errores y para llevarlo lejos de la Tierra para siempre. Pero eso no era cierto.

El pobre Seequest estaba devastado y sentía que nadie podía salvarlo, ya que en su corazón sentía que ya no importaba.

Después de su discurso a su hija, se desplomó en la parte poco profunda del mar y quedó inmóvil, ya que el sol arriba estaba demasiado caliente para que él pudiera soportarlo, de lo contrario, moriría por el calor del sol, que era el plan de Hades desde el principio y sabía que funcionaría.

Firefly relinchó con desesperación, con lágrimas en los ojos, y dijo, "Padre, no vas a morir, no lo permitiré."

Y sin embargo, Seequest yacía tranquilamente en la superficie del mar, sin moverse.

Firefly dijo, "por favor, alguien ayúdenos," y luego miró a su padre desde la playa, ya que necesitaba mantenerse alejada de él por ahora.

Porque ella también estaba débil y el agua salada podría enfermarla en ese momento.

Así que rápidamente, cuando la marea se retiró, tuvo que sacar a su padre del agua para que pudiera reenergizar sus poderes también.

Ella se tumbó descansando, vigilando el cuerpo de su padre para que no se moviera a ningún otro lugar.

Decidió arrastrarlo hasta las rocas donde aún pudiera estar en el agua de mar, pero no podría salir más lejos y ser destruido por el campo de fuerza invisible que era la vida. Pero lo llevó allí donde ella también podía quedarse con él.

Y mientras lo hacía, repitió y dijo, "no te preocupes, padre, alguien vendrá a salvarnos, pero por ahora, quédate aquí tranquilo y descansa."

El sol apenas estaba comenzando a ponerse.

Al menos Seequest podía respirar un poco mejor ahora que se sentía más fresco, ya que el sol estaba demasiado caliente antes.

La última batalla de Seequest con Cerberus

Ahora que estaba más frío, Firefly se sentía un poco más fuerte y también lo hacía Seequest, que había estado en el agua salada durante un buen rato, evitando secarse bajo el sol antes.

Ella lo arrastró de vuelta cerca de los árboles para que estuvieran a la sombra y en busca de calor mientras yacían juntos. Firefly envolvió sus alas alrededor de la espalda de su padre para brindarle consuelo y seguridad, mientras Seequest se sentía destrozado por dentro, sabiendo que nunca podría volver a sentir ese tipo de amor.

Esto lo hizo débil e indefenso, recordándole que era el Rey Unicornio y que sus sentimientos de amor no importaban, ya que eso no era lo que estaba allí para hacer.

Pero se estaba flagelando por sus emociones, que lo habían agotado gravemente, ya que el caballo en el que se convirtió antes con Helena era el único espíritu que le quedaba, y parecía que solo podía sobrevivir por ahora.

Seequest sabía que Hades había encontrado su verdadera debilidad y no podía creer que le había permitido llegar a esa parte de su corazón.

Pero una vez que se recuperara, esperaba que sus emociones tuvieran que permanecer ocultas en su mente y que nunca salieran nuevamente como esto, una vez que su familia estuviera a salvo de Hades.

Sabía que nunca bajaría la guardia nuevamente, ya que él era el Rey Unicornio. Tener emociones por otros y por la Tierra estaba permitido.

Pero las emociones relacionadas con su vida no estaban permitidas, ya que podrían causar demasiados daños en el futuro.

Se dio cuenta de que ese era el plan de Hades desde el principio y que había caído completamente en su trampa.

¿Había notado Hades que, debido a que se preocupaba profundamente por su madre durante tanto tiempo, entonces sabía que sus emociones y AMOR eran su debilidad y decidió jugar con ellas para debilitar completamente al Rey Unicornio?

Parecía que Hades, por fin, había encontrado la debilidad de Seequest y parecía ver que funcionó, y desde la distancia, mirando a través del fuego en su guarida, comenzó a reírse diciendo, "Bueno, bueno, parece que Seequest tiene una debilidad después de todo, y es su corazón," y comenzó a reírse.

Esa noche, los lobos estaban en la playa y el lobo blanco Nube Lunar sabía gracias a Luna que Seequest estaba en gran peligro y que tenía que rescatarlo a él y a su hija pronto.

Capítulo Treinta y Nueve

Helena y el Caballero Mer

Pasaron meses en los que Helena deseaba encontrar a su padre, pero le dijeron que ya lo había perdido nuevamente.

Así que fue a desayunar con sus hermanos como de costumbre y se dirigió hacia los establos, donde se encontró con Taylor, quien estaba sacando a su hipocampo, Reef, de sus establos, situados un poco más arriba que los reales.

Trató de observarlo sin ser vista, ya que él aún no había puesto su armadura, y pensó que era muy apuesto, con su cabello rubio, ojos azules y un torso musculoso, además de su cola.

Sentía que podría ser el indicado con quien asentarse algún día, o al menos eso esperaba.

Pasó una hora observándolo y sintiéndose un poco emocionada cuando de repente se desmayó, dejando en claro que había estado espiándolo todo el tiempo.

"Helena," dijo él, levantándola suavemente en sus brazos. Miró su rostro y pudo ver la verdadera belleza en sus ojos, con su piel pálida y su cola verde con forma de golondrina.

Sin lastimar sus aletas, la sostuvo con cuidado y acercó su rostro al suyo para asegurarse de que ella aún estuviera respirando. Cuando ella despertó y vio esos intensos ojos azules de tritón mirándola fijamente, se sorprendió.

Rápidamente saltó de sus brazos y dijo, "¿Taylor, qué estás haciendo?"

Él respondió, "Mi señora, lo siento, pero te desmayaste y solo estaba viendo cómo estabas, ya que estabas flotando boca abajo."

"Oh, ¿lo estaba?" preguntó ella.

"Sí," expresó él con una voz emocionada y cariñosa.

"Claro, como tu dama, me gustas mucho y pensé que tal vez te gustaría salir a montar conmigo esta tarde y practicar nuestras habilidades para la carrera juntos."

La princesa sonrió y él le devolvió la sonrisa. Ella respondió, "Claro, hagámoslo."

Ambos sonrieron, se prepararon con sus hipocampos y se encontraron fuera de los establos reales para montar y pasear por los terrenos de Vissen.

Helena y el Caballero Mer

Helena se estaba divirtiendo mucho, pero pronto se dio cuenta de que se estaba haciendo tarde y que tenía que regresar, ya que aún quería intentar ir a la playa y rescatar a Seequest por sí misma, sabiendo que ahora tiene el poder para hacerlo.

Así que comenzó a inventar una excusa de que tenía algunos recados que hacer y dijo que disfrutó de su compañía, a lo que él respondió lo mismo, y ella esperaba que pudieran repetirlo pronto.

Una vez más, ambos sonrieron y parecían sentir una conexión o vínculo entre ellos.

Pero Helena pensó: "Estoy a punto de cumplir dieciocho años y él tendrá veinte. Quizás no le interese una princesa joven como yo y ¿es posible que mis padres aprueben esto, dado que él solo es un caballero en el ejército de mi padre?"

Se molestó al pensar demasiado en ello y respondió a sus propias dudas con un "¡No, nunca lo aprobarán!" Pero pensaba mucho en este apuesto tritón. Se dio cuenta de que estaba convirtiéndose en una mujer sirena y sentía que le gustaba, empezando a soñar despierta con él con demasiada frecuencia.

Pero se dijo a sí misma que no tenía tiempo para esto ahora, ya que debía ir a la playa para intentar rescatar a su querido amigo Seequest, pues pensaba que ya había estado esperando demasiado tiempo.

Lo que la hija mayor no sabía era que Taylor no solo era el mejor caballero de Neptuno, sino también un príncipe del reino madre del mar.

Pensó rápidamente que quizás lo vería de nuevo pronto y pensó que tendría que ir a su escondite donde viven las medusas, ya que no quería que Taylor conociera su secreto todavía.

Llegó al nido de medusas y se inclinó ante la madre medusa, diciendo: "Querida amiga, ¿puedo ir a tus cuartos de cría para recoger mis cosas especiales?"

La gran medusa colorida movió sus tentáculos arriba y abajo en señal de acuerdo, amablemente se apartó para que pudiera nadar y alcanzar las cosas que le pertenecían.

Antes de regresar rápidamente a los establos, tomó las riendas y la silla de mar, además de agarrar el cráneo y convertirlo de nuevo en una capa, que guardó en su bolsa para mantenerlo a salvo por ahora.

Regresó rápidamente a los establos para asegurarse de que todo estuviera en orden, y vio a los padres de Louis, ya que su padre había llegado a casa sano y salvo, y su hipocampo (Tidal Wave) estaba durmiendo en su cama después de su largo viaje.

Más tarde esa noche, fue a preparar a Louis cuando los demás relinchaban, y ella dijo: "No, lo siento, no esta vez."

"Louis y yo vamos a salir a practicar antes de que todos despierten en la ciudad."

Ella les dijo a los demás: "Padre estará con ustedes más tarde para que puedan usar el carro del mar."

Sea Spray y Tidal Wave son sus caballos acuáticos del carro, y ellos controlan el poder de las olas también.

Tidal Wave no puede exagerar porque él también es el campeón de los juegos de Neptuno.

Pero sabía que Tidal Wave era rápido y confiaba en que ganaría la carrera esta vez porque Louis, su hijo, tiene otros poderes mágicos que su padre no posee.

Helena miró a Tidal Wave y a Louis juntos, y Tidal Wave despertó y nadó hacia ella. Ella le dijo: "Gracias, nuestro gran campeón de las carreras del mar. Pero esta vez, puedes estar seguro de que tu hijo Louis te ganará de manera justa", y sonrió mientras acariciaba el hermoso rostro de Tidal Wave cuando él levantó sus patas delanteras y atrapó la aleta de Helena, derribándola al suelo donde se raspó el brazo.

Se levantó y dijo: "Bueno, si vas a actuar así, entonces definitivamente ganaremos", y salió corriendo de su establo.

Helena se olvidó de que este hipocampo es un espíritu salvaje y que su padre y su madre son quienes pueden controlarlo, y pensó que había sido lo suficientemente tonta como para olvidar esto y no debería haberse acercado a él en primer lugar.

Miró su brazo cortado y buscó el ungüento de pulpo que aplicó, y luego puso un poco de alga marina gruesa para detener la hemorragia.

Luego reunió a Louis y se subió a su espalda rápidamente, ya que tenía todo lo que necesitaba con ellos mientras nadaban hacia la parte trasera de los establos donde estaba el estanque oscuro, y comenzó a soñar con ser una reina algún día.

Quizás tener a personas piscis y merfolk en su reino en el futuro también, pensó.

Que podría construir el edificio más espectacular que alguien haya visto jamás, con casas redondeadas para su gente que deseara probar una forma humana similar donde pudieran convertirse en seres marinos cuando quisieran volver al agua.

Estaba soñando más que nunca ahora, como si sintiera que sus sueños podrían hacerse realidad ahora que tiene control del cráneo de amatista, pero solo el tiempo lo diría. Soñaba todo el tiempo con el reino. Y al ganar la carrera, esperaba que sus padres honraran este sueño de ella porque ella sería tan poderosa como ellos.

Podría ser incluso única entre cualquier princesa antes que ella y eso la haría la sirena más feliz, donde su vida cambiaría para siempre.

Helena creó un mundo nuevo como nunca antes visto o conocido.

Ila pensaba que sus poderes ayudarían a proteger la naturaleza y a todas las criaturas tanto en tierra como en el mar.

Esto parecía hacerla sonreír mientras se preparaba para ver a Kessy en las Islas Británicas de Escocia para pedir ayuda.

Le dijo a su hipocampo: "Antes de irnos, debemos devolver los delfines de mamá a los campos marinos."

Se acercaron a los delfines y allí, junto a ellos, había algunos pequeños grupos de delfines con sus crías, que parecían ser muy juguetones.

Luego, un macho nadó hacia ellos a gran velocidad diciendo: "Por favor, deben venir rápido."

"Hades ha atrapado un grupo de crías en una de sus redes."

Al escuchar esto, dijo: "Louis, debemos salvarlos."

Siguieron al delfín macho para ayudar a las crías, porque esa era una de sus tareas diarias.

Nadaron tan rápido como el hipocampo podía, tratando de mantener el ritmo, ya que los delfines son realmente rápidos. No le importaba que pudiera ser una trampa. Pero siguió adelante, preparada para cualquier cosa inusual después de lo que había pasado antes, y sabía que sus padres no la perdonarían si la capturaban de nuevo mientras nadaban para salvar las crías de las redes de Hades y las bestias marinas.

Ella dijo: "Me encantaría ayudar, pero no puedo en caso de que sea una trampa."

El delfín macho gris chilló y dijo en su mente: "Pensé que nos amabas y querías protegernos, como dijiste que siempre lo harías, ya que te hemos salvado muchas veces de tiburones, ballenas y otras criaturas. ¿Y así nos lo pagas, tus primos delfines?"

"No, por supuesto que te ayudaré."

"Vamos, Louis, vamos," recordó que tenía la capa y su armadura en la bolsa marina, sabiendo que el cráneo de amatista siempre la protegería.

Pero, ¿la usará ahora para proteger a sus primos o para intentar rescatar a Seequest con ella? Ya no le importaba. Solo quería ayudar y liberar a sus amigos de los malvados planes de Hades si era posible.

El delfín macho llegó a los demás en medio del mar y se detuvo, diciendo: "Mi nombre es Speed. Soy el líder del grupo de delfines nariz de botella azul."

"Que tus padres poseen, así que estamos totalmente protegidos también, así que es un honor para nosotros que nos estés ayudando ahora."

Antes de seguir adelante, ella dijo: "Espera, debo ir a pedirle al Caballero Taylor que nos ayude," y eso fue lo que hizo.

Ella se sumergió de nuevo hacia Vissen, donde vio a Taylor practicando para la carrera con su equipo de Scuba. Lo llamó y le contó sobre los delfines atrapados en las redes de Hades y que Speed esperaba su ayuda, ya que podrían lograrlo juntos como un equipo.

A Taylor le pareció una buena idea trabajar juntos, aunque por ahora, como miembro del equipo era suficiente. Le respondió: "Sí, por supuesto, Helena, te ayudaré a ti y a los delfines."

Ella contestó: "Genial, sígueme."

Se sumergieron de nuevo y volvieron al lugar donde el delfín macho los esperaba para ayudar a liberar a las crías de esas terribles redes.

Mientras nadaban hacia los delfines, parecían estar bastante juntos, con ambos hipocampos nadando a gran velocidad. Scuba es impresionante, como su hermano Louis, pero tiene una constitución más grande y pesada que él. Sin embargo, no puede transformarse en un caballito de mar, ya que no se le enseñó cuando era más joven.

Helena se prometió a sí misma y a Louis que nadie más conocería su secreto hasta al menos el día después de la carrera, por si acaso se descalificaban por ello.

Vieron el grupo de crías luciendo tristes y angustiadas, flotando juntas en una gran y fuerte red negra, y se preguntaron cómo podrían liberarlas.

Helena pensó en una gran idea: cambiar a una forma más pequeña nadando dentro de la red sin ser vista, lo cual rompería la red por la mitad. Pero no podía hacer esto porque era un secreto. Así que le pidió a Taylor: "Por favor, ve a buscar ayuda mientras yo mantengo calmadas a las crías mientras lo haces." Él le sonrió y hizo exactamente eso.

Él y Squeal dieron la vuelta y se sumergieron de cabeza hacia el fondo del océano en dirección a Vissen.

Mientras Helena y Louis hacían lo que ella había pensado hacer desde el principio como último recurso. El Hipocampo se transformó rápidamente en un caballito de mar y nadó directamente hacia la red, tratando de no ser aplastado por las crías al mismo tiempo.

Afortunadamente, era lo suficientemente pequeño como para entrar solo, pero aún así era más grande que Helena, por lo que ella aún podía montarlo hábilmente y cómodamente en esta forma también.

Louis sintió que había debilitado las redes, así que salió y levantó a Helena sobre su espalda cuando ella le dijo: "Vamos, chico, debemos liberarlos."

Siguieron trabajando hasta que hicieron todo lo posible, nadando cuidadosamente alrededor de los pobres y estresados delfines jóvenes a lo lejos en ese momento.

Las hembras del grupo estaban observando más allá en el mar, como vigías contra los tiburones en ese momento.

Ella recordó que su lanza puede hacerse más pequeña y también que Louis iba a cambiar de forma de nuevo, entonces la red se abrió y las crías de delfín nadaron rápidamente fuera de ella, moviendo sus gruesas colas arriba y abajo a un ritmo rápido para estar completamente libres una vez más.

Mientras lo hacían, Helena puso sus labios en su boca como si les dijera a las crías que era su secreto.

Todos los delfines chasquearon y le prometieron, agradeciéndoles a ambos antes de comenzar a nadar de regreso hacia sus madres.

Estaban todos juntos saltando dentro y fuera del agua con alegría y salpicando el agua frente a ellos como una gran muestra de agradecimiento.

Luego hicieron saltos mortales frente a ellos y comenzaron a nadar más lejos hacia el mar para mayor seguridad en grupos.

Pasó una hora. Taylor regresó con Speed y algunos caballeros más, cuando Squeal apareció saltando directamente fuera del agua, ya que su hembra le había dicho que las crías ya habían sido liberadas y estaban a salvo.

Este lenguaje corporal mostró que estaba feliz y que su grupo también podía verlo.

Nadó cerca de Helena, donde ella se bajó de su hipocampo y se acercó al gran delfín macho cuando él le rozó la nariz en la cara para agradecerle y luego lanzó un chorro de agua de su espiráculo para respirar antes de volver a sumergirse en el océano con su grupo.

Mientras esto sucedía, Taylor se sintió como un tonto al ver que Helena no esperó y también se preguntó cómo las había liberado al mismo tiempo. Ella dijo, "Lo siento."

"No tengo tiempo para explicarte los detalles ahora." Taylor respondió, "¿Cuándo entonces?"

Helena dijo, "Un día, gracias" y se sumergió de nuevo en el mar y desapareció.

Taylor estaba montado en su hipocampo y dijo, "Esa princesa será mía algún día, Scuba, marca mis palabras."

"Es valiente, hermosa y amable, la esposa perfecta para mí," mientras continuaba con sus deberes ese día.

Scuba acordó con un relincho feliz mientras nadaban de regreso a Vissen para descansar.

Mientras tanto, Louis y Helena estaban de vuelta en el oscuro estanque.

Aún tenían que ver a Kessy, lo cual esperaban con ansias todo el día.

"Vamos, mi querido amigo, vamos a ver a tu hermana y ver cómo está."

Louis relinchó y dijo, "Oh sí, por favor," y se lanzaron al oscuro estanque, atravesándolo hasta el otro lado del mundo, al Loch en la hermosa Escocia.

Capítulo Cuarenta

Helena va a ver a Kessy

De vuelta, en Escocia, específicamente en Sheerness. Afortunadamente para Kessy, el tiempo allí era diferente.

En Escocia, había dos horas de diferencia porque el sol daba la vuelta alrededor de la Tierra veinticuatro horas al día, incluso entonces.

Mientras nadaban en las aguas, vieron peces de colores asombrosos nadando alrededor en bancos y cangrejos y camarones coloridos descansando en el fondo del agua dulce. Cuando salieron a la superficie para tomar aire, vieron un delfín bonito que parecía nadar tanto en el mar como en el agua dulce.

Era un delfín gris de hocico en botella con el que Kessy solía jugar en el pasado y que siguió a Helena a través del estanque, ya que era muy inteligente y había estado buscando a su amiga durante mucho tiempo en los diferentes mares sin saber adónde había ido.

Llegaron al Loch Helena y le preguntaron al delfín por qué los seguía, cuando ella iba a llamar a Kessy después para avisarle al dragón de agua que estaban allí para verla.

Primero, Helena se acercó al delfín con cuidado para no asustarlo, cuando miró a la princesa a la cara y escuchó para ver qué pasaría a continuación. Luego llamó al delfín y dijo: "¿Cómo llegaste aquí y por qué?"

El delfín respondió en la mente de Helena: "Soy Squirm, la vieja amiga de Kessy."

"Quería saber si ella estaba bien, ya que mis otros amigos, el delfín nariz azul, dijeron que ella vivía aquí y que yo podría ir a ver por mí misma, ya que me adaptaría al agua dulce como ella."

Porque mencionó que no volvería hasta que viera a su amiga nuevamente y comenzó a agitar sus aletas arriba y abajo, salpicando a todos mientras lo hacía.

Y de repente emergió una criatura con un largo cuello y de gran belleza, un enorme hippocampo.

Squirm miró, se sumergió y luego volvió a emerger al ver que esta gran criatura era exactamente su antigua amiga Kessy.

El bonito delfín parecía asustada pero segura de que estaba a salvo con su amiga y aún así se dio cuenta de que podría ser aplastada.

Helena va a ver a Kessy

Pero sus planes eran al menos quedarse un rato y decir sus despedidas antes de partir para siempre con una expresión triste en su rostro.

Kessy estaba emocionada de verla y también notó su tamaño, lo que haría que fuera impráctico para Squirm quedarse con ella, lo cual también la molestó y se sintió más sola que nunca.

"Kessy, no te preocupes, chica." "Siempre tienes a nosotros" y vio cómo su amiga se sumergía nuevamente hacia el mar principal.

Mientras lo hacía, Kessy vio a lo lejos un grupo de ballenas azules cumpliendo con su tarea de limpiar las aguas mientras se movían. Squirm nadó hacia la parte más profunda del Loch, donde había una puerta de plata, y salió del agua, saltó y se unió a las ballenas azules para divertirse.

Las ballenas rociaron agua desde sus cabezas como saludo y luego se sumergieron nuevamente.

La princesa saludó con la mano y Kessy salpicó agua también para decir hola a distancia.

Más tarde, Helena le contó a Kessy su plan para rescatar a Seequest, su abuelo, a quien aún no había tenido el placer de conocer porque había sido capturado por Hades, y ella aceptó ayudar en esta lucha también.

Helena se sorprendió al ver que Kessy podía caminar con sus aletas en la tierra y descansar allí al sol sin quemarse.

Parece que cuando estaba fuera del agua podía cambiar de color para parecer una roca o un pedazo de tierra, como si fuera una especie de camaleón adaptándose a su entorno o a su seguridad.

Helena se dio cuenta entonces de que Kessy estaba evolucionando nuevamente en otra criatura y se preguntó si su madre sabía.

Cómo quería decírselo, pero luego pensó que no podía porque ella estaba en el Templo de Cristal preparando los cráneos de cristal para proteger sus hogares nuevamente de Hades. Cuánto comenzó a odiar a su tío querido.

Entonces pensó que intentaría contactar a su madre leyendo más tarde el Libro del Conocimiento para ver si le decía cómo comunicarse con ella.

En una situación como esta, no podía ser interrumpida, ni siquiera por su hija.

El dragón marino estaba con Helena y Louis, y tuvieron un gran tiempo compitiendo de un lado del Loch al otro, ya que Kessy siempre ganaba.

Fue muy divertido, aunque todos pensaron, ya que no se habían visto en más de un año y tenían mucho que ponerse al día. Qué gran reunión fue para todos ellos. La princesa la estaba observando cuando notó que había cambiado nuevamente y vio que cuando Kessy estaba en tierra más tarde en el día, sus escamas se endurecían en una escala de roca para protegerla de los daños.

Con una gran posibilidad de que ella estuviera comenzando a desarrollar quizás alas también.

Oh, cómo deseaba desesperadamente Helena ir y contarle a su madre todo sobre eso y lo emocionada que estaría para todos ellos.

Pero sabía que su madre estaba fuera de alcance por ahora.

"Oh, cómo Madre adoraría a su niña" y sonreía directamente a los ojos verdes de Kessy, que eran asombrosos, te podías perder en ellos debido a la dulce y tranquila naturaleza que te transmitían cuando los mirabas durante el tiempo suficiente."

Kessy sintió que el sol estaba demasiado caliente para ella de nuevo, así que se deslizó de nuevo en el agua, moviendo su poderoso y largo cuello fuera del agua mientras lo hacía.

Comenzó a cazar peces para comer levantando y bajando su cabeza, olvidando que al hacer esto provocaba una gran salpicadura en todo el Loch que alejaba a sus amigos de ella.

Louis y Helena se dieron cuenta de que era el momento para que Kessy saliera al mar Británico para verificar si todo seguía bien, mientras se dirigían hacia las grandes puertas de plata que mantenían a Kessy segura en el Loch.

Helena vio las puertas y las abrió para que Kessy pudiera estirar sus extremidades adecuadamente y esperó a que ella regresara cuando estuviera lista ese día.

Cuando se abrieron las puertas, Kessy se zambulló en el Loch para saltar y hacer lo que quisiera sin afectar o dañar a nadie mientras lo hacía.

A Kessy le encantaba esta libertad y la disfrutaba tanto como podía.

Mientras Kessy exploraba el mar un rato con su máscara especial, ellos regresaron abajo y aseguraron las puertas de metal plateado de la paz mientras veían a Kessy en toda su gloria nadando más profundo y más lejos hacia el mar Británico.

Cerraron las puertas para evitar que Hades entrara o que uno de sus seres también lo hiciera, así que Helena dijo: "Asegurémonos de que estas puertas estén bien cerradas, para que Hades no pueda destruir esta tierra o sus aguas."

Ambos esperaban que Kessy pudiera cuidarse sola allí afuera, viéndola desde lejos.

Porque debían quedarse en ese lado para asegurarse de que pudiera volver a entrar, ya que la cerradura solo podía ser bloqueada desde su tierra natal.

Desde el exterior no se puede bloquear, por eso Hades y sus bestias no podrán atravesar, ya que es un metal especial hecho por la diosa de la luna misma.

El tiempo pasaba cuando Helena quiso tomar el sol, pero primero sabía que debía entrenar más y estar lista para cualquier cosa.

Helena va a ver a Kessy

Helena dijo: "Vamos, chico, entrenemos" y practicaron ambas formas para la carrera y para la pelea para salvar a Seequest también.

Helena se cayó varias veces mientras se acostumbraba al nuevo traje y a los poderes también, viendo a su apuesto hipocampo aparecer buscándola.

Poco después, estaba cepillándose el cabello de la cara y vio sus hermosos ojos azul aguamarina mirándola con gran afecto hacia su jinete y amiga. Sus ojos brillantes iluminaban el cielo nocturno. Ella dijo rápidamente: "¡Detente, ya que atraerá a los cuervos de Hades para atraparnos!"

Era de noche cuando habían estado entrenando y esperando a que Kessy regresara a casa nuevamente.

El caballo marino escuchó a Helena, deteniéndose de inmediato y zambulléndose en el agua dulce donde solo podía nadar en ese momento, porque sus riendas llevaban una pequeña concha blanca que él comía y le permitía nadar, beber y comer en el loch de forma segura durante ocho horas.

Después de eso, tendría que regresar al mar, de lo contrario moriría por no tener suficiente sal para respirar.

"Vamos, Louis, no nos queda mucho tiempo antes de que Kessy vuelva por su postre de caballa arcoíris que tenemos para ella y luego su descanso antes de contarle nuestro plan."

Su entusiasmo hizo que galopara y salpicara en las aguas, ansioso por que su hermana regresara a donde pertenece, ya que ahora no podían verla en absoluto y comenzaban a preocuparse.

Se quedaron allí haciendo un entrenamiento especial adicional que involucraba probar su plan en acción a un nivel más profundo.

Descansaron mientras Helena amaba recostarse en la gran roca mirando la luz de la luna, pensando si alguna vez conocería a su abuela Luna en persona algún día.

Pero este era el único lugar donde podía alejarse de todo, ya que estaba lejos de casa.

Ahora era el momento de regresar a casa, así que Helena sopló el cuerno de caracola con la esperanza de que Kessy lo escuchara y comenzó a nadar de regreso al Loch, al ver que algunas focas estaban observando cada uno de sus movimientos y luego se dio cuenta de que no eran focas.

Eran los malvados cambiaformas de Hades que pretendían ser focas mientras intentaban encontrar su dominio durante siglos.

Kessy los notó mientras se acercaba de regreso hacia las puertas de plata cuando se sumergió nuevamente, cambiando a la sombra del agua para engañarlos.

Con suerte, fue lo suficientemente rápida como para perderlos antes de volver a ser visible y llegar a casa sana y salva.

Helena le dijo a Louis: "¿Está tomando mucho más tiempo de lo habitual para que Kessy regrese?"

Helena va a ver a Kessy

¿Podría Kessy estar en las aguas más profundas tratando de escapar de las focas de Hades?, pensó Helena.

Sintiéndose invadida por una sensación de miedo, se zambulló rápidamente hacia las puertas para desbloquearlas y salir del camino para que Kessy pudiera volver a entrar también.

Como ves, ella habría sido asesinada si no hubiera actuado rápido, ya que Kessy era muy grande y venía a toda velocidad hacia el Loch, lo que era incluso demasiado peligroso para que Helena lo intentara.

Helena pudo ver que Kessy se acercaba a gran velocidad hacia las puertas, que ahora estaban abiertas, y Kessy pasó rauda por ellas.

Afortunadamente, Helena había estado practicando rápidamente el cierre y el bloqueo de las puertas para evitar que las criaturas de Hades entraran, tratando de mantener fuera las aguas del mar y sus olas turbulentas.

Esto hubiera matado a los peces dentro del Loch, ya que algunos peces solo pueden sobrevivir en agua dulce como ella.

Otra razón por la que estaba allí es para protegerlos a todos del mar, ya que aún no se ha entrenado adecuadamente en él y puede que nunca lo haga.

Su hipocampo acudió en su ayuda y se zambulló después de ella, y ella se acomodó en su espalda mientras nadaban de regreso a la roca para que Helena pudiera recuperar el aliento.

¿Se había llevado un shock al pensar que podría haber sido asesinada por su amiga si no hubiera sido lo suficientemente rápida para apartarse del camino?

Kessy estaba de vuelta a salvo en el Loch, donde pertenecía, y las focas cambiaformas de Hades nadaron fuera de la vista para luchar otro día.

Helena menciona que las ballenas azules tendrán que ser ordenadas para que vayan y las maten antes de que regresen y le cuenten a Hades sobre Kessy y dónde vive.

Porque es un secreto para él, ya que también hay un campo de fuerza invisible sobre el Loch, y solo cuando Kessy sale al mar puede ser vista, y el campo de fuerza está abajo por un corto tiempo.

Inmediatamente, Helena llama a las ballenas azules con su mente y les cuenta lo que ocurrió, pidiéndoles que destruyan las focas negras antes de que regresen al escondite de Hades.

La ballena azul llamada Sovereign respondió más tarde a Helena y dijo: "La tarea está cumplida, Su Alteza."

Ella le agradeció y les dijo al resto de sus amigos que nuevamente estaban a salvo y en buen estado.

Qué gran alivio fue para todos, ya que tenían suficiente con lo que atender sin preocuparse también de que se rompiera el secreto de Kessy, pensaron, mientras continuaban hablando sobre su plan para rescatar a Seequest pronto.

Helena va a ver a Kessy

Kessy comenzó a entrar en pánico al pensar que había puesto en peligro a sus queridos amigos al ir al mar durante el día y comenzó a buscarlos. Eventualmente, los encontró en la roca y a Louis nadando felizmente alrededor de ella.

Kessy sacó la cabeza del agua, lo que hizo reír a Helena mientras ella le lanzaba agua directamente a la cara en un gesto divertido.

Helena dijo: "Está bien, chica. No es tu culpa" y ella relinchó y saltó del agua hasta el aire unos tres pies y aterrizó con una gran salpicadura, como si la tierra se hubiera movido.

Helena decidió saltar de vuelta desde su roca favorita y decidió divertirse un poco antes de prepararse para dejar a Kessy por la noche.

La princesa movió su cola arriba y abajo hasta que llegó al rostro del dragón marino y la abrazó profundamente, mostrando su amor por esta criatura mágica.

Kessy también era mucho más fuerte y resistente de lo que era la última vez que la reina estuvo aquí; ahora cazaba por sí misma de manera independiente y podía sobrevivir sola.

Era una belleza de diferentes tonos de verde en el agua. Kessy sabía que tenía un propósito por el cual la Reina Sera la colocó allí años atrás.

Era para asegurarse de que el agua se mantuviera limpia y saludable para todas las criaturas de agua dulce que viven en ella y, posiblemente, para el futuro, ya que sigue siendo un secreto para todos, salvo para

Zeus mismo y algunos otros que necesitaban saberlo para cuidarla en ocasiones.

Sí, Zeus visitaba a Kessy a veces, ya que también estaba asombrado por su grandeza.

La princesa dijo: "¡Wow, Kessy! La última vez que te vimos tenías el mismo tamaño que Bracken, y sí, él también ha crecido más. Eres enorme y elegante."

"Eres una caballito de mar excepcional con una diferencia, y espero que no te importe que diga esto."

"Pero creo que según el Libro de Sabiduría, te estás convirtiendo en un dragón marino, mi querida."

"Así que sí, estás relacionada con la línea de los hipocampos y siempre serás parte de nuestra familia y de Louis."

"Pero, una vez más, eres otra especie con un propósito mayor en el futuro."

"Creo, Kessy, que serás otra Leyenda de tu tipo como Seequest antes que tú y serás conocida en estas tierras, ¡chica!" El inusual dragón marino parecía gustarle lo que Helena estaba diciendo. "Está bien, voy a mostrarte algo, pero no te alarmes, ¿de acuerdo? Porque seguimos siendo nosotros."

Kessy dijo con su suave y delicada voz: "Mi querida niña dulce, siempre serás mi familia y mi amiga, y no hay nada que puedas hacer que me asuste lo suficiente como para cambiar mi amor y respeto por ambos. Tienes mi palabra."

Helena va a ver a Kessy

Helena la abrazó fuertemente. Louis lamió su rostro antes de que Helena viera otra roca grande en la que podría sentarse mientras sacaba todo de su bolsa y le contaba a Kessy toda la historia del cráneo de cristal púrpura.

Kessy estaba emocionada e interesada en ver los resultados de lo que Helena acababa de explicar.

Primero, sacó todo de la bolsa y tomó el atuendo púrpura de Louis, que hizo que él creciera al usar su pequeño cuchillo de pescado y golpearlo, lo que lo hizo más grande para que pudiera volver a usarlo.

Cuando también le colocó su cuerno púrpura temporal en la cabeza, ahora con una melena de aletas y una cola larga con una forma de lanza en el extremo, similar a un arma.

Luego, Helena le pidió a Kessy que se acercara a ella, y ella lo hizo exactamente cuando la princesa sacó la capa púrpura y dijo: "Voy a poner esto en tu cara y quiero ver si te pasa algo. Por favor, no tengas miedo, no te hará daño, ¡te lo prometo!"

Kessy aceptó y confió en Helena, asintiendo con la cabeza.

Helena colocó la capa púrpura sobre el rostro de Kessy, y apareció un destello de luz púrpura brillante que en segundos cubrió su cuerpo entero.

Allí estaba, con una armadura especial como la de su hermano, y también le otorgaría el poder de nadar de regreso a las aguas de Grecia y cualquier mar antes.

Debido a esto, Helena prometió que podría ver a sus padres y hermanos nuevamente por última vez, una vez que la guerra terminara.

Todos estaban emocionados y listos para regresar a Santorini y tratar de rescatar a Seequest de las garras de Hades, o morirían dignamente como guerreros si no lo lograban.

Todos aún estaban de acuerdo con este desafío del destino, ya que Helena creía que ganarían para el bien mayor, o al menos eso le decía su intuición.

Sentía que la estaban observando desde arriba y luego se dio cuenta, mientras se divertían bajo la luz del sol y la luna, que alguien más sabía lo que estaba ocurriendo allí y que tenían que llegar a Grecia antes de que se pusiera el sol.

Esta vez, juntos por última vez, se sumergieron en el oscuro pozo y lo atravesaron para llegar a Grecia una vez más.

Sentía que tenía una mejor oportunidad ahora, ya que contaba con sus amigos a su lado y poseía muchos poderes diferentes que Hades ni siquiera sabía que existían aún. Se sentía afortunada de tenerlos a su lado en un momento de gran necesidad y tristeza.

Capítulo Cuarenta y Uno

Luna Pide Ayuda para Salvar a Seequest de la Muerte

De regreso en el mar, la alta sacerdotisa aún encerrada en el Templo de Cristal hacía todo lo posible con sus poderes y los cráneos para proteger a Vissen.

La Reina Sera contactó a su madre, Luna, la diosa de la luna, para pedirle consejo, ya que ella también podía ver lo que estaba ocurriendo en el mar y en el cielo.

El sol se puso de manera hermosa con una magnífica puesta de sol que parecía haber terminado su curso, y el mar había desaparecido para la noche (magia), mientras la luna ascendía, radiante en su esplendor plateado y blanco.

La Reina Sera habló con su madre durante horas sobre todo y principalmente sobre su hija, y esto fue lo que Luna le dijo: "Mi nieta Helena es una campeona por derecho propio y algún día brillará, querida, justo como lo ha hecho su madre antes que ella."

"Estoy preocupada por ella, ya que Neptuno me ha dicho a través de nuestras mentes que ella está afligida pensando que nunca volverá a ver a Seequest."

"Pero ambos sabemos que él está vivo, y pensé que sería una gran idea si ella pudiera despedirse adecuadamente antes de que sus vidas cambien para siempre."

"Luna, querida madre mía y diosa de la luna, ¿puede ella regresar a tierra para verlo aún?"

"Mi hija, aún no, lo siento."

"Ella necesita ser lo suficientemente fuerte y estar preparada para la batalla de su vida."

"Déjame hablar con Moon Cloud, el lobo blanco, para ver si lo ha visto primero. Si dice que sí, volveré contigo y te daré mi respuesta, ¿de acuerdo?"

"Sí, Madre, te esperaré aquí."

Y entonces la conexión entre la imagen de la reina y la de Luna desapareció.

Luna recordó que era su mayor momento, ya que estaba completamente llena en la Tierra esa noche y sabía que los lobos, especialmente el gran lobo blanco, estarían cerca de ella esa noche. Así que esperó su llegada en la cima del acantilado.

El resto de la manada de lobos de su clan continuaría hacia la playa para estirar las patas, ya que les encan-

Luna Pide Ayuda para Salvar a Seequest de la Muerte

taba correr sobre la arena húmeda cerca del mar, que también ayudaba a sanar sus heridas.

Así que solían sumergir sus patas o cuerpos en ella por un corto tiempo cuando la marea estaba baja, ya que no los arrastraría de vuelta. Así que es completamente seguro, y es allí donde estarán ahora, pensó.

Más tarde, mientras esperaba a que Moon Cloud apareciera, como si fuera un reloj, él se acercó a la cima del acantilado, se erguió orgulloso, miró la luna y aulló con todas sus fuerzas.

Segundos después, la hermosa imagen de la diosa Luna apareció en la luna misma mientras brillaba intensamente sobre él y dijo: "Hola, querido amigo, que la luz esté siempre contigo."

Y él respondió: "Hola, mi divina. ¿En qué puedo asistirte en esta noche tan hermosa?"

"Querido amigo, me preguntaba si podrías hacerme un favor. ¿Has visto tú o tus lobos a Seequest?"

"Su apariencia ahora es de nuevo su forma verdadera de un gran unicornio blanco."

Mientras estaba a punto de mencionar la imagen de Firefly a Moon Cloud, él respondió rápidamente.

"¿El otro ser también tiene alas?"

Luna respondió: "Sí, entonces ¿los has visto?"

"No, no los he visto, pero mi manada dijo que vio algunos seres en la playa que parecían débiles y cansados anteriormente. Pero mi manada tenía demasiado miedo de acercarse a ellos ya que también parecían peligrosos con sus cuernos."

"Oh, cielos," dijo Luna, "tu manada ha visto a Seequest y a su hija."

Moon Cloud gritó: "¡Ese es Seequest, el Rey Unicornio! Por favor, debes apresurarte."

La diosa de la luna parecía preocupada, lo cual era algo inusual incluso para ella.

Moon Cloud sabía entonces que algo grave estaba pasando y se quedó allí escuchando lo que ella tenía que decirle con total concentración.

El gran lobo blanco se sentó allí escuchando cada palabra con cuidado y permaneció en el mismo lugar donde Luna lo había transformado en el pasado.

Luna lo había convertido en algo más grande de lo que era antes, como un regalo por ayudar a su nieta en el pasado. Ahora era su turno de pedirle un favor a cambio.

Entonces dijo: "Dijiste que tu manada los vio tumbados en la playa, indefensos."

Él respondió: "Sí, Luna, eso es correcto." Luna dijo: "Pobre Seequest. Debe regresar al agua, ya que, aunque es el Rey Unicornio, renunció a su título hace mucho tiempo para convertirse en un hipocampo. Ahora es el protector y guardián de los mares. Así que necesita el agua de mar para sobrevivir ahora. Creo que originalmente vino para el cumpleaños de su hija cuando ella tenía dieciséis años y ella fue capturada. Luego, cuando él regresó, Hades la dejó ir, si recuerdas."

"Seequest quedó atrapado para siempre sin ayuda de nosotros, ya que no pudimos intervenir."

El lobo blanco dijo: "Oh, ese es Seequest de quien Helena me habló hace muchos años, cuando yo la salvé y fue entonces cuando me transformaste en quien soy hoy."

"Sí, Moon Cloud, es correcto."

"Luna, ¿cómo puedo ayudarte a ti y a Seequest?"

"Primero, ¿dijiste que viste a Seequest en el mar?"

"Sí, él estaba con su hija en la arena descansando, esperando, supongo, ayuda."

"Oh, querido, parece que podría estar atrapado en tierra debido al vórtice de Hades. Puedo ver lo que está haciendo."

"Oh, ahora lo veo," dijo ella y continuó: "El gran plan de Hades desde el principio era dejar que Seequest escapara y luego muriera naturalmente para recoger su cuerno antes de que se convirtiera en polvo."

Mientras empezaba a ver las imágenes del pasado en su mente. Luego, él no podría ser capturado o asesinado, ya que parecería que murió de causas naturales.

"Moon Cloud, parece que Hades no ha hecho esto una vez con él,"

Sino dos veces, y también borró sus memorias, con un tono horrorizado en su voz, muy molesta y sintiendo también el dolor de Seequest, ya que toda la magia está conectada de alguna manera.

Parece que están exhaustos y él ha intentado regresar al mar para transformarse en hipocampo y recuperar su fuerza y curarse nuevamente, solo para ser engañado por la ilusión de que un pegaso vino a rescatarlo.

Cuando en realidad era una de las criaturas cambiantes de forma de Hades que los llevó de vuelta al escondite de Hades para pudrirse una vez más.

Pero esta vez, Seequest creyó que había escapado para siempre, solo para descubrir que está atrapado en el aire fresco de la playa en el agua, pero no lo suficiente para sobrevivir, ya que necesita ir a lo profundo para recuperar su fuerza y poderes adecuadamente.

"Delante de su hija, probablemente siente que no tiene nada más que dar y ha dejado de intentarlo, simplemente está allí, listo para morir, supongo."

Porque también sabe que si rompen el vórtice, matará todo en el mar que ama, y ahora está dispuesto a sacrificar su vida antes que permitir que eso ocurra.

El lobo blanco se veía triste por la historia de lo que le había sucedido a Seequest recientemente y en el pasado, y quería ayudar en lo que pudiera para salvarlo.

Sabiendo que él es el mejor amigo de Helena y que también protegió a su difunta familia en el pasado. "Debemos rescatarlo de inmediato."

Luna Pide Ayuda para Salvar a Seequest de la Muerte

Moon Cloud respondió: "Mi señora de la luz, ¿qué podemos hacer para ayudarlo?"

Ella comenzó a mencionar a Helena y él dijo: "¿Qué tiene ella que ver con esto?"

Luna respondió con plena confianza en su voz: "Entiendo, lobo blanco, pero Helena está aquí para hacer muchas cosas grandes en el futuro y cambiar el mundo tal como lo conocemos ahora."

"¿Cómo lo hará?" preguntó él.

Luna mencionó: "El tiempo lo dirá, fiel amigo."

"Debes tener paciencia, ya que sucederá justo antes de nuestros ojos algún día."

"Ahora, como dije, mi nieta. La princesa sirena, sí, recuerdo que antes pensaba que era como tú."

"No, ella vive en el océano, ya que es la hija de Neptuno, Helena de Vissen, una princesa sirena de gran importancia."

Moon Cloud miró a Luna y dijo: "Guau, ella ya es especial, ya que antes de ella no sabía que existían en la vida real."

"Sí, lo sé. Eso es porque no podían venir a tierra normalmente, ya que se considera imposible."

"Pero esta vez Helena tuvo la suerte de recibir este regalo por veinticuatro horas que sus padres le dieron para su décimosexto cumpleaños, por la bendición del dios caballo Pegaso."

El lobo blanco dijo: "Ahora sé todo, querida. ¿Cuál es tu plan?"

"Regresa a la playa y contactaré a Helena para que te encuentre allí en una hora."

"Cuando ella llegue, estará montando a su hipocampo Louis, quien también saldrá a tierra. Por favor, no lo asustes, ya que es su primera vez en tierra."

"Además, ella lo necesita para obtener fuerza extra; juntos son más fuertes como una unidad con el poder del cráneo de cristal de amatista, que creo que ella encontraría algún día, y ese día llegó recientemente."

"Cuando lleguen, asegúrate de que ella tenga todo lo que necesita.

Déjala ver a Seequest y vuelve a meterlo directamente en el agua.

Pero primero, ella tendrá que regresar a la cueva donde todo ocurrió en el pasado, sí, la entrada de la cueva de Hades, ya que el campo del vórtice se controla desde allí."

"Por eso Seequest no puede volver al agua, ya que no hay nada que romper el vórtice, ya que el poder aún está en la cueva."

Ella debe romperlo con su nuevo poder. Pero debe creer en sí misma y en su compañero para lograr esta gran tarea. "Sé que ella puede."

Luna Pide Ayuda para Salvar a Seequest de la Muerte

"Así que regresa y dile a tu manada que cuide a Seequest por nosotros mientras Helena estará en camino hacia ti muy pronto."

"Gracias, querido amigo. Esto significa mucho para nosotros por tu valentía una vez más."

"Estoy honrado de servir, mi querida Luna."

"Por favor, no olvides que debes llevarla primero a los Bosques Prohibidos, ya que allí podrá rescatar a su amigo Seequest", que es lo que siempre ha querido hacer desde que encontró el cráneo púrpura.

"Seequest ahora está acostado en el mar poco profundo nuevamente, ya que tiene que recuperar la fuerza por la noche para tomar un trago, lo que lo ha hecho sentir mejor, pero aún no lo suficientemente fuerte para recuperar toda su magia."

Pero ella debe ir a la cueva y romper el vórtice allí, lo cual, al final, romperá el vórtice en el mar también.

"Le estoy dando el poder completo del cráneo de amatista para ayudarla.

He hablado con los guías del universo y creemos que ella puede controlarlo adecuadamente y siempre lo usará para el mayor bien de todos."

"Creo que es hora de que se dé cuenta del gran poder que posee y qué brillante reina será en el futuro también."

"Sí, por supuesto."

"Luna, me voy ahora."

Se inclinó hacia la luna mientras la miraba fijamente con sus penetrantes ojos verdes esmeralda, que le permiten ver en la oscuridad mucho más fácilmente que antes.

Luego aulló fuertemente para que cada criatura lo supiera y luego bajó cuidadosamente por la cima del acantilado y corrió lo más rápido que pudo hacia la playa para esperar la llegada de Helena.

Helena, en el palacio descansando en la biblioteca cerca de sus habitaciones, escuchó a su madre llamándola a la sala del conocimiento.

Se sentó y abrió el Libro del Conocimiento para ver los mensajes que aparecían allí y luego se escribían mientras leía.

Leyó en voz alta diciendo: "Sí, puedo escuchar tu querida voz de conocimiento. Dale tu mensaje a mí."

"Querida hija, como estoy en el Templo de Cristal, pensé que podrías escucharme desde aquí y que sabrías si te llamara.

Estoy escribiendo esto porque tu abuela te ha dado el poder completo del cráneo de amatista.

"Así que, úsalo sabiamente, hija mía."

"Sí, madre de gran sacerdotisa. ¿Qué servicio puedo ofrecerte?"

"He hablado con tu padre y hemos decidido que es hora de que formes parte de la familia de una manera diferente."

"Tienes grandes poderes dentro de ti y también tienes el control total del cráneo de amatista, ya que tu abuela Luna te lo ha dado como regalo por tu decimooctavo cumpleaños."

"Así que, úsalo sabiamente para rescatar a Seequest por nosotros y asegúrate de traerlo de vuelta aquí con nosotros, por favor. Gracias."

Helena hizo volteretas por toda la biblioteca y estaba emocionada, ya que primero estaría ayudando a Seequest como siempre había querido y, en segundo lugar, lo vería nuevamente muy pronto.

Con deleite, su rostro se iluminó y respondió a la voz del conocimiento: "¿Así que él sigue vivo?"

"Sí, lo está, pero su mente ha sido engañada tantas veces ahora."

"Es posible que no escuche ni las palabras más amables en este momento."

"Así que, recuerda usar tus instintos y protegerte de él, ya que en este estado, él es un peligro para sí mismo y para nosotros también, bendito sea."

"Sí, Majestad, haré lo que pueda, gracias."

"Si te preguntas cómo lo sé, tu abuela Luna, la luna, me ha contactado y me lo ha contado."

"Así que, después de tu descanso, cuando llegues a la costa, conocerás a un gran lobo blanco llamado Moon Cloud."

"Él es el alfa de los lobos de este bosque hacia la cueva para destruir el vórtice, lo cual ayudará a Seequest a volver al mar una vez más donde ahora pertenece."

Él sabe todo y te dirá tus próximas instrucciones sobre lo que necesitas hacer para salvar a Seequest.

"Ahora descansa, querida hija, ya que tu misión comienza en una hora y tienes mucha investigación que hacer en este momento."

"Así que, lee más sobre el cráneo de amatista, ya que hay algunas páginas más al final del libro que olvidaste arrancar recientemente."

Helena en ese momento pensó: "Ups, me han atrapado" y luego se dio cuenta de que los ojos y oídos estaban por todas partes en el mar y en casa.

Dijo: "Por favor, madre, lo siento."

"Por favor, perdóname por haber hecho eso a tu precioso libro."

"Querida, sé que lo hiciste con el propósito correcto y por eso te permití hacerlo en primer lugar."

"Recuerda que también eres telepática, ya que esto te ayudará mucho más tarde."

"Debo irme ahora, querida hija, te amo."

"Oh, y feliz decimooctavo cumpleaños, Helena. Espero que hayas disfrutado de tus regalos."

"Gracias, madre, yo también te amo y, sí, nos encantan."

La hora había pasado cuando nadó tan rápido como pudo hacia los establos y preparó a Louis, donde esta vez creció más y ella se vistió con su armadura.

Ambos, ahora con armaduras puramente moradas de amatista.

Se sentía como si estuviera convirtiéndose en un ser grandioso, no solo una princesa, sino en algo aún más poderoso que eso.

Incluso su hippocampo ya se había convertido en un poderoso caballito de mar llamado Source.

Contactó a Kessy con su mente.

Todos nadaron hacia la orilla una vez más, donde ella se transformó en un pez nuevamente.

El gran lobo blanco observó mientras se acercaba con una hermosa luz púrpura que iluminaba el océano.

Salieron del mar cuando Source se transformó en un hermoso caballo tipo árabe con una diferencia, ya que estaba hecho de una imagen acuática de llamas púrpuras brillando a su alrededor.

Ella saltó de su hermoso corcel y caminó hacia el lobo blanco cuidadosamente, esperando que fuera él a quien debía conocer como le dijo su madre anteriormente.

El lobo blanco se inclinó, sintiendo que ella era importante no solo para el mar, sino también para la tierra.

Allí estaba ella, resplandeciente con su armadura morada y plateada, con su casco puesto, del cual salían sus cabellos morados y ondulados.

Se lo quitó y el lobo dijo, mientras miraba a sus ojos: "Oh, mi princesa, es un placer verte de nuevo."

La princesa respondió diciendo que no lo reconocía y él explicó que él era el que la había rescatado hace dos años y, por su valentía al arriesgar su vida para salvarla, su abuela Luna lo había devuelto a la vida y lo había convertido en el lobo más fuerte conocido del planeta.

"Ahora me llamo Moon Cloud del clan pacificador."

La princesa se inclinó y dijo: "¿Cómo puedo ayudarte, gran lobo?"

Ella podía ver que él era de gran importancia para las tierras y para Luna misma.

"Sube a mi espalda."

"Primero debemos ir a ver si Seequest está bien, ya que está más arriba en la playa, lejos de las criaturas de Hades."

"Como están por todas partes ahora, se nos dijo que protegiéramos a él y a su hija mientras aún descansan."

"Luego debemos ir a ver a Zeus para recibir el próximo mandato."

Luna Pide Ayuda para Salvar a Seequest de la Muerte

"Está bien," dijo ella.

Entonces, él inclinó la cabeza y el cuello para que ella pudiera subirse a su espalda y se fueron.

"También necesitamos llevar a Source con nosotros."

Helena lo llamó cuando él dejó de brillar en púrpura y se quedó allí como un hermoso caballo árabe de agua cuando Helena dijo: "Sígueme, querido."

Él le respondió: "Sí, por supuesto, Helena."

Buscaron por mucho tiempo a Seequest y no había señales de él ni de su hija.

Moon Cloud llevó a la princesa de vuelta al otro lado de la playa, donde ella tuvo que ir rápidamente a los Bosques Prohibidos.

El lobo blanco le dijo que debía creer en sí misma y que tenía que unir sus poderes con Source y usarlos para destruir el vórtice de una vez por todas.

Ella volvió a montar en su caballo, donde unieron sus mentes, lo que creó un poder realmente poderoso.

Una vez que Helena supo que estaba lista, lanzó su lanza en la cueva, y esto provocó un ruido masivo y apareció una luz brillante.

Eso asustó a todos los pájaros, que ahora trinaban y hacían ruidos mientras volaban alejándose, tratando de escapar mientras los temblores se duplicaban en el cielo.

Eso fue exactamente lo que hizo.

Sintió alivio al ver que el dolor y la tristeza desaparecían de su corazón y esperaba que esa sensación proviniera de Seequest y que él estuviera bien.

Luna luego contactó a Moon Cloud mientras él los dirigía de regreso a la playa.

Le dijo que había un cambio de planes y que tenían que ir a encontrarse con Zeus y los otros dioses que todavía estaban combatiendo las copias de Tremor en la tierra y en el cielo.

Ambos acordaron y salieron corriendo hacia el lugar donde Zeus estaría muy pronto.

El gran lobo blanco galopaba tan rápido como sus patas podían llevarlos.

Qué gran caos había.

Era parte del plan de Hades, pensando que causaría más daño si había más de él.

Los dioses y diosas no sabrían quién era el verdadero y así se hacía más difícil capturarlo y ganar esta batalla.

Los árboles estaban arrancados y había fuego por todas partes, con los animales corriendo por sus vidas.

La tierra parecía maltrecha y magullada y, cuando la batalla terminara, tendría que ser curada de nuevo con el tiempo.

Luna Pide Ayuda para Salvar a Seequest de la Muerte

Pero no había tiempo ni motivo para hacerlo aún, ya que la batalla seguía en curso.

Cuando llegaron, vieron tres hermosos caballos alados con los dioses y diosas montándolos, discutiendo su próximo plan con Zeus.

Ellos volaban a diferentes áreas continuando la batalla contra las criaturas hasta la muerte.

Pero recuerden que, aunque murieran, eran mágicos, no carne y sangre real, por lo que no sentían dolor de ninguna manera.

Se detuvo, sintiéndose un poco asustado al ver que estos caballos alados y dioses eran aún más grandes que él, hasta que se encogieron a su tamaño para su comodidad.

Se detuvo y aulló.

"Querido Zeus, te llamo ahora que conoces a mi hija mayor y soy el gran lobo blanco amigo de Luna la luna."

"Soy Moon Cloud, pero nací como Storm, hijo de Max, el gran alfa de los lobos de todos los tiempos."

Sabemos que Seequest estuvo en la playa anteriormente, pero ahora no podemos encontrarlo."

"Está bien," dijo Zeus, "ya basta de sus juegos," y se transformó en un fénix dorado de luz brillante.

Hizo que Pegaso saltara ya que se quemó ligeramente.

Zeus cambió su forma a una luz dorada y naranja brillante, y luego batió sus alas y voló al cielo arriba como una bola de llamas.

"Moon Cloud, sígueme a la playa. Espera allí y regresaré pronto."

El lobo se detuvo allí. Helena estaba montando a Source en ese momento.

No se habían notado ya que ella simplemente parecía una mer-caballero y todos pensaban que él había sido convocado por Neptuno mismo para ayudar mientras él aún estaba en el mar.

La princesa esperaba pacientemente para ver a su amigo nuevamente después de todos estos años separados.

El fénix voló directamente al refugio de Hades y se iluminó con gran fuerza.

Usó su voz y llamó a Seequest y Firefly cuando lanzó una bola de luz sobre ambos, lo que restauró sus mentes y destruyó las barreras invisibles, ya que sus almas todavía estaban atrapadas en el refugio de Hades.

Por eso no podían curarse ni hacer nada cuando estaban en la playa antes. Como una vez más, todo era parte de los juegos e ilusiones de Hades.

Se escondieron en un lugar donde nadie pudiera encontrarlos hasta que supieran que era seguro aparecer nuevamente, ya que ambos se estaban volviendo vacíos y claros, pareciendo fantasmas ahora.

Luna Pide Ayuda para Salvar a Seequest de la Muerte

Zeus dijo con su poderosa voz que sacudió el refugio, "Seequest, ahora sois almas puras y libres de nuestros grandes amigos."

"Id a la playa y encontrad vuestros cuerpos nuevamente donde volveréis a ser fuertes y libres."

"Nos encontraremos allí."

Zeus voló lejos como un hermoso y brillante pájaro similar a nuestro pavo real de hoy en día.

Las almas de los caballos místicos encontraron finalmente sus cuerpos y cayeron ligeramente de nuevo en ellos, permitiendo que Seequest y su hija recuperaran la conciencia nuevamente.

De vuelta en la playa, Seequest sintió que estaba completo y vivo, y comenzó a despertar finalmente de su vida de completa confusión.

Seequest se levantó, sacudió su cabeza y vio al gran fénix flotando con sus hermosas llamas naranjas y blancas alrededor de él, volando alto sobre él, y dijo, "Gracias, gran poderoso de la esperanza y el renacimiento."

"Nunca pensé que tendría la oportunidad de conocerte en mi vida."

"Es un honor recibir tu ayuda en este tiempo de tristeza."

El fénix respondió, "Oh gran Rey Unicornio, se te necesita para devolverle la paz al mundo como era antes, y puede que eso te cueste la vida a cambio."

Seequest respondió, "Sí, haré lo que sea necesario para detener a esta criatura, pero mientras tú hagas una cosa por mí a cambio."

"Cualquier cosa."

"Por favor, salva a mi familia de Hades."

El fénix hizo un ruido y asintió con la cabeza. "De acuerdo" y voló con luz dorada y naranja iluminando su camino hacia la libertad para siempre esta vez.

Seequest empujó a su hija y dijo, "Despierta, querida."

"Estamos libres de esta pesadilla y podemos ser nosotros mismos de nuevo por ahora."

Ella miró a su padre, sonrió y se levantó sintiéndose renovada y relajada.

Entonces, abrió sus alas adecuadamente y se estiró, lo que hizo que Seequest pensara "wow, parecen alas de ángel," y sintió que veía su destino delante de él.

Sin embargo, no le dijo su destino, ya que no quería estropear el momento de felicidad que no habían tenido durante mucho tiempo.

Eran buenas noticias para todos ellos y, sin embargo, malas noticias para él, tristemente.

Ya que el pájaro de fuego también le había contado cuál era la posibilidad si cumplía su solicitud de salvar a su familia.

Luna Pide Ayuda para Salvar a Seequest de la Muerte

El Rey Unicornio ignoró sus sentimientos de saber vagamente su futuro ahora y se acercó a su hija con todo el coraje y la fuerza en su corazón y mente.

Porque puso sus emociones y amor a un lado hasta que la batalla con Hades y sus horribles criaturas del destino terminara.

Ambos caballos místicos estaban listos para continuar la lucha galopando hacia la playa donde todos todavía los esperaban.

Finalmente llegaron a una parte de la playa y lo primero que hizo fue correr tan rápido como pudo hacia el mar, donde bebió y comió las algas marinas que flotaban alrededor, ya que era de día nuevamente.

Sus heridas comenzaron a sanar adecuadamente esta vez y Firefly también galopó al mar.

Ambos estaban listos para la batalla y, por fin, no podían esperar para ver a todos nuevamente.

Mientras galopaban, ambos caballos mágicos brillaban; Seequest con su manto blanco puro resplandeciente, su hermoso cuerno y cascos de color azul aqua y ojos de azul mar que brillaban con gran poder, estaban completamente reenergizados de nuevo y su hija con todos los tonos de rosa mientras corrían hacia su libertad.

De vuelta en el refugio de Hades, el dolor y su nueva tropa de tigres dientes de sable los seguían cuidadosamente para no ser vistos, mientras observaban desde la distancia hasta que Hades les diera la orden de luchar.

Hades había creado nuevamente su especie, pero esta vez más fuertes que antes, mucho más inteligentes y hábiles también.

Más tarde ese día, cuando Seequest y Firefly acababan de salir del mar para relajarse, Hades dio la señal a los tigres dientes de sable para que los atacaran.

El dolor era un enorme tigre dientes de sable rojo y negro con ojos ardientes de color rojo brillante, siendo el líder de la manada.

Era muy bueno buscando sin ser oído y se acercó rápidamente a Firefly, la capturó y la arrastró al suelo.

Ella relinchó en shock y Seequest se detuvo y se dio la vuelta al ver que tenía la oportunidad de encontrarse con el líder que mató a la mayoría de su especie cuando era un potro.

Dolor dijo, "Todavía tengo una cuenta pendiente contigo, Seequest, sobre tu madre."

Mientras empezaba a rascar las piernas de Firefly mientras ella movía sus alas tratando de mantenerlo alejado mientras estaba angustiada y trataba de levantarse de nuevo, Dolor ahora iba tras su padre en su lugar. Seequest dijo, "Tu pelea es conmigo, no con ella."

"Pensé que Zeus y Artemisa te habían matado a ti y a tu especie después de matar a demasiados animales por tu placer."

Dolor respondió, "No, Seequest, fui salvado y escondido por Hades, quien creó otra hembra para mí y así nacieron más, como puedes ver, para ayudarme a matarte a ti y a toda tu especie al fin."

Después de hablar y expresar sus pensamientos a Seequest, el enorme tigre negro y rojo se lanzó hacia él con un gran rugido.

Vio a Firefly levantándose y diciéndole al resto de su manada que la atraparan. Ella relinchó de gran dolor, pero lo ignoró como su padre y comenzó a agitar sus alas nuevamente para escapar afortunadamente.

Dolor comenzó a correr hacia el unicornio cuando Seequest se detuvo y bajó la cabeza rápidamente, cegando temporalmente al tigre con un resplandor brillante de luz en sus ojos, y falló al juzgar su ubicación.

El tigre, desorientado, corrió directamente contra el cuerno de Seequest por error y rugió en horror.

Dolor estaba muriendo lentamente mientras Seequest lo lanzó con toda su fuerza al suelo, haciendo que el tigre resbalara de su cuerno en el aire y aterrizara rompiéndose todos los huesos.

Seequest supo entonces que este tigre nunca podría dañar a un alma viva jamás.

Seequest se alzó en victoria, expresando un gran relincho mientras finalmente sentía que su especie podría descansar en paz.

A lo lejos, Seequest escuchó un ruido fuerte acercándose y le dijo a su hija que se acercara, ya que estaba listo para cualquier cosa.

Otro ruido se acercó a ellos, volviéndose más claro y amigable cuando Seequest vio que era Hermes en su forma de dios volando hacia él.

Hermes dijo que se había quedado cerca y también buscaba ayuda al mismo tiempo, ya que escuchó el relincho de Seequest y vino a ayudarlo porque pensaba que estaba en peligro nuevamente.

Seequest se alegró de ver que Hermes estaba bien y le dijo que se uniera a ellos.

El resto de los tigres dientes de sable huyeron y se unieron a la batalla con los dioses, como otro comando de Dolor más temprano en caso de que él fuera posiblemente asesinado.

Firefly observó el heroísmo de su padre y descendió suavemente con sus piernas heridas. Seequest le dijo que esperara mientras ella yacía en la playa.

Él regresó con una hermosa concha grande, similar a la que viviría una camarón grande, sosteniéndola suavemente en su boca.

La colocó en el suelo, sumergiendo su poderoso cuerno acuático en ella, ya que su magia y el agua salada se convirtieron en algo aún más poderoso, y había un hermoso líquido marino en su lugar.

Le dijo a su hija que se mantuviera quieta, ya que esto iba a arder un poco.

Inclinó la concha y salió un fluido mágico especial que ella flinchó al principio y luego se calmó con su respiración.

Luna Pide Ayuda para Salvar a Seequest de la Muerte

Porque los colmillos y garras del tigre dientes de sable estaban llenos de veneno puro que podía matarla.

Así que tuvo que ser muy rápido en curarla antes de que fuera demasiado tarde.

Firefly notó unos minutos después que sus pies y piernas estaban completamente curados de nuevo.

Horas después, los tigres dientes de sable fueron derrotados por los dioses al otro lado de la playa.

Artemisa misma acordó que ninguna criatura de ningún tipo debería matar solo por matar, sino solo para comer cuando fuera necesario.

Esas eran las reglas de las criaturas de la naturaleza, grandes y pequeñas, y el equilibrio aquí en la Tierra.

El resto de los grandes tigres de mascotas de Hades eran un peligro para los unicornios y los hicieron extinguirse, así que Artemisa decidió que ellos también deberían serlo, ya que amaba a los unicornios profundamente porque el dios de la muerte y la destrucción seguía recreándolos haciéndolos más fuertes.

Zeus y la diosa Artemisa les darán una lección a Hades pronto, pensaron, ya que estaban cansados de los asesinatos de ambos lados, y así tuvieron otra gran idea para posiblemente usar a los tigres en el futuro.

Mientras tanto, en la playa, Helena se preguntaba qué podrían hacer los poderes del cráneo de amatista mientras esperaba que Seequest apareciera de nuevo.

En ese momento, todos escucharon la voz de Seequest en la distancia, relinchando y rugiendo ruidos que se acercaban, como cascos pesados cavando el suelo a medida que avanzaban.

Hermes voló alrededor de ellos y decidió montar con Firefly nuevamente, diciendo: "¿Ves? Te dije que tu padre saldría adelante."

La potranca Unisos movió su cabeza arriba y abajo, concordando con él.

Así que ahí estaba él, aún aferrado con todas sus fuerzas a su melena. Aún quedaban algunos tigres dientes de sable por ahí. Los dioses pensaban que los habían matado todos, cuando por casualidad apareció otra hembra de gran estructura.

Seequest, sin creer lo que veían sus ojos, la vio acercándose con fuerza, como si fuera indestructible y estuviera dispuesta a matarlo.

Pensaba: "¿Acaso estas criaturas nunca se rinden y me dejan en paz?" Pero dijo: "Vamos entonces", mientras ella seguía galopando hacia él. Utilizó el poder de su cuerno y, cuando ella saltó en el aire desde el suelo, él se movió rápidamente y la congeló en el aire.

Finalmente, dijo: "Te estoy dando una oportunidad de vivir o morir hoy. ¿Qué será?"

Chaos respondió: "Venganza, querido, es lo que quiero de ti." Y el Rey Unicornio dijo: "Está bien."

Se levantó sobre sus patas traseras y relinchó fuertemente, lanzándolos de nuevo al suelo con tanta fuerza que el hechizo de congelación se rompió, y Chaos cayó mal y murió.

La princesa, a la distancia, sintió una preocupación y saltó de Source, montando rápidamente al lobo blanco y dijo: "Seequest está en problemas."

Él estuvo de acuerdo y planeó encontrarse con él y su hija a mitad de camino.

Eventualmente, Moon Cloud alcanzó a Seequest, con Helena aún sobre su espalda en armadura, cuando a lo lejos apareció Hades en Knightmare y dijo: "¿Estás disfrutando tu tormento, Seequest?"

"¿No pensaste que podrías escapar de mí tan fácilmente, verdad?"

En ese momento, Hades se preguntaba quién era ese mer-knight cuando notó una armadura diferente y supo que era poderosa y quería para sí mismo.

Además, pensó que el lobo blanco podría ser útil también.

El mer-knight estaba montado sobre un gran lobo blanco, cuando Hades pensó y dijo al oído del caballo: "Oh, puedo usar esta bestia para ayudarme," con una risa maligna, y dijo a Knightmare que se acercara un poco más antes de que alguien pudiera hacer algo más.

Hades había apuntado su Espada de la Desgracia directamente a la cabeza del lobo blanco, y este aulló de dolor y cayó al suelo.

Helena se cayó y corrió a refugiarse mientras el lobo se levantaba de nuevo sin recordar a nadie más que lo que Hades había puesto en su mente, al envenenarla para odiar a Seequest.

Por la tarde, Helena seguía escondida afortunadamente entre los árboles cuando Hades ordenó al lobo blanco que matara a Seequest.

El pobre Moon Cloud ya no sabía lo que hacía y la princesa corrió de vuelta a la playa sin ser vista rápidamente para advertir a Seequest y a los demás. Ahora Moon Cloud también estaba controlado por Hades. El lobo blanco se acercó a Seequest y dijo: "Te conozco. Eres el que mató a mis padres hace mucho tiempo." Miró al poderoso lobo blanco, que era más grande que él, y dijo: "Lobo, no tengo problema contigo, así que déjame en paz."

El lobo blanco respondió: "Sí, lo tienes, ya que estos son mis amigos y mi familia."

Entonces, Moon Cloud saltó, lo mordió y lo arañó varias veces.

Helena ya había tenido suficiente y sabía que todos ellos eran amigos originalmente, pero por ahora, tenía que proteger a Seequest de esta bestia.

Así que recitó un verso y su lanza apareció, brillando de un púrpura intenso como una llama esta vez, y lo levantó en su campo de fuerza de luz y dijo: "Vuelve a donde perteneces, te envío al infierno para siempre."

Unos segundos después, se podía ver cómo el humo negro se desprendía del cuerpo del lobo mientras se recuperaba de la explosión.

Helena recitó otro verso y selló los poderes del cráneo de amatista.

A Hades no le impresionó y luego notó que su mer-caballero era alguien especial.

Los poderes de Helena eran incluso más poderosos que los suyos y no podía esperar para averiguar quién era.

Al sentirse derrotado, rugió y se sumergió en el humo negro y rojo y desapareció.

Ella se sintió feliz pero exhausta y cayó al suelo para descansar.

"Princesa", escuchó a Seequest llamarla por su nombre mientras la recogía suavemente con su cuerno y la colocaba sobre el lomo de Moon Cloud, recuperado, y dijo: "Llévala tú mientras yo aún tengo trabajo que hacer en otro lugar."

El gran lobo blanco respondió: "Sí, Su Alteza, lo haré," y todos corrieron hacia el otro lado de la playa.

Seequest corrió hacia la playa para encontrar a los otros caballos místicos en el otro lado. Celestial y Legend estaban esperando en las rocas cuando escucharon el sonido de cascos acercándose por la arena mojada.

Legend le dijo a Celestial que se apartara rápidamente. Pero ella no se movió ni un centímetro del lugar donde se encontraba, ya que sentía la presencia de Seequest más fuerte de lo que nunca había sentido antes. Luego dijo: "Seequest se detendrá en seco."

Cuando él apareció alrededor de la esquina, en un instante vio la hermosa imagen de una pegasus negra con alas femeninas que había visto después de la muerte de su madre en el mar en su pasado. Se detuvo justo frente a ella.

"No eres mi madre, pero siento su presencia dentro de ti."

"Eso es porque, querido mío, ella soy yo y yo soy ella, ya que ahora somos una con el universo. Porque mi hijo, soy pero también no soy."

Pobre Seequest estaba cansado y confundido por todo, ya que para él Celestial estaba hablando en acertijos en ese momento.

Entonces, ella le explicó lentamente que cuando su madre murió, fue renacida de una manera diferente debido a su valentía y había sido perdonada para asegurar que él existiera y se convirtiera en el gran Rey Unicornio que estaba destinado a ser.

Gracias a la ayuda de Neptuno, se hizo posible para ella y también ayudó a Seequest.

Celestial luego explicó con más detalle que debido a la gratitud de Neptuno por todo lo que ella había hecho por él y sus criaturas, y su valentía total, los dioses se enteraron de ello y pasaron el mensaje a la diosa de los caballos alados, (Artemis), también conocida como Diana, quien luego habló con Zeus.

Ella dijo: "Allí, él acordó que crearía un hermoso lugar divino donde todos los caballos, perros, gatos, y algún día, cuando los humanos finalmente sean creados, irán aquí cuando su tiempo en la Tierra se acabe."

"Si son buenos y llevan paz a todo mientras viven en la Tierra durante su tiempo allí."

"Que su espíritu vivirá en los cielos con Celestial y las hermosas estrellas cuando regresen cuando su vida esté completa."

"Pero sus almas también regresarán a los planetas de los que vinieron, como Venus o Júpiter, en el futuro también."

"Un día, pueden volver como guías espirituales para los vivos también."

Así que ella le dijo que ahora era una enviada, mensajera y recolectora de los cielos.

Ila es la reina y que Legend fue una vez el gran Jecco aquí en la Tierra.

Una vez más, debido a su coraje y valentía, se convirtió en una verdadera estrella en el cielo en la forma del caballo que conocen hoy. Aún es un caballo alado y sigue siendo su compañero, ya que sus espíritus siguen siendo sus padres de hace mucho tiempo, pero sus almas y espíritus ahora son algo mucho más que eso.

Después de toda esta charla, él se levantó sobre sus patas traseras frente a ella y dijo: "¿Puedo llamarte madre, su alteza, solo esta vez?"

Celestial respondió: "No normalmente, pero te lo permitiré esta vez."

"Ahora ven conmigo y conoce a Legend, quien fue tu padre Jecco en otro tiempo."

Todos estaban asombrados por este hermoso caballo árabe alado que siguieron para conocer al gran Legend, a quien Seequest recuerda vagamente de cuando era potrillo viendo las estrellas en el cielo.

No podía esperar para verlo, ya que por primera vez conocería la imagen de su padre finalmente en carne y hueso, ya que él murió en la gran batalla a manos de Pain cuando Jecco mató a su primera compañera, Havoc.

Cuando Pain y Jecco deberían haber muerto juntos, pero Pain engañó a la muerte.

Debido a que Jecco aún estaba débil y sanando de la pelea anterior con Havoc, Pain lo atacó el mismo día. Pain se recuperó de sus heridas cuando Hades lo encontró y lo escondió en su guarida durante años.

"Hasta recientemente, cuando afortunadamente lo mataste y devolviste la justicia a tu especie y a tu padre nuevamente."

"Gracias, Seequest Rey de unicornios y caballos de la Tierra, ¡nuestro hijo!"

Llegaron a donde había un caballo negro alado más grande esperándolos.

Luna Pide Ayuda para Salvar a Seequest de la Muerte

Seequest lo vio de pie frente a él, este enorme y hermoso caballo Frisón alado con alas de ángel. Su pelaje era negro con plata que caía sobre él por el polvo de estrellas que produce y del que vive, y sus ojos, crin y cola tenían un impresionante azul oscuro corriendo a través de ellos también cuando el sol o la luna brillaban sobre él.

Se levantó frente a Seequest y abrió sus alas mostrando su majestuosidad.

Bajó sus patas frente a su hijo y Seequest le dijo: "Su majestad, es un honor conocerlo."

Con una voz audaz y poderosa como la de un dios caballo, "Es un placer conocerte también, hijo mío," lo que hizo que el corazón de Seequest se derritiera por un momento, aunque ya no viera a sus padres.

Pero sintió su calidez y la presencia de su amor por él. Dentro de su mente, los vio como la imagen que una vez fueron para él.

Seequest sintió que era lo mejor que le podía haber pasado para reconstruir su autoestima y creer en quién era de nuevo.

Todos se reunieron y le dieron cariñosos afectos, mostrando su amor por él, y él hizo lo mismo.

En treinta minutos, sus personalidades habían cambiado y todos se convirtieron en las poderosas entidades que siempre habían sido. Seequest dijo: "Gracias". "Llevaré este recuerdo conmigo siempre" y ellos dijeron que también lo harían.

Seequest luego mencionó que debía ir al mar para recuperar el aliento adecuadamente y también para recuperar su poder y fuerza completa. Pero, más importante aún, para sanar todas sus heridas completamente, ya que su cuerpo, corazón, mente y alma lo necesitaban más que nunca después del ataque de Moon Cloud cuando estaba poseído por el demonio de Hades.

Dijo entonces: "Estaré listo para conquistar a Hades y Tremor de una vez por todas sin retenerme más" o eso pensaba.

Se inclinó ante ellos y ellos hicieron lo mismo mientras él se daba la vuelta para enfrentar el mar y sintió que finalmente lo llamaba a casa para siempre.

El majestuoso unicornio antiguo troteó lentamente y con gracia hacia el agua, salpicando el mar sobre sus patas a medida que avanzaba, hasta que desapareció durante unos minutos al sumergirse más profundamente en el océano y transformarse en el hermoso hipocampo que Helena y todos los demás amaban.

Todo lo que se podía ver era su brillante luz azul aqua iluminando el mar. Todos en la playa dijeron "¡Miren!" Mientras todos se volvían y veían que había una enorme ola blanca y azul acercándose a ellos a gran velocidad, y un ruido de relinchos que venía con ella también.

Todos miraron y aún no sabían de dónde venía el ruido.

Entonces vieron y no podían creer lo que veían hasta que vieron a Seequest y los caballitos de mar y a Kessy siguiéndolos con los delfines saltando en el fondo.

Luna Pide Ayuda para Salvar a Seequest de la Muerte

Seequest se sintió a sí mismo de nuevo y lo disfrutó mientras pudo, ya que sabía que no duraría.

Los hipocampos se convirtieron nuevamente en caballitos de mar, y allí estaba Seequest, el verdadero líder una vez más, con otra creación del cuerno mágico de su madre detrás de él ahora.

El Rey Unicornio era ahora más fuerte, audaz y poderoso de lo que había sido en mucho tiempo y también parecía feliz y bien una vez más.

Los caballitos de mar se acercaron. Podían usar sus armas del mar, que eran para sanar a los heridos cuando fuera necesario.

Después, Source llegó y trotó hasta Moon Cloud, ya que mientras todo esto sucedía anteriormente, él había regresado al mar en busca de ayuda mientras Helena y Moon Cloud estaban haciendo lo que se les dijo.

Source le dijo: "Por favor, coloca a la princesa en mi espalda. La sanaré".

El lobo blanco asintió y, con suavidad, giró su cuello para recoger a la princesa y depositarla cuidadosamente sobre la espalda de Source, mientras ella permanecía inconsciente pero aún respirando.

Recuerda que ella también era una princesa marina que necesitaba el agua salada para energizarse.

Así que la llevó de vuelta al mar con cuidado, mientras ella empezaba a despertar y a sentirse mejor y más poderosa de nuevo. Kessy se quedó en el agua hasta que fue llamada por los delfines. Disfrutó de su compañía nuevamente, aunque fuera por poco tiempo.

Seequest lucía nuevamente noble y fuerte, con una diferencia, ya que había envejecido con gracia después de estar fuera del agua tanto tiempo.

Cuando salió del mar, se había convertido en un elegante caballo tipo lipizzano, de gran belleza y elegancia. Su pelaje ahora era gris dapple con una melena y cola negras y rayas azul aqua que recorrían su cuerpo, resultado de vivir en el mar durante tanto tiempo, y sus ojos eran como cristales del propio mar, y su cuerno brillaba en azul aqua también.

Celestial y Legend se acercaron al pegaso que acababa de aterrizar detrás de ellos y dijeron: "Te agradecemos por dejarnos hacer esto y por ver a Seequest una vez más cara a cara. Ahora es momento de enfocarnos en la verdadera razón por la que hemos sido traídos aquí".

El pegaso estuvo de acuerdo y, al ver a Firefly, sintió que había visto algo generalmente imposible al ver un unicornio con alas.

Seequest se acercó con valentía hacia sus ancestros y les dijo que, usando su magia y la de su yegua, habían creado dos criaturas magníficas nuevas en la Tierra. Las nombró con la combinación de su propio nombre y el de su abuelo pegaso, genes que tuvo que recuperar para recibir su verdadera bendición antes de anunciar el nacimiento de su nueva especie al mundo.

"Mi señor de los caballos alados y unicornios, ¿puedo usar parte de su nombre, por favor?"

¿Entonces puedo decirte quiénes son mis verdaderos hijos en nuestro árbol familiar?

El pegaso, resplandeciente como una luz dorada, respondió con una voz angelical y elegante: —Seequest, sería un honor.

—Gracias. —Ahora te presentaré a mi hija Firefly, la Unisos ángel, y a mi hijo, quien espero que tengas la oportunidad de conocer a su debido tiempo, es un Unisos con alas de murciélago, como su madre.

—Los he nombrado así porque son parte de mí y parte de ella también, ya que llevan en su sangre la mezcla de unicornio y demonio, unidos como uno solo.

El Unisos nació y ahora es conocido en todas las tierras y cielos desde el 27 de septiembre a.C., y luego fue registrado en los archivos de Zeus sobre todas las creaciones en la Tierra.

Una vez que todos se sintieron fuertes y sanos de nuevo, todas las bestias se habían ido y habían sido vencidas.

Se detuvieron por un momento y los dioses escucharon lo que estaba pasando y que Seequest estaba libre. Los dioses se tomaron un buen tiempo para observar y les gustó la idea, cuando Zeus admitió para sí mismo que nunca habría pensado que su malvado hermano Hades tuviera una mente tan astuta.

Zeus y el pegaso pensaron que era una idea brillante y que debió haberlo pensado él mismo, y se rieron. Todos preguntaron por qué había sucedido esto.

Seequest les respondió: —El destino, supongo.

Todos rieron juntos y luego discutieron cómo capturar a Tremor de Hades. Zeus pensó que habían avanzado mucho en estos últimos meses, pero no lo suficiente, así que les dijo a todos que fueran a descansar y que él volvería a Olimpo hasta que Hades y Tremor aparecieran de nuevo.

Por ahora, se habían salvado, pero Zeus y todos los demás sabían que la batalla apenas comenzaba.

Capítulo Cuarenta y Dos

La Preparación para la Batalla con Hades

De regreso en el lugar de reunión ahora en el Olimpo, habían pasado unos meses más.

El gran dios Zeus había organizado con su hermano Neptuno, sus hijos e hijas, conquistar a Hades por última vez, sabiendo que Hades desaparecería y no tendría más control nunca más.

Zeus escuchó un asombroso sonido de relinchos que se acercaba por el camino del arcoíris, y era la diosa Diana liderando a los caballos alados para sus últimos combates, ya que ella los había reunido nuevamente para luchar contra el mal. Pero esta vez era un tipo diferente. Estos caballos alados habían volado desde la estrella Andrómeda.

Artemisa estaba montando su yegua llamada Cazadora, en una forma de líder para su familia.

Le dijo a Zeus que ellos vinieron a ofrecer su ayuda y querían justicia por lo que había sucedido a los potros recientemente también.

Zeus rápidamente convocó a todos los dioses y diosas a sus corceles, ya que era tiempo de luchar nuevamente.

Todos llegaron y se les dijo que montaran a sus corceles rápidamente, que aún no conocían. Porque estos caballos alados habían salvado a su padre Pegaso y a los dioses de los Titanes muchos siglos antes.

Hunter y Cazadora fueron un regalo de Pegaso a Artemisa por toda la bondad y amor que ella brinda a su especie.

Su semental estaba refinado como su creador Pegaso, siendo alto y fuerte, con un pelaje blanco puro como un diamante, construido como un tipo de Andaluz.

Su crin y cola eran largas y anguladas, fluyendo con su hermoso movimiento, ya que tenía un cuello tallado y elegante que sostenía con gracia.

Sus ojos eran como diamantes y, cuando su poder completo era necesario, también tenía oro corriendo a través de su pelaje y alas, lo que lo convertía en una luz a tener en cuenta.

Y allí, junto a él, estaba Cazadora, quien también era un caballo alado de tipo mustang, una pequeña criatura resistente. Ella parecía tener una constitución más pequeña que los demás, pero era muy rápida, ya

La Preparación para la Batalla con Hades

que Artemisa, la diosa de la caza y la naturaleza, la usaba más en la Tierra.

El pelaje de Cazadora resplandecía en un blanco puro. Cuando la diosa la montaba, cambiaba, brillando con tonos verdes y marrones en su cuerpo y alas, y sus ojos eran ámbar, como el sol.

La diosa de la caza también llevaba oro, así como su casco con caballos alados, ya que los amaba y respetaba mucho, y su escudo tenía un hermoso ciervo, aunque ella sea la diosa de la caza, también simboliza la prevención.

Finalmente, tenía un gran arco dorado y poderosas flechas que nunca fallan. Esto le permitía mezclarse con el paisaje durante sus misiones en la Tierra, asegurando un equilibrio perfecto entre todo lo grande y pequeño.

En cuanto a la vestimenta de batalla de Afrodita, ella llevaba oro y rosa cuarzo en representación de su papel como diosa del amor, con corazones en su silla y escudo, y los caballos alados sosteniendo un corazón con la parte superior de sus patas en su casco también.

El caballo alado de Afrodita se llamaba Pasión; sus ojos eran como diamantes hasta que Afrodita lo montaba, momento en el cual sus ojos cambiaban a rosa cuarzo y ciertas partes de sus alas angelicales también tenían toques de rosa.

Qué espectáculo tan magnífico era verlos juntos, tan poderosos y elegantes.

Afrodita tenía una espada llamada Corazón del Amor, y sus flechas infundían amor en las criaturas en lugar de odio, haciendo que cambiaran de bando o incluso se rindieran por completo.

Pasión era un caballo alado muy elegante que, cuando trotaba, parecía que estaba haciendo doma clásica.

Detrás de ellos venían los otros caballos alados de los demás dioses.

Qué hermosa vista era tenerlos a todos juntos de nuevo, ya que no ocurría a menudo en estos tiempos de paz en el mundo.

Estaba Ares, quien también era el único dios en poseer dos caballos alados debido a su función de iniciar y detener guerras. Challenger era su caballo alado para detenerlas, mientras que Venganza mataba hasta que se parara.

Estos caballos alados eran completamente diferentes en todos los aspectos, y por eso Ares los amaba a ambos, ya que compartían algo en común: su verdadera valentía.

El corcel de Ares, llamado Venganza, era un tipo sólido de caballo con grandes alas de águila, ya que las necesitaba para ser extra fuerte en las batallas en los cielos durante tanto tiempo y para capturar lo que estaba combatiendo.

Venganza también era conocido por morder cuando necesitaba ganar una pelea.

La Preparación para la Batalla con Hades

Sí, definitivamente toma después de su dueño, el dios de la guerra mismo.

Sus colores eran negro y dorado, que se mezclaban con su crin, su cola y sus alas, con ojos cristalinos como diamantes cuando Ares lo montaba.

El escudo de Ares lleva una antorcha ardiente y él vive en Marte.

A continuación, detrás, estaba la hermosa yegua de Atenea llamada Conocimiento. Ella era la más bonita de las yeguas en la fila. Era la verdadera compañera de Pegaso. Mientras trotaba, parecía una esfera resplandeciente de luz, ya que su pelaje era dorado y blanco, al igual que su jinete, quien era la única y única Atenea, diosa de la sabiduría.

El escudo y el casco de Atenea estaban adornados con los árboles de la vida. Este hermoso par podía hacerte mirar durante horas en un trance debido a su belleza e inteligencia.

A continuación, estaba el caballo alado de Apolo llamado Ritmo, ya que a él le encantaba la música. Su pelaje era impresionante en blanco y negro, y sus alas, crin y cola con plata coincidían con una hermosa arpa y flauta que él también tocaba.

El negro estaba relacionado con sus notas musicales, ya que tocaba su flauta para hacer que todo se relajara y lo pusiera bajo su control en cuanto a consejos, ya que después de esto, generalmente lo escuchaban.

Los caballos alados eran mágicos, por lo que no se veían afectados por las armas o herramientas de sus dioses durante las batallas.

Apolo mismo, quien también era el dios de la luz, vivía en el sol con Helios y Sundance y los otros caballos. Ritmo también podía ser un palomino al vivir en el sol con Apolo de vez en cuando.

Por eso, podía soportar mucho calor y proteger a los demás si era necesario. Por eso siempre estaba alegre y brillante. El casco y el escudo de Apolo llevaban el cisne y el sol, ya que el cisne representaba la belleza, como su música, y el sol se refería a él haciendo las cosas brillantes y felices nuevamente.

Mientras se preparaban, Pegaso voló para ver qué estaba pasando y volvió una hora después, actualizando a Zeus que todos estaban esperando por ellos en la playa.

Afortunadamente, por fin Seequest y su hija estaban libres y estaban esperando para luchar con Celestial y Legend a su lado, esperando la siguiente parte del plan.

Aún en el Olimpo, todos se habían montado ya en sus caballos alados y estaban listos para la batalla final.

Allí, a lo lejos, aterrizó el propio Pegaso, quien se inclinó frente a Zeus y dijo: "Querido amigo, es hora."

Zeus se acercó a él y dijo: "Sí, lo sé," y montó su lomo con cuidado por respeto mutuo.

La Preparación para la Batalla con Hades

Dado que Pegaso había sido un dios, solo parecía correcto que el rey de los dioses montara a un dios mismo, y ambos se transformaron en oro y plata puros. En su casco y escudo estaba el rayo.

Mientras Zeus estaba montado, le dijo a Pegaso mientras aún hablaban sobre los planes antes de dejar el Olimpo: "Esa es una gran noticia, pero ¿alguna novedad sobre Tremor?"

Pegaso respondió: "Sí, él ha regresado destruyendo todo con Hades."

Zeus dijo: "Entonces creo que es hora de que todos lleguemos allí y pongamos esto en marcha, ¿no crees?"

Todos asintieron mientras Pegaso también estaba de acuerdo con gracia y bajó su cabeza.

Se volvió hacia sus hijos y dijo: "¡Si están listos, entonces vamos!"

Uno por uno se dirigieron hacia el sendero del arcoíris, acercándose rápidamente a él.

Sus caballos alados batieron sus enormes alas de manera increíble y galoparon tan rápido como pudieron hasta que sus alas produjeron suficiente fuerza y resistencia para volar por el cielo.

Qué hermosa vista, pensó Atenea, mientras Conocimiento relinchaba en respuesta.

Pegaso y Zeus fueron los primeros en volar hacia una atmósfera más baja donde deberían poder ver mejor a todos.

Luego, el resto de los caballos alados comenzó a hacer lo mismo, llevando a sus jinetes elegantemente a Grecia, a Santorini, donde la batalla había comenzado anteriormente debido a Hades y su destrucción del demonio Tremor y sus duplicados.

Estaban volando en los tonos azul oscuro del cielo nocturno con todas las estrellas brillando a lo lejos.

Luna, la luna, brillaba más que nunca para ver lo que estaba sucediendo y poder actualizar a la Reina Sera.

Pegaso y Zeus volaron más adelante de los demás, que no estaban muy lejos detrás, y se prepararon para aterrizar en algún lugar cerca del bosque donde no serían vistos fácilmente hasta que lo desearan.

Así que Pegaso aterrizó en el Bosque Misterioso, un poco más lejos del Bosque Prohibido, por si acaso Hades o sus criaturas estuvieran rondando allí, ya que Hades sabía que Zeus vendría a intentar derrotarlo, que era lo que él esperaba.

Todos se estaban preparando para aterrizar con sus caballos alados mágicos cuando vieron dos formas más volando hacia ellos.

Una burbuja de luz apareció en el cielo y de ella salieron los padres fallecidos de Seequest, ahora Legend y la misma Celestial.

Todos relinchaban fuerte mientras se acercaban al bosque juntos.

Celestial y Legend estaban vigilando a Zeus y a los demás, tratando de despejar el camino para que pudieran aterrizar sin problemas, ya que los caballos alados habían volado una gran distancia y necesitaban descansar.

Beberían del agua de manantial que Pegaso y los unicornios habían creado amablemente para ellos.

Otros animales también bebían allí cuando era necesario, con gran poder de fuerza y refrescamiento, para rejuvenecer completamente sus corazones, cuerpos, mentes y almas.

Los caballos celestiales esperaron hasta que todos aterrizaron de manera segura, y luego Legend descendió.

Legend se veía tan poderoso, un elegante caballo alado tipo Friesian negro y azul zafiro con polvo plateado saliendo de su pelaje, crin y cola mientras volaba.

Aunque había vivido en los cielos durante tanto tiempo, seguía siendo similar a un unicornio nocturno de muchos años atrás con ojos perlados.

Junto a él estaba Celestial, la reina de los cielos en persona, que descendió después de él.

Estos caballos místicos podían ver en la oscuridad y otorgaron este poder a los caballos alados también recientemente en su nacimiento.

Ella era una bonita Friesian ligera con un toque de elegancia árabe y sus alas eran plateadas y azul zafiro, similares a las de Legend.

Pero al volar, creó un hermoso sendero de arcoíris por donde pasaba, ya que esta era normalmente su magia para que otros pudieran pasar a tiempo, y sin embargo, estaban aquí hoy para ayudar a detener a Hades de una vez por todas, o al menos eso esperaban todos.

Los dioses estaban vestidos con túnicas y vestidos blancos para protegerse, representando sus dones y poderes.

Sus caballos alados se combinaban maravillosamente con ellos, por lo que en conjunto eran los seres más poderosos en la Tierra.

Mientras tanto, Zeus, Pegaso y todos los demás se preparaban para galopar hacia la playa, con sus alas plegadas de manera ordenada contra sus cuerpos.

Sabiendo que ahora habían tenido un buen descanso, pronto se prepararían para encontrarse nuevamente con Seequest, su hija y Moon Cloud para la siguiente etapa de la captura de Tremor al fin.

Mientras todos descansaban, la diosa Artemisa y Huntress se dirigieron al bosque y a los bosques y les dijeron a los animales que se escondieran y se protegieran mientras se libraba la batalla.

¿Ha ido ella a poner una burbuja invisible para evitar que resulten heridos en las tierras?

Pero les dijo que tendrían que irse ahora, de lo contrario, si el campo de fuerza se activa antes de que escapen, quedarán atrapados allí hasta que termine la batalla.

Aphrodite también extendió amor por las tierras con hermosas nubes rosas en el cielo que eventualmente

La Preparación para la Batalla con Hades

se convirtieron en lluvia y cayeron por todas partes, pensando que de esta manera Hades podría ser derrotado, o al menos eso pensaba ella.

Horas pasaron cuando Neptuno se acercó a la playa con su hipocampo tirando de su asombroso carro de concha a través de las olas, las cuales se retiraron para que pudieran galopar hacia la orilla.

Tidal Wave fue el primero que vieron, ya que era el más fuerte y resistente de todos, empujando su peso a través de la marea.

Parecía un árabe construido en azul aqua con crin y cola azul oscuro y ojos color aguamarina.

Detrás de él también estaba Tide, que era rápido y elegante, y aunque era el más joven, pues era hijo de Tidal Wave.

Le daban al carro un aspecto elegante. Tide parecía un poco irritable.

Pero Neptuno sabía que tenía un gran potencial para el futuro y podría incluso convertirse en su nuevo corcel en el futuro.

Mientras se acercaban a la playa, los otros dioses podían ver que las colas de pez de los caballos marinos se estaban transformando en patas.

Los caballitos de mar blancos con crines y colas azules y los mismos ojos eran asombrosos por la suavidad del resplandor del sol.

El carro de concha también parecía aplanarse y Neptuno estaba siendo deslizado hacia la playa de esta manera.

Neptuno mismo puede transformarse en un hombre-piscis y llevar su armadura de batalla con tonos blancos y azules y verde aqua, con su casco adornado con grandes tiburones blancos y en su escudo también, y portando su famoso bastón que puede transformarse en su tridente cuando es necesario.

Otro caballero marino conocido como Taylor se acercó después caminando por la orilla hacia la playa y dijo: "Su alteza, he venido a luchar con usted y también tengo mi reino de caballeros del Océano Rubí para ayudarle hoy."

Neptuno estaba complacido con la oferta y accedió a sonreír, y dijo: "Gracias."

Neptuno luego preguntó a Taylor: "¿Dónde está tu hipocampo, muchacho?"

"Oh, lo dejé en casa, lo siento."

El dios del mar respondió: "Está bien."

"Por suerte, aquí tengo un potro joven y enérgico que necesita un buen jinete. Por favor, llévatelo por ahora."

Taylor se acercó y tomó a Tide, subiendo a su espalda, ya que Neptuno no podía montar dos caballos de agua al mismo tiempo.

La Preparación para la Batalla con Hades

Sabía que Taylor era un excelente jinete debido a haber competido en la gran carrera con Neptuno en el pasado.

Tide era un potro muy delgado pero rápido, y estaba listo para ir a la batalla cuando se necesitara, así que se quedó al lado de su padre, todo orgulloso, esperando pacientemente la próxima orden.

Tidal Wave ahora se acercó a Neptuno y se inclinó mientras agarraba la fluida crin azul de Waves y saltaba a su espalda.

Zeus estaba montado en Pegaso, luciendo tan imponente, cuando Neptuno dijo: "Hola, ¿está todo el mundo listo?"

Mostrando su gloria como dios, Neptuno estaba al máximo de su poder, luciendo muy apuesto y musculoso con su cabello rubio moviéndose con la brisa del mar.

Golpeó su bastón en el suelo, que brilló y se transformó en su conocido tridente de grandes maravillas.

"Estoy listo para dar la palabra a mi reina, que está en el Templo del Cráneo de Cristal al mando de los cráneos de cristal mismos, ya que se ha puesto en confinamiento allí para proteger el mar y las criaturas de la destrucción, afortunadamente."

Neptuno sabía que tan pronto como saliera del agua, las criaturas de Hades y el propio Hades intentarían destruir su tierra, así que estaban preparados esta vez.

Mientras tanto, Helena y Source habían regresado al palacio antes después de liberar a Seequest, ya que sabían que luego regresarían para la gran batalla.

Pero, aunque Luna y su madre sabían lo que había pasado anteriormente, nadie más lo sabía aún.

Ella tenía que aparentar que nunca se había ido ese día y que no había hecho nada hasta que ella o los demás informaran a Neptuno más tarde.

Allí estaba Helena diciéndole a Bracken mientras se acercaban a las aguas abiertas: "Está bien, muchacho, este es nuestro momento para brillar y mostrarle a Padre de qué somos capaces juntos."

Sabiendo que poseo el cráneo de cristal más poderoso conocido en la Tierra, tal vez Padre me respete más como caballero del mar y no solo como su hija.

Comenzó a hablarle a Bracken y dijo: "Como creo que él quiere que sea reina algún día, quiere que siga siendo su pequeña."

Bracken respondió: "Querida princesa, ¿estás segura de que estás lista para esto, ya que cambiará nuestras vidas para siempre?"

Helena respondió: "Sí, lo estoy."

Entonces, Source se acercó a la playa una vez más.

Antes de ser vistos, utilizaron el cráneo de cristal de amatista y ella se transformó en la Alta Sacerdotisa de Amatista, mientras que Louis se convirtió en Source,

La Preparación para la Batalla con Hades

ambos resplandeciendo en un brillante tono púrpura que causó un resplandor morado en el agua.

Ares dijo: "¿Eres consciente de que hay un resplandor púrpura en tus aguas en este momento y sabes quién es?" preguntó a Neptuno.

El pobre Neptuno no sabía dónde esconder la cara, ya que no reconocía al caballero del mar ni a su hipocampo en absoluto y estaba preocupado de que fuera uno de los trucos de Hades, que estaba cambiando de forma a sus caballeros nuevamente.

Dijo: "Estén en guardia, ya que no los conozco ni he pedido a nadie que venga aquí hoy conmigo. Podría ser un truco."

Mientras tanto, la luz púrpura se hizo más brillante y eventualmente se atenuó hasta que pudieron ver al caballero del mar en plata y púrpura, que estaba en el hipocampo que tenía en la frente un cuerno de unicornio.

Neptuno pensó que esto era muy inusual y se preguntaba quién era esta persona, ya que no era uno de sus hijos, quienes llegarían pronto cuando fueran llamados, ya que estaban en el océano protegiéndolo de las criaturas de Hades en ese momento.

La luz púrpura se había desvanecido por completo ahora y surgió una gran sorpresa.

Allí en la distancia, Neptuno pudo ver otro hipocampo más poderoso que el suyo apareciendo con un suave resplandor púrpura a su alrededor y se preguntaba quién era su jinete, que parecía ser magnífico.

El gran hipocampo negro con púrpura que se extendía a lo largo de él, al acercarse a la orilla, produjo dos patas traseras y su jinete parecía muy poderoso con gran magia, ya que Source decidió que a veces quería ser el color de Louis en lugar de púrpura todo el tiempo.

El jinete se quitó el casco de plata y púrpura y apareció de nuevo la hija mayor en carne y hueso.

Cuánto había cambiado, y ni siquiera su padre reconoció a esta pequeña princesa del mar, ya que ahora se había convertido en una alta sacerdotisa del mar y también en una poderosa mujer pisciana en tierra.

Se acercó al dios del mar y dijo: "Hola, Padre, sé que no esperabas verme aquí, pero vine a ayudarte."

Cuando le dijo a su padre que ahora controlaba el cráneo de amatista, ya que lo llevaba como capa cuando rescató a su amigo Seequest anteriormente y luego regresó a casa después de saber que estaba a salvo.

Dijo frente a todos: "Soy tu hija, la princesa Helena, sí. Pero cuando estoy unida al cráneo de cristal de amatista, me llaman Alta Sacerdotisa de Amatista de los Cráneos de Cristal" y no iba a aceptar un no por respuesta.

Su padre no podía creer lo que veía. Estaba molesto y, al mismo tiempo, orgulloso, ya que sabía que en el futuro Helena se convertiría en una gran reina del mar.

Que Louis se había convertido en Source y era negro con púrpura de amatista en su pelaje y tenía ojos de amatista también.

La Preparación para la Batalla con Hades

Helena también tenía ojos púrpura y poseía un gran poder con hermosos cabellos púrpura como Source.

Su padre estaba sorprendido al pensar que toda la gente del mar y otros habían buscado por todas partes su cráneo perdido desde hace mucho tiempo y nunca lo encontraron.

Pero su hija, una simple princesa del mar y su hipocampo, lo habían encontrado y posiblemente lo habían robado del gran rey de los grandes tiburones blancos.

Neptuno estaba nuevamente sorprendido y abrumado al ver que no era su hija sino una alta sacerdotisa como su madre, Sera.

Ella le dijo que no necesitaría liberar a la bestia, ya que tenía a Kessy en las aguas esperando a que comenzara la acción a lo lejos.

La princesa la silbó y allí la vieron, mientras estaban sentados en sus caballos alados místicos, acercándose rápidamente.

Lo primero que pudieron ver fue su largo y alto cuello de caballo marino asomando del agua y, eventualmente, apareció frente a ellos muy grande en efecto, con matices verdes y escamas por todo su cuerpo con una gran y bonita aleta que iba desde su cabeza hasta su larga cola.

Ella saltó a la playa, con cuatro aletas como una foca y unos ojos verdes impresionantes.

"Padre, me gustaría presentarte oficialmente a Kessy, una hija tuya, de Tidal Wave y Seaspray." Ella relinchó y luego rugió ligeramente también.

"Bueno, hija, no esperaba ver nunca a un hipocampo convertirse en algo así."

"Padre, ella es diferente, estoy de acuerdo, pero sigue siendo la misma que el hipocampo, ya que también tiene poderes poderosos además de algunos propios.

Creo, padre, que en los seres que tenemos delante había otras criaturas posiblemente de otras dimensiones que no conocíamos, y ella es un dragón marino, una nueva especie para nuestros caballos de agua místicos de la época."

"Dios mío," dijo Neptuno y supo entonces que tenía una gran oportunidad contra Hades, por fin, en los mares y en las tierras.

Kessy se inclinó ante Neptuno y él le sonrió de vuelta.

"Kessy, por favor, regresa al agua y protege el océano de las bestias marinas de Hades." "Creemos que estarán aquí pronto."

El dragón marino fue y hizo exactamente lo que Helena le dijo que hiciera y se precipitó de regreso a la parte más profunda del mar, lista para la batalla.

Amethyst se bajó de su hipocampo, Source, y en lugar de una cola de pez ahora tenía un hermoso par de piernas. Cuando es una sirena, el hipocampo se desarrolla y pierde un trozo de piel donde su cola se puede unir.

La Preparación para la Batalla con Hades

Pero cuando está en la arena con sus nuevos poderes, puede crear este par de botas largas con escamas de pez, que eran cómodas para caminar en tierra.

Se acercó al caballo de su padre sin miedo alguno y lo miró mientras él seguía sentado en la espalda de Tidal Wave.

"Padre, quiero luchar."

Neptuno no podía creer lo que veían sus ojos ni lo que oían sus oídos: esta mujer del mar que estaba frente a él y todos los dioses era su hija.

"Helena, no puedes estar aquí."

"Por favor, regresa a casa donde estarás a salvo, hija mía."

"No lo haré, Padre."

"Ahora tengo dieciocho años y voy a luchar y salvar a mi Seequest."

"¿Dónde está él?"

"De hecho, debería haber llegado ya," respondió Zeus con un tono poderoso en su voz.

"Por favor, Helena, es demasiado peligroso incluso para ti, querida hija," dijo Neptuno.

"Te lo suplico, regresa a casa ahora, y no hablaremos más de esto."

"No, Padre, no lo haré," y subió a su caballo acuático y partió hacia las cuevas en la playa desde donde había oído a Seequest llamar anteriormente.

Neptuno se sintió avergonzado frente a su familia divina, quienes se rieron de él. Ares dijo: "¿Cómo vas a proteger tu reino si ni siquiera puedes mantener a tu hija bajo control?"

Esto enfureció a Neptuno, quien tomó su tridente y lo sumergió en el mar, creando un torbellino de agua que giraba alrededor de su arma. Luego lo lanzó hacia Ares, transformándolo en un viento de agua que lo levantó y lo arrojó al mar, causando una gran salpicadura.

Revenge galopó hacia el mar para buscar a su amo, pero Ares estaba furioso y salpicó al caballo con agua, provocando que Revenge se levantara con rabia.

"¡Basta!" dijo Zeus. "Estamos aquí para luchar, no para jugar juegos tontos entre nosotros."

Eventualmente, Ares emergió del mar, empapado, y se sacudió el agua de su cabello castaño. Escupió el agua salada de su boca, sintiéndose enfermo.

Ares odiaba el agua salada en el mejor de los casos, y ahora había sido arrojado a ella.

posiblemente haberla bebido también lo hizo sentir no solo humillado frente a su familia sino también más enojado que nunca, con un ego herido a juego.

Después de empezar a caminar de regreso a la orilla por su cuenta, ya que Revenge había huido de él, Neptuno le dijo: "¿Y ahora quién está a cargo de quién aquí?"

La Preparación para la Batalla con Hades

Más tarde, Revenge estaba batiendo sus grandes alas y aterrizó de nuevo en la playa, todo seco y recogiendo sus alas mientras caminaba.

Una vez más, porque Zeus lo estaba observando, Ares decidió subirse a su caballo alado y subir al cielo para calmarse y secarse al sol. Zeus dijo: "Déjalo. Volverá pronto."

Helena estaba de regreso con los demás cuando habló con Source sobre cómo su padre fue tratado antes, ya que todavía no podía encontrar a Seequest porque la playa era un área enorme para buscarlo adecuadamente.

Ella se había adelantado para ver a Seequest antes que los demás y todavía no había vuelto con éxito.

Estaba molesta porque, incluso con los poderes que aún tenía, su padre la trataba frente a los dioses como una sirenita.

Le dijo a Source: "Le mostraré a mi padre lo que podemos hacer con o sin su permiso, ya que según las leyes en Vissen, nuestra gente sirena cuando cumple dieciocho años puede elegir su carrera, y ahora he elegido la mía para él."

Source simplemente le dijo que se calmara y recordara que su padre, el gran dios del agua, acababa de hablar con su hija frente a todos sus sobrinos y sobrinas del Olimpo, simplemente como un hombre o un padre.

"Lo que debes recordar, querida niña, es que él es tu rey y un verdadero dios también."

"Es aquí donde necesitas practicar y meditar en la diosa Atenea por su sabiduría, que aprenderás con el tiempo.

"Pero, por favor, escúchalo y obedece sus órdenes, Helena."

Cuando Source le habló de esta manera, ella se dio cuenta de que tenía razón y que estaba siendo terca y dejando que su ego dominara su cabeza.

Debía recordar que el cráneo de Amatista ya no funcionaría para ella si no lo respetaba, ya que, después de todo, fue dado a Neptuno para usar en primer lugar desde su propio planeta.

Una vez que lo entendió, dijo: "Source, tienes razón. Gracias por tu sabiduría, querido amigo. Me disculparé con él más tarde cuando esté solo, no como sacerdotisa suprema sino como su hija."

"¡Genial entonces!" respondió Amethyst Source. "Debemos volver, ya que creo que Seequest estará allí pronto."

Corrieron de regreso a donde los demás estaban esperando la llegada de Seequest.

Allí Helena llegó justo a tiempo para ver a Ares descendiendo en Revenge mientras Source galopaba hasta donde Neptuno y Tidal Wave esperaban pacientemente con Zeus.

Revenge acababa de aterrizar en la arena cuando trotó junto a ella, todo orgulloso con la cabeza en alto y Ares con odio y vergüenza en sus ojos.

La Preparación para la Batalla con Hades

Tratando de mostrar su fuerte personalidad y orgullo, luego se acercó a su padre con valentía, ya que había sido humillado frente a todos.

Esto hizo reír a Helena mientras él pasaba, olvidando que era un dios; Ares no estaba impresionado.

Se dio la vuelta y vio esos hermosos ojos lila mirándolo y su cabello púrpura ondeando con la brisa del mar y una sonrisa traviesa en su rostro.

Ares pensó que, considerando que ella era una sirena y ahora una sacerdotisa suprema, era bastante hermosa, ya que antes los veía como seres de agua, no como seres humanos.

Ares se acercó al caballo de su hermana cuando su hermana dijo: "Eso te enseñará a hablarle así al gran Neptuno."

"Tienes tanta razón, dios de la guerra", y se rió.

Mientras esto sucedía, todos los soldados de los dioses del mar, con su armadura completa, aparecieron del agua en sus hipocampos también.

Amethyst en Source estaba tranquila ahora y planeaba ser la mujer que quería ser y no la princesa.

Source aún se acercaba a Tidal Wave y relinchó, donde Neptuno también pudo ver que en la pieza facial de Source había un cuerno púrpura.

Neptuno creía que ese era el poder de Seequest y del universo también.

Pensó dos veces en dejarla quedarse, ya que se quitó el casco nuevamente para disculparse con él cara a cara, ya que lo respetaba después de ser el rey del mar.

"Bien, hija mía. Puedes quedarte aquí, pero solo si te mantienes fuera de la vista de Hades. No quiero perderte de nuevo." "De acuerdo, su Alteza, sí, lo prometo."

Helena sintió que solo tenía que ser la hija de Neptuno por ahora, y aún así, estaba complacida de luchar esta vez.

Ya habían pasado unos momentos.

Se oían chirridos provenientes del mar donde se podía ver otro carro llegando con grandes y hermosos delfines grises tirando de un carro de almejas. Allí estaba Venus montándolo.

"Hola, prima."

"Pensé que tal vez necesitarías ayuda extra." Era muy hermosa, con un cuerpo en forma de pera, largo cabello rizado, rubio dorado, y un suave vestido blanco de seda que cubría y refinaba su hermosa figura curvilínea.

Tenía los ojos aguamarina más penetrantes que jamás hubieras visto. Era como si estuvieras mirando directamente al mar. Cuando todos los dioses masculinos la vieron, se enamoraron de su belleza, y Afrodita guardaba un pequeño rencor por esto.

Venus parecía tener un cutis más suave que ella, pero ambas eran realmente muy hermosas.

La Preparación para la Batalla con Hades

También llevaba una concha de almeja azul como corona en su bonita cabeza.

Venus surgió de otra dimensión del planeta Venus de las aguas lejanas.

Fue dada a luz por los seres celestiales de arriba y por los cráneos de cristal mismos, por lo que tenía el poder de los planetas y del mar también. "Querido Neptuno, ¿creo que necesitas mi ayuda?" "Sí, prima, eso sería genial."

"¿Has traído a tus increíbles cangrejos grandes contigo?" "Sí, Neptuno." "Si los pides, vendrán para ti." "Excelente," respondió el dios del mar.

Amethyst se encogió de hombros y se alejó en su corcel negro de caballito de mar por las arenas.

Apolo, un amigo del dios del sol, había vuelto a volar al cielo en su caballo alado, que ahora se había vuelto palomino debido a los rayos del sol que lo quemaban, y se estaba asegurando de que hubiera mucha luz cuando comenzara la batalla más tarde.

Mientras esperaban que apareciera Seequest, en su lugar llegó otra sorpresa.

Era Knight en su verdadera forma: antes un impresionante caballo frisón negro de aspecto deportivo, con alas de murciélago y un elegante cuerno rojo.

Se acercó lentamente a los dioses, orgulloso, diciendo mientras caminaba: "no me hagan daño."

"Soy Knight, hijo de Seequest, de la yegua de Hades, Knightmare." "Estoy ileso." Pero era un truco, ya que Tremor estaba usando la imagen del pobre Knight para acercarse a todos los dioses y engañarlos justo ante sus propios ojos.

Lo dejaron acercarse con cautela de todos modos. "Si eres el hijo de mi amigo, ¿dónde está tu padre ahora?" dijo Neptuno.

El gran Unisos negro con alas de murciélago respondió: "Él está muerto", con una voz más grave y cambió su pelaje negro a tonos rojos y naranjas, con llamas recorriendo su cuerpo.

Mientras se encabritaba, arrojó fuego desde su cuerno, lo que derritió los escudos de los dioses, que cayeron al suelo rápidamente.

Sus caballos alados se encabritaron, ya que el fuego puede dañar sus alas como el sol. No se quedaban quietos. Hermes aún no había llegado para darles sanación, ya que él es el que lleva esta poción en todo momento.

En ese momento, todos los caballos de mar se refugiaron rápidamente en el mar para protegerse de Tremor.

Neptuno intentó llevar a todos los caballos alados místicos al mar para usar su magia y sanarlos rápidamente.

Los dioses y diosas saltaron de sus caballos alados y corrieron al mar para apagar las llamas de sus alas. Los dioses, por primera vez, dijeron: "¿Quién eres realmente?" Y él respondió: "Soy Tremor, el destructor de este mundo."

La Preparación para la Batalla con Hades

Con una voz pesada y poderosa, incluso Zeus se preocupó al no poder ver a Knight allí.

Ahora se preguntaba si tendrían que matarlo al final, rompiendo el corazón de Seequest una vez más.

Pero el gran dios sabía que debía haber una manera y entonces pensó en una idea y esperaba que funcionara.

Pero tendría que ver si Seequest estaría de acuerdo primero, ya que era una amenaza para todos si salía mal.

Zeus tenía fe y creía en querer ayudar y evitar la muerte del querido Knight también. Zeus lanzaba rayos contra él. Pero todo lo que hacían era darle más energía para luchar contra ellos.

El gran dios de todas las cosas esperaba que Seequest sintiera su presencia y viniera pronto a ayudarlos.

Zeus internamente empezaba a preocuparse por lo que Tremor dijo sobre la muerte de Seequest. Zeus esperaba que estuviera mintiendo.

¿Dónde estaba Seequest?

Capítulo Cuarenta y Tres

La Batalla Comienza

Tremor parecía tener mejores armas que incluso los dioses. Atenea enviaba su sabiduría a todos. Artemisa usaba su poderoso arco y flechas, que parecían no afectarle.

Ares incluso usó sus rayos de espada, los cuales tampoco le hicieron daño.

Tremor se rió y dijo: "No pueden destruirme, ya que tengo todos los poderes de la tierra y del universo. Mientras cada uno de ustedes tiene algunos, yo los tengo todos." Zeus dijo, "Hades" de manera seca y enojada. El dios del inframundo apareció volando sobre su yegua y dijo: "Sí, es correcto, hermano."

"Si no me dejas ayudarte a gobernar la tierra y pasar tiempo de calidad en tu hermoso terreno, entonces nadie lo hará."

Luego miró hacia abajo a Tremor diciendo: "Ven, muchacho, tenemos trabajo que hacer."

Apuntó su espada a Tremor, lo que hizo que se multiplicara en más de cientos, siendo más poderosos que los primeros también.

Hades pensó que solo les daría una muestra de su fuerza y ahora dejaba que los dobles tuvieran todo el poder.

Pero la diferencia era que solo él sabía que cada uno tenía un poder que era realmente peligroso.

Porque se aseguraba de que cada demonio caballo duplicado conociera la debilidad de su enemigo para asegurarse de ganar la batalla.

Atenea, la diosa del amor, se enfrenta a Tremor con el poder del odio como ejemplo.

El oscuro caballo del odio no podrá matarla a ella ni a su caballo alado.

Pero los ralentizará y debilitará, ya que el amor es un arma poderosa y, sin embargo, el odio es su verdadero igual. ¡Había caos por todas partes! ¿Tendrán los dioses y diosas suficiente tiempo para evitar que todos dañen gravemente la tierra?

El Tremor original los tiene a todos bajo su control, por lo que puede dedicarse a destruir el mundo en su área más sensible, que es su núcleo, sin ser tocado ni molestado mientras lo hace.

Todos los dioses estaban luchando contra estas bestias y por un tiempo parecía que Hades estaba ganando la batalla contra ellos por primera vez en la historia.

El verdadero Tremor saltó al cielo cubriéndose con llamas naranjas y rojas.

Los otros como él estaban dañando las tierras solo con caminar sobre ellas y atravesarlas.

Incluso Neptuno sentía que el agua del mar no era lo suficientemente fuerte para herir a estas bestias y entonces les dijo a sus caballeros del mar que los llevaran al agua salada completamente para continuar la lucha allí.

Sus caballeros del mar, hippocampus y jinetes de delfines los rodearon mientras se metían en el mar para escapar de ellos.

Pero se dieron cuenta de que no podían soportar mucha sal en sus pulmones debido a que la bestia luchaba por aire.

Así que comenzaron a apuntar muchas flechas que los salpicaban y los ahogaban hasta que finalmente se evaporaban en nada. Uno menos. Los dioses empezaron a notar las debilidades de los dobles del demonio caballo.

Pero el verdadero destructor todavía estaba en el cielo haciendo un gran daño.

Tremor sentía que las otras imágenes de él estaban muriendo rápidamente y quería venganza.

La Batalla Comienza

Voló directamente hacia abajo como una bola de fuego, atacando a Neptuno y a sus caballeros del mar en el agua uno por uno.

Ahora sus ojos y nariz producían llamas calientes también, pareciendo un volcán en erupción de color rojo profundo y a través de su cuerno y boca lanzaba el fuego rojo hacia el mar, que lo iluminaba.

Afortunadamente, en Vissen, la Reina Sera tenía el poder de los cráneos de cristal de su lado cuando una gran cúpula de cristal cubrió el mar y eliminó las llamas antes de dañarlo. El océano estaba a salvo una vez más y también su gente. Neptuno no podía creer que tuviera este gran poder de su lado y que se había casado con la gran suma sacerdotisa de todos los tiempos.

Todos seguían luchando contra estas criaturas y eventualmente, incluso Zeus mató a uno con la ayuda del gran pegaso también. "Bien hecho, amigo mío". "Hemos destruido a este juntos." Zeus dijo: "Parece que no podemos matar a la criatura real después de todo, ya que Knight todavía está vivo dentro de él en algún lugar, pensaron".

"Pero debemos hacer algo." Entonces Hades apareció frente a los dioses y dijo: "Les daré otra oportunidad antes de que deje que mi Tremor destruya este mundo."

"¿Qué quieres?" dijo Zeus. "Quiero que mi familia venga a visitarme para que yo pueda visitarlos también como antes y poseer la mitad del planeta yo mismo."

Zeus respondió: "Ahora Hades, sabes las reglas; yo y los demás no podemos asistir a tu espacio ya que podrías intentar matarnos y arderíamos en tu mundo."

"Oh, gran Zeus", dijo, jugando trucos en sus mentes, lo cual se le daba bien, conocido como el embaucador por sus amigos malvados. "¿No haría eso contigo?" "Bueno, en realidad me conoces demasiado bien, hermano." "Sí, lo haría", dijo con un tono astuto en su voz y maldad en sus ojos. Luego dijo: "Veo que has conocido a mi corcel Tremor." "¿No es magnífico?" La hija mayor gritó mientras montaba a Source en el océano.

Y respondió: "No, cosa cruel, él está aterrorizado de sí mismo y luchando con su mente."

"Creo que en algún lugar dentro de él todavía está el hijo de Seequest, Knight."

Él no haría tal cosa como destruir a su propia familia y planeta sin ser empujado o atormentado para hacerlo en tu nombre, Hades."

A Hades no le gustó la respuesta de Helena y dijo: "Sí, es cierto, mi niña, es posible, ya que ese corcel ha dormido para siempre a través de mi entrenamiento para odiar," riéndose de ella.

La princesa sirena estaba horrorizada con su respuesta y dijo: "No, si puedo evitarlo."

Hades luego llevó a Knightmare al mar cuidadosamente y miró profundamente al caballero del mar en púrpura y plata, ya que pensó que la figura parecía más una mujer.

Ella se quitó el casco cuando él notó que era la princesa a la que pensó que una vez amó.

Pero ahora no podía soportar la persona en la que se había convertido.

"Oh, princesa, puede que hayas crecido en una mujer joven, pero no tienes el poder para detenerme, niña tonta."

Neptuno luego caminó sobre su poderoso caballo de agua Tidal Wave, ahora ambos convirtiéndose en agua de mar como una imagen hueca.

Caminaron directamente a través de él y los cubrieron a ambos con agua de mar.

Hades y Knightmare odiaban el agua de mar y ella se encabritó de dolor y gritó: "Maldito seas tú y tu caballo, Neptuno."

"Espera y verás lo que mis criaturas pueden hacerle a tu reino mientras estás ausente, y entonces suplicarás por misericordia."

Helena entonces dijo: "Seequest volverá con nosotros y salvará a su hijo y a todos nosotros." "Además, detendrá a tu Tremor de un solo golpe." "Oh, querida mía, no lo creo, ya que Seequest está en mi guarida subterránea en un sueño profundo para siempre y su hijo, que es Tremor, ahora me pertenece." Helena dijo: "Eres una bestia horrible." Hades respondió: "Sí, lo soy." Esta criatura que Seequest ayudó a crear destruirá este mundo y yo gobernaré lo que quede de él cuando todos ustedes se hayan ido.

Si Seequest vuelve de alguna manera, le arrancaré su cuerno para siempre y entonces él también desaparecerá.'

"No, no lo permitiré" respondió la princesa a su padre, "lo siento, pero debo salvar a Seequest." "No Helena, te lo prohíbo!"

Pero ella no lo escucha porque ahora Helena es Amethyst y no escucha a nadie."

Entonces se puso el casco de nuevo y recitó un verso griego; ella y su hipocampo se convirtieron en una bola de luz púrpura de Amethyst. Hades dijo: "¿Cómo?" "¿No es posible?" El cráneo de cristal se había ido para siempre, o eso pensaba él.

Tremor estaba destruyendo las tierras una por una, Helena lanzó una llama de luz púrpura sobre Hades y lo quemó. Ella dijo: "Que la luz del bien escuche mi llamado." "Destruye a este dios de una vez por todas." La luz púrpura cubrió a Hades y a su yegua y los convirtió en polvo por ahora.

Después, la sacerdotisa se convirtió nuevamente en princesa y creyó que lo que Hades dijo era cierto. Se quitó el casco con lágrimas corriendo por sus ojos.

Luego miró a su padre, sintiendo que hizo lo correcto en ese momento.

Él dijo: "Nunca más" y saltó de su corcel y le dijo:

"Te dije que debías haber regresado a casa, ya que hoy él podría haberte matado, hija mía, porque dejaste que tus emociones dominaran tu mente." Ella miró a su padre y respondió: "Lo siento." "Estoy preocupada por Seequest, no quiero pensar que se ha ido."

"¡No lo haré!" dijo ella mientras le entregaba la capa para que la cuidara por ahora, hasta que fuera el momento de recuperarla.

Recordó que el cráneo de cristal púrpura le había dicho que solo podría usar sus poderes una vez más por ahora, ya que sentía que debía aprender las formas de su magia a través del tiempo y la paciencia, sabiendo que es el arma más poderosa de los dioses.

Helena estaba muy orgullosa de haber sido elegida y de sus logros hasta el momento.

A pesar de que sabía que podía usar el cráneo más veces.

También se dio cuenta ese día de que tenía mucho que aprender antes de usarlo nuevamente.

Ambos se miraron con sonrisas en sus rostros, mostrando amor en sus ojos.

En ese momento, ella pudo ver que su padre la perdonó rápidamente y luego mencionó: "Mi niña, creo que Seequest es un gran guerrero y que todavía está vivo." "Tened fe."

Luego, Neptuno se despidió de los dioses y de Zeus.

"Mi parte está hecha aquí, hermano, y ahora debo regresar al mar para luchar allí también." Todos estuvieron de acuerdo. Cuando comenzó a caminar de regreso al mar, su caballo de agua comenzó a transformarse una vez más en un hipocampo.

Cuando produjo su cola de golondrina, su cuerpo con escamas de pez con su brida y silla de montar de concha, Louis hizo lo mismo mientras Helena seguía a su padre, quien se convirtió en un tritón una vez más. Los dioses dijeron "Adiós, gran señor." Se dieron la vuelta en sus monturas, agitando la mano y despidiéndose, y regresaron al mar una vez más con sus caballeros del mar siguiéndolos.

La batalla todavía continuaba en el mar también con las criaturas marinas de Hades y ahora Helena estaba con Kessy matando a las bestias en el mar.

En ese momento, Neptuno pudo ver que su hija ya no era una princesa, sino algo aún más poderoso.

De vuelta en el mar, Neptuno se dio cuenta de que tal vez se había equivocado sobre su hija, así que antes de llegar a casa le devolvió la capa de amatista.

Diciendo: "Creo que esto realmente te pertenece ahora. Úsala sabiamente, hija mía."

Helena estaba encantada y asintió diciendo "gracias, padre", y luego llamó a Kessy, quien encontró al verdadero caballo demonio, agarró a Tremor y lo arrastró al mar.

Porque ella pensaba que eso también lo destruiría o al menos lo debilitaría por un tiempo.

¿Encontraron una manera de separarlo de la mente de Knight?

La Batalla Comienza

De alguna manera, Helena pasó el poder del cráneo de cristal de amatista a Kessy como lo había hecho antes en una prueba y ahora esto era real.

Así que ahora Kessy se convirtió en un poderoso dragón marino púrpura a lo lejos y, debido a que Helena transfirió el poder a Hades y Knightmare, él no tuvo tiempo para preocuparse por su criatura, sino por su propia vida.

Kessy, emocionada, sostiene a Tremor en su boca suavemente sin herirlo con sus enormes mandíbulas afiladas y lo arrastra hacia la parte más profunda del mar, donde eventualmente se ahogará.

El Unisos con alas de murciélago estaba relinchando por su vida después de ser arrastrado debajo. La hija mayor pensó que ese era el final para él, ya que no apareció en el mar en ese momento.

Todos esperaban que el plan que habían establecido en el pasado funcionara. Por ahora, tenían que ser pacientes y esperar.

Por eso, Kessy siguió al rey y a la princesa de regreso a Vissen para luchar una vez más después, ya que Tremor no estaba a la vista.

Kessy y los caballos marinos y los caballeros del mar se sumergieron de nuevo en el océano y comenzaron a luchar con Hades y las otras criaturas marinas, como los tiburones martillo y los tiburones tigre que también estaban en su hogar.

Las ballenas azules luchaban contra los tiburones martillo que Hades había creado hace un tiempo para proteger a su monstruo del infierno.

Los caballeros del mar intentaban capturar a los pulpos y atarlos con sus tentáculos mientras seguían tratando de atrapar a los hipocampos mientras nadaban y se movían entre ellos.

Kessy fue a proteger el Templo de Cristal de las bestias de Hades.

Mientras que a Helena se le dijo que regresara al palacio hasta que fuera llamada.

Como estaba muy molesta por no haber visto a Seequest aún, aceptó el consejo de su padre por ahora.

Pasó una hora y Tremor reapareció en la superficie del agua, recuperando el aliento.

En ese momento, afortunadamente, Hades había recuperado algo de su poder.

Y aún no era lo suficientemente fuerte para luchar contra los dioses nuevamente, así que hizo que Knightmare volara hasta donde estaba Tremor y ambos saltaron al agua.

Hades dice: "Tremor, te liberaré" y coloca su espada en su cuerno, que se ilumina de nuevo en fuego rojo y reenergiza a la criatura para darle suficiente fuerza para salir del mar hacia un lugar seguro.

¡Vamos, hijo mío, todavía tenemos trabajo que hacer!"

Mientras volaban de regreso a otra parte del inframundo para recuperarse y luchar otro día cuando ambos estuvieran más fuertes.

Ares estaba montando a su poderoso corcel, Revenge, en las batallas cuando vio a Hades alejándose con Tremor y le dijo a Zeus, "¿me dejas seguirlos?"

Zeus lo miró y asintió con la cabeza. Revenge empezó a rasgar el suelo mientras intentaba alcanzarlos y Ares dijo, "¡Vamos, Revenge, vuela!"

Revenge comenzó a agitar sus alas y galopó más rápido hasta que sintió que estaba listo para saltar al aire.

Después de unos minutos, saltó del suelo galopando hacia arriba en el cielo, donde sus alas eran grandes y fuertes, lo que le ayudaba a mantener el equilibrio.

Eventualmente, los alcanzaron mientras los seguían sin ser vistos, o al menos eso esperaban.

Mientras volaban sobre Revenge durante horas, Ares contactó a Zeus por magia a través de su espada y dijo, "Ahora los estoy siguiendo y te informaré dónde están." "Pronto podremos derrotarlo, Padre."

Zeus respondió, "De acuerdo. Pero síguelos, no los mates, ya que Hades es mío." con un tono enojado. Sentía decepción por haber escapado esta vez. Ares estuvo de acuerdo mientras volaba, guardando su espada a un lado para concentrarse en mantener un ojo en dónde iban Hades y Tremor.

Hades montaba a Knightmare mientras Tremor agitaba sus alas de murciélago tan rápido como podía, con solo la fuerza suficiente para volar siguiendo el camino de su madre, sintiendo como si aún estuviera en gran dolor por el poder del cráneo de cristal de amatista.

Ya que recibió una buena dosis de energía en su sangre por la mordida de Kessy cuando ella lo agarró anteriormente. Hades sabía que Tremor estaba débil. Pero lo que no se dio cuenta era que Knight era más poderoso de lo que pensaba debido al poder que se había hundido en él por Kessy antes.

A medida que lo despertó, el caballero interior ahora podía, de alguna manera, enviar un mensaje telepático a su padre y hermana para pedir ayuda.

Sin que Tremor se diera cuenta de que lo estaba haciendo, ya que no estaba completamente despierto para notarlo, y bloqueó sus pensamientos para que no viajaran a otro lugar.

Ignorando el dolor y el odio que sentía al luchar con todo el tiempo.

Empezó a sentir las vibraciones de amatista corriendo por todo su cuerpo.

Porque le hizo recordar lo que su padre le había dicho en el pasado, cuando estaban juntos por última vez, que a veces tienes que sentir el dolor para volverte más fuerte.

Eso era lo que le estaba pasando. Así que Knight iba a hacer eso siendo el más astuto.

La Batalla Comienza

Hizo su mejor esfuerzo para mantener a Tremor dormido lo mejor que pudo para que pudieran encontrarlos de nuevo.

Ares y Revenge son grandes guerreros de su tipo y han matado a muchas de las bestias de Hades en el pasado.

Tremor, siendo solo un joven potro, probablemente no podrá vencer a Revenge en modo vuelo en este momento, ya que es un gran caballo alado con algo de velocidad.

Hades notó a Ares a lo lejos y le dijo a Tremor: "Debes volar más rápido."

La yegua de Knight dijo: "¡Exijo que nos lleves a casa ahora! Hades creó una brida para Tremor para que pudiera sujetarlo mientras su madre los lleva a casa en una pieza."

El pobre Unisos con alas de murciélago está en gran dolor y sabe que debe poner toda su fuerza en el mandato de su amo y agita sus alas aún más rápido que antes, lo que eventualmente produjo una gran nube gris en la que Ares y Revenge los perdieron por ahora.

Capítulo Cuarenta y Cuatro

¿Encontrarán Ares y Revenge a Tremor?

Hades reapareció montando a Knightmare bajo su completo control una vez más.

Ella relinchó pesadamente, ya que estaba hablando telepáticamente con Knight dentro de Tremor.

Por suerte, Hades no estaba al tanto de este don que ellos habían recibido de Seequest.

Ella intentaba decirle a Knight que se mantuviera despierto, ya que podía ver la diferencia cuando él la miraba y parecía complacida.

Sin embargo, intentaba hacer todo lo posible por no dejar que Hades lo supiera, ya que pensaba que esta podría ser su manera de seguir ayudando a su amor y a sus hijos sin que fuera detectada.

¿Encontrarán Ares y Revenge a Tremor?

Le estaba diciendo a Knight que sabía que él estaba en gran dolor y, sin embargo, lo ignoraba como le enseñó su padre, lo cual detendría a Tremor de luchar y destruir las hermosas tierras que tanto aman.

Hades luego notó que Knightmare se estaba acercando demasiado a Tremor, por lo que comenzó a desacelerar y dijo: "Oh, no, no lo harás."

"Es mío" y tocó a Knightmare en la frente con su bastón, que en ese momento era pequeño para que él lo sostuviera cómodamente.

Una vez que hizo esto, sus ojos se iluminaron de un rojo profundo, y luego habló de manera viciosa hacia Knight, diciendo esta vez: "Ignora lo que dije antes. Estas son las reglas ahora."

"Debemos unirnos y matar a Seequest de una vez por todas y conseguir ese cuerno suyo para gobernar la Tierra con Hades, nuestro amo."

El gran Unisos negro sacudió la cabeza confundido y luego Tremor se despertó nuevamente y respondió: "Sí, Madre, lo haremos pronto."

Hades hizo que ambos caballos infernales negros se alzaran a su comando y relinchaban nuevamente mientras él comenzaba a reír con gran terror en su voz, como si esta vez Seequest fuera a perder.

Ahora todos los dioses escucharon los ruidos provenientes de las tierras de destrucción y miedo en todas las regiones.

En ese momento, los grandes buitres de Hades volaban en el cielo para asegurarse de que Tremor no sufriera más daño, actuando como guardianes de Hades desde la distancia.

Mientras tanto, los dioses y diosas habían hecho un gran trabajo y destruido a todos los duplicados con la ayuda de la sabiduría de Atenea, porque nada pasaba desapercibido para los dioses tan fácilmente.

Diana derribó a un par de caballos demonio duplicados con su famoso arco y flechas.

Ares regresó a la batalla debido a que no podía ver a Hades y los demás en las nubes.

Con el tiempo, volando alrededor, finalmente se dieron por vencidos en encontrarlos, ya que habían estado volando mucho tiempo.

Ares habló primero con Revenge, su corcel, y ambos decidieron que aún querían pelear en tierra, así que regresaron y ayudaron a sus compañeros a dañar las alas de los oscuros duplicados para debilitarles en el suelo.

Esta batalla duró un día y una noche. Los relámpagos ahora iluminaban el cielo nocturno.

Los pobres animales del bosque estaban tan confundidos que pensaban que el mundo se estaba acabando. Así que se escondieron en cualquier lugar que pudieran encontrar para estar a salvo de estos seres y de la batalla misma, ya que algunos no fueron lo suficientemente rápidos para escapar antes de que la diosa

¿Encontrarán Ares y Revenge a Tremor?

Artemisa (Diana) pusiera un escudo protector alrededor de ellos.

Las criaturas decidieron que era hora de regresar a casa y la diosa vio a los animales salvajes aterrorizados abajo, así que descendió y puso otro escudo protector sobre todos ellos hasta que estuvieran fuera del camino nuevamente.

Descansaron esa noche y la batalla comenzó de nuevo al amanecer, ya que las bestias de Hades tendrían la ventaja al no dar tiempo suficiente a nadie para descansar y fortalecerse.

Así que las astutas bestias pensaron que podían ganar la batalla, ya que incluso los dioses tenían que descansar a veces.

Pero, por suerte, la diosa Atenea era sabia y tenía a Artemisa con su poción para mantener su energía y fuerza hasta que la batalla real terminara.

De vuelta en Vissen, la reina Sera despertó a su hija a través de su mente y le dijo que debía ir a ayudar en tierra de inmediato.

Ella aceptó y se preparó con entusiasmo mientras iba a recoger a Bracken de los establos reales.

Helena dijo: "Es el momento, ya que están listos para la batalla una vez más," apresurándose hacia la superficie donde vieron a los buitres de Hades volando en el aire.

Nadaron hacia la playa cuando ambos cambiaron y escucharon un ruido que venía de lejos.

Helena se transformó en Amethyst y su Hipocampo se convirtió en una fuente una vez más. ¡Cuando están así, son una fuerza con la que hay que contar!

Finalmente, Amethyst (Helena) pudo ver una figura de unicornio en la distancia, acercándose hacia ellos. Era Seequest, que no parecía estar en su mejor momento, ¡pero listo para luchar al fin!

Zeus también lo vio cuando, en cuestión de segundos, todos reaparecieron en los cielos, como por arte de magia, y aterrizaron sus caballos alados en el suelo para ver si finalmente era Seequest el que volvía a casa.

Todos se detuvieron.

Helena no podía creer lo que veía; allí frente a ella estaba su querido viejo amigo, que empezaba a parecer más viejo y débil de lo que ella lo recordaba.

Sin embargo, todos estaban complacidos de verse, pero no había tiempo para saludos, ya que primero había una batalla seria que debían detener.

Zeus y los otros dioses y diosas discutieron el plan más sencillo para acabar con esta última batalla de una vez por todas, ya que había durado meses.

Amethyst estaba sentada sobre su poderoso caballo de agua, Source, y dijo con una voz madura y femenina: "¿Entonces ahora venceremos a Hades?"

Zeus respondió: "Bueno, hija mía," ya que la alta sacerdotisa seguía siendo la más joven del grupo.

¿Encontrarán Ares y Revenge a Tremor?

"Vamos a causar el menor daño posible a esta hermosa Tierra y sus animales. También necesitamos proteger a nuestras criaturas místicas del daño en el proceso, con suerte también," mirándola directamente con una expresión fuerte pero esperanzadora en su rostro.

"Recuerda que Hades también ha creado ilusiones de Tremor que están duplicadas, así que debemos tener cuidado de no eliminar al Tremor que tiene a Knight dentro por error."

Firefly también habló y preguntó a Zeus: "¿Cómo piensas detener a tu hermano? ¿No debe haber una parte suave en su corazón que todavía exista?"

En este punto, ella estaba confundida y comenzó a mover la cabeza de un lado a otro.

Él respondió con una voz celestial y poderosa: "No, mi joven potra alada, no la hay debido a su hechizo."

Sin embargo, ella pudo haberle dado la respuesta: "Rompe la espada de Hades del cuerno de Knight y, con suerte, Tremor morirá sin herir a mi hermano en el proceso."

Seequest se acercó con valentía y dijo: "NO, déjame capturarlo."

Zeus se rió y dijo: "¿Cómo piensas hacer eso, si puedo preguntar?"

Los caballos alados del cielo y los pegasos trotaron juntos al lado de Seequest, creando un círculo alrededor de él y dijeron: "¡Con la ayuda de nuestros poderes, él podría hacerlo!"

Zeus parecía enojado, pero aún estaba interesado en conocer su plan. "Pegaso, viejo amigo, ¿cuál es tu plan entonces?"

"Bueno, con tu permiso primero, oh poderoso, voy a darle un par de mis alas poderosas que son aún más fuertes que las mías para que pueda volar más tiempo que antes y así pueda mantener el ritmo con Tremor y Hades en los cielos ardientes."

Entonces, Celestial y Legend miraron directamente a Zeus mientras también se acercaban y se unían al círculo de los caballos alados.

Respondieron a Zeus diciendo al unísono: "Le daremos el poder de la inmortalidad, aunque este no era su momento aún."

Miraron a Seequest en el centro y dijeron: "Pero las cosas cambian todo el tiempo. Supongamos que este es tu momento y no hay un bien o un mal en tu destino, así será ahora, ya que se necesita."

"Pero si hacemos esto, evitará que mueras, lo cual es algo bueno, y aún así, cuando la batalla termine, tu cuerpo caerá en un sueño profundo hasta que se te necesite de nuevo pronto."

Pero no sabemos cuándo será eso. Ambos lo miraban con orgullo y también con tristeza al mismo tiempo, diciéndoselo directamente a la cara.

Luego, explicaron a Zeus y a los otros dioses que esto también significaba que Seequest no sentiría ningún dolor en la batalla.

¿Encontrarán Ares y Revenge a Tremor?

No importa cuán dura sea, él continuará hasta que la batalla esté ganada.

Pero también explicaron que no tendrían control sobre cuándo despertaría.

Eso dependerá del universo para decidir cuándo se le necesitará de nuevo.

Amethyst escuchó la conversación y se horrorizó al escuchar lo que acababa de decirse; acababa de recuperar a su amigo y ahora podría estar durmiendo durante años o siglos, tal vez hasta que su reinado de vida también terminara.

Seequest pudo sentir a Helena dentro de la alta sacerdotisa y luego se volvió y la miró con ojos amables al sentir su dolor y tristeza.

Se dio la vuelta y la miró mientras ella estaba vestida con equipo de batalla, sentada con valentía y belleza sobre Source, y respondió en sus pensamientos. Mientras caminaba lentamente hacia ellos rompiendo el círculo.

Primero, Seequest notó cuán diferente y crecida estaba y se inclinó ante ella, ya que podía ver una reina naciendo con una diferencia.

Cuando se detiene y dice: "Mi querida Helena, sabes que he amado vivir contigo todos estos maravillosos años antes y planeaba hacerlo de nuevo.

Pero si mi destino nos dice algo diferente ahora, debemos seguirlo, sin importar lo que queramos o pensemos sobre la situación."

"Quiero detener a Hades y tratar de recuperar a mi hijo de esta fuerza oscura que vive en él en este momento, y si esta es la única manera, así será, mi amiga."

Cuando Helena escuchó su respuesta, pensó que había hablado como el verdadero rey que era y lo amaba por ello.

La alta sacerdotisa sabía entonces que el verdadero Rey Unicornio había vuelto a una mentalidad de fuerza y determinación.

Ahora solo necesitaba el poder mágico de los caballos místicos para ayudarle a capturar a Tremor y salvar a su hijo antes de que fuera demasiado tarde.

Helena miró a Seequest a los ojos y pudo ver que estaba triste por lo que tenía que hacer.

Pero, siendo el Rey Unicornio primero, también tenía reglas que obedecer.

Lágrimas suaves caían suavemente por su hermoso rostro cuando se bajó de Source, se quitó el casco y corrió hacia Seequest con los brazos abiertos, abrazando su cuello con fuerza.

Apenas podía respirar ya que ella no quería soltarlo de nuevo.

Gradualmente, ella soltó su agarre mientras él inclinaba su cabeza hacia su mano, cerrando los ojos mientras mostraban el poderoso vínculo de amor que tenían el uno por el otro.

Porque Seequest había criado a Helena en algunos aspectos, había sido su guardián primero.

Tenían un vínculo tan fuerte desde el principio y ahora parecía que sus vidas iban a cambiar para siempre nuevamente.

Ambos estaban desanimados, pero ahora esta era la única manera de salvar a su hijo.

Helena habló en voz alta y le dijo: "Sé que debes hacer esto. Pero no quiero que lo hagas. Es demasiado peligroso, Seequest, incluso para ti."

Zeus entonces notó que estaban hablando a través de sus mentes y respondió que ya era suficiente de hablar sobre ello.

Los miró a ambos y dijo: "Mis hijos, ya no importa lo que quieran."

Esto es lo que tiene que suceder para salvar a Knight y a la Tierra de Hades.

"Así que, por favor, sigamos adelante, ya que tenemos la batalla que terminar aquí," expresó con su voz firme y exigente.

Desde ese momento, Seequest dejó de lado sus emociones y levantó la cabeza mientras Helena empezaba a alejarse, herida y rota por dentro.

Aún así, se sentía feliz y orgullosa de tener la oportunidad de ver a Seequest de nuevo antes de que él partiera, posiblemente para siempre.

El Rey Unicornio aceptó con Zeus y se disculpó cuando comenzó a alejarse lentamente de la alta sacerdotisa.

Mientras continuaba caminando, ella se giró rápidamente para que él pudiera ver el hermoso rostro de Helena y respondió nuevamente en su mente: "Mi dulce princesa, por favor, déjame ir. Debo salvar a mi hijo."

Si me amas como sé que lo haces, entonces me dejarás hacer esto."

Eso rompió el corazón de Helena, pero sabía que él tenía razón y que debía hacer esto para salvar a la Tierra de una gran destrucción.

Porque Tremor ya había quemado todos los terrenos y también había incendiado los mares. En ese momento, en el fondo, Neptuno y sus criaturas estaban ordenando y sanando nuevamente.

Helena se detuvo y se dio la vuelta, mirando fijamente al Rey Unicornio. Mientras mantenía su mirada, levantó la vista hacia Seequest por última vez, ya que él era más grande que antes.

Se inclinó ante él y dijo: "Mi rey, te amo. Gracias por todo el tiempo que he pasado contigo. No puedo creer que pueda perderte para siempre."

"Pero ahora sé que debo dejarte ir para salvar a todos y a cada ser viviente aquí y en nuestro planeta también de Hades y sus fuerzas malignas."

Seequest apreció lo que Helena acababa de decirle, ya que eso calentó su corazón nuevamente.

¿Encontrarán Ares y Revenge a Tremor?

Decidió acercarse a ella y tocó su cuerno, que comenzó a brillar con una luz brillante de un hermoso rosa cuarzo, apuntando directamente a su corazón.

Al hacer esto, estaba colocando algunos recuerdos divertidos y felices de ellos juntos.

El cuerno del Rey Unicornio es muy poderoso ya que transmite la energía amorosa de su presencia espiritual hacia ella.

Le dice en su mente que siempre estarán juntos a través de la conexión de sus corazones y mentes, siempre y dondequiera que ella vaya o haga en su futuro, él estará allí para ella de alguna manera para protegerla o apoyarla.

Ella sintió un gran calor a través de esto que la hizo llorar mientras se secaba las lágrimas de la cara nuevamente.

Luego, comenzó a sonreír y respondió con una voz de guerrera una vez más, poniéndose el casco mientras lo hacía y diciendo: "Hagámoslo."

Porque sabía que, pasara lo que pasara, Seequest vivirá en ella a partir de ahora.

¡Porque siempre estarán juntos de una manera espiritual!

Llegó otra cálida noche y la luna brillaba intensamente sobre él, especialmente cuando se había realizado la gran ceremonia.

Seequest estaba de pie en el círculo, brillando con una luz divina celestial.

Todos exclamaron asombrados, ya que nunca se había hecho algo así, ni siquiera en su tiempo, y pensaron que él era un caballo místico impresionante y valiente de su especie.

Gradualmente dejó de brillar cuando el día se acercaba a la mañana, mientras el sol comenzaba a salir.

Luego supo que no había tiempo que perder y se alzó sobre sus patas, mostrando su gran estructura.

Les dijo a todos que debía regresar al templo de los cráneos de cristal en Vissen y recuperar todo su poder del mar y de los cráneos mismos para derrotar a Hades y salvar a sus queridos hijos, y posiblemente a Knightmare, si aún podía.

Mientras miraba a todos con la majestuosidad de un rey unicornio, relinchó con toda la fuerza de sus pulmones.

Así, Hades pudo escucharlo y supo que estaba libre y que vendría por él muy pronto.

Seequest estaba listo, dio la vuelta y galopó hacia el océano, que brillaba intensamente en color aquamarina, mientras tocaba el agua con sus cascos.

Todos los seres especiales lo vieron transformarse en un brillante hipocampo y lo vieron sumergirse en la parte poco profunda del agua.

¿Encontrarán Ares y Revenge a Tremor?

Segundos después, las hermosas sombras azules y blancas de su cola de golondrina sobresalían de la superficie del mar

por un tiempo antes de que se sumergiera de nuevo y desapareciera de la vista.

Nadó más profundo en el océano, donde permaneció durante dos horas, disfrutando finalmente de su verdadera libertad y convirtiéndose en sí mismo una vez más por última vez.

Sabía que nunca volvería a estar allí, así que quería asegurarse de tener la oportunidad de despedirse de todos sus otros queridos amigos del océano también.

Se tomó el tiempo que necesitaba, lo que también le dio más tiempo para sanar con el agua salada en todo su cuerpo y dentro de sus pulmones.

Cuando finalmente comenzó a sentir que su fuerza regresaba y estaba listo para regresar a Vissen y ver a la Reina Sera y a su progenie una última vez antes de la batalla final por la Tierra,

al tocar el agua, aparecieron sus branquias a los lados de su cabeza y luego se sumergió más profundo, nadando tan rápido como podía galopar con gran velocidad de su cola también hacia la parte más oscura del mar, al portal del reino de Neptuno.

Sabía que tenía un trabajo imposible que hacer: intentar salvar a su hijo Knight aún de Hades.

Antes de llegar a las puertas de Vissen, los caballeros marinos vieron este nuevo tipo de hipocampo como un cuerno.

Porque no sabían que era él.

Se había transformado tanto incluso para ellos, y creyeron que era una de las criaturas cambiantes de forma de Hades tratando de entrar en el palacio bajo su vigilancia.

Seequest era aún más grande, audaz y majestuoso que antes.

Porque su forma había cambiado una vez más a un hipocampo unicornio de apariencia celestial con patas emplumadas como las de su padre, y su cuerno era más grueso y dorado, mientras que sus ojos brillaban con la perla rosada pura de las flores, ya que también tenía los poderes de su hija en él.

Pidió a los caballeros marinos que lo dejaran entrar, pero dijeron: "¡No eres el gran Seequest que conocemos, por favor vete antes de que te matemos!"

El pobre Seequest no tuvo opción, ya que no tenía tiempo que perder. Dijo: "Está bien," y nadó alejándose, para luego volver y cargar contra la puerta con su cuerno, lo que la rompió de par en par.

Continuó nadando tan rápido como pudo hacia el Templo de Cristal, donde la Reina Sera lo estaba esperando para aparecer, ya que sus conexiones le habían informado que él volvía a casa por última vez para despedirse y obtener su pleno potencial con la energía de los cráneos de cristal.

¿Encontrarán Ares y Revenge a Tremor?

Ella lo vio acercarse a las puertas, y rápidamente bajó el escudo y abrió las enormes puertas. Dijo: "Seequest, bienvenido a casa, por favor entra."

Rápidamente nadó directo hacia ella.

Ella agitó las manos hacia la puerta y las puertas se cerraron con un estruendo, cubiertas nuevamente por el escudo que protegía el templo.

"Oh, gran sacerdotisa, ¿sabes por qué he venido?"

Ella le respondió: "Sí, lo sé, y lamento que tenga que ser así."

"Pero es la única solución para intentar salvar a Knight también."

Él respondió: "Lo sé, solo que no me gusta la idea de dejar a Helena sola otra vez, sabiendo que ella está convirtiéndose en una alta sacerdotisa con un poder increíble propio."

Seequest expresó su preocupación por Helena y dijo: "¿No estaré allí de la manera en que me gustaría para protegerla y ayudarla más?"

La Reina Sera se acercó a él y sostuvo su rostro con cuidado, diciendo desde lo más profundo de su corazón: "Mi querido y dulce Seequest, a veces en nuestras vidas las cosas suceden como lo hacen y debemos aceptarlas, ya que ese es el destino del universo para nosotros al final."

"Pero para ti, ha cambiado un poco, ya que el plan no era que te emparejaras con un caballo demoníaco, y el divino y el universo están intentando comprometer la situación de la manera más sencilla posible."

"¿Sabías que tus hijos tienen un gran poder y también son buenos por dentro? Pero debido a lo que Hades ha hecho a querido Knight, él ahora será desafiado cuando llegue el momento, para ver si será asesinado con Tremor o tal vez se convertirá en algo más."

El hipocampo unicornio entendió lo que la reina le decía y estuvo de acuerdo con ella sinceramente.

Ella ahora le dijo que permaneciera quieto, ya que para obtener los plenos poderes de los cráneos de cristal, tenía que usar su báculo con cuidado para quitar su cuerno para que pudiera sentarse de nuevo en su lugar original y cargarse adecuadamente.

El cuerno y el gran cráneo de cristal se cargaron con sus plenos poderes mágicos para el bien mayor de todos al mismo tiempo.

Para otorgarles el poder total de una sola vez, Sera dividió los cráneos de cristal a su estado original de los cuatro hermosos colores: aguamarina, esmeralda, zafiro y cuarzo rosa, para que pudieran cargarse nuevamente con los nuevos poderes de Seequest y también reiniciar los suyos propios con ellos.

Ahora, sus poderes emergentes serían sostenidos hacia la luna para cargarse exclusivamente allí.

Mientras el cuerno y la magia de los cráneos de cristal emergían juntos, hablaron sobre los tiempos antiguos y la reina prometió que, de alguna manera, ella y su madre Luna se asegurarían de que, pase lo que pase,

¿Encontrarán Ares y Revenge a Tremor?

el poder del cráneo de amatista y sus poderes serían lo suficientemente fuertes para que él y Helena pudieran conectarse con él incluso si estaba dormido.

Desde la distancia, él podría responder y seguir estando ahí para ella de alguna manera también.

Sin embargo, ambos sabían que no podría ayudarla si ella estuviera en peligro en el futuro, ya que no tendría control sobre el sueño; solo el universo tiene el poder de hacerlo.

Así que era su manera de tranquilizarlo, asegurándole que lo que ya le había dicho a Helena era cierto y que, sin importar dónde esté o vaya en el futuro, seguirán conectados.

A continuación, ambos escucharon un fuerte ruido de un caballito de mar que se acercaba a las puertas, y luego apareció el propio Neptuno.

Él vino a despedirse de su viejo y leal amigo y sintió que había regresado a casa por última vez en buena voluntad.

De nuevo, Sera abrió las puertas cuando su esposa dijo: "¡Mi rey, apresúrate, por favor!" mientras él saltaba de Tidal Wave y nadaba hacia Seequest diciendo: "¡Vaya, mírate! ¿No has cambiado?"

Seequest respondió: "Sí, he tenido que hacerlo debido a todo el poder que tengo del mar, la tierra y los cráneos de cristal, su alteza."

"También tengo los poderes del aire nuevamente y también poderes de los cielos," dice Neptuno. "Sí, mi querido hermano, eso lo explicaría completamente."

Hablaban por un rato y luego hablaron sobre el futuro de Helena, y él prometió al rey que haría su mejor esfuerzo para seguir estando allí para ella. Dijo que ella también sería una gran reina algún día.

El dios del mar parecía complacido y estuvo de acuerdo con sus requisitos, y le encantó que Seequest creyera y pensara tan altamente de su hija de esta manera.

Neptuno prometió que siempre serían almas gemelas, sin importar lo lejos que estuvieran.

El cuerno de Seequest brilló más que nunca, resplandeciendo con todos los colores individualmente de los cráneos de cristal. Azul aqua, verde, azul oscuro y rosa transformaron su cuerno en un hermoso y elegante arcoíris pastel.

Mientras la reina recitaba un verso universal, los cráneos de cristal se volvieron nuevamente el gran y puro cráneo de cristal divino que había sido. Ella se aseguró de que sus poderes se enviaran a través de todos los mares y océanos, protegiendo a las criaturas marinas en tiempos de gran necesidad.

El gran dios del mar y su alta sacerdotisa sabían que era el momento de colocar el cuerno de nuevo en el tercer ojo cerca de su frente.

Después, tendrían que dejarlo ir rápidamente, ya que quería despedirse de sus queridos amigos marinos antes de dejar el mar para siempre.

¿Encontrarán Ares y Revenge a Tremor?

Todos no podían creer que Hades había vencido en esta parte de la lucha; si no podía tener a Seequest, entonces nadie podría.

Neptuno abrazó al unicornio hipocampo y dijo: "Adiós, mi guerrero," a lo que Seequest se levantó sobre sus patas traseras y respondió: "Adiós, mi rey."

De repente, estaba listo para irse cuando la reina Sera asintió y abrió las puertas. Neptuno saltó de nuevo sobre Tidal Wave, y Seequest se despidió en su camino hacia afuera.

Tidal Wave relinchó hacia Seequest con un tono triste en su voz, y luego el unicornio hipocampo salió de las puertas como un destello, ni siquiera Tidal Wave pudo alcanzarlo con esa velocidad. Telepáticamente se dijeron el uno al otro: "Cuídate."

Seequest vio a sus amigos y les dijo que no volvería.

Todas las criaturas marinas se inclinaron hacia él, agitando sus colas arriba y abajo o cerrando los ojos y inclinando sus cabezas. Él hizo lo mismo, agradeciéndoles y despidiéndose también.

Sus dos amigos delfines dijeron que lo acompañarían a la superficie una última vez para despedirse allí.

Mientras nadaban juntos por el hermoso océano azul, pasaron junto a una hermosa escuela de peces payaso y vieron lenguados en el fondo de la arena esperando para atacar a sus presas.

También vieron cangrejos amarillos y naranjas caminando de lado, cavando y haciendo agujeros para que las criaturas de Hades cayeran y murieran.

Estos cangrejos eran mucho más grandes de lo normal y lo vieron nadar, moviendo sus pinzas derechas como una despedida también.

Los delfines estaban tan desconsolados por el hecho de que Seequest se iría de sus mares para siempre y que él era como una figura paternal para ellos, siendo el guardián del mar también.

Se dieron pequeños golpes con sus narices en su cuello y él los tocó suavemente con su cuerno, haciéndolos cosquillear un poco, lo que provocó que emitieran un suave sonido.

Al regresar a la orilla para los últimos preparativos para la batalla de su vida, los delfines rociaban agua y conversaban mientras él se alejaba. Levantaron sus aletas, agitándolas arriba y abajo en el agua.

Luego, Seequest desapareció hacia las partes más someras del mar.

Mientras sus amigos esperaban que el Rey Unicornio saliera a la orilla para que pudieran saltar dentro y fuera del agua una última vez para mostrarle su amor y que lo extrañarían profundamente.

Pero el pobre Seequest estaba en gran angustia en ese momento, aunque no lo demostraba, ya que ahora era nuevamente el Rey Unicornio de la Tierra y los reyes no tienen tiempo para dejar que sus sentimientos los dominen.

¿Encontrarán Ares y Revenge a Tremor?

Sin embargo, los delfines entendieron por la expresión que él mostró cuando los acarició antes, que también estaba triste y con el corazón roto.

Los delfines comprendieron su lenguaje corporal, y eso fue suficiente para ellos.

Aceptaron sus despedidas y se sumergieron de nuevo en el mar en silencio.

El unicornio hipocampo galopó y saltó tan rápido que provocó grandes olas en el mar que se estrellaron al regresar a la orilla.

Eventualmente, llegó a la playa y se transformó nuevamente en un unicornio blanco perlado con una luz resplandeciente de platino que nunca antes se había visto en la Tierra.

Zeus observaba desde el Olimpo y dijo que era el momento de regresar para la última batalla, pidiendo a todos que se reunieran en el lugar donde estaban antes.

Dado que habían pasado días desde que Seequest los había dejado en la playa y habían estado combatiendo contra otras criaturas de Hades mientras Tremor descansaba y se fortalecía para la batalla de su vida también.

El Rey Unicornio regresó y trotó hacia los caballos alados celestiales.

Cuando lo vieron acercarse desde arriba y prepararse para volar de regreso y formar el círculo nuevamente para finalizar la última parte del ritual, él galopó hacia ellos.

Celestial dijo: "Es el momento, hijo mío y rey de los caballos y nuestros unicornios de todo tipo" y se inclinó ante él, quien se inclinó de vuelta con gran respeto.

Seequest se colocó en el círculo como antes, cuando Pegaso se acercó con orgullo y comenzó a batir sus alas lo más rápido que pudo y dijo: "Seequest, ¿estás listo para la batalla de tu vida?"

El audaz unicornio blanco asintió con la cabeza y se inclinó, luego Pegaso comenzó la ceremonia una vez más con todo su poder, y Seequest respondió con firmeza: "Sí, abuelo, estoy listo para el bien mayor de todos nosotros."

Pegaso responde: "Entonces continuaremos la ceremonia desde donde la dejamos."

Seequest estaba allí, viéndose regio y elegante mientras llevaba el dolor y las preocupaciones del mundo sobre sus hombros desde dentro.

Sabía que una vez que capturara o matara a Tremor, la Tierra y sus criaturas volverían a estar en paz, o eso esperaba.

Seequest conocía su destino y tenía que obedecerlo, pero aún así estaba dolido porque no podría vivir en la Tierra nunca más, ya que sus poderes eran mayores que los de Zeus, lo que incluso podría incitar al gran dios a intentar recuperar esos poderes para su propio beneficio y tal vez volverse demasiado poderoso para la Tierra misma.

¿Encontrarán Ares y Revenge a Tremor?

Seequest sabía que eso no podía suceder, por lo que tendría que irse.

El rey unicornio extrañaría a su querida familia y amigos, pero sabía que todos estarían siempre bien.

Cerró los ojos como el rey unicornio por última vez.

Pegaso responde con un verso griego y, mientras lo hacía, Seequest comienza a brillar con una luz blanca pura como el diamante.

En segundos, todos vieron cómo aparecían unas enormes alas de ángel a los lados de sus hombros, como las de su padre.

Abre los ojos, mirando con orgullo sus alas de ángel mientras las mueve hacia él para sentir el movimiento contra su cuerpo.

Estas impresionantes alas de ángel hicieron muy feliz a este poderoso Unisaus, ya que siempre se preguntó cómo sería tener un par de alas.

Porque en su pasado, recordaba que podía volar gracias al poder de su cuerno, ya que sus padres alguna vez fueron unicornios nocturnos que volaban y protegían los cielos nocturnos y las estrellas también.

Después de aletear mucho, las coloca de nuevo elegantemente a lo largo de cada lado de su cuerpo.

La luz continuó brillando en el cuerpo de Seequest y, en unos segundos más, se podía ver que funcionaba, ya que ahora era más poderoso que cualquier caballo alado o unicornio de todos los tiempos.

Zeus estaba enojado, ya que ahora Seequest era incluso más poderoso que cualquier otro dios temporalmente, aparte de él mismo, y sentía que era demasiado peligroso darle estos poderes en caso de que Hades lo capturara de nuevo.

Pero creía que Pegaso y los caballos místicos sabían lo que era mejor para todos.

Pasó otra noche, ya que tomó horas para que Seequest adquiriera correctamente sus nuevos poderes y se familiarizara con ellos en el breve tiempo que tenía para hacerlo.

El día comenzaba a despuntar de nuevo cuando llegó el turno de Celestial y Legend.

Dijeron un verso divino esta vez y apareció una impresionante luz de arcoíris grande que brilló intensamente en todas partes y, eventualmente, también creó un gran arcoíris en el cielo para que todos lo vieran.

Todos pensaron que era algo fuera de este mundo, ya que en ese momento parecía como si fuera un doble.

Después de mirar al cielo, Seequest brillaba tan intensamente que, al principio, a todos les llevó un tiempo antes de poder mirarlo de nuevo.

Porque ahora se encontraba allí con sus alas y cuerno; crin; patas y cola, todos en los hermosos colores del arcoíris.

Zeus dice: "No puedo creerlo" y le pregunta a Seequest si está bien.

¿Encontrarán Ares y Revenge a Tremor?

Se sintieron preocupados de que incluso para los poderes del rey unicornio, estos pudieran ser demasiado fuertes para él, ya que nunca se había hecho algo así en ninguna forma o manera.

Este poder también era demasiado fuerte para que el gran Zeus lo controlara y, sin embargo, sentía un poco de envidia y deseaba tenerlo para sí mismo.

Pero luego supo que había una muy buena razón por la cual no lo tenía y siguió siendo el dios increíble que era sin él.

Porque sabía que este poder podía funcionar de dos maneras y se necesitaba una voluntad fuerte y decir que es para el mayor bien de los demás.

Su inmenso poder podría acabar con toda la civilización tal como la conocían y no podía arriesgarse a que cayera en las manos equivocadas, como las de su hermano.

Después de pensar cuidadosamente en sus pensamientos mientras esperaba una respuesta del nuevo y mejorado Seequest.

Pensó que era mejor que él no lo tuviera, ya que destruiría la Tierra y podría matarlo también.

Un poco más tarde, después de que la luz brillante se calmara de nuevo, el Unisos arcoíris respondió a él y a todos los demás.

"Ya no soy Seequest."

"Mi nombre es Paz Guerrero, el gran Unisos y caballo místico de los cielos y la divinidad misma."

Todos se apartaron y rompieron el círculo cuando Paz Guerrero se levantó con gran poder en sus ojos y determinación de que ganaría esta batalla y salvaría a Knight en el proceso.

"Zeus, oh, poderoso, estoy listo para usar estos poderes para el mayor bien y proteger la Tierra."

"Estoy listo para ganar esta guerra por todos nosotros, incluso si tengo que sacrificar la vida de Seequest para hacerlo."

"¿Por favor, tengo tu permiso para usar este poder para el mayor bien, oh poderoso Zeus?"

"Sí, Paz, lo tienes, y bienvenido a la Tierra."

Zeus pensó para sí mismo, ¿por qué no se me ocurrió juntar un caballo alado con uno de los unicornios desde el principio?

Pero no podía hacerlo, incluso si lo intentara, ya que esos eran los poderes de Pegaso, no los suyos para usar.

Zeus, al continuar observando este ritual especial, como ningún otro antes, estaba intrigado ya que se olvidó de que Pegaso también podía leer su mente.

Pegaso se acercó a él y dijo: "Por si te estás preguntando, la razón por la cual no hice esto en el pasado es que los unicornios son sanadores y creadores de gran belleza y paz en el mundo.

¿Encontrarán Ares y Revenge a Tremor?

Mientras que mi tipo es el caballo alado guerrero y nació para ser luchadores y protectores, y dar inspiración a todos con sabiduría también.

Pero una combinación así, a menos que esté completamente controlada o entrenada para trabajar para el mayor bien, podría ser seriamente peligrosa para todos nosotros."

Zeus suspiró y pensó mucho en ello y concluyó: sí, tienes razón.

Por eso mi hermano lo hizo, ya que no le importa a quién mata o lastima en el proceso para obtener lo que quiere.

El poderoso Zeus miró a Peace Warrior, quien una vez fue Seequest, y bajó la cabeza, cerrando los ojos en señal de respeto.

Porque ahora Seequest tiene los poderes completos de todos los elementos de la tierra y del universo juntos. Seequest estaba relajándose en su cuerpo. Mientras que Peace Warrior ahora tenía el control total.

Capítulo Cuarenta y Cinco

El Caballo Alado del Arcoíris Celestial

Antes de que Peace pudiera acercarse a Tremor en batalla, recordó por los recuerdos de Seequest que él también era un hipocampo.

Así que decidió entrar al mar y ver por sí mismo qué tenía de especial.

Pensó que podría utilizarlo más tarde como otra ventaja sobre el caballo de fuego. Así que lo siguiente que hizo fue correr hacia el mar.

Galopó directamente hacia él, iluminando todo el océano con una maravillosa luz colorida de los hermosos matices de un arcoíris que conocemos y amamos hoy en día.

El Caballo Alado del Arcoíris Celestial

Desde la distancia en la playa, Pegaso dice: "No te alejes demasiado, ya que tenemos una última etapa de la ceremonia bajo la última luna llena antes de que estés listo para enfrentarte a Tremor solo."

Todos los dioses no habían visto nada igual antes y estaban asombrados por este gran poder que ya tenía este Unisos y que aún tenía más por recibir.

Creían que Seequest, al final, será clasificado como el dios unicornio de las estrellas. Peace estaba experimentando felizmente el agua del mar cuando sintió que Seequest le decía que uno de los mayores poderes de todos era el agua salada.

Mientras Peace nadaba en el océano, los delfines chasquearon, sabiendo que ahora podían sentir la presencia de Seequest con alas.

Una vez fue su Seequest y ahora había otro ser celestial mayor dentro de él que nadaba en sus aguas con ellos.

Peace Warrior pensó que le gustaría experimentar cómo era el agua, así que se sumergió directamente y la exploró durante un rato.

Las criaturas marinas vieron que este gran ser de luz era incluso otro tipo de hipocampo que podía transformarse en algo de pura singularidad.

Tenía un cuerno de unicornio, alas que también usaba en el mar para nadar más rápido de lo que Seequest podría haber hecho antes.

Esta nueva criatura era muy hermosa y elegante, con una gran aleta que le hacía deslizarse en el agua de manera elegante.

Cada ballena, tiburón y delfín simplemente nadaba en su quietud mientras él pasaba y hacía ruidos.

Todos podían ver la similitud con su querido amigo Seequest en sus ojos.

Peace llegó al fondo del mar, donde los guardias marinos estaban de pie, y notaron en la expresión que seguía siendo Seequest, ¡pero algo incluso más grande!

Los mer-caballeros le dejaron nadar directamente a través de las grandes puertas doradas de Vissen para explorar el hogar de Seequest.

Aunque Seequest estaba relajado en su cuerpo, Peace Warrior no podía creer cómo se sentía acerca de este increíble Unicornio ante él y empezó a comprender qué poderes tenía el rey unicornio.

El gran Guerrero pensó que podría usarlos a su favor, ya que posiblemente le ayudarían a derrotar a Tremor y a Hades.

Peace nadó más adentro del reino del dios del mar, donde vio estatuas bellamente posadas de Neptuno y su reina, e incluso Moonbeam, la madre de Seequest, debido a su cuerno que creó el primer hipocampo en el océano.

También nadó hacia el impresionante Templo de Cristal, que estaba iluminado en toda su gloria.

El Caballo Alado del Arcoíris Celestial

Tocó su cuerno de arcoíris en el haz de luz blanca pura que lo rodeaba.

La alta sacerdotisa aún estaba dentro del templo y sintió sus poderes y los de Seequest energizándose.

Entonces supo que tenían una buena oportunidad de ganar esta batalla después de todo.

La reina Sera estaba en el centro del templo, brillando con una poderosa luz blanca ella misma, mientras alimentaba su energía con todos los cráneos de cristal en el templo previamente.

Con esto, también estaba muy poderosa en verdad.

El hipocampo alado tocó su cuerno coloreado en las puertas del templo, mientras hablaba con la Reina dentro y le preguntaba: "Alta sacerdotisa de la luna y del mar, necesito que me des toda la información sobre los hijos de Seequest y su magia, por favor.

"Además, ¿qué tipo de carácter y personalidad tenía Seequest?"

"Para que pueda usar su imagen para imitarlo e intentar liberar a su yegua también, si es posible."

Ella le proporcionó toda la información amablemente al hipocampo celestial, quien luego le agradeció y continuó nadando hacia la playa una vez más para continuar la última parte de la ceremonia y completar los poderes universales para salvar la Tierra de este reinado maligno de Hades.

Peace flotaba con su cola moviéndose grácilmente de un lado a otro cuando escuchó a Sera hablándole en su mente y dijo: "Espero que Seequest pueda perdonarme por no decirle su destino.

Él respondió y dijo: "Yo y Seequest entendemos por qué, y sí, por supuesto, ya que también debemos seguir las reglas del universo."

Movió su cabeza cuando una imagen de ella lo miró directamente.

Vio un destello de luz y allí vio los ojos de Sera cambiar a un blanco perla.

La Reina Sera era ahora el verdadero ser de una sacerdotisa lunar que originalmente fue antes.

Entonces supo que ella también estaba lista para la batalla de sus vidas.

Ella dijo: "Gracias, oh gran ser."

Él relinchó y dijo: "¡Es el momento, alteza!"

Ella entonces invocó el poder de los cráneos de cristal a su bastón, y el diamante brilló en la cima del techo y apuntó hacia la parte alta de la cúpula del templo.

Cuando hizo esto, él quedó completamente conectado con la presencia y el cuerpo de Seequest y ahora controlaba su cuerno.

El cuerno del Hipocampo Alado brillaba con una luz blanca que representaba la pura sabiduría de los cráneos de cristal.

Que era el poder del tiempo mismo, él y ello se completaban como uno una vez más, ya que sus poderes eran parte de los seres celestiales de otros planetas.

Antes de que Seequest se fuera para siempre, Peace sintió que quería decir algo y respetó sus deseos y así repitió las palabras por él.

"Adiós, Sera."

La reina sabía que era su querido viejo amigo por la forma en que le hablaba a través de su corazón por última vez.

Recibió el mensaje que la conmovió hasta las lágrimas y, tristemente, respondió desde su corazón también: "Sí, adiós, Seequest, mi maravilloso amigo, gracias por todo, te echaremos mucho de menos, mi rey unicornio."

Peace Warrior nadó lejos después de eso.

Mientras la reina comenzaba a abrir las puertas y nadaba hacia las puertas porque el templo ahora estaba completamente protegido por sí mismo.

Ella necesitaba ayudar a sus delfines y a su gente a llegar a un lugar más seguro antes de que comenzara la batalla, ya que sabía que sería un momento peligroso para todos ellos.

En ese momento, Sera sintió en su corazón que Helena ahora conocía la verdad sobre el destino de Seequest y sentía el dolor de la tristeza de su hija y por el océano mismo.

Pero por ahora, ella tenía que concentrarse en su trabajo, enfocando su energía en los cráneos de cristal para ayudar a su hogar, como si nada hubiera pasado.

Pero por dentro, estaba desconsolada, igual que su hija Helena.

La reina sabía que las cosas nunca volverían a ser las mismas y comenzó a preocuparse ya que no podía ver el futuro más y eso la preocupaba, ya que este era uno de los poderes que siempre había tenido normalmente.

Pero Peace Warrior había congelado este poder por un tiempo. Porque no podía permitir que nadie interfiriera en lo que podría tener que hacer a continuación, aunque realmente deseaba hacerlo.

Porque el universo le había dado mensajes sobre cómo completar esta misión y salvar al mundo nuevamente del reinado maligno de Hades.

Seequest tenía que convertirse en paz por un tiempo para detener la batalla y salvar a su hijo.

Peace estaba nadando de regreso hacia la orilla cuando se miró a sí mismo y pudo ver que él también tenía un cuerpo de color perlado y brillaba como si tuviera ojos de cristal de diamante que resplandecían como Luna, la propia luna.

Por eso, la última parte de la ceremonia también debía hacerse en su presencia.

Continuó nadando mientras sanaba el corazón de Seequest y el dolor de tristeza.

Luego supo que Seequest también era el guardián de los océanos y, por lo tanto, hizo que cada criatura se sintiera segura en su hogar en el mar.

Con sus poderes, despejó todo el desorden y daño que Tremor había causado anteriormente y sintió que el corazón de Seequest se volvía más cálido hacia él.

Como si el viejo unicornio estuviera diciendo gracias por su ayuda.

Eventualmente, su cuerno era de un profundo azul impresionante, que brillaba en el agua y el mar comenzó a aparecer calmado y claro una vez más.

Pero a medida que avanzaba, también cambiaba los tonos de azul en el mar para mostrar dónde se estaba volviendo poco profundo, para que sus amigos supieran que era demasiado peligroso acercarse a partir de ahora.

En caso de que quedaran atrapados en tierra y murieran de sed o se deshidrataran al ser atrapados por las criaturas de Hades.

También recolectó el agua salada del mar en una gran esfera transparente que luego dejó hasta que estuviera listo para llegar a la orilla y llevarla con él.

Mientras tanto, la reina se concentraba en las criaturas marinas y su gente sirena, ya que percibía que una de las criaturas de Hades venía para intentar destruir el templo y obtener el poder de los cráneos de cristal para su maestro.

Pero sabía que podían intentarlo y aún así no tendrían éxito esta vez.

Esta criatura era del tamaño de una montaña con la fuerza de cien ballenas azules.

Se le llamaba el destructor de las profundidades.

Parecía un enorme dragón serpiente negro que podía volverse fácilmente invisible y envenenar los océanos con su tinta si era atacado.

Peace, nadando ahora a la velocidad de la luz, se dirigió hacia la superficie lo más rápido que pudo.

Llegó a la cima y comenzó a aletear su cola de pez tan rápido como podía.

También había sentido a la bestia en las aguas anteriormente y la persiguió hasta la orilla, donde el agua era poco profunda y no debía ir, ya que moriría de deshidratación o moriría por su cuerno, y ahora estaba atrapada y no podía hacer más daño a nadie.

Porque el Guerrero de la Paz tocó el agua con su cuerno y la drenó, dejando a la bestia atrapada en la arena por un tiempo.

Hasta que uno de los caballeros sirenas llegó y la mató por él, ya que tenía otras cosas importantes que hacer, como salvar al mundo del caos.

Después, el hipocampo alado continuó hacia la orilla.

El Caballo Alado del Arcoíris Celestial

Los dioses solo podían ver una luz en el océano acercándose a la orilla y oír enormes olas rugiendo en el mar.

Apareció un brillante y masivo Unisos blanco resplandeciente galopando en la arena, ahora con cuatro fuertes y poderosas patas para llevarlo, y sus cascos estaban cavando en la arena a medida que avanzaba.

Su melena resplandeciente de colores del arcoíris iluminaba nuevamente el cielo por la tarde.

Peace era asombroso y, sin embargo, su luz era tan brillante que era difícil para cualquiera mirarlo.

Mostrando cuán poderoso y majestuoso era.

Zeus dijo amablemente: "Peace, bienvenido de nuevo, pero ¿puedes por favor atenuar tu aura? Es demasiado brillante incluso para nuestros ojos."

Inmediatamente, Peace relinchó al entender que sus energías, después de todo, también eran del universo.

Así que inclinó la cabeza y cerró los ojos, lo que pareció calmar su aura para que todos pudieran ver a esta hermosa criatura de pie frente a ellos nuevamente.

El celestial Unisos era deslumbrante, ya que parecía un tipo de persa blanco puro con un gran cuerno de platino nuevamente, que se entrelazaba con todos los colores del arcoíris.

Su melena era larga y fluida, mostrando rojos, amarillos, rosas, verdes, naranjas y, por supuesto, los tonos de azules de Seequest también.

El único color que aún no tenía era el negro.

Pero sabía que ese era el poder que necesitaba para derrotar a Hades, ya que el negro también era un escudo protector contra energías negativas y malas y altamente espiritual también, que lleva el poder de los cielos en él.

Pero también puede ser usado como un aura de malas energías negativas y muertas.

El Guerrero de la Paz sabía que esa era la parte que más necesitaba para completar el ciclo completo de los poderes del universo y conquistar la magia de Hades en sus reinos del inframundo.

Mientras galopaba, sus grandes alas de ángel comenzaron a desplegarse y a batirlas hacia arriba y hacia abajo hasta que se secaron, luego las plegó de nuevo para descansar a los lados de manera ordenada.

Eventualmente redujo su ritmo y trotó hacia Zeus, los dioses y la princesa Helena, que estaba de pie junto al lobo blanco en su verdadera forma en ese momento, sin ninguna amenaza presente y quería abrazar a esta increíble criatura, ya que aún podía ver a Seequest en él, aunque sabía que ya no era así.

Porque él era algo más usando el cuerpo de Seequest como un recipiente para trabajar en ese momento.

Este ser extraordinario no tenía cuerpo propio, ya que su verdadera forma era una luz blanca pura de energía, conocida hoy en día como la luz blanca pura de todos los chakras de nuestras almas.

El Guerrero de la Paz, con todos estos otros poderes, se convertiría en el ser equino supremo del pasado, presente y futuro.

Todavía brillaba con gran poder, pero más apagado que antes, para que todos pudieran verlo correctamente por la belleza en la que se había convertido.

Se detuvo e inclinó ante Zeus, quien respondió: "Bienvenido, Guerrero de la Paz de los elementos completos. Aún tenemos un poder más para ayudarte."

Con su voz contundente, continuó diciendo: "Por favor, ven y únete a nosotros una vez más antes de que todos sigamos nuestros caminos separados."

"Esperando que todos nos encontremos en el futuro cuando esto haya terminado para celebrar la tierra en su gran belleza una vez más."

Todos los dioses y diosas levantaron sus caballos alados en respuesta a lo que Zeus acababa de mencionar y luego dijeron todos juntos: "La victoria será nuestra nuevamente, padre."

A lo que él respondió sonriéndoles a todos y levantando su gran cetro dorado que se convirtió en un rayo mientras iluminaba el cielo nocturno como fuegos artificiales por todas partes.

"Hasta que se calmaran y la luna llena estuviera en todo su esplendor, cuando Celestial dijo que eso estaba bien, pero aún quedaba trabajo por hacer aquí primero."

Dentro de eso, incluso Zeus se quedó en silencio y estaba interesado en ver qué sucedería a continuación.

El gran Unisos acordó que eventualmente sería llamado por el nombre de Seequest para la última parte, ya que esto afectaba al rey Unicornio en su interior.

Ella lo llamó y gritó en voz alta frente a todos cuando él regresó al círculo por última vez.

"¡Guerrero de la Paz, sé que mi hijo está allí contigo y también escuchará lo que voy a decir ahora a ambos!"

"Mientras Celestial está en una postura elegante de su forma de War-lander (media árabe / persa) con su hermosa melena reposando en su cuello y su cola en alto, con su cuello elegantemente arqueado y su rostro mirando a los ojos del cuerpo de Seequest en ese momento."

"Te estoy dando el poder de convertirte en inmortal de una manera única, ya que no morirás, pero tampoco vivirás en la Tierra."

"Te voy a dar el poder de Obsidiana que te anclará y protegerá."

"También te dará fuerza y coraje para hacer lo que se debe hacer para el bien más alto de todos nosotros sin cuestionarlo en ese momento."

"Este poder está conectado a Legend y a mí desde el lado espiritual y también de la muerte."

"Seequest, esta parte es para ti, mi rey. Después de esta gran batalla de tu vida, los poderes que ahora posees te pondrán en un sueño profundo y luego te transformarán en una forma estelar hasta que te llamen pronto."

"Tu padre y tu abuelo, Pegaso y yo, hemos hablado con Zeus sobre esto."

"Y él está de acuerdo en que has sido un dios enviado a este planeta y a todas sus criaturas. Amablemente dijo que podrías vivir en el cielo como lo hace ahora tu padre."

"Pero la diferencia es que no serás despertado hasta que se te necesite en la Tierra nuevamente y, por ahora, nadie sabe cuándo será eso, lo siento."

"¿Aceptas las reglas de estos poderes que estoy dispuesta a darte ahora?"

"Porque esta era la única manera de mantenerte vivo bajo las reglas del universo mismo, debido a lo que ha sucedido recientemente entre el equilibrio del bien y el mal."

Peace habla en nombre de Seequest y responde: "Sí, lo hago, mi reina de los cielos, y entiendo por qué. ¡Gracias por salvarme una vez más!"

Ella pensó un momento y, en unos momentos, agita sus alas de cisne negro muy rápido, lo que comenzó a esparcir brillante plata desde el cielo. Una forma estelar aterrizó en la frente del cuerpo de Seequest.

Él se levantó orgullosamente y, aunque triste por dentro, su cuerpo comenzó a brillar como miles de estrellas en la noche.

Luego desaparecieron, ya que Seequest sabía ahora que no había vuelta atrás.

Celestial menciona que ha terminado y se aleja de Peace una vez más y agradece a Seequest y a este caballo celestial por su ayuda para salvar la Tierra una vez más de las crueles maneras de Hades.

A continuación, Legend, brillando en azul y plata sobre su reluciente pelaje negro, se acercó a Seequest con valentía, y el orgulloso Pegaso dijo: "Hijo mío, estoy tan orgulloso de ti, así que voy a darte el poder de la fuerza, la sabiduría y el coraje para ayudarte a luchar en la batalla sin miedo alguno."

Él también agita sus gloriosas alas de cisne negro y, una vez más, apareció una luz azul oscura y plateada que se elevó en una gran burbuja oscura y se dirigió hacia Seequest, aterrizando en su cuerno, que ahora brillaba con tonos azules y plateados y parpadeaba como las alas de Legend.

El guerrero de paz/Seequest ahora también lleva la energía del aura negra, ya que Legend la tenía por ser un gran guerrero y protector.

El guerrero de paz debía tener esto para destruir cualquier cosa, ya que Seequest y su forma de hipocampo nunca debían herir o matar nada, a menos que tuviera permiso de Neptuno o Zeus, lo cual rara vez ocurrió en su vida.

Pero ahora tenía que cambiar su forma de pensar para derrotar a Hades de una vez por todas.

Pero parecía tener el mismo corazón y recordaba que no debía realmente herir a Tremor en el proceso, ya que su hijo aún era la verdadera forma y está durmiendo allí en ese momento, gracias a la magia de Hades.

De pie frente a ellos en ese momento estaba una forma más grande de sí mismo, negra como la noche, con una melena y cola de arcoíris, aún con sus hermosos ojos de cristal de diamante que había cambiado para ver todo de nuevo.

Seequest había desaparecido y el guerrero de paz había regresado, ahora con todos los poderes que ni siquiera los dioses podrían tener en sus vidas.

Y también estaban asombrados por este poder único del universo mismo.

El Unisos arcoíris negro estaba preparado para salvar al hijo de Seequest y derrotar a Hades y capturarlo en el regreso.

Zeus dijo a sus hijos y a los demás dioses y diosas del Olimpo que montaran sus caballos alados y terminaran las batallas arriba.

Mientras las criaturas de Hades estaban destruyendo las tierras y destrozando las criaturas del bosque que Zeus creó en segundo lugar.

El guerrero de paz estaba listo y dejó que Seequest dijera sus últimas despedidas en caso de que muriera en el proceso.

Saltó al cielo y voló hacia la guarida oculta de Hades, donde venganza y Ares los vieron entrar por última vez.

Helena está desconsolada por lo que le sucederá a su querido amigo y trata de seguir pensando en lo que dijo por última vez cuando era él mismo semanas antes.

Pero estaba seriamente molesta ya que no pudo al final salvarlo de la manera en que esperaba o deseaba.

Entonces, también estaba feliz de poner en peligro su vida por el bien mayor, decidió que tal vez no pudiera salvar a Seequest.

Pero podía intentar salvar a Knight si lograban capturar a Tremor primero.

Firefly ve a Helena pensando, ya que olvida que ella también puede leer mentes, y luego se acerca mostrando su valentía frente a Zeus y dice: "Tengo una buena idea."

Así que se la contó y Zeus estuvo de acuerdo.

Lo que le mencionó fue que tenía un poco de poder de los caballos celestiales, por lo que él apuntó su rayo hacia su cuerno, el cual brillaba con un rosa cereza representando amor y también ira.

Firefly pensó que daría a los caballos alados parte de su poder, ya que creía que esto podría ayudarlos en la batalla y salvar muchas vidas en el proceso. Ella estaba muy molesta por la pérdida de su padre y no quería que nadie más sufriera lo mismo.

Así que amablemente compartió los poderes que Pegaso mismo no tenía, debido a que ella también poseía algo de energía negra propia, proveniente de la línea de sangre de su madre. Pensaba que si este poder se usaba para el bien más alto, podría ser un arma y un escudo poderoso al mismo tiempo, ya que representa la sombra del ser propio.

Zeus amó esta idea y continuó ayudándola a lograrla adecuadamente, recordando su conexión con la Tierra y los seres vivos.

Una vez que el rayo de Zeus brilló, le dijo a Celestial y a Legend que bajaran sus cabezas mirando hacia el suelo.

Y así, cuando lo hicieron, se les ordenó a los otros caballos alados volver al círculo nuevamente. Esta vez, como un mandato de Zeus, quien estaba encantado con la idea de que todos pudieran ayudar de tantas maneras en su hogar y en cualquier lugar donde necesitaran proteger algo del peligro en el futuro, ya que serían invencibles.

Firefly de repente se situó en medio de los caballos alados y les dijo que cerraran bien los ojos y mantuvieran la cabeza erguida sin importar lo que sucediera a continuación, para que no se movieran ni un centímetro.

Los caballos alados relincharon en acuerdo con lo que ella quería darles.

Se sintieron muy orgullosos de que ella quisiera compartir sus dones con la línea de sangre de sus ancestros.

Luego, se movió lentamente, caminando alrededor de todos ellos, apuntando su cuerno directamente hacia sus frentes durante cinco minutos. Luego, pudo ver que empezaba a aparecer una imagen, por lo que pasó al siguiente hasta haber dado su poder a todos ellos completamente y con seguridad.

Los caballos alados de los reinos místicos empezaron a sentirse cosquilleantes y todos relinchaban mientras aparecía en cada uno un hermoso cuerno en sus frentes, que les otorgaba el gran poder de los unicornios de su tiempo.

Zeus parecía complacido con esta idea, ya que ahora sus caballos alados tendrían una ventaja mejor.

Podrían usar el cuerno como un arma y un escudo contra los rayos del mal para siempre.

Todos relinchaban juntos con deleite, ya que ahora eran más poderosos que nunca en el reinado del gran Zeus y de Andrómeda.

Zeus le dijo a Peace Warrior lo que Firefly había hecho y ahora sabían que serían capaces de derrotar a cualquier cosa.

Hades debería tener cuidado, ya que nunca había conocido poderes como estos antes.

Pero gracias a sus ideas, ahora los estaban usando para el bien de todas las criaturas.

Zeus dijo con un tono fuerte y positivo de orgullo: "Ahora que todos tienen este poder adicional, úsenlo sabiamente para el bien y defiendan la tierra y a ustedes mismos de cualquier daño, sin importar dónde estén o qué estén haciendo en el futuro."

Todos los caballos alados relinchaban mientras galopaban de regreso hacia sus jinetes.

Una vez que los dioses y diosas estaban montados nuevamente, se inclinaron y sus cuernos brillaron con los colores de sus jinetes.

Luego, giraron y volaron hacia el cielo para luchar contra los buitres y cualquier otra criatura de Hades con una creencia pura de que siempre estarían a partir de ahora.

Debido al cuerno, también podían curarse hasta cierto grado.

Al pasar estos poderes a cada uno de los caballos alados, Firefly se desplomó en un sueño profundo.

Peace Warrior exclamó: "¡No!"

Era la voz de Seequest quien clamaba y corría de vuelta para ayudarla.

Zeus respondió con una voz tranquila y comprensiva: "Está bien, chicos, ella solo está dormida. Despertará pronto. Es solo que ese poder puede agotar así como dar una gran energía."

Aunque Seequest creyó lo que Zeus dijo, aún quería que Peace fuera a verificar cómo estaba, para estar seguro.

Lo empujó con su hocico y lamió su rostro, y una expresión feliz apareció en su cara. Luego se alejó sintiéndose tranquilo y aliviado al saber que ella estaría bien.

Eventualmente, llegó el momento para Seequest y Peace Warrior de enfrentar su última batalla como uno solo.

Una vez que Seequest supo internamente que Firefly estaría bien, giraron y galoparon lejos de todos y saltaron hacia el cielo una vez más como una nube blanca voladora con un arcoíris unido a ella.

Porque ahora Peace había vuelto a su verdadera forma, que era un abrigo de perla blanca pura a través de la energía del cuerpo del rey unicornio con los colores del arcoíris por todas partes.

Donde su cuerpo había absorbido completamente todos los elementos y poderes del chakra del universo.

Una vez que Firefly despertó, preguntó: "¿Dónde está todo el mundo?"

La hija mayor, ya vestida con su armadura de amatista, dijo: "Está bien, dulce niña."

"Peace y tu padre han ido al segundo refugio de Hades para rescatar a tu hermano."

Firefly dijo con un tono demandante: "Debo ir a ayudar también."

Entonces la hija mayor respondió con una voz esperanzada y preocupada: "Solo si yo puedo ir contigo."

La hermosa Unisaus rosa accedió y se acercó a Helena, sabiendo que ella era una verdadera amiga de su padre y que esto podría darle a Helena un cierre debido a la tristeza de haberlo perdido tan pronto.

Firefly inclinó su cuello y puso su pata delantera izquierda bajo su pecho, estirando la pata delantera derecha hacia adelante y respondió a Helena: "Sí, puedes volar conmigo."

"Sube a mi espalda, mi joven reina Amatista, y ayudaremos juntas."

Neptuno apareció rápidamente cuando la Reina Sera había estado observando a través de su báculo y del agua lunar aterrorizada, haciendo que Neptuno supiera que todos necesitaban regresar y luchar como uno solo para derrotar a Hades al fin.

Cuando se acercó a la playa, vio a Firefly con su hija en su espalda comenzando a saltar hacia los cielos y gritó a la distancia: "¡No, Helena, lo prohíbo!" cuando Firefly apenas comenzaba a batir sus alas para volar.

Ella se detuvo lentamente y la princesa gritó de vuelta: "Tienes una opción, padre. Me dejas volar con la hija de Seequest para ayudarles en esta gran batalla, o me iré y nunca volveré a ti."

Neptuno parecía herido, pero vio a Helena, ahora de dieciocho años, sentada en este hermoso Unisos rosa como una futura reina, y respondió: "Está bien, siempre y cuando prometas tener cuidado," y lanzó la corona de cristal azul aqua de Helena a la alta sacerdotisa y dijo: "Usa esto, ya que no solo los protegerá de daño, sino que también los sanará."

Como el poder del cráneo de cristal de amatista en ella, no tenía que preocuparse por estar fuera del agua ya que ahora tenía los poderes de los planetas Neptuno y Júpiter combinados, ya que aún representaba una piedra de agua.

Por eso la tomó la princesa antes y también por su conexión espiritual con los animales de tierra y mar y su mente, ya que abre tus sentidos psíquicos, y también con la piedra de amatista, ahora era una caballera invencible.

Antes de que Firefly volara a otra parte de la tierra, Helena dijo: "Déjame ayudarte," y colocó su báculo de amatista en el cuerno de Firefly. La melena, la cola y los ojos de Firefly cambiaron a un tono de púrpura claro y produjeron una hermosa armadura similar a la de la diosa.

Firefly entonces sonó con más valentía y dijo: "Ahora soy tu amiga y me llaman Magenta."

Helena estaba ahora acercándose al comienzo de su nuevo destino al mismo tiempo que Seequest y sus hijos.

Neptuno entonces pudo ver a una verdadera reina comenzando a florecer con un gran poder sobre sus hombros mientras seguía mirando al cielo.

Pensaba que nunca habría imaginado ver a su hija caminando en la tierra y ahora volando en los cielos, lo que estaba más allá de su imaginación.

Entonces supo que ella sería la futura reina de su trono.

Capítulo Cuarenta y Seis

Peace Warrior

Peace volaba por el brillante cielo azul, iluminándolo con sus poderes.

Sentía que se estaba acercando a la zona donde estaba el segundo refugio y se detuvo, dejándose de iluminarse mientras se camuflaba como un camaleón en el cielo mismo.

Así, Hades o sus criaturas no lo verían venir, o eso era lo que esperaba.

Eventualmente llegó a unas montañas, donde vio volcanes expulsando lava ardiente y roja.

Entonces supo que tenía que tener cuidado, ya que aunque no lo sintiera, aún no le gustaba la idea de ser quemado.

Voló con cuidado entre los volcanes sin rozar sus alas y luego aterrizó en una superficie oscura, como suelo y barro, ya que no crecía nada allí.

Cuando aterrizó, Seequest le dijo que estaba en Gales, en las Islas Británicas.

Entonces notó que esta pobre tierra, que antes era hermosa, ahora estaba devastada, y se dijo a sí mismo que en el futuro haría algo al respecto antes de abandonar la Tierra para siempre.

Seequest también mencionó que había un gran dragón de agua viviendo en Escocia y se preguntó si tal vez Kessy podría ir allí y ayudar a restaurar su grandeza en el futuro.

Recuerda que ella es diferente a las demás y posee algo de magia de unicornio gracias a los poderes de Moonbeam y a la reciente transferencia de poderes de Helena.

Caminó en silencio con sus alas aún moviéndose arriba y abajo a gran velocidad y gradualmente comenzó a desacelerarlas hasta sentir que podía plegarlas cuidadosamente de nuevo a sus costados.

Comenzó a transformarse nuevamente en un caballo negro para camuflarse como uno de los caballos demonio en las tierras en ese momento.

Trota lentamente hacia la cueva cuando el tigre dientes de sable estaba de pie en su gloria, un gran tigre negro con llamas rojas como rayas, con ojos rojos penetrantes que dijo: "Sé quién eres, Seequest.

Aún necesito vengar a mi pobre Havoc que tu padre mató en el pasado."

¡He estado esperando mucho tiempo para que te mostraras de nuevo aquí!

Un shock se produjo cuando Seequest habló esta vez y dijo: "Pensé que te maté después de escapar del escondite de Hades, cuando atrapaste las patas de mis hijas."

Cuando el tigre dientes de sable respondió: "Oh no, rey unicornio, eso fue un truco de la magia de Hades para hacerte creer que me mataste," y rugió con victoria en su tono de voz.

"¿De verdad pensaste que podías matarme tan fácilmente? Eso era una ilusión para hacerte creer que me habías matado mientras protegía el refugio de los dioses antes."

Eventualmente, el viejo rey unicornio le habló a Peace sobre lo que había sucedido en el pasado y cuán importante era que el verdadero dolor muriera de verdad esta vez.

El tigre dientes de sable creía que podría ganar debido a estar imbuido con la sangre de Hades.

Pero lo que el gato no sabía era que Seequest ya no era él mismo. Que otra entidad estaba usando su cuerpo en su lugar. El gran Unisos negro con alas de murciélago trataba de decir "no soy Seequest" y, sin embargo, el tigre dientes de sable no le creía.

Peace y Seequest acordaron que estaban listos para matar a este gato malvado de una vez por todas.

Peace estaba bastante feliz de hacerlo en nombre de su amigo que vive dentro de él.

Entonces, Peace responde: "Deja de poner excusas para pelear conmigo y hazlo de una vez, estúpido gato."

Esto enfureció al tigre dientes de sable y cargó con toda su fuerza hacia Peace.

Estaban luchando hasta la muerte mientras el gran gato saltaba sobre su espalda, lo rasguñaba unas cuantas veces y mordía sus patas también para nivelarse con él. Pero Peace era demasiado fuerte para él.

Luego el gato comenzó a jadear y dijo: "¿Por qué no te cansas?"

El caballo celestial respondió: "Ya no soy Seequest, ya que él ahora vive en mí."

"Soy conocido como Peace Warrior, la criatura celestial más poderosa del universo." Mientras ambos se miraban a los ojos. Havoc comenzaba a mostrar un profundo miedo en él y en ese momento era cuando estaba más vulnerable.

Entonces, Peace se lanzó hacia él y cargó su cuerno en el pecho del gato, lo que perforó el corazón del macho.

Peace escuchó otro grupo de tigres dientes de sable acercándose al oír que su rey había sido asesinado.

Los vio acercarse uno por uno, y los mató a todos.

Sabía que Hades sentiría su agonía y muertes, ya que los hizo de su propia sangre esta vez, y esperaba que eso lo enfureciera para mostrarse, así podría encontrar a Tremor y salvar al hijo de Seequest, el Caballero.

Al hacer esto, Peace sabía que esta criatura inusual, que sentía que no era Seequest, aún así sentía su presencia dentro de ella.

Hades estaba al tanto de su presencia en su guarida y ordenó a Tremor que fuera a matar a esa bestia como venganza por sus tigres dientes de sable y por matar también a su mascota, Pain, a quien amaba como a su propio hijo.

De vuelta en la guarida, Hades gritó "¡no, mis bebés!" y dijo: "No sé quién eres realmente, pero sé que pagarás por lo que has hecho a mis gatos," mirando las llamas de su fuego para ver no a Seequest, sino a otro tipo de criatura que nunca había visto antes.

"Mi Tremor es más fuerte que tú, ya que tiene odio en él, mientras que tú solo procesas aura negra para coraje y protección." Hades comenzó a reír a carcajadas.

Peace ahora sentía que Knight/Tremor estaba cerca y usó el poder de control mental de Seequest sobre Tremor y llamó a Knight en su lugar para que despertara cuando Tremor estaba descansando con Knightmare a su lado.

Escuchó una voz que reconoció y dijo: "hijo mío, por favor despierta." "No quiero hacerte daño."

Knight estaba a punto de responderle cuando Hades gritó en su llama de fuego y respondió: "Tremor, despierta ahora y mata a esta criatura de una vez por todas."

El Unisos negro con alas de murciélago escuchó el llamado de su amo, sus ojos se abrieron con fuego puro en ellos mientras sacudía su cabeza y cuerpo, y le dijo a su madre: "Necesito ir a matar a Padre ahora."

Comenzó a enojarse seriamente ya que, ahora que Hades había usado su espada en su cuerno en el pasado, él también tenía el control total de sus sentimientos.

El odio de Hades era más poderoso que nunca antes, cuando su pelaje producía venas rojas profundas que corrían por su piel, y sus ojos estaban iluminados como un volcán, y sus alas ahora también llevaban llamas.

Salió rápidamente de la guarida hacia el volcán donde se paró en su suelo para sentir la lava del volcán que lo quemaba.

Relinchó fuerte y comenzó a galopar con llamas saliendo de sus cascos mientras lo hacía.

Se estaba ajustando al calor ya que Tremor podía manejarlo, pero Knight aún dentro no podía.

Se detuvo en el borde de la montaña y le dijo al Unisos arcoíris Peace Warrior: "Estoy aquí ahora y el hijo de Seequest está muerto," mientras se erguía sobre sus patas traseras arrojando llamas ardientes desde su cuerpo mientras avanzaba.

Saltó al aire para acercarse al caballo celestial.

Peace Warrior

Tremor, ahora volando en el aire, comenzó a hacer humo mientras se acercaba a Peace Warrior.

Una vez que Tremor estuvo en los cielos con él, Peace Warrior se cubrió con una gran luz blanca de diamante de bondad, mientras Tremor era solo un caballo del infierno en su mejor momento.

Allí apareció Hades en Knightmare observando desde abajo.

Hades dijo: "Sí, mátalo, mátalo ahora," mientras seguía mirando a través de las llamas que rodeaban el terreno

Tremor comenzó a lanzar fuego desde su cuerno hacia Peace, pero afortunadamente esta vez el fuego rebotó.

Ahora era el turno de Peace Warrior, y su cuerno brilló con la luz blanca del platino y lo apuntó directamente a la cabeza de Tremor, lo que hizo que Knight regresara por unos segundos. Knight dijo rápidamente: "No tengo mucho tiempo." "¿Dónde está mi padre?"

"Soy tu padre, Knight." "Él está aquí dentro de mí, al igual que tú estás con Tremor en este momento."

"Poseo los elementos de los cráneos de cristal y del universo por un corto tiempo para defenderme del otro lado, Tremor y el propio Hades." "Por favor, ríndete y podré salvarte."

Minutos después, Peace Warrior bajó su escudo cuando Tremor despertó una vez más y lanzó otra bola de fuego a las alas de ángel de Peace.

Peace voló lejos del Unisos con alas de murciélago y las llamas furiosas y sintió que necesitaba alejarse rápidamente para curarse nuevamente.

Porque sentía que necesitaba tiempo para sanar, ya que el fuego es magia después de todo y puede causar mucho daño.

Recordó el gran Loch y salió de la cueva rumbo a Escocia, donde sentía que estaba a salvo, que originalmente era la tierra natal de Seequest.

Tremor dijo: "Vuela lejos, cobarde", y todo lo que vio fue a Peace volando a la velocidad de la luz a lo lejos.

Hades miró hacia arriba y dijo: "Bien hecho." "Lo has vencido." Tremor aterrizó relinchando fuerte, lo que agrietó el suelo y dijo: "No." "Lo he herido, él volverá, estoy seguro."

Hades dijo: "Entonces estaremos listos para él."

Tremor respondió: "¡Sí, lo estaré!"

Capítulo Cuarenta y Siete

Peace Warrior Sanando en Escocia

Peace Warrior finalmente llegó a Escocia. Podía ver el daño que las criaturas de Hades habían causado.

Aterrizó en silencio en el Loch, ya que no quería que ninguna de las criaturas de Hades supiera que estaba allí.

Rápidamente se transformó en un hipocampo y se sumergió en las aguas profundas para sanar sus heridas, saltando alrededor en el agua dulce.

Peace Warrior estaba comenzando a recuperarse y pensaba en el mejor plan para capturar a Tremor sin matar al hijo de Seequest al mismo tiempo.

Era una misión muy difícil, y aún así sentía en el corazón de Seequest que haría cualquier cosa para salvar a su hijo, por lo que Peace en su mente hablaba con Seequest diciendo que haría todo lo posible, y el viejo rey unicornio respetaba eso.

Después de que Peace sintió que era lo suficientemente fuerte, salió del Loch y descansó en la tierra cerca de algunos grandes árboles que le ofrecían refugio, ya que sentía que regresaría por la noche e intentaría nuevamente.

Pero esta vez no se iría hasta que Tremor fuera eliminado y Knight fuera salvado.

Mientras estaba allí descansando en el agua dulce, podía escuchar que la batalla seguía en otro lugar y esperaba que todos estuvieran bien.

Pero por ahora, tenía su propia batalla que atender antes de ayudar a los demás nuevamente.

Peace Warrior había estado nadando y saltando dentro y fuera del agua todo el día con los recuerdos de Seequest.

Pensaba en su vida con su madre, luego en el mar con su hija, y en su vida y amor con la yegua de Hades, Knightmare, creyendo que había vivido una gran vida con muchos desafíos también.

Pero amaba su vida de todas formas, y entonces Peace comenzó a entender las reglas de la vida en la Tierra, que había que tener altibajos, ya que ese era el equilibrio de saber cuándo las cosas eran geniales y disfrutarlas mientras estaban allí.

También entendió que había aprendido lecciones y hecho que Seequest se convirtiera en el increíble rey que fue para los unicornios y ahora para los caballos también a través de ello.

Pensó que Seequest en algún momento había sentido que lo tenía todo y ahora sentía que Hades le había quitado todo por última vez, dejándolo con el corazón roto.

Ahí estaba Seequest descansando por dentro mientras Peace Warrior lo controlaba y utilizaba los pensamientos de Seequest para ayudarle a ganar la batalla.

Porque Seequest conocía las debilidades de Tremor y Hades, sabía que era invencible, ya que iba a usar el dolor de Seequest para hacerlo aún más fuerte de lo que era hoy.

Sentía que estaba listo para otra batalla con Tremor y, con suerte, esta vez detendría a Tremor y salvaría a Knight de causar más destrucción en las tierras y detendría a Hades de una vez por todas.

Peace salió del agua mientras cambiaba de nuevo a su forma natural y decidió acostarse en una gran roca plana, observando pacíficamente el daño que Hades había causado al mundo cuando habló con Seequest y acordaron juntos que iban a detener este infierno de una vez por todas.

Primero, caminó hacia el lago y metió su cuerno en el agua, y allí apareció una fuente de agua fluyendo por encima de su cabeza.

Mientras movía su cabeza alrededor, el agua se esparcía por todas partes y apagaba los incendios en la tierra, y con su hermosa magia surgió junto minutos después.

Peace pudo ver que las flores bonitas y la hierba verde fresca estaban comenzando a crecer nuevamente en los lugares donde antes había sido destruido.

Relinchó con deleite al ver que había ayudado a sanar la tierra con la ayuda de Seequest y que había renacido, lo que hizo que ambos se sintieran realmente bien nuevamente después de haber ayudado a sanar las tierras.

Peace Warrior se levantó gradualmente, estiró su espalda y todo su cuerpo con un buen sacudón para relajar sus músculos.

Comió algo de hierba fresca y bebió agua fresca del lago para recuperar su energía.

Sacó lentamente sus hermosas alas de ángel, que sanaron rápidamente, y comenzó a batirlas arriba y abajo, sintiendo que estaba listo y se lanzó al cielo para regresar al lair de Hades en Gales una vez más.

Pero esta vez contactó a Tremor con su mente y dijo: "Mira, quiero hablar primero antes de pelear."

Tremor respondió: "Está bien," y acordó encontrarse con él en Grecia, lo que les llevó dos días de regreso, ya que era allí donde estaba todo el mundo en caso de que necesitara ayuda.

Ya que a veces el trabajo en equipo es mejor cuando se intenta lograr algo grande.

Hades en ese momento no se concentraba en ellos, ya que estaba luchando en otra parte y sabía que Tremor no necesitaba ayuda y confiaba en él para matar al caballo celestial por sí mismo.

Se encontraron en las rocas cerca del mar, donde Peace Warrior tenía la ventaja en ese momento cuando hablaron y Tremor aún sentía que había vencido a Peace Warrior.

Incluso con estos poderes adicionales, dejó que su ego dominara su mente, lo cual era lo último que debería haber hecho.

Ahora, Peace Warrior tenía la ventaja y su plan comenzaba a funcionar.

El caballo universal le dijo a Tremor: "Ambos sabemos que puedes vencerme."

"Pensé que no te importaría si ahora fuera una pelea justa, donde pueda enfrentarme libremente sin ser quemado por la lava, ya que en este momento parece injusto."

"Como estás usando mis debilidades en mi contra, ¡somos ambos verdaderos y fuertes!"

"Entonces, puedes matarme expresando a todos después en tu guarida que fue una buena batalla y luchamos con honor y toda nuestra fuerza hasta el final, sabiendo que somos caballos muy poderosos de energías buenas y malas?"

Tremor pensó cuidadosamente, dejando que su ego respondiera por él, y respondió: "Peace, si eso es lo que quieres que hagamos, entonces sé que puedo matarte de todos modos, así que aceptaré tu desafío."

Peace dijo: "Bueno, entonces sígueme de regreso a Santorini para acabar esto de una vez por todas, donde lucharemos a muerte y veremos quién es un guerrero poderoso al final."

El aura de fuego de Tremor se calmó y apareció nuevamente como la imagen del caballero mientras ambos batían sus alas y comenzaban a volar fuera de la cueva, emprendiendo un largo viaje a Santorini, donde los demás estaban esperando, ya que Peace había hablado con Zeus y los demás antes de volar de regreso para que Tremor lo siguiera.

Aterrizaron en Santorini, en la isla en medio del mar, como un pequeño pedazo solitario viviendo en la superficie del mar felizmente.

Pero el ego de Tremor no estaba al tanto de que Peace Warrior tenía otra ventaja aquí.

Porque Tremor estaba pensando tanto en ser el mejor y el más fuerte que se cegó para ver realmente lo que estaba pasando a su alrededor.

Porque sabiendo que Peace estaba viviendo en el cuerpo actual de Seequest, podía sobrevivir en el mar mientras que Tremor no podía.

El ego de Tremor no sabía esto, ya que era una debilidad de Knight, no la suya.

Las criaturas magníficas llegaron primero, reuniéndose para hablar pacíficamente, diciéndose que lucharían a muerte incluso si no lo deseaban.

En ese momento, Tremor tenía el control total de su propia mente, lo que también ayudó a que Knight despertara y durante treinta minutos de su conversación, ya que le aburría, porque Tremor fue creado como una máquina de combate y no para ser un guerrero de amor y paz para la tierra.

Afortunadamente, esto dio tiempo para que Knight hablara con su padre, mientras Peace permitía que Seequest hablara con su hijo nuevamente.

Qué gran reunión, cuando él le dijo:

"Hijo mío, soy yo, tu padre Seequest. Parece que el dios de la muerte tiene control completo de tu mente y tu cuerpo."

"Así que no queremos realmente hacerte daño."

"Pero dejaré que Peace lo haga si es necesario para detener la fuerza maligna que está destruyendo las tierras que amo y he protegido todos estos años, como mi deber de ser el rey unicornio antes y ahora tu padre también."

"Lo siento, padre, pero no tengo control, ya que Tremor es más fuerte que yo."

"Lo sé, hijo, pero por favor trata de ver si puedes penetrar en su energía y descubrir si tiene alguna debilidad."

"No, no tiene."

"Hades se ha asegurado de eso." "Pero, padre, tú conoces la mía."

"Ambos sabemos que puede ser necesario matarme para matarlo a él."

"Pero debes detener a esta horrible criatura ahora antes de que sea demasiado tarde."

"No, no puedo hacer eso, hijo."

"Entonces lo haré yo y no te dejaré opción," mientras comenzaba a morder a su padre hasta que le hizo sangrar.

Entonces Seequest dijo: "No, no pelearé contigo, hijo." "Padre, necesitas pelear para matar a Tremor."

"Te amo."

"Y yo también te amo, hijo."

"No importa lo que nos pase a cualquiera de nosotros, estamos protegiendo las tierras y a nuestros amigos y familia de cualquier peligro terrible."

"Si esta es la única oportunidad que tenemos," dijo Knight.

"Entonces la tomaré" y continuó intentando morder a su padre.

"Péleme, Peace."

"Todos sabemos que es la única manera."

Knight dijo: "Lo siento" y usó su cuerno de llamas y lo apuntó a Peace, encendiéndolo.

Afortunadamente, tenía el sello de protección sobre él, pero eso lo enfureció y comenzó a usar este poder también.

"Perdóname, Seequest," dijo Peace mientras el gran Unisos negro lo atacaba ferozmente.

El Unisos con alas de murciélago se movió utilizando con toda su fuerza el poder de sus alas esqueléticas y arañó a Peace en la cara gravemente, ya que estaba muy cerca en ese momento.

"Relinchó con dolor mientras esas garras también llevaban veneno en ellas."

Peace podía ver que en ese momento Knight estaba a cargo, ya que era solo un hermoso potrillo negro de Unisos.

Entonces, comenzó a dar coces y a sacudir la cabeza. Tremor despertó y dijo: "Oh, eres tú," y su pelaje y cuerpo se encendieron en llamas una vez más, mostrando las venas rojas en su cuerpo y convirtiéndose nuevamente en una bola de fuego.

Peace no podía tocarlo ya que la bola de fuego también era su escudo de protección.

Comenzaron a elevarse y pelear en un tremendo combate en el aire, alejados de todos los demás alrededor que los observaban desde lejos.

Peace pudo ver que Celestial Legend y Pegasus estaban observando desde el suelo y ahora volaron cerca de él mientras intentaban unirse a la batalla.

Sus alas se movían al mismo tiempo mientras se acercaban al Caballo Celestial y a Tremor juntos.

Los tres caballos místicos batieron sus alas frente a ellos, creando una hermosa y poderosa luz blanca diamantina que apuntaron hacia Tremor. Esta luz se posó perfectamente alrededor de él, pareciendo una red de pura bondad.

El malvado Unisos relinchaba y daba coces, tratando con su cuerno de rasgarla, pero no tenía éxito.

Tremor entonces se dio cuenta de que su ego le había causado quedar atrapado en una trampa y estaba luchando por su vida contra estos caballos más poderosos del momento.

Se preguntó a sí mismo si ahora podría ser vencido finalmente, pero no se daría por vencido tan fácilmente.

Pensaba que moriría tratando de asegurarse de llevarse a Knight con él.

Media hora en la batalla, Tremor notó que no querían matarlo y se preguntó qué estaban haciendo.

Comenzó a sentir que sus poderes eran más fuertes que los suyos.

Continuaron planeando en el cielo, batiendo sus alas frente a él. Parecía que estaban empezando a debilitar su escudo, que comenzó a desvanecerse hasta que el caballo demonio sintió que estaba derrotado.

Movió sus alas de murciélago con sus garras, tratando de romper la red de luz blanca plateada y se levantó sobre sus patas traseras, rompiendo la energía blanca de bondad.

Esto lanzó a los caballos alados hacia los cielos, alejándolos de él por un tiempo.

Pero estaban bien, aunque exhaustos, así que Peace les agradeció por su ayuda y envió a los caballos místicos de regreso al suelo, pidiéndoles que lo esperaran allí.

Todos relinchaban y decían: "Peace, por favor, ten cuidado, él es muy fuerte."

"Sí," dijo el caballo celestial, "pero yo soy más fuerte."

Peace voló directamente hacia Tremor y usó con toda su fuerza todos los poderes de los elementos, pero esta vez no lo vencieron.

Así que Peace, tristemente, le dijo al rey unicornio que descansaba dentro de su cuerpo en ese momento: "Seequest, no tengo otra opción, lo siento," con tristeza en su voz mientras hablaba a su alma.

Peace Warrior fue por un ataque total al asir las alas de Tremor y mordisqueándolas hasta que se desgarraron, lo que hizo que Tremor comenzara a perder el equilibrio en el cielo y aterrizara directamente en el suelo como una bola de fuego estrellada.

Ahora, el caballo demonio estaba en el suelo con su cuerpo tendido de lado y sus alas desgarradas a su lado.

El malvado Unisos se levantó y comenzó a lanzar bolas de fuego hacia Peace, lo que lo hizo aterrizar ya que quemó sus plumas nuevamente hasta que hubo demasiadas plumas quemadas para curarlas rápidamente.

Entonces, Peace también estaba cayendo y aterrizó en el suelo con una explosión.

Allí, Tremor estaba esperando a que Peace Warrior se ajustara y se recuperara de la caída y se preparaba para luchar una vez más.

La pelea continuó en la isla donde estaban combatiendo, pateando y mordiendo hasta que se volvieron muy cansados, sintiendo que eran igual de poderosos.

Hasta que Peace supo que tenía una última opción que podría posiblemente matar a Knight y no tuvo más remedio que hacerlo.

Peace Warrior parecía débil y aún así fuerte con su cuerpo blanco de Friesian y su melena arcoíris que aún brillaba como un arcoíris, lo que ahora cegaba a Tremor durante unos minutos.

Y fue suficiente para que, con su cuerno, empujara a Tremor por el borde hacia el mar.

Tremor relinchaba fuerte, sintiendo que estaba quemado vivo, también se sentía confundido ya que la sal entraba en su piel y le hacía sentir pesado y con gran dolor, hasta que finalmente se hundió en el fondo del océano.

Tremor no reapareció durante horas.

Esa una vez poderosa energía demoníaca ahora no era más que fluido en el agua y el cuerpo de Tremor estaba en el fondo del mar, sin esperanza y muerto.

Peace Warrior relinchó con alegría y se zambulló en el agua a toda velocidad mientras plegaba sus alas dañadas en el mar.

Se transformó rápidamente en un gran hippocampo buscando ahora el cuerpo de Knight para recuperarlo.

Todos vieron la batalla y animaron, pero también estaban preocupados ya que Peace Warrior estaba débil, por lo que todos se preguntaban si él también había muerto en el mar.

Peace desapareció durante una hora y luego emergió como el Unisos celestial que era antes.

Ahí estaba ahora, llevando el cuerpo de Tremor en su espalda.

Todos en el suelo aplaudían diciendo, "Sí, lo logró."

"El caballo demonio muere."

Los dioses estaban relinchando con deleite al ver que la batalla, por fin, había terminado para todos ellos.

Ahora le tocaba a Zeus finalizarla con Peace Warrior.

Peace relinchó mientras intentaba batir sus alas hacia arriba desde el mar y luego aterrizó suavemente, colocando el cuerpo inerte de Tremor en la arena dorada.

Inmediatamente, Helena vio lo que había sucedido y se preocupó al ver que el hijo de Seequest también había muerto por dentro.

Ella y Magenta, que estaban molestas, querían aterrizar donde su hermana debía decirle el último adiós a su hermano.

La elegante yegua Unisos aterrizó rápida pero cuidadosamente, para no derribar a Helena con su aterrizaje, ya que habían estado observando desde la distancia desde arriba.

Magenta galopó rápidamente para ver que Tremor había desaparecido completamente y ahora el cuerpo de Knight yacía inmóvil y muerto.

Helena saltó y dijo: "Déjame intentar salvarlo con el poder del cráneo de cristal de amatista y mi corona de Aguamarina, que también tiene el poder de sanar solo a los buenos."

Helena saltó de Magenta, quien luego se transformó nuevamente en Firefly, ya que los poderes de Helena no la controlaban más.

Después de que Helena dijo esto, Firefly le respondió: "Con tus poderes y los míos de verdadero amor, tal vez podamos traerlo de vuelta a la vida."

Así que acordaron intentar con sus hermosos rayos púrpura, rosa y azul de amor, protección y sanación fluyendo durante mucho tiempo sobre el cuerpo de Knight. Pudieron ver que había un matiz de rosa en él ahora, con sus venas rojas cerca de su corazón brillando, y pensaron que todavía podría haber una oportunidad.

Pero luego el resplandor se desvaneció nuevamente y caminaron de regreso sintiéndose completamente derrotadas.

Peace Warrior, después de la pelea, se sacudió, luciendo todo ensangrentado.

Se sumergió en el agua salada para sanar sus heridas de la batalla.

Después de un rato, en lugar de nadar en ella, realmente caminó sobre el agua durante unos minutos mientras las olas subían y brillaban en azul a través de sus venas, lo que se podía ver.

Apareció una brillante luz azul y luego se apagó.

Peace Warrior estaba caminando como si nada le hubiera pasado.

Ahora galopaba de regreso hacia todos para ver el cuerpo de Knight, como lo habían hecho Amethyst y Firefly.

Él también llegó y troteó magníficamente, haciendo temblar el suelo mientras descendía una vez más.

Él cambió lentamente su trote y luego caminó hacia el cuerpo de Seequest's hijo, donde empujó a Knight con su hocico y luego iluminó un brillante Unisos verde y colocó su impresionante cuerno verde sobre la cabeza de Knight, diciendo: "Despierta, hijo mío, es el momento."

En segundos, Knight abrió los ojos, ahora de un brillante verde, y dijo: "¿Padre, eres tú?"

Entonces, Peace respondió: "Sí, él está aquí conmigo y te ama mucho."

"Él está complacido de que hayas sobrevivido gracias a la fe de la princesa y Firefly en ti, y al amor que todos tienen en sus corazones el uno por el otro."

"Ya que el bien todavía estaba vivo en ti y, sin importar lo que te haya pasado, el bien siempre conquista al final."

"Aunque a veces hubo oscuridad, siempre hay luz al final del túnel, así que cree esto a partir de ahora y siempre serás un buen caballero."

Knight no era lo suficientemente fuerte para moverse todavía, ya que estaba aún maltrecho y magullado.

La curación que Peace le dio fue solo suficiente para despertarlo de la muerte, pero no suficiente para sanarlo completamente aún.

Lo acarició una vez más y dijo: "Mi trabajo aquí está casi terminado ahora. Es hora de que me vaya."

Helena corrió hacia este hermoso Unisos blanco puro, que era más grande de lo que jamás había sido Seequest.

Cuando no pudo evitar abrazar su poderoso cuello y mirar a sus ojos, vio a Seequest mirándola de vuelta con tristeza y, sin embargo, en paz consigo mismo.

Ella supo que era hora de decir adiós para siempre y dijo: "Te amo, Seequest, con todo mi corazón y no te olvidaré, mi Rey Unicornio."

Entonces, él relinchó con un enorme relincho del cual Helena se apartó para asegurarse de no ser pisoteada por accidente.

Firefly se acercó luego y dijo: "¿Padre, eres tú dentro?"

"Sí, mi dulce niña, lo soy."

"Es hora de que lamentablemente diga adiós, mi hijo." Firefly respondió: "Pero acabo de recuperarte."

Seequest les respondió a todos: "Sabíamos el precio que tenía que pagar para recuperar estos poderes para salvar a tu hermano y nuestro planeta. Ahora debo obedecerlos, mi hija."

Lágrimas rodaron por los ojos de Firefly mientras envolvía su cuello alrededor del de su padre y lo abrazaba durante unos minutos.

Él dijo entonces: "Mi hija, siempre estaré contigo y podrás contactarme en las estrellas."

"Solo llama mi nombre y estaré allí para ti."

"Por favor, cuida de tu hermano y de tu madre por mí, te amo, mi ángel."

"Y yo también te amo, padre, gracias."

Peace caminó con orgullo hacia Zeus, quien estaba allí con firmeza, listo para vengar sus tierras y criaturas.

Peace se arrodilló frente a él y dijo: "Su Alteza, es hora."

Zeus, dios de todo, saltó del gran pegaso y se acercó a esta impresionante criatura de amor y esperanza.

Zeus asintió hacia Peace Warrior/Seequest, esta asombrosa criatura.

Apuntó su cetro de rayos hacia el frente de su cuerpo, donde está su corazón, que se iluminó con una luz cristalina blanca perla que se dirigió hacia su cuerno arcoíris.

Mientras Zeus hacía esto, su cetro parecía más fuerte que nunca, ya que absorbió el poder del universo, lo que hizo que brillara y parpadeara como relámpagos saliendo de él con gran intensidad.

¿Acaso el universo creía que él era digno de este poder?

Zeus se sorprendió y pensó que tal vez, con el tiempo, podría crear otra especie a su imagen también.

Peace se inclinó y permitió que Zeus se subiera a su espalda mientras volaban para capturar a Hades, y los demás se preparaban para hacer lo mismo.

Peace dijo: "Regresaré, mis hijos, y Hades pagará por lo que les ha hecho a todos ustedes."

Todos, desde Ares hasta Artemisa y Atenea, vitorearon al ver a estos grandes dioses elevarse al cielo y desaparecer como relámpagos para la última parte de la batalla de sus vidas.

Capítulo Cuarenta y Ocho

Captura de Hades

Peace Warrior y Zeus volaron de regreso al segundo escondite de Hades, luciendo tan poderosos y celestiales que Hades no sabía qué le había golpeado.

Juntos destruyeron a cada criatura maligna que había allí y luego vieron a Hades encogido en una bola, sintiéndose derrotado. Al ver a Peace, dijo: "Has matado a mi mayor creación."

Aterrizaron en los terrenos calientes donde ahora Peace no podía sentir ni sufrir más daño.

Hades vio a Peace y a Zeus sentados sobre él y dijo: "Maldito seas, criatura celestial. Tendré mi venganza algún día."

Zeus respondió: "Eso es suficiente de tus tonterías para toda una vida."

"Hades, te desterraré al fondo de la Tierra, donde vivirás por la eternidad."

"No, Zeus, no puedes hacerme esto." "Después de todo, soy tu hermano."

"Sé quién eres, pero has matado y destruido la Tierra y a mis criaturas durante demasiado tiempo."

"Ahora voy a quitarte el poder de matar a tu antojo, y ahora tendrás que destruir o recolectar las almas de las criaturas muertas en su lugar, cuando te dé permiso para hacerlo de ahora en adelante."

Peace Warrior relinchó mientras Zeus decía: "Peace, ¿estás listo para luchar una vez más, amigo mío?"

El majestuoso unicornio celestial dejó que Seequest respondiera esta vez en su propia voz y dijo: "Sí, Majestad."

"Hagámoslo por los viejos tiempos," dijo Zeus. "Perfecto."

"Entonces lo haremos, viejo amigo."

Luego, Seequest se quedó en silencio nuevamente y la voz de Peace, que ahora era más audaz y poderosa, habló una vez más.

Hades miró al caballo alado celestial y dijo: "¿Seequest, eres tú?"

Peace respondió: "Sí y no, ya que Seequest está dentro de mí gracias a tu idea en primer lugar."

"Te jugamos a tu propio juego, el cual tu odio no vio, aunque se hizo justo frente a ti todo este tiempo."

Se acercaron a Hades mientras Peace movía sus alas lateralmente y apuntaba la luz blanca hacia él, envolviéndolo en un campo de fuerza que lo inmovilizó.

Luego, el bastón de Zeus apuntó a la tierra, donde comenzó a abrirse y a tragar a Hades por completo.

Mientras caía en este agujero oscuro de desesperación, Hades gritó: "¡Zeus, nooooo!"

Hades desapareció en la parte más profunda del núcleo terrestre, donde siempre era cálido y humeante.

Con gran fuerza, hicieron lo mismo, y todos los escondites de Hades también se hundieron en el núcleo de la Tierra junto con el resto de las criaturas.

Dijeron un verso juntos.

El tiempo de Hades en la Tierra había sido quitado para siempre.

Él vivirá en la oscuridad en el corazón de la Tierra, donde no podrá causar daño, ya que el núcleo está protegido por los cráneos de cristal y el universo.

Donde nunca los encontrará, pues están ocultos para él para siempre.

Zeus dijo: "Así es como te deshaces del mal de una vez por todas," mientras reía.

Captura de Hades

Peace relinchó, alzándose con alegría antes de que volaran de regreso a Santorini.

Desde ese día, Hades tuvo que seguir las reglas de Zeus si no quería ser castigado más por sus terribles y crueles acciones y el dolor que causó a otros.

También, en su cumpleaños, fue enviado al Olimpo una vez al año; de lo contrario, sería desterrado para siempre a la completa oscuridad.

Volaron de regreso a la playa, donde Zeus se bajó de Peace y dijo: "Es el momento, sagrado, de regresar a casa."

Todos se estaban despidiendo con lágrimas en los ojos cuando primero escucharon a Peace decir: "Antes de irnos, Seequest quiere expresar sus últimas despedidas a todos ustedes."

Todos estuvieron de acuerdo con esto.

Momentos después, la imagen de Seequest apareció de nuevo y dijo: "Gracias por todo, por ser mis amigos y por ayudarme a proteger a las Criaturas, la Tierra y los océanos del mal y el peligro una vez más."

"Amor y luz con bendiciones de unicornio, queridos amigos, los extrañaré a todos y desearía no tener que hacer esto."

"Pero no tengo opción, ya que mi destino me llama como lo hizo con mi madre en el pasado, y ahora es mi turno."

"Zeus, por favor, prométeme que no le ocurrirá daño a Knight, ya que no fue su culpa por las crueles acciones e ideas de Hades."

"Te lo prometo, Seequest, él será cuidado."

"Pero no podrá venir al cielo con los demás, ya que todavía lleva dentro de él demasiada energía negativa."

"Pero no te preocupes, amigo mío, estará bien."

"Gracias," respondió, confiando profundamente en Zeus.

Se dirige a todos: "Supongo que este era mi destino después de todo."

Todos se inclinaron ante el gran Unisos y dijeron: "Adiós, viejo amigo, y gracias por ser el mayor rey de unicornios y caballos en la historia y amigo de la Tierra también."

"Gracias a ti, todos en el futuro vivirán en paz y armonía nuevamente."

Mientras decía esto, se hizo de noche cuando Luna, que estaba observando desde arriba, apareció desde la luna para también decirle adiós a Seequest.

Ella iluminó con la luz de la luna y dijo: "Mi dulce Seequest, estoy tan orgullosa de tus logros y tu valentía a lo largo de todos estos años."

"Te estaré observando para siempre cuando estés aquí arriba conmigo, pero será diferente."

Él responde: "Gracias," y su hermosa imagen de diosa de cabello plateado desapareció de nuevo.

Ella dice esto antes de desaparecer en el cielo nocturno: "Hasta la próxima, querido."

Peace Warrior se inclinó por última vez, alzándose, y dijo con su voz firme: "Gracias por hacerme sentir bienvenido aquí y por ayudarnos a defender la Tierra una vez más."

"Adiós, hijos de los dioses y criaturas, estaré observando desde lejos en el espacio."

Entonces, su imagen de Peace, el Unisos blanco, desapareció, y ahora estaban de pie en una brillante luz cristalina blanca pura el gran Seequest, con su cuerpo original impresionante blanco, sin un cuerno plateado y cuerpo gris moteado, sino en su lugar un cuerno y cascos de platino.

Retrocedió mientras sus alas también desaparecían. Se sintió a sí mismo una vez más y, segundos después, sintió un poderoso flujo de paz sobre él, ya que todos sus pensamientos estaban ahora en silencio y borrados.

Se sintió aliviado al saber que todos estarían a salvo nuevamente y que había salvado a su hijo después de todo.

Seequest sintió que ahora estaba feliz y orgulloso, sonriendo con los ojos y luego los cerró hasta que colapsó en el suelo.

Donde yacía inmóvil y comenzó a brillar con la brillante luz dorada de la fuente misma.

Su imagen completa de pie allí se convirtió en pura pólvora estelar, donde se alzó y se desintegró en muchas estrellas que comenzaron a flotar hacia el cielo, formando la imagen de siete estrellas.

Zeus, mientras su espíritu se alejaba más en el cielo, mencionó: "Descansa bien, mi Rey Unicornio, hasta que te necesitemos de nuevo."

"Descansa sabiendo que moriste una muerte honorable, como tu padre años antes, y que falleciste el 9 de abril d.C., que pronto será celebrado como el gran Rey Unicornio que eres. ¡Adiós, querido amigo!"

"Te nombro para que seas conocido en las estrellas como Monoceros, nuestra estrella Unicornio de gran virtud."

Apareció de manera hermosa y brilló tan intensamente que parecía que resplandecía en plata y oro al mismo tiempo, y luego parpadeó por última vez hasta que desapareció del cielo nocturno.

Todos observaban cómo Seequest se desvanecía en polvo de estrellas.

Amethyst, la alta sacerdotisa, se quitó su brillante capa púrpura y se convirtió en la hija mayor, y se quitó el casco, mostrando su hermoso cabello negro.

Comenzó a llorar profundamente, con el corazón roto por lo que le había sucedido a su querido amigo. Luego supo que nadie podría haberlo salvado al final.

Ella lloraba, se sentía mareada y cayó al suelo de gran tristeza, mientras su padre aparecía apresurándose hacia ella desde el mar en su hipocampo, mientras Tidal Wave relinchaba también en pena.

Una sombra negra se acercaba desde el propio mar, y apareció Bracken, el hipocampo de Helena, que corría montado en ese momento por Taylor, el caballero-mer que Helena admiraba.

Galoparon hacia la playa, donde Luna apareció nuevamente y alumbró la noche para que todos pudieran ver a Seequest una última vez como la estrella Monoceros.

Luna hizo que incluso el mar brillara con su poderosa luz lunar, haciendo que pareciera que las estrellas flotaban sobre él y parecía también como diamantes.

Taylor saltó del caballo acuático y corrió al lado de Helena, que se levantó de la arena y se limpió las lágrimas con cuidado.

Allí se quedó con orgullo, pero no pudo evitar sus sentimientos y no le importó en ese momento que fuera una alta sacerdotisa y lo que su padre había dicho sobre controlar sus emociones frente a todos sus pares.

Helena se sorprendió al ver a Taylor, y a la vez estaba contenta de verlo, agradeciéndole también por traer a Bracken.

Ahora sería el amigo de su vida, y le dio a Bracken un abrazo profundo que la consoló y ayudó a aliviar un poco el dolor.

Pero vio a su padre bajar de su hipocampo, de pie con majestuosidad, y ella lloró corriendo hacia él como una niña llorosa.

Él abrió los brazos para abrazarla y ella dijo: "Padre, Seequest se ha ido" y continuó llorando mucho, ya que los seres marinos también eran dulces y sensibles, y amaban a sus criaturas como a su propia familia.

Neptuno respondió: "Sí, mi hija, él lo es, pero también sigue aquí en su corazón y mente."

Helena se sintió confundida por lo que acababa de decir su padre y él amablemente se lo explicó.

"Todo lo que necesitas hacer, hija mía, es llamar su nombre, Seequest, y luego mirar al cielo nocturno para ver sus siete estrellas brillando sobre nosotros."

Ella inclinó la cabeza y miró a sus ojos, llenos de verdad y amor de un azul aqua resplandeciente, sonrió y se limpió los ojos mientras él decía: "Es hora de regresar a casa. Te necesitamos allí, mi hija."

La princesa estuvo de acuerdo y dijo: "Sí, tienes razón, padre. Él siempre estará con nosotros en nuestros corazones y ahí permanecerá conmigo para siempre."

Neptuno asintió y dijo a Zeus y a los otros dioses y diosas, y por supuesto también a Moon Cloud, el lobo.

"Gracias a todos por su ayuda y por permitir que mi hija participe en esta batalla. Zeus, mi hermano, y los grandes dioses de todos, gracias nuevamente por haber vencido a Hades de una vez por todas."

Zeus respondió: "No necesitas agradecerme, hermano, ya que vencimos a Hades todos juntos. Fue una misión familiar completa."

Captura de Hades

"Ahora casi es mi turno de irme también, ahora que la paz y Seequest han sanado las tierras nuevamente con la ayuda de Celestial, Legend y el pegaso."

"Gracias, mis caballos celestiales del cielo."

Ellos respondieron: "Sí, gracias a Zeus por darnos el privilegio de ver a nuestro Seequest una vez más y por hacernos aún más poderosos que antes."

Mientras todos relinchaban y agradecían a Firefly por su amable regalo, también relinchaban y bajaban la cabeza antes de correr y saltar hacia las estrellas, donde se desvanecieron.

Luego, los caballos celestiales se preparaban para irse también, agradeciendo a Pegaso y a Zeus por permitirles ver a Seequest una última vez como su verdadero hijo.

Ambos inclinaron la cabeza ante Zeus y Pegaso, e incluso ante Helena, antes de mirarse y comenzar a brillar en negro y azul zafiro. Luego galoparon y saltaron al cielo nocturno, donde Legend dejó tras de sí estelas de polvo estelar y Celestial, polvo de arco iris.

Qué vista tan increíble pensaron Zeus y los dioses.

Primero apareció Legend, quien conocía a la estrella del Caballo, donde solo su cabeza se mostraba.

Cuando el padre de Seequest murió, su cuerno también se extinguió, porque Jecco estaba más cerca de ser un caballo que un pegaso en ese momento.

Así que, aunque Legend ahora es un caballo alado místico, tiene su estrella.

Zeus la llamó la Estrella del Caballo, ya que la Estrella del Pegaso ya estaba ocupada en el futuro.

Legend no estaba muy lejos de su Seequest, y así brillaron juntos con intensidad.

Todo quedó en silencio cuando Pegaso miró a los hijos perdidos de Seequest y preguntó: "¿Qué les pasará a Firefly y a Knight ahora?"

Zeus respondió: "Tengo dos grandes trabajos para ellos. Firefly, puedes convertirte en nuestra guerrera alada de una nueva especie. Ahora puedo lograr esto gracias a Celestial, Legend y peace, tengo el poder para hacerlo."

Aquí está el destello de su rayo, dijo Zeus. "Ahora son los guerreros de Olimpo, y les pido que nos protejan de todo mal."

Los Unisos se alzaron con alegría al saber que ahora tenían este poder adicional y que eran invencibles contra cualquier cosa en el futuro.

Pegaso dijo: "Vaya, Zeus, eso es genial."

"No te preocupes, Pegaso, todavía necesito a tus originales para el futuro también."

Zeus miró a la hija de Seequest y dijo: "Firefly, quiero que te conviertas en la reina de mi manada de los nuevos Unisos, así que te pido amablemente que te unas a nosotros."

Captura de Hades

Firefly estaba encantada y dijo: "Me encantaría, pero ¿qué pasará con mi hermano ahora que nuestra madre se ha ido y nuestro padre también? ¡Él me necesita!"

Zeus respondió: "Si aceptas mi oferta, estaré feliz de que permanezcas en la Tierra con tu hermano durante otro año. Después de eso, deberás venir a la novena dimensión, y luego te concederé cuatro veces al año para que lo veas durante el resto de sus vidas."

Firefly dijo: "Eso es justo."

"Entonces sí, gran señor, me sentiré honrada de unirme a tu equipo. Gracias por esta gran oportunidad."

Zeus sonrió: "Oh, por cierto, Pegaso, siendo el dios de todos los caballos místicos, también será el sire de la nueva generación de Unisos."

Con un movimiento de su bastón, sus alas se hicieron grandes con tonos plateado y rosa, ya que el púrpura había desaparecido.

Porque la energía púrpura solo se había dado para la batalla por Helena, la alta sacerdotisa en ese momento.

Zeus luego respondió: "Bien," y sonrió de nuevo con gran felicidad de que ella se uniera a ellos y de que finalmente obtuvo lo que quería.

Una vez más, Zeus dijo: "Tu nombre será conocido como Starlight of Love, ya que ayudarás a esparcir en el futuro el Amor a la Tierra, ayudando a Afrodita, tu nueva dueña, quien es la diosa del amor misma."

Afrodita respondió: "Oh sí, padre, seremos un gran equipo," y se inclinó ante la belleza de Starlight, quien se sintió abrumada al saber que ahora sería su caballo místico cuando fuera necesario.

Pegaso se alzó con gran alegría al ver que ahora se apareará con el Unisos más hermoso y poderoso de todos los tiempos.

Quien es un dios poderoso en sí mismo y cuyas poderes de Seequest del mar también harán que su reinado y sus manadas de caballos místicos sean aún más fuertes que antes.

Los dioses se despidieron mientras Neptuno volvía a su hipocampo y comenzaba a galopar hacia el mar.

Helena corrió hacia Firefly y dijo: "Gracias, dulce chica, ya que yo y tu padre sabemos que tu verdadera madre estará orgullosa de ti y de tu hermano."

"Me alegra que vayas a vivir en los cielos con los otros caballos místicos, donde ahora verdaderamente perteneces."

Firefly la miró y se inclinó, y luego se levantó mientras Helena le rodeaba el cuello con los brazos. Firefly, a su vez, se acurrucó contra el cuerpo de Helena y cerró los ojos en el cálido abrazo entre ambas.

Luego, Helena se apartó mientras Taylor, montado en su caballo marino, se acercaba. Louis se aproximó y dijo: "Bueno, mi princesa, ¿vas a volver a casa o no?"

La princesa se giró y le sonrió al mer-knight de una manera diferente.

Mientras él lucía tan apuesto sentado en su montura con tanta valentía, ella pensó si él iba a bajarse de Louis o no.

Taylor respondió: "Bueno, supongo que tendrás que montar conmigo."

"Como no hay otro caballito de mar para que monte mientras miraba alrededor de la playa."

Helena sonrió pensando que él estaba siendo travieso y, aun así, le gustaba, así que corrió hacia él para que la llevara a casa nuevamente.

Esto también ayudó a aliviar su dolor por la pérdida de Seequest ese día.

Taylor extendió su mano para ayudarla a subir y dijo: "Montarás y compartirás a Louis conmigo."

Helena no tenía energías para discutir con él, así que extendió su mano y él la tomó.

La agarró con cuidado y la levantó sobre el hipocampo, que relinchó y dio la vuelta. Ella se dirigió a todos antes de irse y dijo: "Gracias, gran Zeus y a mis primos por ayudar a Seequest a alcanzar su meta de salvar a sus hijos."

"Pero tristemente, tuvo que sacrificar su vida para lograrlo."

"Sé que siempre estará con nosotros en las estrellas."

"Así que, gracias desde el fondo de mi corazón por permitirle ser el héroe y guerrero que merece ser."

Sonrió mientras su hipocampo se inclinaba ante Zeus y los demás antes de galopar de regreso al mar, donde todos volvieron a sus formas originales y nadaron hacia la parte más profunda del océano, donde desaparecieron.

Capítulo Cuarenta y Nueve

¿Qué pasó luego con Knight en Santorini, Grecia?

Helena y Taylor están montando a Louis, quien alcanzó a Neptuno y a Tidal Wave en las puertas doradas de Vissen, donde los caballeros marinos se sintieron aliviados al ver que todos estaban ilesos.

Cuando Neptuno, la princesa y Taylor llegaron de vuelta a Vissen, pudieron ver que afortunadamente no había sufrido daños gracias a la protección de Kessy y los delfines fieles, y por supuesto, al poder de su madre también.

¿Quién controlaba los cráneos de cristal en el Templo de Cristal a la distancia de los terrenos?

Descendieron de sus hipocampos y los llevaron a sus establos para que comieran, bebieran y descansaran.

Taylor se quedó allí para atender al hipocampo mientras Neptuno había mencionado que quería pasar un tiempo de calidad a solas con su hija por primera vez en mucho tiempo.

Taylor accedió a los deseos del rey, y Helena vio que el mer-knight no iba a venir.

Rápidamente se acercó a él mientras atendía a los caballos marinos, lo tomó de la mano y lo giró hacia ella, y mientras se miraban a la cara, le dio un beso en la mejilla.

Y se alejó rápidamente con su cola tan rápido como pudo antes de que él pudiera darse cuenta de lo que acababa de suceder.

Al hacerlo, él sonrió y le dijo a Louis que "creía que ella era la princesa sirena para él".

Relinchó creyendo que estaban bien emparejados.

Ella alcanzó a su padre, quien decidió ir a ver a los delfines y ver qué daños habían causado las criaturas de Hades.

Helena le preguntó a su padre cuándo volvería su madre a casa.

Neptuno respondió: "Cuando el océano esté limpio y todo esté como debe ser."

Sonrió y añadió: "Pronto, hija mía, estaremos todos unidos como uno nuevamente."

¿Qué pasó luego con Knight en Santorini, Grecia?

"Sé que nunca será lo mismo sin Seequest, pero recuerda que él está ausente en el mar."

Pero él sigue aquí en el cielo descansando y aún puede hablarte gracias a tu mente telepática con él, lo cual Zeus te permitió para que siempre estuvieran juntos y nunca más estuvieran solos.

"Zeus sabe que pusiste tu vida en juego para salvarlo a él y a tu gente, así que te ha concedido esto a cambio."

"Pero eso no significa que puedas hablarle por cualquier cosa, solo en momentos de verdadera necesidad, hija mía."

"Dale al menos seis meses para recuperarse de lo que ha pasado antes de intentar esto."

Ella sonrió, satisfecha de que aún pudiera hablarle en ocasiones como en los viejos tiempos.

Pero ahora, en un sentido diferente, él es un espíritu y no carne como antes.

Helena estuvo de acuerdo mientras sostuvieron las aletas de los delfines y nadaron de vuelta por el hermoso mar, que ahora estaba claro y azul como antes.

El dios del mar dijo: "Nuestro trabajo está hecho, ahora regresa a casa para descansar, hija mía."

Ella asintió y estuvo de acuerdo, sintiéndose exhausta mientras nadaban hacia las grandes puertas doradas donde soltaron a los delfines, que fueron instruidos a regresar a sus grupos hasta que se les llamara nuevamente.

Neptuno abrazó a su hija y le dijo que estaba muy orgulloso de su valentía y que, algún día, ella será una gran reina con el tiempo.

Mientras nadaban, ella miraba a su padre, que parecía audaz y fuerte, y estaba tan orgullosa de él. Luego tomaron caminos separados mientras ella nadaba hacia sus aposentos.

Mientras tanto, Neptuno nadaba de vuelta a su sala del trono y continuaba con sus deberes hasta que la reina regresara.

De vuelta en Gales, atrapado en el núcleo de la tierra, Hades no estaba seguro si Tremor había sido destruido, ya que Zeus había conectado sus pensamientos con los de su hermano nuevamente, lo cual era lo mejor ahora después de lo que Hades les había hecho a todos.

De vuelta en la playa, Zeus llamó a Legend de regreso desde su estrella.

Él voló magníficamente a través del espacio para encontrarse con Zeus como se le había solicitado.

Era el amanecer y podían ver a este impresionante caballo de alas negras volando entre los soles mientras salía del océano.

La visión de él apareciendo era asombrosa, con el sol detrás de él de rojo y dorado brillando suavemente en su pelaje.

Aunque el sol estaba a millas de distancia, parecía más cercano desde el ojo de la mente.

¿Qué pasó luego con Knight en Santorini, Grecia?

Todos los otros dioses habían regresado a Olimpo y continuaron con sus deberes normales desde lejos.

Aphrodite, Firefly y Zeus con Pegasus tenían que asegurarse de que Hades cumpliera con sus deberes pronto.

Legend, el caballo celestial negro, voló justo frente a Zeus batiendo sus alas mientras aterrizaba con gracia.

"Su gracia, ¿qué puedo hacer por usted ahora?"

"Bueno, Legend, sé que te pareces a Tremor ya que estás relacionado con él a través de tu hijo."

"Me preguntaba si amablemente podrías servir de señuelo para capturar a Hades, ya que en este momento todo lo que Peace Warrior y yo hicimos juntos fue hundirlo a él y a sus guaridas en el cálido núcleo de la Tierra, donde reinará."

Legend accedió a ayudar a capturar a Hades para asegurarse de que no pudiera causar más daño.

Así que, el poderoso caballo alado escuchó el plan de Zeus y él dijo: "Ahora voy a cambiar tus alas por unas de murciélago y te daré un cuerno similar al de los caballeros, aunque solo de forma temporal."

"Luego volaremos juntos al profundo núcleo de la Tierra y jugaremos su propio juego."

Legend estaba feliz de ayudar por el bien de su descendencia y Zeus dijo: "Con esta luz azul te protegerá mientras vamos."

Aceptaron y Zeus subió a la espalda de Legend y usó su rayo.

Volaron al lugar donde Zeus y Peace Warrior habían dejado a Hades antes y rompieron el suelo lo suficientemente profundo para que Legend y él pudieran volar hacia el nuevo hogar de Hades. Les llevó unas pocas horas llegar.

Aterrizaron en los cálidos suelos del núcleo de la Tierra y, gracias al hechizo de protección que Zeus le dio a Legend, él estaba protegido del fuego y del calor.

Hades vio a Zeus sentado sobre Legend como si fuera la imagen de Tremor y dijo: "Oh, no mataste a mi Tremor después de todo."

"Sabía que eres demasiado débil, hermano."

Zeus sonrió y miró a Hades, que estaba en lo correcto, ya que estaban jugando a sus trucos. Se bajó del parecido de Tremor (Legend) y le susurró al oído: "Sabes lo que tienes que hacer."

Legend se iluminó de rojo como lo hizo Tremor y luego caminó hacia Hades, fingiendo ser Tremor ahora, y dejó que se subiera a su espalda.

Hades dijo: "Bien, ahora podemos continuar desde donde lo dejamos."

Inmediatamente, Legend usó sus alas, las levantó sobre su espalda y apretó a Hades entre ellas.

Entonces Hades dijo: "Basta, Tremor, suéltame."

¿Qué pasó luego con Knight en Santorini, Grecia?

Luego brilló con un tono azul nuevamente y respondió: "Nunca, dios maligno."

"Pagarás por lo que has hecho a este mundo y a mi familia aquí," dijo mientras pateaba e intentaba morder a Hades mientras él trataba de liberarse de las alas de murciélago de Legend.

El dios de la muerte se sentía enfermo y débil ya que Legend también estaba drenando sus poderes en ese momento.

Eventualmente, Legend aflojó su agarre y Hades cayó al suelo sintiéndose desesperado.

Se arrodilló diciendo a Zeus: "Soy tu hermano." "No puedes hacerme esto."

Zeus respondió: "Hades, en este momento no puedo enfrentarte ya que estoy demasiado avergonzado de llamarte incluso mi hermano y mi propia sangre."

"Así que esto es lo que va a suceder."

Zeus sabía que nunca podría confiar en Hades nuevamente.

"Ahora vivirás aquí en el núcleo de la Tierra, donde no podrás dañar nada ni a nadie."

"Pero tendrás poderes para recuperar a los muertos como de costumbre y, si te pido que hagas algo por mí, podrás ascender temporalmente a la superficie nuevamente y ver la luz."

"Pero por ahora, te he castigado y vivirás aquí."

Zeus apuntó su bastón hacia Legend y allí apareció un destello blanco mientras las alas de Legend volvían a ser emplumadas, y Hades dijo: "Confío en ti para engañarme, hermano." "Solo tú podrías engañarme con ira en tu aliento."

Zeus respondió: "Y por eso soy el dios de todas las criaturas y la Tierra." "Adiós, hermano."

"Espera, ¿qué ha pasado con Tremor? ¿Está muerto?"

"Sí, lo está, pero afortunadamente salvamos a Knight de la muerte." "Pero gracias a ti, él no puede ir con los demás." "Él tiene que quedarse aquí y, sin embargo, en las tierras altas siendo el guardián del agua para los muertos, como tú."

"El nombre de Knight ahora será Kelp, una abreviatura de kelpie, en el que se convertirá pronto cuando regrese para atenderlo."

"Vivirá entre las fronteras de Escocia e Irlanda para cumplir con los deberes que ahora le solicitaré."

"De nuevo, gracias a ti, Hades, sus venas y su cuerpo ahora han probado carne y almas, así que ahora tiene que ser esta criatura."

Hades gritó y dijo: "¡No, él no puede ser, todavía lo necesito, es mío!"

"No puedes tenerlo" y Hades ahora se encontraba enojado mirando la lava caliente en el suelo. "No, Hades, no puedes."

¿Qué pasó luego con Knight en Santorini, Grecia?

**"Primero necesitas cuidar de Knightmare, a quien también torturaste a través de su mente, para darle el amor y el cuidado que realmente necesita."

"De lo contrario, haré que Kelp la recoja y ella irá al cielo donde pertenece."

"¿Entendido, hermano?" Hades respondió con derrota en su voz, "De acuerdo, oh poderoso." Zeus dijo "¡bien!" Luego subió de nuevo a Legend y volaron de regreso a la superficie. Zeus dijo entonces, "Te estaré observando" "Hades desde arriba sin importar dónde estés." Luego usó su bastón para sellar el terreno nuevamente y puso un hermoso rosal rosa sobre él para asegurarse de que solo el amor brotara de allí.

Zeus agradeció a Legend por su ayuda antes de que dijera que no era problema, ya que parecía más feliz al saber que su familia estaría bien por su hijo pasado y luego saltó de nuevo al cielo, donde desapareció en las nubes.

Zeus regresó al Olimpo llamando a Firefly con Afrodita para donde su hermano estaba recuperándose aún de su tormento y convirtiéndose en esta desagradable criatura disfrazada.

Todos volaron hacia Knight y se preguntaron si ya se había recuperado adecuadamente. ¡Antes de que Zeus pudiera darle esta nueva fuente de vida! Durante un buen tiempo, la fuerza maligna ahora estaba muerta cuando Zeus pidió a Knight que despertara y él se levantó siendo el Unisos alado más apuesto que había visto.

Zeus dijo "¿tienes la capacidad de nadar en el mar?"

Firefly dijo "yo sí, pero Knight no."

Él dijo "ok" y luego Zeus dijo un verso y ahora todos aparecieron de pie en el Loch en Escocia donde generalmente vive Kessy.

Cuando estuvieron allí durante treinta minutos, Zeus pidió a Firefly que cargara a su hermano hasta que sintiera que podía volar de nuevo por sí mismo, lo cual hizo en minutos, pero sintió que no era lo suficientemente fuerte y aterrizó cabeza abajo en el Loch.

Firefly gritó y dijo "Knight, no" con miedo en sus ojos porque acababa de recuperarlo y ahora estaba muerto nuevamente al aterrizar en el agua dulce.

Firefly fue instruida a retroceder cuando Zeus dijo un verso griego y metió su bastón en las aguas del Loch y apareció un destello de luz azul con la cabeza de Knight sobresaliendo del agua dulce.

Pero cuando llegó de regreso a la tierra, se retorcía como una serpiente al acercarse lentamente a ellos ya que su cuerpo se había transformado en un caballo de agua dulce similar a Kessy pero de otro tipo.

Su gran aleta comenzaba desde su cabeza hasta su cola y tenía dientes afilados con patas delanteras volteadas similares al hipocampo y aún ligeramente diferentes.

Pero seguía siendo un caballo de agua, de todos modos, su pelaje era negro con verde para camuflaje en las aguas fangosas.

¿Qué pasó luego con Knight en Santorini, Grecia?

Kelp entonces dijo "mira, puedo nadar y respirar en esta agua. Soy como tú ahora." Empezó a emocionarse, pero Zeus lo miró con tristeza en sus ojos.

Gradualmente salió del agua y apareció como no Unisos más, sino solo un caballo negro que puede serlo si lo necesita.

Zeus dijo "Knight, lo siento muchacho, pero esta es la única manera en que puedo mantenerte vivo."

"Ya que sé que Hades te maltrató para que odiaras y también te alimentó con los muertos, por lo que no puedes ser como los otros caballos místicos como lo será tu hermana."

"Pero te he ayudado a convertirte en otro tipo para salvarte de la muerte misma."

"Al menos de esta manera, tienes una visita ocasional de tu hermana y sigues viviendo como le prometí a tu padre hace un tiempo."

Knight luego se acercó a su hermana y dijo, "Ya no tengo cuerno ni alas, hermana," sintiéndose triste y diferente. "No soy el mismo que tú, me siento molesto." "¿Cómo puedes llamarme tu hermano cuando ahora solo soy un caballo muerto?"

Firefly se acercó más a su hermano y apoyó su cara en su cuello debido a su cuerno y dijo, "No importa en qué forma o aspecto estés, siempre serás mi hermano de sangre verdadero" y frotaron sus frentes contra los cuellos del otro.

Zeus entonces dijo, "Lo siento, Knight, por haberte quitado el cuerno y las alas."

"Pero las usaste para el mal sin tener control, sé que no eras tú quien controlaba tu cuerpo y mente en ese momento." "Pero aún así tengo que castigarte de alguna manera." "Ahora trabajarás para mí y junto a Hades cuando te lo pida."

Un kelpie es un caballo de agua cuyas funciones son entrar en los sueños de criaturas y futuros humanos.

"Y si son malos, vendrán a ti y beberán de tus aguas, donde luego estarás esperando a que te vean y te sigan al agua, donde los agarrarás de su piel y los arrastrarás hasta el fondo de las profundidades."

Allí succionarás sus almas, que luego entregarás a la piscina de Hades. "¿Lo entiendes, Knighton?"

Eventualmente, cuando Kelp aparezca de nuevo, su apariencia cambiará a la de un Clydesdale, pero completamente negro.

Y si tuviera que hacer una presencia adecuada, tendría el blanco en sus patas emplumadas y en su cara para mostrar también su bondad. "Sí, su gracia, entiendo, gracias."

Así fue como Knight se convirtió en un kelpie y tuvo la opción de vivir en las aguas escocesas por ahora, y cuando se sintiera cómodo, podría decidir ampliar sus horizontes y nadar en las aguas irlandesas en su lugar.

Durante un año continuó así y luego llegó el momento para Firefly de regresar a la novena dimensión, ya que

¿Qué pasó luego con Knight en Santorini, Grecia?

ahora era lo suficientemente adulta para aparearse, y fue cuando se convirtió en Starlight of Love, la guerrera de los Unisos en su nueva forma.

Los guerreros Unisos viajarán ahora por todo el mundo para ayudar a las criaturas y futuros humanos dándoles el coraje y la creencia para creer en sí mismos cuando pierdan la fe.

Capítulo Cincuenta

Los Sueños de la Princesa Helena Se Hacen Realidad

Habían pasado meses en el mar. Al día siguiente, todos parecían un poco aturdidos por una noche tardía en el agua.

Pero tenían que levantarse de sus camas conchas, ya que tenían deberes que atender.

En el palacio, Neptuno llamó a su hija para que lo encontrara en la sala del trono.

Una hora después, ella apareció frente al gran dios del mar y sonrió.

La noche en que llegaron a casa, casi se le escapó y reveló su secreto sobre su hipocampo, Louis, cuando le dijo a su padre que si ganaba y realmente creía en sí misma, ganaría la carrera pronto.

Los Sueños de la Princesa Helena Se Hacen Realidad

Que le gustaría tener un palacio propio en algún lugar de tierra, pero cerca del mar también.

Sentía que estaba destinada a crear un nuevo tipo de reino utilizando el poder del cráneo de cristal de amatista para lograrlo.

Pero, por supuesto, primero necesitaría el permiso de su padre, ya que él es el dios del mar y su rey.

El día siguiente llegó cuando se encontraron rápidamente para desayunar y hablar un poco más mientras comían camarones y leche de cangrejo antes de ir a los establos para practicar para la carrera que se avecinaba.

Todos practicaron con la mayor intensidad posible. Taylor, que tenía experiencia en la carrera y en sus terrenos, enseñó a Helena y a Louis todo lo que sabía.

Al hacerlo, pasaron mucho tiempo juntos y se hicieron muy cercanos sin que sus padres supieran nada.

Antes de llevar de nuevo a su hipocampo a los establos, iban a nadar juntos en la hermosa manta raya blanca pura de Taylor, que creció con él cuando era más joven y era su guardián.

Todos se divirtieron mucho hasta esa noche, que era el día antes de la carrera, y Helena se estaba volviendo ansiosa y emocionada al mismo tiempo.

Ella creía que ella y Louis ganarían la carrera sin problemas. Y luego comenzó a soñar con su reino.

El día de la carrera había llegado y todos en el océano la completaron.

Hasta ese momento, Tidal Wave y Neptuno nunca habían perdido una carrera, hasta quizás ese día.

Era ya la tarde cuando Taylor amablemente ayudó a Helena a llevar a Louis, quien estaba descansado para más tarde.

Llegaron a un océano llamado Atlántico, donde vieron tiburones blancos y sus jinetes, grandes ballenas azules e incluso mantarrayas por su gran velocidad en las profundidades del mar también.

Era hora de prepararse cuando Helena escuchó a todos rugir y llamar a su padre, quien era muy aclamado, y Tidal Wave levantó sus patas delanteras con orgullo y relinchó haciendo burbujas sobre él.

Eventualmente, llegó el momento de la carrera. Primero, ella y Louis estaban detrás de todos y también tuvieron que observar cuidadosamente lo que hacían los otros seres marinos.

Más tarde en la carrera, parecía que ella y el rey ahora estaban en una posición competitiva.

Ella se apresuraba para adelantarse a los demás en la carrera.

Podía ver que el Rey y, por supuesto, Tidal Wave no se rendirían tan fácilmente.

Los Sueños de la Princesa Helena Se Hacen Realidad

Pero, por supuesto, ella tenía un secreto que aún nadie conocía, ya que decidió no decir nada hasta que ganaran la carrera de manera justa.

Llegaron a la gran ensenada, que era la última parte de la carrera, cuando Helena le dijo a Louis, "Ok, chico, es el momento. En lugar de seguir el camino de su padre, tomaron su propio camino y nadaron a través de pequeños agujeros en las rocas y pronto se pusieron al día con ellos."

Su padre no entendía lo que acababa de suceder, ya que Louis había regresado a su forma natural de hipocampo.

Allí estaban, cabeza a cabeza, teniendo que sumergirse a través de la boca de una ballena azul como parte del curso. En un parpadeo, cambiaron de nuevo, y Neptuno no se dio cuenta, ya que estaba concentrado en sí mismo y en su corcel marino en ese momento.

Mientras Helena y su famoso caballo marino nadaban a través de todos los agujeros en las rocas duras y viejas y los coloridos arrecifes en su forma de hipocampo, se ponían al día con su padre antes de que él cambiara rápidamente a su forma de hipocampo nuevamente, al final de la carrera.

Pero, mientras hacía esto, en un flash, Helena volvió a aparecer montando a Bracken hacia la línea de meta, y su padre no podía creer lo que veían sus ojos, que acababan de vencerlo así.

Cuando cruzaron la línea de meta, todos quedaron sorprendidos y aclamaron la victoria de Helena y Bracken por haber vencido al hipocampo más rápido conocido en los mares.

Allí estaban ella y su hipocampo flotando orgullosamente, sorprendidos de que acababan de ganar la carrera y ahora eran los campeones de la competencia acuática hasta la siguiente.

Aunque Helena estaba realmente feliz, pensaba más en que su sueño de tener su propio reino estaba a punto de hacerse realidad.

Se desabrochó del sillín de concha y se deslizó suavemente de Bracken, donde uno de los tritones los felicitó a ambos y le entregó una hermosa guirnalda hecha de algas marinas coloridas para el corcel veloz.

Ella le agradeció dándole un beso en la nariz y colocando la guirnalda sobre su hermoso cuello de escamas negras con suavidad. Louis entonces sonrió y cerró los ojos, diciendo "mi reina, no podría haberlo hecho sin ti".

Helena sonrió mientras Taylor nadaba rápidamente hacia ella. Ella se lanzó a sus brazos y él correspondió al beso de antes, diciendo "¡Felicidades, mi Helena! Sabía que ambos ganarían."

Ella lo miró mientras él la miraba a ella, y había una chispa emocional profunda entre los dos.

Sentían una fuerte atracción mutua, aunque pensaron que no era el momento ni el lugar para compartir esos sentimientos ahora.

Los Sueños de la Princesa Helena Se Hacen Realidad

Así que se deslizó fuera de sus brazos rápidamente, dijo gracias y regresó para atender a Louis, a quien llevó de vuelta a los establos para que descansara esa noche.

Ese día todos celebraron y se divirtieron mucho, y luego era hora de regresar a casa antes de que anocheciera.

Su recompensa por ganar la carrera era seleccionar a los mejores corredores del grupo.

Así que sabía que no quitaría a Tidal Wave de su padre.

Entonces, eligió dos delfines para criar con sus madres en el futuro, y para ella, eso le permitiría tener un reino propio algún día. Esperaba que Taylor pudiera gobernar a su lado, pidiendo primero el permiso de sus padres en su debido momento.

Pero como ella sería la reina de este reino, serían sus reglas, así que podría amar a quien quisiera.

De vuelta en Vissen a la mañana siguiente, después de un buen descanso para todos, Helena se levantó y no podía esperar a encontrarse con Taylor de nuevo en los establos.

Antes de eso, tuvo que ir a desayunar con el resto de su familia como de costumbre.

Neptuno estaba sentado en su trono de silla dorada de delfín y miraba a Helena, pensando que ya no era su hija y se preguntaba si era ella o si simplemente había crecido demasiado rápido para que él lo notara, ya que pensaba que había demasiadas cosas ocurriendo en otros lugares.

Él sonrió hacia ella sintiéndose muy orgulloso, y ella le devolvió la sonrisa cuando dijo:

"Querida hija, te quiero mucho, pero antes de que pueda construir tu reino, primero necesitas decirme cómo nos venciste a mí y a Tidal Wave en la carrera."

"Sí, por supuesto, padre."

"No solo te lo diré, sino que estaré encantada de mostrarte mi secreto."

Neptuno se sorprendió por su respuesta y, sin embargo, parecía emocionado como un joven tritón y dijo, "¿Qué?"

"Ven, padre, no te pongas nervioso," dijo ella con felicidad en su voz. "Puedo decirte honestamente que no hicimos trampa." "Por favor, ven a los establos conmigo, ya que necesito mostrarte algo."

El rey tritón aceptó y nadó con su hija hasta los establos reales, donde ella se acercó a Louis y dijo, "Buenos días, campeón." "¿Dormiste bien?" "Solo necesito mostrarle a padre cómo lo vencimos ayer."

Abrió el establo y le colocó la brida marina y el sillín, y le dijo a su padre que preparara también a Tidal Wave y que se fuera a dar un paseo con ella.

En ese momento, Neptuno parecía bastante confundido, pero accedió para mantener feliz a Helena.

Nadaron fuera de los portones cuando Helena le dijo a Louis que acelerara y luego le susurró al oído.

De repente, él se transformó de un fabuloso hipocampo negro y azul a un pequeño caballito de mar estilizado.

Neptuno no podía creer lo que estaba viendo, pero allí frente a él había un tipo inusual de caballito de mar, que para él se parecía más a una forma de dragón, por lo que lo llamó dragón marino en su lugar. "Helena dijo, 'no, padre, Louis no es un dragón marino'."

"Ahora se le conoce como un caballito de mar en esta forma, y Kessy, a quien conociste en la batalla contra Tremor, es su hermana."

"Mamá la llamó dragón de agua, sabiendo que ella tiene cuatro aletas/patas y el hipocampo tiene dos patas, y los caballitos de mar como él no tienen ninguna en esta forma."

Neptuno se llevó la mano a la cara como si estuviera cuestionando sus respuestas.

Pero comenzó a entender lo que Helena acababa de decirle y alabó a su esposa Sera por sus logros en la creación de estas nuevas e increíbles criaturas para su reino.

De todos modos, Louis seguía siendo un hipocampo original de las líneas de sangre de Seequest, aunque ahora era pequeño y delgado sin aletas en su cola.

Su cola se enrolló debajo de él y su rostro se volvió delgado también, con un breve resoplido corto. Una vez que se transformó, mostró a su padre cómo Louis podía atravesar las rendijas más pequeñas en los arrecifes y rocas, y moverse entre tiburones y ballenas con seguridad.

"Vaya, nunca imaginé esto," le dijo a su hija. "Parece que has encontrado otra nueva especie de nuestro hipocampo, y creo que si pudiéramos criar más como él, nuestra gente sobreviviría mucho mejor a las grandes batallas del mar."

"Padre, solo hay uno más como Louis, y es el blanco, que pertenece a Taylor," explicó Helena. "Sus padres lo compraron para sus carreras hace un año de mamá."

"Lo siento, ambos son únicos." Neptuno parecía un poco molesto por eso, pero sabía que su esposa fue quien crió a Tidal Wave y Sea Spray en primer lugar, y esperaba que ella repitiera el apareamiento en un año y tuviera un hipocampo/caballito de mar algún día.

Pero estaba de acuerdo en que Louis era un hipocampo extraordinario, y que Helena lo había entrenado y montado bien, ganando la carrera de acuerdo con las reglas del mar.

Neptuno estaba simplemente feliz por ella y accedió a sentarse y discutir los planes para su reino, ya que estuvo de acuerdo en que no hizo trampa en la carrera, ya que todo lo que hizo fue usar el talento de ella y Bracken a su favor para ganar de manera justa.

Esa tarde estaban colocando a Louis y Tidal Wave de nuevo en sus establos para que descansaran por el día.

Los Sueños de la Princesa Helena Se Hacen Realidad

Helena nadó hacia el palacio cuando escuchó que su madre había vuelto a casa.

Pero primero, Neptuno dijo que necesitaba hablar con su madre sobre su recompensa antes de que ella pudiera verla tanto como quisiera.

Helena parecía molesta, pero aceptó, ya que de lo contrario su padre podría cambiar de opinión sobre su sueño y no quería que eso sucediera. Aceptó sus deseos.

Pasaron unas horas cuando la llamaron al salón del trono para hablar sobre su recompensa.

Ella estaba esperando que su sueño se hiciera realidad y sabía que tenía que ser paciente.

La alta sacerdotisa de los Cráneos de Cristal estaba hablando con su padre sobre sus deberes cuando él le dijo a su hija:

"Está bien, hija, vamos a sentarnos todos juntos en el Templo del Unicornio y discutir este asunto más a fondo respecto a tu reino que deseas construir en tierra y mar."

Después de la última batalla, el dios del mar no podía agradecer más a su querido amigo, y así construyeron un templo en su nombre, donde también Helena podría hablar con él en tiempos de necesidad, ya que habían pasado más de seis meses desde que él se trasladó a las estrellas.

Helena sonrió y dijo: "¡Oh sí, padre, vamos!"

La reina Sera llamó a su carro de delfines, que estaban esperando afuera del palacio. Todos nadaron con gracia y montaron hacia el Templo del Unicornio.

Al acercarse al Templo de Seequest, había dos hermosas imágenes de su amigo: una estatua de él como el gran hipocampo en oro y la otra en su forma de unicornio, de pie junto a las puertas antes de entrar, en plata.

Las estatuas eran fieles representaciones de Seequest como un hipocampo, pero la diferencia era que la de plata tenía su cuerno plateado incrustado en su frente.

El acuerdo siempre fue devolverle el cuerno a Neptuno, ya que se lo había dado para que pudiera vivir en el mar como antes.

Así que allí, la única parte real de Seequest en su forma verdadera era su cuerno, y por eso ella aún podía contactarlo en el universo, ya que era parte de él mismo y de ahí venía su magia.

Así que ahora, en esta estatua, era un hipocampo unicornio, que fue su forma en la última batalla de su vida en el mar. Esta estatua fue hecha para proteger el cuerno y para consolar a Helena por la pérdida de él hacia las estrellas.

Todos lo besaron y dieron una bendición antes de sentarse alrededor de la mesa redonda y hablar sobre el futuro reino que Helena quería crear y construir.

Eventualmente, pasaron las horas y todos estuvieron de acuerdo en que el edificio que ella mencionaba

Los Sueños de la Princesa Helena Se Hacen Realidad

funcionaría, siempre y cuando hubiera reglas que los tritones tendrían que obedecer.

Helena aceptó y prometió que si su gente no obedecía las reglas, serían castigados al no poder vivir allí durante unos meses.

Si continuaban actuando mal, serían transformados en tiburones guardianes del mar, como lo que Neptuno hacía con su gente y otros similares cuando se comportaban mal.

Pasó otro año antes de que toda la preparación estuviera lista, y ahora la princesa sirena solo tenía que elegir un lugar adecuado para construir el reino, para la seguridad de ella y su gente que viviría allí.

Así que, después de otro año y seis meses, Helena había sido muy paciente y aún no había encontrado el terreno adecuado para construir.

Se estaba sintiendo un poco molesta, ya que sentía que su vida se estaba desperdiciando, ya que había estado con Mer-knight en silencio durante un buen tiempo.

En su vigésimo primer cumpleaños, descubre por parte de Taylor, como regalo, que él era un verdadero príncipe de otro reino.

Al principio se sorprendió y luego se sintió abrumada al darse cuenta de que, por fin, podrían estar juntos como ella había deseado.

Taylor, el príncipe, la sorprendió nuevamente y la llevó en un barco fantasma a una isla secreta que Neptuno había nombrado Santorini.

Sí, la batalla fue allí en el pasado, pero estaba en el otro lado de la isla.

Taylor vio este otro lado de la isla y pensó que sería un lugar perfecto para construir su reino, ya que no estaba completamente en tierra y también estaba muy cerca del mar, que estaba por todas partes.

La isla estaba en medio del mar, por lo que estaría alejada del peligro, y Taylor sabía que a Helena le encantaría, ya que aún podría estar muy cerca del reino de sus padres, que está en el fondo del océano, donde estaría su reino.

Pensaba que no podía esperar para llevarla allí y ver su rostro iluminarse con emoción nuevamente desde la Carrera.

Ella y su gente podrían sumergirse y convertirse en seres marinos cuando quisieran y aún podrían seguir cumpliendo sus deberes con el rey y el mar.

Además, podrían visitar a sus amigos y familiares que tal vez decidieron que se sentían demasiado asustados para ir allí por sí mismos.

Mientras navegaban con Ghost a través del mar, Helena seguía preguntándose qué era lo que Taylor quería que ella tuviera o viera con tanta urgencia y no podía esperar para llegar a donde él la estaba llevando.

Los Sueños de la Princesa Helena Se Hacen Realidad

Una hora después, nadaron a través del campo de fuerza hacia el océano de Santorini y salieron a la superficie.

Lo primero que Helena dijo fue: "Mi amor, ¿por qué me trajiste aquí?"

"Este fue el lugar donde perdí a Seequest," comenzó a decir, molestándose y frustrándose con él.

Él respondió: "Querida, no te he traído aquí para eso."

"Necesitamos nadar al otro lado de la isla," dijo con gran confianza y comprensión en su voz.

Volvieron a sumergirse con Ghost, elegantemente, con su gran cuerpo plano aferrándose con fuerza, ya que era muy rápido.

Pasaron por grupos de delfines de nariz de botella y peces hermosos de todas las formas y tamaños en sus bancos.

Eventualmente, Ghost emergió nuevamente en la otra parte de la isla cuando Helena solo vio agua y luego dijo: "Estoy confundida."

Entonces, el príncipe Taylor dijo nuevamente: "Querida, deja de ser impaciente."

"Verás pronto, mi amor," y Ghost se sumergió una vez más hasta que emergió de nuevo.

Pero esta vez apareció una gran y hermosa isla verde en medio del mar.

Helena miró y sintió como si acabara de ver la isla de su sueño, la cual no sabía que existía. Solo sintió que era solo su imaginación.

Taylor dijo: "¿Mi princesa, te gustaría ver más?"

Ella respondió: "¡Oh sí, por favor!" con una enorme sonrisa en su rostro, abrumada por la emoción al mismo tiempo.

Ghost se acercó lo más que pudo y, afortunadamente, ahora Helena también era una alta sacerdotisa profesional.

Llevaba su capa púrpura del poder del cráneo de cristal de amatista y dijo algunas palabras, y allí aparecieron ambos como personas piscianas, como lo hizo antes.

Primero, Taylor estaba cayendo por todos lados y luego recuperó el equilibrio, y luego se sintieron listos para saltar de Ghost y pisar el césped verde.

El príncipe Taylor estaba feliz por Helena y, sin embargo, sentía que realmente le gustaría este tipo de vida con ella. Para él, todo lo que conocía estaba en el mar. Así que, para él, esto era una nueva aventura y experiencia también.

El príncipe se sintió un poco extraño al principio, pero luego confió en el instinto de Helena mientras seguía perdiendo el equilibrio y cayendo al mar.

Helena y Ghost se estaban riendo a carcajadas mientras Taylor no estaba muy divertido con todo esto.

Los Sueños de la Princesa Helena Se Hacen Realidad

Eventualmente, él empezó a acostumbrarse a la situación cuando todos sonrieron, y Ghost se acercó más a la isla para que pudieran explorar.

El príncipe Taylor sabía entonces que Helena no dejaría que les ocurriera ningún daño y confió en ella para acercarse con ambos pies esta vez.

Eventualmente, Ghost nadó amablemente de regreso al mar y allí estaban ellos, de pie en esta increíble isla en medio de la nada.

Taylor estaba empezando a acostumbrarse a sus piernas y pies ahora.

Entonces comenzaron a caminar de la mano. El príncipe Taylor empezó a sentir la hierba cosquilleando sus pies, pero también pensó que era suave y cálida.

Luego se sentaron y miraron el cielo azul sobre ellos. Después caminaron un poco más y encontraron una pequeña playa en el lado derecho de la isla.

Helena dijo: "¡Oh, wow, Taylor, me has hecho la princesa más feliz del mundo, ya que creo que eres mi caballero de brillante armadura!"

Ambos se rieron juntos y Taylor pudo ver en los ojos azules de Helena, que brillaban y chisporroteaban, que ella era la más feliz que había estado desde que perdieron a Seequest en la batalla.

Habían pasado la mayor parte del día allí, y como era su cumpleaños muy especial, se esperaba que ella regresara a casa para la celebración.

Así que, rápidamente saltó de regreso al mar, donde dijo: "Taylor, mi amor, gracias. Has encontrado nuestro nuevo hogar."

Estaba tan encantada que salió del mar, hizo una voltereta en el aire y se zambulló de cabeza de nuevo en el océano en su forma de sirena.

En cuestión de segundos apareció una vez más y nadó hacia Taylor, haciendo muchas olas a medida que se acercaba. Lo abrazó fuerte y miró en sus ojos azules y dijo: "¿Príncipe Taylor, te harías el honor de vivir en mi nuevo reino conmigo?"

Taylor respondió: "Sí, por supuesto, mi reina," lo que la hizo sentir como la sirena princesa más afortunada del mundo.

A través de su emoción, no podía esperar para regresar y contarle a Neptuno que Taylor había encontrado el lugar perfecto y que su reino funcionaría perfectamente para su gente también.

Esa noche regresó y le dio a sus padres la noticia.

Ellos pudieron ver que estaba tan feliz que decidieron que podría mostrarles este lugar increíble de inmediato, y eso fue exactamente lo que hizo.

Helena, Taylor, Neptuno y la Reina Sera volvieron a la isla en sus hermosos carros dorados y plateados tirados por delfines para ver el lugar lo más cerca posible.

Los delfines sacaron el carro del mar para que sus padres pudieran ver la isla de cerca.

Los Sueños de la Princesa Helena Se Hacen Realidad

El Rey Neptuno y su madre dijeron: "Helena, es perfecto ya que está completamente alejado de la tierra, y nuestra gente aún puede ser sirenas/sirenos si así lo desean."

Helena coincidió con lo que sus padres acababan de decir, ya que ella y Taylor sentían lo mismo.

Helena estaba ahora muy emocionada, ya que pensaba que este sería el lugar donde se construiría su nuevo reino, y su sueño, que había tenido durante mucho tiempo, estaba convirtiéndose en realidad.

Primero, Neptuno miró hacia arriba y llamó a su hermano Zeus, pidiendo su permiso, ya que todas las tierras pertenecían al poderoso Zeus.

"Zeus, querido hermano, te llamo ahora."

"Mi hija Helena ha ganado la carrera acuática del Mar, y su premio es construir un reino en tu tierra y vivir aún en el mar."

"Ahora tiene veintiún años y es una sacerdotisa completamente entrenada."

"Te pido tu permiso y bendición para que mi hija pueda tener esta porción de tierra aquí alrededor de mi tierra también y ella promete cuidarla y tratarla bien."

"Así como a las criaturas que viven en ella también, ¿qué opinas, oh, poderoso?"

Algunas nubes aparecieron en la imagen de Zeus, quien respondió: "Hermano mío, entiendo y felicito sus muchos logros, así que creo que estoy feliz y te doy mi bendición para que puedas tener mi isla de Santorini."

"Úsala sabiamente, mi hijo."

Ella respondió: "Oh, el gran dios de todos, lo haré con todo mi corazón, te lo prometo."

"Entonces, Reina Sera, puedes usar tu magia y hacer lo que debas para hacer que esto suceda."

Neptuno dijo: "Gracias, Zeus, por tu bendición, ya que creo que mi hija hará y creará grandes cosas aquí y traerá paz a las criaturas aquí también."

"Sí, por eso estoy permitiendo esto una sola vez como prueba para algo que yo deseo crear con el tiempo."

"Así que observar el reino de Helena me mostrará si mi idea funcionará pronto para una vida permanente. Pero el tiempo lo dirá."

"Por ahora, disfruta tu nueva vida, Helena, ya que estaré observando muy de cerca."

"Sería un honor, su gracia. Gracias de nuevo," cuando él desapareció.

Luego, Neptuno y Sera se miraron el uno al otro y Neptuno dijo: "Querida, es hora de mostrarnos lo que tu magia puede hacer."

Ella asintió y sonrió.

Los Sueños de la Princesa Helena Se Hacen Realidad

Helena entonces sonrió a su madre también mientras la observaba con compasión crear este hermoso reino desde cero frente a ella.

La Reina Sera abrió su hermosa bolsa de seda blanca. Dentro estaba el cuerno de Seequest como sorpresa para Helena.

Neptuno dijo: "Querido Seequest, sé que puedes oírme y te pido, por favor, ¿nos permitirías usar tus poderes mágicos para ayudar a la Reina Sera a crear y construir el reino de mi querido amigo?"

Una respuesta llegó a través del viento diciendo que estaba feliz por ella y les dio su bendición para usar su cuerno con gran amor y felicidad hacia todos ellos.

La Reina Sera lo sostenía suavemente en sus manos cuando el cuerno plateado de Seequest brilló con una gran luz y luego se atenuó rápidamente antes de pasárselo a su hija para que lo usara a continuación.

La Reina Sera dijo: "Helena, todo lo que necesitas hacer es sostener el cuerno y ver en tu mente la belleza y el amor que deseas construir para el reino; para ti misma y para nuestra gente."

Era la primera vez en su vida que sentía la presencia de Seequest a través del cuerno, ya que antes estaba colocado en el Templo del Unicornio desde que él dejó la Tierra.

Helena había sostenido el cuerno de Seequest antes, y al principio le rompió el corazón. Luego, en su mente, escuchó su voz decirle:

"Princesa, usa mi cuerno para crear el reino de tus sueños, mi hija."

Entonces, sostuvo el cuerno con fuerza mientras sentía su energía amorosa suavemente en sus manos, lo cual le daba un gran calor a su piel también.

Sabiendo que le traía un buen recuerdo de su gran amigo que le había dado su bendición para construir su reino a través de la magia que había dejado atrás.

Movió el cuerno y recitó un verso mientras se volvía azul, y luego volvió a escuchar la voz de Seequest diciendo: "Apunta mi cuerno directamente a la tierra donde te gustaría que estuviera tu reino."

En cuestión de segundos, comenzó a crearse frente a ella.

Neptuno estaba abrumado y dijo: "Asegúrate de que sea para tu mayor bien."

"Sí, lo es, padre, lo entiendo y es así," respondió ella.

Sostenía el cuerno en sus manos mientras visualizaba su sueño y lo veía en su mente.

El cuerno se volvió de un azul zafiro profundo y, mientras lo apuntaba hacia la tierra, el hermoso reino místico comenzó a aparecer y construirse gradualmente a través de sus propias manos.

El príncipe Taylor y sus padres miraban con gran felicidad y tristeza, ya que sabían que Helena ya no viviría con ellos como su hija, porque ahora era una princesa sirena completamente formada, pero diferente.

Los Sueños de la Princesa Helena Se Hacen Realidad

En unas pocas horas, el reino entero estuvo construido.

Era impresionante, con oro y plata por todas partes, estatuas de su familia alrededor, un Templo de Cristal para el cráneo de amatista y otro Templo de Seequest dentro de su propio palacio para su seguridad.

Su reino era más pequeño que el de su padre, por supuesto.

El reino de la princesa sirena era perfecto y luego apuntó el cuerno hacia sí misma, y allí apareció no como una princesa sirena sino como una Reina pisciana.

Aún era una sirena por dentro, pero ahora por fuera parecía más humana.

Lucía hermosa, vestida con un elegante vestido púrpura y blanco con una capa púrpura, y llevaba una corona de cristal de amatista con un uni-hippocampus en ella, como la verdadera reina que Seequest había visto en ella.

También apareció un largo y espectacular cetro plateado que tenía una piedra de amatista en la cima.

Dentro de la piedra había una imagen del unicornio de Seequest como el Rey Unicornio que una vez fue.

Helena miró el cetro y agradeció a Seequest y a sus padres por el regalo de cumpleaños número veintiuno perfecto que podría amar o desear.

A través del poder del cráneo de amatista, colocó su cetro sobre la superficie del mar y allí pudo caminar sobre él por un momento, viendo su reino soñado hecho realidad mientras se pellizcaba para asegurarse de que no estaba soñando.

Helena luego apuntó su cetro al final de la tierra, en la parte donde el mar se encuentra con la tierra, y allí creó escalones dentro del agua salada para que ella y el pueblo marino pudieran subir fácilmente y con seguridad a la tierra.

Cuando llegaran a la superficie, sus cabezas saldrían del agua y sus cuerpos se transformarían automáticamente en forma pisciana.

Así, su gente podría experimentarse a sí misma sentada en la playa para adaptarse a sus nuevos cuerpos y luego caminar hasta el reino para ver la nueva casa de la Reina Helena y el Príncipe Taylor.

Sus padres y Taylor usaron las escaleras que ella acababa de crear y caminaron desde el fondo del mar hacia arriba mientras se construían al mismo tiempo.

Las había creado mágicamente para que las escaleras desaparecieran, de modo que nadie más pudiera llegar a su reino sin consultar primero con Neptuno, ya que, después de todo, ellos eran verdaderamente su gente y había reglas que obedecer.

Finalmente, caminó alrededor y no podía creer que el reino de sus sueños estaba ahora construido frente a ella, y que ella y Taylor vivirían allí felices para siempre.

Ahí estaba su hombre pisciano, más apuesto que antes, vistiendo sus colores verde y blanco.

Los Sueños de la Princesa Helena Se Hacen Realidad

Luego estaba Neptuno, vistiendo una elegante túnica azul aguamarina con una capa azul más oscuro y sandalias doradas.

Con su tridente, lo golpeó suavemente en el suelo, donde brilló en azul aguamarina, haciendo que el reino resplandeciera bellamente, como si el mar también estuviera brillando sobre él.

A su lado estaba su esposa y madre de Helena, la Reina Sera, y ahora alta hechicera debido a sus poderes conectados con el cráneo de cristal púrpura.

Ella estaba de pie, luciendo bastante hermosa con su cabello rubio y su tez clara y sus ojos azules iluminados, vistiendo un vestido plateado y blanco que mostraba sus piernas en la falda, así como una capa con el emblema de la luna.

Sera llevaba su corona y sostenía su cetro, que tenía la luna y las estrellas grabadas por todas partes, como un regalo de su madre en su cumpleaños número veintiuno en el pasado.

No podían creer lo hermoso que era su reino y cuán orgullosos estaban de su hija ese día.

Sabían que ella sería feliz y una gran reina en esta nueva vida, y que disfrutaría de su nuevo hogar con su gente de una manera diferente.

Todos llegaron a las enormes puertas plateadas y moradas con hipocampos en ellas, una mirando hacia arriba y la otra hacia abajo, y en la cima de las torres a su lado había una alta estatua de hipocampo y unicornio como guardianes, también como regalos de Seequest, una bendición especial de protección siempre para ella y su reino.

Su emblema de los dos hipocampos era el que miraba hacia arriba en relación con vivir en la tierra y el que miraba hacia abajo representaba vivir en el mar.

Por eso estaban mirando en direcciones diferentes, representándola ahora como Reina pisciana, siendo parecida a un humano y aún una princesa sirena.

Era el turno de su madre de darle un regalo, y también usó su cetro de piedra lunar para colocar un campo de fuerza invisible de polvo lunar sobre toda la tierra y el reino, protegiéndolo de daño y asegurando que incluso si los seres de Zeus llegaban allí, también estarían a salvo.

Finalmente, el cuerno de Seequest dejó de brillar, así que se lo devolvió a su madre para que lo guardara en su bolsa especial para mantenerlo a salvo, ya que debe regresar al Templo Unicornio en el mar para evitar que caiga en manos equivocadas, como las de Hades.

Se recordó que él todavía está alrededor, pero ahora viviendo en la parte más profunda del núcleo de la Tierra.

Todos caminaron más adentro de la ciudad, y allí, en el exterior, estaban las casas redondas con ventanas y puertas cuadradas para los hogares piscianos cuando estuvieran en tierra.

Mientras caminaban por la ciudad, ella creó mercados donde los seres marinos podrían intercambiar algunos de los bienes de la tierra por los bienes del mar.

Los Sueños de la Princesa Helena Se Hacen Realidad

Hacer esto crearía un equilibrio perfecto entre ambos mundos en la Tierra.

Al llegar a su palacio, había una imagen de una Reina sirena y una Reina pisciana también.

Helena dijo: "Así es como me conocerán a partir de ahora."

Porque estaba aceptando ser dos seres diferentes.

Sus padres le preguntaron amablemente por qué eligió dos caballos de mar como su emblema en lugar de los delfines, y ella respondió: "Porque ambos me representan: uno mirando hacia arriba, sobre el mar, y el otro mirando hacia abajo, viviendo aún como una princesa sirena en el mar."

"Representarán estar en la tierra y el otro mirando hacia abajo, viviendo todavía como una princesa sirena en el mar." Sonrieron pensando que era una gran idea.

Neptuno y Sera estaban muy orgullosos de su hija.

Neptuno, bromeando con ella, dijo: "Bueno, en realidad el caballo de mar superior podría ser tu lado femenino de tu madre, que viene de la hermosa luna y las estrellas, y el que mira hacia abajo es tu lado masculino de mí, el dios del mar."

Todos se rieron y Helena respondió: "Padre, también me encanta esa idea."

"Llamaré a mi reino pisciano en honor a mí misma y a mis padres."

A todos parecía gustarles el nombre.

Su padre respondió: "Tengo una cosa más para ti para mantenerte a salvo, y es una sorpresa."

Llamó con su concha que tenía en su bolsillo, haciendo un suave ruido.

A lo lejos aparecieron cien caballeros marinos que ya se habían ofrecido para ser sus guardianes en nombre de su rey y reina del mar.

"Oh, padre, gracias."

"Bueno, sé que puedes cuidarte muy bien."

"Eres todavía mi amada hija y quiero que sepas que, aunque no te vea a menudo, estás completamente segura en todo momento."

Helena respondió: "Entiendo perfectamente y los trataré bien como a mis caballeros."

Ella apuntó su cetro hacia ellos y sus ropas cambiaron a púrpura y plata en lugar de aguamarina y blanco, los colores de su padre, con su emblema de hipocampo también.

Su sueño ahora era real y todo lo que tenía que hacer era vivir felizmente con su príncipe.

O eso es lo que esperaba hacer.

Pensó para sí misma que tal vez tendría hijos pronto cuando estuviera lista.

Los Sueños de la Princesa Helena Se Hacen Realidad

Pero por ahora, estaba muy feliz porque tenía a su amado príncipe, su reino y la ciudad de sus sueños.

Una vez más, estaban caminando alrededor de su palacio, que tenía hermosas vistas de la isla a su alrededor.

Era espectacular y muy mágico, de hecho.

Gracias a la magia del cuerno de Seequest, en una parte del terreno en la parte trasera del palacio había un jardín que crecía rápidamente con árboles de abedul plateado y plantas que producían frutas y verduras deliciosas para ella y el pueblo pisciano, así como su comida para peces también.

Era un recuerdo de cuando estuvo por última vez con su querido Seequest y estaban vivos y divirtiéndose juntos, era como cuando los unicornios los creaban y los hacían crecer para la Tierra en el pasado.

Sentía que tenía su bendición, así como tener la magia ella misma ahora.

Vaya, Helena no se dio cuenta de cuán afortunada era hasta hoy.

Helena dijo que estaba agradecida con cada uno de su familia, Seequest y Zeus con su familia en el cielo por su ayuda y protección también.

Lo último que pidió fue permiso para que el pueblo de Neptuno viniera a ver si les gustaría experimentar su mundo desde un ángulo diferente.

Ella dijo: "Ahora, padre, ¿podrías preguntar a nuestro pueblo quiénes quisieran compartir este reino conmigo?"

Neptuno respondió: "Sí, por supuesto, hija. Les contaremos todo sobre hoy después de la cena en tu celebración de cumpleaños."

Helena y Taylor se miraron y ella corrió hacia él y lo besó frente a sus padres, donde su padre dijo entonces: "Príncipe Taylor, ¿creo que vivirás aquí con mi hija?"

"Espero que la trates como a tu reina."

Taylor miró a Helena y le respondió a Neptuno: "Su Alteza, amo a su hija mucho y me gustaría que algún día fuera mi esposa," con gran felicidad en su tono de voz.

"Sí, por supuesto, siempre la adoraré y honraré como a mi reina, y también la protegeré con mi vida."

Neptuno y la Reina Sera se miraron y sonrieron, asentieron y fueron a abrazar a su hija, ya que estaban contentos con su respuesta.

Todos decidieron que empezaba a oscurecer y vieron a Luna, la luna, mostrando su imagen dentro de ella mientras hablaba: "Feliz veintiún cumpleaños, querida Helena."

Ella miró hacia arriba y dijo: "Gracias, abuela," y luego se preguntó si era seguro dejar su nuevo hogar.

Luna dijo: "Lo vigilaré por ti mientras estés fuera."

Los Sueños de la Princesa Helena Se Hacen Realidad

Helena le agradeció mucho y dijeron sus despedidas por ahora.

Regresaron al final de la tierra donde bajaron las escaleras a medida que aparecían, y cuando las dejaron, desaparecerían nuevamente justo después de ser creadas.

Llegaron al fondo del océano donde los carros de delfines estaban esperando para llevarlos de regreso a Vissen para celebrar adecuadamente el veintiún cumpleaños de Helena.

Al llegar a Vissen, todos descansaron y luego se prepararon para la gran celebración de Helena, ya que no solo iban a mencionar su cumpleaños a su pueblo, sino también sobre su propio hogar y reino.

Helena pensó que todo lo que había sucedido ese día era un sueño completo y que tenía que pellizcarse nuevamente para saber que era real.

Aunque quería estar con sus padres, su familia y su gente, supo entonces que su reino pisciano era su verdadero hogar y no podía esperar para regresar allí nuevamente.

Mientras nadaba hacia la superficie del mar y miraba las estrellas, veía a Seequest y a las estrellas de Legends brillando de vuelta hacia ella.

Helena no podía creer que ahora realmente tenía su reino, que había diseñado con su increíble imaginación.

Más tarde, todos se vistieron para la cena.

Neptuno llamó a sus guardias marinos para convocar a su pueblo y encontrarse con ellos más tarde en el centro del reino llamado Círculo de Neptuno, donde tuvieron lugar todas las celebraciones.

Esa noche, todos estaban divirtiéndose mucho con sus familias cuando Neptuno anunció que Helena ahora era una sacerdotisa completamente entrenada y calificada, quien a partir de ahora sería llamada Amatista en los templos cuando trabajara allí y también cuando estuviera en Vissen.

Aún será considerada su hija, pero también conocida como Amatista.

Pero en lugar de detenerse ahí, dijo: "Mi pueblo de Vissen, los he convocado hoy no solo para celebrar a su princesa con muchos otros títulos ahora.

"Sino que tengo algo más maravilloso y fuera de este mundo que pedirles a todos."

El pobre pueblo marino en ese momento parecía preocupado cuando Neptuno dijo: "¡Por favor, es algo grandioso lo que les voy a pedir!"

"Pero no tienen que hacerlo a menos que quieran."

Los marinos estaban confundidos, y luego él dijo: "Miren, mi hija Helena ha creado su reino a través del regalo del gran cuerno de Seequest y sus poderes del cristal de amatista.

"Ahora nuestra sacerdotisa tiene el poder del cristal de amatista y con él."

Los Sueños de la Princesa Helena Se Hacen Realidad

"Ella ha creado un gran reino propio que es seguro para ustedes y sus familias, para que puedan ir y experimentar por sí mismos una gran aventura en la tierra y aún estar con su gente también."

"Ahora, si alguien quiere irse de aquí o solicitar una visita, deben venir a ver a su princesa personalmente más tarde esta noche después de la fiesta."

"Pero no conocida como Helena, sino como la Reina Helena del Reino Pisciano."

Todos se miraron entre sí, desconcertados, mientras permanecían en silencio por un rato y se miraban unos a otros.

Entonces Neptuno golpeó su cetro y eso llamó la atención de todos, y luego todos se dieron cuenta de que no era una broma, ¡su rey estaba hablando en serio!

Los marinos comenzaron a animar diciendo: "¡Por la reigna de nuestra nueva reina en tierra y mar!"

"¡Por la Reina Helena, que viva nuestra Reina Pisciana!"

Helena estaba tan encantada que dijo "gracias a su gente."

Helena gritó: "Como mi padre mencionó antes, si desean venir a mi isla y quedarse un tiempo, deberán acercarse a mis escaleras especiales que aparecerán, y al hacerlo, sus colas se transformarán en piernas y podrán respirar y vivir en tierra tanto como en el mar por el tiempo que deseen."

Después de la fiesta, muchos de su gente se acercaron a ellos y anotaron sus nombres, mencionando las reglas que debían seguirse en todo momento.

Luego les contaron sobre la oportunidad de experimentar un trato único en la vida de poder vivir en tierra y mar al mismo tiempo cuando lo desearan.

La sacerdotisa luego les dijo a su gente que esto solo aplicaba a aquellos que siempre habían obedecido las reglas en el reino de Neptuno antes.

Todos parecían asustados con la idea hasta que el dios del mar usó su tridente y lo golpeó unas veces más, y apareció una imagen del nuevo reino de su hija, su Reino Pisciano de sueños.

Todos al principio no podían creer lo que acababan de escuchar y luego tampoco podían creer lo que vieron a continuación.

Algunos sintieron que era una traición a las reglas de Neptuno y que estaban abandonando a su rey y a su reino también.

Pero no era así, ya que Neptuno mencionó que él la ayudó a construir esto y que era al cien por ciento para su gente, así como para su hija para vivir allí en tierra.

Porque había un campo de fuerza especial para que pudieran respirar fuera del agua, y esta isla era como una isla flotante, ya que ninguna otra criatura podría alcanzarla.

Los Sueños de la Princesa Helena Se Hacen Realidad

Neptuno dijo que le dio su bendición y que ahora la Reina Helena gobernaría su reino.

Además, esa noche, la alta sacerdotisa fue coronada por sorpresa en el círculo, con su trono hecho de plata pura, con dos unicornios en posición de alazán a los costados del trono.

Era impresionante, y su padre dijo: "Por favor, hija, siéntate aquí." Luego, su madre llegó con una sonrisa sosteniendo una corona inusual.

La corona estaba hecha con todos sus cristales de piedra natal, y en el centro estaba la piedra púrpura. Era un deleite absoluto ver eso. Helena estaba vestida con su vestido de plata y púrpura y una capa de seda, y ahora también tenía esta hermosa corona.

Se sentó en el asombroso trono, sin creer que era real hasta que lo tocó.

Neptuno dijo: "Convoco a mi gente marina de nuestra tierra de los mares para bendecir y proteger a la nueva Reina Pisciana.

Por favor, protéjanla siempre y también a nuestro pueblo, y que ella gobierne con gran felicidad y salud también."

Luego, la Reina Helena agradeció a su padre y a su madre y se puso de pie con gracia, diciendo: "Gracias a los marinos de Vissen y ahora también a mi reino.

No les fallaré, ¡lo prometo!"

Sus padres sonrieron con orgullo mientras ambos gritaban: "¡Oh, reina Helena y su reino pisciano de tierra y mar!" con gran calidez en sus voces.

Luego, los marinos repitieron a Helena: "¡Por nuestra nueva Reina Helena, que viva nuestra reina del reino pisciano!"

Después de esto, muchos marinos querían experimentarlo por sí mismos, y durante meses, fue un éxito, y todos estaban muy felices durante un tiempo.

Capítulo Cincuenta y Uno

Reino Pisciano de Helena

La Reina Helena y el Príncipe Taylor llevaban seis meses viviendo en su hogar cuando una tarde, en el palacio, el príncipe se acercó a ella, se arrodilló y le pidió que se casara con él, a lo que ella aceptó.

No podían esperar para contarles a sus padres, así que primero bailaron en la arena y luego corrieron rápidamente hacia las escaleras del mar, descendiendo por ellas tan rápido como pudieron hasta que saltaron de emoción y se transformaron en grandiosos seres marinos como antes.

Nadaron para recoger a sus hipocampos. Aunque a ella le encantaba Bracken, no parecía funcionar estando lejos de los establos de su familia.

Así que decidieron dejarlo en el mar, donde pertenecía, pero ella lo extrañaba mucho, y él también la extrañaba a veces, ya que ella se estaba acostumbrando a caminar sobre piernas más de lo que él esperaba.

Zeus había estado observando durante un buen tiempo y pensaba que tal vez esta podría ser una idea que él también utilizaría para crear a los humanos en un futuro lejano.

Llegaron a los establos y recogieron a los caballitos de mar, listos para nadar lo más rápido que pudieron primero para ver a los padres del Príncipe Taylor al otro lado del mundo.

Ellos estaban encantados, y al día siguiente regresaron al palacio de Neptuno y contaron a sus padres la gran noticia.

Neptuno y Sera estaban encantados y, a la vez, tristes, ya que sabían que ella querría vivir más en tierra que en el mar en su dominio.

Los habitantes del mar estaban entusiasmados con la idea de tener pies y experimentar caminar, correr, bailar y tocar el hermoso grano dorado llamado arena, aunque se dieron cuenta de que bajo el sol estaba demasiado caliente para ellos pisarlo durante mucho tiempo.

Entonces pensaron que tal vez su gente debería caminar sobre la arena por la noche para disfrutarlo más.

Además, les gustaba la idea de comer frutas y verduras en lugar de solo algas y pescado todo el tiempo, sabiendo que era muy bueno para ellos.

Reino Pisciano de Helena

La alta sacerdotisa Helena también pidió a Pegaso que la ayudara a crear piscinas y baños con agua salada para que su gente aún se sintiera como en casa, la cual había recogido del mar mismo.

Pero no estaba permitido usar el agua de mar en el reino, ya que solo pertenecía al mar.

Cuando una sirena o un tritón venían y se quedaban en el Reino Pisciano, esa era la forma en que se les llamaba: mujer pisciana debido a que se les pensaba altamente en su forma, y había hombre pisciano también.

También funcionaba gracias a las energías del cristal de amatista y los caballitos de mar.

El emblema que eligió para representar a su reino y palacio consistía en dos caballos marinos mirando en direcciones opuestas, conectados por un hermoso trozo de seda de alga verde jade.

Uno era de zafiro y plata, y el otro de aguamarina y plata.

Las esmeraldas verdes representaban su tierra, el zafiro y la plata representaban el cielo, y el azul aqua y la plata representaban el mar.

El escudo representaba a ella misma y al príncipe Taylor en sus formas femenina y masculina como seres marinos y piscianos ahora también.

Representaba: paz, curación, alegría, amor, ayuda, espiritualidad y creatividad.

Cuando los habitantes del mar visitaban el reino, llevaban bonitos vestidos cortos y pantalones cortos que tenían el emblema en ellos para que supieran que tenían permiso para visitar en los colores de la bandera de su Reina y Rey.

Y si alguien rompía la ley, podría ser transformado en delfín si era inteligente, o en tiburón si no era tan creativo o hábil con las manos, como los trabajadores, quienes se convertían en guardianes de su tierra y mares también.

Porque si desobedecían las reglas, serían convertidos en tiburones y estarían bajo el control constante de Neptuno.

El Reino Pisciano y la reina fueron apreciados y adorados durante muchos años.

La Reina Helena había hecho que la tierra fuera espectacular, con muchas cascadas de sal preciosas, por lo que era seguro para los piscianos bañarse y nadar sin tener que volver al mar y convertirse nuevamente en seres marinos por un tiempo.

A todos les encantaba Pisciano.

Los habitantes del mar creían que era una tierra de sueños y, en el futuro, realizó intercambios comerciales con todo el mundo allí también.

El momento se acercaba, ya que la Reina Helena estaba emocionada porque pronto se casaría con el tritón de sus sueños y no podía esperar a que llegara ese día.

Reino Pisciano de Helena

Era primavera nuevamente cuando la Reina Helena había esperado mucho tiempo para casarse con su príncipe encantador. Su día de boda había llegado y estaba muy emocionada.

Llevaba un hermoso vestido blanco puro que su abuela había creado para su día especial con la energía de la luna misma, y brillaba tan intensamente como ella, con una corona perfecta de plata y sus piedras para combinar.

Decidió que quería que la ceremonia fuera al atardecer, cuando su abuela pudiera observar y unirse también, ya que es cuando la luna se está preparando para aparecer por la noche.

Ahora el sol se había puesto y Apolo había movido sus caballos solares al otro lado del mundo. Allí, su abuela estaba observando desde la distancia.

En el mar alrededor de ellos, los delfines y las ballenas movían sus colas, creando una melodía de boda para que ella llegara, todos muy felices por ella, ya que eran grandes amigos y ella había sido su guardiana alguna vez.

Luego, sus padres aparecieron en tierra con una diferencia, ya que ese día Neptuno había sacado a Tidal Wave y Sea Spray para ayudar a Louis a tirar del carruaje de Helena, como originalmente, ella se quedó en casa en Vissen por la noche, siguiendo la tradición.

El rey Taylor hizo lo mismo y se quedó en sus aposentos, como cuando se conocieron casi dos años antes.

Los habitantes del mar salieron de sus casas para animarla, al igual que las criaturas marinas.

Se acercaron a las puertas de Vissen, donde los guardias marinos se inclinaron ante ella y las altezas reales y abrieron las puertas, donde todos nadaron hacia Santorini, que estaba a dos horas del reino de Neptuno en Atenas, Grecia.

En Santorini, el fantasma de manta raya del rey Taylor lo había llevado todo el camino.

El rey marino nadó con su fiel amigo y le dio una palmadita gentilmente en la cabeza. Luego nadó al otro lado de la isla, donde no sería visto hasta que fuera el momento de hacerlo.

El fantasma llegó y dejó que su amo saltara suavemente antes de nadar y zambullirse elegantemente mientras Taylor empezaba a nadar hacia las escaleras, donde había un resplandor de luz, incrustado en las escaleras del cuerno de Seequest para el poder de transformarse de nuevo en un hombre pisciano.

Cuando llegó a la cima, Taylor vio una figura esperando en la parte trasera de la entrada.

Los caballos marinos, ahora caballos de agua para el día especial de Helena, estaban allí con una diferencia completa, ya que parecían felices en tierra con cuatro patas en lugar de dos y la cola fuera del agua por un tiempo.

Pero estaban bebiendo agua del mar y los cuidadores de establos estaban allí manteniéndolos húmedos con agua de mar para que no se secaran, y sus mantos especiales estaban sobre ellos hasta que la siguiente sorpresa de su madre estuviera lista más tarde.

Como Louis no era un fanático de la tierra y, debido a esto, solía secarse más que los demás. Pero a sus padres no les importaba la tierra. Aunque recordaban que Moonbeam era una criatura terrestre. Mientras que Sea Spray y Tidal Wave, sus padres, vivían principalmente en el agua todo el tiempo.

La reina Sera había hecho crecer rosas blancas alrededor de la tierra y rodear el reino de Helena, y las rosas de luna azul también representaban a ella misma.

Ahora el Reino Pisciano en sí mismo, como parte de la pureza de los unicornios y parte del hogar real de Helena, Vissen, en el mar.

Allí estaban los caballos de agua, Tidal Wave y Sea Spray, tan blancos y brillantes con tonos azules corriendo por sus crines acuáticas.

Delante estaba Louis, con su impresionante figura negra y apuesto, ya que también se había convertido en un magnífico corcel del mar como su padre.

Allí llevaban plumas moradas y azul aqua en sus cabezales y el carruaje estaba hecho de pura madreperla blanca para el día.

Helena miró primero a su dulce amigo, luciendo tan hermoso, y lo abrazó.

Él dijo en su mente: "Mi reina, te ves tan divina" a través de sus pensamientos.

Sonrió y lo besó en la nariz, luego se acercó para saludar y acariciar a los demás caballos, dándoles una palmadita en el cuello antes de que todos subieran al carruaje y comenzaran a trotar elegantemente hacia el hogar de Helena, al Templo de Seequest, donde se iba a casar con la ayuda de su propia madre, sabiendo que ella era una poderosa reina de los mares y del cielo.

Las puertas piscianas se abrieron, donde los guardias de Helena estaban allí orgullosos, inclinándose mientras ella pasaba. Dijeron "Sus Majestades" y todos sonrieron.

Helena sintió que estaba en el séptimo cielo y que era la reina pisciana/mer que había tenido la suerte de vivir en este día tan especial.

Luego llegaron al Templo de Seequest. Era de noche ahora. El techo estaba abierto para que él también pudiera observar desde lejos.

Helena estaba tan complacida que decidió casarse en su propio Reino de sueños.

Los caballos de agua de colores sólidos se detuvieron bellamente y la Reina Sera salió primero y dijo: "Voy a preparar todo".

Entró en el templo donde tenía una sorpresa para Helena más tarde y no podía esperar a que ella la viera y la conociera.

Pero sabía que primero debía casarlos y simplemente sonreía a su hija.

Mientras estaban afuera esperando a entrar cuando se les indicara.

En el Templo de los Unicornios, la Reina Sera abrió el techo para que su madre Luna, Seequest, Legend, Celestial con Pegaso y los caballos místicos pudieran mirar desde arriba.

¡Y ser parte de esta maravillosa y milagrosa noche!

La luna apareció tan brillante como el día cuando iluminó toda la sala con una luz blanca brillante, mágica.

Sera también dio la bienvenida a los animales del bosque y al lobo blanco y su manada, ya que, después de todo, él había salvado a su hija de Hades al final.

Luego fue el turno de su padre, quien se dio la vuelta para ayudarla a salir del carruaje en su impresionante vestido, sonriendo y diciendo: "Mi querida hija, mira cuánto has cambiado en estos últimos dos años."

La Reina Helena miró a su padre, que se preparaba para hablarle, y dijo: "¿Estás listo, querido?"

Cuando él la miró intensamente durante unos segundos y luego supo que esta sería la última vez que ella sería clasificada como su pequeña sirena.

"Créeme hija, estás lista para que esta aventura tuya comience realmente con gran alegría en su rostro."

Los ojos de Neptuno comenzaron a llenarse de lágrimas de felicidad al sentirlo por ella.

Helena sonrió y secó sus lágrimas. Cuando se detuvo en seco, escuchó la voz de Seequest, que dijo: "Oh, cuánto te he extrañado y espero que tengas un destino como el mío."

"Estoy muy orgulloso de lo que has logrado hasta ahora, querida Helena," dijo en su mente mientras ella miraba hacia su estrella brillando sobre ella esa noche especial.

Helena se sorprendió al escuchar la voz de Seequest en su día especial y las lágrimas comenzaron a caer por su rostro sobre su vestido.

Afortunadamente, tenía un pedazo de tela de algas marinas que usó para secarlas y respondió: "Querido Seequest, estoy tan contenta de que hayas venido aquí hoy para mí en espíritu."

"Pero sería genial verte cara a cara algún día, pero por ahora esto es suficiente." "Gracias, mi querido y dulce amigo." Seequest respondió: "Eres más que bienvenida, mi reina pisciana."

Allí, en el Templo de Seequest, ella sentía sus estrellas brillando directamente sobre él. Brillaba con plata pura por toda la noche y el púrpura estaba allí para representar el alto sacerdocio del cráneo de cristal de amatista.

Allí estaba, apuesto con su cabello rubio y sus impactantes ojos azules aún.

Las puertas se abrieron para que la Reina Helena viera a toda su gente haciendo fila adentro, quienes ahora vivían en su reino con ella, y luego caminó entre ellos mientras se inclinaban y hacían una reverencia hacia ella y el rey del mar.

Había una segunda puerta, y esta vez, con su cabello ahora púrpura debido a los poderes que usaba todo el tiempo, allí estaba caminando con gracia con su padre sosteniéndole el brazo mientras se acercaba a su príncipe encantador, que también era su rey.

Cuando ella rápidamente pasó su mano sobre su corona, su cabello negro hermoso reapareció.

Neptuno entró una vez más con Helena en sus brazos, caminando tranquilamente hacia el Rey Taylor, que se veía tan apuesto y glamuroso.

Helena sonrió y besó a su padre en la mejilla como agradecimiento, y luego caminó lentamente y se paró al lado de Taylor, sintiéndose emocionada y asustada al mismo tiempo.

Allí estaba la Reina Helena, luciendo más hermosa que nunca, con su largo cabello negro elegantemente recogido con una nueva corona de plata. Su vestido estaba ajustado a su cuerpo divino con suficiente espacio para moverse como deseaba, lo que hacía que su vestido y figura parecieran como si fuera una reina del mar con piernas.

El color de su vestido era blanco, con una cinta de seda de los gusanos de seda que las mariposas amablemente le dieron como regalo para su día de boda, y llevaba bonitos zapatos de concha azul con tacón de corte.

Su piel era como porcelana, como siempre, con sus labios rosados para finalizar.

Taylor sabía que esto sería una vida completamente nueva que ahora comenzaba y en este momento, la Reina Helena era parte de ella, lo que sentía como amor y bendición.

El Rey Taylor miró a su verdadera prometida y tuvo que frotarse los ojos para asegurarse de que no estaba soñando.

Sintió que no solo había conocido a una princesa sirena que se le había otorgado incluso antes de conocerse en el pasado.

Sino a la princesa sirena más hermosa y poderosa, ahora reina, que había visto en su vida.

Ambos se miraron antes de que comenzara la ceremonia.

Zeus apareció y dijo su parte. "Estamos aquí hoy para celebrar una nueva vida para que estos dos reinos se conviertan en uno en tierra y mar.

"¿Aceptas, príncipe Taylor de las Islas Británicas, tomar a la princesa Helena de Vissen, Grecia, como tu verdadera reina y amada compañera por siempre?" Taylor respondió: "Sí, lo hago." El gran Zeus miró ahora a la reina Helena y dijo: "¿Y tú, hija del gran Neptuno, aceptas a príncipe Taylor como tu verdadero rey y compañero para siempre?" "Sí, lo hago." "Excelente," dijo Zeus.

"Primero debes decir estas palabras conmigo ahora, como socios en el alma."

Helena y Taylor hicieron exactamente lo que Zeus les pidió antes de que Sera pudiera continuar. Dijeron: "Nos entregaremos nuestros anillos eventualmente para recordar siempre que somos amados y destinados el uno al otro, y para nunca lastimarnos en nuestra vida juntos como uno solo."

Y Taylor ahora es un verdadero rey contigo en tu reino también. "Dios los bendiga a ambos."

Zeus respondió: "Perfecto, y felicitaciones de mi parte y de los demás arriba".

"Les damos bendiciones de amor y luz siempre a ambos y a sus hermosos reinos aquí y bajo el mar, y así queda hecho."

Zeus luego dijo: "Gracias por su tiempo esta noche" y luego desapareció una vez más, dejando a Helena para que finalmente se casara con su príncipe bajo la presencia de los dioses del mar de su gente.

Pero antes de que lo hicieran, Zeus dijo: "Oh, también les doy un regalo como presente de boda: la totalidad de la tierra de Santorini, no solo la parte que tienen, sino todo, ahora es suyo."

"Así que usen los árboles de manera adecuada hablando con ellos, y ellos harán crecer sus hermosas flores y frutas. Por favor, respeten a los animales y a Gaia misma, y ellos les ayudarán a cambio."

"Si hacen esto por mí, entonces todo es suyo." "Sí, Su Alteza, así lo haré." "Muchas gracias," y ella le lanzó un beso hacia arriba, mostrando su gratitud y amor por su querido tío Zeus, así como el dios de todas las cosas vivas.

Zeus iluminó a Sera con su gran luz dorada y dijo: "Su Alteza, es un honor para mí que usted una a su hija de mis tierras con las suyas del océano."

"Querida Sera, es tu turno de casarlos ante los ojos de tus mares."

Ella cerró los ojos e hizo una reverencia con gran respeto y respondió: "El honor es nuestro, oh poderoso, gracias" cuando él sonrió y desapareció, mientras los demás aún estaban observando la segunda parte de la ceremonia desde la distancia.

La Reina Helena quería casarse en su propio reino, y primero Zeus debía casarlos, ya que él posee y gobierna las tierras de la Tierra. Neptuno gobierna el mar en la Tierra.

Medio hora después, ambos estaban pronunciando sus votos adecuados, que habían escrito ellos mismos en su lenguaje de los sirenos.

Sonaba así: "Seremos fieles y verdaderos el uno al otro mientras vivamos," y luego ella colocó el anillo en el dedo anular izquierdo del Rey Taylor. Era de esmeralda.

Esta vez, las piedras de la reina Helena, en lugar de aguamarina, eran turquesas, que era su piedra de nacimiento real, ya que su cumpleaños estaba en el cuspide de Sagitario así como Escorpio.

Él colocó su hermoso anillo en su mano izquierda, su dedo anular también.

Una vez que la ceremonia terminó, estaban casados por Zeus, dios de las tierras y también por la diosa de los mares, ya que ahora pertenecía a ambos.

Después de la ceremonia, todos se acercaron para felicitar a la pareja y se dirigieron a continuar la celebración.

La Reina Sera luego dijo: "Entonces, ahora puedo pronunciarlos marido y mujer, pueden besar a la novia."

Tanto Helena como Taylor se miraron y se besaron mientras ella se apartaba un poco para mirarse de cerca a los ojos, mostrando el gran amor que sentían profundamente desde dentro.

Todos vitorearon y celebraron mientras miraban al cielo y en la noche, ella pudo ver la estrella de Seequest brillando intensamente sobre ellos y parpadeando de un lado a otro mientras él los animaba desde lejos en ese momento junto a Legend y los demás.

Helena miró hacia arriba y dijo en su mente: "Gracias" ya que lo amaba y extrañaba a Seequest profundamente.

También le agradeció por la vida que tenía ahora y sabía que, si no fuera por él, probablemente nunca habría sucedido.

Alrededor del reino, en el mar, se podían escuchar los delfines y las ballenas haciendo ruido y saltando arriba y abajo en el mar, mostrando gran felicidad y celebración por la libertad de su amiga.

Pero la Reina Helena y el Rey Taylor caminaron hacia la parte trasera del templo para ver a sus padres y luego se subieron a sus carruajes para celebrar allí.

El rey y la reina se subieron a su hermoso carruaje de oro cubierto con conchas del mar.

La última sorpresa fue que la Reina Sera había entrenado a Bracken para tirar un carruaje de plata solo para esta noche, y a su lado estaba Moonstone, el caballo de agua del Rey Taylor.

Se veían increíbles en sus bridas y arneses de plata y morado, y como toque especial en sus cabezales, había réplicas del cuerno de Seequest en sus frentes, a través de las bridas de algas marinas.

Como regalo especial, su padre le hizo un pequeño obsequio: un cuerno de Seequest dentro de una concha que ella podía tocar y sostener cuando quisiera sentirlo cerca de ella.

A través de magia, cambiaron el carruaje marino en una carreta con ruedas y los caballos de mar tomaron la forma adecuada. Todo se veía perfecto.

Luego, como era la noche más oscura, Luna hizo que los delfines y las ballenas de todos los tipos rociaran agua y crearan exhibiciones de agua que también hizo brillar y resplandecer más alto en el aire.

Era espectacular para todos experimentarlo y verlo.

Alrededor de ellos estaban los habitantes de Vissen que también estaban observando desde el mar.

La fiesta continuó toda la noche, con la presentación favorita de Helena, las sirenas llamadas Phoebe y Honey. Eran acróbatas increíbles en el mar y ahora también en tierra, lo que hoy conocemos como gimnasia.

Todos estaban encantados con la gran actuación de las jóvenes sirenas con habilidades verdaderas, que también involucraron baile más tarde, donde la Reina incluso se unió, pasando un tiempo increíble con sus amigos y familiares, feliz por todas las razones correctas finalmente.

Después de la gran celebración en el palacio con todos, era hora de enviar a todos de regreso a casa y el palacio se volvió tranquilamente silencioso, lo que parecía que le encantaba ahora que vivía en tierra mayormente.

A veces, ella disfrutaba escuchar a los hermosos pájaros en el cielo.

Era el momento de descansar en los aposentos del palacio mientras todos habían regresado a casa. Allí, a lo lejos, sintió una presencia y por un minuto vio a Legend y Seequest galopando en el cielo.

Cuando lo hicieron, el cielo brilló como diamantes desde arriba.

El polvo estelar de ellos aterrizó sobre ella, donde sintió su amor y ambos dijeron: "Este polvo que ahora posees siempre te mantendrá a salvo de daño."

"Nadie puede hacerte daño de ninguna manera, ya que ahora estás altamente protegida por todos nosotros."

Crearon un corazón de estrellas en el cielo nocturno y luego se fueron a sus estrellas donde brillaron intensamente por última vez esa noche.

Desde ese día, Helena pensó que debido a la increíble idea de sus padres de tener el cuerno de Seequest en los caballos de agua o hipocampos, lo hizo parte del equipo de su reino. Pensó que sería una manera de saber que Seequest siempre estaría con ella.

La reina sirena estaba sin palabras y dijo: "Oh, gracias a todos. Los amo mucho."

Todos respondieron con relinchos y dijeron telepáticamente que también la amaban.

Helena estaba tan abrumada que comenzó a llorar de gran felicidad por cómo su vida había cambiado para mejor desde que Seequest se fue.

Pero se sentía culpable porque también lo extrañaba alrededor de ella y en lo profundo de su corazón sabía que era su manera de estar con ella en esta noche especial y siempre a partir de ahora.

Ahora, después de seis meses de matrimonio, en otoño, estaban felices con sus vidas juntas y viviendo en su isla también.

Pero, por supuesto, estaban tan contentos de poder saltar y disfrutar de sus formas originales, lo que era un completo deleite, ya que a veces extrañaban a sus hipocampos Louis y Moonstone.

Como acordaron que los hipocampos deberían quedarse en Vissen.

Reino Pisciano de Helena

Los padres de la Reina Helena podrían montar a ellos y también Neptuno podría pedir prestado a Bracken para la próxima carrera acuática en dos años. Así que todos estaban muy felices.

Un día, ella pensaba si estaba preparada para tener hijos y estaba tan emocionada pero también asustada al respecto.

¿Qué forma tomarán o intentarán ambos caminos como piscianos o de la forma tradicional en el mar? Eso es un secreto que solo ellos sabrán.

Helena también pensaba que extrañaba montar a su hippocampo Louis y recordaba sus grandes aventuras montando a Seequest cuando era más joven en tierra y lo echaba de menos.

Helena también se preguntaba qué había pasado con su hija, que en aquel entonces se conocía como Firefly y ahora es Starlight para los caballos místicos del universo.

Habló con Seequest la noche anterior, con su techo abierto mirando sus estrellas, preguntándose si alguna vez tendría la oportunidad de montar en tierra nuevamente.

Cuando le agradeció por escuchar, él no respondió, sus estrellas simplemente brillaban sobre ella en la luz de la luna.

Luego cerró el techo y cerró las puertas y volvió al hermoso palacio, que estaba iluminado con luces moradas por todos lados.

Allí vio a su esposo y se sentaron juntos un rato y luego fueron a sus aposentos para dormir.

Llegó la mañana siguiente. La reina Helena despertó en su cama adecuada y desde su ventana pensó que escuchaba caballos relinchando a lo lejos.

Helena pensó que era su imaginación jugándole trucos, ya que solía soñar mucho con sus recuerdos con sus amigos caballos y soñaba y esperaba que un día, tal vez, alguna de las crías de Seequest viniera a visitarla.

¿Y posiblemente quisiera quedarse y dejarla montar por sus tierras de nuevo?

Se levantó y corrió hacia sus puertas y las abrió para ver a sus guardias y preguntó qué era el ruido.

Le dijeron que había una manada de caballos que querían llegar a sus tierras y que estaban haciendo terribles ruidos.

Ella les dijo a los guardias: "Bueno, si eso es lo que están haciendo, bajen el puente", que había creado para ella si quería visitar a sus amigos del bosque, lo cual hacía en ese momento.

Pero le costaba mucho ya que tenía que caminar una buena distancia para verlos.

Entonces, redujo las visitas ya que era demasiado para ella viajar todo el tiempo y agotador.

Fue entonces cuando pensó que quizás los caballos de Seequest podrían regresar a la tierra donde los conoció originalmente cuando tenía dieciséis años.

Reino Pisciano de Helena

Escuchó los ruidos de nuevo y rápidamente volvió a sus aposentos, se lavó y se vistió adecuadamente con sus pantalones escamados morados y plateados, y botas, y salió corriendo de su jardín para ver.

Para entonces, sus guardias habían bajado el puente y abierto las puertas por donde los caballos entraban corriendo tan rápido como podían.

Helena llegó al camino hacia el puente cuando todo lo que pudo ver a lo lejos eran montones de caballos hermosos de diferentes formas y tamaños.

Corrió hacia el patio donde se detuvieron frente a ella.

Había otras dos sorpresas. Las principales eran una deslumbrante yegua blanca y su semental negro, como su padre, de tipo frisón poderoso.

La yegua era la líder de la manada, y su semental era el protector de la misma.

Helena llamó a Taylor para que viniera rápidamente, lo cual hizo, y allí vio a esta manada de hermosos caballos relacionados con el difunto Seequest, el Rey Unicornio, y sus amigos.

Relinchaban y se inclinaban ante Taylor, y él creyó que debía montar al negro, mientras que la pura yegua blanca esperaría, ya que esa era para que Helena la montara.

Se sentía extraño y, a la vez, bien, ya que el palacio estaba bastante alejado de las casas y el pueblo de los piscianos. Todos vitorearon mientras él partía.

Entre todos los caballos, se acercó una hermosa yegua blanca tipo árabe, sonriendo con los ojos a Helena. Relinchó y le dijo en su mente: "Mi reina, soy un regalo para ti del gran Seequest.

Seré tu compañera aquí en tierra, y Bracken es para que lo montes en el mar."

"Montame hoy y deja que te lleve con la dignidad que mereces por haberme ayudado a mí y a otros a mantenernos alejados del daño en el pasado.

Déjame ser quien te lleve por una vez para que puedas visitar a tus amigos del bosque que también prometiste cuidar para Zeus mismo."

Helena respondió a la yegua: "Sí, es cierto. Gracias."

Helena sonrió nuevamente y preguntó: "¿Cuál es tu nombre?"

La yegua respondió: "Mi nombre es Magic y mi semental se llama Mystery."

"Él ya ha llevado a tu esposo al palacio por ti."

"Vaya", pensó ella.

Magic se inclinó para que Helena pudiera subir a su espalda, usando su pata en sus hombros para ayudarla a subir, sujetándose suavemente de la crin de la yegua.

Finalmente, se acomodó y montaron hacia el palacio también.

Reino Pisciano de Helena

A la Reina Helena le encantaba su nuevo paseo en tierra, sintiendo una presencia suave de Seequest en esta yegua de alguna manera. Era casi como montar a una de sus verdaderas hijas.

Pero sabía que eso era imposible, ya que probablemente habían dejado la Tierra hacía mucho tiempo, ya que los caballos normales solo vivían hasta los veinte, posiblemente treinta, si tenían suerte.

Pero pensó que, de alguna manera, era una relación ya que él fue el creador de ellos en primer lugar.

A Helena le encantaba el hecho de tener la oportunidad de montar en tierra nuevamente y sentirse libre como un pájaro, lo cual adoraba.

Más tarde galopó por la ciudad, donde el pueblo pisciano la vio divertirse y todos vitorearon mientras ella pasaba por ellos.

Finalmente, regresó al palacio, donde su esposo lucía muy apuesto en el impresionante caballo negro. Allí, en un campo, había una manada de caballos.

Magic trotó hacia allí y dejó que Helena se bajara de su espalda, cuando Magic le dijo: "Otro regalo para ti, mi reina, para que puedas cultivar tus tierras y disfrutar más con nuestra ayuda. A cambio, nosotros permanecemos libres y podemos ir a donde queramos."

"Debes prometer siempre dejarnos libres para vagar donde queramos y nunca hacernos daño. A cambio, te ayudaremos con bendiciones siempre para tu gente y tu reino."

"Tú y tu gente pueden sujetarse de nuestras crines cuando nos monten."

La Reina Helena pensó qué regalo tan precioso para su tardío regalo de bodas, que no solo estaba montando a la tataranieta del difunto Seequest, sino que además podía usarla cuando quisiera para ayudar a cultivar los cultivos de su reino.

Finalmente, se adentraron en la manada de caballos y los observaron uno por uno.

Ella los eligió individualmente, asignándolos para cada tarea o ayuda que pudieran proporcionar a su gente y a ella misma, lo cual sería de gran ayuda.

Había caballos de diferentes formas, tamaños y colores, desde razas tipo árabe como Magic hasta pesados caballos Clydesdale, que serían ideales para los agricultores debido al trabajo pesado y cansado.

Luego observó a otros que parecían un purasangre, pero un poco más robustos, todos de color bayo, como los Cleveland Bay de hoy, que se parecían al potro que conoció años antes.

Pensó que serían perfectos como caballos de carruaje y, por supuesto, sabía que Magic era rápido.

Entonces tuvo una idea: le encantaba correr en el mar, pero ¿qué tal en tierra?

Desde ese día, la Reina Helena fue la primera en crear carreras de caballos, pero con una diferencia: ninguno de los caballos resultaba herido.

Corrían por su cuenta, sin jinete, solo con un número que ella añadía a sus nombres solo para la carrera.

Los caballos aceptaron, ya que esta raza disfrutaba correr largas distancias por diversión.

Helena estaba encantada y dijo: "Sí, mi querida, prometo obedecer tus reglas a cambio de tu ayuda y amabilidad hacia mí y mi gente."

"Gracias desde el fondo de mi corazón."

Todos estaban felices con el acuerdo y todo funcionaba maravillosamente.

Helena sabía que pronto sería invierno y quería visitar con Taylor esta vez a sus amigos del bosque antes de que entraran en hibernación.

Hoy, Taylor montaba a Mystery y aún sentía que era su primera vez, así que caminaba lentamente y con cuidado, ya que nunca había montado en tierra a larga distancia antes.

Solo en su reino en la isla, y esta vez estaban explorando el Bosque Prohibido para ser presentados a sus amigos y a Seequest antes de que llegara el invierno y desaparecieran hasta que llegara la primavera.

Taylor pensaba que montar sin silla era diferente a montar en el mar, ya que tenía que usar músculos a los que aún se estaba acostumbrando.

Mystery se levantó en dos patas, mostrando que era un semental y que nunca debía desafiarlo.

¡De lo contrario, lanzaría al rey de su espalda!

Pero Taylor fue cauteloso hasta que lograra establecer un mejor vínculo con él.

Unos días antes de que fueran al Bosque Prohibido, Taylor y Mystery estaban conociéndose mejor y practicando alrededor de los terrenos para complacer a Helena.

Eventualmente, comenzaron a construir un vínculo y a confiar en los pensamientos y el lenguaje corporal del otro, ya que empezaron a moverse armoniosamente juntos.

Después del paseo, Mystery llevó al rey de regreso al palacio para encontrarse con Helena y demostró que estaban listos.

Ella se mostró encantada con el coraje y la voluntad de ambos y dijo: "¡Espléndido, ustedes dos!"

Mystery se inclinó frente a ella y Taylor se bajó de su espalda diciendo: "Gracias, querido."

Helena se acercó y lo acarició, lo cual le encantó, y luego el semental se levantó en dos patas en señal de alegría y galopó hacia los campos para relajarse con los demás.

Pasaron un gran día en la isla y al día siguiente Helena y Taylor iban a emprender una aventura a través de Santorini.

La isla real de casa, donde no había seguridad para ellos aparte de que Helena usara su magia en caso de peligro. Pero ella sentía que no había ninguno, afortunadamente.

Aunque Taylor siempre quería complacer a Helena, parecía un poco inseguro de los peligros que pudieran presentarse, además de montar a Mystery en un largo viaje al Bosque Prohibido para ver y conocer a los amigos animales del bosque de la Reina Helena gracias a Seequest en el pasado.

Llegó el día en que se levantaron y fueron a nadar como de costumbre antes del desayuno, y una hora después Helena llamó a los caballos en su mente y aparecieron frente a ella después de que sus guardianes los dejaron entrar por el puente y las hermosas puertas del palacio.

Magic dijo: "¡Buenos días, Helena, reina del Reino Pisciano!"

Helena respondió: "¡Buenos días, Magic!" "¿Espero que tu manada esté bien?"

La hermosa y grácil yegua tipo árabe de color blanco puro respondió: "Sí, están bien. Gracias por preguntar por ellos."

"También me dijeron que mi manada está feliz aquí con tu gente, con un relincho alegre después."

Helena dijo: "Sí, mi gente está muy agradecida por tu amabilidad al ayudarnos a cultivar nuestros cultivos y también a recolectar las algas marinas para comer."

"Como todavía somos sirenas, también debemos mantener nuestras tradiciones, así como nuestras nuevas costumbres. También he venido a preguntar si ambos están listos para montar y ver a tus amigos en el bosque hoy."

"¿Están listos para irse?"

"No del todo, amiga mía," respondió Magic. "Tan pronto como Taylor termine de hablar con sus padres sobre nuestra aventura de hoy, estaremos listos para partir. Gracias."

Magic respondió amablemente: "Está bien, regresaremos en unas horas por ustedes. ¡Por favor, estén listas, mi reina!"

"Porque, con suerte, no tardará mucho, ya que quiero comenzar pronto, ya que es un largo viaje el que haremos hoy."

"Mientras tanto, iré de regreso con los demás y disfrutaré de las dulces manzanas y del agua clara que amablemente has puesto para todos nosotros."

Helena respondió: "Gracias de nuevo, querida," besando su hocico, lo cual pareció gustarle a la yegua, que relinchó en el aire con deleite mientras trotaba con la cabeza y la cola en alto, mostrando su autoridad mientras avanzaba a gran velocidad.

Unas horas después, finalmente Taylor salió por las puertas del palacio y dijo a Helena, quien había estado preparando algo de comida para el viaje y sus amigos en el bosque: "Lo siento, mi amor, mis padres te envían su amor."

"También me siento un poco inseguro sobre si es una buena idea ir hoy."

Helena estaba usando tres bolsas de algas marinas para almacenar agua salada para que bebieran ambos y otras dos de agua clara para los caballos, además de manzanas rojas y verdes para que todos compartieran.

La reina se dio la vuelta y miró a Taylor con expresión preocupada, y él dijo:

"Está bien, mi amor, vamos."

Sonrió a Helena y quiso complacerla, sabiendo que este viaje era muy importante para ella y para su acuerdo con Zeus también.

La reina pisciana llamó a los caballos con la mente. Los caballos comenzaron a correr por el puente a través de las grandes puertas, y en menos de diez minutos, Magic y Mystery estaban galopando hacia el camino del palacio, hecho de arena y conchas que brillaban bajo la luz del sol.

Primero llegó Magic y detrás de ella el semental negro como la noche. Se detuvieron frente a los royales y se levantaron en dos patas con deleite para servir a su amiga Helena.

Ambos caballos magníficos, de diferentes tamaños y constituciones, se inclinaron poniendo su pata izquierda estirada y la derecha recogida bajo ellos para que la reina y el rey pudieran subir a sus lomos.

Pero antes de hacerlo, Helena y Taylor, con respeto hacia los caballos, cerraron los ojos y inclinaron sus cabezas hacia ellos también.

Finalmente, se montaron en los caballos y se sujetaron firmemente a sus hermosas crines ondulantes.

Mientras lo hacía, Helena usó sus poderes para cambiar su cabello y el de Taylor en caso de que alguien los estuviera observando.

El cabello de la Reina Helena ahora era un hermoso rubio y el de Taylor era oscuro.

Helena le dijo a Taylor: "Agárrate fuerte, mi amor, y no te sueltes pase lo que pase."

Magic primero dijo que trotarían, luego galoparían y, cuando se acercaran al bosque, terminarían con un gran galope para llegar a tiempo.

"Helena le explicó a Taylor lo que dijo su yegua y parecía complacida con el acuerdo mientras montaba a Mystery para este largo viaje que nunca habían hecho antes."

El paseo parecía encantador para todos ellos, ya que Magic dijo: "Es hora de galopar, agárrate fuerte."

Galoparon durante horas hasta que llegaron al Bosque Prohibido a última hora de la tarde.

Helena y Taylor se bajaron de los caballos, les agradecieron y los dejaron libres mientras Helena llamaba a sus amigos con un silbido especial que Seequest le había enseñado.

Primero aparecieron unos adorables conejos de color marrón, negro y blanco.

Luego, los más bonitos zorros rojos y los tejones blanco y negro también, que no se quedaron mucho ya que normalmente son animales nocturnos. Las ardillas aparecieron en los árboles.

Finalmente, el más importante de todos, el gran lobo blanco, Moon Cloud, y su hermosa manada de lobos en diferentes tonos de grises, azules, marrones y negros, todos conectados a su línea de sangre, bajaron para protegerlos mientras estaban allí.

Moon Cloud aulló con emoción antes de que él y su manada vinieran corriendo hacia ella y Taylor, por supuesto.

Helena disfrutó viéndolos a todos de nuevo. También se alegró de que parecieran gustarle a su esposo.

Moon Cloud mencionó que tenían un cachorro de lobo negro y azul que aún no tenía nombre, ya que Helena le daría un nombre debido a su parte en su clan ahora.

Helena se mostró encantada con la idea, levantó las manos con alegría y luego dijo: "¿Qué tal Taylor?"

El lobo respondió: "¿Por qué?"

Helena explicó que el nombre de su esposo significaba lleno de vida; inspirador, con una gran belleza y encanto.

Moon Cloud y su nueva compañera Wisdom, ya que su anterior compañera había muerto en una pelea el año anterior, sonrieron y miraron al rey pisciano, pensaron profundamente y luego dijeron: "Sí, nos gusta ese nombre y la idea, ya que él será posiblemente el próximo líder de mi manada cuando llegue mi momento."

Moon Cloud luego llamó a sus crías recientes para que vinieran a verlos, y las dos lobas nodrizas recibieron al impresionante y hermoso cachorro negro directamente con Helena, quien lo abrazó con gran afecto en sus ojos y besó al cachorro diciendo: "Hola, mi dulce Taylor del clan de la paz."

Luego, ella llevó al cachorro de lobo a su esposo, quien, por primera vez, sostuvo a un ser peludo de la tierra en su vida.

Parecía disfrutar del calor y el amor que el cachorro le estaba brindando.

Lo sostuvo suavemente mientras sentía su pelaje suave pero resistente, diseñado para mantener al cachorro cálido, seguro y seco en todo momento.

Finalmente, Taylor colocó al cachorro suavemente en el suelo, y este corrió de regreso a su madre, frotándose contra ella con gran amor en su lenguaje corporal. A cambio, ella lo lamió con cariño también.

Helena sonrió a su esposo, sintiéndose orgullosa de haber nombrado al hijo de Moon Cloud y Wisdom en su honor.

Taylor le sonrió de vuelta, le lanzó un beso como solía hacerle, y se conmovió por la amabilidad de los lobos hacia él, agradeciéndoles sinceramente.

Se quedaron el mayor tiempo posible hasta que comenzó a oscurecer.

Moon Cloud y su manada ofrecieron escoltarlos de regreso a salvo.

Helena les agradeció por venir a visitarla ese día y se despidieron de sus amigos del bosque para el invierno, prometiendo que los volvería a ver en la primavera.

Ella estaba deseando conocer a las nuevas generaciones de sus familias en el futuro.

Los abrazó a todos y les dijo: "Aún soy una princesa marina, pero ahora soy conocida como reina pisciana en mi reino, el cual pueden visitar siempre que deseen."

"Ahora soy conocida como la Reina Helena del Reino Pisciano de los Sueños y soy la propietaria de mi reino aquí en la tierra."

"Vivimos justo al otro lado de la isla donde todos ustedes están viviendo ahora."

"Así que, si me necesitan, llámenme con la mente si hay algún peligro."

"Haré que mis guardias bajen el puente y abran las puertas para que todos puedan entrar si es necesario."

Todos se alegraron al escuchar que todavía había una protectora en la tierra para ellos en caso de peligro.

Disfrutaron de su compañía y la querían como a una propia, regresando a sus cuevas y madrigueras antes de dejarlas hasta la primavera.

Helena corrió hacia Moon Cloud con un cálido abrazo, compartiendo su amor mutuo. Él hundió su cabeza en su pecho, expresando lo mismo, y ambos se apartaron cuando él miró sus hermosos ojos azules y luego le besó la mejilla, como lo hizo muchos años antes.

Ella sonrió, se acercó a él y le besó la frente de vuelta, y luego se alejó lentamente. Llamó a Magic de vuelta.

Allí estaban Magic y Mystery, listos para que subieran y los llevaran rápidamente de regreso a casa.

"Vamos, Magic y Mystery, por favor, llévennos de vuelta a los piscianos."

La yegua respondió: "Sí, mi reina, lo haremos."

Los caballos dijeron: "Agárrense fuerte a nuestras crines, ya que será un viaje movido."

Helena entendió y le dijo a Taylor que se aferrara a la crin del semental negro con todas sus fuerzas para su vida.

Al rey no le gustaba esta idea, pero quería llegar a casa con seguridad y confiaba en el instinto de Helena, así como ella confiaba en los caballos para llevarlos a salvo.

Se despidieron y Moon Cloud dijo: "Helena, ¿están listos para regresar a casa?"

"Sí, amigo mío, lo estamos, gracias."

Luego, Moon Cloud agregó: "Helena, conozco un camino más rápido, pero es un poco accidentado para llegar allí."

Probablemente este también era el camino que los caballos pensaban que era una buena idea, y Helena respondió:

"No me importa, Moon Cloud, solo quiero llegar a casa, por favor."

Pobre Taylor estaba preocupado por caer en el camino.

Pero no tenía elección y se aferró al semental con todas sus fuerzas, incluso al final tuvo que sostenerse del sólido cuello del caballo para hacerlo.

Moon Cloud dijo: "Perfecto, síganme" y los caballos empezaron a trotar y luego a galopar lentamente, lo que a Taylor no le molestó hasta que pasaron a un galope completo como el viento. El rey aceptó que era un gran jinete en el mar. Pero no tardó mucho en acostumbrarse a agarrarse con los muslos y las piernas a los flancos del semental y se fueron tan rápido que parecía que las pezuñas de los caballos no tocaban el suelo y estaban volando debido a su velocidad.

Galoparon por la tierra rápidamente, intentando llegar a casa antes de que se hiciera demasiado oscuro.

Finalmente, llegaron al puente, donde ella agradeció al lobo blanco y su manada por su protección mientras regresaban a salvo.

Como todos saben, Hades vive bajo tierra, pero eso no lo detiene de observar a todos.

Esperando que nunca se involucre en sus vidas nuevamente.

Se bajaron de los caballos, y el rey Taylor agradeció a su caballo negro, que rápidamente hizo una reverencia ante su reina, y dijo: "Gracias, mi amor, por un día increíble con todos ustedes, pero por favor, discúlpame."

Mientras caminaba de regreso a los terrenos y dejaba libre a Mystery, Helena también agradeció a Magic con un beso mientras ella galopaba para irse.

Ella dijo: "Nos vemos pronto."

Bajo la respiración de Taylor, dijo: "No por un tiempo, amor" y se alejó para cambiarse.

Helena dijo: "Espera, necesito cambiar tu cabello de nuevo" y lo hizo. Luego, Taylor le agradeció y corrió a través de las puertas del palacio mientras se apagaban las luces.

Aunque le encanta montar, prefiere montar a su hippocampo en el mar. Pero disfrutó de la experiencia de todos modos.

Helena y el lobo blanco se reunieron y se dieron otro abrazo, esta vez él puso su pata suavemente en su espalda por viejos tiempos y ella también le agradeció.

Él luego se alejó bajo la luz de la luna con su manada aullando mientras se iba.

Helena ahora caminaba hacia el palacio, viendo los destellos morados y plateados cuando la luna brillaba intensamente sobre él.

Luego agradeció a Taylor por su amabilidad y comprensión al acompañarla ese día para conocer a sus amigos del bosque y asegurarse de que estuvieran bien antes de que entraran en hibernación para el invierno nuevamente.

Ambos estaban exhaustos y rápidamente se dieron un baño en su piscina de agua salada, cambiándose a su forma antes de salir nuevamente a la forma pisciana, mientras se abrazaban con fuerza al caminar de regreso a su habitación para la noche.

Mientras Helena descansaba, pensaba en que al día siguiente sorprendería a su esposo llevándolo de vuelta al mar para visitar a algunos de sus queridos amigos que ambos echaban mucho de menos, ya que él siempre hacía todo para complacerla en su reino.

Ambos se durmieron profundamente debido a que había sido un día largo y una gran aventura para ellos.

Mientras dormía, pudo oír a Moon Cloud aullando a la luna y luego a su manada diciendo buenas noches a su abuela, y entonces cayó en un sueño profundo.

Sabiendo que todos en su reino y fuera de él estaban seguros y bien.

Capítulo Cincuenta y Dos

La Sorpresa de Taylor

Llegó otro día soleado en el que se levantaron después de siete horas, y Helena se prometió a sí misma que llevaría a Taylor de vuelta al mar para ver a sus familias y a sus hippocampi, y eso fue exactamente lo que hizo.

Desayunaron juntos cuando Taylor preguntó: "¿Cuál es el plan para hoy, mi amor? ¿Ver a nuestra gente o hay algo más que necesitamos hacer en el reino?"

"No," respondió ella, "hoy tengo una sorpresa para ti, ¡mi querido!"

"¡Te llevaré de vuelta para ver a nuestras familias y, sobre todo, a Ghost y a nuestro hippocampo durante el día!"

Taylor no podía creer lo que acababa de escuchar y saltó de su silla con gran emoción, la abrazó fuertemente y la besó en los labios, para luego alejarse suavemente, mirarla y decir: "¡Te amo!"

Después de que todo se revisara y se terminara en el palacio, salieron del palacio y se lanzaron al mar, ya que Helena tenía el poder de cambiar automáticamente su forma de merfolk.

Nadaron durante horas, disfrutando nuevamente del agua, cuando Helena llamó a Ghost con su mente y en segundos apareció como el hermoso presagio espiritual que era.

Más allá, en el mar, estaba Ghost, el fiel amigo del Rey Taylor, así que se acercaron a él para pasar unas horas jugando en el agua como solían hacerlo.

Ghost apareció haciendo un suave ruido y saludándolos, moviendo un lado de su aleta para darles la bienvenida de nuevo.

Taylor dijo: "¡Hola, Ghost, amigo! Es encantador verte de nuevo."

Ghost era una manta raya de un blanco puro, lo cual era muy raro ya que generalmente son de tono gris y blanco.

Ghost fue elegido para ser el líder de su grupo ya que era el más grande de todos, con ojos azules y su cuerpo era el doble de grande que el de los demás.

Mientras acariciaban suavemente su cabeza, luego nadaron hacia su espalda y se aferraron firmemente.

Taylor estaba abrumado por lo que Helena había hecho por él.

Sabía entonces que Helena era única en su tipo y que estaba bendecido de tenerla en su vida.

Pasaron el día con sus familias, amigos, hermanos y hermanas que no habían visto en tanto tiempo.

Cuánto disfrutaron estar solos; ahora, que Helena es reina, es difícil estar a solas con ella ya que todos quieren verla cuando nada.

Por primera vez, fue una dicha absoluta tener a Helena solo para él en el mar.

Allí estaban, luciendo elegantes como siempre, nadando con los delfines también, ya que Helena también era su guardiana, como una madre para ellos.

Las ballenas y los delfines salieron a la superficie con ellos y rociaron agua desde sus agujeros respiratorios, donde algunos de los chorros aterrizaron sobre ellos.

Rieron con gran alegría antes de seguir nadando con los delfines hacia Vissen.

Finalmente, llegaron al reino de su padre y visitaron a Neptuno y Sera; todos disfrutaron mucho.

Pero lo que más disfrutaron fue pasar tiempo de calidad con sus hippocampos, Bracken y Moonstone, que estaban encantados de tenerlos de vuelta por un tiempo.

Ambos nadaron con ellos como hippocampos y luego corrieron para transformarse en caballos de mar más pequeños y delgados, nadando y atravesando los agujeros del coral.

Oh, cuánto extrañaron hacer eso y qué divertido fue ese día.

El hippocampo disfrutaba de su compañía hasta que se hizo de noche y era hora de que la pareja real volviera a casa, a Piscean, donde ahora pertenecen.

Taylor menciona: "Gracias, mi amor. Necesitaba esto contigo."

Helena responde: "Sí, mi amor, yo también lo disfruté."

Nadaban juntos, felices, sobre Louis y Moonstone. El hippocampo disfrutaba de la compañía de ambos.

Se hizo de noche y era hora de que la pareja real regresara a casa, a Piscean, donde ahora pertenecen.

Ahora era el momento de decir sus despedidas una vez más por un tiempo, mientras el amoroso hippocampo los llevaba a las escaleras donde finalmente caminarían y volverían a transformarse en sus formas de piscean antes de entrar al reino de Helena.

Él y Moonstone fueron muy amables, ya que el hippocampo les dio tiempo suficiente a Helena y Taylor para equilibrarse, de modo que pudieran desengancharse de las sillas y saltar de los lomos de los caballos de agua para sumergirse nuevamente en el mar y nadar de regreso a los establos reales.

Taylor menciona: "Gracias, mi amor. Necesitaba esto contigo."

Helena responde: "Sí, mi amor, yo también lo disfruté mucho."

También vieron a Ghost a lo lejos y le saludaron, donde él saltó fuera del mar, hizo una gran salpicadura y luego se sumergió profundamente en la parte más oscura del océano donde vive. Taylor le grita: "Hasta luego, viejo amigo, hasta la próxima vez."

Allí, Louis y Moonstone brillaban en la noche en el mar, relinchando mientras decían "gracias" cuando la reina los envió de vuelta a los establos reales, donde ahora serán cuidados por los guardianes de los establos de Neptuno y Sera.

Un minuto estaban en sus grandes formas de hippocampo y luego ambos cambiaron rápidamente a sus formas de caballos de mar y se fueron rápidamente como un destello.

En el tiempo que Helena y su esposo llegaron a las escaleras, subieron lentamente.

La magia de Seequest se encendió y los transformó nuevamente en formas de piscean cuando llegaron al penúltimo escalón. El cabello de Helena volvió a ser negro azabache y él rubio, vistiendo sus impresionantes trajes del reino mientras caminaban hacia el último escalón. La magia de la reina los secó rápidamente.

La pareja amorosa se estaba ajustando lentamente a sus piernas nuevamente mientras caminaban de regreso al palacio felices juntos.

Durante los siguientes dos días, planearon quedarse en casa y relajarse juntos hasta que se necesitaran para sus deberes.

Pero lo que no sabían era que Hades nunca había olvidado lo que le ocurrió y estaba involucrado, convirtiéndose en un ser amargado que deseaba venganza.

Se sentía amargado especialmente hacia Helena, ya que la quería para sí mismo y por lo que ella lo había llamado y lo que había descubierto en el poderoso cráneo de cristal púrpura.

Deseaba con ansias asegurarse de que su venganza fuera dulce y que aún así no rompiera las reglas de no matar a nadie.

Para ello, hizo que uno de sus cambiantes se convirtiera en uno de los grandes tiburones blancos del reino de Neptuno y había estado observándolos a ambos divertirse durante demasiado tiempo.

Esta vez, Hades observaba desde lejos mientras un tiburón nadaba alrededor de la isla de su reino y notó que la mujer piscean ya no era rubia, ya que durante muchos años había sido rubia fuera del reino como un disfraz para protegerla de que él la encontrara una vez más.

Porque cuando estaba de vuelta en su reino, la Reina Helena se sentía segura siendo su hermosa yo de piel clara y cabello negro con gran belleza y bajo la luz de la luna mientras se sentaba en su piscina como sirena disfrutando del aire fresco al mismo tiempo.

Otro día, para estar seguro, Hades hizo que uno de sus espías la vigilara por tierra, observando cómo montaba a Magic desde el mar cuando Luna desde lejos podía ver los tonos verdes filtrándose a través de sus líneas originales de sirena.

Hades grita en su nuevo escondite subterráneo: "Por fin te he encontrado y mi venganza será dulce, mi chica, lo verás."

Otro de los espías de Hades era un gran cuervo negro que hablaba con el tiburón mientras volaba sobre él.

El cuervo finge atraparlo abriendo su boca como el tiburón guardián.

Para no romper su disfraz y luego se zambulle de nuevo en el mar.

Donde eventualmente se convirtió nuevamente en esta sombra oscura de humo y aparece de vuelta en el escondite de Hades.

Mientras el dios del inframundo pensaba en un gran plan para destruir a Helena y a los dioses también por lo que le habían hecho durante todos estos años.

Capítulo Cincuenta y Tres

La venganza de Hades

Meses habían pasado después de su gran día con sus familias y amigos en el mar, y ahora estaban descansando en su nuevo hogar en el Reino Piscean.

Pero lo que no sabían era que Hades había hipnotizado a uno de los tiburones guardianes ese día y lo había usado para vigilar lo que estaba sucediendo, sintiendo que la Reina Helena ahora tendría su diversión. Pero él tendría su venganza cuando estuviera listo. Por ahora, solo disfrutaba de ver a la hermosa Helena nuevamente.

Así que observaba y observaba hasta que se sintió molesto y deseó tenerla para él solo, y si eso no sucedía, entonces la vida que ella ama y adora desaparecería.

Hades estaba montando su caballo demoníaco una noche después de haber estado en el Olimpo ese día para ver a Zeus, como acordaron una vez al año.

Mientras montaba en la nube oscura, pensaba que había sido herido tanto por todos que no le importaba el método que usara ahora ni quién se viera afectado en el proceso.

Mientras lograra su venganza de alguna manera y obtuviera el poder para gobernar la Tierra.

Le dijo a Knightmare: "Los guantes están fuera", lo que significaba que todo vale. Sin importar quién se lastime en el proceso.

Tampoco le importaba cuánto tiempo tardara, pero vio un plan para salir a la superficie y golpear en el momento adecuado para salir de la tierra y usar la imagen de cualquier criatura que Helena, Taylor o incluso sus padres amaran para su ventaja, acercándose a ellos.

Donde nuevamente podría ver cómo eran sus vidas ahora y luego planear destruir a cada uno de ellos, uno por uno; después de todo, él era inmortal y viviría para siempre.

Pensó que los atacaría uno por uno a su propio ritmo, de modo que ni siquiera sabrían que era él quien lo hacía hasta que fuera demasiado tarde para darse cuenta, y se rió con gran victoria anticipada.

Desde allí decidió que, por el momento, espiaría el mar primero y luego se acercaría a Helena en otro momento, pero no la olvidaría, eso era seguro.

Le dijo a sus nuevas criaturas del infierno: "Tendré mi venganza y será hermosa, ya que esperaré a que Helena y Neptuno estén en su mayor felicidad y entonces les quitaré todo, tal como ellos me lo hicieron a mí."

"Nadie queda impune por herir a Hades sin recibir su castigo con el tiempo."

Ahora se transformó en un gran tiburón blanco hasta llegar a las puertas de Vissen y luego introdujo su espíritu en uno de los guardias, permaneciendo así durante mucho tiempo.

Una vez que supo que la reina estaba casada y tenía un hermoso reino propio en tierra, además del mar, se puso muy celoso y la deseó para él solo, sabiendo que si no podía tenerla, entonces ningún hombre-mar o rey lo lograría.

Pasaron cinco años y Helena amaba su reino, con hermosos árboles y jardines, y su gente, que seguía siendo seres marinos que iban y venían al mar cuando lo deseaban.

El pueblo de Neptuno aprendió mucho sobre la tierra y cómo el agua y el suelo de la Tierra podían producir cosas hermosas y deliciosas para comer y beber.

La reina Helena disfrutaba montar en los bosques con Magic para ver a sus viejos amigos del bosque, especialmente al lobo blanco y su manada.

Se hicieron grandes amigos, y el lobo fue nombrado protector de las tierras, ya que él también decidió que quería estar cerca de ella.

Otro regalo de su abuela Luna, la diosa de la luna, también esparcía un poco de polvo lunar por la noche para mantener a todos en paz y felices allí también.

A la mañana siguiente estaba Helios, el guardián del sol, con sus caballos solares.

Uno de ellos había sido un unicornio diurno, su nombre era Sundance.

Galopaban bajo el sol para proteger a la progenie de los unicornios nocturnos en el pasado y eran el líder principal de este carro de palominos.

El carro del sol estaba cubierto de llamas amarillas y ámbar como el ardiente sol que era.

Helios y sus caballos llevaban el sol al cielo como los unicornios diurnos solían hacerlo cuando gobernaban la Tierra antes, y lo movían al otro lado del planeta también, para que Luna, la luna, pudiera traer la noche.

Así, cada criatura viviente sabía que era hora de descansar y recargarse para el día siguiente.

Helena se despertaba especialmente para ver a Helios levantar el sol nuevamente cuando Sundance solía decirle buenos días, como lo hacía con Seequest.

Helena luego volvía a sus aposentos y descansaba antes de levantarse adecuadamente para gobernar su reino una vez más.

Todo era genial durante unos años más, lo que era un completo éxtasis, y Helena no podía haber pedido una vida mejor en todos los aspectos.

La venganza de Hades

Luego pensó que era el momento de tener hijos, ya que se estaba haciendo mayor.

Un día, Helena escuchó al lobo blanco aullar a Luna, y era su manera de decirle hola cuando ella se alzaba.

Ella también tenía control sobre ellos en ese momento.

Por eso, hoy en día, los humanos a veces dicen que cuando hay luna llena, el animal en nosotros se despierta.

Todos tenemos un espíritu animal en nuestro interior, y eso es lo que representa el espíritu del lobo: si reaccionas a la luna y tu estado de ánimo cambia temporalmente, ya sea para mejor o para peor, por supuesto.

En Piscean, la ciudad era asombrosa de ver, ya que brillaba como el sol y las estrellas, con un toque de la presencia de los seres marinos.

Había muros fuertes construidos alrededor del palacio y de las casas de la gente para que tuvieran su espacio personal.

Más tarde, Zeus decidió a través de los lobos que usaría esa forma para crear una muy similar, a la cual pensó que le quedaría un nombre perfecto: perro, ya que significaba que era un dios originalmente, ya que amaría, cuidaría y protegería sin importar lo que le sucediera, ya que nunca se separaría de su lado.

Como un regalo, Zeus mismo creó la primera forma de perro que se parecía a nuestro gran danés, un impresionante perro de caza que tomó la idea de su hermano creativo Hades. Era de gran tamaño y estructura, y era un gran cazador, una imagen similar a la forma de Cerbero de Hades, pero con una naturaleza más suave y, por supuesto, sin rasgos de dragón.

Todos agradecieron y bendijeron la comida y el agua que los mantendría en forma y bien.

También significaba que podían cazar para mantener el equilibrio en las tierras, para que el bosque floreciera y creciera siempre.

Y si talaban un árbol, tenían que prometer plantar uno nuevo a partir del tronco del que habían talado antes, para que todo continuara constantemente en el círculo de la vida.

Un día, un perro de tipo gran danés apareció de la nada en las puertas del reino de Helena.

El perro le dijo que era un regalo para su protección de parte de su querido tío Zeus, como recompensa por sus logros con su gente, tierra y animales, y lo orgulloso que estaba de ella.

Ella lo dejó entrar y lo llamó Sirius.

Era un perro de color ciervo con una máscara negra y ojos marrones.

Era un verdadero compañero cuando el rey Taylor, a veces, tenía que regresar al mar para cumplir con sus deberes con el reino de sus padres.

Ella había notado que las sirenas venían a su ciudad para proteger a sus hijos de las criaturas marinas cuando iban a nadar.

La venganza de Hades

Helena tuvo una gran idea y la propuso contactando a Zeus a través del Templo de Seequest para ver si sería tan amable de crear un tipo de perro más pequeño para los niños, como guardianes cuando nacieran.

Zeus aceptó, y así fue como se creó el perro, ya que un perro es como un dios, ya que vela por ti y brinda gran sabiduría y afecto, y también protege a su gente, como Zeus lo hizo con sus familias y animales.

Así que, a partir de ese día, cuando los seres marinos tenían hijos en su reino, como un regalo y protección de la reina Helena, cuando el niño nacía, vinculado a los meses de Sirius, recibían un cachorro.

La forma del perro sería un gran danés o un tipo de pastor alemán para los creativos, ya que eran grandes compañeros y perros guardianes para los niños cuando crecían.

También se eligieron tipos de border collie o springer inglés para los hijos de los trabajadores de granja.

Todos amaban a la reina Helena, ya que dijo que serían un regalo de ella para ellos por quedarse en su reino y cumplir con sus reglas, lo que hacía que el lugar fuera mágico.

Las mujeres pisceanas le informarían a Helena cuándo iba a nacer su hijo, y ella le daría una lista a Zeus, quien entonces crearía el perro perfecto para cada niño.

Dado que Zeus y Helena amaban a los zorros pero sabían que no podían tenerlos, sugirió otro tipo similar: el gato.

Entonces, si nacían en los otros meses del reinado del diente de sable, se les daría en su lugar un gatito en el futuro.

Meses después, la reina Helena notó que algunos de sus súbditos no se adaptaban a los perros y, sin embargo, sentían que necesitaban algún tipo de compañero.

En lugar de un perro, les daría un gato, que generalmente era un gato negro de tipo egipcio/ bengalí que parecía conocer los misterios del universo, o un gato atigrado como tipo espiritual.

Cualquiera de estos animales llegaba como cachorro o gatito y crecía con el niño para que pudiera hablar con él y confiarle cuando sentía que necesitaba espacio de sus padres e independencia.

Pero cuando los niños llegaban a sus veinte años, el perro o gato moriría y se pondría en el mar después de recitar un verso, convirtiéndose en un pez-perro o pez-gato para vivir eternamente en una forma diferente.

Así, los niños marinos sabían que sus mascotas marinas siempre estarían con ellos en espíritu, aún protegiéndolos y ayudándolos a disfrutar de sus propias vidas sin ellos.

Sin embargo, los niños marinos en Vissen no tenían tiempo para tener una mascota, ya que tenían deberes en el mar y en la tierra y estaban ausentes durante mucho tiempo, por lo que necesitaban alimentación o cuidado hasta cierto grado, ya que estaban acostumbrados a estar conectados solo con su niño.

Así que las sirenas venían especialmente y tenían a sus hijos en el reino de la Reina Helena, ya que ella era tan amable, servicial, considerada y generosa también.

Ella era muy querida.

A los seres marinos les encantaba la ciudad, pero otros sentían que estaba en contra de su raza y les prohibían incluso aventurarse allí.

En el vigésimo noveno cumpleaños de la Reina Helena, la misma edad en que su madre, la Reina Sera, había logrado crear las nuevas formas de los hipocampos, dragones de agua y caballitos de mar, Helena se preguntaba qué recibiría para el suyo.

Como sorpresa, sus padres habían hecho una impresionante estatua de ella y de Bracken en ambas formas: como una princesa sirena sobre un verdadero hipocampo, y el otro lado era ella como una mujer pisciana montando a Magic, su caballo en las tierras.

Las arreglaron para que se colocaran en los terrenos del palacio mientras ella nadaba con los delfines en el mar un día.

Regresó a casa y las vio allí en sus terrenos.

Las amaba mucho, y para el trigésimo cumpleaños del Rey Taylor, también pidió a sus padres que hicieran una estatua de su esposo como un tritón montando a su amigo fantasma, la mantarraya, y otra de él como hombre pisciano en su amado corcel Mystery también.

Ambos llegaron después de su baño y cumplieron con sus deberes reales.

Allí estaban todos en los terrenos del palacio y, cerca de las puertas del reino, estaban estas estatuas de ambos montando sus caballos en la tierra.

Y en sus terrenos cerca de la piscina del palacio estaban las estatuas de ambos montando a sus hipocampos Louis y Moonstone.

No podían creer que su reino pisciano era la casa de ensueño de Helena y Taylor después de todo.

Porque ambos estaban emocionados con el detalle que se había puesto en ellas y agradecieron a sus padres entrando en los terrenos del palacio y yendo a una piscina que estaba personalmente conectada al mar, donde sus padres venían a verlos a veces ahora.

Taylor amaba Piscean y, al final, lo amaba tanto como ella y vivían bastante felices allí.

Más tarde hablaron sobre los hijos y estaban planeando comenzar muy pronto. Se abrazaron y se dejaron llevar por la naturaleza, esperando que fuera pronto.

Cuando salían a montar, miraban las estatuas todo el tiempo y las amaban mucho, no podían estar más orgullosos de las vidas del otro por sí mismas y juntos como uno solo.

Ambos amaban que tuvieran una imagen de ambos mundos que querían mucho y, sin embargo, Helena sentía que le gustaría tener al menos un hijo, si es que llegaba a tener alguno, para completar su vida y sus sueños.

La venganza de Hades

Hades escuchó que empezaron a intentar tener hijos y que estaban realmente felices, y comenzó a idear un plan, ya que ahora era cuando Hades deseaba más su venganza.

Las vidas de la pobre Helena y Taylor iban a cambiar drásticamente.

Tenía el plan todo arreglado en su cabeza y pensó que ahora era el momento de ponerlo en acción.

Hades, en forma de tiburón una vez más, dijo: "Ahora, Reina Helena, te llegará para bien o para mal, querida mía, ya que mi venganza es bastante dulce. Cuando irritas al dios del inframundo, el castigo es dulce", y se rió.

Gradualmente, se sintió lo suficientemente fuerte para preparar una poción que dio a sus cuervos para llevar en sus picos.

Todos estaban dormidos, y los cuervos llegarían al reino y sumergirían sus picos en el agua dulce, donde la poción se convertía rápidamente en un líquido claro.

Los cuervos volaron lejos como si nadie supiera que habían envenenado el agua.

Los seres marinos bebieron el agua, y comenzó a darles horribles emociones negativas que nunca habían experimentado antes, y los hizo a todos enfermarse.

Esto comenzó a causar que se volvieran unos contra otros, lo que provocó una gran rivalidad en ambos reinos, en el mar y en la tierra por igual.

El líquido empezó a hacer que su gente se volviera mala y enojada entre sí, y cruel.

La pobre Helena sentía que algo debía haber ocurrido en el mar, ya que los seres marinos y los piscianos eran uno y lo mismo.

Hasta que meses después, los piscianos comenzaron peleas en Vissen y causaron problemas con Neptuno y su hija.

La pobre Helena sentía que sus sueños ahora se estaban convirtiendo en su peor pesadilla.

Su padre la amenazó diciendo que si no conseguía que su gente volviera a ser positiva, serían desterrados a los delfines como entidad.

No eran dignos de vivir en el mar de nuevo debido a que matarían y destruirían sin razón, y esta era la forma en que Neptuno intentaba evitar que esto ocurriera.

Porque todos comenzaron a creer que era culpa de ella debido a que intentaban ser alguien que no eran.

¡Pero ese no era el caso en absoluto!

La pobre Reina Helena no había hecho nada malo y lo sabía.

Pero, ¿cómo podría demostrarlo? Pensaba, llorando ahora en su sueño.

Hades había vuelto a intervenir y comenzó a destruir las vidas de todos por su envidia.

La venganza de Hades

La Reina Helena estaba angustiada y estuvo completamente de acuerdo con los deseos de su padre.

Así que hizo que su gente se reuniera en el patio un día y les dijo que si no se comportaban, serían castigados.

Ese día, la mayoría de su gente ya no creía en ella y trató de regresar a Vissen.

Pero en lugar de convertirse en delfines, decidió que los convertiría en tiburones.

Porque Neptuno había oído que traicionaron a su reina.

Los cuidadores se convirtieron en tiburones nodriza cuando hizo que los seres marinos malos se convirtieran también en tiburones martillo.

Los más duros se convirtieron en tiburones blancos.

Todos los tiburones aún tenían un propósito en el mar, y esta era la única manera en que Neptuno permitiría que su gente, que desobedeció las reglas de él y su hija, pudiera regresar y vivir en el mar.

Esto también comenzó a ocurrir en Piscean, así que la Reina Helena tuvo que obedecer las reglas. No entendía qué les había pasado y comenzó a usar este método en su reino también, tratando de evitar que ocurriera más, pero aún así continuaba.

Ambos reinos estaban fuera de control y ya no tenían autoridad sobre su gente.

Neptuno pensó que ahora era porque los seres marinos vivían demasiado tiempo en tierra.

Cuando en realidad era culpa de Hades, como siempre, con sus astutas mañas una vez más sin que nadie lo supiera, y disfrutaba viendo lo que estaba pasando.

La Reina Helena no entendía por qué estaba sucediendo esto y quién lo estaba haciendo, ya que creía que Hades no podía tocarla ni acercarse a ella, o al menos eso era lo que esperaba que fuera verdad.

La pobre Helena tuvo que castigar severamente a su gente y convertirlos en tiburones o delfines según sus crímenes, ya que no podían permanecer en la forma que tenían antes.

Daño los reinos de arriba y abajo y causaron estragos en ambos reinos, en el mar y en la tierra.

Vissen y Piscean intentaron mantener pensamientos positivos y felices en su gente.

Haciendo que adoraran a Zeus y a Seequest, y aún así, nada parecía funcionar.

Un día, la Reina Helena desapareció del reino, que estaba custodiado y aún tenía el campo de fuerza sobre él.

Pasaron meses sin que Helena saliera de su palacio, ya que estaba embarazada y no podía dejar que nadie lo supiera debido a Hades.

Afortunadamente, la hechicera tenía el poder de mantener algunas cosas ocultas cuando Helena quedó

La venganza de Hades

embarazada y decidió que era más seguro tener a su bebé en el mar, en el Templo del Unicornio, donde él y ella permanecieron hasta que él fuera lo suficientemente fuerte para ser entregado a su amigo, en quien confiaba para criarlo por ella.

Pasó otro año y su hijo pequeño estaba creciendo rápidamente, y ambos padres lo visitaban mucho.

Pero de diferentes maneras, para que Hades nunca supiera sobre este asombroso joven mer-boy llamado Ray, en honor al gran manta raya blanca que el fantasma de Taylor amaba y que aún montaba cuando tenía la oportunidad.

Pasaron diez años y ahora Helena y Taylor estaban en sus cuarentas.

Su hijo era tan guapo como su padre, el Rey Taylor.

Era muy parecido a él en apariencia, pero se parecía a su madre, la Reina Helena, en inteligencia y habilidades.

Todos estaban tan orgullosos de ellos en el mar, y todos tenían una gran vida juntos.

Ray eventualmente se convirtió en un fuerte mer-knight en Vissen y, afortunadamente, parecía disfrutar más del mar que de la tierra.

Helena y Taylor no lo veían tan a menudo como les gustaría.

Pero también sabían que tenían que protegerlo de Hades.

Estaban lo suficientemente felices de que él estuviera feliz haciendo lo que quería en la vida y también sabían que estaba a salvo en todo momento con sus padres y amigos, quienes lo trataban como propio.

La Reina Helena estaba triste a pesar de tener todo lo que siempre había deseado.

Pero no podía vivir con su precioso hijo por miedo a que Hades pudiera aparecer de nuevo y secuestrarlo.

Neptuno y Sera, sus padres, pensaron que al parecer habían logrado recuperar el control sobre su gente, y creían que solo los verdaderos mer-folk de Vissen en casa conocían a su heredero al reino.

Esto fue una bendición para Helena de cierta manera, sabiendo que, suceda lo que suceda en el futuro, su hijo estaría a salvo y tendría la oportunidad de hacer una gran vida para sí mismo algún día.

Capítulo Cincuenta y Cuatro

El Comienzo de la Venganza de Hades

En todas partes, tierra y mar estaban en paz una vez más, ya que los dioses habían vencido a los Titanes.

Zeus y sus compañeros dioses y diosas habían vencido a Hades, luego los unicornios lo hicieron, y la última batalla con todas las razas lo derrotó durante un tiempo.

Pero Hades sabía que ahora era el momento de atacar donde más duele.

Un día, siguió a uno de los mer-folk hasta el reino pisceano y logró entrar a través de las puertas como un visitante común, y envenenó todas las aguas y estanques él mismo esta vez.

Al darse cuenta de que Helena estaba en posesión del cráneo de amatista, que controlaba todos los poderes, pensó que si no podía tener el cuerno de Seequest, ¡entonces tomaría esto en su lugar!

Meses después, se disfrazó de rey una noche en que él estaba fuera de casa, y ella pensó que había regresado antes, ya que decía que lo extrañaba mucho debido a sus deberes en el mar, por estar siempre trabajando con sus padres y su reino, estando mucho tiempo fuera de casa.

Una vez que Hades tuvo su manera con ella, tendría su hijo.

Pero Luna estaba observando desde lejos y le dijo que era Hades quien estaba con ella esa noche, y así trató de aparentar desinterés y solo quiso dormir.

Afortunadamente, Luna envió un polvo mágico para beber y protegerla.

Sin que el príncipe Taylor supiera que estaba embarazada de nuevo, dijo que tenía deberes de regreso en Vissen, donde su madre usaba los cráneos de cristal y el cuerno de Seequest para intentar salvar al bebé, y afortunadamente lo logró.

Pero crecería y sería el guardián de Kelp, el hijo de Seequest, debido a que ella tenía algunos rasgos de Hades.

Helena también pensó que, al menos, su hija y el hijo de Seequest siempre tendrían un amigo en las mismas tierras que ellos.

El Comienzo de la Venganza de Hades

La nombró Kindred, abreviatura de "espíritu afín", ya que siempre estaría conectada a ella por sangre y eso era todo.

Hades estaba molesto e infeliz porque su hija no nacería en su mundo.

Así que planeó asegurarse de que nadie más viniera a su reino.

Hizo que los pisceanos y mer-folk se pelearan entre sí y les hizo sentir que ahora eran dos razas diferentes, a pesar de que oficialmente eran la misma.

Se convirtió en un infierno y causó demasiado estrés y atención a su padre también.

Neptuno estaba descontento como dios del mar y rey de los mer-folk. Prohibió a Helena que tuviera a alguien más en su reino.

Ella y Taylor fueron los únicos que vivieron allí de nuevo, y fue entonces cuando Hades se apoderó de ella y de su esposo una noche y los capturó, diciendo: "Ahora, querida mía, te haré sufrir como tú lo hiciste conmigo."

Hades hizo algo triste primero. Amaba su reino por un tiempo, lo controló y la mantuvo prisionera hasta su cumpleaños número cuarenta y siete.

Su reino y la vida que tanto amaba en ese momento sabía que, si podía escapar de él de alguna manera, tenía que volver a Vissen para su seguridad y dejar atrás su sueño, todo porque Hades no la dejaría en paz.

Pero eso no sucedió. La pobre Helena estaba atrapada en una angustia de la que no podía escapar, sin importar cuán poderosa fuera.

Los poderes y la magia de Hades eran más fuertes que los suyos. No había nada que Zeus o su padre pudieran hacer, ya que no había matado a nadie aún.

Todo lo que había estado haciendo era envenenar sus mentes para que se volvieran negativas, y eso no era un crimen para los dioses. Pero en lugar de eso, ella nunca regresó a casa durante meses. Todos sabían que había desaparecido y se había vuelto invisible a los ojos de la mente e incluso a los poderes de todos.

Hades había conquistado tanto que los pisceanos y los mer-folk empezaron a matar animales y peces por diversión y a montar caballos con riendas, teniendo pleno control sobre ellos.

Todo lo que ella había creado y había sido perfecto ahora era un completo desastre de dolorosos errores y sufrimiento para todos.

En ese momento, se preguntaba cuándo tomaría su venganza, y parecía que ese día había llegado.

Los pisceanos y los mer-folk se sentían aplastados ya que no creían en los cráneos de cristal ni en los poderes curativos de los templos.

Todos parecían haber perdido el espíritu por la vida y querían tener libre albedrío en las tierras y el mar, y Neptuno dijo que eso no podía suceder.

El Comienzo de la Venganza de Hades

De vuelta en el Reino Piscean, Hades había ideado un plan brillante y sabía que funcionaría y lastimaría a todos los involucrados para siempre, y también cambiaría el mundo como lo conocían de nuevo.

Hades contactó a Zeus y a Neptuno y les dijo que quería vivir en la tierra en su reino, sabiendo que nadie iba allí ya, y quería tener personas propias.

Zeus y Neptuno dijeron que no, y lo que ocurrió después, nunca lo olvidarían por el resto de sus vidas.

Un día, Hades trajo de vuelta a Helena y a Taylor a Vissen y se encontró con Zeus allí.

No podían creer que él estuviera de vuelta en primer lugar y luego conocieron sus astutas mañas, pensando que sus poderes y magia lo mantenían a raya, lo cual sí lo hacían.

Pero mientras estuvo en el núcleo de la tierra, eso lo volvió loco de odio y rabia, así que su venganza sería más dulce que nunca antes.

Les dijo a Neptuno y a Zeus que quería a Helena para sí mismo y su reino también, y ellos dijeron: "Lo prohibimos, Hades. Nunca vivirás ni tocarás la superficie nuevamente."

No estaba contento con la respuesta y dijo: "¿Están seguros? Porque puedo hacer que ambas vidas sean un infierno."

Ellos se rieron y dijeron: "No podrías lastimar ni a una mosca", y ambos se rieron.

Entonces él se apoderó del príncipe Taylor y dijo: "Reina Helena, te he dado tiempo para disfrutar tu vida al máximo y ahora es momento de que tome esto para mí y gobernarás este reino conmigo."

"¿Serás mi novia para salvar a tu esposo del dolor?"

Ella dijo: "Nunca."

Miró al príncipe Taylor encadenado y lloró con gran tristeza.

Hades dijo: "Príncipe, si no vas a ser mía para siempre, entonces no pertenecerás a nadie."

Helena miró a Hades y respondió: "¿Qué quieres decir con eso, horrible dios de la muerte? No puedes matarnos, ya que eso va contra tus reglas con Zeus mismo."

Aunque Zeus estaba allí, sus manos estaban atadas, ya que había reglas que incluso el mayor de los dioses debía obedecer.

"Si no puedo tenerte para mí, mi reina, entonces ninguno de ustedes morirá."

"Pero no vivirán como lo hacen ahora ni comunicarán como lo hacen, ya que les quitaré todo tan rápido como se les dio."

La reina Sera estaba aterrorizada escuchando y mirando desde la biblioteca con su bastón lunar, ya que entendió lo que él quería decir y aún pensó si podría llegar al Templo del Cráneo de Cristal a tiempo porque tenía los otros cuatro que podrían detenerlo.

El Comienzo de la Venganza de Hades

Se apresuró a ir allí sin ser vista.

Hades dijo: "Les daré cuarenta y ocho horas, que son dos días, para decidir qué quieren hacer."

"Regresaré por mi novia." "De lo contrario, pagarán por sus errores."

Hades desapareció nuevamente en forma de tiburón y nadó lejos antes de que los mer-guardias pudieran matarlo.

Helena nadaba rápidamente hacia su merman en forma de sirena, ya que él estaba encadenado y podría drenarse a menos que pronto le quiten las manos para que pudiera nadar de nuevo.

Era prohibido por Zeus, ya que, después de todo, era su hermano, primero, ya que era la regla de Zeus nunca matar a menos que te maten a ti mismo.

Neptuno le dijo a Zeus que nunca entregaría a su hija a Hades por nada y, al principio, todos acordaron que juntos destruirían la tierra de Helena en piscean para que él no pudiera poseerla ni conocer los poderes que allí poseía.

¡En un día, piscean no existiría más!

La hija mayor estaba insatisfecha y aún así sabía que ella y su esposo y sus mer-folk tenían que ser la prioridad, así que aceptó y fue tristemente planeado.

Al día siguiente, Zeus, Neptuno, el príncipe Taylor y toda la gente del mar planearon luchar contra Hades y acordaron que él nunca podría tener el poder de los cráneos de cristal ni el de Helena Amatista.

Pero esperaban que pudieran atraparlo con la suerte de la protección de la bestia detrás de ellos, o eso pensaban.

Ese día, Helena y Taylor subieron al piscean y pasaron un día increíble con todos, desde los animales del bosque hasta los lobos y caballos, todos viviendo en sus tierras.

Mirando por la ventana la noche siguiente, observaban a Luna y le hablaban a ella y a Seequest en las estrellas, pidiéndoles ayuda y consejo sobre qué hacer.

Ambos estaban exhaustos y aterrorizados internamente por lo que iba a sucederles; intentaron no pensar en ello durante la noche y simplemente disfrutaron estar juntos en ese lugar hermoso por última vez.

Se fueron a la cama abrazados como si sintieran que podría ser la última vez que estuvieran juntos, sabiendo que algo terrible podría suceder pronto, ya que sabían que Hades nunca les permitiría disfrutar de la vida nuevamente.

Además, Helena también sabía que él nunca perdonaría a Helena por permitir que su hija fuera a las tierras oscuras y estuviera con él.

Helena en ese momento dijo: "Mi querido Taylor, gracias por compartir mi sueño conmigo todos estos maravillosos años y por nuestro hermoso hijo Ray, que sigue siendo un secreto para todos."

El Comienzo de la Venganza de Hades

"Lamento ahora haber puesto tu vida en peligro, y parece que haré todo lo posible para salvar mi reino."

"Pero siento que, incluso con estos poderes míos, no serán suficientes para detener esto."

Taylor la miró a los ojos y dijo: "Mi reina Helena y mi amor, quiero agradecerte también por una vida increíble."

"Si este es el final, disfrutemos de este momento ahora más que nunca, mi amor."

La besó profundamente y se durmieron en los brazos del otro hasta la mañana.

Llegó la mañana siguiente, cuando disfrutaron mirando por la ventana una vez más a sus amigos animales y a las mariposas que volaban, con los pájaros cantando celestialmente.

Se vistieron y caminaron por el patio para contarles a sus amigos lo que había sucedido y cómo iban a corregirlo.

Helena caminó por su reino, con las hermosas mariposas blancas y azules volando a su alrededor, y las cascadas del mar fluyendo por donde ella iba a bañarse cada día.

Después de hablar y decir sus despedidas, posiblemente para siempre, liberaron a sus amigos del bosque y a los lobos de su reino.

Llegó el momento más importante, que eran los caballos descendientes de Seequest que habían vivido con ellos todo este tiempo felices.

Primero, se aseguraron de que todo en su reino piscean fuera destruido, y le dijo a Magic y Mystery, después de abrazarlos fuertemente, que los amaba mucho y que ahora tenía que regresar al mar, ya que su vida dependía de ello.

Los caballos estaban tristes y, sin embargo, entendieron con lágrimas en los ojos, ya que ellos y los otros caballos amaban mucho a su gente por el refugio y la amabilidad durante todos esos años.

Hasta que Hades envenenó las aguas, por lo que ahora todos los animales y caballos no podían acercarse allí nuevamente después de ese día para decir adiós para siempre.

La manada comenzó a correr libre nuevamente por las tierras, ya que tenían que regresar a su hogar original para vivir debido a los horribles planes de Hades.

Estaban molestos y, sin embargo, entendían, y el lobo blanco y su manada viajaron de regreso a su tierra natal por su seguridad también.

La vida de su hija como reina de su tierra ahora había sido destruida y le había sido arrebatada, lo que le rompió seriamente el corazón.

Estaba preparada para luchar hasta la muerte y matar a Hades si podía. La vida de ella y de Taylor nunca sería la misma.

El Comienzo de la Venganza de Hades

Esa última noche, Helena estaba lista para lo que tenía que hacer a continuación y no le gustaban las noticias que le habían dado, pero sabía que no había elección en el asunto.

Podía sentir que las cosas estaban mal y esperaba escuchar de Seequest cuán mal estaba la situación, ya que ahora creía que Hades había entrado en los reinos y ahora quería venganza por lo que le hicieron en el pasado.

Se quedaron en su reino por una última noche de paz, donde ella abrió el techo del Templo del Unicornio y habló nuevamente con Seequest.

Le preguntó qué había hecho mal y pidió su ayuda, y él apareció como una imagen fantasmal en el cielo diciendo: "Querida Helena, lo siento mucho, nunca hiciste nada malo. Es solo que Hades te quiere para él solo y hará cualquier cosa para asegurarse de que eso suceda."

"Hades ha estado viniendo a tu ciudad durante meses y ha logrado envenenar a toda tu gente contra ti y entre ellos, y ahora tienen libre albedrío, lo que significa que harán más daño a ambos reinos, ya que él tenía control sobre ellos."

"Así que fue una buena idea de tu padre cambiarlos en mamíferos, ya que ahora aún tendrán un recuerdo de haber sido una persona marina."

"Es la única manera en que tu gente podría sobrevivir a esto, por favor Helena, nunca hiciste nada malo."

"Hiciste todo bien al intentar mejorar la vida de todos y de este planeta."

"Por hacer eso fuiste recompensada con verdadera felicidad."

"Siempre recuerda eso, querida amiga, si hubiera ángeles, tú definitivamente serías uno por todo el bien que has dado a tu gente y a este mundo también."

"Tienes el poder de hacer algo completamente diferente ahora, pero será triste para ti hacerlo."

Ella dijo con voz triste y también decidida: "Haré lo que sea para evitar que Hades se quede con mi reino, mi querido hogar o mi gente, ¡ya que nunca lo merecerá ni a ellos!"

Cayó al suelo de piedra con un gran abrazo, con lágrimas corriendo por su rostro.

Prestó mucha atención a lo que el gran espíritu de la Unión le aconsejó hacer a continuación.

Seequest entonces dijo: "Esto sería lo mejor para todos los involucrados, ya que no serás asesinada ni tampoco ellos."

Le dijo que usando el cráneo de amatista con los otros y su cuerno les daría un poder mayor del que jamás hayan conocido antes y ella y su padre tendrían que cambiar a su gente a mamíferos y criaturas marinas para sobrevivir a la ira de Hades de una manera diferente.

Porque sería la única forma en que su buena gente podría mantener viva la memoria de los marinos.

Ella lloró un poco más y dijo: "No puedo hacer eso, somos personas marinas."

"Quiero decir que seguirán siendo delfines con sus verdaderas mentes."

"Al menos estarán todos juntos y estarán a salvo del alcance de Hades."

El espíritu unicornio continúa y dice: "Querida amiga, es la única manera de sobrevivir y detener a Hades de gobernar y reclamar este poder para sí mismo y destruir la Tierra tal como la conocemos y amamos."

Ella miró la estrella de Seequest y dijo: "Debe haber otra manera."

Y él respondió: "Esta es la única que queda que funcionará a tu favor."

Entonces apareció Luna y dijo: "Mi dulce nieta, Seequest tiene razón." "Hades no debe apoderarse de este poder." "Pero si posee estos poderes, entonces reinará sobre la Tierra y podrá convertirlos a todos en delfines ordinarios, donde ya no serán ustedes mismos."

"¿Cuáles son las diferencias si lo hacen ustedes mismos? Al menos entonces podrán quedarse en ciertos grupos, como sus delfines reales lo hacen con ustedes y su madre, ¿no?"

"Pero si lo hacen ustedes mismos, al menos podrán pasar tiempo juntos como personas marinas nuevamente y disfrutar de la compañía mutua por un poco más de tiempo."

"Además, tendrán tiempo para esconder los cráneos de cristal de él."

"Antes de hacerlo, deben decirle a ambos reinos lo que les va a suceder para intentar escapar y darles una opción."

"Quizás quieran vivir en tierra ahora, ya que tienen esta opción en las pirámides que construyeron en el pasado, las cuales, con la ayuda de los cráneos de cristal, envían energía a ambos reinos."

"El mar y las tierras, para todos ustedes, para ayudar a que la fuente de magia se mantenga allí y no se use por un tiempo, ¿entienden?"

"Pero mientras los cráneos de cristal permanezcan como están, este reino que podrían construir para sí mismos en el futuro debería sobrevivir durante siglos."
"Adiós, Seequest, viejo amigo." Él responde: "No es un adiós, ya que siempre podremos comunicarnos telepáticamente sin importar la forma en que estés."
"Pero algunos otros no podrán."

Ella se preguntó qué quería decir con eso, pero lo dejó en caso de que fuera algo que no quería escuchar. Por si acaso le molestaba demasiado, pensó.

Estaba con el corazón roto y aún así no le importaba lo que le pasara, siempre que el hijo de su esposo y su gente estuvieran bien.

El Comienzo de la Venganza de Hades

Estaba preparada para sacrificarse por su familia, pero esperaba que Hades simplemente la tomara como su reina y luego dejara a su familia tal como estaba para siempre, o eso era lo que esperaba.

Salió a la mañana siguiente y disfrutó viendo a Helios y sus caballos solares levantar el sol para el día como de costumbre.

Luego saludó mientras Sundance volaba sobre ella intencionalmente, quien relinchó de vuelta mientras ella sonreía y luego montó a Magic por última vez hacia los famosos escalones hacia el mar.

Antes de dejar su reino para siempre, galopó alrededor de las tierras antes de dejarlo todo.

Porque Neptuno y Helena ya habían enviado a todos de regreso a Vissen, donde debían elegir qué sería de sus vidas futuras. (¿Un delfín o piscean para siempre de una manera diferente?)

Eventualmente, Helena y su yegua disfrutaron de su último tiempo juntas cuando ella se bajó de Magic, la besó de despedida y le agradeció diciendo: "¡Magic, nunca vuelvas aquí!"

"Ahora eres libre para vivir tu vida en paz. Por favor, aléjate de aquí; ya no es seguro para tu especie. Lo siento, adiós, querida amiga."

La yegua hizo una reverencia con los ojos cerrados antes de regresar corriendo a través de la ciudad, sabiendo que era la última vez que vería a Helena.

Galopando hacia el otro lado en busca de libertad, relinchó fuerte, lamentando la pérdida de una gran amiga, que era más como familia para ella.

Después, Helena bajó rápidamente las escaleras, se transformó en su forma de sirena y nadó tan rápido como pudo de regreso a Vissen para contarle a su padre cuál sería su destino ahora para sobrevivir a la pesadilla de Hades.

Capítulo Cincuenta y Cinco

Ahora el destino de la princesa Helena

Llegó a la sala del trono de su padre, donde estaban su madre, la hechicera, y todos los habitantes de los reinos.

Pero parecía no haber manera de derrotar a Hades sin matar a los suyos, lo cual no consideraban justo.

Pensaban que ya había habido suficientes muertes en la batalla anterior. Entonces, Helena les enseñó una forma de sobrevivir.

Todos estaban sorprendidos y con el corazón roto, pero al menos de esta manera podrían seguir protegiendo y viviendo en el mar en armonía por un tiempo, si así lo deseaban.

Llegó el último día cuando Neptuno le dijo a su hija que debía ir con él a Olimpo y hablar con Zeus en persona para que le contara el gran plan para sobrevivir a este terrible desastre.

De regreso en Grecia, en la playa, apareció una forma pisciana por última vez.

El caballo alado de Neptuno brillaba con una suave y brillante aura azul alrededor de su cuerpo como una sorpresa para animar.

A lo lejos, Starlight, la hija de Seequest, apareció como una brillante luz rosa en el cielo azul claro, aterrizando hermosamente, de pie allí, resplandeciendo con una muy brillante aura rosa a su alrededor también.

Telepáticamente habló y dijo: "Hola de nuevo, querida amiga."

La princesa no podía creer cómo había cambiado y ahora parecía una elegante joven yegua que estaba encantada de ver a una vieja amiga.

Dijo: "Te llevaré a Olimpo donde podrás decirle a Zeus el plan de lo que puede hacer para ayudar a salvarte a ti y a todos tus mer-folk de Hades."

Helena no podía dejar de llorar, pero debía recomponerse, ya que ahora iba a ver a Zeus en persona y debía asegurarse de dar la información correcta, ya que era crítico hacerlo bien, pues las vidas de su pueblo dependían de ello.

Ahora el destino de la princesa Helena

Helena accedió, corrió y abrazó a Starlight, diciendo: "Gracias, has hecho que mi día se sienta mucho mejor, aunque estos son tiempos drásticos para mí y mi padre."

Ambas cerraron los ojos a través del dolor que sentían la una por la otra, y Helena saltó sobre el caballo místico.

Luego, ella desplegó sus alas y galopó tan rápido como pudo hacia la montaña, donde comenzó a escalar utilizando sus piernas en un movimiento de galope hacia el cielo hasta Olimpo.

Incluso Neptuno tenía una expresión triste en su rostro, ya que siendo un dios, no podía hacer nada más de lo que ya había hecho.

Esperaba que Zeus pudiera ayudarlos a encontrar una solución a este enorme problema que cambiaría sus vidas para siempre en la historia.

Llegaron a Olimpo y contaron a Zeus lo que dijo Seequest, y Zeus respondió: "Lo siento, tiene razón."

"Soy el dios de los dioses y de todos los seres vivientes, pero aún tengo reglas que obedecer con el universo también".

"Si Hades no daña a tu gente, como matarlos a ellos o a ustedes mismos, entonces mis manos están nuevamente atadas".

"Pero si usa sus poderes para cambiarte a ti en su lugar". "Entonces él habrá ganado y gobernará la Tierra".

"A veces tenemos que sacrificar a los nuestros para salvar a miles de otros, o incluso a una raza de nuestro pueblo o formas de sobrevivir sin hacerles daño".

"Pero creándolos de nuevo, haciéndolos parte del mar de una manera diferente en la que aún puedan amar y estar vivos".

La hija mayor entendió y dijo gracias por su tiempo, y Zeus también le dijo a su hermano que siempre los protegería en el futuro.

Pero no podía cambiar sus destinos, no importaba cuánto lo quisiera.

Neptuno sabía que, siendo un dios, un día podría tener que sacrificar su hogar para mantener a su familia y a su pueblo vivos.

Hablaron con Luna y la Reina Sera también y les contaron el plan.

Ella estaba trabajando para llevar el cráneo de amatista al Templo de Cristal y reunir a toda su gente como si estuvieran dando un discurso y utilizando el poder sobre ellos.

Helena y Neptuno se subieron nuevamente a los Caballos alados y las Unisos volaron de regreso a la playa tan rápido como pudieron para pasar tiempo con sus seres queridos por una noche más, ya que al día siguiente Hades aparecerá para reclamar a su novia.

De no ser así, destruirá todo lo que esté en su camino para lograrlo.

Ahora el destino de la princesa Helena

El príncipe Taylor había regresado al mar recientemente porque su vida ya había sido amenazada por Hades.

La Reina Sera tenía un hechizo de protección sobre él por ahora y se preguntaba cuánto tiempo lo protegería del daño, ya que ella era poderosa.

Pero Hades era hijo de un titán, mucho más fuerte que ella.

Más tarde ese día, Neptuno y su gente decidieron qué querían ser, y la mayoría de ellos, aparte de algunos, querían seguir viviendo sus vidas como delfines-meros, y eso era lo que hacían todos los poderes de los cráneos de cristal.

Pero Neptuno dijo que ninguno de ellos podría vivir en sus aguas ya que tenían ligeras diferencias con los otros delfines.

Su color era más claro que el de los delfines griegos y también eran de constitución más pequeña.

Neptuno sabía que Hades lo descubriría y entonces Helena los llevó a las Islas Británicas, donde estarían contentos y felices juntos hasta que un día llegara el momento de abandonar la Tierra de manera natural.

Esa fue la última vez que los delfines-meros vieron a su Rey y a su hogar nuevamente.

Helena volvió a su reino por última vez en la noche, ya que aún no había dicho sus despedidas y necesitaba aceptar que su vida allí ya no existía.

Rápidamente se cambió y corrió a su palacio, ya que le encantaba mirar a lo lejos.

Vio un hermoso cielo nocturno mientras se sentaba en su verdadera forma de sirena en su piscina, donde aún podía ver claramente todo el hermoso campo verde.

Sin embargo, se entristecía al saber que al día siguiente su hogar soñado ya no existiría, ya que su padre y Zeus estaban planeando destruirlo.

Ella tenía tantos recuerdos maravillosos allí con sus amigos del bosque visitándola y viviendo fuera de sus terrenos durante años felices, y los caballos ayudando a su gente también.

Construyó una vida completamente diferente a la que había nacido.

Cómo deseaba quedarse allí y, sin embargo, sabía que su destino no era ese.

Aunque estaba triste, sabía que estaba bendecida con la mejor vida que podría haber tenido.

Hizo lo que quiso y disfrutó al máximo de tener su propio hogar, esposo, hijo y muchos grandes amigos a su alrededor.

También estaba feliz y orgullosa de todos los logros que consiguió para sí misma y para sus seres queridos.

Como Seequest dijo, siempre será recordada por su hermosa personalidad y su corazón amable para todos.

Ahora el destino de la princesa Helena

Él también le dijo que sería una leyenda y siempre se la recordaría con cariño para siempre.

La princesa pensaba que extrañaría la gran amistad que construyó con Moon Cloud y su manada, y por último, su amiga cercana Magic.

La pisceana no podía creer que este Hades que conoció ahora era este dios malvado.

Sabía cuánto deseaba matarlo y, sin embargo, estaba prohibido por Zeus.

La pobre Helena sabía que, a partir de mañana, solo sería conocida nuevamente como la princesa sirena de Vissen, y se preguntaba si Hades convertiría a ella y a sus padres en delfines.

Pero al pensar que ella y todos seguirían vivos y juntos, se preguntó.

Llegó el día en que la princesa iba a decir adiós a su reino soñado.

Estaba nadando en el mar disfrutando de su día antes de que las cosas cambiaron para siempre cuando un tiburón se acercó a ella, lo cual era inusual.

Pensó que podría ser uno de los tiburones de Hades capturándola en lugar de recogerla más tarde, ya que él podría hacer lo peor sin que ella pudiera despedirse de su familia. O que él podría destruirlos y ella no lo sabría?

Rápidamente nadó tan rápido como pudo y llamó a Louis.

En segundos, el leal hippocampus negro estaba a su lado y al ver que estaba en peligro, se transformó en un caballito de mar y hizo que el gran tiburón blanco lo persiguiera mientras Helena escapaba a salvo de regreso a Vissen.

Pero lo que no sabían era que en realidad era Hades.

Él se acercó a los tiburones de crianza de Neptuno, cambió su imagen y entró al reino de su padre mientras los guardias lo dejaron pasar con los otros tiburones que custodian y cuidan los límites del reino para Neptuno.

Rápidamente, mientras todos dormían, él volvió a convertirse en sombra y se metió en el cuerpo del príncipe Taylor mientras él dormía pacíficamente con Helena en su cama en sus aposentos.

Al día siguiente, la mujer sirena pudo sentir que Taylor no era él mismo.

Antes del desayuno, nadó para ver a su madre cuando ambas fueron primero al Templo de Cristal y luego al Templo de Seequest para hacer algunas preguntas sobre por qué Taylor actuaba de manera tan diferente y distante con ella.

Hasta ese momento, los poderes de la Reina Sera no eran tan fuertes como antes.

Porque ella había usado muchos de sus poderes recientemente para salvar a su gente también.

"Ambos, el gran cráneo de cristal blanco y la estrella de Seequest, dijeron que era Hades disfrazado y que

Ahora el destino de la princesa Helena

él quería a Helena para sí mismo y que haría cualquier cosa para obtenerla".

La Reina Sera se sorprendió y convocó una reunión con el Rey Neptuno en su sala del trono.

Antes de eso, pidieron a Kessy y al Hippocampus que los ayudaran una vez más.

Ordenaron que todos, después de que la Hechicera y la Alta Sacerdotisa usaran el último de los poderes completos de los cráneos juntos, los desarmaran nuevamente en unidades individuales.

Kessy y todos los hippocampus tenían uno cada uno y se les dijo que los enterraran en un lugar donde Hades nunca pudiera encontrarlos de nuevo.

Todos los caballos de agua fueron a los confines de la tierra y escondieron los cráneos de cristal, los cuales ahora estaban ocultos del alcance de Hades durante siglos.

Eventualmente, después de hablar con su esposo y su padre, el Hippocampus regresó y dijo que estaba hecho y que nunca serían encontrados de nuevo.

Mientras tanto, los seres celestiales en el universo vieron lo que estaba sucediendo y también se aseguraron de que nunca fueran encontrados de nuevo.

Comenzaron a hablar sobre lo que le había pasado a Taylor y la diferencia reciente en él.

Cuando Helena dijo que había visto una nube de humo negro cerca de él recientemente.

Mientras le contaba a Neptuno que Hades estaba en el reino, residiendo dentro del príncipe Taylor mismo ahora.

El dios del mar se horrorizó, pero les dijo que se relajaran y que ellos vigilarían al príncipe.

Esa tarde, él estaba sentado en su silla para la cena cuando la hechicera recitó un hechizo en voz baja y apareció algas marinas alrededor de su silla, que ataron sus muñecas y su cola larga y fluida, que ahora se movía inquieta.

"¿Qué está pasando con todos ustedes?" dijo él.

El pobre Taylor no estaba seguro de lo que estaba ocurriendo y, sin embargo, Helena dijo, mientras miraba de cerca sus ojos, "¿mi amor, confías en mí?"

Entonces Taylor dijo, "sí, siempre, mi amor."

Miró de nuevo a sus ojos y pudo ver que ella también veía algo más allá con él.

La Reina Sera dijo, "Hades, sabemos que estás ahí. Sal de Taylor y muéstrate."

Taylor se quedó en silencio y abrió la boca ampliamente, de donde salió una gran imagen negra de humo que se formó en Hades.

Neptuno se levantó con valentía y orgullo, mostrando su autoridad cuando dijo, "¿qué quieres, hermano?"

"¿No crees que ya has causado suficiente dolor durante toda una vida?"

Ahora el destino de la princesa Helena

Hades respondió, "no, no lo creo, ya que tú y Zeus me han quitado mi hogar y mi caballo demonio también."

"¿Por qué no debería vengarme por el daño que me han causado, hermano?"

Neptuno respondió, "solo hicimos lo que teníamos que hacer para sobrevivir a tu batalla, la cual tú comenzaste de nuevo, Hades."

"No tuvimos otra opción, ya que ahora eres cruel y malvado."

"Has intentado muchas veces robar el cuerno de Seequest y destruir nuestra Tierra."

"Fallaste esa vez y fallarás esta vez también. Regresa al inframundo en el núcleo profundo de la Tierra donde perteneces, ya que nadie te quiere aquí más."

Esto molestó y lastimó aún más a Hades, y esta vez sabía que obtendría su venganza. También sabía que sería agridulce.

"Princesa, te pido amablemente que vengas a vivir conmigo y seas mi reina," dijo con tono ansioso.

La princesa sirena respondió, "¡No, nunca! Pertenezco a mi esposo, el príncipe Taylor, en nuestro reino."

Hades se enfureció aún más y respondió, "Está bien, señorita, si no serás mi reina, entonces tomaré todo lo que amas."

Neptuno gritó y allí arriba estaba Zeus con sus rayos atacando el reino pisciano, el hogar de Helena.

Neptuno golpeó su tridente, que se agrandó y brilló con una luz dorada sólida que iluminó el mar. Luego, solo se podía oír a las ballenas golpeando sus colas muy fuerte, golpeando los costados de la tierra de la isla, y a la bestia subiendo a ella, rompiendo y destrozando todo a su paso.

Sera usó su báculo para mostrarle a Hades lo que estaba ocurriendo arriba, mostrándole que nunca tendría la felicidad con Helena, ya que ella estaba allí con su esposo.

La hija de Neptuno no estaba allí, y sin embargo, ella y la reina juntaron sus manos y recitaron un verso. Apareció en las manos de Helena una imagen del reino pisciano y lo que le estaba sucediendo, mientras ella derramaba unas pocas lágrimas, sabiendo lo que tenía que hacer.

Dijo, "Una vez tuve una vida de ensueño perfecta y lo tuve todo, así que estoy agradecida y bendecida por eso. Pero lo creé y ahora debo destruirlo."

Hizo exactamente eso mientras mantenía sus manos apretadas, ya que la luz de sus sueños comenzaba a apagarse y al final solo quedaban las cenizas de su reino que una vez tuvo y amó mucho.

Debido a Hades, sus sueños ahora estaban destruidos y había perdido su título de reina pisciana y se convirtió nuevamente en una simple sirena.

Los rayos luego hicieron que el volcán en la base de la isla entrara en erupción. La lava del volcán descendió y destruyó completamente su tierra, y allí la vio desaparecer con sus propios ojos.

Ahora el destino de la princesa Helena

Pero sabía que tenía que hacerse de esta manera para salvar a todos, ya que recordaba lo que Zeus les había dicho antes sobre sacrificar las cosas que amas para las necesidades o prioridades de los demás, lo cual en este caso era lo que estaba sucediendo.

Después de toda la obra de los seres marinos y de Zeus, se formó un enorme agujero en la tierra que estaba conectada con ella. Ahora solo se veía un pequeño pedazo de isla restante. Todo había desaparecido como si nunca hubiera existido.

"Nooooo," dijo Hades.

"Ves, Hades, te dijimos que nunca ganarías ni obtendrás los cráneos de cristal o el cuerno de Seequest, y los defenderemos con todas nuestras vidas."

Hades estaba realmente enojado y dijo: "Entonces así será, hermano."

"La forma que conozco nunca podrá deshacerse y, según la ley de los dioses, no interferirá ya que lo que voy a hacer no es matarte, no, no, no."

"Voy a hacer algo que os molestará más que eso."
"Mirad y ved."

Neptuno y la reina Sera estaban impactados pensando en lo que podría hacer, ya que les había bloqueado a ambos de leer su mente.

Luego continuó hablando y dijo: "Ahora es mi turno y primero," dijo, "Hija mayor, si no serás mi reina, entonces no serás de nadie."

Ella no podía creer lo que veía cuando Taylor desenfundó su espada contra Hades. Hades apuntó su cetro de la muerte al príncipe y allí, frente a él, empezó a transformarse en un gran delfín de hocico de arcoíris.

Moviéndose arriba y abajo ahora, chillando, y solo Neptuno y Helena en ese momento podían entenderlo.

Helena se llevó las manos a la boca en shock mientras Taylor, el delfín, parecía triste y lágrimas salían de sus ojos. "No, Taylor, mi amor." "Lo siento mucho."

Ella se acercó a él, abrazó su cuerpo de delfín y rogó a Hades que lo devolviera a su forma original.

Y él respondió: "¿Por qué debería hacer eso?"

Helena dijo: "Porque me iré a vivir contigo y haré lo que sea. Solo cambia a Taylor de nuevo y deja a mi familia en paz." Hades dijo: "No, princesa."

"Tuviste tu oportunidad y ahora pagarás por no haber aceptado mis deseos antes."

Ella y sus padres pensaron en lo que podría hacerles, que era peor que alejarlos de su hija para siempre.

La princesa sirena ahora gritó: "Por favor, Hades, lo siento, me iré a vivir contigo y seré tu reina," suplicando su perdón. Pero él continuó.

Su hermoso gran danés Sirius vino y atacó a Hades mordiendo con fuerza para hacer que soltara su cetro, y el perro lo recuperó. Hades dijo: "Ahora sé un buen perro y devuelve mi cetro." El perro estaba gruñendo con él en la boca.

Ahora el destino de la princesa Helena

Helena gritó: "Sirius, dame el cetro, buen chico."

El gran danés movía su cola de pez nadando rápidamente ya que ahora era un pez-perro nadando hacia Helena cuando Hades dijo: "Si no me lo devuelves, lo recuperaré de otra manera."

Sirius estaba a solo unos pies de entregar el cetro a Helena cuando Hades recitó un verso y el perro gimió mientras dejaba caer el cetro y le daba una mirada triste a Helena mientras se transformaba en una sombra brillante y luego aparecía como una imagen fantasmal de estrella.

Hades luego dijo: "¡Esto te enseñará a intentar mantener mi cetro lejos de mí, estúpido perro!"

"Después de todo, soy el dios del inframundo," y se rió.

La hija mayor estaba devastada, no solo porque había perdido a su esposo, sino también a su verdadero compañero.

Cuando solía ir a nadar, lo convertía en un pez-perro para que pudiera acompañarla en tierra y mar.

Hades vio que había criaturas similares a estos alrededor de perros y gatos que también habían sido transformados con los hijos piscianos.

Helena se aseguró de que, antes de renunciar a sus plenos poderes, todos los perros y gatos en su reino se fueran con sus crías como leales compañeros en el mar.

Él los vio y los transformó en peces-perro y peces-gato permanentes, y ningún otro poder podría devolverlos a su forma original en el futuro.

Hades pudo ver que Helena sentía que no tenía nada más por lo que vivir. Entonces, Helena dijo: "Haz lo peor que puedas, cruel dios maligno." "Nunca podría amarte ni estar contigo." "Así que haz lo que quieras conmigo," gritando con gran furia y angustia en su voz.

Sus padres le pidieron que se retractara de lo que acababa de decir, ya que estaban aterrorizados por lo que Hades haría a continuación.

Pero para ese momento, Helena había perdido el control y ya no le importaba.

Miró a sus padres pensando que lo sentía mucho por todo y que los amaba mucho. Hades dijo: "Ahora es tu turno."

Dijo otro verso mientras ella se daba la vuelta y miraba a sus padres, quienes tenían lágrimas en los ojos.

Neptuno se sintió como si tuviera las manos atadas, igual que Zeus, ya que todo lo que podía hacer era ver lo que pasaba a continuación.

Sabía que no podía matar a su hermano, por mucho que quisiera, y evitar que lastimara a sus seres queridos.

Porque si él muriera, esto detendría su magia para siempre.

Ahora el destino de la princesa Helena

Aunque fuera malo a veces, también tenía un propósito, y si no estuviera presente, no habría equilibrio en el mundo para mantenerlo.

Por primera vez en su larga vida, Neptuno se sintió impotente, y la reina no tenía permitido interferir tampoco.

La familia y el reino de Neptuno estaban bajo el mayor ataque de sus vidas.

Hades ahora la apuntó y dijo: "¿Hmm, en qué puedo transformarte?"

Helena dijo: "En un delfín."

Él respondió: "No, no, no, princesa. Eso significaría que aún estarías con tu esposo."

"No, eso no funcionará para mí en absoluto."

Luego se frotó la cabeza y dijo: "Oh, es una gran idea, ya que Zeus hizo esto recientemente y ahora es mi turno de intentarlo."

"Oh, princesa, nunca estarás con tus amigos, tu familia o Taylor jamás."

"Serás solo un recuerdo cariñoso para todos ellos ahora." Ella se veía asustada y confundida. Nadó rápidamente hacia sus padres y los abrazó buscando protección.

Hades dijo: "Oh, mira, estás tratando de mantenerla fuera de peligro."

"Bueno, lo siento, pero esta vez no funcionará," riendo con una horrible carcajada.

Taylor, ahora siendo un delfín, nadó hacia Hades y lo golpeó en una esquina con su poderosa cola y chilló.

Se levantó y dijo: "Te arrepentirás de eso," y apuntó su cetro nuevamente hacia el príncipe Taylor, cuando le quitó su memoria de hombre-pez.

Taylor cerró los ojos y los volvió a abrir, despertando sin memoria de quién era. Al verse el delfín asustado, nadó lejos. La princesa gritó su nombre entre lágrimas. Pero él no respondió y desapareció de su vista. Neptuno le explicó a su hija lo que había hecho Hades.

Helena nadó hacia él e intentó usar sus poderes de Amatista sobre él, ya que ahora lleva la energía dentro de sí misma, y iluminó todo el reino con una hermosa y poderosa llama morada para atacar a Hades y quemarlo. Su padre le dijo que se detuviera, ya que Hades había ganado. Helena confió en su padre y supo que no importaba si tenía poderes, ahora eran inútiles.

Porque no se le permitía matarlo, sin importar lo que le hubiera hecho.

Neptuno le dijo que dos males no hacen un bien y que ella y su gente eran mejores que eso.

Así que decidió rendirse, aceptando su destino desconocido.

Solo sabía en su corazón que había tenido la mejor vida que podría haber imaginado.

Ahora el destino de la princesa Helena

"No podemos matarlo, ya que si lo hacemos seremos desterrados como lo que Hades ya está haciendo con nosotros." "Así que, mi querida, parece que nuestro tiempo aquí juntos se ha terminado." Neptuno creía que, pase lo que pase, de alguna manera siempre estarían juntos.

Hades tenía otros planes para Helena, y esto fue lo que hizo a continuación.

Gritó: "Bueno, hija mía, parece que te has hecho un nombre con tu propio reino siendo amada por tu esposo, familia y amigos, ¡y ahora ha llegado tu momento de decir adiós a todo esto!"

Helena gritó: "¿No crees que ya me has hecho suficiente daño? Por favor, déjanos en paz," inclinándose en los brazos de sus padres, sintiéndose completamente débil y derrotada.

En ese momento, Helena seguía aferrándose a sus padres, diciendo: "Padre y Madre, siempre los amaré." Ellos le respondieron: "También te amamos, hija. No importa lo que pase, siempre nos recordaremos y eso es lo que importa ahora."

El dios del mar, actuando con valentía, dijo: "Dánoslo con todo lo que tienes."

Hades respondió: "Muy bien, si insistes," y dijo: "Sé, princesa, que amabas ser una pisciana en forma y también amas a los caballos."

Cuando apuntó su cetro hacia ella, un gran destello de luz roja la golpeó en el corazón, empujando a sus padres fuera del camino.

Ellos se recuperaron del golpe y comenzaron a nadar de regreso a donde ella estaba flotando en el agua, ahora medio ser celestial y medio caballo.

"Tú, Helena, ahora eres una centauro femenina y tu tipo aún no existe, ¡así que no puedes vivir aquí más!"

"Ahora, princesa, eres una estrella Sagitario femenina, llena de fuego debido a tu coraje y confianza en la vida, lo cual me gusta mucho."

"He estado observando que extrañas mucho a tu amado Seequest, así que he hecho realidad otro sueño para ti con una diferencia."

Ella se miraba a sí misma pensando que eso no podía ser tan malo.

"Oh, princesa, me has malinterpretado." "Oh no, no vas a estar con Seequest Star." "Estarás allí como él y tu perro en forma de estrella."

Ella lloraba a sus padres: "Padre, Madre, ayúdenme."

Ellos estaban devastados y sabían que no podían hacer nada al respecto.

Neptuno miró hacia arriba y vio que Zeus había desaparecido en ese momento, ya que no había nada más que pudiera hacer debido a las reglas.

Zeus se sintió molesto al no poder ver cómo su malvado hermano seguía hiriendo a su propia familia, así que se desvaneció.

Ahora el destino de la princesa Helena

Hades miró hacia arriba y dijo: "Eso es todo, Zeus, solo vete y hazte el de la vista gorda ante lo que le está pasando a tu familia, cobarde."

Afortunadamente para Hades, Zeus no escuchó lo que dijo, y esa es la razón por la que lo dijo para parecer poderoso frente a todos los demás.

A menos que Hades matara a alguno de ellos, Zeus no podía ayudar de ninguna manera, incluso si quisiera.

Neptuno y su esposa sabían entonces que sus días en el mar como dios del mar y rey y reina de Vissen y su pueblo estaban llegando a un final desagradable.

Sus padres miraron tristemente a su amada Helena transformada en un ser mitad caballo y mitad celestial.

Ella estaba brillando en plata, llorando fuertemente, y luego él se preparaba para desterrarla a una forma estelar para siempre.

Querida Helena no tuvo la oportunidad de celebrar su cuadragésimo octavo cumpleaños.

Hades luego convirtió a Helena en una esfera de luz y dijo: "Adiós, princesa Centauro," mientras ella se elevaba en el cielo nocturno con el signo estelar del escorpión también.

Allí apareció como la imagen que era, como Sagitario, la centauro femenina de las estrellas y el universo.

Hades eligió esto para ella ya que amaba la vida y estaba llena de coraje, fuerza y energía hasta este día.

Hades usó su cetro para enviarla al cielo, lejos de todos los que ya estaban allí. Lejos, muy lejos de Seequest y la Estrella Sirius de Legend. Helena ahora era llamada la estrella Sagitariana.

La princesa se había ido como todos la conocían, y por eso el signo estelar existe hoy como un recuerdo de la gran Reina que fue para la tierra y el mar al final.

Hades le dijo a su hermano, el dios del mar: "Ahora siento que estás con el corazón roto."

Entonces, rápidamente en su mente, Neptuno envió un mensaje a los delfines para que hicieran algo por él, su hija y su reino.

Hades continuó hablando: "Dejaré que ambos estén juntos" mientras convertía al Rey Neptuno y a la Reina Sera en los delfines más grandes y hermosos que jamás se hayan creado.

Hades dice: "Sé que eres mi hermano, así que haré esto por ti."

"Pero tu hija realmente me lastimó y procesó esos poderes dentro, que probablemente podría matarme." "Así que, ella tuvo que irse y por eso lo hice." Repite: "Les advertí a todos, pero no quisieron escuchar."

"Pensando que podían vencerme, el dios del inframundo, bueno, están terriblemente equivocados. He estado viviendo en este planeta más tiempo que tú, hermano."

Ahora el destino de la princesa Helena

"Por eso, Zeus y yo fuimos elegidos por padre para vivir aquí y controlar la Tierra, mientras tú fuiste desterrado a otro planeta durante siglos," y se rió.

Neptuno en ese momento pensó que lo que acababa de decir probablemente era cierto.

Hades continuó hablando y dijo: "Pero sé que estás destruido en tu corazón y mente, así que dejaré que tu esposa viva contigo el resto de tus días así."

"Y luego, cuando sus formas de delfín eventualmente mueran, sus espíritus volverán a donde vinieron, que es el planeta azul para tu hermano, y Sera volverá a la luna con su madre."

Pero lo que Hades no sabía era que Zeus no podía evitar que Hades hiciera esto y, sin embargo, ayudó de alguna manera.

¿Acaso dejó su lado inteligente, emocional y comunicativo en las formas de delfín para enseñar a los otros delfines a transmitir la información a los futuros sobre cómo proteger el planeta y los mares sin ellos para siempre?

Hades también había transformado a toda su gente en tiburones y caballitos de mar, pero ellos no podían cambiar como Louis, ¿o sí?

Hades los hizo pequeños para que tuvieran que defenderse durante el resto de sus vidas, y los machos llevaban los huevos para las hembras también.

Por último, no pudo mantener a los hipocampos en el mar como estaban.

Porque tener su propia magia podría posiblemente desterrar a Hades para siempre.

Hades decidió entonces convertir a todos los hipocampos en las olas del mar para siempre, ya que pensaba que allí sus poderes aún serían útiles.

Así es como probablemente llegaron a ser conocidos hoy como los Caballos blancos del mar para siempre.

Hades sintió que había conquistado y ganado la última batalla final y buscó todos los cráneos de cristal de los templos y el cuerno de Seequest. ¡Todos habían desaparecido!

Se desplomó al suelo, ya que después de lo que había hecho a Helena y Neptuno, aún estaba insatisfecho con el resultado. Aunque sentía que había ganado esa batalla, no había ganado la guerra.

Porque anteriormente, Neptuno había acordado que si algo les pasaba a ellos, el cuerno de Seequest le sería devuelto.

La Reina Sera habló con su madre por última vez como hechicera antes de que ocultaran todos los cráneos de cristal.

Así que ahora Seequest estaba completamente completo una vez más en las estrellas como la Estrella Unicornio que se conoce hoy en día.

Hades estaba furioso y se transformó de nuevo en un tiburón y desapareció de regreso a la orilla, donde volvió a su forma normal.

Siendo un dios de cabello oscuro y ojos rojos, vistiendo su túnica y capa negras, iba a subir de nuevo a Knightmare, su caballo negro con alas de murciélago.

Sobre él, con el sol apenas apareciendo, estaba su hermano mayor Zeus.

"Hermano, no estoy contento con lo que le hiciste a la hija mayor y a nuestro hermano y familia."

"Fue injusto y no estaba justificado, pero no puedo matarte."

"En compensación, te voy a quitar algo también." Zeus apuntó su rayo al mar donde estaba Vissen y luego lo destruyó, y luego dijo: "Tus tigres dientes de sable también desaparecerán de la Tierra."

"Tu reinado ha terminado."

"Todos los tigres dientes de sable que quedaban de Hades se desvanecieron en el aire."

Pero no fueron destruidos, la diosa Artemisa los convirtió en un tipo de tigre más amable y, por ahora, los llevó de regreso a su reino hasta que se necesitaran nuevamente.

"¡No!" dijo Hades actuando furioso, ya que amaba a sus tigres dientes de sable, ya que eran la única bestia que podría matar a un unicornio en el pasado y los apreciaba por esa razón.

De nuevo pensó que si no podía tener sus cuernos o controlarlos, entonces en lugar de eso los destruiría, y eso fue lo que hizo, gracias a los leales grandes felinos.

"Zeus", dijo Hades, "¿por qué debes ser tan cruel conmigo?" Zeus respondió, "Karma, hermano."

"Si haces algo malo o lastimas a otros, con el tiempo regresará y caerá sobre ti a cambio."

Cuando Zeus dijo, "sé siempre bueno con cada criatura viviente y con la Tierra, y con el tiempo el gesto bueno regresará a ti en su lugar."

Hades se deprimió y abrió su portal de fuego al inframundo una vez más.

Durante muchos años, Neptuno y la Reina Sera solían sacar sus cabezas del mar y mirar al cielo nocturno cuando la Estrella Sagitariana estaba presente, y se quedaban allí durante horas pensando en su hermosa hija Helena, ahora brillando intensamente como muchas estrellas en el cielo.

Cada noche, la estrella más brillante, la Estrella Sirius del perro, el gran danés de Helena, era especial porque estaba hecha de la sangre del propio Zeus

Entonces, aunque él estaba en forma de estrella, también era una estrella divina.

Y por eso brilla con más intensidad en todo el mundo durante la noche, especialmente en un mes del año, agosto. En ese momento, verdaderamente envía amor, abundancia y paz a todos.

Ya que ese fue el tiempo en que fue convertido en una estrella a través del cetro de Hades.

Ahora el destino de la princesa Helena

Eventualmente, Neptuno y la Reina Sera estaban muriendo en su forma de delfines.

Zeus amaba a su hermano y a su esposa y sabía que no podía detener el ciclo de la vida.

Entonces, tuvo una idea de que había una posible manera de que Helena estuviera cerca de ellos nuevamente, y esa era que ellos fueran la constelación de Piscis que la hija mayor había creado para su propio reino pisciano primero y luego se transformaron en los caballos marinos en una fecha posterior.

Así es como las constelaciones probablemente llegaron a estar en nuestros cielos hoy en día.

La Estrella Unicornio; la Estrella Caballo; la Estrella Perro; Sagitario y Piscis también.

"Adiós", dijo con una sonrisa, sabiendo que siempre los vería allí en su cielo nocturno y se aseguraría de que sus recuerdos y sus historias se transmitieran hasta nuestros tiempos humanos de hoy.

Pero una cosa que Zeus hizo en el futuro es que Neptuno fue el primer delfín en morir en la Tierra, y así el espíritu de Helena se convirtió en una estrella Sagitariana.

Pero su alma eventualmente fue al cielo, donde también llegaron las almas de sus padres al final.

Celestial les dio la opción de ser almas de seres marinos o de tipo humano; Helena eligió lo que más amaba, su humanidad.

Y así Helena fue nuevamente la más feliz al estar con sus padres como entidad una vez más.

El Fin de esta Fábula hasta la próxima vez...

Explicación

Esta fue la historia de cómo las diferentes leyendas de los caballos místicos podrían haber surgido.

Helena vivió sus altos y bajos a lo largo de su vida, siendo una princesa sirena y una reina en su propio reino pisciano soñado en la tierra, que pudo haber existido muchos siglos antes que los humanos.

Knight era conocido como Kelpie, quien se volvió inmortal y, con el tiempo, fue conocido en la tierra, aunque trabajaba para Hades recogiendo las almas malas, también hizo algunas buenas acciones y vivió en las Islas Británicas, ya que prefería el agua dulce, en la forma de un Clydesdale negro y blanco, representando tanto la energía oscura como la clara, como un verdadero equilibrio en la tierra.

Zeus lo renombró en el futuro como duque, un nombre de heredero similar al de su padre.

Si miras hacia arriba en ciertos momentos del año, verás estas estrellas brillando intensamente.

Una vez más, te invito a reflexionar si esta historia es posiblemente verdadera. Espero que la hayas disfrutado. Si es así, únete a mí en la próxima aventura de Kessy en Mi Fábulas Personales

Libro: 3

La Leyenda del dragón rojo y su linaje

Epílogo

Descubrirás que había un lugar real en el mar llamado Atlántida y que los seres marinos formaban parte de él.

También, esta es una posible razón por la que los delfines son inteligentes, debido a la presencia de los seres marinos y todos los misterios que guardan en su interior.

Así que también es posible que interactúen más con los humanos, ya que son nuestros primos mamíferos marinos.

El delfín se convirtió en protector de todas las criaturas después del reinado de Neptuno, ya que defiende a los tiburones debido a que la voluntad de Hades los convirtió en enemigos como parte de su plan.

Los delfines atacan a los tiburones con gran fuerza con sus hocicos, como una lanza, al igual que los seres marinos lo hacían siglos antes, lo que altera sus sentidos y los pone en un torbellino en su cabeza, haciendo que naden para recuperarse del golpe.

Los delfines necesitan salir a la superficie para respirar a veces, así como nadar en los océanos profundos alrededor del mundo.

Muchos de su gente logró escapar a las tierras, como lo hizo Hades, y luego se convirtieron en dioses ellos mismos, posiblemente en Egipto.

Así es como surgieron los egipcios y reinó en la Tierra.

Debido a que poseían todos los poderes y una gran inteligencia del universo, vivieron en las pirámides por su seguridad.

Las pirámides fueron construidas originalmente para enviar energías a los cráneos de cristal y a la energía de Seequest en la tierra, al reino de Helena y al mar también.

La Reina Sera, Helena y el cuerno de Seequest se utilizaron por última vez juntos para dar a algunos de sus especiales y elevados un cuerpo pisciano completo para siempre.

Estos parecían poder nadar en el mar como antes, pero siempre como piscianos, nunca más como sirenas o tritones.

Las Estrellas

Minceros (La Estrella Unicornio)

La verdadera estrella unicornio está a 700 años luz de la Tierra y, sin embargo, puedes ver un hermoso cielo nocturno.

Si la buscas, su estrella más brillante es Sirio (la Estrella Perro), la estrella más brillante de toda la galaxia y el universo juntos.

Ha sido la estrella más brillante para mí, ya que siempre ha estado a mi alrededor.

Soy afortunado y bendecido, gracias a todos. ¿Quizás tú también la verás por ti mismo y serás afortunado y bendecido?

Fue notado por un astrónomo holandés en el siglo XVII.

Esa es también la razón por la que posiblemente celebramos el Día Nacional del Unicornio, ya que se originó a partir de los dioses griegos.

Donde siglos después se supo que el unicornio era en realidad de Escocia y por eso en cualquier lugar del mundo también se celebra la ceremonia.

El unicornio fue un ícono de todos los tiempos y por eso está en sus escudos todavía hoy.

¡Larga vida al unicornio del pasado, presente y futuro, ya que la magia siempre está a nuestro alrededor!

Sirio, la Estrella Perro, siempre está en el cielo nocturno, no puedes perderla.

Sagitario: Es la estrella de un centauro, mitad humano y mitad caballo, que posiblemente vivió en la Tierra antes de nosotros los humanos, siglos antes.

Donde Helena llevaba su capa ahora como arquera porque representa que su vida estuvo llena de acción, moviéndose a través de su vida y tenía una gran energía también. Ella también está tensando el arco hacia los cielos Celestiales.

Sagitario es el signo estelar del 20 de noviembre hasta el final de diciembre.

Piscis: Se ha conocido como delfines por los dioses griegos primero y luego se convirtieron en salmón debido a otra historia griega sobre escapar de un monstruo. Zeus transformó temporalmente a Afrodita y a Eros, su hermano, en peces mientras estaban atados a un largo pedazo de cinta de seda..ambién, los Celtas lo clasificaron como hipocampo y Kelpie también.

La estrella data del final del 24 de febrero hasta el final de marzo.

La Estrella Caballo

No es tan conocida en las estrellas, pero si miras un mapa estelar antiguo o incluso vas a Escocia, el castillo principal dentro de una de las torres tiene una hermosa pintura de eso en su techo. (Castillo de Stirling en la sección de la torre)

Está mostrando que la estrella del caballo hoy está justo al lado de la estrella del Pegaso. Y su cabeza es la única parte mencionada y mostrada en la imagen.

También mencioné Cáncer: El gran cangrejo, ya que está conectado con las personas nacidas a finales de julio y principios de agosto, y es el protector de la reina Sera en los cielos y el mar también.

Los Cráneos de Cristal

representan los chakras de hoy en día, que son: Amatista fue el principal chakra de la corona, el más importante de todos.

Cuarzo rosa fue el chakra raíz. Esmeralda fue el chakra de sanación y felicidad, enfocándose en el corazón. Zafiro fue el chakra de la garganta. Aguamarina fue el chakra del tercer ojo.

Solo algunos de ellos, ya que para los chakras de tu cuerpo hay dos más que no he mencionado aquí.

Pero hay trece cráneos de cristal conocidos en la historia y el de amatista es el más fuerte de todos y es el número trece. Ellos también son el chakra sacro y el plexo solar.

También expliqué anteriormente que Gaia, Madre Naturaleza y Hades controlan las estaciones del clima actual en nuestro mundo y esa es la posible razón por la que obtienen sus nombres en forma de estaciones.

<u>Gaia</u>: Primavera y Verano y Hades: Otoño e Invierno.

Cuando las cosas comienzan a vivir nuevamente más fuertes que antes en primavera y verano, simplemente están disfrutando de ser bellas, felices y vivas al máximo.

Cuando llega el otoño, Madre Naturaleza intenta preparar las plantas, vegetales y frutas.

Antes de que Hades venga y las destruya nuevamente, solo de manera temporal.

<u>Pegaso</u> decidió que su nueva especie de Unisos debería vivir sus días en las estrellas de Andrómeda cerca de su lugar futuro en las estrellas, donde ahora son estos guerreros del tiempo de necesidad para ellos y para nosotros aquí en la Tierra, por eso estás viendo más de ellos en el arte y las historias como unicornios alados, lo cual no son.

Como no son uno ni otro, sino ambos, procesan ambos poderes de creatividad, sanación, fortaleza y coraje también.

<u>La pequeña luna alrededor del planeta Neptuno se llama Hipocampo.</u>

Fue notada en julio de 2013 por un astrónomo llamado Mark Showalter a través del telescopio espacial Hubble, aunque no la nombró Hipocampo (que significa Caballo de Mar) hasta febrero de 2019, curiosamente el mismo año en que terminé de escribir la historia para luego convertirla en un manuscrito.

Esta luna es la más pequeña de las 14 que orbitan alrededor del hermoso planeta azul helado Neptuno.

(Poseidón es un nombre griego para Neptuno también).

Mark nombró a esta hermosa luna así por su amor por la criatura conocida hoy en día como nuestros caballos de mar y también porque amaba el océano.

¡Vaya, otro dato increíble!

<u>Los Kelpies de Falkirk</u>

Debo agregar en los tiempos actuales una asombrosa escultura de 100 pies de dos hermosos y poderosos cabezas de caballo en Escocia llamada los Kelpies.

Andy Scott las diseñó en 2013 basándose en dos caballos pesados reales como modelos, y sus dibujos indican que estaban de pie en el agua del canal.

Pero cuando las construyó, decidió que solo crearía dos cabezas de caballo para que las viéramos y dejáramos que nuestra imaginación hiciera el resto.

Curiosamente, mi amiga Helena mencionó esto después de que fue a Escocia y las vio por sí misma.

Cuando le dije que eso era curioso, ya que había escrito algunos capítulos de mi segundo libro basados en la historia de un Kelpie, que también tenía otro folclore en Escocia e Irlanda, que quería agregar y que había sido dedicado a un viejo amigo también.

Fueron construidos y listos para que el mundo los viera en 2014 en el parque Helix cerca de los canales en Falkirk.

El Sr. Scott eligió dos hermosos Clydesdales para su inspiración, llamados Duke y Baron, para ayudarle a crear estas enormes estatuas del caballo escocés de hoy como un honor a ellos por su arduo trabajo al tirar de las barcazas en el pasado por los canales.

Así que, esta fue la manera perfecta de decir gracias como nunca antes.

Muchos años después, fuimos a Escocia, que fue mi regalo de aniversario de bodas de mi esposo. Tenía una fuerte sensación de que debía verlos por mí misma, ya que sentía una fuerte conexión con ellos incluso desde lejos.

Esa noche, mientras íbamos en coche hacia nuestro hotel desde Sheerness, al pasar vimos los Kelpies iluminados a lo lejos. Nos detuvimos y fuimos al parque, aunque estaba a punto de cerrar en 10 minutos.

Nos acercamos a estas grandes estatuas de cabezas de caballo, lo que me hizo sentir bastante emocionada ya que era pura oscuridad alrededor en ese momento, ya que el parque estaba cerrando para la noche.

Había un caballero tomando fotos justo antes y dijo: "Lo siento, los perdiste esta noche". Dije: "Oh no", sintiéndome decepcionada de no tener esta oportunidad nuevamente."

En ese momento miré directamente a la cabeza del caballo principal, creo que era Duke, donde sentí una sensación de amor que me invadió al escucharle decirme que me quedara.

Así que le dije a mi familia: "Espera, me encantaría ver los Kelpies iluminados en mi color favorito, azul claro", y todos dijeron que estaban apagados ahora y que los habíamos perdido."

Pero, en menos de 10 segundos, para asombro de mi familia, los Kelpies volvieron a iluminarse.

¡Por favor, mira mi foto en la parte posterior de mi libro donde hay prueba de que esto ocurrió!

Se iluminaron en todos los colores maravillosos también, en esos 20 segundos la magia apareció justo frente a mí y a otros.

Tuve suerte de experimentarlo; agradecí a Duke y me fui a casa.

El plan era verlos adecuadamente al día siguiente, ya que fue una sorpresa para nosotros por la noche por su propia voluntad.

Sentí como si pura magia hubiera aparecido frente a todos nosotros, ya que los Kelpies estaban apagados por la noche y, sin embargo, se volvieron a iluminar solo para que mi familia y yo los viéramos.

Supe entonces que era un regalo personal de Duke y de mi querido amigo Seequest en su verdadera forma de Hipocampo y su hijo Knight como Kelpie.

Esa noche y al día siguiente sentí una gran presencia de amor y calidez a mi alrededor durante todo el día,

Cuando estuve frente a Duke, me sentí abrumada por la hermosa energía que ambos llevaban y también por su grandeza.

Para mi asombro, en el tour descubrí que Duke había fallecido recientemente, así que estuve en contacto con el verdadero y hermoso espíritu de Duke esa noche. ¡Vaya!

Si eso no fue magia, entonces no sé qué lo es.

¿Ahora crees más en mi historia?

Te dejaré decidir.

<u>Hay muchas estatuas y fotos de estas grandes leyendas, lo que me hace creer que alguna vez vivieron aquí en la tierra, ¿qué piensas?</u>

<u>Kessy volverá en el próximo libro: 3 con su propia historia sobre sus aventuras de vida.</u>

Información

Hice posible esta historia a través de mis pensamientos e ideas, y después de haber terminado de escribir mi libro, encontré evidencia de que podría no ser solo una historia después de todo.

Porque sentí la necesidad de visitar lugares especiales y ver cosas asombrosas por mí misma al ir a Escocia y Grecia, donde visité hermosos museos para buscar la verdad y la prueba de que esta historia podría ser real.

Planeaba ir a Santorini (Grecia), pero se canceló debido al Con-vid, así que es otro lugar que siento que debo visitar en el futuro también.

A través de mi historia, creo que así es como los caballitos de mar podrían haber llegado a existir también.

Kessy es mi forma ideal del gran cuento popular escocés del monstruo del Lago Ness y cómo surgió y lo que podría haberle sucedido al final. Pero su historia aún no ha terminado.

Mi historia es una forma de contar cómo el kelpie podría haber sido creado como otro cuento popular escocés e irlandés.

Los celtas estaban muy interesados en los relatos del hipocampo y los kelpies, ya que hay una famosa cruz en Escocia.

Y en ella, la cruz tiene un emblema del hipocampo y un kelpie con un hermoso símbolo de nudo de trinidad en la parte inferior entre ellos, que leí que era el modo de piscis, ya que estas personas amaban mucho a sus caballos porque también adoraban a una diosa de caballos en su cultura.

Tengo una copia de esta imagen que compré en Escocia durante mi visita y ahora está en mi pared.

Los caballitos de mar también representan el espíritu animal original de piscis.

Los Kelpies

Sé que ya he mencionado estos antes. Tuve la oportunidad de ver y sentir su presencia mágica en estas enormes estatuas mientras estaba allí.

Como mencioné anteriormente, esa es la foto en la parte trasera del libro, mi visita a los Kelpies.

Las estatuas son impresionantes.

Posibilidades Reales

Hay una isla en Santorini, Grecia, que se ha demostrado mediante documentales que podría haber sido la Atlántida. Pero otros creen que está en otro lugar.

Si visitas museos y galerías de arte, y miras en la web e incluso en tiendas, encontrarás mucha ropa, libros e incluso adornos de estas grandes leyendas de la época.

Es posible que descubras que hay muchas estatuas en todo el mundo de estas historias y criaturas increíbles, así como de los dioses y diosas griegos.

En ciertos museos, encontrarás muchos tipos de cerámica y piezas de joyería de todo el mundo, relacionadas con esta gran historia de estas sorprendentes leyendas.

He mencionado en mi libro sobre los signos zodiacales y algunos planetas también, ya que es posible cómo llegaron al cielo.

Con respecto a Neptuno, él vivía en un planeta acuático en la galaxia lejana cuando su hermano pensó que, al tomar la Tierra de su padre, el malvado titán elemental, su hermano sería bueno como dios del mar.

Como él ya vivía en el agua en el planeta azul, Zeus decidió renombrar a Neptuno en honor a los logros del gran dios del mar en la Tierra.

Cuando pasó de ser un delfín real gracias a que Hades lo convirtió a él y a su esposa en delfines en el pasado, recordó el emblema de los dos delfines del reino soñado de Helena y pensó que otra forma de conectarlos nuevamente era crearlos como piscis, el signo zodiacal, ya que sus espíritus y almas fueron devueltos.

Neptuno volvió al planeta azul y Sera a la luna, tal como lo planeó Hades, hasta que Zeus lo cambió en una fecha posterior para que sus almas vivieran en el cielo de Celestial.

Así es como se formó nuestro cielo hoy en día y por qué nuestros animales están con nosotros cuando morimos. ¿Han estado aquí antes de nuestro tiempo?

Las sirenas podrían ser las más cercanas a nuestra raza humana hoy en día, y puede ser por eso que se dice que las personas piscianas parecen tener una fuerte conexión con los delfines, el mar, el reino de la Atlántida y los unicornios, ya que todos están conectados de alguna manera (como yo misma).

Así que es cierto que Sirio, la estrella del perro, es la estrella más brillante en todo el mundo y el universo que todos pueden ver.

La estrella unicornio Minceros está conectada como parte de ella, he leído.

Cuando la miras directamente, se siente una gran calidez y felicidad también.

Además, así puede ser cómo aparecieron los tiburones perros y los peces gato también, por los niños piscianos que los tuvieron en la tierra primero.

¿Quién sabe la verdad?

Los caballitos de mar eran como son hoy en día, ya que Hades pensó que no quería matar a los caballeros marinos de Neptuno, sino hacerlos trabajar durante el resto de sus vidas, ya que tienen que llevar a sus crías a término completo mientras las hembras hacen todo el trabajo para asegurarse de que sobrevivan otro día.

Hades quería quitarles su fuerza a los caballeros marinos para siempre.

Me encanta beber agua fresca, ya que es buena para nuestra salud general y también estamos compuestos por un 70 por ciento de agua.

Así que siempre asegúrate de beber suficiente, ya que también evita que envejezcas tan rápidamente y siempre ayuda a mantenernos animados o de buen ánimo en nuestras vidas ocupadas.

Nosotros, los piscianos, queremos vivir junto al mar porque todavía estamos conectados con sus energías, que ayudan a nuestros niveles de estrés y a la vida en general a ser tranquila y relajada nuevamente. Pero eso no significa que nadie más no pueda hacerlo.

Además, come mucho pescado en tu dieta, ya que es uno de los mejores alimentos para el cerebro, especialmente el atún, que es el mejor.

¿Por qué crees que los delfines son inteligentes? Son mamíferos, lo que significa que son nuestros primos acuáticos, ya que sus madres producen crías igual que las madres humanas.

El atún es su comida favorita, y por eso son tan inteligentes.

Ahora no estoy diciendo, solo aconsejando, ya que me encanta el marisco, como puedes ver, estimula el cerebro y tu creatividad también. ¡Disfruta!

También he mencionado, como lo hice antes en mi primer libro *La Leyenda del Caballo*, que los unicornios, hipocampos y Unisos son tipos similares a nuestros caballos reales de hoy en día, por lo que los árabes, frisones, Cleveland Bays (Caballo Chapman), pura sangre, palominos, andaluces y Clydesdales son importantes en esta historia.

Son los caballos más poderosos, elegantes, rápidos y fuertes de la Tierra que usamos para ayudar a que el planeta se mantenga hermoso y saludable, atendiendo a los árboles, el suelo y sus aguas.

La Madre Naturaleza y estos otros seres vivos nos dieron vegetales frescos, ensaladas y frutas para comer, y usamos los árboles para ayudarnos a respirar oxígeno para mantenernos siempre saludables.

Además, los árboles también nos permiten fabricar papel y usar la corteza para hacer fuego y mantenernos calientes en invierno si no hay calefacción central o vivimos al aire libre.

Así que deberíamos estar agradecidos, ya que sin ninguna de estas cosas no sobreviviríamos en este planeta.

Así que agradezco a la Madre Tierra y a sus seres por dejarnos vivir aquí libremente y saludablemente con su ayuda y amabilidad.

Una vez más, espero que lo hayas disfrutado. Si lo hiciste, por favor ven y acompáñame en mi próxima aventura en Gales

Mientras tanto, mantente atento a

Mis Cuentos Personales Libro: 1, *La Leyenda del Caballo*, ahora disponible en Audible

además de una nueva serie de fantasía!

Llamada *Crónicas del Ángel Azul*, Libro 1, *Aurora*, con

plan de lanzamiento en verano de 2023.

¿Quién dijo que los sueños no pueden hacerse realidad? Solo necesitas creer.

Amor y Luz para todos ustedes x

Nota del Autor

Siempre sé amable, atento y amoroso, y a cambio recibirás lo mismo, ya que el karma es una gran cosa si te mantienes en su buen lado.

También sé agradecido en la vida por lo que tienes y a cambio recibirás más abundancia, etc.

Disfruta de la vida al máximo, ya que la magia está justo frente a ti todos los días de tu vida, solo cree, y la verás.

Bendiciones de Unicornio,

Sa x

Milton Keynes UK
Ingram Content Group UK Ltd.
UKHW021124111124
451035UK00016B/1199

9 781965 679418